LA DYNASTIE DES LYTTON

La Belle Absente, Lattès, 1996, et J'ai Lu, 1999
La Fortune de Cassia, Belfond, 2000, et Pocket, 2002
Un bonheur trop fragile, Belfond, 2001, et Pocket, 2004
Une femme indomptable, Belfond, 2004, et Pocket, 2006

PENNY VINCENZI

LA DYNASTIE
DES LYTTON

*Traduit de l'anglais
par Michèle et Jérôme Pernoud*

belfond
12, avenue d'Italie
75013 Paris

Titre original :
SOMETHING DANGEROUS
publié par Orion, an imprint of Orion Books Ltd, Londres.

Si vous souhaitez recevoir notre catalogue
et être tenu au courant de nos publications,
vous pouvez consulter notre site internet :
www.belfond.fr
ou envoyer vos nom et adresse, en citant ce livre,
aux Éditions Belfond,
12, avenue d'Italie, 75013 Paris.
Et, pour le Canada,
à Interforum Canada Inc.,
1055, bd René-Lévesque-Est,
Bureau 1100,
Montréal, Québec, H2L 4S5.

ISBN 2-7144-4088-6
© Penny Vincenzi, 2001. Tous droits réservés.
Et pour la traduction française place des éditeurs
© Belfond, un département de place des éditeurs , 2006.

Pourtant, j'ai en moi quelque chose de dangereux.
HAMLET, prince de Danemark

*Pour Paul. Pour une oreille toujours bienveillante
et une épaule merveilleusement accueillante.
Avec beaucoup d'amour.*

Liste des principaux personnages

À LONDRES
Oliver Lytton, *directeur de la maison d'édition Lytton*
Lady Celia Lytton, *sa femme, directrice littéraire de la maison*
Giles, *les jumelles* Venetia *et* Adele, *et* Kit, *leurs enfants*
Margaret (PM) Lytton, *sœur aînée d'Oliver et directrice commerciale*
Jay Lytton, *le fils qu'elle a eu avec son compagnon disparu* Jàgo Ford
Gordon Robinson, *son mari*
Jack Lytton, *frère cadet d'Oliver*
Lily Lytton, *son épouse, actrice*
Barty Miller, *recueillie par Celia et élevée avec ses enfants*
Sebastian Brooke, *célèbre auteur de livres pour enfants édités par Lytton*
Boy Warwick, *ancien camarade d'école de Giles*
Abigail Clarence, *professeur et amie de Barty*
Cedric Russell, *photographe mondain*

À LA CAMPAGNE
Lord Beckenham, *père de Celia*
Lady Beckenham, *sa mère*
Billy Miller, *frère de Barty*

À NEW YORK
Robert Lytton, *frère aîné d'Oliver, riche promoteur immobilier*
Laurence Elliott, *son beau-fils, fils d'un précédent mariage de son épouse disparue* Jeanette, *et avec qui il est brouillé*
Jamie Elliott, *frère de Laurence*
Maud Lytton, *fille de Robert et Jeanette*
John Brewer, *associé de Robert*
Felicity Brewer, *sa femme, poétesse publiée par Lytton*

11

Kyle Brewer, *leur fils, éditeur*
Geordie MacColl, *auteur publié par Lytton*

À PARIS
Guy Constantine, *directeur d'une maison d'édition française*
Luc Lieberman, *directeur littéraire*
Mme André, *concierge d'Adele*

Première partie

1928-1939

1

Venetia Lytton adorait expliquer à qui voulait l'entendre que le pays tout entier avait pris le deuil le jour de sa naissance.

Si cette déclaration était matériellement exacte (et assurée de remporter régulièrement le même succès), elle n'en donnait pas moins une image tendancieuse de la vérité. Adele, jumelle de Venetia, mais à l'esprit plus prosaïque que sa sœur, la corrigeait en précisant que leur naissance avait coïncidé avec la mort du roi Édouard VII, à la minute près.

— Peut-être, marmonnait Venetia, mais il n'empêche, c'était un jour terrible. Maman dit que les infirmières pleuraient de plus en plus fort chaque fois qu'elles apportaient un nouveau bouquet de fleurs dans la chambre. Et quand papa est arrivé et que le docteur est venu lui dire bonjour, il avait une cravate noire. Alors, bien sûr, papa a pensé qu'un drame était survenu.

À ce stade de l'histoire, il se trouvait en général quelqu'un, souvent l'un des deux frères des jumelles, pour dire que le drame en question était leur apparition soudaine, à elle et à Adele, dans un monde qui menait une vie paisible sans se douter de rien. Venetia faisait mine de se vexer, Adele souriait avec insouciance, puis quelqu'un d'autre changeait de sujet – d'ordinaire une jeune femme qui estimait qu'on parlait trop des sœurs Lytton et pas assez d'elle-même.

Détourner l'attention générale des jumelles n'était pas chose facile. Non seulement elles étaient extrêmement jolies, fort spirituelles, mais en plus elles se ressemblaient d'une façon saisissante. On disait des fameuses jumelles Morgan, Thelma et Gloria (plus connues sous les noms de lady Furness et Mrs Reginald Vanderbilt), qu'on ne pouvait les distinguer l'une de l'autre, à moins d'être assez près pour apercevoir la minuscule cicatrice sous le menton de Thelma, résultat d'une chute en patins à roulettes, autrefois ; les jumelles Lytton n'offraient même pas une telle possibilité. Venetia avait bien un petit grain de beauté sur la fesse droite, ce qui n'était

15

d'aucune aide dans la plupart des situations courantes. Aussi les gens ignoraient-ils à quelle jumelle ils parlaient, laquelle était leur voisine de table, et même avec laquelle ils dansaient.

Les deux sœurs ne songeaient nullement à se plaindre de la situation : au contraire. Au collège, elles en usèrent et en abusèrent, chacune se faisant passer pour l'autre, embrouillant et exaspérant leurs professeurs, jusqu'à ce que leur mère s'en aperçoive. Comme elle s'intéressait de très près à leur éducation et à leur formation intellectuelle (chose plutôt rare pour son époque et sa classe sociale), elle les menaça de les envoyer en pension dans des établissements différents si elles continuaient ; l'idée d'être séparées les effraya tellement qu'elles cessèrent aussitôt leur manège.

Pour leur entrée dans le monde, quelques mois plus tôt, elles avaient porté les mêmes robes de satin blanc, piqué de grandes roses blanches dans leurs cheveux sombres et brillants, coupés à la garçonne. L'effet de miroir était si saisissant que plusieurs invités d'âge mûr se crurent nettement plus ivres que ne pouvait l'expliquer la quantité d'alcool qu'ils avaient bue.

Elles savourèrent pleinement l'événement, comme l'ensemble de leur première saison. Leur mère avait choisi exprès la date de leur présentation à la cour, au moment de Pâques, sachant que cela marquerait davantage les esprits.

— En juin, il y en a tellement, on risque d'être noyé dans la masse.

À vrai dire, on ne courait aucun risque de ce genre. Même si la maison – la résidence londonienne des parents de Celia dans Curzon Street – avait été moins somptueuse, la liste des invités moins distinguée, le champagne moins raffiné, la musique moins à la mode, le seul fait que ce bal soit donné en l'honneur des jumelles aurait suffi à le rendre remarquable. Elles étaient deux des débutantes les plus en vue de l'année, prises dans un incessant tourbillon de bals, de fêtes et de parties à la campagne ; et l'essentiel de la saison – le Derby, Ascot, Henley ou autres – restait encore à venir. Des photos d'elles s'étalaient dans les revues mondaines, elles avaient même eu l'honneur d'une page entière dans *Vogue*. Leur mère était comblée par leur succès. Lancer dans le monde une fille aussi belle et aussi admirée que l'une d'elles aurait déjà été glorieux ; deux, c'était un triomphe.

Ce jour-là, pour leur dix-huitième anniversaire, on avait entendu encore plus d'allusions que d'habitude à l'histoire du pays en deuil, au point que Giles, leur aîné de cinq ans, les prévint dès le petit déjeuner qu'il n'assisterait pas à la fête s'il devait en supporter davantage à ce sujet.

— Et tu le regretteras, Venetia, parce que je dirai à Boy Warwick de ne pas venir non plus.

— Ça m'est égal, répondit Venetia d'un air désinvolte, en sortant un poudrier de sa poche et en se tamponnant un peu de poudre sur son nez parfaitement dessiné. C'est toi qui l'as invité, pas moi. C'est ton ami.

— Venetia, ma chérie, intervint sa mère, ne fais pas cela en public, c'est affreusement ordinaire. Bien sûr que Boy viendra ce soir, je ne peux pas changer mon plan de table au dernier moment. Nous ne sommes plus que dix-neuf, je pense, puisque Barty ne peut pas venir.

— Comme c'est dommage, murmura Venetia à Adele, puis elle vit le regard de sa mère se poser sur elle et arbora un grand sourire. Je disais juste que c'était vraiment dommage. Mais je suppose que ça fait loin, venir d'Oxford juste pour le dîner.

— Elle serait restée quelques jours, déclara Celia, mais ses examens approchent et ça l'angoisse beaucoup. Je pense que nous devons respecter sa décision.

— Bien sûr, répondit Adele.

— Absolument, confirma Venetia.

Leurs regards se croisèrent puis se portèrent avec une douce ingénuité vers leur mère.

— Elle nous manquera, soupira Adele. Elle est si intelligente… De toute façon, je suis sûre qu'elle aura une mention très bien.

— J'en suis certaine moi aussi, approuva Venetia.

— Rien ne s'obtient sans efforts, surtout à l'université, corrigea Celia. Votre père a eu une mention très bien, mais il a travaillé extrêmement dur pour cela, n'est-ce pas, Oliver ?

— Oui, ma chérie ?

Oliver Lytton leva les yeux du *Times*, avec un air interrogateur.

— Il paraît que tu as travaillé dur pour obtenir ta mention très bien, papa, expliqua Venetia.

— Je n'en ai pas beaucoup de souvenirs, en fait. Je suppose que oui.

— C'est ce que maman dit, en tout cas.

— Étant donné que votre mère ne me connaissait pas encore à cette époque, ça me paraît un peu difficile à affirmer, non ?

— Aucune affirmation ne fait peur à maman, dit Adele en pouffant de rire.

Celia lui lança un regard furieux.

— J'ai mieux à faire que de participer à ce genre de discussion stupide. Par exemple, si je veux être de retour à temps pour votre

17

dîner d'anniversaire, il faut que je parte pour le bureau dans une demi-heure. Giles, tu m'accompagneras ?

— Je... je pensais y aller un peu en avance, répondit celui-ci d'un ton embarrassé, si ça ne t'ennuie pas.

— Giles, mon chéri, pourquoi cela m'ennuierait-il ? Je suis ravie que tu prennes ton travail autant au sérieux. De quoi vas-tu t'occuper ce matin ? Ce doit être vraiment urgent, pour que ça ne puisse attendre une demi-heure. Il n'y a pas de problème, j'espère ?

Pourquoi est-elle aussi injuste ? pensa Giles. Le remettre à sa place, souligner sa position modeste chez Lytton même ici, en famille, autour du petit déjeuner...

— Aucun problème, non, mais j'ai des pages d'épreuves à lire et à corriger sur le nouveau *Buchanan* et...

— Il n'aura pas de retard, j'espère, coupa Celia. Il faut à tout prix qu'il soit mis en vente en juillet. Je serais très inquiète si...

— Non, mère, il sera prêt à temps.

— Alors, pourquoi cette précipitation ?

— Celia, laisse donc ce garçon tranquille, intervint doucement Oliver. Il veut juste avancer dans son travail avant que le téléphone ne commence à sonner. Corriger des épreuves est un travail précis et rigoureux. Moi aussi, j'ai toujours aimé le faire tôt dans la journée.

— Je sais fort bien ce qu'est la correction d'épreuves. J'en ai beaucoup fait moi-même. Je voulais juste...

— Celia...

Elle regarda son mari un instant puis se leva et poussa bruyamment sa chaise en arrière, tout en jetant sa serviette sur la table.

— Eh bien, manifestement, je dois moi aussi aller chez Lytton, puisque Giles donne un si bon exemple. Si vous voulez bien m'excuser...

Giles attendit quelques secondes, les yeux baissés vers son assiette, puis il sortit derrière elle.

— Pauvre vieux Giles, fit Venetia.

— Pauvre vieux, renchérit Adele.

— J'ai peur de ne pas saisir en quoi Giles mériterait tant de compassion, remarqua Oliver.

— Papa, bien sûr que si... Maman ne perd jamais une occasion de le rabrouer, de souligner que c'est elle le patron, au bureau et ici.

— Adele ! C'est tout à fait déplacé ! Tu devrais t'excuser...

Elle se figea, presque troublée ; puis un sourire charmeur s'épanouit sur son ravissant visage.

— Papa, ne sois pas bête... Je plaisantais, tu le sais.

Elle se leva d'un bond et lui déposa un baiser furtif sur la joue.

— Bien sûr que c'est toi le patron. Mais... Giles est inquiet à propos de son nouveau travail, et maman ne l'aide pas vraiment avec tous ces reproches...

— Elle ne lui faisait pas de reproches, rétorqua Oliver d'une voix ferme, elle s'assurait juste qu'il n'y avait pas de problème.

— Oui, bon... Désolée, papa. C'est difficile à comprendre pour nous, puisque nous ne travaillons pas chez Lytton.

— Adele, ma chérie, rien ne me ferait plus plaisir que si vous veniez y travailler. Et j'espère que cela arrivera un jour.

Il leur sourit puis se leva en ramassant les journaux du jour.

— En attendant, profitez de la vie autant que vous le pouvez. Quels sont vos projets pour la journée ? Des emplettes importantes, sûrement...

— Extrêmement importantes, répondit Venetia.

— Capitales, confirma Adele. Pour commencer, il y a une grande fête à la campagne samedi. Nous avons besoin de nouvelles chaussures, toutes les nôtres sont trouées à force de danser.

Quand leur père eut quitté la pièce, elles se regardèrent.

— Pauvre vieux Giles, dit Venetia.

— Pauvre vieux, dit Adele.

Giles marchait d'un bon pas le long du quai Victoria. Il s'éloignait de Cheyne Walk, de ses parents, et il aurait payé cher pour ne pas les revoir dans un peu moins d'une heure. Cela faisait presque deux ans qu'il travaillait chez Lytton, sur Paternoster Row – l'une des toutes premières maisons d'édition de Londres. Il y avait gravi tous les échelons, d'abord préposé au courrier, employé au comptoir de vente, puis assistant éditorial ; son ascension s'était faite en accéléré, certes, plus un survol qu'un apprentissage approfondi, mais il avait quand même dû franchir les étapes l'une après l'autre.

— C'est important, lui avait dit Oliver. Tu dois comprendre ce que chaque phase représente dans le processus général : comment tout s'imbrique pour former un tout.

Giles ne s'était jamais attendu à commencer en tant que Mr Lytton numéro trois, ni à lancer sa propre collection dès le début. Or le tournant qu'il abordait en ce moment était bien plus intéressant que les précédents. Repérer les erreurs typographiques, les fautes d'orthographe, les signes de ponctuation mal placés, ensuite reporter les corrections d'un jeu d'épreuves à l'autre, ça ressemblait déjà à un vrai travail d'éditeur. Et aussi lire chaque nouveau livre dès qu'il sortait de presse, découvrir ce qui se cachait derrière les titres dans les catalogues, les longues réunions éditoriales, les discussions sur le choix des couvertures, l'excitation qui montait à chaque nouvelle publication...

Il aimait tout cela et ne voyait aucun inconvénient à recommencer la même tâche plusieurs fois de suite, ni même à subir des reproches, le cas échéant. Ce qui l'irritait, jusqu'à l'exaspération, c'était la présence écrasante de sa mère, sa façon de s'immiscer dans tout. Non pour l'aider à progresser, mais pour mettre en relief ce qu'il faisait mal, pour s'assurer que tous la voyaient à l'œuvre.

Le perfectionnisme de Celia, son talent presque visionnaire pour pressentir les goûts du public étaient devenus légendaires dans l'ensemble de la profession. Et c'était mérité, car la belle, la brillante lady Celia Lytton appartenait aux grandes figures littéraires de son temps. Pourtant, Giles trouvait qu'elle aurait pu montrer un minimum de générosité pour faciliter un peu ses débuts, au lieu de l'accabler à la moindre occasion. Si l'idée même ne lui en avait pas semblé absurde, il aurait pu voir une forme de jalousie derrière cet acharnement.

— Je crois que ça y est, on l'a ! s'exclama Venetia, en faisant irruption dans le boudoir qu'elle partageait avec Adele. Ce n'est pas génial ?

— Qu'est-ce que tu dis ?

— Tu as bien entendu ! Tout à l'heure, maman parlait à Brunson, elle lui a dit de veiller à ce que la place devant la maison reste libre cet après-midi.

— C'est plutôt bon signe ! Oh, super ! Remarque, il était temps...

— Je sais. Elle a la sienne, rien qu'à elle. Juste pour faire l'aller-retour à Oxford.

— Mais pour nous ce sera mieux de partager, non ? Oh, je me demande ce que ça va être. Une de ces petites merveilles d'Austin, ça ne serait pas formidable ?

— Tout à fait. Bien sûr, une voiture de sport, ça en jetterait plus. Tu crois qu'on a une chance ?

— Aucune. Ils veulent nous en donner une assez simple pour apprendre. Ça ne doit pas être très difficile, tu ne crois pas ?

— Sûrement pas, non. Barty dit qu'il suffit de savoir aller tout droit, et aussi de savoir quelle pédale sert à s'arrêter et laquelle permet d'avancer.

— Oh ! génial. J'attends ce soir avec une telle impatience !

— Moi aussi.

— Surtout de voir...

— Oui. Je veux dire... Adele, tu crois que... ?

— Sûrement. Ça se voyait comme les yeux au milieu de la figure.

— Vraiment ?

— Vraiment.

— Super, fit Venetia avec un sourire épanoui.

C'était le genre de conversation que les jumelles avaient entre elles ; une sorte de sténographie orale, des bribes de phrases portant sur des sujets compris et qu'il était inutile d'expliciter. Cela fascinait leurs amis, irritait leurs frères et exaspérait leur mère, qui ne supportait pas l'idée d'être exclue de quoi que ce soit.

— Je me demande ce que fait Maud, reprit Adele.

— Elle dort encore, sans doute. Il est seulement six heures là-bas.

Maud Lytton était leur cousine, née exactement un an après elles, par une étrange fantaisie de la nature. Elles ne la voyaient pas souvent, mais l'aimaient bien.

— C'est vrai. Une année, on devrait fêter nos anniversaires ensemble. Elle est si drôle.

— Ça fait un long voyage pour un simple thé d'anniversaire. Mais tu as raison, il serait temps qu'elle vienne nous rendre visite. On devrait le suggérer. Maman a des réactions un peu bizarres quand on parle d'elle, non ?

— C'est parce que Maud est américaine. Elle dit qu'ils sont tous « ordinaires ».

— C'est vraiment ridicule, soupira Venetia. Allez, on y va. Est-ce qu'on va se faire faire des ondulations ou pas ?

Venetia hésita.

— Pas aujourd'hui. Si jamais on n'aime pas le résultat, ça nous gâchera la soirée.

Elles revinrent à l'heure du déjeuner, qu'elles prenaient ce jour-là simplement, dans la salle à manger de la nursery avec Nanny. Elles l'adoraient et la plaignaient aussi, privée qu'elle était de ses occupations pendant la journée, maintenant que Kit allait à l'école. Kit avait huit ans ; au contraire de Giles, il n'avait pas été envoyé dans une lointaine école privée. Celia, folle de son petit dernier, n'avait pas voulu l'exposer à la vie triste et rude que Giles avait endurée là-bas. Il aurait bien le temps de la découvrir à treize ans, affirmait-elle. Le directeur de l'école qu'elle avait choisie, un petit établissement à Hampstead, très prisé par l'intelligentsia, se déclarait certain que Kit serait pris à Winchester, et même qu'il bénéficierait d'une bourse pour y aller. C'était l'une des innombrables causes du ressentiment qu'éprouvait Giles envers son petit frère.

— Oh, Nanny chérie, c'est magnifique ! s'exclama Venetia.

21

— Merveilleux ! renchérit Adele.

Assises côte à côte sur le divan de la nursery, les jumelles souriaient à Nanny en tenant son cadeau dans les mains – un vase en cristal taillé, petit mais très joli. Elle aimait leur offrir un cadeau commun pour leur anniversaire (mais pas à Noël). Leurs parents avaient d'ailleurs souvent fait de même, une maison de poupée, un landau (même s'il était fait pour accueillir deux poupées jumelles), un chevalet et une boîte de peinture.

— Un seul anniversaire, ça veut bien dire quelque chose, après tout, commentait Nanny.

Cela ne dérangeait pas les jumelles d'être ainsi transformées en une seule personne. Elles se voyaient comme les deux parties d'un tout. Elles continuaient à s'habiller d'une façon identique, en partie pour s'amuser, en partie parce que, ainsi que Venetia l'expliquait : « Comme ça, nous savons exactement à quoi nous ressemblons, sans avoir besoin d'un miroir. »

— Alors, qu'est-ce que vous allez faire de votre journée ? leur demanda Nanny tout en entassant du hachis Parmentier (autre tradition d'anniversaire) dans leurs assiettes. Des courses, j'imagine ?

Il y avait une nuance de réprobation dans son ton. Elle jugeait les jumelles trop frivoles, et n'était pas la seule. Leur mère, qui avait long-temps espéré qu'elles iraient à l'université, ou, au minimum, qu'elles suivraient des cours de secrétariat et qu'ensuite elles manifesteraient un certain désir de travailler chez Lytton, partageait cet avis.

— Je regrette beaucoup, répétait-elle à Oliver au moins une fois par semaine, que ces filles aient pour seule préoccupation de s'acheter des vêtements. Quand je pense à tout ce que nous avons dépensé pour leur éducation, en pure perte...

À quoi Oliver objectait que le but de l'éducation était plus d'enri-chir l'esprit que de le préparer à telle ou telle activité en particulier.

— Leur éducation leur sera utile quoi qu'elles fassent. Même si, ajoutait-il avec un demi-sourire, elles se contentent du mariage en guise de carrière. Elles sont encore très jeunes, laisse-les s'amuser. Elles ont tout le temps de se trouver un métier si elles en ont envie.

Sur quoi il s'efforçait immanquablement de changer de sujet.

— Non, Nanny chérie, nous n'irons pas faire de courses, répondit Adele, pour la bonne raison que nous les avons déjà faites. Nous allons rester ici cet après-midi et... eh bien, rester ici et c'est tout. Nous préparer pour ce soir. Tu... reprit-elle avec un regard en coin, tu n'as rien entendu dire sur cet après-midi, n'est-ce pas ?

— Entendu quel genre de chose ?

Nanny semblait mal à l'aise.

— Vous savez bien que je suis toujours la dernière au courant dans cette maison. Adele, regarde ta fourchette si tu ne veux pas faire de taches sur ta jolie robe…

Les jumelles échangèrent un clin d'œil ; l'incapacité de Nanny à tromper quiconque, fût-ce sur le sujet le plus futile, était légendaire.

Elles ne furent donc pas surprises outre mesure – mais tout de même ravies jusqu'à l'extase – quand Brunson les appela du rez-de-chaussée, vers le milieu de l'après-midi, en annonçant qu'il y avait une livraison pour elles. Elles ouvrirent la porte d'entrée pour voir, dans la lumière du soleil, leurs deux parents de part et d'autre d'une Austin Seven écarlate, avec à la main une bannière proclamant « Bon Anniversaire ». Les deux heures suivantes, elles les passèrent à parcourir de long en large le quai Victoria, les mains mal assurées sur le volant, sous la supervision de Daniels, le chauffeur de la famille. Quand elles regagnèrent la maison à six heures, rouges de triomphe, elles expliquèrent que c'était tout simple.

— On se disait qu'on pourrait conduire nous-mêmes jusqu'au Sussex demain après-midi, lança Adele à sa mère. Ça serait tellement plus facile pour tout le monde.

À quoi Celia répliqua que ce serait au contraire bien plus difficile pour tout le monde si elles avaient un accident, et qu'elles n'iraient nulle part en conduisant elles-mêmes avant plusieurs semaines.

— Oh, c'est trop injuste ! Le trimestre dernier, Barty est allée à Oxford au volant de sa voiture !

— Barty avait pris des leçons de conduite. Et maintenant, ne devriez-vous pas aller prendre votre bain ? Vos amis seront ici dans moins d'une heure. Sans parler de… Oui, Brunson ?

— Téléphone, lady Celia. Mr Brooke.

— Oh… oui, merci Brunson. Je vais le prendre en haut dans mon bureau.

— Bon sang ! s'exclama Celia, bon sang ! Quelles fichues manières ! On ne traite pas les gens comme ça, Sebastian, on ne les traite pas comme ça !

Elle faisait les cent pas dans la pièce avec une cigarette, en aspirant la fumée à pleins poumons pour tâcher de se calmer. C'était absurde d'être aussi furieuse, elle le savait ; mais elle ne décolérait pas, et les jumelles réagiraient comme elle quand elles apprendraient qu'il allait être en retard pour leur dîner d'anniversaire. Très en retard, même : il n'arriverait sans doute pas avant la fin du repas. Simplement parce qu'il avait été retenu à Oxford, à cause d'une absurde lecture publique de son livre, qu'il avait acceptée à la dernière minute.

— Salaud ! Salaud !

Elle ne s'était pas rendu compte qu'elle parlait aussi fort. Sa porte s'entrouvrit et Kit passa par l'entrebâillement.

— Maman, tu vas bien ?

— Oui, je vais bien. Merci, mon chéri.

— Je croyais t'avoir entendue crier. Tu n'as pas l'air d'aller bien...

— Mais si, je t'assure. Ta journée a été bonne ?

— Oui, très. Où sont les jumelles ?

— En train de se préparer.

— Qu'est-ce que c'est, cette super voiture dehors ?

— La petite rouge ? Leur cadeau d'anniversaire.

— Elles ont eu une voiture ! Les veinardes... Je peux aller m'asseoir dedans ? Quand est-ce que je pourrai faire une promenade, je veux l'essayer !

Celia rit, sa bonne humeur retrouvée grâce à la seule présence de son fils. La force de l'amour qu'elle éprouvait pour Kit, son dernier-né, était si grande que cela éclipsait presque tous ses sentiments. Il n'était pas seulement beau, avec son casque de cheveux dorés et ses yeux bleu foncé, pas seulement brillant – il lisait à quatre ans, écrivait des histoires et de la poésie à sept –, mais aussi plein de charme, avec une grâce et des manières comme on en rencontrait rarement chez un enfant. À un âge où la plupart de ses semblables ne s'intéressaient qu'au cricket, aux trains électriques et aux disputes avec des méchants à l'école, Kit aimait parler de livres, des gens – aussi bien les adultes que ses propres amis –, et de l'actualité. Il lisait tous les matins le journal au petit déjeuner, et pour son dernier anniversaire il avait demandé un appareil de radio – un Gecophone, avec son cornet et son élégant coffrage de bois, bien plus pratique qu'un poste à galène – pour pouvoir écouter nouvelles et concerts dans sa chambre.

Cela étonnait beaucoup les jumelles. En ce qui les concernait, leur distraction préférée à la maison (la seule) était le gramophone. Elles mettaient des disques de danse et s'exerçaient aux nouveaux pas à la mode, afin d'être prêtes pour la prochaine fête ou le prochain night-club. Quant à leurs besoins littéraires, les magazines mondains et de mode suffisaient à les satisfaire.

— Plus tard tu seras triste et ennuyeux comme Giles, affirmaient-elles à Kit, ou même comme Barty.

En fait, Kit n'était pas si « sérieux » que cela. Il adorait s'asseoir sur les lits des jumelles, les écouter bavarder et pouffer de rire, leur poser mille questions sur leurs amis (la plupart étaient aux petits soins pour lui) et sur leurs projets pour la soirée à venir.

— Tu devrais faire attention, petit frère, lui avait dit Venetia.

Maman n'approuverait pas que tu t'intéresses à ce genre de sujet. C'est bien trop frivole pour toi.

— Maman approuve tout ce que je fais, avait tranquillement répondu Kit – et c'était exact.

— Kit, mon chéri, lui dit Celia ce jour-là, va te changer pour dîner.

— OK.

— Et ne dis pas OK quand ta grand-mère est dans les parages, s'il te plaît.

— OK.

— Kit !

Elle lui lança un regard sévère, mais le visage du jeune garçon était l'innocence même.

— Je ne le ferai plus, promis. Oh, bonjour, père. Je partais.

Oliver fronça les sourcils à l'intention de sa femme :

— J'aimerais que tu ne fumes pas dans notre chambre.

— Je suis désolée, Oliver.

Elle s'excusait si rarement qu'elle fut surprise de s'entendre.

— J'étais... très en colère. Sebastian va être très en retard, il ne sera peut-être pas ici avant neuf heures. On lui a demandé une seconde lecture publique. À la Bibliothèque bodléienne. Le premier lot de livres qu'on avait envoyé là-bas a été entièrement vendu.

— Tant mieux, c'est bon pour nous.

— Tu sais parfaitement que le problème n'est pas là. C'est impoli, désagréable et très... arrogant de sa part. Manifestement, être devenu l'auteur pour enfants le plus célèbre du pays a fini par lui monter à la tête. Les jumelles vont être bouleversées.

— Franchement, je ne crois pas que ça va beaucoup les déranger. Elles ont leurs propres amis, et je ne pense pas que l'absence d'un monsieur d'un certain âge...

— Sebastian n'est pas âgé, Oliver. Il a notre... ton âge.

— Il doit leur paraître très vieux. C'est dommage, mais je suis sûr qu'il fera de son mieux pour nous rejoindre au plus vite. Il est très professionnel et toi, tu devrais respecter ça.

Celia garda le silence.

— Je vais prendre mon bain, dit-elle enfin. Il faut que quelqu'un au moins soit prêt pour cette fête.

Elle savait d'expérience à quel moment elle devait céder devant Oliver : quand – et seulement quand – il n'y avait plus rien d'autre à faire.

2

— Celia, ma chérie, tu as l'air fatigué.

— Merci du compliment, PM, répondit Celia. Exactement ce qu'on a envie d'entendre au début d'une soirée. Mais je ne suis pas du tout fatiguée.

— Ravie de l'apprendre, dit PM. Parce que moi, je suis épuisée.

PM travaillait très dur, trop dur ; son poste de directrice générale de Lytton l'exigeait, certes, mais elle n'était plus toute jeune. La grande sœur d'Oliver (elle aimait à se présenter ainsi) aurait cinquante-quatre ans cette année. Les initiales PM signifiaient Petite Margaret ; elle portait le même prénom que sa mère ; mais rien n'aurait pu être plus inapproprié que l'adjectif « petite ». Elle était immense, plus d'un mètre quatre-vingts ; mince, avec une voix profonde, des yeux sombres et pénétrants dans son visage au teint pâle. Sa mise était toujours austère, avec l'uniforme de sa jeunesse, qu'elle n'avait jamais quitté : jupe longue, chemise et cravate, veste sur mesure. Sa masse de cheveux sombres, qui grisonnaient aujourd'hui, était tirée en un chignon serré. Elle n'en restait pas moins une femme très séduisante, à l'humour chaleureux et spontané ; les hommes la trouvaient sexuellement attirante, les femmes l'aimaient pour sa franchise et son absence totale de fourberie. Celia répétait souvent qu'elle était sa meilleure amie.

— Comment va Jay ? demanda Kit comme ils s'asseyaient.

À la suggestion de Celia, on l'avait placé à côté de PM.

— Très bien. Il est à l'essai pour intégrer la meilleure équipe de football de son école, et il joue dans l'équipe junior de tennis. Et il chante aussi dans la chorale.

Pour parler de Jay, la voix de PM s'était faite plus douce. L'adoration qu'elle éprouvait pour son fils unique était connue de tous ; la seule fois où on se souvenait de l'avoir vue pleurer, c'était quand il était parti pour Winchester le trimestre précédent. Gordon, mari de PM et beau-père de Jay, répétait souvent que s'il devait un jour demander le divorce, il invoquerait Jay comme cause principale. « Je sais quel est l'homme que préfère PM, disait-il joyeusement, en clignant des yeux vers elle, et ce n'est pas moi. »

Un homme moins large d'esprit aurait pu prendre ombrage de Jay et de la passion que PM lui vouait, mais Gordon Robinson était fort éloigné de ce genre de pensée. Il était tombé amoureux de PM et l'avait épousée voilà seulement six ans. Pour Gordon, dès le début, Jay faisait partie de PM ; l'amour de cette mère pour son fils était une des facettes de sa nature généreuse et passionnée. Peu importait qu'elle soit trop âgée pour lui donner un fils ; solide, gai, remarquablement intelligent, passionné par la campagne et la faune sauvage (comme il l'était lui-même), Jay représentait le fils idéal pour Gordon.

Celui-ci, en grande discussion avec Oliver, entrait justement dans la pièce. Avec ses deux mètres, il dominait tout le monde, et c'était l'un des rares hommes qui pouvaient se vanter d'en imposer à PM, au moins physiquement. Celia l'adorait.

— Ma chère Celia, permettez-moi de vous répéter encore une fois combien vous êtes ravissante. C'est incroyable que vous puissiez être la mère d'aussi grands enfants.

— Moi, je ne suis pas grand, déclara Kit, et grâce à moi elle se sent jeune. N'est-ce pas, maman ?

— Pour le moment c'est vrai, Kit. Alors je préférerais que tu t'arrêtes de grandir.

— Je vais essayer, répondit-il en souriant.

— Si tu y arrives, intervint Oliver, j'espère que tu nous donneras ton secret. Gordon, si vous vous asseyiez à côté de Celia ? Sebastian va être en retard. Et toi, Venetia, tu t'assois ici à côté de moi, et ensuite vous, jeune homme...

Jusqu'ici tout se passait bien, pensait Giles ; tout le monde parlait, personne ne restait bêtement assis en silence — sauf lui, éternellement morne et gauche en société. Sa grand-mère, la comtesse de Beckenham, faisait à qui voulait l'entendre un exposé plutôt technique sur la préservation de la pureté du sang des chevaux de race ; et son grand-père savourait de merveilleux moments au côté d'une des plus jolies amies des jumelles — apparemment captivé par le récit détaillé des bals auxquels elle avait assisté cette saison, mais en fait bien plus intéressé par le spectacle de sa poitrine, qu'elle avait opulente, contrairement à la mode de l'époque. (Les jumelles l'avaient jugée assez forte moralement pour supporter la présence d'un admirateur aussi assidu.)

Le plus jeune frère d'Oliver, Jack, et la ravissante Lily — du moins, c'était le nom qu'elle portait sur les affiches de théâtre au moment de sa rencontre avec Jack — avaient bénéficié d'un passe-droit pour rester assis l'un à côté de l'autre, car ils étaient encore très amoureux après sept années de mariage. Et, bien sûr, Boy Warwick charmait tout le monde, comme d'habitude : fichu beau parleur, pensait Giles. Comme il l'enviait... Hormis le service minimum qu'il assurait à la banque de son père, Boy passait le plus clair de son temps à dépenser l'argent de ce même père, pendant que Giles, lui, travaillait d'arrache-pied chez Lytton, déclinait les invitations à déjeuner de Boy, les soirées dans les night-clubs qui se terminaient aux petites heures du jour, les week-ends à la campagne qui débordaient sur la semaine, avant et après.

Il fallait reconnaître que Boy, malgré sa vie de sybarite, était un excellent ami, agréable et fidèle (du moins à ses amis garçons, nettement moins à ses conquêtes féminines). Giles lui avait plusieurs fois servi de couverture aussi bien à Eton qu'à Oxford ; plus important, il l'avait introduit dans son cercle familial, très différent de ce que Boy connaissait.

Celia estimait qu'il se dirigeait vers le même style de vie que son père, deux fois divorcé, et à qui on connaissait de nombreuses maîtresses. Toutefois, elle l'aimait beaucoup ; il était spirituel, charmeur, flatteur, d'un genre auquel elle avait du mal à résister, même quand elle voyait clair dans son jeu. Son crime le plus grave, selon elle, n'était ni son excentricité ni ses manières de libertin, mais son oisiveté, sa faculté de passer ses journées à s'amuser, son apparente absence d'ambition, défaut d'autant plus regrettable, comme elle le lui répétait souvent d'un ton sévère, qu'il avait un esprit brillant : il avait obtenu une mention très bien en lettres classiques à Oxford.

Les jumelles l'adoraient : il était si beau, avec ses yeux sombres où brillait toujours une étincelle amusée, ses cheveux noirs et lisses, sa garde-robe considérable, ses nombreuses voitures, son appartement sur Albany Street, la rue à la mode. Il était si charmant, si spirituel, si riche, et surtout si indifférent à tout ce qui était plus sérieux que la prochaine fête ou la dernière réunion hippique, la nouvelle tenue à la mode ou le plus récent ragot.

Les jumelles, très excitées, se permettaient des plaisanteries de plus en plus osées, mais personne ne paraissait s'en offusquer ; Celia s'était départie de sa mauvaise humeur pour redevenir aussi charmante qu'à l'accoutumée, flirtant alternativement avec Boy et avec un jeune homme extrêmement beau qu'Adele lui avait présenté comme étant son meilleur ami, Charley. Oliver ne disait rien ou presque et se contentait de sourire aimablement à ses voisins ; il appréciait l'atmosphère mais, comme d'habitude, n'était pas entièrement en phase avec elle.

Si seulement Barty était là, pensait Giles. La famille n'était jamais au complet sans elle – ironie des choses, puisqu'elle n'en faisait pas partie au sens strict. Elle aidait toujours Giles à se sentir mieux ; en ce moment même, le seul fait de penser à elle soulageait son malaise. Il l'imaginait en train d'étudier dans sa chambre à Oxford, de s'appliquer au travail avec toute son intelligence claire et tranquille...

28

Dieu merci, elle n'était pas chez les Lytton, songeait Barty en repoussant ses livres et en tendant la main vers sa tasse de cacao. Chaque année ou presque, y compris depuis son arrivée à Oxford, elle avait dû supporter de s'asseoir à leur table et de sourire jusqu'à ce que ses joues lui fassent mal, d'essayer de trouver le bon sujet de conversation avec le malheureux garçon placé à côté d'elle – qui de son côté se mettait en devoir de lui parler sans savoir au juste à quoi s'en tenir, était-elle une Lytton, oui ou non ? Oh, c'était horrible, toujours aussi horrible à chaque fois. Mais cette année, elle avait une excuse parfaite. Le jour de son arrivée à Oxford avait été l'un des plus heureux de sa vie, pensait-elle souvent (même si elle ne le disait jamais, bien sûr). Ce jour où elle avait quitté l'imposante maison de Cheyne Walk pour trouver un nouveau foyer, ici, à l'université Lady Margaret. Un nouveau foyer qui lui serait propre, pour le moins pendant les trois prochaines années. Au moment où elle adressait des signes d'adieu à Celia – qui avait insisté pour venir l'aider à s'installer –, elle n'avait ressenti que de la joie – aucun regret, si ce n'est devant la tristesse manifeste de Celia ; et aussi un peu de nostalgie à l'idée de quitter le cher Wol, comme elle avait toujours appelé Oliver. Ensuite, elle était retournée dans l'immeuble, avait grimpé l'escalier jusqu'à sa chambre, et y était restée assise pendant plus d'une heure, sans rien faire, juste à savourer le plaisir d'être, pour la première fois de sa vie, dans un endroit où elle se sentait vraiment chez elle.

Or cette période de sa vie touchait à sa fin. Elle se demandait anxieusement où elle irait maintenant. Sûrement pas à Cheyne Walk, ou en tout cas pas pour longtemps...

Là-bas, le dîner était fini et bien fini. La conversation languissait, l'éclat de la soirée faiblissait. Venetia se leva de sa chaise.

— Si on allait tous à l'Embassy ? Il est tard, et les autres seront sûrement là-bas, et...

— Attendez, dit Oliver. Nous avons oublié de porter un toast, à cousine Maud.

Cela aussi faisait partie de la tradition : la famille levait son verre, après avoir mis rapidement au courant les étrangers.

— Joyeux anniversaire, Maud, dit Adele.

— *Cheers*, dit Venetia. Joyeux anniversaire, Maud.

— Quelle affreuse expression ! Venetia ! commenta lady Beckenham. Où as-tu appris ça ?

— Quoi, « *cheers* » ? Grand-mère, tout le monde le dit maintenant.

— Cela n'excuse rien. Mais dites-nous plutôt comment va la famille que vous avez là-bas, Oliver ?

Lady Beckenham aimait faire comprendre aux étrangers que toute trace de vulgarité dans la famille ne pouvait venir que de l'autre côté.

— Très bien, merci, lady Beckenham.

Même après vingt-quatre ans de mariage avec sa fille, Oliver restait incapable d'employer une formule plus familière pour s'adresser à elle. Cependant, comme elle-même donnait toujours du « Beckenham » à son propre mari, cela n'avait rien de surprenant.

— Papa, on se disait justement qu'il était temps d'arranger une autre visite. Je crois qu'on devrait tous y aller, Giles y compris. Il faudrait qu'il connaisse l'avant-poste de l'empire Lytton, de toute façon. Et je suis sûre qu'oncle Robert serait content de nous voir.

— Venetia, Robert est aussi occupé que nous, répondit Celia d'une voix ferme. Il n'aura sûrement pas le temps d'organiser ce genre de distraction infantile pour Maud et vous deux.

— Maman, nous pouvons nous entendre avec Maud, intervint Adele. Maintenant, il faut qu'on y aille. Allez, tout le monde... Oh, cher Sebastian, vous voilà enfin... C'est merveilleux, et en même temps affreux, parce que nous allons partir...

— Partir ? Je suis tellement en retard ? lança Sebastian Brooke. Je suis désolé. Oliver, Celia, pardonnez-moi, je vous en prie. PM, et vous aussi Gordon, bonsoir. Lady Beckenham, comme c'est agréable de vous revoir ! Lord Beckenham, quel plaisir, comment allez-vous... ?

Il termina son tour de table, décontracté, donnant un nouveau souffle à la soirée. Quelle vieille canaille, pensa Giles, qui l'aimait beaucoup. Rien qu'avec un sourire et un bon mot, il parvenait à manœuvrer n'importe qui. Seule Celia semblait insensible à son charme ; elle se contenta pour tout salut d'un signe de tête, accompagné d'un sourire glacial.

— Sebastian, dit Adele en glissant son bras sous le sien, on va à l'Embassy, vous nous accompagnez ? C'est jeudi, le prince de Galles sera peut-être là...

— Ma chérie, comment pourrais-je quitter une aussi charmante réunion alors que je viens juste d'arriver ?

— La fête est finie, répliqua Venetia. Tout le monde s'en va.

— Pas tout le monde, corrigea Oliver. Les plus âgés d'entre nous vont rester ici.

— Franchement, les filles, je vais rester moi aussi, conclut Sebastian. Et tenez, j'allais presque oublier, vos cadeaux... Avec toute mon affection.

Les jumelles ouvrirent leurs paquets, de chez Asprey, et en sortirent des étuis à cigarettes en argent avec des « Oh, c'est merveilleux » et des « Rien ne m'aurait fait plus plaisir »...

Quand Venetia regardait Boy Warwick danser assidûment avec Bunty Valance, elle se demandait si elle s'était trompée, si Adele s'était trompée, et s'il était le moins du monde intéressé par elle. Il avait dansé une fois avec elle, et depuis il avait invité Babs Rowley pour un charleston, Adele pour un fox-trot. Maintenant, il dansait un blackbottom spectaculaire avec une fille qu'il avait rencontrée ici, et qui n'appartenait pas à leur groupe.

Quand il revint vers leur table, il s'essuya le front d'un geste théâtral.

— Difficile, dit-il. Noel Coward est sur la piste, je ne sais pas si vous l'avez vu, mais c'est un sacré danseur. Et il y a le prince, aussi, avec Thelma.

— Je me fiche de savoir qui l'accompagne, commenta Venetia d'un ton maussade tout en fixant le prince de Galles et la belle lady Furness d'un air fasciné.

— N'est-elle pas ravissante ? murmura Adele, tout aussi captivée que sa sœur.

— Pas autant que toi, ma chère, dit Boy, pas autant que vous deux.

Il prit leurs deux mains et les embrassa d'un même mouvement.

— Venez, voyons si je peux danser avec vous deux en même temps.

Plus tard, alors que l'orchestre jouait une valse, Venetia dansa seule avec Boy. Elle sentit la douceur de sa main contre son dos nu, la chaleur de son corps. Elle se laissa aller, se fit un peu plus lourde dans ses bras.

— C'est agréable, lui glissa-t-il à l'oreille, très agréable. Tu es très belle, Venetia. Et dans cette robe, tu ressembles exactement à cette gravure de Lepape que j'ai achetée l'autre jour.

Elle connaissait Lepape, bien sûr, le créateur des merveilleuses couvertures pour *Vogue*.

— Mon Dieu, tu possèdes des gravures de Lepape ?

— Oui, dans mon appartement. J'en ai beaucoup, notamment de femmes qui te ressemblent. Tu devrais venir les voir un jour. Vous devriez venir toutes les deux, ajouta-t-il après une pause imperceptible.

Venetia prit une grande inspiration.

— Nous n'allons pas toujours partout ensemble, tu sais, remarqua-t-elle avec un sourire.

Après quoi elle se sentit honteuse. Pour la première fois de sa vie ou presque, elle s'était laissée aller à trahir sa loyauté et sa fidélité absolues envers Adele.

— Bien... commenta Boy pour toute réponse.

— Alors, Sebastian, dites-nous tout sur votre réunion, réclama Celia. Il devait y avoir beaucoup de monde ?

Dans la salle à manger, ils étaient presque seuls ; Kit avait été envoyé au lit, non sans protestations.

— Oui, pas mal. J'ai vendu beaucoup de livres ce soir.

— Formidable, dit Oliver. Et comment avance le cinquième tome de *Méridien* ?

— Oliver, vous aurez votre nouveau livre à temps pour le publier à Noël. Tous les enfants l'attendent, et quelques centaines de nouveaux lecteurs.

— Bien sûr. Mais je m'inquiète pour les plus âgés, j'ai peur que ces livres ne leur conviennent plus tout à fait...

— S'il faut en croire les critiques, et les lettres que nous recevons, ils les aiment toujours. Des enfants de soixante-cinq ans lisent les *Méridien*. Donc nous pouvons espérer que notre première génération de lecteurs ne nous abandonnera pas en atteignant la barre des deux chiffres, ni même leurs vingt ans.

— Espérons-le, soupira Oliver en touchant furtivement la table.

— En effet, dit Celia. Mais on ne peut pas en être certains non plus. Les modes vont et viennent, dans l'édition comme ailleurs. Ces nouveaux livres d'A.A. Milne sont très populaires.

— Ma chérie, objecta Oliver avec douceur, je ne crois pas que des histoires aussi saugrenues sur un ours miniature puissent rivaliser avec les délicieuses fantaisies de Sebastian sur le temps.

Celia les contempla, Oliver d'abord, puis Sebastian, sans qu'on puisse rien déchiffrer de ses pensées. Elle finit par rétorquer :

— Il n'est jamais bon d'être trop content de soi.

— Nous ne sommes pas contents de nous, Celia, dit Sebastian, nous sommes juste prudemment optimistes. Maintenant, je... eh bien, j'ai quelque chose à vous annoncer à tous les deux. Je... j'espère que vous en serez contents pour moi.

Sebastian se leva et commença à faire les cent pas autour de la table. Ils le suivirent des yeux, nullement surpris ; il était incapable de rester très longtemps sans bouger.

Il finit par se rasseoir brusquement, vida son verre de porto.

— Je... en fait, j'ai... Je voudrais vous parler de quelqu'un. Quelqu'un que j'ai rencontré.

— Quelqu'un, interrogea Oliver avec un petit sourire, ou quelqu'une ?

— En effet. Quelqu'une. De très spécial, très... Eh bien, qui est devenue très importante pour moi.

— C'est plutôt soudain, commenta Celia.

Elle semblait étonnamment calme tout à coup, et ses yeux ne laissaient paraître aucune émotion.

— Dites-nous-en plus.

— C'est vrai, c'est assez inattendu. Je ne la connais que depuis... un mois. Je l'ai rencontrée à une lecture que j'ai faite de mon livre. Elle travaille à la Bodléienne, elle est bibliothécaire là-bas.

— Une bibliothécaire ! s'exclama Celia.

D'après le ton, on aurait pu croire que la prostitution était un métier préférable.

— Continuez, cher ami, l'encouragea Olivier. Allons-nous en apprendre un peu plus sur elle ? Son nom, peut-être ?

— Elle s'appelle Pandora, Pandora Harvey. Elle vit seule à Oxford, dans une petite maison.

— Elle n'a sans doute pas besoin d'une grande, remarqua Oliver, qui cherchait visiblement à alléger l'atmosphère.

Sebastian le regarda avec gratitude et sourit.

— Non, en effet. Elle a trente et un ans et elle est charmante. En fait, elle est tout simplement belle. Je vous aurais déjà parlé d'elle si je ne m'étais senti, comment dire... embarrassé. D'avoir pu... Que cela ait pu arriver.

Il hésita puis continua, d'une voix quelque peu précipitée.

— Surtout de cette façon à la fois soudaine et évidente. À mon âge.

— De la façon dont vous en parlez, dit Celia, ça paraît très sérieux...

Sebastian la regarda ; il observa une pause, puis précisa :

— C'est en effet le cas.

— Eh bien, reprit Celia avec un sourire contraint mais aimable, nous sommes impatients de la rencontrer.

— Vous la rencontrerez très bientôt. Parce que... eh bien, parce que nous allons nous marier.

Après un grand silence, Celia répéta :

— Vous marier ? Vous allez vous marier ?

— Oui.

— Je vois, lâcha-t-elle, et ce fut soudain comme si Oliver avait quitté la pièce, en la laissant seule avec Sebastian. Bientôt ?

— Oui, Celia. Dès que possible. Nous ne voyons pas l'utilité d'attendre.

— Je comprends, dit-elle d'une voix froide.

Elle se laissa aller contre le dossier de sa chaise, sans le quitter des yeux ; puis elle tendit la main pour prendre une cigarette, mais, ce faisant, elle renversa son verre de vin. Le liquide rouge s'étala lentement sur la nappe blanche ; sinistre, presque menaçant, il ressemblait à du sang.

3

— Ma chérie, je te félicite... Je ne pourrais pas être plus heureuse ni plus fière. C'est une merveilleuse nouvelle. Tu dois être ravie. Je vais organiser une grande fête pour célébrer ça.

— Oh non, je vous en prie, non !

Barty sentit la panique habituelle monter en elle.

— Franchement, tante Celia, je préférerais que vous vous en absteniez.

— Mais pourquoi ? Tu le mérites et puis ce serait amusant...

Celia paraissait blessée et Barty eut honte. Elle prit une grande inspiration et parvint à feindre l'enthousiasme.

— Oui, bien sûr... J'adorerais, merci. Mais peut-être pas avant une semaine ou deux. Je suis terriblement fatiguée et...

— Bien sûr... Dans trois semaines, peut-être ? Seulement, l'été sera plus ou moins fini d'ici là...

Ce qu'elle voulait dire, c'était que la saison d'été serait plus ou moins finie. Barty sourit : la façon dont Celia prenait au sérieux le calendrier social l'amusait toujours – et l'étonnait en même temps. Elle était si brillante, si novatrice, elle exerçait un tel pouvoir sur les auteurs, les livres, les responsables littéraires, les illustrateurs, sur le monde de l'édition tout entier ; pourtant, elle restait prisonnière de son éducation, obsédée par les fêtes à la campagne et la saison de Londres, les courses et les bals, les dîners à la cour, les garden-parties royales, les titres, les ragots mondains... Cela paraissait extraordinaire à Barty. Personnellement, ces sujets-là lui étaient sortis de la tête une fois passée l'horrible période où Celia lui avait conseillé d'avoir un bal pour elle, d'être présentée. Elle avait même commencé à parler de dates et de réceptions à la cour quand lady Beckenham lui avait enjoint de cesser tout de suite si elle voulait éviter de se couvrir de ridicule, ainsi que Barty. « Ce sont tes absurdes principes socialistes, avait-elle ajouté, et je t'interdis de persister dans cette voie. »

Barty ne voyait pas très bien en quoi des principes socialistes pouvaient s'appliquer à une présentation à la cour, mais l'intervention de lady Beckenham lui avait apporté un soulagement intense. Elle était sauvée : lady Beckenham était la seule personne au monde qui eût de l'autorité sur Celia.

En revanche, ceci était différent ; une fête pour célébrer une mention très bien en littérature anglaise à Oxford offrirait au moins un certain intérêt. Elle reprit son souffle et répondit :

— Je pense que c'est une très bonne idée, tante Celia. Merci.

— Bien. Donne-moi dès que possible une liste de gens que tu voudrais inviter, d'accord ? Et Wol et moi t'emmènerons dîner ce soir pour fêter ça. Je suppose que Giles, les jumelles et Kit voudront venir aussi. Tu veux que je parle à Giles, ou préfères-tu t'en charger ?

— J'aimerais le lui dire moi-même quand il rentrera à la maison…

— Je pense que tu ferais mieux de lui téléphoner maintenant. Je ne crois pas que je pourrai garder longtemps le secret. Qu'est-ce que les jumelles ont dit ? Elles doivent être ravies…

Barty lui indiqua que les jumelles n'étaient pas encore levées.

— Mais Kit a l'air très excité.

— Sûrement ! Dis à la cuisinière de préparer un déjeuner de gala. Au revoir, ma chérie. Et encore toutes mes félicitations.

— Merci. Pour tout. À tout à l'heure.

Barty posa le téléphone en pensant avec tristesse, comme toujours en de telles occasions, combien sa mère aurait aimé entendre la nouvelle, combien elle en aurait été fière. Billy serait content, bien sûr ; à lui, elle pouvait le dire. Mais c'était tout ; personne d'autre dans sa propre famille ne comprendrait ce qu'elle avait réussi. Ce n'était même pas la peine de les en informer.

Dans de tels moments, Barty se sentait très seule.

— Elle a eu une dégoûtante mention très bien, déclara Venetia en pénétrant dans leur boudoir privé, où Adele se polissait les ongles.

— Oh, mon Dieu ! À nous les problèmes. Je crois déjà entendre maman en parler sans arrêt. C'est elle qui te l'a annoncé ?

— Non, c'est Kit. Il est excité comme une puce. Ils veulent nous emmener tous dîner dehors pour fêter ça.

— On ne peut pas trouver autre chose à faire ?

— Je ne crois pas. Tout le monde est parti, non ?

Elle semblait en colère et Adele savait pourquoi. Boy, en croisière sur la Méditerranée, avait demandé à Celia et Oliver si les deux jumelles pourraient l'accompagner, et ceux-ci avaient refusé au motif qu'il n'y aurait pas de chaperons avec eux.

Les Lytton louaient une villa dans le sud de la France un peu plus tard dans l'été.

— Ça va être follement amusant, avait prédit Adele d'un air sombre. Personne d'autre que la famille, même pas Sebastian. Mon Dieu, comme c'est déprimant !

Leur saison finie, les jumelles s'ennuyaient affreusement. Plusieurs de leurs amies avaient déjà eu droit à des faire-part de fiançailles dans le *Tatler*... Pour les étoiles qu'elles étaient dans le firmament mondain, elles n'avaient pas fait aussi bien qu'elles-mêmes ou leur mère auraient été en droit de l'espérer.

— Bon, allons-y. C'est quand même plutôt fort de sa part d'avoir réussi ça. Mais je ne veux pas avoir à écouter ça pendant le déjeuner. Sortons vite faire des courses. Elle a Kit, après tout...

Brunson entra dans le petit salon et Barty lui sourit.

— Téléphone, Miss Miller.

L'expression la surprenait toujours. Elle avait été pendant long-temps Miss Barty pour les domestiques, jusqu'à ce qu'elle aille à Oxford. Puis, en vertu d'un étrange processus social (via Celia, sans doute), elle était devenue Miss Miller : plus importante, une adulte – mais en même temps cela la renvoyait à la distance qui la séparait des Lytton.

— Merci, Brunson. Qui est-ce ?

— C'est Mr Miller, Miss Miller.

Billy ! Il ne téléphonait jamais...

— Billy ? Allô, qu'est-ce qui ne va pas ?

— Rien. Je voulais juste te féliciter. Bien joué. Tu le mérites.

— Billy, merci... Mais comment le sais-tu ?

— Lady Beckenham est venue me le dire. En courant dans la cour, tout excitée. Elle a dit que je devais venir à la maison et te téléphoner.

— Oh, Billy ! C'est vraiment gentil de sa part...

Les yeux de Barty se remplirent de larmes, elle avala sa salive avec peine.

— Ouais, ça, elle est gentille. Personne ne le sait aussi bien que moi. En tout cas, elle était heureuse comme tout, et moi aussi. Tu es vraiment une tête, Barty. Maman aurait été contente, hein ?

— Oui.

— Barty, ma chérie, c'est Sebastian ! Je voulais te féliciter, c'est fantastique. Je suis si fier de toi. Non que j'aie un quelconque droit à me sentir fier, mais… eh bien, je suis ravi.

— Qui vous l'a dit ?

— Oliver. Je suis allé chez Lytton ce matin. Lui et Celia étaient comme des chats à qui on aurait donné une bassine entière de crème. Je peux t'inviter à déjeuner ?

— Kit et moi déjeunons ensemble ici, précisa Barty. La cuisinière prépare déjà un repas de fête. Venez nous rejoindre !

— Eh bien, c'est tentant… Les terreurs seront là ?

— Non, elles sortent.

— Alors je viens. J'ai tellement envie de te voir !

Il arriva juste avant midi, un énorme bouquet de roses dans une main et une bouteille de champagne dans l'autre. Il tendit le champagne à Brunson, puis il prit Barty dans ses bras et l'étreignit.

— Quelle fille intelligente ! C'est merveilleux ! Pandora t'envoie toute son affection.

— Merci. Transmettez-lui la mienne, vous voulez bien ? Comment se porte-t-elle ?

— Magnifiquement. Occupée par les préparatifs du mariage.

— Prévu pour septembre, m'a dit Wol. Dans la maison de Pandora à Oxford. Excellente idée, c'est si joli.

— Je le pense aussi. J'ai même un mal fou à la persuader de revenir vivre ici, après. Elle veut rester là-bas.

— Et vous ?

— J'aime ma maison de Londres.

— Pourquoi ne pas partager votre temps entre l'une et l'autre ?

— Et mes livres, qu'en ferais-je ?

— Vous pourriez très bien en laisser une partie dans chacune des deux maisons.

— Tu en as parlé à Pandora ? demanda Sebastian d'un air soupçonneux.

— Non, bien sûr que non. Mais ça me semble si… évident. Et sa maison est si charmante…

— La mienne aussi. Maintenant, ouvrons cette bouteille de champagne. Kit, mon vieux, salut. Comment vas-tu ? Qu'est-ce que tu penses de cette brillante créature qui est là avec nous ? Ça ne va pas être facile d'être à la hauteur, hein ?

Kit sourit, lui serra la main puis l'embrassa ; ils s'aimaient beaucoup. Barty les regarda, assis ensemble sur le canapé, discutant sans façon, et s'émerveilla de leur ressemblance : avec la même beauté dorée, ils étaient tous les deux aussi charmants l'un que l'autre, sans effort ; c'étaient deux des êtres qu'elle préférait au monde.

Pendant des années, elle avait ressenti pour Sebastian quelque chose comme un béguin ; même aujourd'hui, elle continuait à le trouver absurdement beau. On aurait dit une vedette de cinéma ou un poète romantique. Ses cheveux étaient toujours blond foncé, ses yeux d'un bleu incroyablement intense, ses traits parfaitement dessinés ; un Rudolph Valentino blond, de l'avis de tous. Sebastian avait été un excellent athlète, jusqu'à ce qu'une blessure reçue dans les tranchées au début de 1916 le fasse boitiller à vie – ce qui ajoutait, bien sûr, à son image romantique. Les femmes le trouvaient irrésistible ; même PM convenait qu'il était extrêmement beau, et les jumelles répétaient qu'il était « à s'évanouir » – leur dernière trouvaille en date. Seule Celia semblait imperméable à sa beauté.

Giles avait raconté à Barty que Celia s'était montrée infecte avec Sebastian et qu'elle avait été extrêmement réticente à l'idée de rencontrer Pandora. « Mais ensuite, elle a tout d'un coup décidé de donner un grand dîner pour elle. Là, elle a été absolument charmante, elle n'arrêtait pas de dire à Pandora que Sebastian ne la méritait pas. »

Sebastian pensait d'ailleurs la même chose ; surtout qu'il avait été persuadé jusque-là de ne plus jamais revivre de telles émotions. Un homme de quarante-sept ans avec un passé aussi chargé – un mariage et plusieurs histoires d'amour –, égoïste, solitaire, engoncé dans ses habitudes, dont l'éclatante réussite professionnelle semblait l'accaparer tout entier, ne pouvait guère s'attendre à tomber amoureux. Et pourtant, cela lui était arrivé : d'un seul coup et sans moyen d'y échapper, mais dans la joie.

Il avait d'abord aimé sa voix. Après une lecture dans la Bibliothèque bodléienne, il signait ses livres sans le moindre répit, souriant courtoisement à ses jeunes lecteurs et à leurs parents à mesure qu'ils arrivaient devant sa table, leur déclarant combien il était ravi qu'ils aient aimé le dernier, que lui-même n'avait pas de préféré, qu'il mettrait bien volontiers « À Freddie » au-dessus de la signature, que naturellement ça ne l'ennuyait pas de signer un vieil exemplaire de la première édition – quand il avait entendu cette voix douce, à la fois basse et légère, qui lui proposait d'aller lui chercher d'autres livres dans la réserve. Il leva les yeux et aperçut un petit visage en forme de cœur, de grands yeux noisette, un sourire sympathique, et il ressentit un coup dans la poitrine comme s'il reconnaissait quelqu'un – un coup si violent, presque un choc physique, qui le laissa désorienté et légèrement étourdi.

— Ce serait très aimable, répondit-il en essayant de maîtriser son émotion. Mais juste quelques-uns, bien sûr, ou alors prenez quelqu'un pour vous aider.

Elle sourit de nouveau et se détourna. Elle était petite, très petite même, avec de longs cheveux mordorés qui lui coulaient dans le dos tel un serpent, tenus par une grande barrette d'écaille ; ses mouvements étaient vifs et gracieux. Quand elle revint avec les livres, il la remercia avec effusion, se sentit démuni quand elle le quitta ; à la fin de la réunion, il se dirigea vers elle.

— Je vous suis si reconnaissant pour votre aide. Merci encore.

— Voyons, ce n'était rien. J'ai bien aimé ce que vous avez dit, ajouta-t-elle.

— Moi, je suis fatigué de répéter toujours les mêmes choses. Elles finissent par me paraître ennuyeuses. Mais les gens ont eu l'air d'apprécier cet après-midi, n'est-ce pas ?

— Oui, j'ai eu la même impression.

— Et il y avait du monde, non ? C'est toujours une telle tension, vous savez. Se demander si les gens viendront, s'ils riront au bon moment. On ne s'y habitue jamais complètement. C'est absurde.

— Oui... Enfin, je veux dire non.

Leurs regards se croisèrent un moment puis elle dit :

— Mr Brooke... je ne veux pas me montrer mal élevée. J'ai vraiment apprécié ce que vous avez dit et je suis sûre que tout le monde pense la même chose que moi, mais je voudrais fermer maintenant, il est tard.

— Oh, mon Dieu, je suis désolé... Comme c'est égoïste de ma part. Pardonnez-moi, et merci encore.

— Ce n'est rien. Bonsoir.

— Bonsoir, Miss...

— Harvey. Pandora Harvey.

Il avait passé la nuit à Oxford. Le lendemain, attiré par une force irrésistible, il était entré à la Bodléienne. Elle en sortait au même moment pour aller déjeuner ; ensuite, elle devait passer la semaine avec sa mère. Il sourit, lui dit combien il était content de la revoir ; peut-être pourrait-il l'emmener prendre un thé, afin de lui témoigner sa gratitude pour la gentillesse qu'elle avait manifestée la veille ? Elle répondit en riant que l'idée lui plaisait beaucoup, et qu'elle accepterait même un sandwich parce qu'elle avait faim.

Il la conduisit dans sa voiture au pub The Trout, donnant sur les marais, où elle le surprit en commandant un demi de bière. Ils regardèrent les paons et se découvrirent une foule de goûts communs, entre autres les tableaux de Modigliani, la musique de George Gershwin et l'œuvre littéraire d'A.A. Milne.

— Si ça ne vous choque pas que j'aime un rival, ajouta Pandora, qui avait lancé ce nom la première.

Sebastian la rassura. Un peu plus tard, elle accepta de téléphoner à sa mère pour la prévenir qu'elle n'arriverait pas avant le lendemain, et il lui offrit à dîner au Randolph. Ils restèrent assis à parler jusqu'à ce qu'ils soient seuls dans le restaurant, en compagnie des serveurs somnolents. Alors Sebastian lui déclara qu'elle n'y attacherait sans doute pas une grande importance, mais qu'il pensait être tombé amoureux d'elle. Elle lui rétorqua avec une totale absence de calcul et de coquetterie qui le fascina, qu'elle y attachait une grande importance, au contraire.

Une semaine plus tard, elle lui téléphona de sa petite maison d'Oxford et l'invita à dîner pour le samedi suivant. Sebastian arriva avec une bouteille d'un excellent bordeaux, un gros bouquet de roses blanches et une édition originale de *La Maison de Winnie l'Ourson*, d'A.A. Milne. Elle l'avertit qu'elle attendait quelques amis, ce qui le chagrina un peu ; mais à une heure du matin, après une fort joyeuse soirée et un délicieux repas préparé de ses mains, les amis étaient tous partis. Pandora lui avoua qu'elle pensait être amoureuse elle aussi, et que, s'il éprouvait toujours les mêmes sentiments, elle en serait très heureuse. Le lendemain matin, Sebastian se réveilla dans le lit de Pandora, son petit corps (qui possédait de grandes dispositions pour le plaisir) lové contre le sien. Plus tard dans la matinée, il lui demanda de l'épouser et elle accepta.

Le tout s'était passé de la manière la plus simple et la plus directe.

Bien sûr, il savait que cela blesserait Celia. Il s'était attendu à tout : le dédain glacial, la colère, la douleur. C'est pour cela qu'il avait repoussé le moment des semaines durant, qu'il avait choisi l'anniversaire des jumelles pour annoncer la nouvelle : elle se sentirait dans une ambiance familiale, Oliver serait là, avec sa présence bienveillante, et avec un peu de chance PM aussi, avec son calme et son équanimité. Il n'avait pas prévu que la fête serait déjà presque finie, que la maison se viderait aussi rapidement. Mais voilà, c'était fait. L'insistance d'Oliver pour fêter l'événement au champagne avait été quelque peu déplacée, vu l'ambiance ; mais cela avait créé une diversion après l'épisode du verre de vin, et la rage de Celia de l'avoir renversé. Ils avaient réussi tant bien que mal à remplir la petite heure que la courtoisie exigeait avant qu'il puisse décemment rentrer chez lui. Pourtant, il devait bientôt découvrir que les problèmes étaient loin d'être réglés.

Quelques jours plus tard, dans son bureau, Celia lui adressa un grand sourire :

— Bien sûr que je veux faire sa connaissance. Il faut arranger ça dès que nous le pourrons. Mais nous sommes extrêmement occupés en ce moment. La saison des jumelles est si mouvementée et...

— Celia, répondit Sebastian en s'efforçant au calme, un dîner fera très bien l'affaire, juste nous quatre, pour que vous puissiez...

— Sebastian, ne soyez pas ridicule... Je veux à tout prix que Pandora se sente accueillie comme il faut. Il faut qu'elle rencontre la famille tout entière, bien sûr, c'est la seule formule envisageable. Laissez-moi une semaine ou deux et je trouverai une date.

La semaine, puis les deux, passèrent ; des dates furent même proposées avant d'être annulées, repoussées et repoussées encore. Pandora en fut d'abord amusée, puis irritée.

— C'est absurde. Je crois que je devrais simplement entrer un jour dans son bureau et me présenter. Au moins, ce sera fait.

— Je t'en prie, non, lui dit Sebastian. Je t'en prie...

— Je trouve cela... difficile à vivre, Sebastian, vraiment. Quelle qu'en soit la raison. Je t'en prie, règle ce problème.

Pour finir, il perdit patience. Celia venait d'annuler pour la quatrième fois une rencontre prévue avec Pandora, elle avait fait prévenir Sebastian par sa secrétaire, Janet Gould. Celle-ci lui avait expliqué que lady Beckenham donnait un dîner de cour, qu'elle avait demandé à la dernière minute à Celia de venir, et que celle-ci ne pouvait lui refuser cela après tout ce qu'elle avait fait pour les jumelles cette saison. Elle espérait que Pandora comprendrait.

Sebastian raccrocha le téléphone, le contempla pendant quelques instants, puis il commanda un taxi et se rendit chez Lytton. Cet après-midi-là Pandora reçut une lettre les invitant, elle et Sebastian, à un dîner de famille à Cheyne Walk pour le jeudi suivant.

— Alors, petit génie, qu'est-ce que tu vas faire maintenant ? demanda Sebastian en remplissant le verre de Barty. Profiter d'un peu de repos bien mérité ?

— Oh non. J'aime bien être occupée.

— Je sais. Mais quelques semaines de détente ne seraient pas une mauvaise idée, quand même. Tu les accompagneras dans leur villa ?

— Je suppose que oui, soupira-t-elle. Je n'en ai pas envie. Mais je ne vois pas quelle excuse trouver, et...

— Ça peut être amusant.

— Ça ne le sera pas.

— Qu'est-ce qui ne sera pas amusant ? demanda Kit.

Il revenait dans la pièce après être allé chercher un peu de limonade.

— Rien, dit rapidement Barty. Juste de quitter Oxford, de chercher un travail.

— Voyons, Barty, commenta le jeune garçon, tu n'as pas besoin de chercher un travail, tu en as déjà un !

— J'en ai un ?

— Évidemment !

— Où ça ?

— Eh bien, chez Lytton ! Comme tout le monde dans la famille.

— Mais je ne suis pas... commença Barty, puis elle s'interrompit.

— Les deux terreurs n'y travaillent pas, observa doucement Sebastian.

— Elles y viendront quand elles auront grandi un peu. J'ai entendu maman en parler à père. En tout cas, c'est ce qu'elle disait. Et ensuite, elle a dit que Barty irait aussi dès qu'elle reviendrait d'Oxford. Elle a dit que tu devrais apprendre le métier d'éditrice, que tu ferais un travail formidable. Elle a même dit que tu serais meilleure que Giles, ajouta-t-il avec un sourire en coin. Elle dit qu'il n'a jamais d'idées.

— Mais... commença Barty, avant de s'interrompre de nouveau.

— Il pourrait faire un excellent éditeur, s'empressa de rectifier Sebastian, mais je sais qu'Oliver le voit plutôt côté gestion. PM dit qu'il se débrouille très bien avec les chiffres.

— Tout à fait, acquiesça Barty. C'est au moins aussi important que le côté éditorial.

— En tout cas, elle veut que toi, tu le deviennes, donc je suppose que tu le seras, conclut Kit, puis il sourit de son sourire angélique.

Plus tard, après le déjeuner, Sebastian et Barty marchèrent ensemble sur les berges du fleuve. Elle gardait le silence et paraissait distraite.

— Qu'y a-t-il ? lui demanda-t-il.

— C'est que... c'est juste que je ne veux pas travailler chez Lytton, vraiment pas.

— Parce que ce serait trop facile ? À cause de ce que diraient les gens ?

— Eh bien... oui. Et aussi...

— Et aussi quoi ?

Il passa le bras autour de ses épaules.

— Allez, tu peux me le dire...

— Parce que... ça signifierait que je leur serais encore plus redevable. Je ne le supporte plus, Sebastian, je vous assure.

Ce soir-là, de retour à Oxford au côté de Pandora, Sebastian lui raconta les problèmes de Barty. Elle l'écouta attentivement, ses grands yeux noisette fixés dans les siens, puis elle lança :

— Pauvre Barty, la pauvre petite !

— Elle n'est pas à plaindre, corrigea Sebastian, mû par un désir de défendre les Lytton qui l'étonnait lui-même. Elle a retiré un énorme avantage de l'arrangement. Celia l'adore et...

— J'imagine qu'être adorée par lady Celia n'est pas toujours une sinécure.

— Sûrement pas, mais c'est mieux que de ne pas l'être, comme le pauvre Giles. Et apprendre le métier d'éditeur chez Lytton n'est pas le pire moyen de commencer une carrière.

— Bien sûr, mais... c'est à cause de ce qu'elle a dit. Je la comprends. Se sentir redevable à ce point, ce doit être difficile.

— Très, oui. J'ai dû l'endurer moi-même, au début. Quand Celia m'a acheté le premier *Méridien* et qu'elle s'est battue si fort pour lui, y compris contre Oliver...

— Oui. Mais je ne crois pas que j'aie envie de beaucoup en entendre sur cette période-là. Viens, mon chéri, allons nous coucher. Tu m'as affreusement manqué.

Les vacances dans la villa du cap d'Antibes ne furent pas réussies pour tout le monde. Les jumelles s'ennuyaient et manifestaient leur mauvaise humeur en refusant de jouer au tennis ou de profiter de la piscine ; Giles souffrait tant de la chaleur qu'il devait passer la plupart de ses journées à l'intérieur, et Oliver avait contracté une de ces infections de l'estomac auxquelles il était sujet depuis la guerre. D'un autre côté, Kit et Jay, qui les avait accompagnés, se sentaient parfaitement heureux, passaient la journée au bord de la piscine, plongeaient et sautaient dans l'eau comme des marsouins, en plus bruyants ; Celia s'installait dans une chaise longue sous les arbres, calme et sereine, pour lire des manuscrits. Quant à Barty, elle surprit tout le monde (y compris elle-même) en se métamorphosant en adoratrice du soleil : son visage et son corps se paraient d'un brun doré parfait, ses longs cheveux fauves s'éclaircissaient, de jolies taches de rousseur mouchetaient son petit nez. Elle se levait tôt chaque matin pour se baigner et parcourait d'énergiques longueurs en compagnie de Celia, elle-même fervente adepte du goût de l'époque pour la minceur et la forme physique.

Au cours de la dernière semaine, Boy Warwick et un groupe de ses amis arrivèrent à l'improviste. Ils avaient accosté pour quelques jours dans le port de l'Olivette et trouvé une voiture pour rendre visite à la famille. Même Celia se réjouissait de les voir et les jumelles étaient ravies, soudain impatientes de faire étalage de leurs modestes aptitudes en natation, et montrant une passion pour la voile qu'elles avaient tenue secrète jusqu'ici.

Puis, à la fin des trois semaines, tout le monde, même Kit, en eut assez.

Le dernier soir, Oliver annonça que, sur le chemin du retour, il rendrait visite à Constantine, l'éditeur parisien avec qui Lytton avait des accords.

— J'ai eu Guy Constantine au téléphone, il y a plusieurs livres dont il veut me parler, et c'est pareil de mon côté. Ce serait idiot de ne pas profiter de l'occasion. Celia, ma chérie, j'imagine que tu voudras venir avec moi ; et toi, Giles, ça ne te fera pas de mal de visiter les bureaux de Constantine et de rencontrer des gens de la maison.

— Paris ! s'exclama Adele. Papa, on peut venir, nous aussi ? Nous pourrons faire des courses, nous sommes en retard pour notre garde-robe d'hiver et...

— Bien sûr que vous pouvez venir, répondit Oliver en souriant. Je pense que vous apprécierez la compagnie de Guy Constantine. C'est un homme charmant, même si son anglais est plutôt limité.

— Nous ne voudrions pas nous mêler de vos affaires, n'est-ce pas, Adele ?

— Non, nous ne ferons que nous distraire, vous n'aurez pas à vous soucier de nous.

Oliver lui tapota la main.

— Nous ne nous soucierons pas de vous, assura-t-il.

Comment pouvait-il ne leur adresser aucune remarque ? songea Barty. L'absence totale de toute contrainte dans leurs vies, les absurdités qu'elles proféraient – « en retard pour leur garde-robe d'hiver », pour l'amour du ciel... Cette vie oisive, hédoniste, ne la tentait nullement, elle n'en aurait voulu pour rien au monde. Mais elle ne pouvait s'empêcher de ressentir un pincement d'irritation à l'idée que personne ne semblât attendre autre chose d'elles.

En ce qui concernait son propre avenir, rien n'avait été décidé. Celia avait parlé d'un emploi chez Lytton mais, étonnamment, elle avait accepté de lui laisser le temps d'y réfléchir.

— Les filles, j'ai besoin de votre aide.

Oliver était descendu seul prendre son petit déjeuner au *George V*. Les jumelles, anxieuses de ne pas retarder d'une seconde leur expédition dans les magasins parisiens, le considérèrent d'un œil inquiet.

— Pour faire quoi ? Et où est maman ?

— Votre mère n'est pas bien, c'est là le problème.

— Maman n'est pas bien ! Mais elle est *toujours* bien…

C'était vrai ; la bonne santé de Celia était légendaire.

— Mais voilà, aujourd'hui elle ne se sent pas bien. Elle a mangé des huîtres hier soir, comme vous le savez. Un médecin est à son chevet en ce moment. Ce n'est pas grave, mais j'ai besoin d'une hôtesse pour le déjeuner. J'emmène Guy Constantine et son directeur littéraire chez *Maxim's*.

— Mais pourquoi ? demanda Adele. C'est du business, non ? Et en plus, où est Giles ?

— À leur entrepôt. De toute façon, ce n'est pas du business mais un déjeuner en ville, s'impatienta Oliver. Nous aurons parlé affaires toute la matinée et je veux que ce soit un moment de détente, avec une conversation agréable. Donc j'aimerais que vous vous joigniez à nous. De préférence toutes les deux. En tout cas, une.

— Mais, papa…

— Venetia, insista Oliver avec une note nouvelle dans la voix, ta mère et moi consacrons beaucoup de temps et d'argent à vous donner une vie agréable. Vous venez de passer d'excellentes vacances, et les mois à venir ne vont pas être à proprement parler pénibles pour vous. Maintenant, laquelle de vous va être assez gentille, assez généreuse, pour m'accompagner chez *Maxim's* ?

Les jumelles se regardèrent.

— Toutes les deux, dirent-elles.

Elles arrivèrent devant l'immeuble de Constantine à midi et demi précis.

C'était un endroit magnifique, dans une cour, à deux pas de l'avenue de l'Opéra. Il ressemblait plutôt à un hôtel particulier qu'à un bureau. Les grandes portes doubles ouvraient sur une entrée voûtée et sur un magnifique escalier à double révolution. Un concierge les dirigea vers le premier étage, où on leur demanda de patienter. Cinq minutes plus tard, leur père, Guy Constantine et un troisième homme firent leur apparition, sortant d'une des pièces attenantes.

Guy Constantine était âgé d'environ quarante-cinq ans, petit, mince, avec une élégance très française – cheveux bruns et grisonnants, peau bronzée, costume et chemise impeccables. L'autre homme était fort différent. Adele le regarda et sentit, comme elle l'expliqua plus tard à Venetia, « son estomac se cramponner à elle ». Il était brun lui aussi, mais beaucoup plus grand que Constantine : ses traits étaient irréguliers, comme si on les avait laissés tomber sur son visage dans le désordre, dans l'attente de les réordonner plus tard. Il pouvait être juif, songea Adele ; des cheveux très sombres, des yeux pénétrants et presque noirs, un grand nez, un grand front sur lequel une masse d'épais cheveux noirs semblait plus tomber que pousser, une bouche pleine, qui aurait pu sembler efféminée si le reste de son visage n'avait été si robuste. Son sourire inattendu, éclatant, révélait des dents très blanches ; sa main, quand il serra d'abord celle d'Adele et ensuite celle de Venetia, était osseuse, très forte, et chaude aussi.

— Luc Lieberman, indiqua-t-il en se courbant légèrement. Je suis le directeur littéraire de Constantine. *Enchanté, mesdemoiselles**[1].

— Comment allez-vous ? s'enquit Adele.

Elle se sentait légèrement étourdie, sans bien savoir pourquoi. Luc Lieberman n'était pas le genre d'homme qu'elle admirait en général ; ses vêtements laissaient beaucoup à désirer, froissés, mal choisis et mal assortis – les manches de sa veste trop courtes, le pantalon trop long. Elle attendit que la sensation passe, mais cela persista.

— Il est très triste, dit Luc Lieberman, que votre maman soit malade. Est-ce qu'elle se sent mieux ?

— Elle dort, répondit Venetia. Nous venons juste de lui faire une petite visite.

— Excellent ! s'écria Guy Constantine. Dormir est ce dont elle a besoin. Écoutez, j'ai pensé que vous aimeriez peut-être voir notre immeuble, qui est assez beau. Votre père et moi avons quelques derniers points à discuter ensemble. Luc vous fera visiter.

Adele – qui restait souvent insensible à la beauté des immeubles – affirma qu'elle adorerait visiter celui-ci ; Venetia fit un signe un peu moins enthousiaste.

— Et voici la salle de conférences, annonça Luc Lieberman ouvrant grand la porte avec un geste circulaire. Est-ce que ce n'est pas beau ?

— Oh ! mon Dieu, s'exclama Adele. C'est... eh bien, c'est divin.

— Presque, oui, dit Luc. Je pense que Dieu aurait pu la créer, s'Il avait eu un peu de temps entre l'apparition de la lumière et celle des animaux. Enfin, Il aurait été content de Son œuvre, ici, à Paris.

Les jumelles pouffèrent toutes les deux, un peu nerveuses, peu habituées à une forme d'humour aussi intellectuelle. Elles se sentaient stupides, impression qu'elles connaissaient peu.

----

1. Les expressions en italique suivies d'un astérisque sont en français dans le texte. *(N.d.T.)*

— J'étais certain que vous l'aimeriez. Votre père vous a-t-il parlé de cette pièce ?

— Il... oui, bredouilla Adele. Elle se rappelait vaguement qu'il leur avait décrit ses splendeurs art nouveau, le plafond parfait, la cheminée impressionnante, les lampes Tiffany, le papier peint raffiné, la table et les chaises extraordinaires, qu'on aurait dites taillées dans le verre ; aucun doute, pendant que son père parlait, elle avait laissé son esprit s'égarer, comme d'habitude, dans le séduisant pays des robes et des couturiers. Elle devait apprendre à être plus attentive si elle voulait intéresser des gens comme Luc. Intéresser Luc... Elle ne se souvenait pas d'avoir voulu intéresser quiconque jusque-là.

— Bien, et maintenant... Où allons-nous, aux archives ?

— Je me demandais si je pourrais... attendre la fin de tout ceci ? suggéra Venetia avec un sourire charmeur. Je me suis fait mal à la cheville ce matin, en montant l'escalier en courant. Cela vous ennuierait-il si j'attendais ici, Mr Lieberman ?

— Je vous en prie, appelez-moi Luc. Je suis désolé pour votre pied, est-ce très douloureux ?

— Oh, ce n'est rien, vraiment. Je serai tout à fait bien ici. Je vous retrouverai dans quelques minutes.

Elle lui sourit, puis ses yeux rencontrèrent ceux d'Adele dans une complicité absolue.

— D'accord*. Alors venez avec moi, mademoiselle* Adele. Du moins si les archives vous intéressent.

— Oui, je suis sûre que oui. Et, Luc, je vous en prie, appelez-moi Adele. Inutile d'être aussi cérémonieux.

— Je pensais que c'était nécessaire. Votre père est mon patron, après tout. Je dois témoigner un certain respect à sa fille aînée.

— Comment savez-vous que je suis l'aînée ?

— Votre mère me l'a dit la dernière fois que nous nous sommes rencontrés. Elle m'a montré des photographies de vous.

— Vraiment ?

Adele était étonnée. En général, sa mère n'était pas du genre à montrer des photos de ses enfants aux gens, surtout quand elle les connaissait à peine. Et pourtant... on pouvait comprendre cette entorse aux habitudes. Il y avait chez Luc Lieberman quelque chose qui inspirait la confiance, l'intimité.

— Je ne vois vraiment pas en quoi ce détail aurait pu vous intéresser, observa-t-elle en jouant avec le fermoir de son sac à main.

— Adele, répondit-il, le visage soudain très sérieux, tout ce que je peux apprendre sur vous m'intéresse énormément. Tout.

Le déjeuner chez *Maxim's* fut un moment de pur plaisir. Les jumelles ne se lassaient pas des splendeurs qui les entouraient, les Lautrec, l'atmosphère, les lampes, les serveurs avec leurs longs tabliers blancs, les Parisiennes merveilleusement chics qui poussaient délicatement les mets de la pointe de leur fourchette. Les cheveux ici étaient beaucoup plus longs, remarquèrent-elles, tandis que les jupes l'étaient à peine, et... oh ! ces adorables petits chapeaux à bord étroit – autant d'informations capitales à rapporter à la maison.

Pourtant, aux yeux d'Adele, assise à côté de Luc et concentrée (chose fort nouvelle pour elle) pour écouter ses propos et tâcher de les suivre quand ils devenaient trop subtils, c'étaient des détails secondaires. Elle se sentait remuée au plus profond d'elle-même. Elle n'était plus du tout l'Adele habituelle, mais quelqu'un de nerveux, de presque timide, réfléchissant à ce qu'elle allait dire avant de prendre la parole, décidant souvent de rester silencieuse par peur de paraître stupide – et pourtant, en même temps, heureuse d'une façon troublante, presque douloureuse.

— Nous avons un nouveau et merveilleux livre à publier, déclara Oliver en souriant à ses filles à travers la table. Une découverte de Mr Lieberman. C'est sur la guerre et ça s'appelle *Lettres tristes*. C'est un roman écrit sous la forme d'une correspondance entre un soldat anglais blessé dans les tranchées et une jeune fille qu'il rencontre en rentrant chez lui. Il tombe amoureux d'elle tout en sachant qu'il ne la reverra jamais, qu'il va épouser sa fiancée anglaise. C'est très émouvant, et je crois que le moment est bien choisi pour le publier.

— En effet, approuva Guy Constantine. Et l'auteur, Marcel Lemoine, est un homme charmant. Je me disais qu'il pourrait venir à Londres, si vous prévoyez une petite réception au moment de sa publication. Je suis certain que les Anglais l'apprécieraient.

— Sûrement, dit Luc Lieberman. C'est un homme exceptionnel. Le seul problème est qu'il ne parle pas l'anglais couramment, mais lady Celia, qui connaît bien le français, pourrait l'aider à surmonter ce handicap.

— Mon français n'est pas mauvais non plus, intervint Adele, et j'aimerais faire la connaissance de Mr Lemoine. Je pense que c'est une excellente idée de l'inviter pour la sortie du livre. Et vous devriez venir aussi, monsieur Lieberman, en tant que découvreur de ce grand talent.

— Ce serait un plaisir.

— Eh bien, dit Venetia, depuis quand parles-tu français, Adele ? Il va falloir que tu prennes des leçons très vite.

— Oh, ferme-la. Je veux dire *tais-toi**. Tu vois comme je me rappelle bien. C'était une de mes meilleures matières.

— Ce qui ne signifie pas grand-chose. Et pourquoi te mêles-tu de ces questions d'édition tout d'un coup ? Bon, moi aussi, je l'ai trouvé...

— ... sexy...

— Oui. Mais il a une effroyable façon de s'habiller, quand même...

— Effroyable. J'ai pensé que ça voulait sans doute dire...

— Peut-être. Mais j'ai du mal à le croire. Ils ne sont pas tous...

— Pas une Française, assura Adele d'un ton ferme, ne laisserait son mari sortir dans la rue attifé de la sorte. Mais j'ai l'impression qu'il est vraiment... qu'il est vraiment...

— Important ?

— Oui. *Très* important.

*
**

— Barty, ma chérie...

Elle entendit la voix d'Oliver alors qu'elle passait devant la porte ouverte de son bureau.

— Je pourrais te dire un mot ?

Le cœur de Barty chavira dans sa poitrine ; elle savait de quoi il s'agissait.

— C'est... c'est difficile pour moi d'aborder le sujet, poursuivit-il en se rasseyant dans le grand fauteuil de cuir derrière son bureau. Celia m'a signalé que... tu refusais de venir travailler chez Lytton ?

— Oui, c'est vrai. Je vous l'aurais dit à vous aussi, mais vous étiez absent.

— Je sais, le problème n'est pas là. C'est juste que Celia en est très contrariée.

Barty se sentit tout à coup en colère. Celia n'avait pas le droit d'être contrariée ; les sentiments n'avaient rien à voir là-dedans. C'était du domaine du travail, pas de la famille. Elle l'expliqua à Oliver, qui rétorqua :

— J'ai peur que ce ne soit pas tout à fait vrai.

— Bien sûr que si.

— Voyons, tu sais bien que non... Celia t'aime, elle a travaillé dur pour t'aider pendant toutes ces années et...

49

— Wol, je vous en prie. Ce n'est pas juste. Je n'avais pas demandé à venir ici, je n'avais pas demandé à quitter ma famille. Je sais que c'était merveilleusement généreux, que ça m'a ouvert des perspectives dont je n'aurais pas pu rêver. Mais...

— Mais quoi ?

Impossible ; elle ne pouvait pas le dire. Elle ne pouvait pas dire combien cela l'avait aussi fait souffrir, combien de problèmes Celia avait causés. De toute façon, Wol le savait.

— La vérité, Wol, c'est que je veux faire des choses toute seule, par moi-même. Je pense que je ressentirais ça même si j'étais une Lytton...

— Tu *es* une Lytton. De bien des manières.

— D'accord, concéda-t-elle. Si j'étais une Lytton de naissance. Je ne veux pas que les choses me soient données sur un plateau, je ne veux pas que les gens disent : « Elle a obtenu cet emploi parce qu'ils l'ont élevée. »

— Barty, les gens ne diront pas ça. Tu as eu une mention très bien en littérature anglaise, à Oxford. Personne ne peut réussir ça sans un énorme talent. Et beaucoup d'application.

— Vous êtes bien placé pour le savoir, vous en avez eu une, vous aussi.

— C'est plus facile pour un homme.

— Wol !

— C'est le cas, pourtant... Bref, nous voulons que tu viennes travailler chez Lytton parce que nous estimons que tu nous seras utile, pas pour t'accorder une faveur ! Nous pensons que tu as un grand potentiel...

— Il y a sûrement beaucoup d'autres jeunes gens auxquels vous pourriez offrir cet emploi.

— Sans doute, oui. Mais pourquoi aller les chercher ? Pourquoi ne pas t'avoir toi ?

— Parce que, dit-elle d'une voix qui tremblait d'irritation contenue, parce que je n'en ai pas envie ! Ça ne compte pas ?

Il garda un moment le silence, puis :

— Tu veux t'adresser à d'autres maisons pour trouver un autre emploi ?

— Oui. Comme cela, ce sera... juste.

— Et tu crois que ces autres maisons ne sauront pas qui tu es ? Barty, tu es allée aux fêtes d'enfants chez les Macmillan et les Murray, tu as dansé avec les fils Blackwood, dîné avec les Collins. Tu crois vraiment qu'ils vont se mettre en quatre pour te donner ta chance ? C'est ça qui sera juste ?

Elle garda le silence et il la fixa dans les yeux.

— Dis-moi, Barty... En laissant tout cela de côté, quelle maison d'édition admires-tu le plus pour le moment ?

— Jonathan Cape, je suppose.

— À cause des Sitwell ?

— Oui. Et Murray, ils sont si... érudits. Macmillan, si novateur à sa manière, et avec tant de succès commerciaux...

— Oui, ils sont tous très intéressants. Et Lytton ?

— Lytton aussi, bien sûr.

— Nous avons un peu de tout ; une bonne base en poésie, les meilleurs en biographies, grâce à l'immense talent de Celia, une belle collection de livres de référence, les *Méridien* bien sûr, un catalogue très riche commercialement, regarde les *Buchanan*, dont l'audience n'arrête pas de grandir et qui deviennent de vrais rivaux pour les *Forsyte*... Si nous ne nous connaissions pas, tu penserais aussi à t'adresser à nous ?

— Oui, bien sûr, mais...

— En plus, nous sommes restés petits, par rapport à d'autres, assez petits pour que tu puisses faire tes preuves dans la maison. Si tu as le talent pour ça. Si tu n'en as pas, si nous nous trompons, alors tu ne resteras pas longtemps chez nous, je te le promets. Si ça peut t'aider à te décider, parles-en avec Giles, vois ce qu'il te dira.

— Je sais, mais...

— Barty, insista-t-il en se penchant vers elle, je t'en prie, viens chez nous. C'est ce que je souhaite vraiment parce que nous avons beaucoup à y gagner, toi comme nous. Et il y a autre chose... Pour des raisons que je n'ai pas envie de creuser, Celia n'est pas très heureuse pour le moment. Elle est très courageuse, comme toujours, elle se couperait la langue plutôt que de l'admettre, mais... je voudrais faire mon possible pour l'aider. Et ce serait une grande joie pour elle de t'avoir chez Lytton. Elle vit ton refus comme un rejet, un rejet personnel. Je peux comprendre tes sentiments, elle non.

Barty songea que c'était invraisemblable : Celia, malgré son orgueil, était extrêmement clairvoyante et perspicace. Toutefois, elle se contenta de dire :

— Je suis désolée pour elle. Est-ce qu'il y a quelque chose que je... devrais savoir à ce sujet ?

— Non, et tu ne dois surtout pas en parler. Notre conversation est strictement confidentielle. Je peux te faire confiance, n'est-ce pas ?

— Oui, bien sûr.

Il la regarda dans les yeux.

— Il ne m'est pas souvent arrivé de te demander quelque chose,

Barty. Comme je te l'ai dit... un certain jour en particulier, tu représentes autant pour moi que mes propres enfants, et j'espère t'avoir donné dans le passé tout l'appui dont tu as pu avoir besoin.

— Oui, et même au-delà...

— Aujourd'hui, je vais te demander quelque chose, pour moi. Accepte cet emploi, Barty. Viens chez Lytton pour... mettons deux ans. Après ton apprentissage, d'autres maisons te feront sûrement des propositions. Tu veux bien ? Je t'en prie...

Il y eut un long silence puis elle dit doucement, comme son devoir le lui dictait :

— Oui, Wol. Je viendrai.

— Bien.

Il se leva et l'embrassa.

— Merci, Barty. Merci infiniment.

Elle l'embrassa à son tour et quitta rapidement la pièce. À l'idée de deux années de plus, au minimum, à se sentir redevable, deux années de gratitude forcée, elle était à deux doigts de fondre en larmes. Ce n'était pas juste. Tout simplement pas juste.

4

— Au fait, je sors cet après-midi, lança Venetia d'un ton désinvolte, tout en fouillant dans un de ses tiroirs.

— Tu vas où ? demanda Adele – mais elle le savait.

— Chez Boy.

— Encore des gravures ?

— Quelque chose comme ça, oui. Mince, tu n'as pas vu mes nouveaux gants de cuir crème, par hasard ?

— Non, je ne les ai pas vus. Ne fais pas ça, Venetia. Ce n'est pas une bonne idée.

— Mais pourquoi ? Je sais ce que je fais.

— Vraiment ?

— Oui. Et c'est pour ça que j'y vais.

— Mais alors, fais...

— Bien sûr. Je ne suis pas complètement idiote.

Elle regarda sa sœur, le visage empourpré.

— Je ne resterai pas longtemps, je te le promets. Et tu peux garder la voiture, je prendrai un taxi.

— Je ne veux pas la voiture et tu es complètement idiote.

Puis Adele ramassa un exemplaire de *Vogue* et commença à le feuilleter.

Elle n'avait jamais imaginé qu'elle pourrait s'inquiéter au sujet de cette histoire d'amour avec Boy ; elle avait cru au contraire qu'elle la partagerait avec sa sœur, dans tout ce qu'elle aurait de nouveau et d'excitant.

Plus d'une fois elles s'étaient senties amoureuses dans le passé, se l'étaient avoué en confidence, avaient cherché conseil l'une auprès de l'autre. Elles étaient encore vierges et leurs histoires d'amour restaient dans les limites de la plus grande décence – mais elles étaient aussi informées des voies par lesquelles cette innocence pouvait être entamée, et même perdue. Plusieurs de leurs amies avaient franchi le pas (et l'avaient raconté en des termes qui allaient du très vague au très explicite), mais jamais les jumelles n'avaient ressenti le désir de les imiter.

— On ne le fera que quand on en aura vraiment envie, avait décrété Venetia un jour où elles commentaient une soirée qu'elles venaient de passer en compagnie de deux jeunes gens particulièrement entreprenants. Sinon, il n'y a...

— Absolument aucune, avait confirmé Adele.

Et le sujet avait été classé.

Puis Venetia en avait eu vraiment envie : avec Boy. Mieux, elle affirmait être amoureuse de lui. Et Adele, pour la première fois de sa vie, ressentait la morsure de la jalousie, une jalousie très vive et très réelle.

— Ma chérie, j'ai tant de chance de t'avoir...

Boy Warwick était allongé sur les oreillers de son immense lit et souriait à Venetia, droit dans les yeux. Elle lui rendit son sourire. Elle commençait à apprécier le lit et ce qui s'y passait. La première fois avait été difficile, même douloureuse ; mais ça s'était passé de mieux en mieux ensuite, et cet après-midi ç'avait été merveilleux. Pour la première fois, elle avait connu l'orgasme et découvert l'intense plaisir qu'il procurait, les vagues qu'il déclenchait tout au fond d'elle-même, le grand puits de chaleur où il la faisait plonger ; elle avait entendu un son étrange quand c'était arrivé, un cri sauvage et primitif, et avait compris seulement après coup, alors qu'elle était allongée dans les bras de Boy, haletante, humide de sueur, que ce cri était sorti de sa gorge.

— Moi aussi, j'ai de la chance, répondit-elle en se tournant pour l'embrasser. J'ai de la chance et je suis heureuse, si heureuse ! Oh, Boy, je t'aime, je t'aime vraiment.

Il lui répondit par un baiser, puis la déplaça pour l'allonger à côté de lui, sa tête posée sur son épaule. Il ne lui avait pas encore dit qu'il l'aimait, mais elle pouvait attendre. Oh ! oui, elle pouvait attendre, longtemps s'il le fallait...

Mon Dieu, c'était une vraie catastrophe. Sous tous les rapports. Il était nul dans son travail – il s'était ridiculisé à la réunion éditoriale de ce matin, en suggérant une biographie du prince Albert.

— Encore une, Giles ? avait demandé sa mère, avec cet affreux ton de politesse amusée qui en disait si long.

Puis il y avait eu sa suggestion, idiote, d'envisager une réédition des *Chroniques d'Heatherleigh*, premier grand succès de Lytton et précurseur, d'une certaine manière, de la saga des *Buchanan*.

— Je ne crois pas, Giles, avait courtoisement répliqué son père. C'est très démodé aujourd'hui.

— Oui, c'est démodé, avait enchéri Celia. Relis-le attentivement et, même toi, tu t'en rendras compte.

Les mots « même toi » étaient longtemps restés en suspens dans la pièce.

Giles échouait dans l'édition, mais aussi en société. Il avait demandé à trois filles de l'accompagner à une fête à la campagne ce week-end et elles avaient toutes refusé. Il ne pouvait pas leur en vouloir : il se savait ennuyeux, mauvais danseur, mauvais tireur. En plus, il détestait monter à cheval, donc il n'était pas question qu'il aille chasser.

À près de vingt-quatre ans, il habitait toujours chez ses parents, n'avait pas fait sa place chez Lytton, était inexistant en société, et il était toujours – oui, toujours – vierge.

— Giles ?

C'était Barty, apparue dans l'embrasure de la porte de son petit bureau.

— Tu veux venir manger un morceau rapide ?

— Eh bien...

Il lui sourit. Que ferait-il sans elle ? Elle restait comme avant, la fille la plus gentille qu'il eût jamais rencontrée. Et rudement jolie, maintenant, dans son genre bien à elle, avec ses cheveux aux épaules et son visage sans trace de maquillage.

Aujourd'hui, elle portait du rouge, une sorte de long pull-over sur une jupe plissée bleu marine. Comme un uniforme de collégienne, mais en bien plus chic. Sa jupe était courte, elle n'avait rien de démodé. Et elle avait les jambes les plus géniales du monde. Si longues et si... oui, géniales.

Si seulement – il se détestait rien que de le penser –, si seulement elle n'excellait pas tant dans son travail... Chaque fois qu'elle lançait une de ses formidables idées, chaque fois que sa mère la commentait par un : « Excellent, Barty, excellent », il se prenait à rêver qu'elle ait parfois des idées médiocres, qu'elle fasse des réflexions stupides, qu'elle puisse paraître, au moins une fois, aussi incompétente que lui-même.

— Oui, lui répondit-il, avec plaisir.

— J'ai un secret à te confier, murmura-t-elle en buvant une gorgée de l'insipide liquide brun que l'établissement appelait du thé. Quelque chose d'excitant. Tu pourras le garder pour toi ?

— Bien sûr...

Peut-être sa mère lui avait-elle donné un livre à éditer, peut-être lui en avait-elle commandé un à écrire, ou...

— Giles, n'aie pas l'air si sinistre, s'il te plaît. Je suis très contente. J'ai trouvé un appartement.

— Un appartement !

— Oui. Pour moi toute seule, au dernier étage d'une maison de Russell Square. Imagine, à Bloomsbury... Ce n'est pas romantique ? Et beaucoup plus près d'ici. Je pourrai venir travailler à vélo. Il y a un salon, une chambre et une petite cuisine. Il est dans mes prix ou presque et...

— Et tu y emménages quand ?

Il sentait une énorme boule se former dans sa gorge.

— Dans un mois environ. Tu imagines, Giles, l'indépendance ? Giles, qu'est-ce qu'il y a ? Je pensais que tu serais content pour moi. Tu n'as pas l'air très heureux...

Adele savait, depuis le début. Depuis le jour de la soirée organisée au Savoy pour Marcel Lemoine et son livre *Lettres tristes*. Adele essayait robe après robe, pour les abandonner aussitôt, quand Venetia était entrée dans la pièce, l'air bizarrement absent.

— Bonjour, lui avait-elle dit. Qu'est-ce que tu penses de celle-ci ? Oh, mon Dieu, n'est-ce pas dégoûtant ?

— Quoi ?

— Venetia, tu sais bien ! C'est si agaçant, juste aujourd'hui, quand j'aurais spécialement voulu me sentir bien !

— Oh... oui, avait marmonné Venetia sans affronter son regard.

À la seconde même, Adele avait su. Elles avaient toujours leurs cycles ensemble, toujours.

— Venetia, tu n'as pas eu... ?

Venetia croisa son regard, sans un mot, puis elle baissa les yeux.

— Oh, Venetia...

— Adele, arrête. Il n'y a pas de quoi s'inquiéter.

Pourtant, si.

Venetia s'inquiéta toute la journée. Chez le coiffeur, pendant qu'il ondulait leurs cheveux en vagues parallèles ; pendant qu'elles prenaient un déjeuner dont elle n'avait aucune envie ; pendant qu'elle se maquillait pour la soirée ; dans le taxi, tandis qu'elle répétait à Adele de se calmer, que bien sûr Luc Lieberman la remarquerait ; alors qu'elles arrivaient au Savoy, que leur père les présentait fièrement à Marcel Lemoine ; lors de la soirée où elle s'efforçait de sourire, d'avoir l'air intéressé tandis qu'on lui parlait du livre, de la maison d'édition de son père, de sa mère qui était si belle et si brillante ; dans le restaurant, à côté de Guy Constantine, en regardant Adele souffrir parce que Luc était assis à côté de leur mère ; tandis que Luc dansait d'abord avec leur mère, ensuite avec Barty, puis avec elle, enfin avec Adele ; pendant qu'elle essayait de briller, de ne pas y penser, s'inquiétant quand même ; s'inquiétant de n'avoir pas eu ses règles, ça ne faisait que deux jours de retard, certes, ça ne voulait rien dire en soi, mais Adele les avait eues, alors ça voulait dire beaucoup – ça voulait tout dire.

— Adele ?

— Oui, qui est-ce ? Ah, Luc, c'est vous. Comme je suis contente de vous entendre ! Quelle charmante soirée ! J'espère que Mr Lemoine a apprécié.

— Oui. Mais pour moi ç'aurait pu être encore mieux. J'aurais aimé parler plus longtemps avec vous. Et j'avais espéré vous inviter à déjeuner aujourd'hui, avec Marcel, mais il était prévu que nous visitions certaines librairies. Et ensuite, il y a eu une réunion avec Mr Brooke. Donc, à mon grand regret, je vous téléphone pour vous dire au revoir.

— Au revoir, répondit Adele d'un ton morne.

— Je me demandais… allez-vous acquérir une place plus importante chez Lytton, comme *mam'zelle* Miller ? C'est quelqu'un de très intéressant. J'aime beaucoup discuter avec elle.

Maudite Barty. Pourquoi gagnait-elle toujours ?

— Eh bien… pourquoi pas, oui.

— Bon… alors, au revoir, Adele. Ç'a été très agréable de vous revoir.

— Au revoir, articula-t-elle d'une voix faible.

Elle raccrocha en se demandant s'il avait, en vérité, pris le moindre plaisir à la revoir.

— Un appartement ? s'exclama Celia. Tu veux vraiment ton propre appartement ?

De la façon dont elle prononçait le mot, on aurait pu croire que c'était une maison de passe.

— Oui. Oui, je le veux. Je vous en prie...

— Ma chère Barty, il n'est pas nécessaire de me demander la permission. Tu as vingt et un ans, tu gagnes ta vie, tu fais ce que tu veux. Si un petit appartement solitaire te tente plus que de vivre ici dans le confort, alors...

Elle ne poursuivit pas.

— Eh bien... oui. Ça me tente. Bien sûr, cette maison est merveilleuse et à beaucoup d'égards je n'ai pas envie d'aller vivre ailleurs, mais je... je veux être indépendante. Me sentir libre. Tante Celia... j'ai vingt et un ans, comme vous dites, et je pense qu'il est temps que je fasse mon propre chemin dans le monde.

— Bien, admit Celia en réussissant à sourire. En tout cas, tu peux essayer. Voyons, où est cet... cet endroit que tu as trouvé ? Dans une zone que je connais ? Sans doute pas...

— Barty veut déménager, annonça Celia à sa mère.

Elle était allée la voir dans la maison de Curzon Street où lady Beckenham passait de plus en plus de temps, surtout en hiver.

— Quelle idée extraordinaire, tu ne trouves pas ?

— Pas du tout. Excellente idée. Elle veut être indépendante, c'est remarquable. Cette famille a de l'étoffe. Regarde le jeune Billy, il est maintenant chef palefrenier et il ne le doit qu'à ses mérites. Cela dit, le reste de la famille n'a pas l'air de valoir grand-chose.

— Nous n'en savons rien, répliqua Celia, soudain saisie par un vif désir de défendre les Miller.

— Mais si. S'ils avaient le sens de la famille, ils viendraient de temps en temps à Ashingham voir Billy, ils iraient chez toi rendre visite à Barty. En tout cas, ça me semble une bonne idée de la part de Barty.

— Elle... me manquera, avoua Celia d'une voix sourde.

— Ce n'est pas facile pour toi en ce moment, n'est-ce pas ? Mais tu as au moins la satisfaction de savoir que tu as agi comme il le fallait. Beckenham n'est pas très bien, ajouta-t-elle comme si c'était une suite logique à leur conversation.

— Vraiment ? Qu'est-ce qui lui arrive ?

— Hypertension. Il fait tout ce qu'il ne faut pas. Il mange trop, il boit trop et il ne fait pas assez d'exercice. Surtout depuis que le médecin lui a interdit la chasse à courre après qu'il s'est cassé le bras l'année dernière. Il ne peut plus tirer non plus, il serait dangereux pour les autres. Alors il va juste un peu à la pêche et il reste assis toute la journée dans la bibliothèque, à écrire des lettres au *Times*.

Écrire des lettres au *Times* était, de façon assez surprenante, une des passions de lord Beckenham. Elles portaient toujours sur trois sujets : l'abolition de l'impôt obligatoire sur le revenu, pour le remplacer par un autre système, plus volontaire, et d'après lui plus juste ; la menace permanente des Boches ; enfin, plutôt imprévue, l'abolition de la peine capitale.

— Pauvre papa. Peut-être que nous devrions rassembler ses lettres et les publier. Il en a gardé des copies ?

— Sûrement. Il les fait toutes en trois exemplaires, il en archive un et il me donne le troisième.

— Bien. Dis-lui de les réunir et de me les envoyer. J'imagine qu'elles composent un fragment d'histoire sociale. Elles pourraient entrer dans la collection « Biographica ».

— En tout cas, ça lui fournirait une occupation.

— Il faut que je rentre à la maison, continua Celia en se levant. Apparemment, Venetia n'est pas bien. Kit m'a dit qu'elle n'arrêtait pas de vomir.

— J'espère qu'elle n'est pas enceinte. C'est en général la raison pour laquelle les jeunes filles vomissent. J'ai particulièrement observé ça chez les femmes de chambre.

— Maman, vraiment... Je ne pense pas que...

— Toi, Celia, tu ne peux pas jouer les oies blanches sur ce genre de sujet.

5

— Un petit garçon ! s'écria Maud. C'est merveilleux, merveilleux... Comme c'est excitant ! Et qu'est-ce qu'il dit d'autre ?

— Euh... voyons.

Robert baissa les yeux vers le télégramme.

— Nom : Henry. Poids : 3,2 kg. La mère et le bébé vont bien tous les deux.

— Henry ! C'est très anglais, n'est-ce pas ?

— Eh bien... oui, dit-il en lui souriant. À quoi t'attendais-tu ?

— À rien, bien sûr. En tout cas nous avions raison, n'est-ce pas ? Jamie et moi ? Sur le fait qu'ils devaient se marier...

— Nous ne savons toujours pas si...

— Papa, voyons. Des filles comme Venetia n'annoncent pas leur mariage seulement quatre semaines à l'avance. Et aujourd'hui, le petit Henry est là, né juste six mois plus tard.

— Il pourrait être prématuré...

Cette conversation l'embarrassait légèrement.

— Bien sûr, en pesant 3,2 kg... En plus, qu'est-ce que ça peut faire ? Je suis sûre que Venetia est follement heureuse. Je vais lui écrire pour la féliciter tout de suite. Et suggérer que nous allions tous les voir dès que nous pourrons fixer une date. Tu as sûrement envie de faire la connaissance de ce bébé, c'est ton premier petit-neveu !

Maud monta en courant dans son petit salon pour écrire à Venetia. Ils étaient dans la maison de Montauk, Long Island · l'endroit qu'elle préférait au monde, comme elle le disait souvent. Son père l'avait fait construire lui-même, tout comme l'hôtel particulier de Sutton Place, qu'elle aimait bien, également, mais Bellevue, dominant les dunes qui longeaient le rivage, lui était particulièrement cher. Elle adorait la mer, rien qu'être là à la regarder, elle adorait le goût de sel et le vent marin, le bruit des vagues en fond permanent. Robert et elle partaient souvent en bateau ensemble ou montaient à cheval le long du rivage ; passer un week-end à New York, surtout pendant l'été, lui semblait un affreux gâchis.

— Maud dit qu'elle va venir... N'est-ce pas merveilleux ?

Adele se mit en devoir de sourire à sa sœur, lui répondit qu'en effet ce serait merveilleux. Elle était d'une humeur étrange, pas exactement déprimée mais sombre, abattue. La soudaine immersion de sa sœur dans le monde du mariage puis de la maternité l'avait laissée non seulement jalouse, mais bizarrement dépossédée. Elle ne s'était pas autant inquiétée de Boy Warwick, parce qu'elle savait qu'elle restait la première dans la vie et le cœur de Venetia ; mais avec l'arrivée d'Henry, tout avait changé. Pour la première fois, Venetia lui avait déclaré, très clairement et presque cruellement, quand elle était allée lui rendre visite le lendemain de la naissance, que maintenant elle aimait quelqu'un plus qu'elle.

— Quelque chose a changé, lui avait-elle dit, encore sous le choc des douleurs de l'accouchement, et il faut que tu le saches. Je... il me semble que j'aime Henry plus que n'importe qui d'autre au monde. Même plus que...

— Moi ?

Venetia avait hoché la tête.

— Oui. Même plus que toi.

— Je comprends. C'est tout à fait normal, s'était-elle contentée de répondre d'un ton poli, presque mondain.

Puis elle était rentrée à la maison et avait pleuré de lourdes larmes, de chagrin, de regret et de quelque chose qui ressemblait à la peur. Elle avait l'impression que son cœur lui avait été arraché.

Pendant un moment elle avait rêvé de Luc Lieberman – avec ferveur, presque comme une collégienne ; mais quelques mois plus tard, son père avait parlé d'une femme qui l'accompagnait à une soirée littéraire à Paris. Furieuse et blessée, elle l'avait chassé de ses pensées.

Adele avait besoin, sinon d'un mariage, au moins d'un statut, d'une vie personnelle. Et elle semblait incapable de les trouver.

La solution la plus évidente, le travail, n'avait aucun attrait pour elle. Elle ne sentait pas d'intérêt pour les livres ou leur publication. Quant à d'autres carrières possibles, d'autres emplois, aucun ne lui venait à l'esprit. Et ses journées se passaient à se demander, avec inquiétude, ce qu'elle allait devenir.

Cela ne pouvait pas durer. Le bon sens le plus élémentaire s'y opposait. Pourtant, ça continuait, comme si ça ne devait jamais s'arrêter. Cette incroyable croissance du marché financier, jour après jour, semaine après semaine. Sans cesse de nouvelles actions étaient émises, à chaque heure ou presque.

Laurence Elliott, assis derrière son bureau dans le bel immeuble de la banque Elliott, songeait que les Américains, persuadés qu'ils vivaient dans le pays de Dieu – avec toutes les richesses dont il regorgeait, y compris la plus grande de toutes, la liberté –, avaient fini par développer une autre croyance, plus dangereuse : leur droit à une prospérité toujours plus grande, qui ne connaîtrait pas de limites.

Il se demandait ce que son père ou son grand-père, le fondateur de la banque, auraient pensé de tout cela : la croissance vertigineuse des emprunts, à la fois par les particuliers et par les sociétés, le déchaînement presque hystérique contre quiconque s'avisait d'exprimer la moindre inquiétude sur l'avenir.

Mitchell lui-même, le président de la National City Bank, avait à plusieurs reprises tancé ceux qui osaient s'interroger sur le volume des emprunts contractés par les courtiers – cause la plus commune d'inquiétude, avec son rythme de croissance mensuel de quatre cents millions de dollars.

Laurence était presque sûr que son père, en tout cas, se serait montré bien plus prudent. Jonathan Elliott restait une légende à Wall Street, vingt ans après sa mort ; il avait été plus clairvoyant, plus courageux, plus intuitif qu'aucun de ses contemporains. Eût-il vécu, tout le monde le disait, il n'y aurait pas eu de limite à ce qu'il aurait accompli ; mais il était mort d'un cancer, à l'apogée de sa puissance.

Laurence, seul au monde, s'étant volontairement et résolument coupé de son frère, de son beau-père et de sa demi-sœur, nourrissait une ambition professionnelle féroce et presque obsessionnelle. Le succès et la reconnaissance de ce succès étaient sa première et même sa seule préoccupation dans la vie. Voir la banque Elliott monter toujours plus haut au firmament de la finance, sa propre fortune personnelle croître à grande vitesse, être considéré comme l'un des esprits les plus brillants et les plus subtils de Wall Street, tout cela lui tenait lieu de substitut à la famille, à l'amitié – et à l'amour.

À trente-trois ans, il était célibataire et sans attaches. La seule compagnie féminine qu'il fréquentait était celle de femmes mariées, intelligentes, fatiguées de leurs maris mais sans aller jusqu'au divorce. Les femmes mariées, professait-il volontiers, étaient meilleures au lit que les célibataires. Elles vous en demandaient moins sur le plan émotionnel, vous prenaient moins de temps et vous causaient moins d'ennuis.

— On ne peut pas aller très loin dans le domaine des cadeaux, lâcha-t-il un jour, dans un de ses rares moments de beuverie. (Il aimait rester toujours maître de lui-même.) Elles ne peuvent ni porter de bijoux donnés par un autre, ni se servir d'étuis à cigarettes, ni même exhiber des fleurs. Au grand maximum, vous pouvez leur offrir des sous-vêtements.

Après le départ d'Adele, Venetia sonna la nourrice et lui demanda d'emmener Henry dehors dans son landau.

— C'est une belle journée, ça lui fera du bien.

Elle était encore très fatiguée, fatiguée et traumatisée. Par l'épreuve de l'accouchement, l'énorme changement intervenu dans sa vie, la violence de ses sentiments pour Henry, traumatisée surtout par la façon dont son intimité avec sa sœur en était affectée.

L'autre choc avait été le comportement de Boy, son attitude envers elle. Elle avait assez vite compris que l'amour, du moins ce qu'elle mettait sous ce mot, n'était pas le sentiment qu'il éprouvait pour elle. Il l'aimait bien, il voyait en elle une compagne amusante, un bel objet décoratif, une hôtesse intelligente pour son foyer ; il se réjouissait de l'avoir épousée, comme il le lui répétait souvent. Mais il n'éprouvait rien de plus profond que des émotions passagères. Pendant sa grossesse, il s'était montré gentil avec elle, mais de plus en plus détaché ; plein d'égards sur le plan sexuel, affectueux, mais souvent absent de la maison et de son lit.

Elle craignait de l'ennuyer, car il était remarquablement brillant ; elle tâchait d'être spirituelle, de se tenir toujours mieux informée, elle lisait les journaux avec un minimum d'attention pour la première fois. Mais il sortait beaucoup le soir, souvent jusqu'à des heures très tardives, et sans Adele elle aurait été très seule.

Venetia ne s'ennuyait pas vraiment ; diriger leur grande maison de Berkeley Square était une tâche très prenante. Elle trouvait plutôt difficile d'avoir à diriger un personnel souvent plus âgé qu'elle. Elle se mit à beaucoup attendre de sa mère : une excellente maîtresse de maison, elle s'en rendait maintenant compte. L'admiration qu'elle montrait envers Celia sur ce sujet aida à combler le fossé qui s'était creusé entre elles dans la période qui avait précédé puis suivi son mariage avec Boy.

Quand Celia était revenue de chez sa mère, ce terrible soir que Venetia n'oublierait jamais, elle avait couru droit à la chambre de sa fille. Venetia était allongée, luttant contre la nausée ; sans préambule, Celia lui avait demandé si elle était enceinte.

— Et ne me mens pas, ça ne servirait à rien.

Une fois la vérité établie et Oliver informé, elle avait beaucoup étonné les deux jumelles en disant à Venetia qu'il n'était pas question d'un mariage.

— Nous allons mettre un terme à cette grossesse. Je connais un homme remarquable, tout à fait sûr, et ensuite nous n'en parlerons plus.

Venetia avait protesté qu'elle n'avait aucune intention d'avorter, qu'elle n'envisageait même pas une telle solution.

— Et Boy non plus, quand il saura pour le bébé. Il voudra m'épouser, je sais qu'il le voudra.

— Venetia, répliqua Celia, Boy ne t'aime pas, et, plus important encore, tu ne l'aimes pas. Tu crois peut-être que si, mais je peux t'assurer que non. Tu n'as pas la plus petite idée de ce que signifie l'amour.

Venetia répéta qu'elle épouserait Boy et que sa mère ne pourrait pas l'en empêcher ; à quoi Celia répondit que, malheureusement, Venetia n'ayant que dix-huit ans, elle avait tous les droits de le lui interdire.

Une sinistre dispute s'ensuivit, avec Oliver pour témoin silencieux, et fort désemparé. Pour finir, une Venetia à la voix brisée téléphona à Boy et lui demanda de venir.

— J'ai quelque chose d'important à te dire.

Boy, qui n'était pas né de la dernière pluie, arriva avec une notion très claire de la situation. Il ébranla beaucoup Venetia en laissant entendre qu'il partageait l'opinion de sa mère sur l'issue qu'il convenait d'envisager pour cette grossesse, tant que c'était encore possible, « pour avoir le temps de mieux se connaître l'un l'autre ».

— Je t'aime, ma chérie, dit-il en essuyant tendrement ses yeux mouillés de larmes, et ce serait merveilleux si nous étions mariés. Mais est-ce qu'un mariage précipité et une grossesse sont les meilleures bases pour commencer notre vie ensemble ? Je ne pense pas à moi, ce serait merveilleux, mais... tu es si jeune, tu mérites d'avoir un peu de temps pour t'amuser encore, avant qu'une telle responsabilité tombe sur toi...

Venetia, muette de surprise et de tristesse, passa le reste de la nuit à sangloter dans les bras d'Adele. Le lendemain matin, son père entra dans sa chambre, pâle, visiblement épuisé, et lui demanda ce qu'elle voulait vraiment.

— Je ne peux pas supporter de te voir aussi malheureuse. Ça me brise le cœur.

Venetia lui rétorqua que ce qu'elle voulait vraiment, c'était épouser Boy.

— Et je suis certaine qu'il veut m'épouser lui aussi, c'était juste le choc. Maman a dû le prendre à part avant qu'il arrive dans ma chambre et lui dire ce qu'il devait me répondre, tu sais comment elle arrive toujours à ses fins. Je ne peux pas faire cette horrible chose, je ne peux pas... tuer notre bébé, le jeter... Je me tuerai moi-même si vous m'y poussez.

Venetia leva vers lui ses grands yeux sombres et suppliants derrière ses larmes.

— Je t'en prie, papa... Je sais que tu peux faire entendre raison à maman, tu es la seule personne qu'elle écoute... Et à Boy aussi, je t'en prie, essaie de faire ce que tu peux pour moi...

Oliver lui caressa la tête, lui conseilla de dormir un peu et la laissa aux soins d'Adele. Celle-ci, envoyée en reconnaissance, rapporta qu'elle avait entendu des cris sortant de la chambre de leurs parents.

— Je n'ai pas pu comprendre un mot et j'avais trop peur qu'ils sortent pour rester là.

Oliver ne parvint pas à convaincre Celia de changer d'avis ; deux jours passèrent, d'affreux jours pleins de larmes, de reproches et de récriminations. Celia devenait plus implacable d'heure en heure,

Oliver de plus en plus malheureux, et Boy fut prudemment éloigné de la maison.

Puis, le troisième jour, lady Beckenham vint rendre visite à ses petites-filles.

— Votre mère ne sait pas que je suis ici, leur confia-t-elle, mais j'étais inquiète pour toi, fille stupide ! Nous n'apprenons jamais rien, j'en ai peur, ajouta-t-elle de façon plutôt inattendue.

— Qui ça, nous ? questionna Venetia en se mouchant.

Elle aimait beaucoup sa grand-mère.

— Nous, les femmes. Nous continuons à commettre les mêmes erreurs, génération après génération. Les hommes aussi, mais ce sont les femmes qui en paient le prix. Qu'est-ce que tu veux faire ?

— Épouser Boy, bien sûr. Et il veut m'épouser aussi...

— Je ne suis pas du tout sûre qu'il fera un bon mari. Son père est une honte, sa mère n'est pas mieux, ils n'ont aucune classe et leur fortune est toute récente.

— Je sais tout ça, et je me fiche de la classe et de la fortune récente et du reste.

— Tu ne devrais pas. C'est très important. C'est sans doute pourquoi ta mère est contre ce mariage.

— Non, elle dit que je suis trop jeune, que je ne sais pas ce que je fais, que Boy ne serait pas un bon mari.

Lady Beckenham la regarda puis, tout à coup, éclata de son rire plutôt bruyant :

— Je dois admettre que c'est assez fort, venant de ta mère. Chérie, oh, ma chérie...

— Qu'est-ce que tu veux dire ?

— Tu le découvriras sans doute un jour.

Elle se pencha et l'embrassa.

— Maintenant, essaie de te reposer un peu. Tu as une mine affreuse. Adele, va lui préparer un peu de lait chaud.

Quand elle fut partie, Adele regarda Venetia.

— Qu'est-ce que ça signifiait, tout ça ?

— Quoi ?

— Que ce soit drôle venant de maman...

— Je ne sais pas, soupira Venetia. Oh, mon Dieu, je crois que je vais encore être malade. Tu pourrais me donner un peu d'eau ?

Après lui avoir apporté la carafe d'eau glacée, Adele sortit de la pièce et resta un moment sur le palier, à considérer pensivement la porte du bureau de sa mère. Enfin, elle prit une grande inspiration et entra.

Dix minutes plus tard, elle revint précipitamment dans leur petit boudoir.

— Venetia, tu ne vas pas le croire... tu ne vas tout simplement pas le croire.

— Qu'est-ce que c'est ?

Adele tenait une enveloppe de parchemin.

— Regarde ça et réfléchis. À ce que disait grand-mère. Le certificat de mariage de papa et maman, regarde. Et ici, le certificat de naissance de Giles. Rédigé six mois plus tard. Qu'est-ce que tu en penses ?

Venetia dévisagea sa sœur avec un peu de couleur sur le visage pour la première fois depuis plusieurs jours.

— Eh bien... commenta-t-elle. Attends un peu qu'elle rentre à la maison et on verra.

Trois jours plus tard, le *Times* et le *Telegraph* avaient annoncé le prochain mariage de Venetia, fille de lady Celia et Mr Oliver Lytton, avec Mr Charles Henry Warwick, fils aîné de sir Reginald Warwick.

Comme ce serait affreux, songeait aujourd'hui Venetia, la gorge serrée, si sa mère avait eu raison, si c'était une erreur d'épouser Boy... Chose que, au fond d'elle-même, elle commençait à craindre. Il semblait très content de son fils, lui rendait visite plusieurs fois par jour – mais c'était bien cela : des visites.

La plupart du temps, elle se sentait seule et malheureuse, trop faible encore pour revenir dans le monde réel, sortir, s'amuser, organiser la vie qu'elle était censée partager avec Boy. Une fois de plus, Adele était sa principale compagne. Adele, qu'elle avait si profondément blessée, elle le savait, et qui lui avait pardonné avec tant de courage, de générosité. Puis Venetia songeait à Henry, son nouveau bien-aimé, Henry avec ses cheveux sombres et ses yeux noirs, et cette ébauche de sourire qui se dessinait sur ses lèvres quand elle le tenait dans ses bras, qu'il levait les yeux vers elle... Alors son cœur chavirait et elle était sûre d'une chose : quoi que Boy pût éprouver ou non pour elle, si délaissée qu'Adele pût être, cela en valait la peine. Pour Henry, tout valait la peine.

— Il y a des problèmes à l'horizon. Et un horizon pas si lointain, pas lointain du tout.

Dudley « Duke » Carlisle s'enfonça dans son fauteuil et contempla Laurence. Ils déjeunaient au Yale Club, ce bastion des privilèges et de la tradition. Duke aimait bien Laurence. De vingt ans son aîné, avec trois épouses à son actif, il était agent de change. Son air patricien et son accent de vieille famille washingtonienne dissimulaient une avidité sans bornes et une dureté en affaires qu'on aurait plutôt trouvées chez un ami de Mr Al Capone que chez un membre du club de golf de l'East Hampton.

— Vous voulez dire pires qu'une récession ? demanda Laurence.

— Oui. Un krach, et énorme. C'est inévitable, l'échauffement est trop important. J'ai dîné hier soir avec le rédacteur en chef du *Commercial and Financial Chronicle*. Il dit que Wall Street a perdu tout bon sens.

— Intéressant. Et quel serait votre conseil ?

— Vendre, bien sûr. Mais progressivement, jour après jour. Pour ne pas déclencher de panique. Ça pourrait être une bonne période pour vendre à découvert.

— Vraiment ? Eh bien, je vais y réfléchir. Je m'étais dit aussi – j'aimerais savoir ce que vous en pensez – qu'on pourrait anticiper un peu la tendance financière. Quand ça commencera vraiment à s'effondrer. Offrir d'acheter certaines actions de certains clients à un juste prix. Pour les sauver de sérieuses difficultés.

Duke Carlisle sourit.

— Alors que vous-même soutiendriez temporairement ces actions, un jour ou deux ? Pour gonfler leur prix, qu'il dépasse vos propres estimations ? Et que le prix final soit – malheureusement pour votre client – plus élevé que celui que vous lui auriez payé ?

— Exactement.

— Très avisé. Digne à la fois de votre père et de votre grand-père.

— Merci.

— Et pensez à sortir votre propre argent du pays, Laurence. Vite.

— Je l'ai déjà fait, pour une grande part.

Barty n'avait jamais été aussi heureuse de sa vie. Elle avait un travail qu'elle adorait, l'indépendance dont elle rêvait, une maison à elle, et maintenant aussi une amie à Londres qui n'avait rien à voir avec les Lytton. Elle s'appelait Abigail Clarence et vivait dans une autre maison de Russell Square. Abbie était extrêmement intelligente et plutôt jolie, à sa façon non conformiste ; des cheveux raides, brun foncé, coupés au carré à la Dora Carrington, de grands yeux verts et un nez busqué de faucon qui allait bien avec ses pommettes hautes et ses mâchoires anguleuses. Sa bouche aussi était très grande et, quand elle riait, révélait des dents parfaites. Elle était grande, plutôt athlétique, et passait bon nombre de ses week-ends à explorer sur son vélo les alentours de Londres.

C'était l'esprit le plus libre que Barty eût jamais rencontré, totalement affranchi des préjugés de toutes sortes, sociaux, intellectuels et même raciaux. Elle défendait également avec fougue la liberté sexuelle.

— Si chacun couchait avec qui il veut, ça libérerait les femmes de la tyrannie du mariage, et sans doute ça profiterait au mariage, en fin de compte. Et puis, il n'y a pas que le sexe dans le mariage. À mon avis, ça permettrait aux gens de se concentrer sur le reste. Les femmes ne s'inquiètent pas quand leurs maris ne rentrent pas dîner à la maison, pourquoi est-ce que ça devrait être différent avec le sexe ?

Barty sentait que cette théorie serait difficile à mettre en pratique.

Abbie était la fille de deux membres de la Fabian Society.

— Et ne laisse jamais personne dire devant toi que ce sont de bons socialistes, Barty. Ce n'est pas vrai. Ils sont tous obsédés par des histoires de rang social...

C'est à cette occasion que l'histoire personnelle de Barty était venue sur le tapis. Elle avait lancé le nom de Maud Pember Reeves ; Abbie avait répondu que ce n'était pas donné à tout le monde de connaître une des plus célèbres fabiennes, et elle avait ajouté, une étincelle amusée dans ses grands yeux verts :

— Allez, Barty, raconte-moi comment tu as fait sa connaissance. Je sens que ça cache quelque chose.

À contrecœur, sans croiser une seule fois le regard d'Abbie, Barty avait raconté son histoire. Une fois son récit terminé, Abbie l'avait serrée dans ses bras.

— Je ne peux pas croire que tu aies traversé tout ça et que tu sois restée si... normale. Après avoir été pratiquement volée à ta mère par une pseudo-bienfaitrice...

— Non, elle voulait agir au mieux, n'avait pu s'empêcher de protester Barty. Elle s'est montrée très bonne avec moi, tu sais. Ma mère l'adorait, et tante Celia a pris soin d'elle, elle a payé pour les médecins et le reste, surtout à la fin de sa vie, quand elle était si malade. Et lady Beckenham aussi, la mère de tante Celia, si elle ne s'était pas occupée de mon frère Billy en lui donnant un travail dans ses écuries – non, Abbie, ne fais pas cette tête-là –, il serait aujourd'hui dans la rue, à mendier sur une paillasse, comme tous les malheureux qui sont rentrés amputés de la guerre. Et j'aime beaucoup Wol, Mr Lytton. Il a été gentil avec moi. Alors, ne les juge pas trop sévèrement.

— D'accord. Je veux bien croire qu'ils avaient de bonnes intentions. Et aussi que tu en as tiré profit à bien des égards, le collège et le reste. Mais je sais aussi que la plupart des gens n'auraient pas réussi à s'en sortir. Ta bienfaitrice n'a pas beaucoup apprécié que tu emménages dans ton propre appartement.

— Elle m'a dit que j'allais lui manquer. C'était plutôt gentil.

— Tu dois lui manquer, oui.

Abbie était professeur. Elle avait obtenu son poste le plus prestigieux dans une école de fillettes à Kensington, plutôt collet monté ; mais son rêve était de devenir directrice d'une école de filles avec un haut niveau intellectuel, comme celle de la Cité de Londres où elle-même avait suivi sa scolarité, et d'y transmettre à ses élèves ses rêves et sa foi en des droits égaux pour les femmes – incluant non seulement le droit de vote mais aussi des perspectives de carrière équivalentes et même, plus incroyable encore, des salaires équivalents à ceux des hommes.

— Un jour, quand une femme choisira de ne pas se marier pour poursuivre une carrière professionnelle, par exemple la médecine ou le barreau, ça ne lui vaudra pas la dérision des gens ni, pire encore, leur pitié, mais leur admiration. Et si elle se marie et qu'elle a des enfants, elle continuera à être une concurrente pour son mari en dehors de son foyer. Ça ne te paraît pas merveilleux ?

Barty lui répondit avec un peu d'embarras que c'était merveilleux, en effet, mais qu'elle avait passé toute son enfance avec ce modèle de femme sous les yeux.

— Je sais que Celia s'est beaucoup battue pour en arriver là où elle est. Ça n'a vraiment pas été facile pour elle.

Défendre Celia était une situation nouvelle pour Barty. Si nouvelle même que, chez Lytton le lendemain matin, elle regarda Celia d'un œil nouveau, presque indulgent. Hélas, quand celle-ci rejeta l'idée de Giles qui consistait à proposer que Lytton fondât deux bourses, elle retrouva sa vision habituelle et en fut si contrariée qu'elle accepta finalement d'assister à un repas de famille à Cheyne Walk ce soir-là, dîner donné pour Venetia et Boy afin de fêter l'arrivée d'Henry. Elle savait que sa présence serait un grand réconfort pour Giles ; il lui avait dit à de nombreuses reprises qu'elle lui manquait. Et assister au dîner ne serait pas si pénible, tout compte fait. Sebastian et Pandora venaient et elle les adorait tous les deux, surtout Pandora. Son insistance pour garder sa maison à Oxford afin de pouvoir continuer son travail à la Bodléienne semblait à Barty la chose la plus merveilleuse du monde.

La dépression de Venetia après la naissance d'Henry n'avait pas échappé à Celia. Elle brûlait d'intervenir, de parler à Boy, d'en discuter ouvertement avec Venetia ; Oliver, dans un moment d'autorité assez rare chez lui, le lui avait interdit.

— Tu n'as pas le droit de te mêler de leur vie privée. Venetia doit s'en débrouiller elle-même.

Celia objecta que Venetia n'était pas seulement inexpérimentée mais très timide ; Oliver la regarda et sourit.

— Tu as conduit ton mariage comme tu l'entendais. Elle doit apprendre à en faire autant.

— Notre mariage, Oliver, pas le mien. Et nous l'avons conduit ensemble.

— Si tu le dis... Il me semble pourtant me rappeler certaines décisions de ta part. De toute façon, ce n'est pas de notre mariage qu'il est question. Et interférer dans celui de Venetia serait une très mauvaise idée. Laisse-lui du temps, elle n'a que dix-neuf ans. Quand elle aura mûri, elle sera plus qu'une égale pour Boy. Il est extrêmement égoïste, presque obsédé par lui-même. C'est le genre de défaut qui vous conduit à vous aveugler sur la réalité des choses.

Celia le regarda et il lui sourit à son tour, de ce sourire tranquille et neutre par lequel il mettait fin aux discussions qu'il ne voulait pas poursuivre. Elle savait à quoi il faisait allusion, et il n'aurait pas été malin de sa part de remuer le passé. Malgré les orages et les problèmes, ce passé les avait menés à ce qu'ils étaient aujourd'hui, un couple admiré et respecté, marié depuis longtemps et manifestement heureux. De telles images sécrétaient leur propre pouvoir, elles étaient capables de récrire l'histoire ; mieux valait ne pas les remettre en question.

— Tu es si intelligent, Oliver, dit-elle, et elle l'embrassa.

Boy se montra charmant ce soir-là, souriant, volubile, charmeur, posant des questions sur Lytton, discutant de nouveaux livres et de nouveaux auteurs avec Celia :

— Je croyais que Rosamund Lehmann était l'une des plus intéressantes de la saison...

Et de golf avec Giles, sa nouvelle passion, plutôt que de son travail chez Lytton.

— Je ferai une partie, mon vieux. Samedi prochain, si tu es libre. Et si ma femme peut se passer de moi, bien sûr.

— Et si je te disais que je ne pourrai pas ? répondit Venetia.

Son ton était léger mais son regard plutôt dur ; Boy lui envoya un baiser à travers la table.

— Alors je ne jouerais pas.

— Vous devriez y aller, Venetia, suggéra Pandora. C'est un sport agréable, j'y joue un peu.

— C'est une merveilleuse idée, dit Boy, j'adorerais, ma chérie. Malheureusement, pas de dames sur le parcours le samedi.

— Pourquoi ? demanda Barty innocemment.

— Barty, ma chérie, les dames peuvent jouer n'importe quand. Le samedi, c'est pour les garçons. Ils attendent l'occasion toute la semaine.

— En tout cas, ceux qui travaillent ? commenta Barty, d'un ton plus suave encore.

Elle se fait les griffes, songea Celia. Bien joué.

Boy lui sourit.

— Eh bien... oui, dit-il d'un ton léger. Mais ça veut dire que nous, les oisifs, avons plus de partenaires.

— Boy n'est pas du tout oisif, s'empressa de préciser Venetia. Il s'occupe de ses affaires et de la galerie dans laquelle il a des parts dans Cork Street, de plusieurs comités de bienfaisance, de conseils...

— Ma chérie, tu es trop mignonne, commenta Boy, mais j'ai peur que Barty n'ait marqué un point. Je ne travaille pas très dur pour le moment. Scandaleux, n'est-ce pas, pour un jeune homme d'aujourd'hui ?

— J'ai une amie qui pense que tout le monde devrait travailler, quel que soit son sexe, énonça Barty, et que, dans quelques générations, ce sera le cas. Elle estime que c'est le travail qui donne son but à la vie et nous apporte notre dignité individuelle. Spécialement à nous, les femmes.

— C'est une vision intéressante des choses. J'aimerais rencontrer votre amie, discuter avec elle de ses idées. En tout cas, en ce qui me concerne, j'ai des projets.

— Vraiment ? dit Celia. Racontez-nous...

— Mon père ne pourra pas continuer indéfiniment tout seul. Il a toujours été convenu que je le seconderai dans ses affaires quand il aura besoin de moi. J'ai passé du temps là-bas, ces dernières semaines, n'est-ce pas, Venetia ?

— Oui, dit Venetia en rougissant.

C'était méchant, pensa Celia, c'était impardonnable. Sauter sur l'occasion pour trouver une excuse à ses absences, une excuse rétrospective, et cela devant toute la famille... Maintenant elle le regardait d'un œil glacial.

— Je suis surprise de ne pas en avoir entendu davantage parler, remarqua-t-elle. J'ai justement rencontré votre père l'autre jour, il ne m'en a rien dit.

— Naturellement, non. Il est un peu... mortifié de ne plus être capable de tout porter sur ses épaules, un peu moins jeunes qu'avant. C'est quelque chose à quoi Oliver et vous-même avez su penser, n'est-ce pas, lady Celia ? C'était très avisé de votre part d'impliquer Giles au bon moment.

Jeu, set et match pour Boy, pensa Barty : quel homme infect ! Elle n'avait pas une grande affection pour Venetia, mais cette dernière méritait mieux que cela. Barty ne pouvait plus supporter cette situation, elle ressentait l'humiliation de Venetia et cela lui faisait mal ; elle se leva, promena un sourire d'excuse autour de la table.

— Je suis terriblement désolée, mais je vais devoir y aller. Je dois me lever tôt demain, beaucoup de travail à faire. Vous voulez bien m'excuser ?

— Bien sûr, dit Oliver. Tu as ta voiture ?

— Non, je suis venue de chez Lytton avec Giles.

— Je vais te ramener chez toi, annonça celui-ci. Ça me fera plaisir.

Il était resté silencieux toute la soirée, imperméable à toutes les tentatives de Boy pour l'enjôler. Leur amitié était quasiment morte avec la révélation de la grossesse de Venetia.

— C'est inutile, intervint Celia, froide et lisse comme de la glace. Nous ne voulons pas que la soirée s'effiloche dès maintenant. Daniels va emmener Barty, il n'est pas occupé. Bonne nuit, ma chérie.

Celia tendit la joue pour qu'elle l'embrasse. Si j'étais Giles, pensa Barty en s'exécutant, elle me demanderait quel travail j'ai à faire, pourquoi, s'il me faut de l'aide ; et elle se sentit triste pour lui.

C'était une sensation nouvelle de se sentir plus heureuse, plus favorisée que le reste de la famille ; curieusement, elle n'appréciait pas vraiment cela. Sans doute, songea-t-elle, les aimait-elle davantage qu'elle ne l'avait cru. Et elle se demanda si elle devait prendre au sérieux la suggestion de Boy : rencontrer Abbie. Ce serait amusant, en tout cas. Abbie ne ferait qu'une bouchée de lui.

6

Sebastian était très, très en colère. Pandora le contemplait, sombre, hostile et menaçant, penché sur les journaux du matin et parlant seulement par monosyllabes, refusant œufs, bacon, toasts et même café. Elle ressentit d'abord un pincement de remords, ensuite de l'irritation.

C'était une manière ridicule de réagir à ce qu'elle lui avait dit Puérile, absurde, un comportement d'enfant gâté. Mais bon, c'est ce qu'il était : puéril et absurde. Toutes ces choses, même désa gréables, faisaient partie de ce qu'elle aimait chez lui.

Ils ne s'étaient encore jamais querellés – à moins qu'on ne compte la discussion qui revenait régulièrement sur l'endroit où ils passeraient Noël. Ils ne s'étaient jamais disputés et elle ne savait pas comment vivre la situation.

Il leva les yeux vers elle et fit une grimace.

— Je crois que je vais sortir. Me promener un peu.

— Très bien. Je vais travailler.

— N'oublie pas que je donne une conférence ce soir. À Londres.

— Je n'ai pas oublié.

Elle le fixa, droit dans ses yeux pleins d'hostilité.

— Je ne crois pas que je viendrai, dit-elle.

Lui aussi la fixa un moment, puis :

— Oh, pour l'amour du ciel !

Enfin il quitta la maison en claquant la porte derrière lui.

Pandora, mi-amusée mi-bouleversée, se rendit à son travail. Il reviendrait au moment du déjeuner, elle en était sûre, les bras chargés de fleurs, s'excusant et lui disant qu'il l'aimait, qu'il avait tort. Il ne le fit pas. L'après-midi se termina ; sûrement, Sebastian serait là quand elle rentrerait à la maison. Il ne s'y trouvait pas, il n'y avait pas même un mot de lui. Eh bien, il téléphonerait ; il arriverait à Londres malade de culpabilité, appellerait pour dire qu'il était désolé, qu'il l'aimait.

Elle dîna, écouta la TSF, lut un livre ; aucun appel téléphonique ne lui parvint. Elle prit un bain puis alla au lit ; elle commençait à s'inquiéter maintenant. Il avait été fou de rage, comme si elle avait fait quelque chose de mal.

Elle lui avait juste déclaré, en pensant qu'il serait content, aussi content qu'elle-même, qu'elle allait avoir, qu'ils allaient avoir un bébé.

— Il est merveilleux, tout simplement merveilleux ! s'écria Maud. Sincèrement, c'est le plus beau petit garçon que j'aie jamais vu ! Je peux le prendre dans mes bras ?

— Bien sûr, dit Venetia en lui souriant.

Henry était, ces jours-ci, le chemin le plus sûr pour atteindre son cœur.

Venetia la contempla tandis qu'elle berçait Henry. Maud n'était pas jolie à proprement parler, mais très séduisante avec ses cheveux roux et ses yeux verts. Si grande, si mince, et pourtant avec une poitrine épanouie. Sa peau était exquise, très pâle, presque diaphane, légèrement tachée de son ; et elle avait les plus jolies mains qui soient, aussi blanches que fines. Elle donna à Henry un de ses longs doigts à tenir ; il l'agrippa, le serra bien fort dans son poing potelé, et lui sourit.

— Voilà, je me suis fait un ami pour la vie. Oh, c'est bon d'être ici, Venetia. J'aurais dû venir plus tôt.

— Comment s'est passé ton voyage ?

— Formidable. J'adore ces paquebots. Je me rappelle la première fois que papa m'a emmenée quand j'étais petite : je me croyais dans un palais flottant sur la mer. L'immense salle à manger, et l'orchestre qui jouait pendant le dîner, et le bain de vapeur – j'adore le bain de vapeur – et... bref, tout était merveilleux.

— Ton père a aimé ?

— Oui, mais il a toujours le mal de mer, mon pauvre papa. Il m'a demandé de vous dire qu'il viendrait, sans doute demain, quand il aura récupéré. Moi, je ne pouvais pas attendre. Adele a prévenu qu'elle serait là pour le thé. Et ton amour de petit frère, il est tellement mignon, il a dit qu'il viendrait pour le thé lui aussi. Adele fait des courses, je crois.

— Oui, je suppose. J'ai peur qu'elle s'ennuie un peu et qu'elle se sente seule. Nous nous manquons.

— Je comprends que tu lui manques, mais je n'aurais jamais pensé qu'elle te manquerait.

— Bien sûr que si.

Cela étonnait toujours Venetia que les gens ne comprennent pas les sentiments qui liaient les jumeaux.

— Pour moi, elle compte plus que n'importe qui. Sauf Henry.

— Et ton beau mari, j'imagine. Mon Dieu, qu'il est beau, Venetia... Adele m'a montré les photos de votre mariage.

— Oui. Très beau.

— Pas autant que Giles, quand même.

— Giles ! Tu trouves que Giles est beau ?

— Très, oui. Il ressemble beaucoup à ta mère. Ces magnifiques yeux sombres, et son nez aussi. Il a beaucoup de charme et il est si... anglais. Et cette maison ! Elle est superbe, je l'adore. Qui vous l'a faite ? L'intérieur, je veux dire...

— Gerald Wellesley.

— Il me semblait bien reconnaître son style. Tout ce décor en feuille d'argent, si chic... Comme c'est intelligent à vous de l'avoir choisi.

73

— Tu es extrêmement bien informée, remarqua Venetia en riant. Je suis surprise que tu aies entendu parler de lui...

— Tu oublies que j'ai l'intention de me lancer dans l'architecture d'intérieur.

— Ah oui, j'avais oublié... Oh, bonjour, Adele, c'est si agréable de te voir. N'est-ce pas merveilleux d'avoir Maud ici ?

— Merveilleux, confirma Adele en embrassant sa sœur. Bonjour, Henry, comment vas-tu, aujourd'hui ? Venetia, je nous ai acheté les chemisiers les plus délicieux de chez Woollands. En soie, très longs. Tu vas les aimer. Quand je les ai vus, je n'ai pas pu résister.

— Tu te sens mieux ? dit Oliver, levant les yeux vers son frère, qui entrait dans le salon.

— Beaucoup mieux, merci. Ce mal de mer est une vraie calamité, il me gâche mes visites ici. Pourtant, la mer n'était pas spécialement forte. Dis-moi, comment ça va chez Lytton ?

— Très bien. Les livres scolaires nous procurent un fonds solide, n'est-ce pas, Celia ?

— Oui, répondit-elle d'un ton peu convaincu.

Elle n'aimait guère la collection de manuels de littérature, d'atlas et de tables de logarithmes.

— J'ai entendu dire par Felicity que le bureau de New York marchait bien ?

— Oui, c'est vrai. Stuart Bailey est un jeune homme fort intelligent. Mais tout marche bien en Amérique, non ? Cette prospérité que vous connaissez en ce moment est extraordinaire. Je me méfierais quand même si j'étais toi.

— Je crois que les choses vont se stabiliser.

— C'est l'opinion des gens en général ?

— Disons qu'il y a quelques alarmistes, mais...

— Et ton beau-fils, demanda Celia, qu'est-ce qu'il en pense depuis Wall Street ?

— Je n'en ai aucune idée. Laurence et moi, nous nous parlons à peine. Il ne me pardonnera jamais d'avoir épousé sa mère et rien ne pourra le faire changer d'avis. Heureusement, Jamie est là, et j'ai ma Maud chérie. Nous sommes une petite famille très heureuse. Et nos affaires vont très bien pour le moment. Nous sommes plutôt confiants, John et moi.

— Comment va-t-il ? Et Felicity ? Toujours l'épouse parfaite, j'imagine, dit Celia, non sans une certaine raideur dans la voix.

— Ils vont très bien tous les deux. La poésie de Felicity se vend bien, à toutes sortes de publics, elle passe son temps à donner des lectures dans des cercles de dames et autres.

— Tant mieux pour elle. C'est toujours bien d'avoir un hobby dans la vie.

— C'est un peu plus qu'un hobby... commenta Robert. Elle a gagné un prix la semaine dernière...

— Oh, ces prix de poésie, il y en a tellement... On dirait qu'il s'en crée un par semaine.

— Celia, intervint doucement Oliver, Felicity réussit merveilleusement bien, il n'y a pas de raison de lui reprocher son succès...

— Je ne lui reproche rien ! C'est moi qui ai découvert Felicity et sa poésie !

— Oui, approuva Robert, et elle ne l'a jamais oublié. Son fils Kyle est maintenant éditeur à part entière chez Doubleday. John et Felicity n'ont jamais oublié ce que vous avez fait pour lui, en lui permettant de décrocher ce premier poste. Et lui non plus, je m'empresse de l'ajouter.

— Seigneur, rétorqua Oliver, je n'ai fait qu'écrire une lettre, si mes souvenirs sont bons...

— Alors disons qu'il y a lettre et lettre. En tout cas, Felicity répète tout le temps qu'elle aimerait beaucoup que vous veniez tous les deux à New York, pour qu'elle puisse vous recevoir comme il faut.

— Il vaut bien mieux qu'Oliver y aille tout seul, objecta Celia. Nous ne pouvons pas quitter Lytton tous les deux en même temps...

— Même pas avec PM qui resterait ici ? Et Giles... Comment se débrouille-t-il ? Il m'a l'air très compétent...

— J'aimerais partager ton opinion, soupira Celia, mais je crains que, professionnellement, Giles ne soit une déception. Contrairement à ton jeune Mr Brewer. Il n'a pas de vraie... vision. Tu n'es pas d'accord avec moi, Oliver ?

— Tu sais bien que je ne prendrais pas le risque de ne pas être d'accord avec toi, Celia... Sur aucun sujet.

Son ton était badin mais, quand ses yeux bleus rencontrèrent ceux de sa femme, ils étaient durs et froids.

— Je t'en prie, ma chérie, pardonne-moi... Je suis désespéré de m'être conduit comme ça, comme un enfant gâté... Je n'arrive pas encore à le croire moi-même.

— On aurait cru que je t'avais annoncé que je prenais un amant, répondit Pandora d'un ton glacial.

— Mais, Pandora chérie, c'est l'impression que ça me donnait, d'une certaine manière... Ne me regarde pas comme ça, j'essaie de me faire pardonner...

Sebastian s'assit sur le lit à côté d'elle, en caressant tendrement ses longs cheveux mordorés. Elle était rentrée à la maison à l'heure du thé, pour le trouver qui l'attendait avec un énorme bouquet de roses blanches, penchant la tête d'un air contrit et repentant. Elle l'avait salué froidement, était montée prendre un bain et s'allonger sur leur lit. Au bout d'un moment, il était entré, après avoir timidement frappé à la porte.

— Tu devrais essayer encore plus fort. Je n'arrive pas à te comprendre. La plupart des maris sont ravis quand leurs femmes leur annoncent qu'elles attendent un enfant. Alors, essaie de m'expliquer pourquoi tu es si contrarié.

— Je ne veux pas te partager avec quelqu'un d'autre, répondit-il simplement. Je t'aime trop. Je te veux pour moi tout seul, comme je t'ai eue pendant l'année passée. Je suis sûr que je m'habituerai à l'idée et que j'apprendrai à aimer l'enfant, mais pour le moment... j'ai peur de te perdre.

— Comment pourrais-tu me perdre pour un bébé ? C'est ton bébé. Le tien et le mien, nous l'avons fait ensemble...

— Je sais, chérie. Mais nous nous étions mis d'accord sur le fait que nous n'en aurions pas. En tout cas, pas avant longtemps. Pandora, depuis que je t'ai rencontrée, je n'ai voulu voir personne d'autre, parler à personne d'autre. J'ai l'impression de commencer tout juste à te découvrir. Chaque jour, je te découvre et t'aime un peu plus. Et maintenant, il va falloir que je te partage avec un bébé ?

— Je n'ai pas cherché à faire échouer les précautions que nous avions prises pour éviter ça, si c'est ce que tu crois.

— Bien sûr que non. Mais...

— Et il me semble me rappeler que tu as joué un rôle actif dans la conception de ce bébé. Je crois même savoir précisément quand c'était. Cette nuit à Londres, après l'opéra, après *La Bohème*. Je me rappelle être restée allongée là-bas après que tu t'étais endormi, entendant « *O care mio* » dans ma tête et pensant que ç'avait été parfait. T'aimer était parfait et faire l'amour avait été parfait, plus encore que d'habitude. Chéri, je t'en prie, essaie d'être content...

— Je vais m'y efforcer, affirma-t-il en se penchant pour l'embrasser. Il n'est pas complètement impossible que j'y arrive. Et je me rappelle *La Bohème*... et après aussi. En tout cas, le plus important maintenant, c'est de bien veiller sur toi. J'imagine que tu vas devoir arrêter de travailler. Ça aura au moins un avantage, nous déjeunerons tous les jours ensemble.

— Je ne suis pas sûre de vouloir déjeuner tous les jours avec toi, répliqua Pandora en riant. J'aime bien lire pendant le déjeuner, sans qu'on m'interrompe, ajouta-t-elle tandis qu'il ouvrait la bouche pour protester. Mais c'est vrai, le médecin a dit que je devrai arrêter de travailler. Je suis relativement âgée pour avoir un premier enfant, je devrai beaucoup me reposer. Manger des légumes frais, ce genre de choses...

— La naissance est prévue pour quand ?

— Début mai, d'après le médecin. Pour l'instant, on ne le dit à personne, d'accord ? J'ai peur que ça fasse des histoires. Et j'ai peur aussi de la réaction de Celia.

— Oui, dit Sebastian, et son visage se rembrunit, je crois que je la redoute moi aussi.

— Bonjour, Barty. Je peux entrer une minute ou tu es trop occupée ?

— Eh bien...

Barty hésita ; elle était en effet très occupée.

— C'est bon, reprit Maud, je reviendrai plus tard.

— Je suis désolée, c'est juste que je suis un peu sous pression. Tout ira mieux dans un moment.

— Ne t'inquiète pas pour ça. Écoute, Giles et moi allons prendre un déjeuner léger. Si tu nous accompagnais ?

— Je ne peux pas, vraiment. Mais à la fin de la journée je pourrais... nous pourrions prendre un chocolat chaud ? Si tu n'es pas trop occupée à ce moment-là...

Maud sourit.

— Je ne suis pas occupée du tout. Et un chocolat chaud me semble une très bonne idée. J'adore ça. Nous le prendrons où ?

— Au Corner House, en bas de la rue. Demande à Giles s'il voudra venir avec nous.

— Entendu.

Ils restèrent dîner au Corner House, et ensuite tous trois allèrent au cinéma pour voir *Broadway Melody*, qui avait remporté l'Oscar cette année-là, puis ils se rendirent ensemble jusqu'à l'appartement de Barty, que Maud souhaitait découvrir ; Abbie se lia vite d'amitié avec Maud, et ils parlèrent interminablement, jusqu'à ce que Maud se lève d'un bond et dise :

— Mon Dieu, regardez l'heure, on doit retourner tout de suite à Cheyne Walk.

Le lendemain matin, après le départ de Giles, Robert demanda à Maud, un soupçon de reproche dans la voix :

— Qu'est-ce que vous avez bien pu faire jusqu'à près de minuit ?

— Parler, avec Giles et Barty.

— Toute la soirée ?

— Non. Nous sommes d'abord allés au cinéma, et ensuite à l'appartement de Barty. C'est très agréable là-bas, très petit, mais elle en a fait quelque chose de merveilleux. Je l'adore et Giles aussi.

— Qu'est-ce que Giles adore ? demanda Celia, qui venait d'entrer dans la pièce.

— L'appartement de Barty. Il dit qu'il y va assez souvent après le travail, pour bavarder et prendre un chocolat chaud. Mon Dieu, que son chocolat est délicieux...

— Comme Giles voit Barty toute la journée, je suis surprise qu'il éprouve le besoin de lui parler aussi le soir...

— On n'a jamais assez de temps pour bavarder avec ses amis... Et il y avait aussi cette fille si sympathique qui s'appelle Abbie, vous devez l'avoir rencontrée ?

— Non, dit Celia. Oh, je dois y aller, il est tard et j'ai une terrible journée devant moi. Je vous verrai tous les deux ce soir. Ou bien est-ce que tu vas encore disparaître avec Barty, Maud ? Bien sûr, tu es libre de faire ce que tu veux, mais...

— Je serai ici, tante Celia.

Quand elle fut partie, Maud regarda son père.

— Je crois que j'ai gaffé. Je n'aurais pas dû dire que Giles allait à l'appartement de Barty.

— Je ne vois pas pourquoi... Ils sont presque frère et sœur, après tout.

— Pas tout à fait. Pas du tout, même. Et ce que Giles ressent pour Barty n'est pas du tout fraternel. Visiblement, il est en adoration devant elle.

— Tu as lu trop de mauvais romans ! s'exclama Robert en riant. Et est-ce qu'elle lui rend cette adoration, d'après toi ?

— Je ne lis pas de mauvais romans, répondit Maud avec indignation. Et, non, je ne pense pas qu'elle lui rende cette adoration. Toute l'énergie de Barty est concentrée sur sa carrière. Elle est extrêmement ambitieuse, tu sais. Je l'aime beaucoup, c'est quelqu'un de vraiment original.

— Je suis d'accord avec toi, elle est charmante. Charmante et intéressante. Et jolie, aussi. Si Giles est amoureux d'elle, je peux facilement comprendre pourquoi. En même temps, je pense que ce serait mieux si tu t'étais trompée.

— Sebastian... dit Celia, et sa voix se faisait charmeuse au bout du fil. Je me demandais si vous seriez assez gentil pour passer un peu de temps ici dans les jours qui viennent. Il faut que nous discutions des promotions de Noël pour le dixième tome de *Méridien*. Ce n'est pas très pratique que vous soyez aussi souvent à Oxford.

— Je suis désolé si ce n'est pas pratique pour vous, Celia. Je vais voir comment je peux m'arranger. Mais ce sera un peu difficile cette semaine.

Il ne voulait pas abandonner Pandora ; elle commençait à se sentir moins bien, nauséeuse et très fatiguée.

— Est-ce qu'il va falloir qu'on décide de tout sans vous ?

— Non, c'est juste que Pandora est... elle a quelques problèmes...

— Des problèmes ? Quel genre de problèmes ?

— Oh... professionnels, bien sûr.

Il aurait souhaité que ce soit vrai, que les problèmes de Pandora soient aussi simples, aussi faciles à affronter que cela.

— Ces jours-ci, je veux rester ici avec elle. Je suis désolé. Bonne journée.

Plus tard dans l'après-midi, une lettre arriva pour Celia de chez Foyles, dans Charing Cross Road ; Sebastian aimerait-il être l'invité d'honneur à l'un de leurs fameux déjeuners littéraires en novembre ? Et lady Celia pouvait-elle leur faire parvenir une réponse dans les vingt-quatre heures ?

Pandora était à demi endormie près du feu quand le téléphone sonna. Sebastian était sorti acheter un peu de saumon, seule nourriture qu'elle se sentait capable d'avaler pour le dîner. L'esprit un peu confus, elle alla décrocher et s'assit sur les marches de l'escalier, se frottant les yeux et bâillant.

— Pandora ? C'est Celia. Comment allez-vous ? Il paraît que vous avez des problèmes, j'ai été désolée de l'apprendre...

— Des problèmes ?

Est-ce que Sebastian avait parlé à Celia du bébé ?

— Oui. Sebastian est très inquiet pour vous, ça se voit.

— Oh, vraiment ?

— Il refuse de venir à Londres pour une réunion qui est pourtant très importante. C'est très loyal envers vous, bien sûr, mais... Est-ce qu'il est là ? Je pourrais lui dire un mot ?

— Non, Celia, il n'est pas là pour le moment. Il est...

— Alors, demandez-lui de me téléphoner, de toute urgence. Dites-lui qu'il y a un autre sujet dont je dois discuter avec lui.

— Pourriez-vous être plus explicite ? Pour que je puisse lui transmettre un message un peu plus précis...

— Oh, mon Dieu, non. C'est bien trop compliqué.

Transmettez-lui juste cela, vous voulez bien ? Et j'espère que votre... problème s'arrangera vite.

— Celia...

Pandora sentit sa voix devenir aussi froide que celle de Celia ; elle éprouva un élan de colère envers Sebastian, non seulement pour avoir tout dit à Celia, alors qu'ils avaient décidé de se taire, mais aussi pour la façon dont il lui avait présenté les choses.

— Celia, quels que soient les sentiments de Sebastian, je ne crois pas que le fait d'attendre un bébé puisse être présenté comme un « problème ».

Il y eut un grand silence à l'autre bout de la ligne, puis :

— Un... bébé ? Vous allez avoir un bébé ?

— Eh bien... oui. Ce n'est pas ce qu'il vous a dit ?

— Non, répondit Celia, d'une voix très douce tout à coup. Non, ce n'est pas ce qu'il m'a dit, Pandora. Je suis désolée, je n'avais pas... je ne m'étais pas rendu compte. Comme c'est merveilleux pour vous. Je vous en prie, acceptez mes félicitations. Et bonne journée.

Pandora raccrocha le téléphone puis resta assise quelques instants à contempler l'appareil. Sebastian n'avait rien dit à Celia pour le bébé ; il avait inventé un quelconque mensonge. Et maintenant tout le monde allait savoir. Et Sebastian serait fâché contre elle, très fâché.

Il fut plutôt contrarié.

Il alla jusqu'à la fenêtre, resta quelques instants à contempler le crépuscule au-dehors. Pandora ressentit une violente irritation ; pourquoi attachait-on tant d'importance à ce que Celia pouvait ressentir ?

— Sebastian... commença-t-elle en s'efforçant de conserver une voix aimable.

— Pandora, s'il te plaît, j'essaie de réfléchir.

Il se retourna, la regarda, puis s'approcha d'elle et lui prit les mains.

— Pandora, je suis désolé, mais il y a une chose que je ne t'ai pas dite. Et il faut que je t'en parle maintenant, je crois. Je suis désolé...

Celia était assise dans son bureau, un soir, lorsque sa mère entra dans la pièce.

— On m'a dit que tu étais ici. Tu as une mine affreuse. Qu'est-ce qui se passe ? Venetia prétend que tu as des soucis, Kit dit que tu pleures tout le temps. Même Oliver, et Dieu sait s'il est discret, affirme que tu n'es pas comme d'habitude.

— Il semble que j'aie beaucoup d'espions dans la maison.

— C'est ce bébé, n'est-ce pas ?

— Bien sûr que non…

— Celia, je ne suis pas idiote. Et ce n'est pas très surprenant que tu réagisses comme cela. Je suis désolée pour toi. Mais tu n'y peux rien, et tu ne peux pas non plus continuer comme ça. Donc il faut que tu te reprennes.

— Oliver va à New York, répondit Celia en tirant violemment sur un fil qui dépassait de sa robe. Et je ne peux pas le lui reprocher. Mais c'est la… la goutte d'eau qui fait déborder le vase. Maman, ça paraît si incroyable qu'aujourd'hui encore je…

— Allons, allons, insista lady Beckenham, en prenant sa fille dans ses bras et en lui caressant les cheveux, plutôt maladroitement. Pourquoi tes sentiments auraient-ils changé ? Ce que tu peux faire de mieux, c'est de le reconnaître. D'ailleurs, la lucidité a toujours été une de tes plus grandes qualités. Vas-y, pleure un bon coup. Ensuite, tu n'auras qu'à venir à Curzon Street, dîner avec Beckenham et moi. Tu as l'air de n'avoir rien mangé depuis des semaines.

— Je n'ai rien mangé depuis des semaines, acquiesça-t-elle en se mouchant.

— Bravo, fille stupide. Ce n'est sans doute pas le meilleur moment pour Oliver d'aller à New York en te laissant tout affronter toute seule. Si j'étais toi, je lui demanderais de rester à Londres. Je pense que ça lui ferait plaisir. Allons, essuie tes larmes. Beckenham sera ravi de te voir. Il travaille très dur sur ses lettres, pour ce livre que tu lui as demandé. Ça lui a redonné une nouvelle jeunesse. Je ne suis pas certaine d'en être ravie, ajouta-t-elle en souriant à sa fille.

Celle-ci lui rendit son sourire.

— Bien sûr que si. Tu l'aimes.

— Oui. Je suppose que oui, répondit lady Beckenham, après un moment de surprise. Voilà, ça devrait te rassurer, justement. Toi aussi, tu ressentiras la même chose un jour.

— Tu le penses vraiment ?

— Mais oui. Autrement, pourquoi serais-tu si contrariée qu'Oliver aille à New York ?

Par chance, l'Atlantique était calme quand Maud et Robert le retraversèrent. Robert put s'asseoir sur une chaise longue sous le soleil d'automne, une couverture autour des jambes, pour lire les livres qu'Oliver lui avait donnés, et put même apprécier la grandiose cuisine du bord.

Après le dîner, Maud étant partie pour la salle de bal en compagnie d'un jeune homme ou un autre, il bavardait avec les autres passagers. Beaucoup de conversations concernaient la situation financière du pays ; l'allocution de Roger Babson au Congrès économique national annonçait l'imminence d'un terrible krach. Comme l'avait prédit le président d'une société d'investissement de Boston, si les cours s'effondraient, les investisseurs qui étaient regroupés dans des sociétés commerciales « s'en sortiraient sans heurts ». En ce vendredi 11 octobre, Dieu trônait dans le ciel au-dessus de l'Amérique et tout allait pour le mieux dans le meilleur des mondes.

Le samedi 19, les journaux ne parlaient que de la faiblesse du marché, avec un volume de transactions en baisse ; à la fin de la journée, il s'était vendu trois millions et demi d'actions. Le dimanche, le *Times* annonçait une vague de ventes.

Le lendemain, il se vendit six millions d'actions ; mais à la fin de la journée, le marché remonta. Le mardi vit une nette relance. « Vous voyez, disaient les gens, c'était juste une péripétie. Tout ira bien maintenant. »

Le mercredi, il y eut de nouvelles pertes, plus lourdes. Le jeudi, près de treize millions d'actions furent jetées sur le marché en chute libre. À onze heures, la panique s'empara des gens. À midi et demi, la Bourse ferma.

Les plus grands banquiers du pays se réunirent à la mi-journée et se mirent d'accord pour soutenir le marché. La panique s'apaisa, la tendance s'inversa et les prix repartirent à la hausse.

Un grand soulagement s'ensuivit ; les banquiers et les agents de change continuèrent à affirmer que le marché était solide, les grands industriels parlaient avec assurance de stabilité et de prospérité, et le dimanche, dans les églises, bien des sermons enjoignirent aux fidèles de tirer des enseignements de la crise des jours précédents – aujourd'hui heureusement terminée – et de retrouver le sens des valeurs spirituelles. Cela n'avait été qu'un moment de panique, une tempête dans un verre d'eau. Laurence Elliott, qui savait fort bien, comme tous ses pairs, que ce n'était pas le cas, déplaça plusieurs pièces sur l'échiquier de sa société et attendit la suite des événements dans un bizarre état d'excitation.

Le lundi suivant, les marchés subirent une nouvelle chute désastreuse ; et le mardi, un raz-de-marée de ventes se brisa – inutilement d'ailleurs – sur un Wall Street désespérément vide d'acheteurs.

Dans l'hôtel particulier des Elliott sur la Cinquième Avenue, Laurence Elliott et Duke Carlisle levèrent leurs verres à la prescience de Duke, et à leurs fortunes sauvées.

7

À ce moment précis, il aurait fort bien pu commettre un meurtre. Un meurtre ô combien approprié dans ces circonstances ! Il ne se rappelait pas avoir jamais été aussi en colère. Et contre Barty, qui plus était...

— Bonjour, Giles, dit-elle en relevant les yeux. Je ne sais pas quel en est le motif, mais tu as l'air terriblement en colère.

— En effet, oui. Tu es allée voir ma mère en cachette, et tu lui as fait une proposition, une proposition éditoriale ! Pas pendant une réunion, pas en suivant les filières normales de la société, les procédures habituelles...

— De quoi est-ce que tu parles ?

Manifestement, elle pensait qu'il plaisantait.

— Je ne connais pas les filières normales de la société, ni les procédures habituelles...

— Eh bien, tu devrais ! Elles existent... Mais sans en parler à personne d'autre, elle t'a dit de commencer à travailler sur ta propre collection, d'après ce que j'ai compris...

— Mon Dieu, Giles, tu as tout compris de travers...

— Vraiment ? Est-ce que tu as, oui ou non, lancé l'idée d'une collection de romans policiers ?

— Oui, pour la simple raison qu'Agatha Christie se vend comme des petits pains, que Gollancz lance une collection policière, et que ça m'a paru une bonne idée.

— Et pourquoi ne pas avoir demandé aux autres, Henry, mon père, PM, même à moi, ce qu'on en pensait ? Tu as dû penser que ce n'était pas judicieux de m'en parler... Non, ne disons rien à Giles, il porte la poisse !

— Giles, je t'en prie ! Ça ne s'est pas du tout passé comme ça. J'ai juste lancé l'idée en l'air...

— Ah oui ? Et ma mère ne t'a pas suggéré d'en discuter avec les autres responsables de la maison ?

— Eh bien... non. Elle m'a juste dit de travailler un peu dessus, de prévoir une première liste d'auteurs possibles, de donner une estimation du prix de revient, de définir combien et à quel rythme nous pourrions sortir, rien de plus...

— Rien de plus... Juste mettre au point un calendrier éditorial complet. Sans demander l'avis de personne.

Elle ne répondit rien, commença à remuer les papiers sur son bureau.

— Et ça, qu'est-ce que c'est ? lui demanda-t-il. Tu travailles déjà dessus, n'est-ce pas ? Sur ton idée, ta... ta collection ?

— Giles, ce n'est pas ma collection.

— En tout cas, pour moi, ça y ressemble.

Poussé par la tristesse, il ajouta :

— Les autres ne vont pas aimer ça. Edgar, Henry, ils vont considérer ça comme du favoritisme, et ça en est, d'ailleurs... Elle t'a toujours favorisée, elle te présentait comme un exemple à suivre aux jumelles, à moi, en nous disant combien tu travaillais dur à l'école ! Et aujourd'hui, quelle bonne éditrice tu es, combien tu es créative et efficace ! Et je sais, en plus, pourquoi elle dit ça : pour prouver qu'elle avait raison, que c'était intelligent de te prendre à la maison, que ce n'était pas une erreur, comme tant d'autres gens le disaient...

Il s'interrompit soudain, mesurant enfin la portée de ses paroles. Barty était livide, les yeux écarquillés, les lèvres tremblantes.

— Sors d'ici. Sors d'ici tout de suite, lui dit-elle.

— Barty, je...

— Va-t'en !

Giles quitta la pièce ; juste au moment où il refermait la porte, il se retourna et la vit qui enfouissait sa tête dans ses bras. Tout à coup, elle avait l'air d'un petit enfant malheureux, et il sentit un accès de remords si terrible que cela lui fit mal. Comment avait-il pu lui faire une chose pareille ?

— Venetia ? Écoute, je viens de recevoir un coup de téléphone fantastique.

— De qui ? Un nouvel amoureux ?

— Malheureusement non. Il est homo. En tout cas, il en a l'air. Je l'ai rencontré à la dernière fête, il est photographe et il s'appelle Cedric Russell. Très marrant, tu sais combien ils sont doués pour bavarder et faire des commérages. À un moment, j'ai dit qu'on pourrait coiffer nos cheveux comme ceux de Drusilla et il a dit que nous serions sûrement divines. Et là il vient de me dire qu'il veut nous photographier, avec notre nouvelle coiffure.

— Pour quel journal, *Vogue* ?

84

— Oui. Tu es d'accord, n'est-ce pas ? De toute façon, je ne te laisse pas le choix.

— Je me sens affreuse, tu sais. Malade et horriblement fatiguée. Et en plus, je suis déjà en train de regrossir.

— Pas du tout, Venetia. D'ailleurs, ça pourrait te changer les idées. Je t'en prie...

Barty n'était pas venue chez Lytton ce jour-là. Giles, rongé de remords, ne cessait de passer et de repasser devant son bureau. Chaque fois, il espérait la voir assise à sa table, relevant la tête et lui adressant ce sourire rapide qu'elle avait toujours pour lui. Mais le bureau restait obstinément vide.

— Miss Miller est malade, finit par lui dire Edgar Greene, le supérieur de Barty, d'un ton irrité. Elle a la grippe, apparemment.

Giles regagna son propre bureau, la tête basse. Enfin, à quatre heures, n'y tenant plus, il partit pour Russell Square.

Adele était assise dans le salon de maquillage du photographe, regardant son reflet dans le miroir pendant que le coiffeur travaillait sur ses cheveux – plusieurs rangées de boucles nettes et parallèles, comme celles que Drusilla Whittingstone avait ramenées sur son élégante tête blonde de chez Antoine à Paris. Elle écoutait la journaliste de *Vogue* expliquer avec précision comment elle voulait qu'on les maquille – « Beaucoup de poudre, du rouge à lèvres très sombre et un peu de cette ombre à paupières » –, tout en se demandant laquelle des robes de satin blanc, qui pendaient à la tringle dans le coin de la pièce, elle choisirait de porter. Étrangement, elle se sentait comme chez elle, ici. Venetia et elle avaient été souvent photographiées au cours de leur vie, et par certains portraitistes très connus : Lenare, le spécialiste de la haute société, avait réalisé d'exquis clichés d'elles dans leurs robes de cour, juste avant qu'elles soient présentées au roi et à la reine ; Dorothy Wilding en avait fait une série dans leurs robes blanches pour le bal de la reine Charlotte.

Mais la séance d'aujourd'hui ressemblait davantage à un véritable travail ; et ce qui comptait le plus, ce n'étaient pas elles mais leur coiffure. Telle était la préoccupation principale de Fabrice, qui l'avait créée, de la rédactrice beauté de chez *Vogue*, qui avait commandé les photos, et de Cedric bien sûr, qui était considéré comme un des plus brillants photographes de mode.

Même s'ils étaient tous très courtois, elle se sentait moins Adele Lytton qu'un simple objet destiné à mettre en valeur la coiffure et le maquillage. Et elle aimait ça.

La rédactrice déclara qu'elle voulait un éclairage à très haut contraste, « un peu comme les dernières photos que Paul Tanqueray a faites de Gertie Lawrence, aussi intenses et lumineuses ». Manifestement, Cedric n'aimait pas ; il devenait de plus en plus irritable à mesure que la matinée avançait. Les lumières étaient très violentes ; Adele avait de plus en plus chaud, son visage luisait. Elle commença aussi à s'inquiéter pour la pauvre Venetia, qui avait déjà dû se rendre deux fois aux toilettes. Pauvre Venetia : quelle malchance d'être de nouveau enceinte, si vite...

— Bien, les filles, très, très immobiles maintenant, très, très sérieuses, pas de sourire du tout, s'il vous plaît...

Cedric pressa le déclencheur, au bout du prolongateur de son appareil.

— Charmant, commenta-t-il en se redressant et en leur souriant, parfaitement charmant. Une autre, s'il vous plaît – oui, très bien, et maintenant...

Il en fit quelques autres ; tout allait très lentement. Pour finir, Venetia dit qu'elle était désolée mais qu'elle devait encore leur demander de l'excuser un moment. Adele voyait les efforts que Cedric déployait afin de garder son calme ; pour lui changer les idées, elle lui dit, d'un ton mi-sérieux mi-plaisant, que ce pourrait être amusant de voir ce que ça donnerait avec un miroir derrière elles.

— Pour que nous soyons encore plus dédoublées.

— Encore plus ? demanda la rédactrice beauté.

— Oui, comme cela il y aurait...

— Quatre images de vous et pas seulement deux, approuva Cedric. Génial. La beauté à la puissance quatre. Allons-y, ça mettra davantage la coiffure en valeur.

Barty ouvrit la porte. Elle portait un vieux pull-over râpé et une longue jupe ; elle était pâle, les yeux ternes.

— Bonjour, dit-elle.

— Je suis... désolé, dit Giles. Je ne peux même pas te dire combien je suis désolé.

— Eh bien, merci !

— Je t'en prie, pardonne-moi.

Il y eut un long silence, puis elle répliqua d'une voix calme :

— Non, je ne crois pas que je pourrai.

Giles sentit un vent de panique.

— Barty, je t'en prie... Je ne le pensais pas. Je ne le pensais vraiment, vraiment pas. C'était stupide et méchant, je l'ai dit parce que j'étais contrarié, c'est tout.

— Je sais, mais tu as raison. Et aujourd'hui, je ne vois pas comment je pourrais retourner chez Lytton.

Giles eut l'impression qu'il allait tomber malade.

— Barty...

— Non, Giles. Ne me redis pas que tu ne le pensais pas. Que tu l'aies pensé ou non, beaucoup de gens sont sans doute d'accord et ne se gênent pas pour le dire.

— Non, je te jure que non !

Elle soupira.

— Alors c'est qu'ils ne te le disent pas, parce que tu es un Lytton. C'est ce que je pense, depuis que tu m'as ouvert les yeux. Je suis le résultat d'une expérimentation sociale de lady Celia. Si je réussis, c'est à elle que tout le mérite reviendra. À ton avis, que crois-tu que ça me fasse ? Maintenant, j'aimerais vraiment que tu partes, Giles. S'il te plaît, va-t'en.

Giles obtempéra ; il ne se rappelait pas avoir jamais été aussi malheureux de sa vie.

— Oh, ç'a été formidable, dit Adele en souriant à Cedric.

Venetia s'était éclipsée, épuisée ; la séance avait duré presque toute la journée.

— Je suis content que vous le preniez ainsi, dit Cedric.

Une fois les photos terminées et la rédactrice rentrée chez elle, il était redevenu le charmant jeune homme qu'Adele avait apprécié lors de leur première rencontre.

— La plupart des femmes s'ennuient et deviennent nerveuses. Vous avez été merveilleusement patientes, toutes les deux. Et les miroirs, c'était une bonne idée.

— Eh bien, j'ai adoré du début à la fin. Je suppose que vous faites appel à des modèles professionnels la plupart du temps ? Pour ne pas avoir des gens qui se fatiguent, qui tombent de leurs tabourets, etc.

— Parfois, oui. Mais c'est très difficile d'obtenir la bonne allure, de trouver la fille qu'il faut. Beaucoup de ces professionnelles ont, comment dirais-je, des visages ordinaires. Je préfère utiliser de vraies beautés, quand je le peux. Comme vous... Bien sûr, pour les longues séances de pose, nous avons tendance à utiliser des professionnelles.

— Comment les recrutez-vous ? Dans des soirées ?

— Non, en général par l'intermédiaire des rédactrices des magazines. Elles connaissent tous les modèles, bien sûr, elles les voient dans les défilés de mode. Parfois, nous utilisons aussi de jeunes actrices. On peut passer un temps incroyable à chercher le bon visage, le bon accessoire...

— Accessoire ?

— Oui. Par exemple votre miroir aujourd'hui. Nous avons eu de la chance d'avoir ce qu'il fallait sur place, mais ça n'arrive pas souvent. J'aime bien utiliser toutes sortes d'objets dans mes photographies, des petites tables, des vases, des fleurs, parfois un cendrier ou une lampe... Ils donnent de l'intérêt et du caractère à l'image. Mais il faut les trouver et ça prend beaucoup de temps. Demain, par exemple, j'aurai besoin d'une statuette – assez petite mais très élégante – sur la table à côté du modèle. Ses cheveux seront raides, très différents des vôtres, et je voudrais que la statuette le rappelle. Je n'ai pas encore eu le temps de la chercher. D'ailleurs, je vais vous demander de m'excuser...

— Pas la peine, j'ai exactement ce qu'il vous faut, en tout cas je crois. Un bronze de Chiparus. Oui ? Vous pensez que ça ira ? Bien... Je l'apporterai demain matin à la première heure. Ou même ce soir, si vous préférez.

— Ma très chère Adele, vous prenez tout à coup l'aura d'une envoyée du ciel. J'adorerais vous emprunter cette statuette, mais pas aujourd'hui. Je détesterais avoir la responsabilité d'un objet d'une telle valeur passant la nuit dans mon studio. Et... vous êtes sûre que vos parents seraient d'accord ?

— Oh, absolument ! dit Adele. Ça ne les dérangera pas du tout. Elle est dans le petit salon, ils la regardent à peine. Je l'apporterai demain matin. N'y pensez plus.

Elle conduisit jusque chez elle, toujours sous le coup de l'excitation. Une fois arrivée, elle courut dans le petit salon à l'étage où se trouvait la statuette – une exquise créature de bronze et d'ivoire, portant une combinaison pantalon et un chapeau cloche, en équilibre sur des demi-pointes. Elle alluma la lumière et s'approcha du guéridon où se trouvait la statuette, en parlant à voix haute.

— Oui, tu seras parfaite.

Elle entendit un bruit de toux derrière elle et se retourna, pour voir Giles.

— Giles ! Qu'est-ce que tu fais ici, assis dans le noir ? Et pourquoi n'es-tu pas en train de sauver la fortune de la maison Lytton ?

— Aucun risque pour ça.

— Oh, Giles... je suis désolée. Ça ne se passe pas mieux ?

— Non. Pas du tout.

D'un seul coup, il laissa tomber sa tête dans ses mains. Adele s'avança, horrifiée, et lui passa le bras autour des épaules.

— Oh, Giles ! Mon pauvre vieux... Qu'est-ce qu'il y a ?

— Je ne peux pas te raconter. Je ne peux pas.

— Mais si. Allons… Pense à toutes ces confessions que je t'ai faites, sur les fois où j'écoutais à la porte pendant que maman et papa avaient leurs discussions, ou quand j'étais infecte avec Barty quand Nanny ne me regardait pas…

— Ne me parle pas d'être infect avec Barty…

— Nous étions méchantes avec elle, toutes les deux. Mais elle va bien maintenant, même mieux que n'importe qui d'entre nous.

— Non, elle ne va pas bien. Et c'est ma faute.

— Je crois que tu ferais mieux de tout me raconter.

Mon Dieu, pensa Barty, il est revenu. Ça ne pouvait être que Giles. Abbie avait essayé de la réconforter puis était partie pour le théâtre avec ses parents. Personne d'autre ne pouvait venir à cette heure de la soirée. Il était presque huit heures. Elle décida de ne pas répondre. La sonnette retentit une deuxième fois, puis une troisième, longtemps. Elle allait avoir des ennuis avec sa propriétaire si ça continuait. Elle soupira et descendit.

— Écoute, commença-t-elle en ouvrant la porte, va-t'en, je t'ai dit…

Ce n'était pas Giles, mais Adele.

— Très beau, ton appartement.

— Merci. Écoute, Adele, je ne veux pas être grossière, mais je suis très fatiguée et…

— Ne t'inquiète pas. Je ne vais pas rester longtemps, je te le promets. Et Giles ne sait pas que je suis ici, il me tuerait s'il l'apprenait. Tu veux une cigarette ?

Barty secoua la tête.

— Écoute, reprit Adele, je sais ce que Giles t'a dit. Et c'était horrible. Mais les gens ne disent pas derrière ton dos que tu réussis parce que maman t'a recueillie à la maison…

Barty fit la grimace, mais parvint à garder le silence.

— Du reste, je préférerais qu'ils le fassent. Ça mettrait un peu moins de pression sur nous.

— Je ne comprends pas très bien…

— Personne ne pense que tu t'en sors grâce à ça. Tout le monde sait que c'est parce que tu es intelligente et que tu travailles dur. Chez Lytton, on doit tout le temps faire ses preuves. C'est même pour cela que je ne travaillerai là-bas pour rien au monde. Et c'est pareil pour ton diplôme. Personne ne pense qu'une bande de vieux profs auraient pu te donner une mention très bien juste parce que… Enfin, tu vois…

Barty ne répondit rien.

— Écoute, enchaîna Adele, imagine une seconde ce que doit ressentir Giles. Il ne s'en sort pas très bien chez Lytton, et ça doit être un supplice pour lui de te voir déborder d'idées...

— Mais...

— Ne t'entête pas. Laisse Giles te voir, il est tellement désolé. Et il t'adore, en plus – tu devrais entendre Maud quand elle en parle. Elle pense qu'il est amoureux de toi.

— Oh, Adele, franchement ! C'est ridicule...

— Je sais. C'est parce qu'elle est romantique. Mais il t'aime énormément, c'est sûr. Et il était... blessé, Barty. Il voulait juste ne pas être tout seul à souffrir.

— Tu es sûre que vous n'en avez pas discuté ensemble ? interrogea Barty d'un air soupçonneux.

— Tu crois que j'aurais pu dire tout cela à Giles ? Pauvre vieux... Maintenant, je dois y aller. Venetia est un peu déprimée. Je crois que ce n'est pas très agréable pour elle d'être de nouveau enceinte, la pauvre.

Elle contempla Barty en silence pendant quelques instants.

— Je sais que les choses doivent être souvent difficiles pour toi. Mais dis-toi qu'elles sont aussi difficiles pour nous. Pense à ça, Barty. Bonne nuit.

Après son départ, Barty resta immobile. Elle songea à une lointaine époque de sa vie, quand les jumelles s'étaient mises à être gentilles avec elle, après la mort de son père à la guerre. Ç'avait été d'autant plus agréable, alors, que c'était imprévu ; il se passait un peu la même chose aujourd'hui.

Giles arriva tôt chez Lytton le lendemain. Une heure plus tard, il était en train de travailler quand un léger coup fut frappé à sa porte ; il leva les yeux et la vit. Elle était pâle et figée, mais ses yeux avaient retrouvé quelque chose de doux et d'amical.

— Bonjour.

— Bonjour, Barty, répondit-il avec prudence.

— Je me demandais si... eh bien, si tu aimerais déjeuner, pour que nous puissions bavarder.

— J'adorerais, j'adorerais vraiment, mais je ne peux pas. Je dois aller chez les imprimeurs avec mon père. Oh, mon Dieu...

Elle lui sourit et d'un seul coup il retrouva l'ancienne Barty.

— Ne prends pas un air si tragique, lui dit-elle, ce n'est pas la fin du monde... Demain, alors ?

— Je préférerais que ce soit aujourd'hui. Est-ce que je peux... t'emmener dîner ?

— Oui, si tu veux. Ça sera amusant.

Adele arriva au studio, la statuette de bronze à la main. L'atmosphère semblait encore plus tendue que la veille. Cedric fut si content de la voir apparaître qu'il la prit dans ses bras et l'embrassa.

— Comme c'est merveilleux de vous voir... Et, oh, quelle chose exquise... Exactement ce que je voulais. Allons l'installer sur la table...

Il la conduisit dans son studio ; une petite table ronde y trônait, aux pieds sculptés, tendue d'une nappe de velours foncé, avec une chaise basse à côté. Il posa la statuette sur la table et ils l'examinèrent.

— Parfait, conclut Cedric, parfait. Vous ne trouvez pas ?

Il y eut un silence puis il dit :

— Mais la table ne va pas. Elle est trop...

— Trop lourde ? Trop sombre ?

— Exactement. Pour la statuette, il faut quelque chose de clair... Du verre, peut-être.

— Du verre et du chrome ?

— Oui. Exactement. Ne me dites pas que vous en avez une chez vous...

— Malheureusement non, mais ma sœur en a une. Assez petite. Nous pourrions la lui emprunter... Je vais y aller maintenant, elle tiendra dans ma voiture.

Venetia était sortie quand Adele arriva à Berkeley Square ; le majordome la fit entrer dans le salon. C'était une symphonie de chrome et de blanc. Un portrait de Venetia par Rex Whistler, vêtue de satin blanc, debout dans une vallée boisée d'un vert surnaturel, était accroché au mur. Un grand piano blanc trônait dans un des coins de la pièce ; un dessin au fusain, très bien exécuté, de Venetia baissant tendrement le regard vers Henry, encore nouveau-né, s'y trouvait. C'était l'œuvre de Boy, et il avait également réalisé une esquisse de Kit pour Celia.

— Venetia avait un rendez-vous terriblement important avec ses couturières, expliqua-t-il à Adele en pénétrant dans la pièce. Je peux t'être utile ?

— Tu peux me prêter une table, oui, lui répondit-elle tout de go. C'est pour un photographe. Celui qui a pris des photos de nous hier. Il en a besoin, et j'ai pensé à celle devant la fenêtre là-bas. Je ne l'emporterai pas longtemps.

— Il te paye, ce gentleman ?

91

— Mon Dieu, non.

— Il devrait. Oui, d'accord, je te prête la table. Mais comment vas-tu l'emporter là-bas ?

— Dans ma voiture.

— Ça ne tiendra pas dans cette petite chose. Je vais la mettre dans la mienne. Je suis plutôt curieux de rencontrer ce monsieur, il a visiblement un grand pouvoir de persuasion.

Une demi-heure plus tard, il apportait la table dans le studio de Cedric Russell, puis informait celui-ci qu'Adele et lui-même méritaient d'être payés pour cette aide.

— J'ai entendu dire que, hier aussi, elle vous avait été utile ?

— Oh, oui, énormément.

— Eh bien, poursuivit-il avec un clin d'œil à Adele, le talent ne devrait pas rester sans récompense. Bien, je m'en vais, je renverrai ma voiture pour la table. Tu n'auras qu'à téléphoner à Venetia quand tu auras fini. Au revoir.

Il embrassa furtivement Adele, fit un signe de la main et disparut.

— Quel charmant garçon, s'écria Cedric.

— Ça lui arrive, répondit Adele.

— Maintenant, voyons...

Il posa la figurine sur la table, recula d'un pas et battit des mains de plaisir.

— Merveilleux, absolument merveilleux. Mais, je vous en prie, ne partez pas, parce que je pourrais avoir besoin d'autre chose.

— Oh, j'espère bien que oui... C'est un tel plaisir.

Cedric la regarda pensivement.

— Est-ce que par hasard vous aimeriez goûter à ce plaisir plus souvent ? D'une façon... régulière ?

— Est-ce que vous m'offrez un emploi ?

— Oh, rien de si vulgaire. Appelons cela des sortes de... missions. Quand j'aurai besoin de quelque chose, je vous demanderai de le trouver pour moi. De temps en temps. Et je vous paierai pour cela. Qu'est-ce que vous en dites ?

— J'en dis que c'est un emploi. Et je dis oui.

— C'était une charmante soirée, dit Barty. Merci beaucoup, Giles. Quel endroit agréable...

— Je suis content que tu l'aies aimé. Moi aussi. Pas trop chic.

— Non.

Elle lui sourit ; elle s'était beaucoup amusée. Cela était dû en bonne partie à un sentiment nouveau, et grisant, de confiance en elle. Pendant qu'elle se préparait pour la soirée, elle avait continué d'entendre la voix d'Adele, résonnant à son oreille : « Il t'adore », et : « Maud pense qu'il est amoureux de toi. » Ce n'était pas vrai, bien sûr ; c'étaient juste les sottises habituelles d'Adele, mais elle s'était quand même laissée aller à fantasmer – brièvement – sur ce qui pouvait arriver si Maud avait raison. Puis son esprit avait bifurqué vers ce que Celia pourrait faire en pareil cas, et le fantasme était devenu angoisse.

De toute façon, la question ne se posait pas. Elle aimait énormément Giles, mais elle n'était pas amoureuse de lui, et elle ne le trouvait pas... sexy. Barty était toujours vierge, tout en sachant à quoi ressemblait le désir physique ; et elle savait aussi qu'elle n'en ressentirait jamais pour Giles, fût-ce dans cent ans. Giles avait toujours été un de ses meilleurs amis, un de ses confidents les plus intimes ; pour cette raison, elle ne voulait en aucun cas l'avoir pour amoureux. Mais c'était agréable, néanmoins, de savoir qu'il l'aimait autant.

Elle avait mis fin aux excuses de Giles d'une façon pleine de naturel : elle lui avait dit que c'était sans importance, qu'elle avait réagi trop violemment, qu'elle regrettait d'être allée trouver Celia pour la collection de romans policiers. Pendant le reste de la soirée ils avaient bavardé, ri, et parlé plus sérieusement des sujets du jour – entre autres le problème toujours plus aigu de la dépression et des chômeurs – comme ils le faisaient chaque fois qu'ils étaient ensemble. Quand Giles la ramena jusqu'à sa porte, à Russell Square, elle l'embrassa pour lui souhaiter bonne nuit, puis elle monta au lit en se sentant merveilleusement heureuse.

8

Si l'amour pouvait prendre une forme visible, pensait souvent Barty, il ressemblerait à cela : Pandora et Sebastian ensemble, dans la chambre où Pandora passait l'essentiel de ses journées ce printemps-là. Barty leur rendait souvent visite : elle aimait beaucoup Pandora, avait toujours adoré Sebastian, et tous deux lui avaient affirmé qu'elle était, de tous leurs visiteurs, celle qu'ils accueillaient avec le plus grand plaisir. Vers la fin de la grossesse de Pandora, il lui arrivait de quitter Lytton dès l'heure du déjeuner, sur la suggestion d'Oliver.

— Ça me rend service autant qu'à eux, lui avait-il dit. Je sais que Sebastian s'inquiète pour elle ; quand tu es là-bas, Pandora est heureuse et il peut aller dans son bureau l'esprit plus tranquille. Tu peux prendre quelques épreuves avec toi et travailler dessus là-bas. Cela ne t'ennuie pas, n'est-ce pas ? Tu n'en auras pas pour long-temps et je t'en serai si reconnaissant...

Barty avait répondu que cela ne l'ennuyait pas le moins du monde. En revanche, elle avait l'impression que cela ennuyait nette-ment Celia, même si celle-ci avait protesté avec véhémence quand elle lui avait posé la question.

La chambre se situait au rez-de-chaussée de ce que Pandora persistait à appeler « la maison de Sebastian » dans Primrose Hill. Elle donnait sur le jardin, et les portes-fenêtres, en haut desquelles on voyait pendre des grappes de glycines, restaient ouvertes une grande partie de la journée. La chambre elle-même était toujours remplie de fleurs ; Sebastian tenait à ce que les tulipes blanches, les narcisses et le muguet que Pandora aimait tant lui soient livrés au moins trois fois par semaine – de grands bouquets qu'on installait dans des vases, des coupes et des pots occupant le moindre centi-mètre carré de libre.

La pièce était au départ un grand salon, avec une jolie cheminée. Le vaste lit double qu'on y avait apporté était loin de remplir tout l'espace ; Sebastian s'allongeait sur une chaise longue à côté de Pandora et lui faisait la lecture, souvent tard dans la nuit quand elle ne pouvait pas dormir. Ou encore il se contentait de lui tenir la main, parlant avec elle et l'amusant avec les potins qu'il avait appris par ses amis au *Garrick* où, sur l'insistance de Pandora, il continuait à déjeuner deux ou trois fois par semaine.

C'était étonnant, songeait Barty, de constater combien Sebas-tian avait changé pour Pandora. Combien il avait réussi pour elle à rester calme, à maîtriser son impatience et sa nervosité.

Elle souffrait beaucoup. Le bébé était très gros ; elle ne se sentait jamais bien plus de quelques minutes d'affilée, quelle que soit la position qu'elle prenait. Sa tension était très élevée, ses mains et ses pieds gonflés ; elle n'arrivait pas à dormir, d'autant qu'une éruption de boutons la démangeait terriblement, surtout la nuit. Pourtant, elle conservait toute sa bonne humeur.

— Tu comprends, Barty, lui expliquait-elle, je veux cet enfant. Je l'aurai pour le restant de mes jours, donc quelques mois de désagrément ne sont pas grand-chose. Franchement, j'ai l'impres-sion que Sebastian s'inquiète plus que moi.

*
* *

— Et tu appelles ça un emploi ? commenta Celia.

Son expression et le ton de sa voix étaient pleins de dédain.

— Oui, répondit Adele, j'appelle ça un emploi.

— Courir à travers Londres pour emprunter des objets ?

— Les *bons* objets. Oui.

— Adele, tu as reçu une très bonne éducation. Tu es allée dans une excellente école, tu as eu ton diplôme. Tu es extrêmement intelligente. Et tu prévois de passer ta vie à satisfaire les caprices d'un... d'un photographe ?

— Elle a dit « photographe » comme elle aurait dit « pornographe », raconta-t-elle plus tard à Venetia. Elle était terriblement fâchée, ajouta-t-elle avec une nuance de satisfaction dans la voix. En tout cas, je lui ai dit que c'était exactement ce que je prévoyais de faire dans la vie. Alors elle a poussé son grognement de mépris, tu la connais, elle m'a dit que je les décevais beaucoup, elle et papa, et elle est sortie de la pièce.

— Et après ça ?

— Rien. On n'en a plus parlé. Mais... eh bien, voilà, c'est ma vie. Et je crois que ça va être le paradis ! J'ai ce que Cedric appelle un « œil ». Nous l'avons tous les deux, lui et moi, nous aimons les mêmes choses, c'est grâce à ça que ça marchera. Je touche du bois. S'il me demande de trouver des fleurs et qu'il me dit pour quel genre de photographie, je sais exactement quel genre de fleurs il me faudra rapporter. Voilà mon nouveau moi : la jeune fille qui ne pense qu'à sa carrière. C'est mieux comme ça, avec toujours aucun mari en vue et...

— Peut-être que tu pourrais épouser Cedric, observa Venetia en riant. Manifestement, il t'adore.

— Les homos ne se marient pas, Venetia.

— Certains si.

— Sûrement pas Cedric. Il ne voudra jamais épouser personne, il préfère s'amuser. Maintenant, écoute-moi...

— Mais ça doit être amusant d'être marié avec toi. Moi, j'aimerais bien, dit Venetia.

Ses yeux étaient tristes. Venetia n'était pas heureuse ; elle était même malheureuse la plupart du temps. Elle avait dû se résoudre à l'idée que Boy ne l'aimait plus et, elle en avait bien peur, qu'il lui soit même infidèle. Le fait qu'il soit discret, qu'il se montre affectueux envers elle, et un excellent père pour Henry, la réconfortait un peu ; mais elle n'était pas sûre qu'ils continueraient longtemps à avoir des rapports sexuels. Elle avait beaucoup apprécié cela dans les premiers temps, mais aujourd'hui le spectre d'une maîtresse, ou de plusieurs, s'interposait entre eux sur l'oreiller, l'humiliant et émoussant son désir. De plus en plus souvent, elle aimait dormir seule.

Si elle n'avait pas eu Henry – et Adele, bien sûr –, songeait-elle assez souvent, elle serait devenue folle.

Abbie avait un nouveau poste.

— C'est mieux que d'enseigner à toutes ces petites snobinardes, avec leurs bouclettes, leurs gouvernantes et leur esprit mesquin, expliquait-elle à Barty.

Ce n'était pas dans un des vénérables établissements dont elle avait rêvé, mais dans une école élémentaire à Brixton.

— Ça va être très différent. J'ai demandé quels étaient les plus gros problèmes là-bas, ce qui comptait vraiment, tu vois, si mes élèves avaient jamais vu un livre ou entendu lire une histoire. La directrice m'a répondu que c'étaient les poux et les puces, et la différence entre un bleu provenant du poing d'un copain dans la cour de récréation et un bleu provoqué par la ceinture paternelle.

Barty se taisait. L'un de ses premiers souvenirs était la vision de la ceinture de son père s'abattant sur ses frères, et celle de sa mère la frappant avec les lourdes pinces de bois qui servaient à sortir le linge de la lessiveuse.

— D'un autre côté, c'est un quartier formidable, où tout le monde se connaît, un quartier... oui, plein d'affection. Les enfants grandissent dans cette espèce de grande famille qu'est la rue. Elles sont vives et intelligentes, et plusieurs d'entre elles ont vraiment l'air de vouloir apprendre. Je suis très excitée, Barty.

Barty en parla à Celia, sûre que cela l'intéresserait. Elle offrit aussitôt à l'école une grande caisse de livres pour enfants.

— Et dis à ton amie que, si elle en veut plus, elle n'a qu'à demander.

Abbie fut étonnée, mais Barty précisa :

— Je n'arrête pas de te le répéter, c'est quelqu'un de gentil et de généreux.

— Très bien. Je te crois. Il faut que je lui écrive pour la remercier.

— Tu devrais plutôt venir la remercier en personne. Le seul problème, c'est qu'elle te proposera tout de suite d'écrire un livre sur ton expérience d'enseignante dans les quartiers pauvres...

— Eh bien, ça ne serait peut-être pas une si mauvaise idée. Et j'aimerais bien la rencontrer pour de bon, voir si elle est aussi formidable que tu me le dis.

— Elle a certains côtés formidables, mais ils ne le sont pas tous.

96

Elle a été d'une humeur affreuse ces derniers temps, à houspiller sans cesse le pauvre Sebastian parce que son livre est en retard.

— Je me demande si certaines de mes filles ont entendu parler des *Méridien*, dit Abbie.

— En tout cas, je suis sûre que Sebastian serait ravi d'aller leur en parler. Les enfants adorent l'écouter. Je suis allée le voir quelquefois, il rend les livres vivants. Il lit et en même temps il mime. Si bien que, quand il parle de poissons volants ou de chevaux sous-marins, ou des enfants rois, on a l'impression qu'ils sont vraiment là, en face de nous.

— Ça a l'air merveilleux. Tu crois qu'il viendrait ?

— Si je le lui demande, oui. Mais pas avant la naissance du bébé.

C'est absurde, songeait PM, de ressentir une telle passion. Pour un garçon de seulement seize ans. En être réduite à cette admiration stupide et béate, rien que de le voir ou d'entendre sa voix. Heureusement, elle n'avait pas gâté le caractère de Jay : consciente de ce risque, PM avait lutté pendant toute son éducation, pour être plus stricte avec lui que la moyenne des mères.

— Bonjour, maman, cria-t-il alors qu'il sautait du train en lui adressant un de ses sourires qui la faisaient chavirer.

Il rentrait à la maison pour les vacances. Il avait l'air, pensa-t-elle, à la fois plus mûr et bien plus beau que les autres garçons. Il courut vers elle et lui donna un rapide baiser.

Chaque fois qu'elle le revoyait, depuis quelque temps, elle trouvait qu'il ressemblait davantage à Jago : la même beauté celtique, les cheveux sombres et bouclés, les yeux bleu profond, la mâchoire carrée. Jago n'était pas aussi grand que Jay, mais il avait comme lui les épaules larges, de grandes mains et de grands pieds. PM se disait combien il aurait été fier de son fils, combien il se serait émerveillé qu'il puisse être aussi brillant, et en même temps si simple et si spontané, sans la moindre once d'affectation ni de vanité. Elle avait bien œuvré de ce point de vue, ainsi que Gordon. C'est à lui que l'essentiel du mérite en revenait, d'ailleurs. Une femme ne pouvait pas tout faire pour son fils ; il avait besoin d'un père. Et depuis que Jay avait six ans, Gordon était là, apportant dans le processus complexe qu'était un esprit en formation sa propre contribution, faite de discrétion, de charme, d'humour et de tact.

— Comment vas-tu ? questionna Jay en passant le bras dans celui de sa mère. Tu es très élégante.

— Merci. Ravie que tu sois de cet avis. Viens, j'ai ma voiture dehors.

— Pas de Barty ? regretta-t-il.

Il l'adorait.

— Non, mais elle vient dîner ce soir. Et Kit aussi. Barty a demandé si elle pouvait amener son amie Abbie. Tu te souviens d'elle ? Elle est professeur.

— Oui. Je l'aime bien. J'ai eu peur pendant un moment que tu dises qu'elle amenait un garçon.

— Jay, dit PM d'un ton sévère, Barty aura sûrement un petit ami tôt ou tard. Tu ne pourras pas la garder toujours pour toi seul.

— Pourquoi pas ? rétorqua-t-il avec ce sourire bref et plein d'ironie qui ressemblait à celui de son père. Elle m'a sauvé la vie, après tout. Disons, elle et Sebastian. Ça me paraît une excellente raison pour la garder toujours auprès de moi...

— Qu'est-ce que tu veux dire, elle t'a sauvé la vie ? demanda Abbie, amusée. Oui, s'il vous plaît, Mrs Robinson, je veux bien encore un peu de tout. Je meurs de faim et cette tourte est excellente.

Elle sourit à PM, à eux tous ; manifestement, elle plaisait beaucoup à Gordon. Elle portait une chemise blanche, une veste noire et un pantalon ; avec sa coupe de cheveux, elle paraissait légèrement androgyne et très séduisante. Ils l'aiment tous, pensa Barty, et elle aussi les aime ; cette idée lui fit plaisir.

— N'est-ce pas que c'est délicieux ? dit Jay. Ma mère est une si bonne cuisinière...

— Vous avez fait tout cela vous-même, PM ? s'étonna Barty. Je croyais que vous détestiez cuisiner...

— J'aime énormément cela, au contraire, c'est juste que je n'ai jamais le temps de me perfectionner, d'apprendre de nouvelles recettes. Mais le samedi soir, et surtout quand Jay est à la maison, je prépare cette tourte.

— Et la cuisinière boude, intervint Gordon, parce que ma femme la met à la porte de la cuisine pendant qu'elle fait la partie intéressante du travail, avant de lui laisser tout le désordre à ranger.

— On dirait tante Celia au bureau, commenta Barty, puis elle rougit tandis que tous la regardaient en riant. Désolée, je n'aurais pas dû dire ça. Oh, mon Dieu, il ne faut plus me donner de vin, Gordon.

— Au contraire, j'aime t'entendre plaisanter...

— Allez, insista Abbie, raconte-nous l'histoire de ce sauvetage.

— Très bien. J'étais à l'hôpital, parce que Gordon m'avait

renversé avec sa voiture. À vrai dire, c'était ma faute, j'avais traversé juste dans lui. En fait, je venais d'être kidnappé, et donc...

— Kidnappé ! C'est l'histoire la plus extraordinaire que j'aie jamais entendue !

— J'étais en train de m'enfuir, parce que je m'ennuyais à la maison, un homme m'a dit qu'il allait m'aider à traverser la rue et ensuite il m'a entraîné, Dieu sait ce qui aurait pu arriver à la fin, mais j'ai réussi à m'échapper et j'ai couru droit sous la voiture de Gordon. J'ai terminé à l'hôpital, et là-bas, une nuit, ils ont cru que j'allais casser ma pipe, mais Barty est arrivée avec tante Celia et le livre de Sebastian, elle l'a lu pour moi plusieurs heures de suite et au matin j'allais beaucoup mieux. En gros c'est ça, n'est-ce pas, Barty ?

— Oui. En gros c'est ça, Jay.

Elle lui sourit ; le drame de cette nuit-là avait créé entre eux un lien indéfectible. C'était la première fois qu'elle jouait sa propre partition au sein de la famille Lytton, qu'elle y tenait un rôle à part entière.

— C'est une histoire incroyable, conclut Abbie.

— N'est-ce pas ? Depuis, Barty et moi sommes les meilleurs amis du monde. Sauf que je dois toujours la partager avec Giles.

Un coup de sonnette retentit à la porte, puis une voix forte dans l'entrée. Celle de Boy. Que diable faisait-il ici ? se demanda Barty.

— Boy ! s'écria PM en l'embrassant. Comme ça me fait plaisir ! À quoi devons-nous cet honneur ?

— Venetia a trouvé de nouveaux livres d'enfants. Elle voudrait que vous les voyiez, PM. Je vais à mon club et je lui ai dit que je vous les déposerais en passant. Jay, mon vieux, content de te voir. Comment va le collège ce trimestre ? Bonjour Kit, bonjour Barty. Et, voyons... vous êtes Abbie, n'est-ce pas ? Ma parole, j'ai de la veine, ce soir. J'ai entendu parler de vous.

— Vraiment ? Et qu'est-ce que vous avez entendu dire ?

Barty tourna vivement la tête : une nuance inhabituelle s'était glissée dans la voix d'Abbie. Barty l'aurait prise pour du badinage, si elle n'avait pas su que c'était impossible.

— Oh... voyons, laissez-moi réfléchir...

Il prit le verre de vin que Gordon lui tendait.

— Eh bien, que vous êtes extrêmement intelligente, bien sûr. Que vos parents sont des gens remarquables. Que vous voudriez devenir directrice d'Eton...

— Pas tout à fait, protesta Abbie, bien que ce soit une idée intéressante. Tous ces charmants petits garçons...

Elle lui sourit : un sourire lointain, comme embrumé.

— Mais non, poursuivit-elle, c'est d'un collège de filles que je rêve. Un bon collège, pour que je puisse les prendre jeunes et élargir leurs horizons. Les voir toutes grandir et s'épanouir.

— Je suis plein d'admiration. Et où enseignez-vous pour le moment ?

— À l'école élémentaire d'Edge Street, à Brixton. Pas grand-chose à voir avec un bon collège de filles.

— Mais tout aussi important, je dirais. C'est là que les petites filles découvriront qu'elles veulent aller dans un bon collège, qu'elles commenceront à travailler pour avoir une bourse.

— Je suis surprise que vous connaissiez les bourses.

— Mon père est à la tête d'une grande fondation de bienfaisance qui donne une chance aux enfants venant de familles pauvres, distribue des bourses d'études, etc.

— Vraiment ? s'étonna Barty. Je ne savais pas...

— Nous ne sommes pas que des débauchés, nous, les Warwick, même si tu as tendance à le penser, Barty...

Il lui sourit, puis reporta son attention sur Abbie. Elle le regardait de ses grands yeux verts, le menton posé dans les mains.

— Si vous voulez que je parle de votre école afin de l'intégrer à la liste de celles qui profitent de ce système, lui dit-il, faites-le-moi savoir. Mon père est très ouvert aux suggestions.

— Eh bien... je ne sais quoi vous répondre. C'est très aimable de votre part. Peut-être... peut-être que je le ferai, oui.

— Je vous en prie. Barty vous dira où me joindre. Ou bien, tenez... Voilà ma carte.

— Merci beaucoup.

— Bien, reprit-il en vidant son verre, je dois y aller. C'était charmant de vous revoir tous. Et j'ai été ravi de faire votre connaissance, ajouta-t-il à l'attention d'Abbie.

Elle ne répondit rien, se contenta de lui sourire, avec le même sourire embrumé.

9

— Ils vont appeler le bébé Isabella, annonça Celia. Bella comme diminutif, parce qu'elle est si belle.

— Charmant, dit Oliver. Et comment est-elle, en vrai ?

— Oh, comme tous les bébés. Laide.

— Ma chérie, les jumelles étaient belles.

— Ce bébé-là est laid. Elle sera sûrement très jolie un jour, mais pour le moment elle est laide.

— Et Pandora ?

— Elle va bien. Absurdement contente d'elle-même, bien sûr. Personne n'a jamais eu de bébé avant elle ! Et Sebastian se comporte de la façon la plus ridicule, ne prêtant aucune attention au bébé, assis à côté de Pandora et lui agrippant la main comme si elle avait réchappé d'un terrible danger.

— Sebastian, c'est une si charmante nouvelle... Adele et moi sommes ravies et fières de vous deux. Et les filles sont tellement plus jolies que les garçons... Surtout quand elles grandissent. D'ailleurs, j'espère que mon prochain bébé sera une fille. Quand est-ce que nous pouvons venir la voir ? Demain ? Oh, bien, dites-nous juste l'heure. Et embrassez-la bien pour nous d'ici là.

— Abbie, Pandora a eu une petite fille. C'est charmant, non ? Et elles vont très bien toutes les deux. Je suis si heureuse, et soulagée... On m'a permis d'aller la voir un peu plus tard dans la journée, juste quelques minutes. Je leur transmettrai ton affection à toutes les deux.

— Kit, mon vieux, tu veux venir avec moi voir Pandora demain ? Pandora et son petit bébé. Nous pourrions y aller après l'école. Je demanderai à Daniels de t'emmener à l'hôpital, je te retrouverai là-bas.

— Oui, très bien, Giles. J'aurais préféré que ce soit un garçon, quand même. Ç'aurait été plus amusant pour moi.

— Papa, il y a un télégramme d'Adele. Pandora, tu sais, cette fille charmante que Sebastian Brooke a épousée, elle a eu une petite fille. Adorable.

— Comment sais-tu qu'elle est adorable, Maud ?

— Tous les bébés le sont. Je suis ravie. Je dois envoyer un télégramme en réponse. Mon Dieu, ce serait une bonne excuse pour une autre visite, tu ne crois pas ?

— Je ne suis pas sûr, Maud. Ils ne sont pas exactement de la famille. Et...

— Je sais, je sais. L'argent ne coule plus comme avant. Je plaisantais. Mais tu as tort sur un point : bien sûr qu'ils sont de la famille. Sebastian fait partie des Lytton, tout le monde le dit. Oh, c'est si excitant... Je me sens près de pleurer de bonheur.

101

— Je ne me rappelle pas avoir jamais été aussi heureux. Je n'avais même jamais espéré l'être autant. Dieu a été trop bon avec moi. Mon amour, je veux que tu te reposes... Tu as l'air épuisé, et tu es très pâle. Je veux que tu t'allonges, que tu restes immobile et que tu me tiennes la main. Je ne partirai pas avant que tu te sois endormie. Et même après, je resterai. Je ne supporte pas l'idée de te laisser maintenant que je t'ai retrouvée, que tu es de nouveau là pour moi. Ferme les yeux, ma chérie, et ne pense à rien. Le bébé va très bien, je viens juste de lui rendre visite à la nursery. Laisse-moi te donner un baiser. Dors bien, mon amour. Merci d'être ce que tu es.

Celia travaillait tard quand elle entendit la sonnette de la porte d'entrée retentir. Elle décida de l'ignorer ; cela ne devait être rien d'important. Oliver se trouvait à un dîner et le reste du personnel était parti depuis plus d'une heure.

La sonnerie retentit encore, et encore. Il fallait qu'elle descende. Un nouveau coup, plus long que les précédents. C'était intenable.

Elle ouvrit la porte : Sebastian se tenait là. Immobile, les yeux fixés sur elle, incapable de parler.

— Celia, dit-il enfin d'une voix étrange, terne, froide. Celia, laissez-moi entrer. C'est Pandora. Elle est... Elle est morte.

10

— Le dixième tome de *Méridien* est superbe, dit Celia.

Elle avait dans la voix le même genre d'intense soulagement que quand on a échappé à un grave accident.

Oliver la regarda.

— Comment a-t-il réussi cela, Dieu seul le sait.

— Oh, Oliver, voyons ! Rien de tel que le travail pour anesthésier la douleur.

— Vraiment ?

Il lui sourit, de ce sourire calme et lointain qu'il arborait toujours.

— Si tu l'affirmes... Et tu le lui as dit, que c'était excellent ?

— Rapidement, oui. Mais je l'ai invité à dîner ce soir. J'espère que j'ai eu raison ?

— Celia, si je te répondais que non, comment réagirais-tu ?

Elle le regarda d'un air plutôt bizarre, puis dit :

— Je sais que tu ne le ferais pas.

Il y avait eu des jours, des semaines, des mois horribles. Pendant toute la première semaine ou presque, Sebastian avait vécu à Cheyne Walk – dormant une heure ou deux sur le canapé, faisant les cent pas dans la maison jour et nuit, sortant de temps en temps pour marcher à grands pas le long du quai Victoria, avant de revenir précipitamment dans la maison, comme une bête traquée à la recherche d'un refuge.

Celia passait de longues heures, des heures interminables, avec lui ; Oliver les entendait parler derrière les portes closes, dans des pièces toujours différentes, car Sebastian était d'une nervosité exceptionnelle (même pour lui) et ne tenait en place nulle part.

Adele et Giles l'évitaient autant que possible, pour respecter son chagrin, mais Kit alla vers lui, la première fois qu'il le revit après la mort de Pandora, et mit les bras autour de son cou en lui disant :

— Je suis si triste, si triste…

Sebastian resta un long moment en le serrant contre lui, sans un mot, sa grande tête enfouie dans les cheveux de Kit ; quand il se recula et le regarda, il y avait des larmes de sympathie dans les yeux bleu foncé du jeune garçon.

Par la suite, chaque fois qu'ils se rencontraient, dans l'entrée, dans l'escalier, ou même sur les marches du perron où Sebastian aimait s'asseoir et fumer en regardant le fleuve, Kit lui demandait s'il préférait être seul ou avoir sa compagnie, et l'une comme l'autre réponse semblaient lui convenir. Quand Sebastian acceptait sa présence, il restait assis en silence, à moins que Sebastian n'engage la conversation, en ne remuant que pour se rapprocher de lui et poser la tête contre son épaule.

— Il est si mignon, rapportait Adele à Venetia. Certes, ils se sont toujours bien entendus. Mais Kit n'a que dix ans, c'est incroyable qu'il sache aussi bien comment se comporter. J'aimerais en être capable, moi aussi. Pauvre Sebastian. Je n'ai jamais vu une telle tristesse, une tristesse aussi absolue chez quelqu'un.

L'enterrement fut, au dire de tous, le jour le plus tragique qu'ils avaient jamais connu. Sebastian, tellement courageux pendant qu'on portait le cercueil dans l'église, immobile sur sa chaise pendant le service, les yeux fixes, avec Celia d'un côté et Kit de l'autre… Il avait refusé qu'on joue de la musique, disant qu'il ne pourrait pas le supporter, mais le silence était affreux, lourd de douleur muette.

Il garda le silence jusqu'au dernier moment, quand on descendit le cercueil dans la fosse. C'était un bel après-midi, des oiseaux chantaient sur les arbres du cimetière, la lumière du soleil filtrait à travers les feuillages ; même quand il jeta sur son cercueil le petit bouquet de fleurs blanches que Pandora aimait tant, il resta maître de lui-même. Mais, en entendant qu'elle retournait « d'où elle était venue, la terre à la terre, la cendre à la cendre, la poussière à la poussière », avec ce que cela avait de définitif et de terrible, il commença à sangloter ; il restait là, le regard baissé vers elle, vers cette dernière vision qu'il aurait jamais d'elle, ses larges épaules se soulevant et les larmes ruisselant sur son visage comme celles d'un petit garçon. Et ce fut un petit garçon qui lui prit alors la main et l'embrassa tendrement, leva les yeux vers lui avec une intense inquiétude, puis les baissa vers Pandora, étendue sous ses couronnes de fleurs, et enfin posa sa tête contre son côté ; et ils restèrent là tous les deux, pendant un long moment, Kit et Sebastian, se tenant la main pendant que les oiseaux continuaient à chanter dans l'air tranquille. Peu à peu, les pleurs de Sebastian s'apaisèrent, et pour finir on vit Kit l'emmener doucement loin de la tombe.

Un caillot de sang l'avait emportée, voyageant rapidement à travers son corps frêle jusqu'au cœur, une semaine après la naissance d'Isabella. Sebastian était avec elle ; il traversait la chambre jusqu'au berceau pour prendre le bébé, à la demande de Pandora, lorsqu'il avait entendu un faible bruit venant du lit ; le temps qu'il revienne, elle était morte. Ce n'était pas exceptionnel après une naissance, lui expliqua le médecin.

Sebastian, hurlant, fou de colère, avait fini par quitter l'hôpital ; il avait laissé là le bébé. Quand il dut finalement reconnaître la responsabilité qu'il avait envers sa fille, il envoya l'infirmière et la nurse engagées par Pandora la chercher dans sa voiture ; lorsque le triste petit groupe arriva à la maison, il s'enfuit aussitôt et ne revint pas avant plusieurs heures.

— C'est horrible, dit Celia à sa mère quelques jours plus tard, après plusieurs conversations avec l'infirmière. Il refuse d'être dans la même pièce que la petite, il ne peut pas la supporter près de lui. Je le comprends, mais ça ne peut pas continuer comme ça. Sinon il va devenir fou et le bébé en subira les conséquences.

— La petite ne va pas en souffrir, dit lady Beckenham, elle n'en saura rien. Laisse-lui le temps, Celia. Dis à ces deux femmes de veiller sur le bébé, c'est pour cela qu'elles ont été engagées, et ne t'inquiète pas pour son bien-être émotionnel. Je suis toujours partie loin en vacances avec Beckenham, pendant plusieurs semaines, après être restée enfermée quand je vous attendais, et vous avez tous survécu. Je crois d'ailleurs que c'est très dommage qu'on ait arrêté de faire appel à des nourrices. Maintenant, arrête de te tracasser pour le bébé et consacre-toi un peu à Sebastian. L'autre problème se résoudra de lui-même.

En quoi elle se trompait.

Kit rendait de temps en temps visite à Sebastian, à l'heure du thé ; la maison de Primrose Hill n'était pas très loin de son école. Un après-midi de début d'automne, pendant qu'ils prenaient leur thé dans le jardin, la nurse amena Isabella dehors et l'installa dans son landau. Sebastian s'empressa de rentrer dans la maison, sous prétexte d'aller chercher du gâteau pour Kit ; quand il ressortit, Kit tenait dans ses bras la petite fille, qui lui souriait et tirait sur sa cravate.

— Ce n'est pas mal, j'espère ? expliqua-t-il. Je voulais juste la voir de près.

— Bien sûr que non, dit Sebastian. Remets-la juste dans son landau quand tu auras fini.

Kit porta Isabella jusqu'à sa chaise, s'assit et l'installa sur ses genoux.

— Elle est jolie. En général, les petits bébés sont très laids.

Ils restèrent quelque temps en silence. Kit laissait pendre sa cravate en face du nez d'Isabella ; elle l'attrapa, il la lui retira, puis elle la reprit et cette fois elle la tint solidement. Elle faisait entendre ce son des petits bébés, à mi-chemin entre un gargouillis et un rire, et Kit rit lui aussi.

— Elle va être forte plus tard. Regarde, Sebastian, elle a déjà des cheveux ! C'est sûrement pour ça qu'elle a l'air plus jolie que les autres. Ils seront comme ceux de Pandora, de la même couleur.

Sebastian hocha la tête, le visage fermé.

— Ses yeux aussi sont comme ceux de Pandora, continua Kit, exactement pareils. Tu dois être content, non, qu'elle ressemble à Pandora ?

— Pas particulièrement, non.

Il fouilla dans sa poche pour prendre son mouchoir, se moucha énergiquement. Kit le regarda par-dessus la tête du bébé, le visage très sérieux.

— Je comprends que tu te sentes mal par rapport à elle, dit-il. Parce que si elle n'était pas là, Pandora serait encore en vie.

— Kit, est-ce qu'on peut arrêter cette conversation, s'il te plaît ?

— Désolé, mais...

— Kit, j'ai dit qu'on arrêtait.

Kit se leva et fit quelques pas dans le jardin avec Isabella dans les bras, lui montrant les pommes dans les arbres, tendant le doigt vers les oiseaux qui chantaient dans les branches ; enfin il la reposa dans son landau et resta quelques instants à regarder Sebastian en silence, puis ajouta :

— Je voudrais juste te dire encore une chose, sur Isabella. Henry l'appelle Izzie, tu sais. J'aime bien. Plus que Bella.

— Vraiment ?

— Oui. Je me disais que je pourrais l'appeler comme ça, moi aussi. En tout cas, je sais qu'à cause d'elle tu dois te sentir mal. Mais tu l'as quand même, non ?

— Je l'ai, oui, acquiesça Sebastian d'une voix brusque.

— Eh bien, je me disais que tu pourrais ne pas l'avoir. Elle pourrait être morte elle aussi. Au moins tu as quelque chose de Pandora. Je crois que c'est important.

Sebastian se leva d'un seul coup ; son visage était blanc et crispé par la colère.

— Tais-toi ! ordonna-t-il. Kit, tais-toi tout de suite ! Je ne veux pas continuer cette conversation absurde.

Kit le dévisagea, à demi effrayé, mais visiblement déterminé à tenir bon.

— Ce n'est pas absurde. J'essaie juste de t'aider. Je...

— Tu fais tout le contraire ! Ça ne te regarde pas, et je trouve scandaleux de t'entendre parler comme ça de quelque chose que tu ne peux même pas commencer à comprendre. Il ne me reste rien de Pandora, absolument rien ! Et sûrement pas cette enfant. Maintenant, si tu ne peux pas t'arrêter, va-t'en, s'il te plaît. Et ne reviens pas avant d'avoir acquis un peu plus de bon sens !

Kit croisa son regard et ne détourna pas les yeux.

— Je suis désolé, Sebastian. C'est vrai que je ne comprends pas, je ne peux pas. Mais s'il te plaît, laisse-moi venir te voir. J'aime venir ici. Je promets que je n'en parlerai plus.

Sebastian soupira puis il se tassa sur son siège, comme un vieil homme, et dit d'une voix infiniment lasse :

— Oui, tu peux venir. Je suis désolé, je n'aurais jamais dû te parler comme ça. Va redemander du thé à la cuisinière, d'accord ?

— Et encore un peu de ce super gâteau ? interrogea Kit d'un ton plein d'espoir.

11

— Elle s'appelle Helena, Helena Duffield Brown. Elle a vingt-cinq ans. Son père est un homme d'affaires, ils vivent à Chelsea. Autre chose ?

Giles regarda sa mère, sur la défensive.

— Chéri, pas besoin d'être aussi susceptible. Je me demandais juste qui elle était, parce que tu semblais tellement t'intéresser à elle l'autre soir.

— Mère, j'ai juste dansé avec elle une fois ou deux…

— Cinq fois exactement, précisa Adele, les yeux pétillants.

— Oh, ferme-la. Il faut que j'aille au bureau, voir Edgar pour la collection policière.

— Je croyais que c'était Barty qui s'en occupait ?

— Le contenu éditorial, oui, mais pas les prévisions de ventes. Maintenant, s'il vous plaît, excusez-moi.

— Mon Dieu, dit Celia quand il fut parti, il est d'une susceptibilité absurde…

— Manifestement, il s'intéresse beaucoup à Helena. Tant mieux. C'est la première fille avec qui ça arrive. Sauf… non, c'est la première fille.

— Sauf qui, Adele ?

— J'allais dire Barty, mais elle ne compte pas.

— Bien sûr que Barty ne compte pas. Elle fait partie de la famille, ou quasiment. En tout cas, cette fille, cette Duffield Brown, m'a l'air tout à fait convenable. Plutôt agréable à regarder, même si elle est un peu grande. J'espère que son père n'est pas Leslie Duffield Brown ?

— Je n'en ai aucune idée. Pourquoi ?

— C'est un homme affreux. Il a fait sa fortune pendant la guerre, comme ferrailleur. Personne ne voudrait de lui dans la famille.

— C'est bien Leslie Duffield Brown, dit Venetia. Un homme horrible, vraiment ordinaire, comme dirait maman, et plutôt lubrique d'après ce que tout le monde dit. Aïe, ça fait mal ! Je te jure que ce bébé a déjà des dents…

— Elle est mignonne, commenta Adele, souriant à la petite tête brune d'Elspeth. C'est agréable d'avoir une fille ?

— C'est merveilleux. Je suis si impatiente de commencer à lui acheter des robes…

— Pauvre petite Izzie ! J'aimerais bien que quelqu'un pense que c'est merveilleux de l'avoir. Sebastian n'apprécie pas les visites que nous lui faisons, et il est si souvent chez nous que je ne trouve jamais d'excuse pour y aller. Mais Barty y va souvent et elle dit qu'Izzie est très mignonne maintenant, qu'elle court partout, qu'elle n'arrête pas de bavarder. Et Sebastian lui répond à peine. Elle grandit sans personne pour l'aimer.

— Pandora serait tellement...

— Je sais. Oh, mon Dieu ! C'est bientôt son anniversaire, non ? Quel genre de fête va-t-on organiser pour elle ?

— Je demanderai qu'elle vienne ici, répondit Venetia. Les garçons l'aiment bien. Je peux lui organiser un petit goûter d'anniversaire, je suis sûre que Sebastian serait d'accord.

— Très bonne idée. On pourra faire venir Kit aussi, il l'adore. Il est toujours fourré là-bas, c'est le seul contact normal qu'elle ait. Je pense que Sebastian le sent, qu'il lui permet de venir pour combler ce vide.

— Il lui manquera quand il ira au collège l'an prochain. Rou, ne fais pas ça, le bébé n'est pas une poupée...

Son second fils, prénommé William, mais appelé Rou dès avant sa naissance, à cause de ses tendances à boxer comme un kangourou dans le ventre de sa mère, retira ses petites mains du cou de sa sœur et marcha vers le cheval à bascule sur lequel se trouvait son frère, qu'il secoua violemment.

— Henry, va-t'en de là !

— Non.

— Si !

— Non ! Arrête ! Maman, il me fait mal, dis-lui de me laisser tranquille...

— Les garçons, arrêtez ! Adele, appelle Nanny, tu veux bien ? Oh, Nanny, vous êtes là, vous pouvez emmener ces garçons faire leur promenade ? Je n'en peux plus de cette bagarre juste quand j'essaie de calmer Elspeth. Merci... Adele, dis-moi, quel effet ça fait d'être juste toi, une personne, pas une machine à materner ?

— L'effet... d'être seule, murmura Adele.

— Parfois, moi aussi je me sens seule, tu sais.

— Comment ça va avec Boy ?

— Oh... très bien. Sauf que je n'ai pas l'impression qu'il m'aime encore. Il ne se rend pas compte combien je suis fatiguée, ou... Par exemple ce soir, il m'a demandé si j'avais envie d'aller à l'opéra. Je hais l'opéra ! Il devrait le savoir, depuis le temps...

— En effet. En plus, quand c'est du Wagner, il y en a au moins pour cinq heures. Maman y va. Et moi, je dois trouver des chandeliers. À ce soir. Si Boy n'est pas là, je resterai un moment.

Elle déposa un baiser sur la tête de sa sœur, puis sortit. Quand elle se retourna pour regarder derrière elle, Venetia caressait la petite tête d'Elspeth et s'essuyait le coin des yeux.

**

C'était une magnifique soirée à Covent Garden. La dernière soirée du festival Wagner de 1932 : la salle était remplie des plus fervents amateurs d'opéra. Dans un monde où les hommes allaient souvent au théâtre en smoking, la multitude d'habits et de queues-de-pie, de robes longues, de bijoux précieux, de capes même, d'étoles et de vestes en fourrure, malgré la douceur de la température, était en elle-même un plaisir pour ceux qui attachaient de l'importance à de telles choses.

Certes, il y avait la dépression, même si elle affectait bien plus les pauvres que les riches ; d'ailleurs, *Vogue* conseillait à ses lecteurs : « Si vous n'avez pas perdu d'argent, prétendez le contraire. » Afficher trop ostensiblement sa fortune, comme si rien ne s'était passé, aurait paru déplacé, et les gens les plus surprenants s'étaient mis à travailler – l'exemple le plus fameux étant lady Diana Cooper, avec sa boutique de fleurs de Berkeley Square.

Mais ce soir, l'ostentation était de mise.

Lady Celia Lytton, balayant le brillant public avec ses jumelles d'opéra, pendant que les lumières de la salle baissaient, vit tout à coup Boy Warwick se glisser dans une loge, en retard, accompagné par une jeune femme dans une robe blanche. Elle n'en aperçut guère plus, sinon que la fille avait des cheveux bruns. Boy avait dû penser que personne ne les remarquerait. Auquel cas il était encore plus stupide qu'elle ne l'avait cru. Elle sentit une bouffée de colère s'emparer d'elle ; l'adultère discret était une chose, s'afficher devant le Tout-Londres avec une maîtresse en était une autre.

Pendant que l'orchestre jouait l'ouverture, la jeune fille se pencha en avant pour mieux voir et un beau profil, plutôt énergique, se découpa dans la pénombre. Celia eut beau fouiller dans sa mémoire, il ne lui évoquait rien. Puis le premier acte commença ; Boy sortit ses jumelles pour détailler la salle qui les entourait... Quelle soirée... Tout le monde, absolument tout le monde était ici. Ç'avait été une folie de venir. Mais il avait ses raisons. Et ils étaient arrivés exprès en retard ; personne ne pouvait les avoir reconnus dans les lumières déjà presque éteintes.

Soudain, il avisa sa belle-mère assise dans une loge presque en face de la leur. Manque de chance. En plus, il s'était inquiété de savoir si elle venait et elle lui avait dit que non ; c'était même une des raisons pour lesquelles il avait osé se rendre à l'opéra. Elle avait dû être invitée à la dernière minute. En tout cas, qu'elle l'ait vu ou non, il était trop tard pour revenir en arrière. De toute façon, elle semblait absorbée par la musique.

Fait surprenant – et même curieux –, son voisin et accompagnateur était lord Arden, un proche d'Oswald Mosley, et partisan enthousiaste de son nouveau parti fasciste.

À la fin du premier acte, Celia s'excusa auprès de lord Arden et gagna la loge de Boy. Mais la loge était vide, et elle le resta tout le temps que dura l'opéra.

Giles travaillait dur à tomber amoureux d'Helena Duffield Brown. Elle était très jolie, avec des cheveux bruns bouclés et de grands yeux bruns, et très bien faite : peut-être pas aussi mince et élégante que les jumelles, ou que... eh bien, que beaucoup d'autres jeunes femmes, mais il aimait son style. Ses robes du soir épousaient les formes de son corps, on n'avait pas l'impression qu'elles allaient glisser à chaque instant comme celles des jumelles. Et elle était fort intelligente : elle faisait des traductions pour son père, dont la compagnie vendait des casseroles en aluminium dans toute l'Europe.

Plus important encore pour Giles, Helena avait l'air de le trouver lui-même très intelligent. Elle était juste un peu plus jeune que Barty, et il ne cessait d'être surpris – et soulagé – qu'elle ne soit pas mariée ni même fiancée. Elle était traditionnelle, aussi, et le fait qu'elle n'ait pas de métier à part entière signifiait qu'elle envisageait de jouer un rôle plus conventionnel que... eh bien, que beaucoup d'autres jeunes femmes modernes. Elle avait dit à Giles qu'elle voyait dans le mariage et la maternité la véritable carrière convenant à une femme. Giles partageait entièrement cette vue, même s'il tremblait en pensant aux remarques de sa mère sur ce sujet.

À la fin du mois de juin, alors qu'Helena préparait la réception pour son vingt-sixième anniversaire, et qu'elle l'avait invité dans la maison de campagne des Duffield, près de Dorking – « Le Surrey, mon Dieu, la banlieue », commenta Celia –, il avait compris qu'il devait prendre une décision.

Elle était visiblement amoureuse de lui, c'était mal de l'encourager dans cette voie s'il ne répondait pas à ses sentiments. Mais quelque chose le retenait, quelque chose de non résolu et d'impossible à oublier.

Ce quelque chose, c'était ce qu'il ressentait pour Barty.

— Abbie, tu es libre pour venir au concert-promenade de demain ? On donne la *Pastorale* et j'ai réservé deux tickets. Tu m'avais dit de t'en prendre un si je pouvais.

— Oh, Barty, je suis désolée, je ne peux pas. Je sors, j'avais oublié pour le concert. Je dois voir mes parents, ils sont à Londres pour quelques jours. Je t'ai dit qu'ils me l'avaient annoncé au dernier moment...

— Oui, mais... tu ne pourrais pas les voir après ?

— Je ne crois pas, non. Oh, s'il te plaît, ne sois pas fâchée...

Barty soupira. Abbie n'était pas très facile à vivre ces derniers temps, annulant sans cesse des rendez-vous, prétextant vaguement qu'elle était occupée ou qu'elle devait travailler tard...

— Je suis un peu déçue, mais si ce sont tes parents... Oh, tu as une jolie montre, Abbie... Elle est neuve ?

Abbie jeta un coup d'œil rapide à la montre en or qu'elle portait au poignet.

— Oui... Jolie, n'est-ce pas ?

— Un cadeau ?

— Oui. De... mon oncle David.

L'hésitation fut infinitésimale ; Barty ne l'aurait même pas remarquée si elle n'avait été aussi irritée.

— Je ne savais pas que tu avais un oncle. Encore moins un oncle riche.

— Barty, je t'en prie... Tu te transformes en mari jaloux ou quoi ?

— Désolée. Eh bien, passe une bonne soirée.

— Merci. Et toi, profite bien du concert.

Elle avait l'intention d'aller directement au concert en sortant du bureau ; mais elle renversa du café sur son pull et dut rentrer se changer à la maison. Pendant qu'elle fouillait dans sa garde-robe, son téléphone sonna.

— Êtes-vous Miss Miller ? Miss Miller, vous ne me connaissez pas, mais vous êtes une amie de ma fille. Abigail Clarence.

— Oh, oui, bonjour Mrs Clarence.

— J'espère que je ne vous ennuie pas en vous téléphonant ainsi, mais nous essayons de trouver Abbie. Nous venons à Londres demain et nous aimerions la voir, mais elle ne répond pas à son téléphone et nous nous sommes dit qu'elle était peut-être avec vous.

— Non, répondit lentement Barty. Non, elle n'est pas avec moi.

— Si vous la voyez ce soir, pourriez-vous lui dire de nous téléphoner ?

— Oui, mais…

— Merci. Au revoir, Miss Miller, j'espère que nous ferons bientôt votre connaissance…

— Abbie, dit Barty pour elle-même tandis qu'elle reposait le téléphone, qu'est-ce que tu fabriques ?

Elle resta assise à sa fenêtre tard ce soir-là, guettant la lumière chez Abbie, à moitié intriguée, à moitié honteuse. À onze heures, elle alla se coucher, mais ne put s'endormir. Elle était surprise qu'Abbie lui ait menti ; elle aurait cru qu'elles étaient plus proches que cela.

Il était presque minuit quand elle entendit une voiture s'arrêter dans la rue ; elle se leva et alla à la fenêtre. Trop tard ; elle put seulement voir ses feux arrière disparaître au coin et, environ une minute plus tard, les lumières d'Abbie s'allumer.

La seule chose dont elle était sûre, c'est que la voiture était grosse. Très grosse.

— Celia, bonjour…

Boy arrivait juste à sa galerie de Cork Street quand il tomba sur elle dans la rue.

— Qu'est-ce que vous faites par ici ? Vous ne rendez pas visite au vieux Bunny Arden, quand même ? Il a une piaule dans le coin, je crois…

— Bien sûr que non, répondit Celia avec irritation. Et tant que nous en sommes aux sous-entendus, Boy, qu'est-ce que vous faisiez à l'opéra l'autre soir, avec une femme ? Et qui était-elle ?

— Elle travaille pour une des œuvres de charité de mon père, et il m'avait demandé de l'emmener. Je suis parti après le premier acte. Je suis surpris que vous ne l'ayez pas remarqué.

— Je… l'ai remarqué.

Elle se sentait légèrement ridicule.

— Et vous, avez-vous aimé l'opéra ?

— Beaucoup.

— Lord Arden vous a-t-il raconté beaucoup de choses au sujet de ce nouveau parti si excitant ?

— Ce n'est pas le sien. Mais nous en avons discuté. Il m'a promis de me présenter à Oswald Mosley. Je trouve leurs idées plutôt intéressantes.

— Celia, sortez-vous ces gens de l'esprit. Ils sont dangereux. Ils croient à la force quand ça les arrange, ils sont racistes et ils pensent tous que ce Hitler est un type formidable. Alors qu'à mon avis c'est un psychopathe.

— Stupide. Hitler est un visionnaire, et ce dont on a le plus besoin en ce moment, c'est d'une vision. Tous ces malheureux qui sont au chômage, ces manifestations contre la faim, ces mineurs presque affamés... et tout ce que le gouvernement propose, c'est de réduire l'allocation chômage ! Il n'a pas la moindre imagination.

— Et qu'est-ce que sir Oswald a à leur offrir ?

— Il dit qu'on devrait retirer le contrôle de la situation aux autorités établies et opérer une réforme complète de l'économie et de la société.

— Par la force si nécessaire, si j'ai bien compris.

— Pas par la force, par la persuasion. Vous n'imaginez pas combien ses idées sont exaltantes.

— Non, effectivement. Tout cela annonce-t-il un nouveau livre à venir, lady Celia ?

— Eh bien... c'est possible, oui.

— Et Oliver, qu'est-ce qu'il pense de tout cela ?

— Nous n'en avons pas encore discuté. Est-ce que nous pouvons changer de sujet ?

Il allait lui parler, décida Giles. Ainsi, il saurait une fois pour toutes ce qu'elle ressentait pour lui. Après tout, elle n'avait aucune idée de ce qu'il ressentait pour elle. C'était peut-être réciproque. Dans ce cas... tout serait très bien. Plus que bien, merveilleux...

— Barty, bonjour... Ça te dirait qu'on dîne ensemble ce soir ?

— J'adorerais, mais j'ai ces épreuves à préparer pour Sebastian. Ça pourrait être un peu plus tard que d'habitude ?

— Bien sûr. Nous n'avons qu'à nous retrouver à... disons, huit heures et demie. Où aimerais-tu aller ?

— Au *Corner House* ?

— Oh... Je pensais à un endroit un peu plus spécial... Je... je voudrais te parler de quelque chose.

Elle le regarda avec un soupçon d'inquiétude, puis proposa :

— Et pourquoi pas ce petit endroit dans Walton Street où nous sommes allés il y a quelques mois, c'était charmant...

Elle avait un quart d'heure de retard et semblait contrariée.

— Je suis désolée, mais c'est triste là-bas, Giles. La petite Izzie est mignonne et elle ressemble à Pandora un peu plus chaque jour. Elle commence à marcher, elle gazouille, et Sebastian continue à l'ignorer. Alors, elle reste là à le regarder, avec son petit visage triste. Je ne sais pas ce qu'on peut faire.

— Peut-être qu'elle pourrait aller vivre chez Venetia ? Un de plus, ça ne ferait guère de différence...

— Tu sais qu'elle l'a suggéré ? Venetia, je veux dire. Mais Sebastian n'a rien voulu entendre. Je suis surprise qu'elle ne te l'ait pas raconté.

— Oh, c'est juste un exemple de plus de la façon dont ma famille tient compte de mes opinions, remarqua Giles d'un ton amer.

Devant le visage de Barty, mi-choquée mi-troublée, il se reprit :

— Désolé. Commandons. Et si nous prenions un peu de champagne ?

— Giles ! En quel honneur... ?

— Nous ne sortons pas très souvent comme ça, rien que tous les deux.

— Non, c'est vrai. Pas assez souvent.

Tout se passait très bien. Le champagne avait été une bonne idée. Elle riait et bavardait. Elle lui dit qu'Abbie et elle s'étaient inscrites dans un club de cyclisme et qu'elles faisaient du vélo dans le Surrey le week-end.

— C'est amusant. Tu devrais venir avec nous parfois.

— Ça me plairait bien, oui.

— Et amène Helena aussi. J'aime beaucoup Helena, elle est...

— Barty, c'est justement de ça que je veux te parler.

— Quoi, d'Helena ?

— Eh bien... pas exactement.

— Ça a l'air plutôt sérieux. Trop sérieux pour un restaurant, peut-être. Si nous allions prendre le café chez moi ?

— Oh, oui, bonne idée. J'ai ma voiture dehors.

— Viens, alors, dit-elle en se levant. Mon Dieu, je suis un peu étourdie. Le champagne, je suppose. C'était charmant. Merci, Giles, c'était tout à fait charmant.

Il la regarda : elle était si jolie... Non, ce n'était pas le mot qui convenait, si belle plutôt, avec ses grands yeux et ses cheveux, presque dorés. Elle portait un pull-over bleu marine à col en V, une jupe assez courte, des bas blancs et brillants sur ses longues jambes, si longues. Elle avait des jambes merveilleuses ; même les jumelles les lui enviaient. Mon Dieu, si seulement il avait su s'y prendre avec une femme... Il n'en avait encore jamais embrassé aucune. À supposer que les choses se passent comme il l'espérait, que Barty lui dise qu'elle... l'aimait bien, il saurait à peine quoi dire ou quoi faire après. Il fallait absolument qu'il ait de l'expérience avant de se marier, il fallait qu'il...

Ils atteignirent assez vite son appartement ; le temps du trajet et Giles avait retrouvé tous ses esprits, malgré le champagne. C'était la terreur la responsable, la terreur qui s'était emparée de lui.

— Bien, entre, suggéra-t-elle en lui souriant. Explique-moi ce que tu as à me dire.

— Je... oh, Barty, je ne sais pas par quoi commencer.

— Eh bien, par le commencement... qu'en penses-tu ?

Elle repoussa ses cheveux en arrière, lui sourit.

— Très bien. Par le commencement... Barty, j'ai toujours... c'est-à-dire, j'ai toujours...

— Oui, Giles ? Toujours quoi ?

Il y eut un long silence, puis :

— Je t'ai toujours aimée, dit-il, et son cœur battait si fort qu'elle pouvait sûrement l'entendre.

— Eh bien, répondit-elle rapidement, moi aussi, je t'ai toujours aimé. Qu'est-ce que nous aurions fait l'un sans l'autre, pendant toutes ces années ? Qu'est-ce que j'aurais fait sans toi ?

Son cœur se serra ; elle n'avait pas compris.

— Barty, ce n'est pas ce que je veux dire. Je veux dire vraiment aimer. Je t'aime, Barty, je t'aime tellement... Je trouve que tu es belle, et intelligente, et tellement bonne, et... je ne peux pas imaginer aimer un jour quelqu'un d'autre comme je t'aime, toi. Je... Barty chérie, est-ce que tu pourrais... je veux dire...

Il s'approcha d'elle, tendit le bras, prit sa main.

— Giles, non ! Non, je t'en prie. Ne gâche pas notre amitié... Parce que c'est cela qui nous lie. Une amitié merveilleuse. Je t'aime, Giles, mais seulement... seulement comme un ami. Je ne peux pas imaginer ma vie sans toi, tu représentes plus pour moi que n'importe qui. Mais... mais...

Elle s'interrompit.

— Mais tu ne m'aimes pas... Tu ne pourrais pas...

— Non, Giles, je ne pourrais pas. Tu es intelligent et drôle, et j'aime parler avec toi, mais je...

— Tu ne me trouves pas séduisant ? s'écria-t-il, soudain en colère, autant contre lui que contre elle. Tu n'as pas envie de m'embrasser, tu ne pourrais pas imaginer d'aller au lit avec moi...

— Non, Giles, je ne pourrais pas. Pardonne-moi. Je ne penses pas du tout à toi comme ça.

— Tu as déjà couché avec quelqu'un ? lui demanda-t-il durement.

Il ne savait pas pourquoi, mais cela semblait avoir de l'importance. Elle croisa son regard sans détourner les yeux.

— Non. Jamais. Écoute, Giles, je t'aime. Mais tu mérites

quelqu'un de séduisant, de chaleureux, qui voudra t'épouser et avoir des bébés. Moi, je ne veux pas, Giles. Je ne veux pas me marier avant des années et des années, et sûrement pas avoir des bébés. Je veux avoir une carrière, réussir dans la vie. Et quand bien même je me marierais et aurais des enfants, je continuerais à travailler. Comme... oui, comme ta mère.

— Ça me serait égal. Si c'était ça que tu voulais... Tu pourrais faire tout ce que tu voudrais... C'est ridicule, dit-il tout à coup. Tu ne veux même pas m'embrasser, et maintenant tu m'expliques que tu veux travailler quand tu auras des enfants. C'est absurde. Je ferais mieux de partir.

— Je suis désolée, murmura-t-elle. Je suis vraiment désolée, Giles.

— Bonne nuit, lâcha-t-il, puis il descendit l'escalier en courant et regagna sa voiture.

Quand il s'y fut installé, en sécurité, il posa sa tête sur le volant et pleura comme lorsqu'il était enfant et qu'il se cachait sous les couvertures dans son lit au collège, malheureux comme les pierres, abandonné par ses parents, remplacé auprès d'eux par ses sœurs – et que la seule personne qui s'intéressait à lui était Barty.

Puis il démarra et rentra très lentement à la maison.

12

— Je... je déménage, dit Abbie.

Elle évitait de croiser le regard de Barty.

— Tu déménages ! Pour aller où ?

— Eh bien, c'est plutôt excitant. Dans une maison.

— Une maison ! Mais Abbie, comment, pourquoi ?

— Tu sais, je t'ai parlé de mon oncle David ? Il est mort, et il m'a laissé de l'argent. Alors j'ai pensé que j'allais acheter une maison. C'est un très bon investissement et...

— Il a dû te laisser beaucoup d'argent.

— Oui, pas mal.

Barty se demandait avec tristesse si son amie lui mentait encore. Depuis la soirée du concert, elle ne lui faisait plus confiance.

Elle lui avait parlé du coup de téléphone de ses parents, sachant que Mrs Clarence ne manquerait pas de le faire ; Abbie avait répondu que ses parents étaient désespérants, qu'elle les avait attendus pendant des heures dans le restaurant. Il était évident qu'elle était avec quelqu'un d'autre.

Barty n'avait pas mentionné qu'elle l'avait entendue revenir, ni qu'elle avait vu la grosse voiture.

— Tu vas vivre où ? Tu me manqueras.

— À Clapham. Toi aussi tu me manqueras, bien sûr. En tout cas, il faudra que tu viennes souvent. Il y a beaucoup de chambres là-bas, il y en aura toujours une pour toi.

— Oui, j'en serai ravie. Merci.

Plus tard ce soir-là, allongée dans son lit, elle se sentit inexplicablement anxieuse. Elle n'était guère heureuse en ce moment. Tout n'allait pas mal, mais rien n'allait bien non plus.

Aussitôt après la déclaration d'amour de Giles, elle avait souhaité partir quelque temps, soit pour Paris, soit pour New York, mais ses deux demandes avaient été refusées. Il n'y avait pas de poste là-bas pour elle, et on ne pouvait pas leur imposer sa présence sur un simple caprice, lui avait rétorqué Oliver d'un ton presque sévère. Elle en avait été consternée. Devoir travailler avec Giles, discuter quotidiennement de travail avec lui, et le rencontrer pendant les réunions familiales, c'était difficile.

Elle avait été frappée par son accès de colère à la fin de leur conversation. Ensuite, elle avait passé de longues heures à examiner sa conduite en se demandant si sa façon de plaisanter avec lui, les baisers fraternels qu'elle lui donnait, les jours où elle l'invitait chez elle, le fait qu'elle accepte toutes ses invitations à déjeuner ou à dîner, l'habitude qu'elle avait de le prendre par le bras quand ils marchaient ensemble, si son attitude l'avait encouragé à tort, lui avait laissé penser qu'elle ressentait autre chose pour lui.

Si c'était le cas, elle en payait aujourd'hui un terrible prix. Il la regardait à peine, ne lui parlait plus, sauf dans les termes les plus officiels, l'évitait de toutes les manières possibles, au point que tout le monde devait le remarquer et se demander pourquoi.

En réalité, Celia et Oliver furent les seuls à s'en apercevoir, et ils supposèrent qu'ils s'étaient disputés.

Barty était également choquée par la précipitation avec laquelle l'annonce des fiançailles de Giles et d'Helena avait suivi cette déclaration d'amour. Il s'était servi d'Helena pour calmer sa douleur et aussi pour se venger d'elle, et c'était une erreur.

Mais elle n'y pouvait rien. Elle devait sourire, faire semblant, aller à la fête de fiançailles, embrasser Helena, dire que oui, elle adorerait être demoiselle d'honneur – et ne jamais laisser entendre un seul instant qu'elle était d'accord avec les jumelles sur la grave erreur que Giles commettait.

Helena attendait que Giles rentre, dans leur chère petite maison de Walton Street. Elle avait une merveilleuse nouvelle à lui annoncer. Une nouvelle vraiment, vraiment merveilleuse. Elle était si heureuse. Enfin...

Au tout début, la joie qu'elle avait ressentie à sa proposition, à la découverte qu'il l'aimait autant qu'elle l'aimait, et ensuite tous les charmants rituels des fiançailles – choisir la bague, passer l'annonce dans le journal, recevoir les lettres de félicitations –, tout cela paraissait trop beau pour être vrai.

Le mariage avait eu lieu au Dorchester, Celia ayant fait valoir, sans le dire explicitement, qu'elle ne considérait pas Dorking comme un endroit convenable pour le mariage de son fils – « À la manière dont elle dit Dorking, commentait Adele en riant, on croirait entendre Sodome et Gomorrhe » – et que la maison des Duffield Brown à Kensington était beaucoup trop petite. Il y avait six demoiselles d'honneur, dont Barty et Adele, et six petites qui les accompagnaient, dont Izzie Brooke et Elspeth Warwick ; toutes deux ressemblaient tant à leurs mères que les gens ne cessèrent d'en faire la remarque toute la journée. Il aurait été ennuyeux, comme Barty le signala à Kit, que Sebastian fût là, mais il avait refusé, comme presque toutes les invitations ces temps-ci.

La lune de miel déçut quelque peu Helena. Elle n'avait pas de point de comparaison mais, d'après tout ce qu'elle avait entendu ou lu sur le sujet, ç'aurait dû être mieux que cela. Bien mieux. Mais enfin, ils étaient totalement inexpérimentés l'un comme l'autre. En tout cas elle l'était, et Giles avait dit qu'il l'était lui aussi, ou presque. Elle ne l'en avait aimé que davantage – mais un peu plus d'expérience de sa part les aurait sans doute aidés.

Le voyage de noces, lui, s'était révélé très agréable. On leur avait prêté une villa dans le sud de la France, et le temps avait été magnifique. Ils avaient fait de merveilleux repas, de longues promenades ; Giles lui avait dit et redit combien il l'aimait, combien il était heureux, ils avaient discuté à n'en plus finir de leur avenir, de la grande famille qu'ils allaient avoir et de la réussite de Giles chez Lytton. Helena était certaine qu'il réussirait ; il était extrêmement intelligent, chacun pouvait le voir, et il travaillait dur.

— Quand ton père se sera retiré, lui disait-elle, tu seras le troisième Mr Lytton et tu dirigeras la maison d'édition la plus prestigieuse de Londres.

S'installer dans leur maison de Chelsea avait été amusant, et aussi revoir ses amies avec son nouveau statut de femme mariée, passer de longs déjeuners à bavarder avec elles. Apprendre à diriger une maison et préparer des repas pour Giles – ils n'avaient pas de cuisinière à demeure, Giles affirmait qu'il ne pouvait pas se le permettre, juste une à la journée.

Au début, cela ne dérangea nullement Helena ; mais, à mesure que l'année passait, cela l'irrita. Giles n'était pas bien payé ; il ne cessait de parler des choses qu'ils ne pouvaient s'offrir. C'était mesquin, alors que Lytton gagnait beaucoup d'argent et aurait pu lui donner davantage. Si elle n'avait pas eu la pension que lui versait son père, elle n'aurait même pas pu s'acheter tous les vêtements qu'elle voulait.

Elle ne s'était pas rendu compte jusqu'alors combien il était au service de sa famille ; au travail, bien sûr, mais aussi à la maison. Quand Celia disait qu'elle les voulait chez elle, ils devaient tous être là ; si elle donnait une soirée, ils y venaient tous, en tant qu'invités de seconde classe. Sauf Barty, qui semblait échapper à tout cela.

Peu à peu, Helena commença à en vouloir à Barty. Oliver l'adorait ; elle avait sa propre voiture, qu'il lui avait offerte quand elle avait été admise à Oxford, semble-t-il ; et son poste chez Lytton semblait important, elle avait même ses propres auteurs maintenant. « Pas les plus importants », avait précisé Giles, plutôt sur la défensive. Parfois ils passaient tout le dîner sans se parler parce qu'il était de mauvaise humeur. Et elle le trouvait souvent en train de regarder par la fenêtre, l'air morose et refusant de lui dire ce qui n'allait pas. Cela lui faisait mal : ce n'était pas ça, le mariage.

Helena voyait bien que Celia faisait moins grand cas de Giles qu'elle n'aurait dû. Quant à elle, Celia la traitait comme si elle était à moitié idiote ; elle n'avait peut-être pas de diplôme – elle songeait parfois que si elle entendait parler encore une fois de la mention très bien de Barty, elle se mettrait à hurler – mais elle était très cultivée, se tenait au courant de tout ce qui sortait en matière de romans. Chaque fois qu'elle essayait de parler d'un livre à Celia, celle-ci la regardait avec une ironie froide, comme si ses opinions ne pouvaient avoir la moindre valeur.

Au moment de leur premier anniversaire de mariage, Helena n'était pas à proprement parler malheureuse, mais elle n'était pas heureuse...

— *Mademoiselle** Adele ?

De surprise, Adele faillit laisser tomber le téléphone.

— Oui. Oui, c'est moi.

Elle s'assit sur le lit, les jambes flageolantes.

— Luc Lieberman. Vous vous souvenez de moi ?

— Oui, bien sûr...

119

— J'ai entendu dire que vous étiez à Paris. Pourquoi ne m'avez-vous pas averti ? J'aurais aimé vous emmener déjeuner...

— Monsieur Lieberman...

— Luc, s'il vous plaît.

— Luc, je ne suis pas ici pour le plaisir. Je travaille, et je n'ai pas un instant de libre. Donc... pas de temps pour déjeuner ni rien.

— Et quel est cet important travail ? Je peux savoir ?

— Oui, bien sûr. Je suis styliste, pour un photographe anglais très renommé.

— Je vois.

Un silence, puis :

— Et... combien de temps restez-vous à Paris ?

— Juste quatre jours.

— Bien. Alors, si vous n'avez le temps de voir personne...

Sa voix était froide, il allait raccrocher ; elle songea qu'elle aurait dû se montrer un peu plus amicale. Après tout, il avait fait l'effort de trouver où elle était.

— Peut-être... un café demain ? proposa-t-elle.

— Un café ? Ça me paraît un peu court. Et si nous nous retrouvions pour prendre un petit déjeuner ?

— Ce serait charmant.

À l'autre bout du fil, la voix de Luc avait retrouvé son entrain ; il ne semblait pas homme à rester longtemps contrarié.

— Bien. Vous n'êtes pas loin du *Café de Flore*, vous connaissez ?

— Non.

— Vous devriez. C'est une sérieuse lacune dans votre culture. Boulevard Saint-Germain, juste un peu après votre rue. Retrouvons-nous là-bas demain matin, à huit heures et demie ?

— Nous commençons à sept heures demain matin...

Elle craignit que cela ne le refroidisse à nouveau, mais il répondit au contraire :

— Sept heures ! Je suis très impressionné... après-demain, alors ?

— Après-demain... Oui, ce serait très bien.

— Bien. Donc, à huit heures et demie, au *Flore*. Au revoir, Adele.

— Demain matin, expliqua-t-elle à Cedric le lendemain au dîner, j'ai un rendez-vous pour le petit déjeuner.

— Un rendez-vous pour le petit déjeuner, ma chère ? Avec qui ?

— Un homme qui travaille pour Lytton à Paris. Il est bien plus âgé que moi et marié.

— Marié ! Attention, ma chère, ça ne signifie rien pour un

Français. Ils croient à l'amour libre, avant et après le mariage. Il est séduisant ?

— Vous ne le trouveriez pas à votre goût.

— Comment le savez-vous ? Je suis sûr que si, au contraire. Je suis déjà jaloux. Où devez-vous le retrouver ?

— Au *Flore*.

— *Le Flore* ! Je suis encore plus jaloux. Ces serveurs qui connaissent tous les secrets de Paris... Je crois que je devrais venir avec vous.

— Vous ne viendrez pas. Je veux le rencontrer toute seule.

— Quel égoïsme !

Ils avaient eu une journée difficile. Surtout à cause du modèle, une exquise créature appelée Villette, qui aurait pu, comme Adele le dit à Cedric, donner des leçons de perversité à Celia.

Le lendemain matin, elle attendait, assise à la terrasse du *Flore* et contemplant les passants, quand une petite voiture se gara en double file sur le boulevard. Luc Lieberman en sortit et marcha à grands pas vers elle.

— Adele ! Pardonnez-moi d'être en retard. Comme je suis content de vous voir ! Vous êtes très différente de la dernière fois, si adulte maintenant, si femme. Et si élégante, oh, je me sens très intimidé.

Lui n'avait pas changé. Un peu plus mince qu'avant peut-être, mais sa beauté sombre n'en était que plus intense, et il avait appris à s'habiller : chemise crème, costume gris, chapeau crème à large bord. Un serveur se tenait derrière lui, dans son long tablier blanc et sa courte veste noire, une cafetière en argent à la main ; c'était une scène parisienne on ne peut plus typique. Cedric l'aurait aimée.

Elle sourit à Luc Lieberman.

— Si seulement c'était vrai...

— Quoi, que je me sens intimidé ? Oh, mais ça l'est...

— Je suis sûre que vous ne l'êtes pas, non ; je voulais parler de ma prétendue élégance. Deux jours à Paris et je me sens comme une paysanne arrivée tout droit de la campagne. Tout le monde est chic ici. Les femmes de Londres n'ont pas ça, c'est un don, comme de chanter juste.

— Mais il y a tant de grandes beautés chez vous, qui chantent merveilleusement juste... Voyons, qu'est-ce que vous allez prendre ?

— Juste du café, s'il vous plaît. Et des croissants. N'est-ce pas ce que vous prenez pour le petit déjeuner, vous, les Français ?

— Non, dit-il en lui souriant, ce n'est pas ça. Laissez-moi vous conseiller un vrai petit déjeuner continental.

Il se tourna vers le serveur.

— *Deux jus d'orange, deux brioches, de la confiture, deux cafés au lait, et pour moi deux œufs**. Aimeriez-vous qu'on vous apporte un œuf, *mademoiselle** Adele ?

— Non, merci. Je ne mange jamais beaucoup au petit déjeuner.

— C'est à cause de ces terribles petits déjeuners anglais.

— Non, je n'ai jamais faim le matin. Je suis comme ma mère.

— Ah, la belle lady Celia... Quel superbe argument contre le petit déjeuner ! Comment va-t-elle ?

— Très bien, merci.

— Et votre sœur ?

— Pas tout à fait aussi bien. *Enceinte**, je crois que c'est le mot.

— Exactement. Je ne savais pas que vous parliez français...

— Je ne le parle pas, je connais juste quelques mots.

— Ces quelques mots vous vont bien. Votre sœur a d'autres enfants ?

— Oui. C'est le quatrième.

— En effet ! Nous croyons aux grandes familles, en France.

Il avait parlé avec un air de grande satisfaction, comme si le seul but de Venetia avait été de faire plaisir aux Français.

— Êtes-vous catholique ? lui demanda-t-elle avec curiosité.

— Non. Ma mère est juive. Mais ma grand-mère est catholique. Elles regrettent beaucoup toutes les deux que je ne sois ni l'un ni l'autre, au sens de la foi religieuse.

— Et dans d'autres sens ?

— Comme c'est agréable que nous parlions déjà des sens...

Il lui sourit, ses yeux sombres plongeant au fond des siens ; elle éprouva la sensation d'être remuée, troublée, au plus profond d'elle-même. Elle détourna le regard et il ajouta, après quelques instants de silence :

— Pour répondre à votre question, je me sens un peu des deux. Ce n'est pas toujours une situation très confortable. Si je devais donner une réponse, je dirais que je suis juif. C'est quelque chose qui vous... dévore plus. Mais ma femme n'est pas juive et c'est terrible pour un Juif, de s'être marié hors de sa foi.

— Vraiment ?

— Mais oui. Quand nous aurons un peu plus de temps, je vous expliquerai.

— Vous pensez qu'un jour nous aurons plus de temps ?

Grands dieux, pourquoi donc avait-elle dit cela ?

— J'aimerais beaucoup, lui répondit-il lentement.

Elle baissa les yeux, pétrit nerveusement entre ses doigts la brioche qu'elle avait attrapée dans le panier. Comment s'y prenait-il pour qu'elle se sente si troublée et si heureuse à la fois en sa compagnie ?

— Alors, quels sont vos projets pour la journée ?

— Cet après-midi, nous devons aller chez *Style*. Et Cedric, le photographe avec qui je travaille, veut aussi que nous passions quelques heures à flâner dans Paris. Chercher des endroits et les photographier, prendre ce qu'il appelle des notes de voyage...

— Cedric, quel nom charmant ! Comme le petit lord Fauntleroy, n'est-ce pas ?

— Oui, bravo. Quelle culture ! D'ailleurs, je dirais qu'il est un peu comme le petit lord Fauntleroy, très... gentil.

— Je vois. Eh bien, cela répond d'avance à une des questions que j'aurais voulu vous poser. Je n'ai pas à être jaloux, on dirait ?

— Non, vous n'avez pas à être jaloux. Pas de Cedric, en tout cas. Et de toute façon, vous êtes marié, donc c'est absurde de parler de jalousie.

— Malheureusement – ou peut-être heureusement –, le statut conjugal n'affecte pas les émotions humaines. J'ai eu envie de vous la première fois que je vous ai vue, quand j'étais célibataire, et j'ai encore envie de vous aujourd'hui.

— C'est ridicule.

— Pourquoi ?

— Eh bien... vous me connaissez à peine.

— C'est très anglais, comme remarque.

— Je suis anglaise, par conséquent j'ai tendance à faire des remarques anglaises.

— Ne soyez pas fâchée. Arrêtez de me regarder comme ça et prenez un morceau de cet œuf.

— Je n'en veux pas. Je n'aime pas les œufs.

— Vous aimerez celui-ci.

Il plongea sa cuillère à l'intérieur de la coquille, très délicatement, prit un peu de son œuf et le mangea ; puis il recommença l'opération et cette fois tendit la cuillère vers les lèvres d'Adele, les yeux résolument fixés dans les siens.

Elle résista quelques secondes, puis ouvrit la bouche et le laissa glisser sa cuillère. L'œuf était parfait, moelleux et savoureux ; elle avala lentement et sourit.

— C'était... charmant, dit-elle.

Cela avait été un moment d'extrême intimité ; le serveur les contemplait avec intérêt. En observateur avisé des comportements humains, il savait fort bien reconnaître une histoire d'amour quand il en voyait une naître sous ses yeux.

13

— Tu as une liaison avec quelqu'un, n'est-ce pas ?

Un long silence, puis :

— Oui. Pourquoi, ça te choque ?

— Non. Bien sûr que non.

— Alors, pourquoi me regardes-tu avec des yeux qui me rappellent ceux de ma mère ou ceux d'une religieuse ? Qu'est-ce qui te donne le droit de me juger ?

— Abbie, dit Barty, je ne te juge pas. Honnêtement.

Elles étaient assises dans un café sur le Strand.

— On le dirait bien, pourtant, répondit Abbie en tournant brutalement son thé dans sa tasse.

— Je ne te juge pas. Je suis juste un peu... blessée que tu ne m'en aies pas parlé.

— Barty, pourquoi t'en aurais-je parlé ? Ça n'a rien à voir avec toi. Je trouve même très étonnant que tu te sois attendue à ce que je t'en parle. Étonnant et un peu pathétique, si tu veux savoir le fond de ma pensée. Peut-être que tu as besoin d'un peu d'amour dans ta propre vie.

Elle regarda Barty froidement, ses yeux verts pleins d'hostilité. Le sentiment de Barty passa de la gêne à la colère.

— Peut-être, mais je n'aime pas qu'on me mente. Je me suis sentie ridicule quand tes parents m'ont téléphoné, alors que tu m'avais raconté que tu étais avec eux. Tu aurais pu au moins me dire la vérité à ce moment-là. Quelle différence ça aurait fait ?

— Tu m'aurais sans doute cuisinée comme tu le fais en ce moment. Mène ta propre vie, Barty, et laisse-moi mener la mienne.

— Très bien.

Elle sentit des larmes lui monter aux yeux. Elle cligna furieusement les paupières, se leva, abandonna une demi-couronne sur la table et sortit. Trente secondes plus tard, une main se posa sur son bras.

— Barty, je suis désolée. C'était dégoûtant de ma part, reviens à l'intérieur. Je ne voulais pas te blesser.

Elle était toujours comme ça, prompte à s'excuser, impatiente de se réconcilier avec ses amis. Barty lui sourit.

— Non, ce n'est pas grave. J'ai été... indiscrète.

— Juste un peu. Viens, rassieds-toi et finis ton petit pain.

Elle fixa Barty dans les yeux.

— J'ai fait des cachotteries, tu as raison. C'est parce qu'il est...

— Marié ?

— Oui.

— Oh, je vois. Alors, ça va. N'est-ce pas ? Tu lui offres des... repas à l'extérieur, comme tu les appelles ? Pour le bien de son mariage ?

— Exactement. Je suis contente que tu aies bien écouté ta bonne tante Abbie. Et oui, ça fait sûrement du bien à son mariage. Il dit que sa femme est plus heureuse qu'elle ne l'avait été depuis très longtemps. Il n'exige plus autant d'elle. À tous les points de vue, pas seulement le sexe.

— Oui, je vois.

— De toute façon, je ne crois pas que ça durera. Mais en attendant, nous nous amusons beaucoup. Il m'achète de merveilleux cadeaux, regarde ce bracelet, il te plaît ?

C'était de l'or, très simple et visiblement très cher.

— Oui, c'est ravissant.

— Et il est très intelligent, nous avons de vraies conversations tous les deux.

Alors, parce qu'elle devait poser la question, mais doutant qu'Abbie lui réponde, Barty demanda :

— Et qui est cet homme, Abbie ? Est-ce que tu veux bien me le dire ?

Elle avait vu juste : Abbie ne le lui révéla pas. Les pressentiments et l'appréhension de Barty s'en trouvèrent aussitôt confortés.

Au moins, la vie était maintenant plus agréable chez Lytton. La grossesse d'Helena avait beaucoup fait pour apaiser l'atmosphère ; Giles avait mûri, s'était détendu, ils étaient même en passe de redevenir amis. C'était comme si, avec ce futur enfant, il avait enfin réussi quelque chose en propre, dont il pouvait s'attribuer le mérite et qui lui donnait un vrai statut dans le monde. C'était remarquable de la part d'un bébé d'avoir accompli une chose pareille, songeait Barty tout en souriant à l'une des (médiocres) plaisanteries de Giles avant une réunion.

— Je vais... eh bien, je retourne à Paris, annonça Adele à Venetia.

— Oh, Dell, pourquoi ?

— Il m'a téléphoné. Il m'a dit qu'il voulait me revoir. J'ai répondu que je ne pouvais pas. Et voilà, j'y vais quand même. Je ne peux pas m'en empêcher. C'est comme si une force me poussait là-bas. Je ne pense plus qu'à ça, le revoir, être de nouveau avec lui, et combien je serai heureuse – et ensuite combien je serai malheureuse. Venetia, est-ce que je suis folle ?

— Non, juste amoureuse.

— Père, c'est une fille !

La voix de Giles était pleine de larmes et de joie en même temps.

— Assez grosse, 3,4 kg.

— Bravo, mon vieux. Bravo, vraiment. Comment allez-vous l'appeler ?

— Mary. Mary Alexandra.

— Magnifique. Royal.

— Oui, je trouve aussi. Il faut que je retourne voir Helena, elle est un peu… remuée.

— Dis-moi, quand pouvons-nous venir rendre visite à notre nouvelle petite-fille ?

— Demain, ça vaut mieux. S'il te plaît, dis-le à mère et aux filles.

— Bien sûr. Transmets notre affection à Helena.

Giles était assis près du lit d'Helena et lui tenait la main, lui caressait les cheveux ; elle était pâle, épuisée mais visiblement très heureuse.

— Je suis contente qu'elle aille bien, murmura-t-elle. J'avais peur que ça se passe mal.

— Moi j'avais peur que tu n'ailles pas bien, lui répondit Giles d'un ton grave. C'était très douloureux ?

— Pire que ce à quoi je m'attendais. Mais maintenant, qu'est-ce que ça peut bien faire ? C'est ce que je me disais sans cesse, que ça finirait bien par s'arrêter – si je ne mourais pas avant, bien sûr – et qu'alors ça en vaudrait la peine.

Il hocha la tête :

— Je t'aime.

Pour la toute première fois, il le pensait. Il le pensait et le croyait.

— Je vous emmène dîner chez *Lipp*. Vous y êtes déjà allée ?

Adele secoua la tête. En réalité, eût-elle dîné toute sa vie à la brasserie *Lipp*, à ce moment précis, assise avec la main de Luc Lieberman sur son genou, les yeux de Luc plongeant dans les siens, dans le bar de l'hôtel, elle se rappelait à peine son propre nom. Elle savait seulement une chose : qu'elle était avec Luc. Et c'était suffisant.

— Je suis sûr que ça vous plaira.

— Quoi ?

Il lui sourit, reconnaissant – dangereusement – l'ampleur et la profondeur de son trouble. Il lui prit la main, enroula ses doigts autour de ceux d'Adele, puis les éleva jusqu'à ses lèvres. Elle sentit ce baiser, non pas seulement sur sa main à elle, non pas juste sous ses lèvres à lui, mais traîtreusement, en d'autres endroits qu'elle connaissait à peine et n'avait encore jamais explorés, des endroits doux et secrets au plus profond d'elle-même, qui vibraient et s'éveillaient à la vie.

— Adele, comme vous êtes belle...

Elle lutta pour se reprendre, espérant qu'il ne remarquerait pas combien elle tremblait.

— Vous tremblez, dit-il d'une voix basse.

Il tendit le bras et lui caressa la joue, très doucement.

— J'aime ça, j'aime que vous soyez confuse. Vous n'êtes jamais aussi belle que comme cela.

— Oh, mon Dieu, dit-elle stupidement, puis elle lui sourit et tâcha de paraître maîtresse d'elle-même. Je devrais aller me préparer, n'est-ce pas ?

— Vous ne pourriez pas paraître plus prête, ni plus belle qu'en ce moment. Mais s'il le faut, allez-y...

Elle courut en haut dans sa chambre. Elle mit une robe qu'elle avait achetée lors de sa dernière visite, étroite et longue, en crêpe noir, le bas s'évasant à hauteur des chevilles, le col assez haut sur le devant, descendant et s'élargissant comme un capuchon sur l'arrière. Elle avait des barrettes en strass dans les cheveux, du brun foncé aux paupières, du rouge foncé sur les lèvres.

— Tu as l'air de quelqu'un qui sait ce qu'il fait, observa-t-elle tout haut dans le nuage d'Arpège qu'elle vaporisait autour d'elle.

Mais elle ne savait pas le moins du monde ce qu'elle faisait. Elle était maintenant assise dans la magnifique salle Art nouveau de la brasserie *Lipp*, buvant du champagne, incapable d'avaler le plus petit morceau de viande ni de poisson, à peine consciente de la brillante assistance qui les entourait – le Tout-Paris, comme le disait Luc, amusé.

— Regardez, il y a le fameux mannequin Murthe, et ici Nancy Cunard, en peau de léopard... oh, et là, regardez, Adele, Michel de Brunhof, l'éditeur du *Vogue* français, vous devez le connaître...

— Oui, dit-elle, souriant à Luc, mais je n'ai pas envie de lui parler maintenant, j'ai juste envie d'être avec vous. Mon Dieu, ajouta-t-elle néanmoins en sursautant, c'est Henry Miller ?

— Possible. Laissez-moi voir... oui, c'est lui. Je constate que j'ai enfin éveillé votre intérêt...

— Oui, acquiesça-t-elle en se penchant vers lui pour l'embrasser doucement sur la joue, et de nouveau elle eut la bizarre sensation qu'elle ne savait pas ce qu'elle faisait.

Elle le savait si peu que malgré ses protestations – faibles, il faut le dire –, ses affirmations que jamais, au grand jamais, elle n'irait au lit avec un homme marié, qu'elle désapprouvait absolument une telle conduite, malgré tout cela, elle se retrouva à onze heures du soir – honteusement tôt, comme il le dit – en train de permettre à Luc Lieberman de la reconduire à sa chambre ; et de la séduire, doucement, tendrement, le plus délicatement du monde, après qu'elle l'eut informé de sa virginité, à travers des larmes qui hésitaient entre le rire et l'angoisse.

Et tandis qu'elle était allongée sur son lit, qu'il pénétrait son intimité tendre, craintive, mais aussi affamée, qu'il réussissait à ne lui faire qu'à peine mal, qu'il la guidait ensuite dans une série de sensations lentes d'abord, puis plus pressantes et pour finir violentes, qu'elle montait et retombait dans l'urgence de son premier orgasme, puis dans la brûlure du deuxième, qu'elle entendait sa propre voix pousser un cri, qu'elle s'agrippait à Luc en pleurant dans le calme retrouvé, si propre et si pur, du moment d'après, elle sut qu'elle était profondément amoureuse de lui et que, quoi qu'il arrive, elle était désormais son esclave pour le restant de ses jours.

— Donc tu étais à cette... chose, dit Oliver.

Son regard était glacial, son ton furieux. Celia le regarda calmement.

— Oui, j'y étais. C'était magnifique.

— Magnifique ! Celia, vraiment ! Je suis scandalisé. Que tu puisses te laisser prendre par cette... barbarie.

— Oliver, ce n'est pas de la barbarie. C'était passionnant. Oswald Mosley est venu sur l'estrade, tout en noir. C'est un personnage charismatique quand on le compare avec les idiots que nous avons au gouvernement, si médiocres : Chamberlain, MacDonald, et cet horrible petit Morrison... Ils étaient tous jeunes, aussi, et c'est bien dans les idées d'Oswald de se débarrasser de ce qu'il appelle les vieillards fatigués du gouvernement... Il y avait près de dix mille personnes, toutes en train de l'acclamer et...

— Tu n'as rien vu de la violence qui s'est déchaînée hier soir ? Comment les gens qui avaient une opinion différente ont été brutalement poussés dehors par tes chemises noires ? Celia, ce n'était pas une réunion politique anglaise normale, pacifique, c'était quelque chose de différent... Des bannières, des projecteurs, des uniformes, des gens qui criaient « *Heil Mosley* » en le saluant... Le *Times* le compare au rassemblement de Nuremberg !

— Et alors, quel mal y a-t-il à cela ? Hitler accomplit de grandes choses pour l'Allemagne, si tu...

— De grandes choses ! C'est un psychopathe ! Tu ne comprends donc pas, il a interdit tous les partis d'opposition ! Et ces camps de travail, tu ne te rends pas compte de ce qui s'y passe ? Ses sections d'assaut sont des brutes de la pire espèce, arrêtant les gens, les raflant dans la rue sous n'importe quel prétexte...

— Oliver, ces gens sont des fauteurs de troubles, ils ont besoin qu'on les discipline...

— Qui t'a mis tout ça dans la tête ? Comme si je ne le savais pas, malheureusement. Si tu l'avais rencontré il y a deux ans, tu aurais voulu publier son livre, comment s'appelle-t-il, déjà ? Oui, *La Plus Grande-Bretagne.* Le plus grand Mosley, plutôt.

Elle garda le silence.

— Les voyous d'Hitler avec leur campagne antisémite, appelant les Allemands à se défendre contre la propagande et les atrocités juives. Les atrocités juives ! Elles viennent plutôt d'Hitler et de ses brutes ! Celia, tu n'as donc rien lu sur Dachau ? Où les gens sont emprisonnés, battus à mort par les SA...

— J'aimerais juste que tu rencontres Oswald. Que tu entendes sa version de l'histoire. Je pense que ça changerait énormément ton opinion sur...

— Je ne resterais pas dans la même pièce que ces gens, Celia. Je ne leur serrerais pas la main, je ne leur parlerais pas.

— Alors, reste avec tes préjugés !

Oliver se tourna vers elle ; ses yeux étaient durs, mais son visage plein de tristesse.

— Je sais comment tout ceci est arrivé. À cause de ce maudit Arden. Toute cette bande est fascinée par Hitler et son régime. J'ai même entendu dire que Diana Guinness a été là-bas pour le rencontrer. Je prie pour que ce ne soit pas vrai.

— C'est absolument vrai. Elle dit qu'il a un pouvoir hypnotique. Elle...

— Oui, Celia ? Elle quoi ?

— Non, ça n'a pas d'importance.

— J'espère beaucoup qu'il ne sera jamais question que tu ailles toi-même là-bas. Oh, je vois que si. Pour assister à un de ces rassemblements, peut-être. Dieu tout-puissant, Celia, je te croyais plus sensée. En tout cas, je peux te dire que si tu y vas, ce sera la fin de notre mariage. J'ai été extrêmement tolérant sur ta conduite pendant trente années, j'ai accepté et supporté des choses que la plupart des hommes auraient trouvées... peu importe. Mais je te le dis, si tu continues cette dangereuse liaison...

— Je n'ai pas de liaison avec Bunny Arden !

— Pas dans le sens habituel, peut-être. Mais tu es liée à ses affreuses convictions et à son méprisable groupe d'amis. Aie l'intelligence d'arrêter ça, Celia. C'est tout ce que je peux te dire. Maintenant, je dois aller au bureau, excuse-moi.

Celia se sentit mal. Pas pour ce qu'il avait dit sur sa présence à la réunion de Mosley, ni même parce qu'il lui avait interdit de poursuivre ses relations avec son entourage. Ce qui l'inquiétait, c'était de s'être mise d'accord avec lord Arden – qui avait transmis la nouvelle à qui de droit – pour commander une biographie de Goering, et d'être en train d'organiser un voyage en Allemagne pour avoir une entrevue avec certains de ses proches, peut-être le grand homme lui-même. Persuader Oliver d'accepter la publication d'un tel livre risquait d'être plus ardu qu'elle ne l'avait cru. Eh bien, elle le publierait quand même – cela pourrait faire beaucoup pour convaincre les gens que le régime d'Hitler ne représentait pas le danger que beaucoup craignaient.

PM gara sa voiture devant la maison de Sebastian et resta quelque temps à la regarder, rassemblant tout son courage. Elle renâclait à l'idée de la douleur qu'il lui faudrait affronter, mais savait qu'elle devait agir.

Il parut content de la voir.

— PM, ma chère, comme c'est agréable ! Entrez... J'ai demandé à Mrs Conley d'apporter du thé dans le jardin d'hiver. Vous avez les épreuves, n'est-ce pas ?

— Oui, je les ai.

C'était son prétexte, l'excuse pour sa visite.

— Je crois qu'elles sont assez propres. Deux de nos correcteurs les vérifient aussi.

— Tant mieux. L'attention aux détails n'a jamais été mon fort. Récemment, c'est même devenu un de mes points faibles. La vieillesse, je suppose.

— Sebastian, vous n'êtes pas vieux...

— Quarante-neuf ans, PM. J'ai du mal à le croire.

— Et moi, j'en ai presque soixante. Et je n'aime pas ça du tout.

— Où est cette jeunesse dorée qui était la nôtre autrefois ?

— Elle est passée à nos enfants, dit doucement PM.

— Sans doute, oui. Comment va le jeune Jay ? Il a déjà des projets dans la vie ?

— Pas exactement, non. Il a beaucoup d'intérêts différents, beaucoup de choses qu'il voudrait faire.

— C'est ce qu'il faut. Je n'ai jamais su ce que je voulais faire. Je ne le sais toujours pas aujourd'hui, d'ailleurs. Un peu de gâteau ?

Un coup fut frappé à la porte ; c'était Nanny.

— Je suis désolée de vous déranger, Mr Brooke... Isabella va à son cours de danse dans une demi-heure à peu près, et ensuite nous sommes invitées pour le thé.

— Oui, très bien. Je suis occupé, Nanny, excusez-nous.

Elle quitta la pièce ; il regarda PM et fit la grimace.

— Une femme irritante, toujours à m'ennuyer avec des broutilles...

— Les dispositions à prendre pour Izzie ne peuvent pas être considérées comme des broutilles...

Elle n'allait pas négliger la perche qu'il lui avait tendue.

— Vous n'allez pas vous aussi utiliser ce nom ridicule, PM ? C'est très bien pour les enfants, mais...

— Sebastian, est-ce que je peux vous dire quelques mots à propos d'Isabella ? Vous savez, je connais moi aussi un peu ce que vous ressentez à son égard.

— Je ne crois pas, non. Et de toute façon, je ne veux pas poursuivre sur ce sujet.

— Moi, j'aimerais bien. Juste quelques instants. Juste une petite minute, s'il vous plaît. Quand Jay est né, je ne voulais qu'une chose, être débarrassé de lui. J'étais tout à fait sûre que Jago n'avait pas voulu de lui, il n'avait pas répondu à ma lettre lui apprenant la nouvelle. En fait, je pensais qu'il était mort furieux contre moi d'avoir conçu Jay. Sa précédente femme était morte en couches et il était très opposé à l'idée d'avoir un enfant. Moi aussi, d'ailleurs. Je refusais même de regarder Jay, pour rien au monde je n'aurais voulu le prendre dans mes bras ou le nourrir. Je leur ai dit de l'emmener, j'avais déjà pris des dispositions pour qu'il soit adopté. Je voulais qu'il parte et c'est tout. Il était un symbole vivant de mon... de mon chagrin.

Sebastian ne disait plus un mot.

— Ça a continué jusqu'à ce que Celia arrive avec – vous connaissez cette partie de l'histoire – jusqu'à ce qu'elle arrive avec la lettre de Jago, alors j'ai vu les choses sous un angle tout différent. Il avait voulu ce bébé, il en était très fier et très heureux. D'un seul coup, j'ai senti toute mon attitude envers Jay changer. Je voulais me sentir fière et heureuse moi aussi. Je comprenais qu'en le rejetant j'étais en train de rejeter aussi Jago...

— PM...

— Sebastian, vous ne pouvez pas essayer d'accepter Isabella, juste un peu ? Je sais combien ce que vous ressentez est affreux. Je sais que vous la voyez comme la cause de la disparition de Pandora, mais...

— S'il vous plaît, allez-vous-en ! lâcha-t-il en se levant.

Il était blême et il tremblait.

— Vous ne savez pas ce que je ressens. C'est scandaleux que vous puissiez le croire, même un instant. Je ne considère pas la petite comme la cause de la disparition de Pandora, comme vous dites, elle *est* cette cause. C'est aussi simple que cela. Le père de Jay est mort à la guerre. C'est très tragique, mais ce n'est pas comparable à mon propre cas. Vous me décevez, PM. Je pensais que vous, particulièrement, aviez plus de... de sensibilité. Bonne journée.

Elle resta quelques instants à soutenir son regard ; c'était sans espoir. Mais autant aller jusqu'au bout.

— Sebastian, vous n'avez jamais pensé combien vous trahissiez Pandora en vous comportant comme cela ?

— Quoi ? Qu'avez-vous dit ?

Son visage était maintenant si blanc et si empreint de rage que PM eut presque peur qu'il ne devienne violent, pourtant elle continua.

— Que ressentirait-elle, à votre avis, si elle pouvait voir Izzie grandir seule, privée d'affection ? Si...

— Comment osez-vous ? rugit-il. Comment osez-vous me parler de Pandora, de ce qu'elle pourrait éprouver ? C'est un outrage, PM, vous n'avez aucun droit de me parler ainsi !

— Sebastian, si vous vouliez juste essayer d'accepter Isabella, elle pourrait être une telle source de consolation pour vous... Vous n'avez jamais pensé à cela ?

Il gagna la porte et l'ouvrit, la mettant dehors.

— Je vous ai demandé de partir ! Et puisque vous me posez la question, non, je n'ai jamais pensé à cela, parce que c'est tout simplement absurde. On dirait que vous n'avez aucune idée de ce qu'est le chagrin. Il ne peut y avoir de réconfort pour moi nulle part, PM, et certainement pas venant d'elle.

— Je commence à me sentir comme la reine Victoria, dit Celia, avec tous ces petits-enfants. C'est ridicule à mon âge.

— Maman, tu es bien plus âgée que la reine Victoria quand elle est devenue grand-mère pour la première fois, dit Venetia. En plus, tu as seulement cinq petits-enfants...

— Eh bien, cinq, c'est beaucoup. Tu vas me répondre que ça ne me regarde pas, mais...

— Non, en effet. Et je sais ce que tu vas dire, alors ne dis rien, s'il te plaît.

— Venetia, je pense surtout à toi. Ta vie est complètement consacrée à la maternité.

— Je sais, maman. Mais j'aime avoir des bébés. Boy aime les enfants et il est un excellent père. Et de toute façon, c'est la seule chose pour laquelle je sois douée.

— C'est absurde de dire une chose pareille, puisque tu n'as jamais essayé autre chose.

— C'est injuste.

— Non.

— Maman, j'ai quatre enfants. J'ai eu Henry à dix-neuf ans, et Amy n'a que six mois. Comment pourrais-je faire autre chose ?

— J'ai eu Giles à dix-neuf ans, moi aussi, et il me semble pourtant que j'ai fait d'autres choses.

— Oui, eh bien, ça prouve que tu n'es pas comme la plupart des gens ! Je parie que tu ne conseillerais pas à Helena de faire autre chose de sa vie.

— En effet, non. Parce qu'elle n'a pas l'intelligence qu'il faut pour cela.

— Maman, ça non plus, ce n'est pas juste. Elle est extrêmement cultivée, bien plus que moi.

— Là n'est pas la question, Venetia. Il ne sert à rien d'être cultivée si cette culture n'est pas soutenue par un bon jugement. En tout cas, tu es trois fois plus intelligente qu'Helena.

Venetia soupira.

— Oh, maman ! Si Helena t'avait sauvé la vie, tirée d'un immeuble en feu, tu dirais qu'elle n'a pas réagi comme il le fallait !

Celia sourit.

— Ça se voit tant que ça ?

— Oui. Pour changer de sujet, comment va papa ?

— Il s'inquiète pour le travail. Les choses ne sont pas très faciles en ce moment, et il est si réticent au changement. Comme les clubs de livres, par exemple, tu connais le principe, les gens achètent des livres bon marché par correspondance, c'est un excellent moyen d'atteindre le grand public. Mais lui dit que ça ne fera qu'éloigner les gens des librairies, que nous y perdrions beaucoup.

— D'une certaine façon, je comprends son point de vue... Oh, Elspeth, ma chérie. Non, je n'ai pas oublié, j'ai dit que nous irions faire une promenade. Peut-être que grand-mère nous accompagnera ?

133

— J'ai peur que non, déclara Celia en se levant. Il faut que j'y aille, j'ai beaucoup de travail au bureau. Bonjour, Elspeth. Tu as une très jolie robe.

Elspeth braqua sur elle ses yeux sombres et solennels.

— Ta robe aussi, elle est jolie, dit-elle.

— Merci, ma chérie. Venetia, repense à ce que je t'ai dit. Je suis sûre que tu serais contente de travailler, quel que soit ce travail.

— J'apprécie beaucoup ma situation, répondit Venetia d'une voix ferme. Nous ne sommes pas toutes comme toi, tu sais. Embrasse papa pour moi et dis-lui de ne pas trop s'inquiéter. Demande-lui pourquoi Lytton ne crée pas son propre club de livres. Vous pourriez gagner sur les deux tableaux...

Celia dévisagea sa fille.

— Venetia, il est vraiment absurde de prétendre que tu n'as pas l'esprit qu'il faut pour réussir dans un travail. Je vais suggérer ça à ton père dès que je le verrai.

Venetia se sentait plus heureuse qu'avant. Elle aimait s'occuper de sa grande famille, sa vie sociale était fournie et, comme elle le dit à Adele :

— Boy est en train de s'assagir. Il est beaucoup plus souvent à la maison ces temps-ci, quand il n'est pas pris par ses différentes activités.

— Je suis très contente pour toi, mais je dois quand même te signaler qu'il flirtait comme un fou avec Freda Dudley Ward, l'autre soir.

— Oui, je sais. Mais c'est seulement parce qu'elle est déprimée à cause de la redoutable Wallis. Le prince a... laissé tomber la pauvre Freda. Cette femme est un vrai cauchemar. Wallis, je veux dire. Elle est en train de le faire renoncer à la chasse, alors qu'il aime tant ça. C'est vraiment horrible.

— Horrible, oui. Et elle n'est même pas spécialement gentille avec lui. Maman dit qu'elle le traite comme une sorte de toutou.

— Maman le voit beaucoup, je crois. Depuis qu'elle fréquente lord Arden et sa bande. Et toi, Dell chérie, quoi de neuf avec le divin Mr Lieberman ?

— Le divin Mr Lieberman vient à Londres la semaine prochaine. Pour voir papa, mais je crois qu'on aura un petit rendez-vous ou deux. J'espère. C'est difficile à vivre. Et en même temps je l'aime tellement, tu ne peux pas savoir.

— Si, je crois que je peux, soupira Venetia.

Luc réserva une chambre dans un petit hôtel à Bloomsbury.

— Ça a été difficile, dit-il en embrassant tendrement Adele pendant qu'ils montaient l'escalier, de convaincre ton père que je ne logerais pas dans votre belle maison comme d'habitude. Mais j'ai prétendu que je voulais être près de chez Lytton. Et voilà, je me trouve à proximité de ce qu'il y a de plus beau chez les Lytton...

Trois heures plus tard, assise à la table du dîner chez ses parents, Adele, qui ne savait pas comment mille sentiments paroxystiques – joie, pleurs, ivresse, passion – avaient pu se reconstituer aussi vite, essayait en vain de manger et de suivre la conversation. Elle ne pouvait penser qu'à Luc, et au plaisir qu'il lui avait donné. « Je t'aime, lui avait-il dit. Je t'aime très fort et très sincèrement. Rappelle-toi ça, Adele. Rappelle-le-toi toujours. » Elle était restée silencieuse, craignant qu'un seul mot ne brise le charme.

— Je cherche quelque chose de solide, quelque chose de grand à publier, disait son père. Je veux une œuvre qui deviendra un classique. Nous avons combattu la Dépression avec des livres meilleur marché, tous les romans policiers ont été un énorme succès, mais maintenant nous avons besoin de quelque chose de plus... prestigieux. Un grand roman, peut-être, qui soit une réussite à la fois critique et commerciale.

— Le Saint Graal, en un mot, résuma Celia. C'est la quête perpétuelle d'Oliver.

— Et quelle plus belle quête pourrait-il y voir ? observa Luc. J'imagine que votre dictionnaire des antiquités va faire beaucoup parler de lui...

— Oui, dit Oliver, mais ce n'est pas une grande innovation, même si Celia s'efforce de le croire.

Il la regarda et elle lui répondit par un regard plein de froideur. Quelque chose ne va pas entre eux, songea Adele. Ce ne sont pas les chamailleries habituelles, ils ont l'air vraiment hostile.

— J'ai deux biographies à fort potentiel qui vont sortir, reprit Celia. Une sur Mme de Pompadour et une autre sur les maîtresses royales, Nell Gwynn, Lillie Langtry, Mrs Keppel...

— Et Mrs Simpson ?

— J'ai peur que non, dit Oliver. Elle n'est qu'une amie du prince de Galles, nous assure-t-on. Fort improbable, je vous l'accorde, mais il y a des lois très strictes qui encadrent les publications sur de tels sujets. Même le *Daily Mirror* n'a pas osé s'y aventurer.

— Quelle absurdité ! s'écria Luc. Bien sûr qu'elle est sa maîtresse ! En France, on a beaucoup écrit sur le sujet.

— Je sais, mais...

135

— Je croyais que la presse était censée être libre dans ce pays, intervint Jay.

Il se pencha en avant, et ses yeux bleu foncé brillaient.

— Je ne peux pas comprendre ça. Le prince de Galles a une liaison avec une femme qui a été mariée deux fois et nous sommes tous censés ne pas le remarquer ? Ça ressemble à une sorte de conspiration...

— Quelque chose comme ça, en effet, admit Oliver. Pour commencer, Beaverbrook est un ami du prince. Et si j'ai bien compris, il a persuadé Rothermere et les autres de s'en tenir au même silence délibéré.

— Drôlement loyal de leur part, commenta Jay. Quand on pense à tous les journaux que ça leur ferait vendre...

— Jay, il n'y a pas que le profit dans la vie, protesta doucement Oliver, même pour les journaux.

— Peut-être, mais on n'a pas à s'aplatir devant quelqu'un juste parce qu'il est de la famille royale. Ces privilèges héréditaires, ce pouvoir de façade, c'est médiéval. Je pense qu'il faudrait les abolir.

— Si tu fais ça, tu risques de te retrouver avec quelque chose de pire, dans le genre d'Hitler.

Oliver n'avait pas quitté Celia des yeux pendant qu'il parlait ; elle triturait furieusement un morceau de pain.

— Ne me parlez pas de cet homme, répondit Luc. Je tremble quand je songe à ce qui nous arrivera à tous s'il accroît son pouvoir.

— Vraiment ? dit Celia d'une voix froide. Peut-être pourriez-vous nous expliquer pourquoi ?

— C'est un fou, un fou dangereux. Il a une mission : nettoyer l'Europe de tous les partis, les gens et les croyances qu'il n'approuve pas totalement pour y faire prospérer sa vision de la pure race aryenne. Pour commencer, il me mettrait dans un de ses camps de concentration.

— Vous ! s'exclama Adele.

— Mais bien sûr ! Je suis juif. Il n'y aurait aucun espoir pour moi.

— C'est grotesque, voyons, riposta Celia. Il est impossible que vous soyez envoyé dans un camp de concentration simplement parce que vous avez du sang juif. Ce sont des rumeurs infondées, irresponsables. Je le sais par les meilleures sources possibles.

Il y eut un silence puis Luc répondit, le visage sombre :

— Je ne sais pas d'où vous tenez vos informations, lady Celia, mais elles sont inexactes. Vous avez forcément dû lire des récits d'autodafés de livres écrits par des Juifs ou par des gens dont il ne partage pas les vues. Des gens tels que Freud, Brecht, ou votre H. G. Wells. Et n'avez-vous pas entendu parler de la censure qui s'exerce en Allemagne, des acteurs juifs qui y ont été interdits, des Juifs qu'on expulse de l'armée et du service civil...

— J'ai entendu certaines de ces rumeurs, oui. Mais ce que vous avez l'air d'oublier, monsieur Lieberman, c'est que l'Allemagne était dans un état dramatique, en banqueroute ou presque, et qu'Herr Hitler a fait énormément pour qu'elle retrouve la prospérité. J'ajouterai qu'il est extrêmement populaire auprès de la plupart des Allemands, et pour de bonnes raisons. Il...

— Lady Celia, je vous en prie ! Ne vous laissez pas tromper par des images de foules enthousiastes ou de petits enfants offrant des fleurs. Elles cachent en réalité des choses effrayantes, et si Hitler n'est pas arrêté, ce ne seront pas seulement les Juifs qui seront en danger de mort mais une grande part du monde civilisé. J'aimerais beaucoup que les événements me donnent tort, mais ça me paraît hélas improbable. Et maintenant, vous voudrez bien m'excuser, mais je dois retourner à mon hôtel. Je suis fatigué et nous commençons tôt demain. Merci en tout cas pour cette charmante soirée, c'était très aimable à vous.

— Bien sûr, bien sûr.

Oliver regarda Celia : elle était empourprée, ses yeux sombres brillaient.

— Je vais vous reconduire, allez chercher votre manteau.

— Qu'est-ce qu'il s'est passé ? demanda Jay, comme la porte d'entrée se refermait. Il avait l'air en colère.

— Il l'était, dit Oliver en revenant dans la pièce. Comme tu le serais toi aussi si tu étais juif et que tu te trouvais mêlé à ce genre de discussion. J'espère que tu es satisfaite d'avoir pris la défense de tes amis, Celia. Bonne nuit.

— C'était horrible, commenta Adele le lendemain, en rapportant la scène à Venetia au téléphone. Maman était si en colère qu'elle est sortie en coup de vent de la pièce, et une demi-heure plus tard je pouvais encore les entendre. Papa parlant très bas, d'une voix froide, et elle hurlant presque contre lui. Pauvre Luc, je ne m'étais pas rendu compte à quel point il est juif. Je veux dire à quel point il se sent juif. Ou menacé. Et en face de lui, maman brandissant la croix gammée...

— J'ai peur d'être du côté d'Oliver, dit Sebastian. Je crois que vos nouvelles relations sont des gens infects et dangereux. Vous me surprenez, Celia.

137

Il soupira puis lui sourit, plutôt tristement.

— C'est sans doute en partie de la jalousie. Je n'aime pas tout ce qu'on dit sur vous et Bunny Arden...

— Ne soyez pas ridicule, Sebastian. Des rumeurs absurdes...

— Vraiment, Celia ?

Elle le regarda sans ciller.

— Vraiment, oui, Sebastian.

— Eh bien, c'est déjà quelque chose.

— Sebastian, venez dîner samedi, s'il vous plaît. Barty sera là, et aussi Jay, et Kit. La première chose que Kit a demandée quand il est arrivé à la maison, c'était à quel moment il pourrait vous voir.

— Eh bien, ce serait... agréable.

Il hésita un peu, puis :

— PM sera là ?

— Non. Mais elle était très troublée l'autre jour, Sebastian, je ne sais pas ce que vous...

— J'étais très troublé aussi, mais je lui ai fait mes excuses par écrit. Et je pense qu'elle les a acceptées.

— Sebastian, ne pouvez-vous pas... ?

— Non, Celia. Ne vous y mettez pas vous aussi.

— En tout cas, je vous en prie, venez samedi. Si ce n'est pas pour moi, faites-le pour Kit.

— Pour Kit ? répéta-t-il, et l'espace d'un instant il y eut une lueur amusée dans ses yeux. Dans ce cas, je viendrai.

— Barty, ma chérie, tu ne dis rien ?

Sebastian, qu'on avait placé à côté d'elle, tendit la bouteille de vin vers elle, mais elle secoua la tête et couvrit son verre de la main. Elle se sentait malade, étourdie, assommée. Si l'occasion avait été différente, elle se serait décommandée, aurait prétexté qu'elle était souffrante ; mais Jay et Kit lui avaient tous les deux téléphoné, dans son nouvel appartement – une résidence à deux pas de Grafton Way –, pour souligner combien ils étaient impatients de la voir. Mais elle était toujours sous le choc de sa découverte récente, qui avait fait s'écrouler l'univers autour d'elle.

Si elle n'avait pas eu rendez-vous avec le directeur de la librairie *Hatchards* ; si elle n'avait pas vu *Une poignée de cendres*, qui venait de sortir ; si elle n'avait pas pensé qu'Abbie l'aimerait sûrement, et si elle ne l'avait pas acheté pour elle ; si elle n'avait pas calculé qu'elle avait deux heures devant elle avant de se rendre à Cheyne Walk ; si le téléphone d'Abbie n'avait pas été occupé pendant presque vingt minutes ; si elle n'avait pas décidé d'outrepasser une des règles d'or de leur amitié : ne jamais venir chez l'autre sans s'annoncer d'abord ; si elle n'était pas passée devant un étal de fleurs sur le chemin et n'avait pas décidé d'acheter pour Abbie quelques-unes de ces roses jaunes qu'elle aimait ; si elle n'était pas arrivée dans la rue juste au moment où une autre voiture, une décapotable crème terriblement familière, s'arrêtait devant la maison d'Abbie, elle n'aurait pas su et se sentirait heureuse, gaie et insouciante. Mais elle était allée là-bas, elle avait vu la voiture et la personne qui en était sortie, tenant un gros bouquet de fleurs dans une main et un grand sac de Fortnum & Mason dans l'autre, qui avait descendu l'allée jusqu'à la porte d'Abbie et qui était entré.

Ce visiteur, c'était Boy Warwick.

14

Que faire ? Il était difficile de prendre la bonne décision. Si elle en parlait à Venetia, ou à n'importe quel Lytton, cela provoquerait un terrible malheur ; si elle se taisait, elle se rendrait coupable, presque complice. Et dans les deux cas elle perdait son amie, sa meilleure amie. Abbie n'avait pas seulement trahi Venetia, elle l'avait aussi trahie, elle.

— Oh ! pour l'amour du ciel, s'énerva Abbie quand Barty lui apprit ce qu'elle avait découvert, arrête de réagir comme une femme trompée, Barty ! Ce n'est pas ton mari ! Ça ne te regarde pas !

— Ne sois pas ridicule, cria Barty, des larmes de colère sur le visage. Venetia est une Lytton, j'ai grandi avec elle... Je n'aime pas particulièrement Venetia, mais elle est de ma famille, dans un sens. Et toi, tu lui as... volé son mari !

— Pas vraiment volé. N'exagère pas, Barty. Il aime Venetia, il me l'a dit, il ne la quittera jamais.

— Drôle d'amour.

Abbie haussa les épaules.

— C'est un homme. Écoute, Barty, je ne suis pas spécialement fière de ce que j'ai fait, mais c'est lui qui a pris l'initiative. Je ne l'aurais jamais revu si... s'il ne m'avait pas téléphoné.

— Je ne te crois pas.

— Eh bien, oui, je l'ai appelé. Mais seulement pour l'histoire de la bourse.

— Oh, Abbie... !

Barty aurait ri si cela n'avait pas été aussi grave.

— Et ensuite, quoi ? Tu as accepté son invitation à dîner ou tu lui as répondu que tu refusais d'y réfléchir parce qu'il était marié à une Lytton et à cause de mes liens avec eux ?

Abbie fondit soudain en larmes.

— Tu es la seule personne dont je me sois inquiétée. Franchement. Je me fiche de Venetia, une fille riche et gâtée qui n'a rien dans la tête sauf ses problèmes de domestiques et de garde-robe. Pas étonnant que Boy la trouve ennuyeuse !

— Comment sais-tu tout ça ? Il te l'a dit ?

— Il... l'a laissé entendre.

— Je vois. Eh bien, Venetia est riche et gâtée, oui. Mais elle est aussi assez vulnérable. Elle s'est mariée et elle a été mère à dix-neuf ans. Ce que tu fais est méprisable.

— Mais pourquoi ? Venetia ne le sait pas, je ne briserai jamais son mariage. Je peux même affirmer que je le consolide en aidant son mari à être heureux. Je ne ferai jamais rien pour la blesser ni lui nuire.

— Rien, cria Barty, sauf coucher avec son mari ! Je n'aurais jamais cru que tu étais si malhonnête, Abbie, ni si... mauvaise.

Pendant des jours Barty remâcha sa peine, incapable de prendre une décision. Pour finir, minée par le doute, épuisée par les insomnies, elle trouva de l'aide du côté le plus imprévu : Sebastian.

Il arriva un jour dans son bureau à l'heure du déjeuner, lui demanda si elle aimerait venir manger un sandwich avec lui, et fut très affecté quand il la vit effondrée.

— Barty, cesse de pleurer. Tu es le roc de la famille, qu'est-ce qui se passe ?

— Je ne peux pas vous le dire, répondit-elle entre deux sanglots.

Il lui prêta son mouchoir, passa le bras autour de ses épaules ; quand elle eut cessé de pleurer, il insista pour l'emmener dehors.

— Je suppose qu'il s'agit d'un homme, lui dit-il.

Finalement, en quête de conseils et de réconfort comme elle l'était et songeant que Sebastian était son plus proche confident, elle lui raconta l'histoire.

Il fut parfait : calme, sensible, pragmatique. Il lui dit qu'elle ne devait rien faire.

— Tu n'as aucune culpabilité ni aucune responsabilité morale à endosser. Il n'y a aucun intérêt à le dire à Venetia, qui en serait terriblement malheureuse. Je comprends que tu te sentes trahie par ton amie, mais tu n'as rien à gagner à lui faire des reproches. C'est une jeune femme très séduisante, mais aussi très égoïste et très amorale.

— Vous le pensez vraiment ?

— Oh, j'en ai peur, soupira-t-il. Dans une autre vie, je l'aurais trouvée assez intéressante pour avoir envie de la connaître moi aussi.

— Et Boy ? Est-ce que je dois lui dire ? Que je sais ?

— Surtout pas. Pour le coup, cela t'impliquerait dans l'histoire.

— Et lui, vous le considérez comment ?

Elle commençait à se sentir un peu mieux.

— Oh, il n'est pas différent d'Abbie à de nombreux égards... Et à de nombreux égards aussi, il n'est pas un si mauvais mari. Il s'occupe de Venetia, il est généreux, c'est un excellent père, il est toujours facile à vivre. Ça pourrait être pire. Et si l'histoire se sait un jour, et que quelqu'un s'avise de formuler le moindre reproche contre toi, je m'arrangerai pour qu'on se taise...

Celia s'efforçait de ne pas hurler, mais ça la rendait folle : la négativité, l'aveuglement, le refus d'affronter les faits et de regarder les choses en face. Jamais elle n'avait été aussi près de s'en aller, de tout quitter – la pièce, Lytton, son mari.

— Oliver, s'il te plaît, penses-y au moins.

— C'est hors de question.

— Pourquoi ? Les éditions de poche ne sont pas une idée absurde.

— Et moi, je crois qu'elles le sont. Je n'ai pas confiance en Allen Lane, je ne suis pas du tout sûr qu'il soit le genre de personne avec qui je me mettrais en affaires.

— Eh bien, moi si, parce qu'il est brillant. Quel mal y aurait-il à éditer ce genre de livres ?

— Ça nous ferait un tort immense ! Ce serait déprécier les livres, nous déprécier nous-mêmes... Nous avons déjà suffisamment à nous inquiéter avec cet horrible nouveau club, la Readers Union ou je ne sais quoi, qui veut vendre des livres en les facturant à crédit...

— Oliver, je t'en prie, accepte au moins de rencontrer Allen Lane. Tu veux vraiment être le seul éditeur qui ne s'associera pas à son projet ?

— Ne sois pas stupide : vendre des livres à six pence...

— En tout cas, Jonathan Cape se lance, lui, et c'est l'éditeur du jour, d'après le *Times*. Tu veux être l'éditeur d'hier, Oliver, c'est vraiment ça que tu veux ? Pourquoi ne pas essayer au moins avec deux ou trois livres ? Il va commencer par en publier dix par mois, pendant une période d'essai, ça va faire beaucoup de bruit. Et surtout, ça va amener une nouvelle catégorie de lecteurs vers les livres.

— Je suis désolé, Celia, mais c'est non. Et au cas où tu croirais que je n'y ai pas réfléchi, j'en ai discuté avec Edgar Greene, et avec Giles. Tous deux pensent que c'est une idée très dangereuse.

— Edgar Greene a toujours été vieux jeu ! Quant à la désapprobation de Giles, je ne me souviens pas qu'elle t'ait jamais empêché de faire quoi que ce soit...

— Il a un solide bon sens en affaires. Et PM, tu lui en as parlé ? De ces livres en édition de poche ?

— Oui.

— Et alors ?

— Elle a dit qu'elle n'était pas convaincue, reconnut Celia à contrecœur, mais aussi qu'elle était ouverte à la discussion. Jay, en tout cas, pense que c'est une idée formidable.

— Jay ! Un garçon de vingt et un ans !

— Justement, Oliver, il représente l'avenir ! Et Venetia a pensé que c'était vraiment intelligent. Elle a suggéré de republier les *Buchanan* sous forme de série. J'ai trouvé que c'était une idée très intéressante.

— Celia, quand as-tu vu Venetia montrer le moindre intérêt pour l'édition ?

— Eh bien, c'est arrivé plusieurs fois ces derniers temps. Je commence même à me demander...

— Si tu veux reparler de cette idée d'un club du livre Lytton, je n'ai jamais rien entendu de plus absurde. Complètement irréaliste.

— Gollancz en fait un.

— Je sais. Grande sottise de sa part. Non, je suis désolé, je ne te suivrai pas sur ce terrain non plus. Maintenant, j'ai beaucoup à faire, alors si tu veux bien m'excuser, ma chérie...

Celia sortit de son bureau en claquant la porte. Ça lui arrivait de plus en plus souvent ; ce geste paraissait même illustrer le gouffre qui se creusait entre les idées d'Oliver sur l'édition et les siennes, et de la place que Lytton devait y tenir.

Luc et Adele marchaient main dans la main. On était en automne et la lumière, plus tendre, plus douce qu'au printemps ou en été, flattait Paris.

Elle était passionnément, éperdument amoureuse de lui. Elle avait mis de côté toute prudence, tout scrupule moral, toute ambition personnelle aussi. Elle ne s'inquiétait plus du fait qu'il ait une femme, et une femme, de plus, à laquelle il resterait marié pour le restant de ses jours.

Elle savait bien (et Venetia ne se privait pas de le lui rappeler) qu'elle ne menait guère sa vie comme une jeune femme moderne, qu'elle semblait avoir abandonné dignité, amour-propre, indépendance même. Tout cela ne signifiait rien pour elle ou presque ; seul comptait Luc. Qu'il soit égoïste, égocentrique, dissimulateur, n'avait pas non plus d'importance pour elle. Il était comme il était et elle l'aimait ainsi ; elle était capable d'ignorer ses vices et de ne voir que ses vertus.

Adele avait mis le passé de côté et essayait de ne pas penser à l'avenir. Elle travaillait pour Cedric, ainsi que pour d'autres photographes de Londres ; assez souvent ces temps-ci, elle travaillait aussi à Paris, pour les rédactions mode et beauté du *Vogue* français et de *Femina*.

Elle n'avait pas de lieu de résidence à Paris, séjournait à l'hôtel, dépensait une fortune en allers-retours ; à Londres, elle vivait toujours à Cheyne Walk.

Malgré leur tristesse et leur réprobation, ses parents essayaient de la soutenir et la réconforter quand elle leur expliquait ce qu'elle ressentait ; la réaction de son père était plus faite de chagrin que de colère, surtout du chagrin pour elle.

— Je suis certain que c'est un homme charmant, ma chérie, mais quelle sorte d'avenir peut-il t'offrir ?

Quant à sa mère, elle raisonnait de façon plus pragmatique :

— Luc Lieberman se sert de toi, Adele. Il n'a aucune intention de faire quoi que ce soit pour toi. Tu te fais mener par le bout du nez. Tu me désespères, Adele, je ne comprends pas comment tu peux avoir aussi peu d'amour-propre. J'espère que quand cette histoire se finira, tristement, c'est inéluctable, tu te rappelleras ce que je te dis.

Adele paraissait étrangement sereine, sereine et sûre d'elle.

— Ne me demande pas pourquoi, dit-elle à Venetia. Je suppose que j'ai enfin trouvé quelqu'un qui m'apprécie pour ce que je suis, plutôt que pour mon nom ou pour mon apparence physique.

— Je comprends, répondit Venetia, mais est-ce qu'il n'y a pas la plus petite chance qu'il te demande de... de vivre avec lui ? S'il t'aime tant que cela et qu'il ne peut pas t'épouser ? Ça pourrait être de sa part une sorte d'engagement quand même...

— Les Français ne voient pas les choses comme nous. En plus, si tu veux tout savoir, je ne suis pas sûre qu'il m'aime vraiment. Pas comme je l'aime, moi. Et donc, il faut bien que je me contente de ce que j'ai. Venetia, je serais prête à mourir pour Luc, mais lui ne mourrait pas pour moi.

Des années plus tard, ces mots reviendraient la hanter...

— Barty a eu une promotion et pas toi. C'est vraiment absurde. Si on ne fait pas attention, elle finira présidente de Lytton.

— Barty fait partie de la famille.

— Oh, oui, c'est idiot de ma part, j'avais oublié que vous étiez socialistes, vous, les Lytton. Très bien, elle fait partie de la famille. Il se trouve juste qu'elle est née dans un taudis, et qu'on l'en a sortie en la tirant par ses lacets crasseux...

— Helena, je t'en prie !

— Pendant ce temps, toi, le fils aîné de la famille, l'héritier, tu continues à travailler dans ce petit trou qu'ils appellent un bureau, pour un salaire de misère, en effectuant un travail moins intéressant que celui qu'on vient de lui donner. C'est ce que je comprends en tout cas. Ce n'est pas juste, Giles. Et si tu es trop lâche pour en parler à tes parents, je le ferai.

— Helena, s'il te plaît, non...

— Quelqu'un doit veiller sur nos intérêts, Giles. Surtout maintenant que nous allons avoir un autre enfant.

— Attends juste un peu...

— Attendre encore combien de temps ? Quelques heures ? Quelques jours ? Quelques années ? Non, désolée, Giles, je ne peux pas.

— Helena, je t'en prie... Écoute, je vais parler à mon père, je te le jure. Demain. Mais ne va pas le voir. Je passerai pour un imbécile là-bas, si on croit que... je me cache dans tes jupes.

— Très bien, alors. Mais fais-le, j'insiste.

Puis elle se leva et sortit de la pièce.

Giles la suivit des yeux avec un air penaud. Il fallait absolument qu'il parle à son père le lendemain. Et peut-être que ça marcherait, après tout. Il pourrait utiliser la promotion et les nouvelles responsabilités éditoriales de Barty comme entrée en matière. Or il avait peur, non pas tant de demander, mais qu'on le lui refuse...

— Je suis choquée, dit Celia, très choquée.

— De quoi ? demanda Helena.

— Que vous ayez pu venir vous-même voir Oliver, apparemment sans penser à me consulter moi aussi, non que ce soit très important, bien sûr...

— Il s'agit de l'avenir de Giles dans la société.

— Il est venu nous en parler hier, et nous nous sommes mis d'accord sur le fait que son salaire serait augmenté, dès aujourd'hui, et que nous reverrions sa position dans la maison d'ici six mois. Je ne vois pas très bien ce qu'il y a à ajouter.

— Justement, Celia, je trouve qu'il y a beaucoup à ajouter. Et puisque Giles est trop... gentil (c'était le mot le plus convenable qu'elle pouvait trouver pour qualifier sa conduite) pour le faire lui-même, je dois m'en charger, moi. Il y a des choses que je peux dire et pas lui, des choses que sa modestie l'empêcherait de formuler lui-même.

— Par exemple ?

— Eh bien, pour commencer, je pense qu'il a un grand talent, qui mérite d'être reconnu.

— Je ne me rendais pas compte que vous aviez une aussi bonne connaissance du travail d'éditeur. Meilleure que la nôtre, sûrement. Peut-être que vous pourriez nous en faire profiter.

— Celia...

Oliver leva la main. Il n'avait guère parlé depuis que Celia était entrée dans son bureau et y avait trouvé Helena.

— Celia, je ne crois pas qu'il faille se disputer. Helena est portée à plaider en faveur de Giles, c'est normal. Et elle a une haute idée de ses qualités professionnelles, comme toute épouse se doit d'en avoir.

Il y avait dans sa voix une pointe de reproche ironique à l'encontre de sa femme ; Helena le releva et cela lui donna du courage.

— Où est Giles ? demanda Celia. Pourquoi n'est-il pas ici avec vous ? Il sait que vous êtes venue ?

— Non, dit Helena, bien sûr que non.

— Il est à l'imprimerie, en train de surveiller l'impression du nouveau catalogue, indiqua Oliver.

— Vous voyez, dit Helena, en sentant le rouge lui monter aux joues, c'est précisément le genre de chose qu'il ne devrait pas avoir à faire, à mon avis. Il y a des employés pour ça. Ça n'est pas le travail d'un... d'un éditeur.

Ç'avait été une erreur ; elle vit l'expression de Celia changer, se durcir.

— Ah, nous y voilà. C'est du ressentiment, n'est-ce pas ? Que Barty ait été promue et pas Giles ?

— Non. Mais Giles est un Lytton, il est votre fils aîné. Et il a trente ans, il travaille ici depuis longtemps. Il devrait vous aider à diriger la maison. Commander des livres, conseiller et guider des auteurs, ce genre de choses. Certainement pas surveiller l'impression d'un catalogue.

— Helena, répondit Celia, je devrais sans doute vous expliquer certaines choses. L'édition est un travail complexe et difficile, très difficile. Il se fonde sur l'instinct, peut-être plus que d'autres domaines. Les bons éditeurs ont une sorte de sixième sens, à propos de ce qui marchera, de ce que les gens voudront lire, non pas maintenant mais l'année prochaine, dans trois ans, dans cinq ans. Mon mari possède ce don à un degré extraordinaire. C'est pour cela qu'il a mené la maison là où elle est aujourd'hui. Giles ne paraît pas avoir cet instinct. Je dirais même que Kit montre plus de promesses que lui à cet égard. Giles est quelqu'un de compétent. Il a un bon sens des affaires, et des qualités certaines pour ce qui concerne la maquette et le côté graphique. Mais il n'est pas plus capable de prendre aujourd'hui la responsabilité d'un département de Lytton que... que vous ne l'êtes vous-même.

Celia avait parlé avec un ton d'absolu mépris.

— Il n'y a pas que le côté créatif dans une affaire, répliqua Helena. Je le sais par mon père.

— De l'aluminium ! s'exclama Celia. Je n'arrive pas à croire que vous puissiez comparer des... des casseroles avec des livres...

— L'aspect commercial d'une société, sa stabilité financière sont tout aussi importants que les produits eux-mêmes. D'ailleurs, je ne vous vois pas en train de minimiser le rôle de Miss Lytton dans la société.

— PM ne veille pas seulement à la stabilité financière, mais à la gestion globale de la société, les domaines dans lesquels investir et s'accrocher. Ça demande de sa part une compréhension tout aussi fine de l'édition que la nôtre.

— Je n'y comprends rien, commenta Helena.

Elle se sentait tout d'un coup prête à fondre en larmes ; ça arrivait souvent en ce moment, sans doute à cause de sa grossesse. Elle avala sa salive.

— En tout cas, ce que je trouve le plus difficile à accepter, c'est la façon dont vous utilisez votre propre fils comme un vulgaire garçon de bureau. Giles est très intelligent, très cultivé, il a un excellent sens des affaires. Je n'arrive pas à admettre que vous puissiez le sous-employer et dénigrer toutes ses propositions. En tant qu'épouse, je trouve ça blessant, extrêmement blessant.

— En tant qu'épouse, Helena, répondit Celia, votre rôle est de le soutenir et de l'encourager, plutôt que de venir nous voir derrière son dos, comme si vous le jugiez incapable de s'exprimer lui-même. J'espère qu'il n'entendra jamais parler de notre conversation. Maintenant vous devez nous excuser, mais nous avons beaucoup de travail, et j'imagine que vous avez aussi à faire chez vous.

Elle lança cette dernière remarque avec un air de si profond mépris qu'Helena sentit de nouveau les larmes lui monter aux yeux. Elle se leva rapidement, de peur que Celia ne le remarque et ne la méprise encore plus.

146

Elle sortit de la pièce en courant presque ; une fois en sécurité dans sa voiture, elle pleura longtemps – mais c'étaient plus des larmes de colère contre elle-même que de l'indignation quant au sort de Giles. La seule chose qu'elle avait obtenue, c'était de le diminuer encore aux yeux de ses parents. Pire même, cela l'avait aussi diminué à ses propres yeux.

Un jour, se promit-elle, elle aurait sa revanche. Jusqu'ici, elle n'avait ressenti pour Celia qu'une certaine antipathie, mêlée à de l'admiration et du respect pour ce qu'elle avait accompli. Maintenant, l'admiration avait disparu, et ce qu'elle ressentait était plus proche de la haine.

15

— New York ! Si j'aimerais y aller ? Oh, Wol, ce serait tellement excitant ! Merci, merci... Mais je croyais que vous aviez dit...

— C'était il y a des années. Aujourd'hui, ils ont une place pour toi. Et si tu as toujours envie d'y aller, tu peux. Tu nous manqueras, mais...

Barty accepta cette proposition. C'était sans doute la meilleure chose qui pouvait lui arriver ; ça résolvait tous ses problèmes d'un seul coup. À vrai dire, elle ne savait pas combien de temps elle aurait été capable de supporter la situation ici. Elle s'était sentie mieux pendant un moment, après avoir parlé à Sebastian, mais la culpabilité, l'anxiété qu'elle éprouvait, ainsi qu'une intense compassion à l'égard de Venetia dominaient ses sentiments et rejaillissaient sur sa conduite, surtout pendant les réunions familiales. Et il y en avait beaucoup comme toujours, le moment le plus horrible ayant été l'anniversaire de mariage de Boy et Venetia.

Abbie aussi lui manquait. Elle avait rompu tout lien avec elle, ce qui laissait un énorme trou dans sa vie. Abbie la hantait comme une présence obsédante, presque dangereuse.

Et il y avait Giles, dont l'humeur était de nouveau difficile. Il n'était pas véritablement hostile mais il cherchait des sujets de dispute avec elle dans les réunions, et il l'évitait chaque fois qu'il le pouvait. Elle en connaissait la raison, bien sûr : sa promotion au poste de directrice éditoriale.

Aussitôt qu'un poste s'était trouvé vacant à New York, Stuart Bailey en avait informé Oliver, comme il le lui avait promis depuis longtemps. Il avait rencontré Barty, il l'aimait bien, et la jugeait apte à occuper ce poste. Ce n'était qu'un emploi d'éditeur subalterne, mais Barty ne s'en inquiétait pas ; elle pouvait à peine contenir son enthousiasme, en plus de son soulagement de quitter Londres.

Jack et Lily écrivirent pour dire que quand Barty en aurait le temps, elle devait venir les voir à Hollywood ; pour le coup, elle commença à se demander si elle ne rêvait pas. Hollywood, le foyer du cinéma ; Hollywood que Cecil Beaton, qui allait souvent y photographier les stars, avait décrit comme « ressemblant beaucoup à ce qu'on nous racontait du paradis quand nous étions enfants ».

Elle devait partir en novembre ; au début, elle habiterait avec Maud et Robert.

Maud et elle s'étaient déjà écrit plusieurs fois à ce sujet, et Jamie – qu'elle avait rencontré au mariage de Giles – lui avait envoyé une carte amusante, disant qu'il serait heureux de lui trouver un appartement. Même Kyle Brewer, le fils de l'associé de Robert, et qui travaillait maintenant chez Macmillan, lui avait déclaré qu'il était impatient de la voir, mais qu'il ne la laisserait pas lui souffler un seul livre sous le nez.

Seule Celia était, comme on pouvait s'y attendre, hostile à ce projet.

— Tu réussis si bien ici, et quand tu reviendras, qui sait quelle sera la situation... Nous ne pourrons pas indéfiniment laisser ton poste vacant.

Barty (à qui Wol avait assuré que sa place l'attendrait) répondit qu'elle espérait que l'expérience qu'elle acquerrait là-bas aurait des répercussions positives sur son travail.

À l'occasion de sa fête de départ, elle prononça un très joli discours, témoignant de sa gratitude à Celia et Oliver pour la magnifique formation qu'elle avait reçue, grâce à laquelle elle se sentait prête à affronter New York. Plus tard, Celia l'embrassa avec des larmes dans les yeux, Sebastian la serra dans ses bras en lui disant qu'il avait rarement eu autant d'estime et d'affection pour quelqu'un, qu'il espérait que New York l'apprécierait à sa juste valeur. Barty, dans l'état d'excitation et d'émotion où elle était déjà, fondit en larmes.

Elle alla le lendemain à Primrose Hill pour faire ses adieux à Izzie, comme Sebastian le lui avait suggéré, d'un ton un peu contraint. Elle la trouva en train de jouer avec la maison de poupée que Jay et Gordon avaient construite pour elle ; l'enfant se leva d'un bond et courut dans ses bras.

— Oh, Barty, Barty, bonjour... Je suis tellement contente que tu sois là, tu peux rester pour le thé ? Père n'est pas là, donc tout se passera bien.

Cette triste petite remarque en disait plus long que bien des explications.

Tout en mangeant des toasts chauds aux anchois, les préférés d'Izzie, elle lui donna les raisons de sa visite, et ce n'était pas facile. Izzie reposa son morceau de toast et s'assit, immobile, la regardant avec ses grands yeux pleins de larmes.

— Tu veux dire, vraiment loin, pour longtemps ?

— Assez longtemps, oui. Pour un an… Mais après je reviendrai, je te le promets.

— Mais qui viendra me voir, alors ?

— Henry et Rou, et Elspeth bien sûr, et leur maman, et tante Adele et lady Celia et Wol…

— Henry et Rou ne viennent jamais ici, dit Izzie en s'essuyant les yeux. Parfois je vais là-bas, si père me laisse y aller. S'il te plaît, Barty, ne pars pas…

— Je dois y aller… vraiment, Izzie, je suis désolée. Je vais travailler là-bas. Mais je te promets que je t'écrirai souvent et que je t'enverrai des photos…

— Les lettres, ce n'est pas bien. Les lettres, elles ne peuvent pas te serrer dans leurs bras. Et en plus, je ne sais pas très bien lire.

— Izzie chérie, ton père les lira pour toi, j'en suis sûre.

— Il ne lit pas pour moi, répliqua l'enfant d'une voix lourde de chagrin.

— Alors Nanny le fera. Et je suis certaine que d'autres gens te serrent dans leurs bras, je ne suis pas la seule.

— Tu es presque la seule, dit Izzie, et elle fondit en larmes.

Quand Sebastian rentra à la maison, elles étaient assises dans le salon, Izzie sur les genoux de Barty ; elle suçait son pouce et semblait toujours bouleversée.

— Isabella, annonça Sebastian, c'est l'heure de ton bain. Monte voir Nanny.

— Oh, Sebastian, ne la faites pas partir. Nous nous… amusons ensemble.

— Je suis désolé, Barty, mais j'aime qu'Isabella respecte les horaires. Vas-y, Isabella, fais ce qu'on t'a dit.

Elle descendit sans discussion des genoux de Barty et sortit de la pièce, ne se retournant ni vers son père ni vers Barty avant d'avoir atteint le bas de l'escalier. Arrivée là, elle fit volte-face, et elle avait sur le visage une telle expression de résignation et de maîtrise d'elle-même, si adulte, que Barty en fut bouleversée. Tout d'un coup, la situation était devenue insupportable. Elle n'avait rien à perdre, après tout.

— Sebastian…

— Oui, Barty ?

Son visage était sombre, presque dur.

— Je suis désolée si ça vous contrarie, mais je voudrais… je voudrais que vous essayiez d'être plus affectueux avec Izzie. Elle a presque six ans maintenant, elle est assez grande pour remarquer les choses. Elle devient triste en grandissant. Ce qui est arrivé n'est pas sa faute. Je sais que ç'a été affreux, mais vous ne pouvez pas…

— Barty, je crois qu'il est grand temps que tu partes. Je n'ai pas l'intention d'écouter ce genre d'ânerie sentimentale. L'enfant va parfaitement bien. On s'occupe bien d'elle, personne ne la maltraite…

— Mais, Sebastian, elle ne reçoit pas d'amour…

— Va-t'en. Et sois assez bonne pour te rappeler, s'il te plaît, que moi non plus, je n'en reçois pas.

— Très bien, je pars. Mais ne me regardez pas comme ça. Vous êtes aimé, très aimé. Par nous tous, qui vous avons toujours aimé. Rien n'a changé, rien du tout.

— Tout a changé, dit-il à voix basse, et son visage était crispé par le chagrin, tout a changé pour moi…

Barty apprécia le voyage jusqu'en Amérique, encore plus qu'elle ne s'y était attendue. Les couleurs sans cesse changeantes de la mer et du ciel, depuis l'aube jusqu'au crépuscule, l'immense voûte nocturne scintillant d'étoiles, tout lui paraissait extraordinairement beau.

Un jour elle vit un banc de dauphins, qui bondissaient joyeusement hors de l'eau ; ils suivirent le navire pendant presque une heure et elle les contempla, fascinée. La nuit, elle dormait bercée par le mouvement de la mer, sans qu'aucune pensée d'enfants ni d'adultes malheureux vienne troubler ses rêves.

L'arrivée du bateau dans le port de New York, à l'aube, allait peupler à jamais les plus heureux de ses rêves : les immenses immeubles dressés dans la brume grise, la Dame, comme les Américains appellent la statue de la Liberté, levant haut sa torche pour les accueillir, les visions célèbres qui lui étaient déjà presque familières, comme le building Woolworth, l'Empire State qui touchait le ciel, la délicate dentelle argentée du Chrysler.

C'était d'une beauté presque magique ; et tandis que le soleil perçait la brume pour venir nimber la ville et changer en bleu l'eau grise du port, Barty eut l'étrange impression qu'elle revenait chez elle.

Maud et Robert la retrouvèrent dans le hall de débarquement : Maud rouge d'excitation, l'embrassant avec enthousiasme, Robert la serrant dans ses bras. Barty repensa, non sans tristesse, à sa séparation d'avec un Oliver de plus en plus mince et frêle ces temps-ci. Robert, avec ses épais cheveux gris qui balayaient le col de velours de son impeccable manteau, paraissait le plus jeune des deux frères, et non pas l'aîné de dix ans.

Maud — ses yeux verts semblaient plus grands que jamais, sous des sourcils soigneusement épilés, sa peau claire se piquetait de taches de rousseur pâles — était très chic elle aussi, dans un tailleur à carreaux noir et blanc à la mode, ses pieds étroits chaussés d'escarpins à hauts talons. Barty songea qu'elle allait devoir se montrer à la hauteur de ses hôtes et de leur élégance.

— Un vrai comité de réception t'attend à la maison, avertit Maud. Jamie est là-bas, et aussi Felicity et John. Ils ne pouvaient pas attendre jusqu'à ce soir, quand nous irons tous dîner avec eux. Alors tu pourras aussi voir Kyle. Oh, Barty, nous allons tellement nous amuser ensemble, tellement nous amuser...

Tout au long de la journée, tandis qu'on lui faisait visiter la grande maison — encore une maison Lytton au bord de l'eau, pensa-t-elle — puis qu'on l'installait dans sa chambre, près de celle de Maud ; tandis qu'elle était embrassée et réembrassée par Felicity, et que John Brewer la serrait dans ses bras à lui casser les côtes ; qu'un Jamie charmant et fort beau garçon la serrait lui aussi, mais plus doucement ; qu'ils prenaient le déjeuner dans une salle à manger qui ressemblait à une terrasse, avec une vue extraordinaire sur l'East River et sur le pont de Queensborough ; tandis qu'ils marchaient dans un Central Park brillant et couvert de givre, qu'ils longeaient en voiture Park Avenue pour aller dans le centre, puis qu'ils remontaient la Cinquième pour qu'elle ait un aperçu de cette ville de lumières et de merveilles qu'était New York, avant d'arriver chez les Brewer ; pendant tout ce temps, son sentiment d'être chez elle ne se démentait pas. Quelque part dans ce merveilleux endroit, si étonnant que cela puisse paraître, se trouvait ce qu'elle avait cherché pendant toute sa vie.

Elle avait juste à découvrir ce que c'était. Ou qui c'était.

Dans le grand salon du premier étage, alors que Felicity la saluait une fois de plus et que John lui offrait un cocktail, Kyle entra dans la pièce. Il vint vers elle, de tout son mètre quatre-vingt-dix, large d'épaules et long de jambes, si beau maintenant dans son genre

151

américain, longs cheveux bruns, yeux bleu profond et dents parfaites. Il était beau, vraiment beau, songea-t-elle...

Une jeune femme petite et plutôt belle, avec des cheveux blond cendré et de grands yeux bleus, surgit derrière lui, passa son bras dans le sien et tendit l'autre main à Barty.

— Comment allez-vous ? lui dit-elle, avec un accent qui aurait pu être anglais. Ravie de vous rencontrer. Je suis Lucy Bradshawe, la fiancée de Kyle. Bienvenue à New York.

Elle sourit à Barty, avec une pointe de condescendance.

— Merci, dit celle-ci.

— Kyle m'a raconté votre histoire, comment vous venez d'une famille vraiment pauvre et avez été recueillie par les Lytton. C'est si fascinant... J'adorerais en savoir plus.

— Il n'y a pas grand-chose à raconter.

Elle détestait déjà Lucy Bradshawe.

Barty contempla son bureau ; il ressemblait un peu à celui de Celia, en plus petit, avec une jolie cheminée, beaucoup de rayonnages et un bureau en bois à l'ancienne mode. Elle passa en revue les livres sur les rayonnages : la sélection habituelle avec beaucoup de livres Lytton, une série complète de *Méridien*, qui marchait remarquablement bien en Amérique, les *Buchanan* qui, eux, ne marchaient pas – « trop anglais », apparemment. Elle se demanda si une version américaine, la saga d'une famille d'ici, conviendrait au marché. Peut-être pourrait-elle... mais il était un peu tôt pour y penser.

Elle aimait beaucoup le quartier où Lytton était installé, Gramercy Park. C'était fort agréable, et dans un autre monde que les forêts de gratte-ciel. On trouvait ici de petites places et de grandes maisons à façades de grès brun, construites pour la plupart au tournant du siècle. L'immeuble de Lytton était en fait une ancienne maison d'habitation avec un large perron menant à la porte d'entrée, ainsi qu'un balcon à balustrade en fer forgé.

Le hall de réception, occupant ce qui avait été l'entrée de la maison, était accueillant ; la réceptionniste, une femme nommée Mrs Smythe (« Personne ne connaît son prénom », dit Stuart Bailey à Barty), était chaleureuse et gaie, les magasiniers qui se trouvaient au fond de la pièce gouailleurs et drôles. Barty en soupira de soulagement et de satisfaction. Elle allait être heureuse, ici, elle le sentait ; et surtout, personne ne savait, ne savait vraiment, qu'elle avait un rapport avec la famille Lytton.

PM avait pensé à l'avenir de Jay en se demandant s'il pourrait – ou plutôt s'il devrait – faire carrière chez Lytton. Une chose était sûre : lui et lui seul déciderait. C'était un garçon extrêmement résolu et volontaire.

Il avait quitté Oxford muni d'une licence d'histoire avec mention bien – plus une mention très bien en aviron, ajoutait-il. Adele prétendait qu'il avait aussi une double mention très bien en ce qui concernait les filles.

Les filles adoraient Jay ; ce n'étaient pas seulement sa beauté brune et son charme teinté d'humour, mais l'intérêt sincère qu'il leur portait, à elles et à ce qu'elles faisaient. On pouvait souvent le trouver dans des fêtes, assis dans un coin de la pièce, en grande conversation avec l'une d'elles.

— Ce n'est pas une de ces discussions comme en ont les homos, sur les fringues ou ce genre de chose, disait Adele, qui avait un béguin particulier pour Jay, mais c'est quand même... différent des autres garçons. Il leur demande ce qu'elles veulent faire dans la vie, ce qu'elles pensent des choses en général, est-ce qu'elles ont l'intention de se marier, est-ce qu'elles veulent faire carrière ou juste avoir des enfants... On sent que ça l'intéresse vraiment, tu vois, ce n'est pas du chiqué. Et les filles aiment ça.

Les filles adoraient ; elles trouvaient ça irrésistible. Il n'avait pas de petite amie sérieuse pour le moment, et il n'était même pas sûr d'en vouloir. D'ailleurs, il n'était pas à Londres, il travaillait pour lady Beckenham à Ashingham. On refaisait la toiture de la maison et, s'il était prêt à travailler dur, il pourrait intégrer l'équipe des ouvriers.

— Mais pas de paresse, et pas question non plus de filer à Londres pour une fête ou je ne sais quoi.

Jay lui assura qu'il n'en ferait rien, et aussi qu'elle ne regretterait pas de l'employer ; et de fait il travailla très dur. Ce qui ne l'empêcha pas de passer de bonnes soirées avec Billy Miller – ils avaient toujours été bons amis – à des bals et dans les pubs du coin.

— Je ne sais pas, mère, je ne sais vraiment pas, avait-il répondu à PM quand elle lui avait parlé de rejoindre Lytton. L'édition, c'est très bien, mais j'aimerais faire des choses avec mes mains. Tu comprends ? En même temps, j'aime bien l'idée d'une entreprise familiale, qui se transmet de génération en génération. Laisse-moi y réfléchir un peu plus, d'accord ? Je prendrai une décision le plus vite possible. D'ici, voyons... le nouvel an ? Qu'est-ce que tu en penses ?

— Ta tante Celia tient absolument à ce que tu rejoignes le navire.

— Je sais. Entre nous, c'est justement une des raisons pour lesquelles j'hésite.

PM comprenait ce qu'il voulait dire : être un des favoris de Celia, comme Barty, promettait une vie difficile chez Lytton. D'autant que Giles, lui, n'était pas du nombre.

— Bonne année, Barty. Vous êtes merveilleusement belle, et quel plaisir de vous avoir ici...

— C'est un plaisir pour moi aussi. Merci.

— J'aurai droit à un baiser ? J'en ai envie...

— Bien sûr...

Elle trouvait Kyle séduisant, mais pas d'une façon dangereuse ; il n'était pas fait pour elle, trop décontracté, avec un charme trop insouciant.

— Il n'a pas toujours été comme ça, lui avait dit Felicity un jour où elle avait fait la remarque. Il a été un enfant timide, un jeune homme plutôt emprunté. Mais ensuite, grâce en grande partie à Oliver, il a trouvé sa vocation. Nous l'avons vu changer sous nos yeux, se découvrir lui-même et devenir celui qu'il est aujourd'hui, si confiant, si spontané. Si quelqu'un doit en être remercié, c'est bien Oliver.

Elle adorait visiblement Oliver ; elle répétait sans cesse combien il était prévenant, intéressant. Barty se demandait chaque fois ce qu'elle aurait pensé de l'individu obtus, geignard, misanthrope et borné avec lequel ils devaient vivre et travailler là-bas. Certes, Wol se montrait également charmant, et elle aussi l'adorait – mais il pouvait se révéler extrêmement difficile.

Ils fêtèrent le nouvel an dans un bal de charité au Plaza. Barty, qui détestait en général ce genre de soirée, s'amusa énormément, sans savoir très bien pourquoi. Elle s'était même laissé persuader par Maud d'acheter une nouvelle robe – elle n'en avait jamais eu d'aussi magnifique, en crêpe noir, très étroite, avec de longues manches qui glissaient sensuellement sur ses épaules nues. Robert lui avait donné pour Noël un exquis pendentif en or et en cristal ; elle le portait pour la première fois.

— Il est exactement à la bonne longueur, commenta Jamie en riant, il tombe juste au-dessus de ta poitrine. Les gens peuvent se rincer l'œil, tout en prétendant admirer le pendentif.

Il était vite devenu comme un frère aîné pour elle et elle l'aimait beaucoup.

Elle était allée jusqu'à se faire coiffer.

Maud l'avait accompagnée chez son coiffeur, qui avait ramené les cheveux de Barty en arrière en un échafaudage de boucles qu'il avait parsemées de petites fleurs en strass.

— Pas possible, ça n'est pas toi ! s'exclama Maud en la contemplant comme elle les rejoignait dans le salon, vêtue de sa robe, pour prendre une coupe de champagne avec Robert et Jamie avant de partir. Tu as l'air tellement différente !

— Oh, ne dis pas cela. Je n'aime pas ne pas être moi.

— Tu es merveilleusement belle, et tu es toujours toi, conclut Robert. Maintenant, buvons à la nouvelle année. Une bonne année, je l'espère. Le pays est en train de prendre un tournant, je le sens, je le sais. Roosevelt a déjà fait des miracles et il en fera encore d'autres. Je pense que nous devrions aussi boire à sa santé.

Ils burent tous au président, mais ensuite, Maud murmura à Barty :

— Il s'emballe un peu, le cher papa. Les miracles n'existent pas, nous le savons tous.

Barty était touchée par la détresse de Maud devant la situation tragique des indigents de New York. Elle était assez amusée, aussi, par la façon dont elle semblait tenir son demi-frère pour responsable du krach à lui tout seul, ou presque :

— Je sais juste qu'il aurait sûrement pu aider certaines personnes, répondait-elle à Barty quand celle-ci lui en parlait.

— Eh bien, il les a peut-être aidées, répondait Barty, mais Maud secouait la tête.

— Pas lui, non. Il est plus riche que jamais. Je hais Laurence, vraiment, je le hais. Si jamais il venait dans cette maison, je le ferais monter sur la terrasse et je le pousserais dans le vide.

Barty, sachant combien ces deux événements étaient l'un et l'autre improbables, acquiesça.

Après le dîner on dansa, d'abord avec un orchestre classique, puis avec un autre de jazz. Vinrent ensuite les feux d'artifice de minuit sur Central Park, puis un groupe de swing prit le relais ; quand ils attaquèrent *Berceuse de Broadway*, Kyle vint se courber devant Barty :

— M'accorderez-vous cette danse ?

— Oui, dit-elle en esquissant à son tour une révérence.

— Tu danses tellement bien… lui dit Kyle.

De fait, ils dansaient tellement bien ensemble et ils étaient si accordés tous les deux que les gens firent cercle autour de la piste en les désignant du doigt, et ils eurent droit à leur petite salve d'applaudissements quand la danse se termina.

Rouge et embarrassée, mais très heureuse quand même, Barty

voulut quitter la piste, mais Kyle la retint, et ils allaient repartir pour une nouvelle danse quand Lucy fit son apparition. Elle était très rouge.

— Kyle, dit-elle, c'était la première danse de 1936... Je pensais que tu aurais voulu la danser avec moi.

— Oh, chérie, je... C'est-à-dire, je...

Kyle regarda Barty d'un air abattu ; celle-ci sourit aimablement à Lucy :

— Bien sûr... Il ne dansait avec moi que parce qu'il n'avait pas pu vous trouver. De toute façon, il faut que j'aille parler à Jamie.

Mais elle ne devait pas avoir le loisir de le chercher, car une voix retentit derrière elle :

— M'accorderez-vous cette danse ?

Elle se retourna : celui qui avait parlé était l'homme le plus séduisant qu'elle eût jamais vu : grand, la carrure athlétique, les épaules larges dans sa queue-de-pie parfaitement coupée ; des cheveux blond foncé tirant sur le roux, des yeux bleu-vert et une bouche... Barty avait déjà lu l'expression « une bouche sensuelle » dans des romans, sans avoir jamais su exactement ce qu'elle recouvrait, jusqu'à ce moment. Cette bouche parlait de plaisir, appelait le plaisir, même quand il ne faisait rien d'autre que lui sourire lascivement. Son sourire changeait son visage du tout au tout. Au repos, il exprimait l'ennui, avec un rien de hauteur, mais quand il souriait – un sourire bizarre, presque contraint au début –, elle se réchauffait, s'allégeait, revenait à la vie. Barty restait à le regarder, se sentant elle-même un peu bizarre et songeant que c'était le champagne, tout en sachant que cela n'expliquait pas tout.

— Eh bien ? Quelle est votre réponse ? Dois-je déduire de votre silence que c'est non ? Dans un cas comme dans l'autre, j'aimerais bien être fixé, si ça ne vous ennuie pas.

Barty se secoua d'une façon presque visible.

— Je vous l'accorde bien volontiers...

— Merci. Venez, alors.

Il lui prit la main, l'emmena sur la piste et la prit dans ses bras ; après quoi il commença à danser avec elle, avec autant d'assurance et de sens du rythme que de savoir-faire. L'orchestre jouait *Danser au plafond* ; Barty se laissa prendre par la musique, par son cavalier, et bientôt ce fut comme s'il n'y avait personne d'autre sur la piste, personne dans toute la salle. Ils dansèrent et dansèrent encore ; à aucun moment il ne lui demanda si elle avait envie de continuer, il présumait que oui, et il avait raison.

Au bout d'un moment, elle fit mine de s'écarter de lui ; il baissa les yeux vers elle et demanda :

— Quelque chose ne va pas ?

— Non, je pensais juste que je devais...

— Que vous deviez quoi ? questionna-t-il en la détaillant des yeux avec une lenteur calculée. Si vous voulez vous asseoir, nous pouvons aller dans le petit salon là-bas. Il fait très chaud, ici. Vous avez l'air d'avoir chaud.

— Vraiment ? répéta-t-elle, interdite.

— Oui.

Et en effet, elle se rendit compte qu'elle se sentait presque fiévreuse.

— Allons boire quelque chose de frais. Et parler un petit moment.

— Il faut que je... commença-t-elle, et elle s'interrompit de nouveau.

— Si vous voulez dire : « Que je rejoigne les autres », je ne crois pas que ce soit une bonne idée. Je vous regardais danser tout à l'heure et je pensais deux choses. Que vous dansiez extrêmement bien, et que votre partenaire ne vous méritait pas. De plus, je sais qu'il est fiancé à quelqu'un d'autre. Stupide petite chose, manifestement jalouse de vous. Avec raison d'ailleurs, car visiblement Monsieur vous apprécie beaucoup. Ce qui n'a rien d'étonnant. Champagne ?

— Non, de l'eau, je crois. J'ai bu trop de champagne.

— C'est inhabituel pour une fille de connaître ses limites en cette matière. Très bien, nous prendrons de l'eau tous les deux.

— Je ne veux pas gâcher votre plaisir...

— Quelle réflexion surprenante... Comment pourrais-je avoir plus de plaisir ? Et comment boire de l'alcool pourrait-il l'augmenter ? Je n'ai jamais trouvé que se soûler était particulièrement amusant. Quelques verres et ensuite le palais est engourdi... Après quoi, les autres sens suivent son exemple. Que pensez-vous d'une limonade ? Ne serait-ce pas plus agréable que de l'eau ?

— Non merci. J'aime bien l'eau.

— Moi aussi. Un autre point que nous avons en commun.

— Un autre ? Et quel était le premier ?

— Il y en a plusieurs, dit-il.

Ses yeux s'étaient de nouveau posés sur elle mais le sourire, l'extraordinaire sourire, ne revenait pas très souvent, observa-t-elle.

— Et nous en découvrirons d'autres. Nous dansons très bien tous les deux, et nous nous... intriguons réciproquement. Nous sommes grands tous les deux. J'aime les filles grandes. De l'eau avec des glaçons, dit-il au serveur, une grande carafe.

Il lui désigna une chaise, s'assit à côté d'elle.

— Cigarette ? proposa-t-il en sortant un étui en argent.

Elle secoua la tête.

— Je ne fume pas.

— Moi non plus.

— Mais vous portez un étui !

— Évidemment. Parlez-moi un peu de vous. Vous êtes anglaise, n'est-ce pas ?

— Oui.

— Vous restez un moment ici ?

— Un an, à peu près.

— Un an ! Qu'est-ce qui vous amène ici ? L'amour de notre ville, ou quelque chose de plus ?

— Je l'aime, oui. Je l'adore. Je ne sais pas très bien pourquoi, mais...

— Elle vous va bien, c'est pour cela. Il y a quelque chose de... d'original en vous. Vous êtes impossible à classer. New York aime votre genre de personnalité.

— Oh, je vois, répondit-elle, en regrettant de ne pas avoir trouvé plus de repartie.

— Et où habitez-vous ?

— J'ai un petit appartement à Gramercy Park.

— Voilà, dit-il en se penchant en arrière et en la regardant avec une grande satisfaction, j'avais raison. Vous êtes parfaitement imprévisible. Qui aurait pensé que vous, chic, belle, accomplie comme vous l'êtes, auriez un appartement à Gramercy Park ?

— J'aime cet endroit, avoua-t-elle en riant, je le trouve merveilleux.

— Et qu'y a-t-il là-bas de si merveilleux ? C'est en train de devenir un endroit plutôt miteux.

— C'est peut-être pour ça que je l'aime, alors. Et parce que les maisons sont jolies, et les rues étroites.

— Je me rends compte que je ne connais même pas votre nom. Vous voulez bien me le dire ?

— Barty. Barty Miller.

— Barty. Quel prénom ravissant ! Je ne l'avais encore jamais entendu. C'est anglais ?

— C'est un diminutif. Quand je suis née, mon petit frère ne pouvait pas dire Barbara, alors je suis devenue Barty.

— Êtes-vous née dans une grande famille anglaise, Miss Miller ? Êtes-vous une honorable, ou même une lady avec un grand L ?

— Non, rien de cela. Une famille très modeste, en fait.

— Vous ne parlez pas comme quelqu'un qui vient d'une famille modeste.

— Pourtant, j'en viens.

— Pas plus d'explications ?

— Pourquoi vous en donnerais-je ?

— Parce que j'en veux une.

— Et vous obtenez toujours ce que vous voulez ?

— Presque toujours. J'y travaille très dur.

— Je vois.

Il tendit le doigt et traça le contour de son visage, s'arrêtant sur son menton.

— Même votre beauté n'est pas comme les autres, remarqua-t-il.

Barty le scruta ; elle se sentait faible et fragile, comme si elle était tombée dans son pouvoir. Puis, se rendant compte qu'elle non plus ne savait pas son nom, elle le lui demanda.

Il la considéra quelque temps, très pensif, puis il lança :

— Mon nom est Laurence, Laurence Elliott. Entièrement à votre service, Miss Miller. Je suis content que vous soyez venue à New York.

16

— Sebastian, j'ai reçu une demande de cette amie de Barty. Abigail quelque chose. Un livre dédicacé, qu'elle voudrait mettre à la tombola de la kermesse de son école. J'ai dit que vous seriez ravi, que vous en donneriez probablement deux et que vous pourriez même aller tirer la tombola.

— Vous n'aviez pas le droit de parler pour moi, Celia. Et je refuse.

— Vous voulez juste faire des manières, pour le plaisir ! Je ne comprends pas votre attitude, Abigail a l'air de quelqu'un de tout à fait admirable, quand on voit comment elle se dévoue pour son école… En plus, je ne vous suggère pas de dîner avec elle, juste de signer quelques livres pour sa tombola !

— Oui, oui, je sais. Entendu.

— J'aime voir les initiatives récompensées. Et je vois sur sa carte qu'elle donne des leçons de piano. J'aimerais que mes filles se rendent à moitié aussi utiles qu'elle…

Abbie corrigeait des cahiers d'exercice ce soir-là, quand son téléphone sonna. C'était Sebastian Brooke.

— Je voulais juste vous informer que j'ai signé des livres pour vous. Mais je ne pourrai pas venir tirer votre tombola.

— C'est dommage. Je...

— Et j'aimerais aussi vous dire que si vous cherchez à vous rapprocher d'une façon ou d'une autre de la famille Lytton, je veillerai personnellement à ce que vous le regrettiez. Bonsoir.

Il raccrocha avant qu'elle ait pu répondre, et elle reposa le récepteur d'une main tremblante.

Donc, Barty avait parlé à Sebastian... Tu parles d'une amie...

Boy lui avait dit que Barty était partie ; il ignorait qu'elle était au courant de leur relation. Ils étaient tous si... protégés, si sécurisés. Soudain, Abbie eut envie de faire en sorte que Boy s'inquiète un peu. Lui qui entrait dans sa vie quand ça lui convenait, persuadé qu'elle serait toujours contente de le voir, qu'elle serait toujours libre pour lui...

L'ennui, c'est qu'elle était à moitié amoureuse de lui ; il était si charmant, si amusant... et si intelligent. Elle aimait presque autant parler que faire l'amour avec lui – même plus, parfois. Et pourtant, il était le meilleur amant qu'elle ait jamais eu, imaginatif, stimulant, à l'écoute de ses désirs. Ils discutaient des heures, de la montée du mouvement fasciste en Angleterre, de livres (il était remarquablement cultivé), de musique (il lui avait acheté un superbe gramophone et arrivait souvent avec une série de disques en cadeau, qu'ils écoutaient ensemble), et d'art, domaine dans lequel il connaissait énormément de choses. Il lui avait même offert quelques tableaux, œuvres de jeunes artistes qu'il avait découverts par sa galerie, et aussi un objet qui lui était devenu particulièrement cher, un petit bronze abstrait qu'elle avait sur son bureau.

Elle le contemplait en ce moment, pensant à Boy avec un mélange de rage et de tendresse, puis à Venetia, avec de la rage pure, sans la moindre trace de tendresse. Peut-être était-ce Venetia qui méritait que quelque chose vienne perturber le cours paisible de sa vie, plutôt que Boy. Abbie commença à réfléchir au moyen d'y parvenir...

Jay avait enfin pris une décision.

Il aimait les livres, beaucoup. Et il aimait encore plus l'idée de faire comme Celia : découvrir un talent et le développer, transformer des idées en livres, des jeunes auteurs en auteurs à succès.

— C'est cela l'édition, Jay ; comme le jardinage, que tu aimes tant. Tu choisis une plante qui a l'air intéressante, qui est peut-être encore chétive, tu t'en occupes, tu la nourris, tu l'encourages, puis tu la vois devenir grande et forte. C'est très satisfaisant. Bien sûr, ça ne marche pas toujours, mais si tu as le nez pour cela, ou plutôt l'œil et l'oreille, et je suppose que tu les as, alors il n'y a rien de plus excitant.

C'étaient précisément les dispositions favorables de Celia à son égard qui inquiétaient Jay.

Et puis, il y avait le problème de Giles ; PM admettait que Giles ne faisait pas parfaitement l'affaire, mais à ses yeux c'était une raison de plus pour que Jay entre chez Lytton.

Finalement, il se jeta à l'eau, non sans appréhension.

— Mère, ça y est, je me suis décidé. J'aimerais venir travailler chez Lytton. S'ils veulent toujours de moi.

PM lui répondit, d'une voix un peu brusque, qu'ils voulaient sans doute toujours de lui ; puis elle sortit rapidement de la pièce pour aller dans la salle de bains, où elle versa quelques larmes et pensa combien Jago aurait été fier de son fils.

— Je suis désolée, Barty.

Les yeux verts de Maud montraient sa détermination.

— Si tu vois Laurence, je cesserai toute relation avec toi.

— Mais, Maud... Je t'en prie, ne pourrais-tu pas juste...

Elle ne put terminer sa phrase.

— Je ne pourrai rien. À toi de décider, moi ou lui. Nous ou lui, en fait. Moi, papa et Jamie. Jusqu'à ce que ce soit fini entre vous. Barty, il est... mauvais. Il n'y a pas d'autre mot. Un jour, il a dépensé des milliers et des milliers de dollars à soudoyer des gens pour essayer de ruiner l'affaire de papa. Il a toujours refusé de m'adresser la parole. Il a obligé Jamie à choisir entre nous et lui, quand Jamie n'était encore qu'un petit garçon. Il a essayé de faire chasser papa de sa maison, sa propre maison. Je ne te comprends pas, Barty... Comment peux-tu ressentir quoi que ce soit pour lui ?

— Maud, je... je l'aime.

Barty tendit la main et essaya de saisir celle de Maud, mais celle-ci la retira.

— Non. Je ne veux et ne peux plus rien avoir en commun avec toi. Je... je ne pourrai pas.

— Très bien. Alors j'ai peur que nous ne devions nous éloigner. Mais si tu voulais juste essayer de...

— De quoi ? De le voir sous un jour différent ? De dire : oh, c'est à cause de son enfance malheureuse, il n'est pas foncièrement mauvais... Eh bien, nous lui avons accordé longtemps le bénéfice du doute, et il ne le mérite pas. Désolée, Barty, mais c'est non.

Barty aurait voulu tenter lui faire admettre que, quand on avait subi ce que Laurence avait dû endurer, on risquait fort d'avoir un caractère difficile. Il avait passé des heures à lui raconter combien ç'avait été affreux de voir mourir son père dans des souffrances terribles, d'essayer de consoler sa mère, de veiller sur Jamie comme son père le lui avait demandé ; ensuite de devoir accepter l'arrivée de Robert dans leurs vies, d'écouter les explications plutôt maladroites de sa mère sur son remariage.

— Cet homme qui n'était pas la moitié de ce que mon père avait été, ni aussi intelligent, ni aussi sage, ni aussi bon. Je suis désolé, Barty, je sais que c'est votre oncle, mais...

— Ce n'est pas grave. Je pense que je... comprends.

— Et puis, de la voir enceinte, imaginez l'effet que ça fait sur un garçon de quinze ans ? Ce que ça implique, penser à eux deux en train de faire l'amour... c'était horrible. À cette époque-là, je n'arrêtais pas de vomir, comme pour essayer de me débarrasser de cette chose. En tout cas, c'est ce que le psy disait. J'ai fait plusieurs années d'analyse, mais ça ne m'a pas beaucoup aidé. Et puis, il y a eu le bébé...

— Maud ?

— Oui. Je la regardais, et je ne peux pas vous dire combien je la haïssais. Puis, quand ma mère est morte, j'ai vraiment voulu que Robert meure aussi. Parce que c'était sa faute. Elle est morte après avoir eu un enfant de lui. J'ai passé beaucoup de temps à réfléchir à la manière de le tuer. Vous devez trouver ça affreux.

— Non, dit doucement Barty. Pas dans ces circonstances.

— C'est stupéfiant que vous compreniez. Vous êtes la première personne qui...

— Eh bien, dit Barty, j'ai eu moi-même une enfance assez difficile, je vous l'ai dit.

— Oui.

Il lui sourit, de son sourire rare.

— J'en remercie le ciel...

Ces quelques mois avaient été surprenants.

Le soir du bal, elle lui avait dit au revoir aussi vite qu'elle le pouvait sans paraître impolie, puis elle était retournée vers les autres, physiquement secouée. Comment pouvait-elle se sentir aussi intéressée par Laurence Elliott, le méchant Laurence Elliott, sur qui elle n'avait entendu dire que du mal ?

Une fois assise dans la voiture, elle essaya de se calmer, de paraître à peu près normale. Elle avait hâte de parler à Maud de Laurence et de l'effet qu'il lui avait fait, tout en sachant qu'elle ne le pouvait pas, aussi garda-t-elle le silence ; quand ils arrivèrent à la maison, elle inventa une excuse, monta dans sa chambre et s'allongea sur son lit en tremblant, à moitié d'excitation, à moitié de désarroi. De tous les gens qui peuplaient New York, pourquoi n'avait-elle pu tomber amoureuse de quelqu'un de convenable ? C'était comme... oui, comme Roméo et Juliette. Deux maisons ennemies. Impossible de poursuivre avec lui, bien sûr, et, de toute façon, sans doute n'entendrait-elle plus jamais parler de lui.

Pourtant si.

— J'ai mis un temps fou à vous retrouver, lui dit-il d'une voix presque brusque, au téléphone, le lendemain.

— Vraiment ? Ça vous a pris au moins une matinée entière...

— Ça m'a paru beaucoup plus long. J'ai dû téléphoner à la moitié des organisateurs du bal pour leur demander s'ils vous connaissaient. J'ai fini par appeler les Bradshawe, la famille de Lucy. Mrs Bradshawe m'a dit que vous travailliez chez Lytton, pour la société d'édition de la famille. Je voudrais que vous m'en disiez un peu plus, Barty, ce soir.

— Ce soir ?

— Oui. Je veux que vous dîniez avec moi. J'ai réservé chez *Pierre*, à sept heures et demie. Est-ce que j'enverrai une voiture vous prendre dans votre modeste petit foyer ?

— Non, c'est inutile. Et je ne dînerai pas avec vous. Ni ce soir ni jamais.

— Pourquoi diable ?

— Parce que... eh bien, je ne peux pas. Je suis désolée.

Une heure plus tard, on lui livra un énorme bouquet de fleurs, avec une petite carte ; six heures plus tard, elle était assise en face de lui au restaurant à lui parler de sa vie, au moins dans une certaine mesure, et en affirmant sa loyauté envers les Lytton.

— Ça n'a aucune importance, dit-il d'un ton impatient. Aucune.

— Mais si. Vous haïssez les Lytton, je le sais. Ceux d'ici en tout cas. Et les Lytton sont ma famille.

— Pas biologiquement.

— Ça revient au même. Et Maud est une de mes meilleures amies. Elle et Robert ont été très gentils avec moi, je travaille chez Lytton et...

— Démissionnez !

— Quoi ! Laurence, je ne ferai jamais ça ! Pour ma carrière, et aussi par loyauté professionnelle envers les Lytton...

— Votre carrière est-elle si importante pour vous ?

Barty le fixa dans les yeux.

— C'est ce qu'il y a de plus important dans ma vie. Rien d'autre ne m'intéresse à moitié autant.

— Supposez que vous tombiez amoureuse, que vous vous mariiez, même.

— Ça ne ferait aucune différence.

— Des enfants ?

— Toujours pas de différence.

— Vous continueriez à travailler même si vous aviez des enfants ?

— Bien sûr que je continuerais. Tante... Celia Lytton, elle a travaillé toute sa vie et elle a eu quatre enfants. Cinq, si vous me comptez.

— Ah, remarqua-t-il avec des accents triomphants, et regardez combien vous étiez malheureux !

— Non, nous ne l'étions pas !

— Vous m'avez dit que vous l'étiez...

— Je l'étais à cause des circonstances particulières de mon enfance. Les autres étaient heureux.

Ce n'était pas tout à fait vrai, mais il n'avait pas besoin de le savoir.

— Si vous étiez la mère de mes enfants, vous ne travailleriez pas, affirma-t-il.

— Laurence, c'est absurde.

— Pourquoi ?

— Parce que je ne serai pas la mère de vos enfants.

— Et comment le savez-vous ? Comment diable pouvez-vous en être si sûre ?

C'est ainsi que tout commença.

L'une des choses qu'elle appréciait chez lui, c'était la diversité de ses plaisirs et de ses distractions. Il était tout aussi content d'être à Harlem en train de danser le jitterbug que dans sa loge à l'opéra, de raconter les derniers potins (il était étonnamment doué) que de discuter des affaires du monde. Un de ses principes favoris était que les riches servaient mieux la société que les pauvres...

— Ils emploient des gens, payent beaucoup d'impôts, parrainent les arts et le commerce... C'est très important qu'ils... que nous survivions.

Un autre de ses principes était que tout le monde désirait forcément quelque chose au point de faire n'importe quoi, y compris enfreindre son propre code moral, pour l'obtenir.

— Vous, Barty, que feriez-vous pour devenir la directrice de Lytton ? Ou pour appartenir à cette clique de l'Algonquin, dont parlent tant les journaux littéraires ?

Barty répondit d'une voix ferme qu'il y avait bien des choses auxquelles elle se refuserait.

— Je saurai vous le rappeler le jour où je vous trouverai aux prises avec un dilemme moral.

Elle luttait pour garder son indépendance, échapper au siège auquel il la soumettait, mais c'était difficile. Un soir, elle resta dans son bureau jusqu'à onze heures passées ; quand elle en sortit, il était là en train de l'attendre, un livre à la main.

— J'ai lu un de ces livres pour enfants que Lytton publie, de Sebastian Brooke. C'est vraiment excellent. Que me conseillez-vous d'autre ?

— Oh, Laurence, je ne sais pas.

— Vous avez l'air fatigué.

— Je suis fatiguée. J'ai beaucoup travaillé.

— Non, vous n'avez pas travaillé, vous avez espéré que j'allais partir. Vous vous trompiez, Barty. J'y suis, j'y reste.

Ce soir-là, il l'emmena à Elliott House, et tenta de la persuader de coucher avec lui.

— Non, répondit-elle avec inquiétude. Elle se sentait éblouie malgré elle par cette manifestation ostentatoire de sa fortune et de son raffinement – le magnifique salon blanc et argent, la cour pavée au centre de la maison, avec ses fontaines et sa rotonde de verre, la longue galerie aux murs couverts de tableaux impressionnistes, la bibliothèque aux contours arrondis, la piscine intérieure, le bureau de son père rempli de livres, l'énorme table tendue de cuir – jusqu'au téléscripteur.

— Ma mère a voulu que tout reste exactement en l'état, et moi aussi. Regardez cette photo, nous y sommes tous. Sans doute la dernière fois de ma vie où j'ai été heureux. La dernière fois jusqu'à maintenant.

Elle examina le cliché dans son cadre d'argent : un bel homme, une jolie femme en robe du soir, les cheveux tirés en arrière pour dégager son visage, et deux petits garçons qui lui tenaient la main.

— Je vous en prie, Barty, venez au lit avec moi. J'ai tellement envie de vous.

— Non, répéta-t-elle. Non, Laurence, je ne veux pas.

— Vous êtes vierge ?

— Oui.

— Pourquoi ?

— Parce que je n'ai encore rencontré personne dont j'avais suffisamment envie.

— Jusqu'à maintenant.

— Non, Laurence, pas jusqu'à maintenant. Ça reste toujours vrai.

— Je ne vous crois pas. Mais laissons cela de côté pour le moment. Je vous ramène chez vous si vous le voulez.

Surprise et soulagée, elle répondit que tel était son souhait, en effet.

Puis, inévitablement (mais plus tard qu'elle ne l'aurait cru), Maud découvrit tout...

D'une certaine manière, Barty se sentit mieux après leur discussion ; au moins, elle n'avait plus besoin de préserver le secret, elle pouvait redevenir franche et sincère. Vis-à-vis d'elle-même autant que de la famille.

Ce fut cette nuit-là qu'elle coucha avec Laurence pour la première fois. Il s'était montré étonnamment sensible à sa tristesse, l'avait laissée pleurer.

— Vous n'avez aucun reproche à vous faire, lui dit-il.

Ils étaient dans sa maison, assis dans la cour intérieure.

— Si, Laurence. J'ai été déloyale envers les Lytton et aussi envers les Brewer, ils ont tous été si bons pour moi. Et j'ai déçu Maud. J'aurais dû...

— Vous auriez dû quoi ?

— Je n'aurais pas dû m'engager comme cela avec vous, j'aurais dû tout arrêter dès le début, dès que vous avez commencé...

— C'était ma décision. J'en prends l'entière responsabilité.

— Mais j'aurais pu vous repousser...

— Je ne serais pas parti. Et pourquoi l'auriez-vous fait, pourquoi vous priver de ce... bonheur ?

— Ce bonheur ?

— Oui. Et cet amour...

Elle le regarda avec étonnement.

— Cet amour ?

— Mais oui, évidemment.

— Eh bien, je...

— Oh, reprit-il avec irritation, bien sûr qu'il s'agit d'amour. Vous m'aimez, je le sais.

Il y eut un long silence, et il fallut à Barty tout son courage pour le rompre et poser la question :

— Mais vous... vous m'aimez ?

— Bien sûr que je vous aime. Pourquoi pensez-vous que je me serais conduit comme je l'ai fait sinon ?

— Je ne sais pas. Je ne pensais pas que vous...

— Vous ne pensiez pas quoi ? Que j'étais capable d'aimer, c'est ça ? Le démon de la famille, le monstre, Laurence Elliott au cœur de pierre, vous ne pensiez pas que j'étais capable d'aimer ?

— Mais non, s'empressa-t-elle de dire, inquiète du ton de colère qu'elle avait perçu dans sa voix, je ne pensais pas que vous m'aimiez, moi.

— Oh, Barty, Barty, je vous aime... J'aurais dû l'exprimer plus clairement, c'est sûr. Il faut me pardonner, mais je n'ai pas beaucoup d'expérience en la matière. Qu'est-ce que je dis ? Je n'ai aucune expérience ! Je n'ai jamais eu envie de dire cela à quelqu'un avant.

— Jamais ?

— Jamais.

Barty le contempla, en face d'elle, une expression troublée et même étonnée sur le visage, ses extraordinaires yeux bleu-vert plongés dans les siens, sans la moindre ombre en eux, sans le plus petit voile ; il était sincère, elle n'en doutait pas.

Ils étaient assis sur un des élégants bancs en fer forgé proches de la fontaine ; Barty se leva soudain et lui tendit la main.

— Peut-être, dit-elle doucement, pourrions-nous aller dans votre chambre...

Toute la journée du lendemain, dans son bureau où elle faisait semblant de travailler, elle flotta dans un espace lointain et coupé du monde, où la seule chose réelle était d'avoir partagé le lit de Laurence, le souvenir du plaisir intense et inimaginable qu'il lui avait donné. Et le son de sa voix, surtout quand il lui avait dit qu'il l'aimait...

— C'est idiot, soupira Venetia. Boy veut qu'Henry commence à prendre des leçons de piano. Il est trop jeune pour ça.

— Pas forcément, rétorqua sa mère. Barty n'avait que sept ans quand elle a commencé.

— Oui, mais Barty était une petite fille consciencieuse, elle faisait ses exercices. Henry ne les fera pas.

— Il pourrait, avec un bon professeur. D'ailleurs, j'ai une idée pour toi. Cette amie de Barty qui m'a téléphoné l'autre jour, celle qui voulait des livres de Sebastian pour la kermesse de son école. Tu te rappelles Abigail Clarence ?

— Oui.

— Jolie fille, très brillante. Et elle donne des leçons de piano. Tu devrais peut-être l'appeler. Elle pourrait faire un excellent professeur pour Henry.

— Oui, pourquoi pas ? Tu sais où elle habite ?

— À Clapham, je crois.

Celia fouilla dans son sac.

— Tiens, voilà sa carte.

— Et que fait Jay chez Lytton, exactement ?

Helena avait pris son accent le plus pincé. Giles soupira.

— Il travaille comme magasinier.

Giles ne savait pas très bien pourquoi, mais cela lui avait toujours paru l'une des étapes les plus agréables du processus d'édition : aller chercher des livres dans la grande réserve au sous-sol et les monter dans le hall, puis les donner aux coursiers qui venaient des différentes librairies.

— Et pour combien de temps ?

— Oh, Helena, je ne sais pas. Quelques mois...

— Et ensuite ? Directeur éditorial, je suppose ?

— Jay fait son apprentissage, comme nous tous...

— Même Barty ? Elle a été magasinière, elle aussi ?

— Non, ce n'est pas un travail de femme. Mais elle a rédigé des factures toute la journée, ce genre de chose. En plus, je ne vois pas ce que Barty vient faire dans l'histoire. S'il te plaît, arrêtons avec ça. Je fais de mon mieux chez Lytton. Ce que j'attends de toi, c'est un soutien, pas des critiques incessantes. En temps voulu, quand je l'aurai mérité, j'aurai la situation qui me revient chez Lytton. Jusque-là...

— Et à quoi peux-tu t'attendre... Être promu chef de bureau ?

— Helena, tais-toi !

Il s'interrompit, horrifié ; jamais encore il n'avait crié contre elle, ni ne lui avait parlé en ces termes. Il la regarda, prêt à s'excuser ; mais elle se tenait devant lui, le visage empourpré, la respiration oppressée, les poings serrés.

— Je crois, Giles, lâcha-t-elle d'une voix lourde de menaces, que tu devrais parler à ta mère de tes perspectives d'avenir chez Lytton.

— Qu'est-ce que tu veux dire ?

— Je veux dire que ce que ta mère a en tête...

Elle s'interrompit, se rendant soudain compte qu'elle était allée trop loin.

— Comment sais-tu ce qu'elle a en tête, Helena ?

— Je... je n'en sais rien. J'essaie juste de m'en faire une idée, c'est tout.

— Helena...

Il se leva, s'approcha d'elle, saisit son poignet.

— Tu as parlé à ma mère ? Réponds-moi, bon sang !

Alors, d'une voix basse et contrainte, presque un murmure, elle lui raconta.

— Oliver, il faut que je te parle de quelque chose.

— Oui, Celia... C'est personnel ou professionnel ?

— Les deux, peut-être. Je... j'aimerais aller à Berlin en août. Pour voir les jeux Olympiques.

— Je ne savais pas que tu t'intéressais aux jeux Olympiques.

— Mais si. Comme tout le monde. Et cette année...

— Oui, Celia ? Cette année ?

— Ils vont être extraordinaires. Rien que la cérémonie d'ouverture sera grandiose.

— Ah, oui. Herr Hitler sera présent, sans doute.

— Bien sûr. Ces Jeux seront la démonstration de son désir de paix, de fraternité avec le reste du monde. Ils représenteront l'idéal sportif à son plus haut niveau.

— Vraiment ? Et qui t'a expliqué tout ça ? Lord Arden, tes amis du groupe Mosley ?

— J'ai lu ce que les journaux relatent à ce sujet. Il y aura là-bas cinq mille des meilleurs athlètes du monde, je ne vois pas comment ça peut ne pas... t'intéresser.

— Et moi, je suis scandalisé que ça t'intéresse. Celia, qu'est-ce qui t'arrive ? Tu as perdu la raison ?

Elle garda le silence, pensant à son projet d'une biographie de Goering – l'introduction déjà écrite, le calendrier éditorial provisoire déjà établi, les rendez-vous qu'elle avait pris par l'intermédiaire de lord Arden, dont un peut-être avec Hitler lui-même... Elle devait aller là-bas, c'était impératif. En plus de toute autre considération, elle perdrait la face si elle annulait tout maintenant.

Comme toujours quand elle était acculée, elle entrevit une autre voie possible, et sourit à Oliver.

— Je... je pensais que nous pourrions faire un livre sur les Jeux. Les gens s'intéressent beaucoup au sport et à la santé en ce moment, regarde la Ligue pour la santé et la beauté, elle a des milliers de membres, tout le monde suit un régime et fait de l'exercice. Et il y a cette merveilleuse femme photographe, Leni Riefenstahl...

— Celia, non, tu n'iras pas à Berlin, et Lytton ne publiera rien sur les jeux Olympiques. Je te l'ai déjà dit, je trouve très pénible que tu continues à fréquenter ces gens, pour ne pas dire très choquant, et je te prie encore une fois de cesser au plus vite.

— Oliver, reprit Celia après un long silence, tu peux m'empêcher de publier un livre sur les Jeux, ce ne sera jamais qu'une occasion de perdue, une de plus, mais tu ne peux pas m'empêcher d'y assister.

— Je ne sais pas ce qui t'est arrivé, insista-t-il d'une voix sourde, mais je n'aime pas ça du tout. Chaque fois que nous avons eu des problèmes dans le passé, tu prenais mon opinion en considération, et là...

— Mon Dieu, comme tu peux être hypocrite... Tu devrais être plus franc avec toi-même. Tu te caches derrière une façade courtoise et raisonnable, Oliver Lytton, le parfait gentleman, libéral, toujours prêt à écouter les autres, alors qu'en réalité tu es profondément intolérant, et moi j'en suis fatiguée. Comme tu n'es pas assez courageux pour t'opposer à moi publiquement, personne ne sait combien tu peux être désagréable. C'est de la lâcheté.

— Celia... Celia, je voudrais te dire...

— Dis-moi tout ce que tu veux. Je vais à Munich. J'espère que j'ai été claire.

Elle claqua la porte, alla dans son propre bureau et s'y assit en tremblant. Janet Gould, qui passa prendre le courrier de Celia d'abord puis celui d'Oliver, répéta souvent par la suite, à la lumière des événements ultérieurs, qu'il aurait été impossible de déterminer lequel des deux avait l'air le plus en colère.

— Miss Clarence ? Bonjour, c'est Venetia Warwick à l'appareil. Vous vous souvenez peut-être de moi, au mariage de mon frère Giles Lytton. Oui, c'est ça... Écoutez, ma mère m'a dit que vous donniez des leçons de piano. Mon mari pense que notre petit garçon, il a juste sept ans, est prêt à apprendre. Je me demandais si vous seriez assez aimable pour venir le voir. Pour vous faire une idée de ses capacités. Je vous paierai pour votre déplacement, bien sûr, et nous avons un piano ici... Plus tard dans la matinée ? Oui, ce serait parfait... Vers midi ? Très bien... Berkeley Square, au numéro sept. Merci. Je suis impatiente de faire votre connaissance.

Dieu existe, pensa Abbie en raccrochant le téléphone. Même dans ses rêves les plus fous, elle n'aurait pas imaginé une chose pareille. Elle ne savait pas au juste où ça la mènerait, mais elle pourrait en tout cas étudier Venetia sur son terrain ; et la frayeur qu'éprouverait Boy à l'idée qu'elle était venue ici était en soi une récompense. Une première récompense.

Quelle ironie que Jay se soit trouvé dans le bureau de Celia quand Giles arriva ce matin-là, toujours chauffé à blanc ; plus ironique encore qu'il ait été penché sur le bureau de Celia, en train de lui montrer quelque chose ; et bien plus ironique encore qu'elle en ait semblé amusée, au point de lancer à Jay au moment précis où la porte s'ouvrit : « Comme c'est intelligent de ta part... »

« ... de faire cette remarque », allait-elle dire. Ce que Jay lui avait apporté était la lettre d'un client demandant « une photo dédicacée de lady Celia Lytton », et il venait d'ajouter en riant que si elle pouvait faire plaisir aux gens avec un tel article, ça pourrait devenir un bon outil publicitaire. Mais ce que vit Giles, ce fut que Jay, le nouveau favori, la plus récente menace en date, discutait de quelque chose en tête à tête avec Celia, que sa remarque l'avait amusée et qu'elle l'avait qualifiée d'« intelligente ». Giles essaya de se rappeler une réflexion de sa part qui lui aurait valu une telle marque d'approbation ; comme il n'en trouva pas, ce fut sur un ton brusque qu'il réclama à sa mère quelques minutes d'entretien, immédiatement.

— Très bien, dit-elle d'un ton froid, si c'est important. Jay, peut-être pourrais-tu…

— Bien sûr.

Il ramassa ses papiers et sortit rapidement du bureau, souriant à Giles d'un air gêné quand il passa devant lui. Giles ne lui rendit pas son sourire.

— Eh bien, Giles, reprit Celia, quelle est cette affaire urgente dont tu as besoin de discuter avec moi ?

— Mon avenir. Et le fait que tu aies choisi d'en discuter avec Helena. Comment as-tu osé, mère, me déprécier aux yeux de ma propre femme ! Je n'arrive pas à croire que tu aies pu dire ça à Helena. Et père était là aussi, paraît-il. Aucun de vous deux n'a jamais eu le courage de me parler directement de mes défauts, tels que vous les voyez. C'est… écœurant.

— Giles, je ne pense pas qu'Helena t'ait rapporté fidèlement cette conversation. La vision qu'elle a de toi a sûrement faussé sa compréhension. Si je me rappelle bien, j'ai juste exprimé mes doutes quant au fait que tu puisses accéder rapidement au conseil d'administration. Ce qui n'est pas…

— Non, mère, ce n'est pas ce que tu as dit. Tu…

Il sortit son carnet de sa poche.

— Tu vois, je l'ai noté par écrit. Tu as dit que je « manquais d'instinct éditorial ». Et que j'étais « incapable d'occuper un poste de direction chez Lytton ». Ça me paraît plus grave qu'un simple doute sur le moment de mon accession au conseil d'administration.

Celia ne répondit rien.

— En plus, poursuivit-il, je crois qu'Helena a raison. Elle trouve que ma situation chez Lytton – en tant qu'héritier – devrait être reconnue officiellement. J'en ai assez de devoir lutter sans cesse pour mériter votre approbation, dire merci pour la moindre miette de récompense. Quand père avait mon âge, vous dirigiez cette maison tous les deux.

171

— Giles, nous étions...

Il y eut un long et terrible silence, puis Giles acheva :

— Vous étiez quoi ? Compétents ? Bourrés d'instinct éditorial ? Ou simplement en situation de le faire parce que Edgar Lytton venait de mourir ? Je me pose la question. En tout cas, je ne vais pas attendre que tu disparaisses, ce n'est pas près d'arriver. Ni père, même s'il est possible que ça arrive plus tôt, avec la mine qu'il a...

Les événements se précipitèrent : Giles se rendit compte qu'Oliver était entré dans la pièce et qu'il avait entendu au moins la fin de la discussion. Livide, les traits tirés, il lui dit :

— Giles, je t'en prie...

À quoi Giles rétorqua :

— Non ! J'en ai assez, plus qu'assez, de cette fichue dictature qui règne ici, de devoir attendre qu'on reconnaisse mon travail, de voir des gens comme Jay et... et Barty me passer devant, de vous voir prendre de mauvaises décisions, vous vous en rendez compte ? Non, visiblement pas... Est-ce que vous m'avez consulté pour la proposition de Penguin ? Non, bien sûr que non, et vous n'avez tenu aucun compte de ma note disant que nous devrions coopérer avec un de ces clubs de livres ! Je crois qu'il est grand temps, tous les deux, que vous sortiez de ce cocon de suffisance dans lequel vous vous enfermez, que vous vous intéressiez d'un peu plus près à la rentabilité de cette société. Vous vivez dans le passé, surtout toi, père, en te reposant sur les lauriers de ces malheureux *Méridien*, qui ne sont franchement plus ce qu'ils étaient, et aussi des *Buchanan*, dont on pourrait dire à peu près la même chose... Si je ne peux pas obtenir ici une écoute et une reconnaissance convenables, il faudra bien que je quitte Lytton pour aller dans une autre maison qui aura des vues un peu plus modernes ! Une maison plus démocratique, où on ne rêve pas de s'enrôler dans les rangs du Troisième Reich comme toi et tes répugnants amis, mère !

Alors la voix d'Oliver s'éleva, tremblante de colère :

— Comment oses-tu nous parler comme ça ! Tu...

Puis il chancela sur ses jambes et s'écroula au sol, le visage gris, les lèvres blêmes, exsangue...

— Bien, dit Venetia. Henry, viens dans le salon. Miss Clarence est ici, elle est venue voir si elle peut t'apprendre à jouer du piano. Voici le piano, Miss Clarence. Je crois qu'il est très bon, mon mari en joue.

— C'est un merveilleux piano, Mrs Warwick.

— Tant mieux. Je ne suis pas du tout mélomane moi-même.

— Ces dessins sont charmants, commenta Abbie en montrant la série de fusains de Venetia avec chacun des nouveau-nés – il y en avait quatre maintenant – sur le piano.

— C'est mon mari qui les a faits. C'est un peu son passe-temps.

— Il a beaucoup de talent. Et ce délicieux portrait, c'est vous ?

— Oui. J'étais un peu plus jeune. Le peintre s'appelle Rex Whistler.

— J'ai... j'ai entendu parler de Whistler.

Le ton était un peu froid et Venetia se sentit embarrassée.

— Bien sûr. Je suis désolée. Viens, Henry, assieds-toi sur le tabouret et...

La porte du salon s'ouvrit et Boy entra ; il aperçut Abigail Clarence et s'immobilisa. Il se tenait si raide, interdit, aux aguets, que cela ne pouvait pas passer inaperçu. Quand Venetia vit l'expression de son visage, elle eut l'impression que quelque chose se glissait à l'intérieur de sa propre conscience : cela ressemblait à de la peur, si intense et si violente qu'elle s'en détourna, tâcha de la repousser loin d'elle. Puis elle entendit le téléphone sonner et peu après Donaldson apparut dans l'encadrement de la porte. Sous le choc, il lui annonça que son père avait eu un malaise, qu'elle devait aller à l'hôpital St Bartholomew aussi vite que possible.

17

— Ne pars pas.

— Je dois y aller.

— Je veux que tu restes. Un rendez-vous avec un libraire, quelle importance ? Comparé à ce que je veux faire pendant le reste de l'après-midi...

C'était la première fois qu'elle le voyait en colère, ou presque, contre elle. Mais elle ne se laissa pas démonter.

— Laurence, j'ai rendez-vous chez Scribner. Le directeur m'attend là-bas à quatre heures. Je suis sûre que tu n'annules pas tes rendez-vous à la Bourse de New York sur un simple caprice.

— On ne peut pas comparer les deux...

— Je suis désolée, mais si.

Elle posa une main sur la sienne.

— Laurence, il faut que tu comprennes. Que tu me comprennes. J'ai une carrière et elle compte beaucoup pour moi. Je n'aurais même pas dû déjeuner avec toi aujourd'hui. J'ai beaucoup trop de travail.

— Eh bien, je t'en suis extrêmement reconnaissant, dit-il sèchement. Mais vas-y vite, je ne veux pas te retenir plus longtemps...

Elle se leva.

— Est-ce que... commença-t-elle.

— Est-ce que quoi ?

— Est-ce qu'on se retrouve comme prévu ?

— Je laisserai un message à ton bureau. Je vais peut-être devoir annuler tout le week-end, maintenant.

— Très bien. Merci pour le déjeuner. J'attendrai que tu m'appelles.

— Tu devras peut-être attendre un certain temps.

Elle s'approcha de lui, se baissa pour l'embrasser, mais il détourna la tête. Elle garda quelque temps les yeux fixés sur lui, puis sortit du restaurant. Elle avait appris à ne pas trop se laisser démonter par ces accès ; des crises de colère puériles, rien de plus. Des crises de colère (comme son psychanalyste le lui avait expliqué, et il l'avait répété à Barty) qu'il n'avait pas pu vivre normalement quand il était enfant.

— Parce que je n'ai pas reçu l'affection et la discipline qu'il fallait, lui avait-il dit, juste trop de complaisance et d'indulgence. Émotionnellement, j'ai encore quatre ans, ma chérie. Mais j'essaie de grandir. Il faudra que tu m'aides.

Barty avait pensé qu'à quatre ou même cinq ans, il avait reçu beaucoup d'affection, que son père n'était pas mort avant qu'il ait douze ans. Puis elle avait songé que son père était resté malade toute une année avant de mourir, que Laurence avait été à la fois négligé et trop gâté pendant que sa mère le soignait et tâchait de surmonter son propre chagrin. Et que même à douze ans, peut-être, on avait encore à construire sa personnalité.

Pourtant, cette fois, c'était plus qu'un accès de colère ; cela rendait Barty non pas anxieuse, mais soucieuse, et pensive.

Dans tous les cas, elle avait des choses plus sérieuses en tête : son entrevue avec Scribner pour parler de la promotion d'un roman qu'elle espérait publier au printemps. Un roman merveilleux ! C'était elle-même qui l'avait découvert et elle voulait se battre pour lui. Elle hésitait à dire qu'il faisait penser à du Fitzgerald : cela suggérerait l'imitation, or ce n'en était pas. L'ouvrage racontait la vie des privilégiés de New York. C'était une saga et, en même temps, l'histoire d'un crime commis par un jeune membre d'une grande famille new-yorkaise, et les manœuvres pour dissimuler ce crime. Il y avait du style, du mouvement, de l'intelligence ;

Barty avait été si excitée la première fois qu'elle l'avait lu qu'elle n'avait pas pu dormir. Elle l'avait passé à Stuart Bailey, sans guère d'espoir, car il était connu pour avoir des goûts très traditionnels. Il avait accepté de rencontrer l'auteur à contrecœur.

— S'il donne l'impression d'avoir plus d'une seule histoire à offrir, j'y penserai.

Barty avait écrit à l'auteur, un jeune homme nommé Geordie MacColl, et lui avait demandé de venir les rencontrer, elle et Stuart Bailey. Il n'avait que vingt-six ans, était très séduisant avec ses cheveux bruns flottants, ses yeux gris et ses longs cils noirs ; il venait de la haute société, même s'il n'avait pas de fortune.

— Mon père a perdu beaucoup d'argent dans le krach, expliqua-t-il, c'est mon grand-père qui a payé mes études à Princeton. Je suis le petit espoir de la famille.

Stuart Bailey l'avait apprécié, et plus encore quand une longue discussion sur le livre avait débouché sur une deuxième, plus longue encore, sur ses autres projets. Deux jours plus tard, il avait dit à Barty de lui faire une offre et de préparer un planning de publication.

— Et j'aimerais que vous l'éditiez. Je ne vois pas ça comme une grosse vente, avait-il ajouté, mais si on s'y prend bien pour le sortir, il pourrait marcher convenablement.

Geordie MacColl était si excité qu'il ne tenait pas en place dans le bureau de Barty.

— Même dans mes rêves les plus fous, je n'ai jamais pensé que ça pourrait se passer comme cela. Peut-être une gentille lettre circonstanciée, plutôt qu'une simple formule de refus, mais c'est tout.

Barty ne jugeait pas que le livre – appelé *Les Feux du crépuscule* – ait besoin de grosses corrections. Son rendez-vous ce jour-là chez Scribner était destiné à le présenter à l'un des acheteurs de la librairie.

Elle était déjà entrée plusieurs fois dans ce bel immeuble de la Cinquième Avenue. De toutes les librairies de New York, c'était sa préférée, avec ses galeries tapissées de livres, comme dans une grande bibliothèque, au-dessus de la cage d'escalier du magasin principal.

James Barton, de chez Scribner, aimait *Les Feux du crépuscule* ; il lui dit qu'ils en prendraient dix exemplaires et qu'ils verraient comment ils partiraient.

— Est-ce que vous ferez des affiches ?

— Oh, oui, dit Barty. Dites-moi combien vous en voudrez et je vous les donnerai.

— Une seule, ma chère, ce sera suffisant. Vous aurez beaucoup de concurrence l'an prochain, vous savez. Il y aura le nouveau Steinbeck, *Des souris et des hommes*, tout à fait remarquable. Et un Hemingway, aussi. Et *Autant en emporte le vent* se vend toujours très bien.

— Eh bien, nous ne visons peut-être pas aussi haut que ça, mais pas trop bas non plus, Mr Barton. Il y a d'autres titres dont je voudrais discuter avec vous, si vous avez le temps...

Oliver avait une chambre particulière à l'hôpital militaire Édouard VII. Il respirait avec peine et semblait avoir étrangement rétréci.

Il était inconscient et n'avait ni bougé ni parlé depuis son malaise. Il avait eu une petite crise cardiaque, avait indiqué le spécialiste, le Dr Carter, suivie par une attaque bien plus sévère :

— Il est impossible de dire aujourd'hui s'il en gardera des séquelles.

Celia lui tenait la main ; Venetia et un Giles affreusement pâle et tremblant ne le quittaient pas des yeux.

— Il a l'air si... vieux, dit Venetia, la voix étouffée. Et aussi absent, comme s'il n'était pas là...

— Nous devons nous en montrer reconnaissants, murmura le Dr Carter. Cinquante pour cent au moins des patients qui ont eu une attaque récupèrent correctement.

— Vraiment ? dit Giles. Est-ce que je pourrais vous dire un mot ? En privé ?

— Certainement, Mr Lytton. Lady Celia, Mrs Warwick, si vous voulez bien nous excuser.

Le regard de profond mépris que Celia lança à Giles quand il quitta la pièce aurait secoué un caractère plus trempé que le sien. Elle savait ce qu'il allait demander, et elle le méprisait d'autant plus pour cela. Elle préférait assumer toute seule sa peur et sa responsabilité.

Le Dr Carter fut aussi rassurant que possible. Le risque d'attaque augmentait avec la tension et le rétrécissement des artères, et...

— Je dois dire que votre père ne présente aucun symptôme. Mais un troisième facteur de risque est ce que nous appelons la fibrillation des oreillettes, qui est une irrégularité du rythme cardiaque, courante dans un cœur qui a été affaibli, dans ce cas sans doute par la crise cardiaque.

— Et... est-ce que ça a pu être causé par le stress ?

— L'attaque non, la crise cardiaque peut-être. Mais votre père n'est pas solide, il ne l'a jamais été depuis la guerre. Ne vous inquiétez pas trop. Il tient le choc pour le moment, c'est bon signe.

Giles le remercia et revint dans la chambre. Celia le dévisagea.

— Giles, tu devrais retourner chez Lytton. Il ne me paraît pas utile que nous restions tous ici. Venetia a eu Adele au téléphone, elle va revenir de Paris en avion. Et Kit rentre de son école ce soir.

— Mais...

— Il n'y a rien que tu puisses faire ici.

Elle mit un léger accent sur « tu » et Giles tressaillit.

— Mère, je suis tellement désolé... Si mon... éclat a provoqué ça d'une manière ou d'une autre...

Celia le contempla, le visage muré.

— Quelle qu'en soit la cause, dit-elle, il est trop tard maintenant pour regretter quoi que se soit. Retourne chez Lytton et envoie un télégramme à Barty, s'il te plaît. Elle voudra savoir, peut-être même revenir. Oh, et tu ferais mieux d'en envoyer aussi un à Robert. Et à Jack et Lily, naturellement.

Il obtempéra : un à Hollywood, deux à Barty, à la fois chez elle et chez Lytton, et un à Robert à Sutton Place.

Il était encore assez tôt à New York, aussi Barty ne serait peut-être pas encore sortie de chez elle.

Giles ne pouvait pas savoir que Barty n'avait pas dormi dans son appartement depuis deux nuits ; ni qu'elle allait quitter Lytton à dix heures, heure de New York, pour un rendez-vous ; ni qu'elle irait retrouver Laurence Elliott pour déjeuner avec lui.

Quand Barty s'en alla ce jour-là, Laurence signa l'addition et s'éloigna à son tour dans la rue. C'était une journée parfaite, un vendredi ; il avait prévu qu'après déjeuner ils iraient directement à Elliott House puis qu'ils partiraient pour South Lodge, sa maison de Southampton, à Long Island. Il n'avait emmené Barty là-bas qu'une seule fois, juste une journée. Laurence avait été ravi qu'elle accepte d'y passer tout le week-end, mais son refus de bouleverser ses projets pour l'occasion le déconcertait.

— Tu m'as dit que tu m'aimais, remarqua-t-il avec irritation, la première fois qu'elle refusa de rester au lit avec lui un matin. Comment est-ce que tu peux te précipiter vers ton bureau quand tu pourrais rester faire l'amour avec moi ?

— Je t'aime, mais je dois aller travailler. Les deux choses ne s'excluent pas l'une l'autre.

— Si. Pourquoi travailles-tu ? Tu n'en as vraiment pas besoin.

— Laurence, j'ai besoin de travailler. Je le dois parce que j'aime ça, que ça compte pour moi, et j'en ai besoin pour gagner ma vie.

— Je pourrais te donner tout l'argent dont tu as besoin.

— Ne sois pas ridicule ! Je veux gagner mon propre argent, pas en recevoir de quelqu'un sans… sans contrepartie.

— Encore cette absurdité sur l'égalité des sexes, j'imagine.

— En partie, oui. N'essaie pas de me détourner de ma carrière, je t'en prie.

Ce jour-là, il décida d'aller en voiture à son appartement de Gramercy Park et d'attendre son retour dehors.

Il était déjà quatre heures et demie ; sur un coup de tête, il dit à son chauffeur de s'arrêter devant l'éblouissante vitrine d'Harry Winston, le bijoutier de la Cinquième. Il n'avait pas encore acheté beaucoup de bijoux à Barty. Le premier, un collier de chez Cartier, elle l'avait refusé, gentiment mais fermement : elle ne pouvait pas accepter un pareil présent, cela donnait de mauvaises bases à leur relation. Elle avait ensuite accepté une paire de clips en diamant pour son anniversaire, et les portait souvent. Mais aujourd'hui, il voulait quelque chose de plus personnel, pour marquer leur premier week-end.

Ces deux jours étaient très importants pour lui. C'était un engagement qu'elle prenait vis-à-vis de leur relation, et vis-à-vis de lui. La maison de Southampton tenait une grande place dans sa vie : il n'en avait pas hérité, il l'avait fait construire lui-même, c'était sa création ; elle était aussi différente d'Elliott House que possible. Laurence était impatient d'y passer un moment avec Barty. Il n'avait jamais emmené une femme là-bas avant elle. Il projetait de lui parler ce soir, pendant le dîner, de lui expliquer ce que cette maison signifiait pour lui, et qu'il voulait la partager avec elle. S'il lui offrait alors un bijou, cela n'en graverait que plus profondément ce moment dans leurs vies.

Après mûre réflexion, il se décida pour un double rang de perles, un noir, un blanc, long, avec un fermoir de diamant. Ça lui irait, à tous points de vue. Il mit la boîte dans sa poche et retourna à sa voiture, après quoi il renvoya son chauffeur. Il voulait l'attendre seul.

La nouvelle de l'état d'Oliver tourmenta beaucoup Robert. Il téléphona à Felicity Brewer dès le matin pour la lui transmettre ; elle en fut plus bouleversée qu'il ne s'y était attendu.

— Oh, Robert, c'est horrible ! Je vous en prie, prévenez-moi quand vous aurez des nouvelles. N'importe quelles nouvelles, s'il vous plaît… Et Barty, elle va être bouleversée… Vous lui avez parlé ?

— Non, marmonna Robert. Nous n'avons plus de contacts avec elle.

— C'est vrai, soupira-t-elle, j'avais oublié. En tout cas, elle voudra savoir, pour Oliver. J'imagine qu'elle prendra contact avec vous très vite.

— Je l'espère.

Mais Barty n'appela pas au sujet d'Oliver, ni à l'heure du déjeuner ni même le soir. Inquiet, Robert téléphona à Stuart Bailey ; il lui répondit qu'elle avait eu des rendez-vous à l'extérieur toute la journée et n'avait pu prendre connaissance du télégramme.

La maison où Barty habitait, à Gramercy Park, se divisait en trois appartements ; Barty était installée au premier étage (ce qui lui donnait accès au balcon), un jeune homme occupait le rez-de-chaussée et au dernier étage vivait Elise Curtis, modiste de la bonne société. Hélas, la plus grande partie de cette bonne société semblant ignorer jusqu'à l'existence de Mrs Curtis, elle devait travailler dans une usine de vêtements du centre-ville pour joindre les deux bouts ; elle appartenait à l'équipe du soir, ce qui lui permettait de gagner davantage et lui laissait un peu de temps dans la journée pour ses (rares) clients.

C'était elle qui avait signé le récépissé du télégramme arrivé vers neuf heures et demie du matin. Elle l'avait laissé sur la table, dans l'entrée, où l'on posait le courrier, mais en prenant soin de le mettre bien en vue.

Quand Elise traversa le hall plusieurs heures plus tard, s'apprêtant à sortir pour rejoindre l'équipe du soir, il était toujours là. Elle le ramassa et le regarda. Peut-être devait-elle le pousser sous la porte de Barty, pour s'assurer qu'il était en sécurité. Puis elle vit une voiture qu'elle reconnut, une grande Packard noire, garée dans la rue devant la maison. C'était celle de l'ami de Barty. Mieux valait le lui donner.

Une fois Elise partie, Laurence resta assis à contempler le télégramme. Ce devait être important : les gens n'envoyaient pas des télégrammes pour commenter le temps qu'il faisait. Il se demanda s'il renfermait de mauvaises nouvelles, la mort de Celia Lytton peut-être. Si c'était le cas, ça signifierait que Barty partirait précipitamment pour l'Angleterre, par le premier bateau ; au mieux, elle serait anxieuse tout le week-end, se demandant si elle n'aurait pas dû partir. Ça gâcherait tout le week-end ; le précieux, le capital week-end.

Au bout de quelques minutes, avec un soin infini et en utilisant un coupe-papier qu'il gardait dans la voiture, il ouvrit l'enveloppe.

Il fut à demi soulagé par le message : « Wol à l'hôpital après une

179

attaque. Pas fatale, mais s'il te plaît, réponds par télégramme. Un télégramme envoyé aussi chez Lytton New York. Je t'embrasse, Giles. »

Pas trop grave. Barty avait tout le temps pour se décider. Mais... ça gâcherait quand même le week-end.

— Toujours rien de Barty ? demanda Celia, tandis que Giles entrait dans la chambre d'Oliver. Je ne comprends pas...

Giles était presque soulagé de la conduite insensible de Barty ; sa mère paraissait contrariée. Barty la parfaite se conduisait mal : il n'était plus le seul méchant dans l'histoire.

Il se ressaisit, choqué par ses propres pensées.

— Comment va père ? interrogea-t-il.

— Il n'y a pas de changement, répondit Celia. Tu pourrais aller me chercher du thé, Giles ?

— Oui, bien sûr. Où est Venetia ?

— Elle a dû rentrer un moment chez elle. Elle va bientôt revenir et elle amènera Kit avec elle. Adele devrait être ici vers dix heures.

— Helena t'envoie ses... meilleurs vœux, reprit-il maladroitement.

Il avait du mal à ne fût-ce que mentionner le nom d'Helena devant sa mère, alors qu'elle avait été – à son insu, certes – responsable de la dispute qui avait provoqué l'attaque de son père.

— Comme c'est gentil à elle...

— Elle serait venue volontiers. Pour voir père. Mais j'ai pensé qu'il était préférable qu'elle s'abstienne.

— En effet.

— Tu veux que je te trouve un coussin ?

— Je suis confortablement installée, merci. Giles, va commander ce thé, s'il te plaît. J'ai extrêmement soif.

Giles soupira. La nuit allait être longue.

Malgré ses craintes concernant son père, Adele trouva le vol depuis Paris suffisamment fascinant pour la distraire. C'était la première fois qu'elle prenait l'avion et elle était enchantée par tout le processus – la magie du décollage, la montée sans effort dans le ciel, puis la beauté du vaste paysage de nuages qu'ils traversaient. Tout lui semblait étrange, et plus encore quand un serveur, vêtu d'une courte veste blanche et d'un pantalon noir, lui présenta un repas sorti d'un chariot et servi sur un plateau d'argent digne du *Savoy* ou du *Ritz*.

L'avion atterrit à Croydon, le terrain qui desservait Londres ; elle se retrouva dans le hall d'arrivée, assez perplexe, se demandant comment gagner le centre de Londres, quand elle entendit la voix de Boy.

— Adele, ma chérie, bonsoir… Que c'est bon de te voir ! Viens, j'ai ma voiture.

— Oh, Boy, tu es un ange.

— J'ai peur que non, dit-il, et sa voix était étonnamment grave. Viens. C'est tout un trajet, nous ferions mieux d'y aller tout de suite.

— Comment… comment va papa ?

— Pas de changement, j'en ai peur. Mais ils ont bon espoir.

— Des nouvelles de Barty ?

— Aucune, apparemment. Tout le monde est très surpris.

— Oh, Laurence, c'est si beau ici…

Barty soupira de plaisir en contemplant la vue, sur le rivage sud de Long Island, avec ces grands rouleaux qui venaient se briser sur le sable blanc. Le soleil abîmait dans la mer son éblouissante splendeur tandis que, de l'autre côté, les étoiles commençaient à consteller le turquoise sombre du crépuscule.

— Tu dois tellement aimer cet endroit…

— Oui. C'est le seul endroit au monde où je me sente en sécurité.

— Laurence, pauvre âme torturée… Comment peux-tu ne pas te sentir en sécurité ? Avec tout ton argent, tous tes succès..

— Tu n'imagines pas ce que c'est de n'avoir personne qui t'aime…

Ils montèrent assez tôt après le dîner, Laurence la conduisant par la main, l'un et l'autre également impatients d'être au lit.

Sa chambre, immense, occupait toute la largeur de la grande maison.

— Tu n'as jamais imaginé faire les choses sur une échelle un peu plus petite ? demanda Barty en regardant autour d'elle, émerveillée.

Elle alla à la fenêtre, contempla la mer au-dehors ; Laurence la suivit, fit glisser l'un des panneaux de verre et elle sortit sur le balcon. La lune était maintenant haute sur la mer ; une brise légère soufflait, douce et salée, les longues herbes sur les dunes bruissaient dans le silence.

— C'est si beau, observa-t-elle, si agréable… Si j'étais toi, je ne partirais jamais d'ici.

— Si, tu partirais, dit-il, et cette fois sa voix était légère, amusée. Tu partirais pour ton fichu travail dès le lundi.

Après un silence, il ajouta :

— Attends-moi ici.

Il revint quelques instants plus tard en tenant un paquet.

— C'est pour toi. Pour marquer cette journée, ta présence ici.

Barty baissa les yeux vers le paquet et attendit un moment, puis elle l'ouvrit lentement, presque pensivement, sortit les perles et les leva dans la lumière de la lune.

— Elles sont belles, murmura-t-elle, elles sont merveilleusement belles... Merci, Laurence, merci beaucoup. Je les adore. Tu me les mets ?

— À une condition, répondit-il très sérieusement. Que je puisse enlever tout le reste.

C'est ce moment-là que Barty aimait : l'intense attente du sexe, quand elle avait faim de lui, qu'elle était impatiente. Couchée dans le grand lit blanc, elle le guettait ; tout son esprit était concentré sur lui et sur le plaisir à venir. Elle avait d'abord été surprise, presque choquée, par le plaisir qu'elle prenait à faire l'amour avec lui, les sensations violentes, l'avidité de ses propres réactions. Elle s'était attendue à ce que cela prenne du temps, mais c'était comme s'il connaissait chaque parcelle et chaque mouvement de son corps, comme s'il avait été toujours intime avec elle. Pourtant, ce soir-là semblait celui d'un nouveau départ, d'une ère nouvelle ; tandis qu'elle le laissait venir en elle, elle se découvrit des profondeurs de plaisir inconnues, si vives qu'elles en devenaient presque douloureuses.

Plus tard, tandis qu'elle restait étendue, serrée contre lui, contemplant au-dehors le merveilleux ciel baigné de lune, elle se demanda comment elle avait pu croire, avant, qu'elle savait ce qu'était le bonheur.

Celia n'avait pas le sentiment d'être fatiguée. Ses émotions ne le lui auraient pas permis : elle n'avait jamais fait l'expérience d'une telle culpabilité. Ni d'une telle peur.

Personne ne le savait, mais au moment où elle avait quitté le bureau d'Oliver, après le départ de l'ambulance, elle avait aperçu, posées sur son bureau, les quelques notes préliminaires qu'elle avait rédigées pour son livre sur Goering, ainsi qu'une introduction chantant les louanges du Troisième Reich et de ses dirigeants, plus le programme de rendez-vous qu'elle avait établi pour sa prochaine visite à Berlin – incluant peut-être un entretien avec Hitler.

Le tout se trouvait maintenant dans un petit coffre de son bureau où elle conservait les documents précieux. Sans doute la publication de ce livre serait-elle indéfiniment reportée.

C'était cela, elle le sentait, plus qu'aucune dispute avec Giles, qui avait causé le drame.

Barty et Laurence prenaient leur petit déjeuner sur le ponton quand la gouvernante sortit de la maison.

— Téléphone, Mr Elliott. C'est Mr James.

— James ? Oh, très bien. Barty, excuse-moi, s'il te plaît.

Il revint un instant plus tard et la regarda d'un air curieux, presque avec méfiance.

— Il veut te parler. Ne sois pas longue, je veux aller au club de voile.

Deux minutes plus tard, elle était de retour, le visage livide.

— Je dois partir. Je dois rentrer à New York et réserver un billet pour l'Angleterre.

— Pour l'Angleterre ? Qu'est-ce qui se passe, Barty ?

— C'est Wol. Il a eu une attaque, voilà vingt-quatre heures. Et je l'ignorais !

— Comment aurais-tu pu le savoir ?

— Ils m'ont envoyé deux télégrammes, d'après Jamie. Grâce à Dieu, il a téléphoné ici. Il m'a dit qu'il avait eu l'intuition que j'y étais, ils avaient tous pensé que c'était étrange que je ne réponde pas. Laurence, ils m'ont envoyé deux télégrammes, un au bureau et un à la maison ! Je n'ai rien vu, comment est-ce possible ? Il n'était pas sur la table avec le courrier... Oh, mon Dieu, c'est horrible...

Elle se mit à pleurer en le regardant d'un air désarmé, comme une enfant. Laurence se leva, l'entoura de ses bras.

— Je n'ai aucune idée de ce qui a pu arriver à ton télégramme. Mais grâce à Dieu, nous savons maintenant. Bien sûr, tu dois aller en Angleterre. Dès que possible. Et si tu veux, je viendrai avec toi. Maintenant, arrête de pleurer et va prendre tes affaires. Je vais commander la voiture immédiatement. Et je vais voir si je peux demander un appel pour Londres. Comme ça, tu pourras parler à quelqu'un là-bas.

Comment pouvait-on penser qu'il était méchant ? songea-t-elle, en montant l'escalier vers la chambre. Comment ?

18

— Tu dois le lui dire. Il le faut, un point c'est tout. Sinon, ce n'est pas juste pour lui.

— Mais il sera tellement en colère ! Il pensera que je suis une incapable, que je vais être une charge pour lui, que...

— Adele ! Arrête. Écoute, tu es enceinte, et le père est Luc Lieberman, je suppose…

Adele scruta Venetia, vit l'éclair d'amusement dans ses yeux, et parvint à lui sourire.

— Oui, bien sûr que c'est lui.

— Alors, il doit savoir. Adele, si j'étais toi, je ne me précipiterais pas dans une quelconque clinique en Suisse pour me débarrasser du bébé sans être sûre que c'est ce que veut Luc. Quand tu le sauras… tu décideras.

C'était très, très effrayant. Bien plus que tout ce que Sebastian pouvait se rappeler. Sauf, bien sûr… Rien ne l'avait préparé à ça : aller dans son bureau tous les matins et, là, être parfaitement incapable de remplir ses pages de la journée. Il fallait bien trouver quelque chose, pourtant ; alors il restait assis toute la journée, aux prises avec la redoutable angoisse de la page blanche.

Mais jour après jour, les pages prenaient le chemin de la corbeille à papier. Pour la première fois depuis qu'il avait commencé à rêver de *Méridien*, l'impensable était arrivé. Et le pire, ce n'était pas la peur que cela continue, mais l'idée que sa panacée, sa drogue, son refuge contre la solitude et le chagrin soit devenue soudain inutile, et qu'il n'y ait plus pour lui d'évasion nulle part.

— Barty, comment va ton amie Abbie ?

Venetia était elle-même surprise de s'entendre poser la question. Six semaines s'étaient écoulées depuis ce qu'elle considéra ensuite comme ayant été le Moment, celui où Boy était entré dans la pièce où elle se trouvait avec Abbie. Aucun des deux n'avait rien dit ni rien fait, et pourtant…

— Je… je ne sais pas, répondit Barty d'une voix aussi naturelle que possible. Nous avons… perdu contact.

— Mais c'était ta meilleure amie… Que s'est-il passé ?

— Oh, tu sais…

Elle se sentait mal, terriblement mal. C'était affreux. Voilà pourquoi elle était partie pour l'Amérique : elle avait voulu échapper à ça : ce sable mouvant, ce dangereux et mortel sable mouvant.

— Elle est venue me voir, déclara Venetia.

Ne la regarde pas, Barty, reste calme…

— Et pourquoi ?

— Boy voulait qu'Henry apprenne le piano. Maman avait entendu dire qu'Abbie donnait des leçons et…

— Ta mère ?

— Oui. Abbie était allée la voir pour collecter des livres pour son école, elle lui a appris qu'elle donnait des leçons de piano, et maman a suggéré que je me mette en rapport avec elle.

Elle allait s'évanouir d'un instant à l'autre. Ou être malade.

— Oui. Mais... Boy a pensé que ça ne marcherait pas.

— Tiens donc, le cher homme...

— J'ai dû lui dire non. Elle avait l'air assez contrarié. Je me demandais juste si tu l'avais revue, c'est tout. Encore un peu de thé ?

— Non, merci. Je suis venue te dire au revoir, j'ai tellement de choses à faire avant demain.

Elle sentit une bouffée de colère envers Abbie, si puissante que cela lui fit mal physiquement. Elle devait en parler à Sebastian. Venetia parlait encore... Elle essaya de se concentrer.

— Écoute, transmets mon affection à Maud et à oncle Robert. Et la prochaine fois, amène le méchant Laurence avec toi.

— Il n'est pas méchant, rétorqua Barty d'une voix ferme. Il est un peu... difficile, et torturé, et gâté bien sûr, mais pas méchant. Tu sais, quand j'ai découvert que Wol était malade, il a insisté pour venir avec moi en Angleterre. C'est seulement à cause d'un grave problème à la banque qu'il n'a pas pu. Il est très généreux et...

— Ce sont de jolies perles. C'est lui qui te les a offertes ?

— Oui. Je suis contente que tu les aimes.

— Ce sont de pures merveilles. Est-il si épouvantablement riche ?

— Il est très riche, reconnut Barty en riant. Je ne sais pas si on peut dire qu'il l'est épouvantablement.

— Je suis sûre qu'il doit être très séduisant, aussi. Oh, Barty, c'est si excitant ! Quel dommage que Maud et toi soyez brouillées à cause de lui...

— C'est Maud qui est brouillée, pas moi. J'aimerais bien être encore amie avec elle. Je pense que si elle était venue ici pour voir Wol, j'aurais pu la convaincre.

Elle soupira. Le refus catégorique de Maud de l'accompagner l'avait blessée. Robert s'était déplacé, mais elle l'avait peu vu pendant la traversée. La mer était très forte pour cette époque de l'année ; un jour de tempête, Barty était restée sur le pont tandis que le bateau escaladait d'énormes vagues, et son angoisse pour Wol avait laissé un peu de place à la pensée de Robert souffrant dans sa cabine. Quand le temps s'était calmé, elle était allée lui rendre visite.

Il avait été touché par sa sollicitude ; ils s'étaient parlé, avaient renoué un peu de leur ancienne amitié. L'attachement de Barty envers Laurence le déconcertait et même le choquait, mais elle parvint à le convaincre qu'il n'était pas nécessaire que lui et elle restent ennemis.

— Je ne peux pas changer mes sentiments pour lui, ni mon jugement sur lui, et vous non plus. Mais si nous le laissons en dehors de notre amitié, tout ira bien.

— Certainement, dit-il en lui caressant la main.

Ils avaient retrouvé un peu d'espoir ce jour-là ; un télégramme leur avait appris que Wol avait enfin repris conscience.

Mais rien n'aurait pu préparer Barty à ce qu'elle vit quand elle entra dans la chambre de Wol à l'hôpital. Il était en effet conscient, mais guère plus. Il pouvait voir et entendre, lui avait précisé Celia d'un ton brusque qui masquait sa détresse ; mais jusqu'ici, il n'avait pas prononcé un mot, et hormis son bras droit, il semblait entièrement paralysé.

— Le spécialiste a dit que je devais accepter ce triste coup du sort. Que l'attaque avait été très sévère, que nous avions de la chance qu'il soit toujours vivant. Mais je lui ai répondu que je n'avais pas l'intention de me contenter de ça, et je me suis arrangée pour consulter d'autres spécialistes. En tout cas, il y a un mieux chaque jour, même léger. Je suis convaincue que c'est juste une question de temps.

Barty, devant la silhouette frêle et silencieuse de celui qui avait été son Wol bien-aimé, avait grand-peine à la croire.

Les médecins ne connaissaient pas lady Celia Lytton. En l'espace de deux semaines, un neurologue concéda, non sans réticence, qu'il était peut-être apparu quelques signes, en effet, d'une ébauche de mouvement dans le bras gauche d'Oliver ; et, alors qu'il n'aurait pas personnellement décrit le grognement maladroit du patient comme une parole, c'était certes encourageant. À quoi Celia répliqua qu'elle avait observé non pas une ébauche de mouvement mais un mouvement tout court, un peu plus affirmé chaque jour ; et que ce qu'il interprétait comme un grognement inarticulé était une suite de mots facilement identifiables pour quiconque se donnait la peine d'écouter correctement.

— Pauvre homme, il était accablé, raconta Adele à Venetia. Et maintenant, maman a trouvé un autre spécialiste. Elle veut que papa rentre à la maison, elle dit qu'il sera beaucoup mieux dans un environnement familier. Moi je te dis une chose, je n'aimerais pas être à la place des infirmières qui vont s'occuper de lui...

Dans les semaines qui suivirent, il y eut des moments où Oliver lui-même aurait tout donné pour retourner à l'hôpital. On l'avait ramené à Cheyne Walk, où le salon du premier étage avait été transformé en infirmerie.

— Il faut le mettre sur le devant pour qu'il puisse voir le fleuve, avait dit Celia. Il l'a toujours aimé, ça le stimulera. Tout est dans la stimulation, le docteur Rubens l'a dit.

Toute la maisonnée allait apprendre à craindre ce nom. C'était un neurologue qualifié, mais aussi, fait plus rare, un naturopathe et un chiropracteur convaincu. Celia l'avait institué seul maître à bord.

— Après elle, bien sûr, commentait Adele.

Elle faisait sans cesse référence à lui. Le Dr Rubens avait prescrit une nourriture à base d'aliments crus : dans les premiers temps, avant qu'Oliver soit capable de manger normalement, la cuisinière avait dû passer des heures à couper et presser fruits et légumes pour en faire un jus qu'on lui donnait à la cuillère.

Le Dr Rubens prônait aussi des séances de manipulations vertébrales douces et de kinésithérapie intense, plusieurs heures par jour.

— Il ne faut pas laisser les muscles s'atrophier, lady Celia, expliquait-il. On doit les faire travailler pour préserver leur force et leur volume, et ça stimulera aussi le système nerveux central.

Dans les rares heures où il ne voyait pas ses membres massés, fléchis, poussés et tordus, Oliver, épuisé, bénéficiait d'une thérapie de la parole. Une grande part de la tâche était assurée par Celia elle-même, qui s'en acquittait avec un zèle impitoyable.

— Pas « nous » Oliver, « mou » ! Mmm… Pousse tes deux lèvres ensemble, oui, c'est mieux, et maintenant essaie le son. Non, je ne t'entends pas. Essaie encore. Non, mmm, mou. MOU, Oliver, tu ne fais aucun effort ! Non, ne me dis pas que tu es fatigué, tu auras tout le temps de te reposer après. C'est très important.

La famille avait d'abord été amusée, puis s'était inquiétée, mais, à la fin de la deuxième semaine, tous furent impressionnés quand Oliver leva le bras gauche en signe de bienvenue à l'entrée de quelqu'un dans la pièce et quand, à la fin de la troisième, il balbutia « Kit » et « Barty », même si sa voix restait encore étouffée.

— Les deux préférés, souligna Adele avec un clin d'œil à Oliver.

Cependant, il s'agissait de ceux dont les prénoms étaient les plus faciles à prononcer ; « Dell » suivit puis « Nessia », en l'espace d'une dizaine de jours. Seul « Giles » semblait encore imprononçable ; Celia fit valoir à l'intéressé que c'était à cause de la consonne initiale, trop dure à former, et d'ailleurs Oliver n'avait pas non plus réussi avec son nom à elle, mais Giles y voyait une preuve supplémentaire de sa culpabilité et de l'hostilité de son père, et il portait sa croix jusque chez lui, où il subissait l'œil inquisiteur d'Helena.

Celle-ci, par esprit de contradiction, se déclarait plutôt subjuguée par le Dr Rubens et ses méthodes, et prenait sa défense quand Giles le critiquait.

— N'oublie pas que les médecins avaient plus ou moins considéré ton père comme irrécupérable. Rubens a opéré des miracles en quelques semaines. N'aie pas l'esprit étroit, Giles...

Elle avait essayé plusieurs fois de rendre visite à Oliver, sans succès jusqu'ici. Celia avait décidé de l'isoler de tout pendant les quelques heures de la journée où il avait le droit de se reposer – même si cet isolement pouvait être rompu à volonté par Celia elle-même, ou n'importe lequel de ceux dont elle considérait la visite comme profitable pour Oliver (« Aucun de ses amis fascistes, grâce à Dieu », disait Venetia) : Jay Lytton, Sebastian Brooke, les fils de Venetia (« Les enfants sont stimulants, le Dr Rubens le dit lui-même »), et lady Beckenham, qui se révéla posséder deux mains expertes pour le massage, après une rapide initiation assurée par une des infirmières.

— Ça ne peut lui faire aucun mal. J'ai beaucoup pratiqué sur les chevaux, après tout, je sais reconnaître la douleur et les tensions quand je les rencontre.

En tout cas, quelles qu'en soient les causes exactes, la guérison d'Oliver semblait certaine à la fin du deuxième mois, même si elle demeurait lente. Barty décréta que le moment était venu de repartir pour New York.

— Si ça ne pose pas de problèmes, dit-elle d'un air de s'excuser. J'ai du travail là-bas, ce n'est pas comme si j'y passais des vacances...

— Bien sûr, nous comprenons, répondit Celia. Mais tes séances de lecture manqueront à Oliver. D'ailleurs, moi aussi, il faut absolument que je retourne au bureau. Lytton tombe en ruine sans moi. À ce train, nous n'éditerons plus un seul livre dans un an.

Et certainement pas une biographie élogieuse de Goering, ajouta-t-elle en son for intérieur.

— Et ce jeune homme ? demanda-t-elle à Barty. Je suppose que toutes ces histoires sur sa mauvaise conduite sont des affabulations sorties de la tête de Robert et de Maud ?

Celia n'avait jamais aimé Maud.

— C'est vrai qu'il n'a pas un caractère facile, mais...

— J'aime assez les gens difficiles. Au moins, ils ont quelque chose de personnel à défendre. Les autres, ceux qui sont tout le temps d'accord avec vous, je ne peux pas les supporter.

C'était si grossièrement faux que Barty eut du mal à ne pas

éclater de rire ; elle sortit précipitamment son mouchoir et fit mine de se moucher.

— Et Felicity Brewer, qu'est-ce qu'elle pense de lui ?

— Elle ne peut pas le supporter non plus.

— Eh bien, voilà une femme stupide, un mari vulgaire, et il lui a toujours dit ce qu'il fallait qu'elle pense. De toute façon, Laurence ne se mêle en rien de Lytton, n'est-ce pas ?

— Non, répondit Barty, perplexe. Pourquoi est-ce que... ?

— Parfait. Moi, il me semble très bien, Barty. Mais ne tombe pas trop amoureuse de lui, ce n'est jamais une bonne idée quand on est jeune. Et tu dois penser à ta carrière, aussi.

Barty, résistant à la tentation de faire remarquer à Celia qu'elle-même s'était mariée à dix-neuf ans, acquiesça docilement.

— J'ai un merveilleux livre, lui annonça-t-elle, que j'aimerais que vous lisiez. Il s'appelle *Les Feux du crépuscule*. C'est un thriller, l'histoire d'un crime perpétré dans la bonne société. Ça a l'air parfois un peu... effervescent, mais c'est remarquablement écrit, et l'intrigue est excellente. Je suis sûre que ça marcherait bien ici.

— J'aimerais beaucoup le voir. Tu aurais dû l'apporter avec toi.

— Je sais, oui, mais j'étais si inquiète pour Wol que j'ai sauté dans le premier bateau, sans rien emporter. En plus, ça me semblait déplacé de continuer à m'inquiéter de livres.

— Sottises. Au contraire, c'est toujours bon d'avoir quelque chose sur quoi se concentrer quand ça va mal. Où vas-tu maintenant ?

— Voir Sebastian. Et Izzie. Comment ça se passe, là-bas ?

— Pareil ou presque. Mais ça ne l'empêche pas de bien grandir. Les enfants sont des créatures très résistantes...

Izzie se trouvait à l'école quand Barty arriva à Primrose Hill ; un Sebastian morose l'accueillit sur le pas de la porte.

— Je ne suis pas sûr d'être d'une compagnie bien distrayante. J'ai des problèmes avec le livre. Entre, prends une tasse de thé, je suppose que c'est tout ce que tu veux. À moins que tu te laisses tenter par du champagne ?

— Non merci, Sebastian. Je suis juste venue vous dire au revoir. Et aussi vous parler de... Abigail Clarence. C'est horrible, Sebastian. Apparemment, elle...

Il l'écouta attentivement puis conclut :

— Mon avis n'a pas changé, Barty. Ne t'en mêle pas. Boy a été alerté par sa conduite, il va s'en occuper. C'est un malin, tu sais.

— Elle aussi, dit Barty d'un ton grave.

— Peut-être. Tu me manqueras, avoua-t-il brusquement. Lytton n'est pas la même chose sans toi. Quand reviendras-tu ?

— Je... je ne sais pas exactement.

Il la regarda.

— Amoureuse, n'est-ce pas ? De ce type, Elliott ?

— Oui.

— Je ne l'ai rencontré qu'une seule fois et je l'ai détesté. Il semble très à son aise dans le genre petit salaud arrogant.

— Sebastian !

— Je suppose qu'il s'est arrangé. Il a dû mûrir un peu. Il te pose des problèmes chez Lytton ?

— Non... Comment pourrait-il ?

— Comment ? Barty...

Il s'interrompit, la contempla.

— Tu dois savoir, sûrement, quelqu'un a dû t'expliquer...

— Savoir quoi ?

— Personne ne t'a rien dit ? C'est sans doute parce qu'on pensait que tu étais au courant. Laurence Elliott possède quarante-neuf pour cent de Lytton New York.

19

Adele faisait face à Luc, d'un air résolu. Elle ne l'avait jamais vu en colère jusqu'ici. Il était blanc, ses yeux presque noirs étaient durs sous ses épais sourcils, sa bouche si crispée qu'on ne voyait plus ses lèvres. Ils discutaient dans le jardin du Luxembourg, assis au soleil près du monument dédié à Murger, l'un des écrivains préférés de Luc.

— Donc, dit-il, tu sais cela depuis... quoi ? plusieurs semaines, si je calcule bien.

— Oui. Oui, plusieurs. Mais avec papa qui était malade et...

— Tu t'es trouvée trop occupée pour me dire cette chose si importante. Ou peut-être as-tu jugé qu'elle ne l'était pas suffisamment pour toi. Pas assez pour m'en parler.

— Tu te trompes, Luc. Mais je ne voulais pas en discuter au téléphone. D'ailleurs, je vois bien que ça te met en colère...

— Oui, je suis en colère, très en colère ! Comment as-tu osé garder ça pour toi, décider toute seule de ce que tu pouvais me dire ou non...

D'un seul coup, Adele perdit son calme.

— Je dois bien me débrouiller toute seule avec le reste ! Avec cette... relation, si elle mérite de porter ce nom !

— Pardon ? Notre relation ne mérite pas de porter un nom ?

— Non, pas vraiment ! Parce que ce n'est pas une relation ! Tu ne me donnes rien, Luc, rien du tout. Sauf une... une baise quand ça t'arrange.

— Ne t'avise pas de me parler comme ça ! Ne t'avise pas d'utiliser ce mot non plus. Ni de prétendre que je ne te donne rien.

— Mais c'est vrai, pourtant ! Quand avons-nous passé un jour entier ou une nuit ensemble, Luc ? Quand ? Tu dois retourner voir ta femme et moi je dois comprendre, c'est toujours comme ça que ça se passe. Pas de promesses, pas d'échanges, rien. Il faut que je me contente de te croire quand tu me dis que tu m'aimes. Mais j'ai perdu patience, Luc. Je suis très contente que nous ayons cette conversation. Je crois que tu n'as jamais été aussi honnête avec moi que maintenant.

— J'ai toujours été honnête avec toi, toujours !

— Vraiment ? Drôle d'honnêteté... Tu me dis que tu m'aimes, que tu m'adores, et ensuite tu tournes les talons et tu retournes chez ta femme. Je me demande si elle aussi jugerait que c'est un comportement honnête. Est-ce qu'elle sait pour moi, Luc ? Je me suis souvent posé la question...

— Elle sait que j'ai une maîtresse, oui. Elle l'accepte. À la...

— À la manière française, c'est ce que tu allais dire, n'est-ce pas ? Eh bien, je n'aime plus la manière française. Je préfère l'anglaise. Je regrette même d'en avoir autant appris sur les Français, sur toi en particulier. Au revoir, Luc. Et n'essaie pas de me contacter, parce que je ne veux plus entendre parler de toi ni te revoir. C'est terminé, fini. Trouve-toi une autre... maîtresse. Puisque c'est tout ce que je suis pour toi. Une maîtresse, quelqu'un avec qui coucher quand ton mariage te laisse un peu de loisir. Je mérite mieux que ça. Au revoir, Luc. J'aimerais dire que ç'a été merveilleux, mais ça ne l'a pas été. Ç'a été décevant une grande partie du temps. Et je pense que j'ai été patiente, très patiente même.

Elle se leva et la tête lui tourna tout à coup, un haut-le-cœur perfide. Une fraction de seconde, elle trébucha ; une fraction de seconde, elle pensa qu'il devinerait sa détresse, qu'il se précipiterait vers elle, la soutiendrait. Mais rien, pas l'esquisse d'un geste.

Elle se ressaisit et s'éloigna de lui d'un pas aussi ferme qu'elle le pouvait. De lui et de sa vie.

— Miss Clarence ?

Cette voix... Il n'y avait pas à s'y tromper : claire, saccadée, un peu essoufflée...

— Oui, c'est moi.

Qu'est-ce qu'elle voulait ? Est-ce qu'elle avait...

— Bonjour, Miss Clarence, c'est Venetia Warwick. Je me demandais juste si je pourrais... venir vous voir.

— Venir me voir ? Eh bien...

Que faire ? Boy lui avait fait peur, ce jour-là, quand il était arrivé et l'avait trouvée chez lui ; il lui avait dit que si elle osait parler encore une fois à n'importe quel membre de sa famille, tout serait fini entre eux. Elle s'était conduite avec la plus totale discrétion depuis...

— C'est que... poursuivit Venetia. Vous allez peut-être trouver ça stupide, mais j'aimerais prendre des leçons de piano moi-même.

— Ah bon ?

— Oui. J'en ai eu beaucoup quand j'étais petite fille, et je n'ai plus jamais pratiqué depuis. Mon mari est mélomane, il dit souvent que c'est dommage que je n'y connaisse rien. Alors, j'ai pensé que je pourrais le surprendre. Et plus tard, je pourrais mettre moi-même les enfants au piano... Comme vous le savez, mon mari est revenu sur son jugement à propos d'Henry. Je me disais que ce serait une bonne idée. Mais vous êtes peut-être trop occupée...

Abbie s'empressa de saisir la perche.

— Oui, je suis terriblement occupée. Je suis désolée, mais je ne vois pas comment je pourrais me libérer. Merci en tout cas d'avoir pensé à moi...

Abbie raccrocha le téléphone, en tremblant un peu.

Cela avait valu la peine d'essayer, songea Venetia. Elle ne savait toujours pas exactement pourquoi elle voulait revoir Abigail Clarence. C'était juste le sentiment tenace, lancinant, que quelque chose s'était passé ce jour-là, à ce moment-là. Quelque chose d'inquiétant.

Elle n'avait jamais pu se débarrasser de la sensation qu'il y avait quelque chose entre Boy et Abigail Clarence dont elle était exclue. Et cette façon bizarre, quand elle lui avait parlé des leçons de musique pour Henry, de changer tout à coup d'avis.

Mais non, c'était ridicule. Absolument ridicule. De toute façon, son plan avait échoué.

Elle avait beaucoup mieux à faire que de s'inquiéter de ses prémonitions concernant Abigail Clarence.

— Mrs Warwick !

— Je peux entrer ?

— C'est que... j'attends quelqu'un.

C'était affreux : si jamais Boy apparaissait ? Mais non, il avait dit qu'il ne viendrait pas ce jour-là.

— Je n'en ai pas pour longtemps, insista Venetia. J'aimerais entrer quand même, si vous le permettez. Quelle jolie maison ! dit-elle en suivant Abbie dans le petit salon.

— Oui, je l'aime bien.

Abbie était très nerveuse, pas de doute. Elle n'arrêtait pas de promener les yeux autour de la pièce : elle vérifie les choses, songea Venetia, elle vérifie que je ne tombe pas sur... quoi ? Une photographie de Boy ? Une veste qu'il aurait laissée derrière lui ? Mais non, il n'y avait rien à voir : pas de trace compromettante. Pas de photos, pas de lettres... encore que...

— Très joli, dit-elle, en montrant un bronze sur le bureau.

— Oui, n'est-ce pas ?

— Où l'avez-vous trouvé ?

— Oh... dans la galerie d'un ami, à la campagne. Dans le... Sussex.

— Ravissant. Est ce que vous pourriez me donner l'adresse ? C'est exactement le genre de chose que je recherche.

— Oui. J'essaierai de vous la trouver.

Elle était plus calme maintenant.

— Mon Dieu, reprit Venetia en tournant les yeux vers les rayonnages, que de livres...

— Oui, j'aime lire... Pas vous ?

— Si, bien sûr.

— Vous rencontrez souvent les auteurs que publie Lytton ?

— Oh, non, pas souvent. Je suis un peu trop occupée pour aller aux cocktails.

— Moi, je prendrais le temps...

Elle souriait mais il y avait une pointe d'ironie dans sa voix et le message était très clair : elle trouvait Venetia ridicule de se priver de l'occasion de rencontrer certains des grands auteurs du moment.

— Mais vous n'avez pas quatre enfants.

Elle entendait sa propre voix, sur la défensive.

— Bien sûr que non. J'en ai suffisamment à l'école.

— Quel merveilleux gramophone... Et vous avez une telle collection de disques...

Une collection impressionnante : des coffrets de symphonies, de concertos, d'opéras... Certains n'avaient manifestement jamais été sortis de leurs pochettes. Comment pouvait-elle s'offrir tout cela avec un salaire d'enseignante ?

— Mrs Warwick... Je ne voudrais pas me montrer grossière, mais peut-être pourriez-vous me dire le but de votre visite ? J'attends des amis, comme je vous l'ai dit, et...

— Oui, je suis désolée. Je passais juste devant chez vous et je me suis dit que j'allais réessayer de vous persuader de me donner des leçons de piano.

— Mrs Warwick, je suis désolée, je ne suis pas disponible...

— Vous aviez le temps pour apprendre à Henry, lâcha Venetia d'un ton brusque.

Abbie marqua une pause infime, puis :

— Oui, mais j'ai eu de nouveaux élèves depuis.

— Eh bien...

C'était sans espoir ; il ne lui restait plus qu'à partir.

— Je vais y aller, et vous laisser tranquille.

Elle se leva et suivit Abbie dans l'entrée ; là, elle jeta un coup d'œil vers le haut de l'escalier. Un joli escalier, avec un demi-palier. Elle vit alors Abbie suivre son regard, de nouveau nerveuse tout à coup.

Pourquoi ? Que pouvait-il y avoir en haut ? Boy, peut-être ? Même dans sa gêne, elle ne put retenir un petit rire.

— Je suis désolée, mais pourrais-je utiliser vos toilettes ?

— Oh, dit Abbie, et pour la première fois elle paraissait vraiment anxieuse, c'est un peu en désordre.

— Tant pis. J'aimerais vraiment, excusez-moi...

Sans lui laisser le temps de répondre, elle s'engagea dans l'escalier qu'elle monta presque en courant. Une fois là-haut, elle appela :

— Cette porte ? Sur la droite ?

Elle entra. Tout paraissait normal : pas de photographies compromettantes, ni rien de ce genre. Et pas le moindre désordre non plus. Elle en ressortit, entra dans la salle de bains d'à côté pour se laver les mains. Une très jolie salle de bains, surplombant le jardin, avec une petite table près de la fenêtre sur laquelle une plante était posée. Il y avait aussi un gobelet sur le lavabo, avec un blaireau dedans. Ça ne signifiait rien, sinon qu'Abbie avait un petit ami. Un petit ami riche, qui lui achetait des disques pour son gramophone, des livres, et peut-être même des objets en bronze. Ce n'était pas un crime.

Elle examina le palier. L'autre porte devait être celle de la chambre d'Abbie ; elle était entrouverte. Venetia passa la tête, jeta un coup d'œil à l'intérieur : un très grand lit, en laiton, avec un amas de coussins dessus ; encore des étagères de livres, et...

— S'il vous plaît, n'entrez pas là.

Abbie était montée et se tenait derrière elle ; elle paraissait très inquiète. Venetia lui sourit ; par contraste, elle semblait plus confiante.

— Je voulais juste me poudrer le nez, dit-elle. Ça vous ennuie ?

— Oui, je...

Alors elle l'aperçut, en face du lit. Un grand dessin au fusain dans un cadre : pas un portrait de Boy, non, mais d'Abbie, un nu très simple et très sensuel. Abbie étendue sur son lit en laiton, dans un style de dessin si familier à Venetia qu'elle ferma les yeux un instant, comme pour le faire disparaître. Le même style dans lequel chacun de ses propres enfants avait été dessiné, à sa naissance – les fusains qui se trouvaient sur le piano, dans le salon. Ceux qu'Abbie avait admirés quand elle était venue chez elle.

Le style de Boy.

— Je suis désolé, dit-il.

Il ne cessait de le répéter, et elle ne se sentait pas mieux pour autant.

— Ça m'est égal que tu sois désolé, Boy. Ça n'y change rien. Ce qui pourrait m'aider, c'est que tu m'expliques depuis quand ça dure, ce qu'elle représente pour toi, si tu la vois souvent, ce genre de choses insignifiantes...

— Venetia...

— Boy, je veux savoir. S'il te plaît. Je crois que tu me dois au moins ça.

Il se leva, se servit un deuxième – ou était-ce un troisième ? – verre de whisky.

— Très bien, acquiesça-t-il péniblement. Je vais te répondre. Je ne pense pas que ça aidera beaucoup, mais...

— Ça m'aidera, moi.

Elle n'en fut plus aussi sûre après coup ; cela lui avait fait si mal qu'elle avait eu de la peine à le laisser continuer. Mais elle avait tenu bon.

Cette liaison durait depuis presque quatre ans. Quatre ans pendant lesquels Venetia avait mis au monde deux enfants de Boy ; quatre ans pendant lesquels elle s'était persuadée qu'il s'était rangé ; quatre ans pendant lesquels ils avaient vécu ensemble, reçu leurs amis, assisté à des dîners, rendu visite à Ashingham, passé des Noëls en famille – et elle n'avait eu aucun soupçon de ce qui se passait.

— Elle doit... représenter beaucoup pour toi, lui dit-elle,

s'arrachant un mot après l'autre. Le gramophone, les disques, les livres, les tableaux – je suppose que tu les as achetés pour elle ?

— Oui, admit-il doucement.

Cela lui faisait encore plus mal que tout le reste : qu'ils aient partagé autant de choses. Ce n'était pas seulement le sexe – cela, elle aurait pu le supporter –, mais Abbie incarnait le genre de femme que Boy aimait : intelligente, instruite, cultivée.

Comment était-ce arrivé ? se demandait Venetia tandis qu'elle pleurait seule dans sa chambre ce soir-là. Et si les gens étaient au courant ? Ce serait effroyable s'ils savaient que Boy avait une liaison de longue date, qu'il s'était détourné de sa femme, jolie et mondaine, non pas au profit d'une étoile du firmament social mais d'une institutrice, une intellectuelle petite-bourgeoise qui enseignait aux enfants des bas quartiers.

20

Kit passait un été sinistre. Certes, il ne s'attendait pas à partir en vacances pendant que son père était si malade, mais Londres était triste, chaud, et comme il le dit à Izzie un après-midi dans le jardin de Primrose Hill, il en avait marre.

— Moi, j'aimerais bien aller en vacances, lui confia-t-elle. C'est comment ? On fait quoi en vacances ?

Kit la regarda, assise sur sa balançoire, ses longs cheveux brun doré pendant dans son dos, son petit visage solennel à peine hâlé par le soleil, ses grands yeux noisette fixés sur les siens avec un air d'extrême intérêt. Elle était joyeuse de caractère, c'était triste qu'elle ait une vie aussi morne. Elle était terriblement adulte aussi, pour ses six ans.

Le plus surprenant, peut-être, c'était que, malgré l'indifférence de Sebastian, sa propre solitude, l'absence de sa mère, malgré sa réserve et sa timidité naturelles, elle restait pleine de douceur.

— Eh bien, commença-t-il prudemment, tu vas quelque part, dans un endroit différent, et tu fais des choses différentes. Nanny nous emmenait à la mer chaque année.

— Ça serait bien si toi et moi on partait en vacances ensemble, hein ? Mais je ne crois pas que père serait d'accord, et toi ?

Kit lisait quand sa grand-mère téléphona.

— Ta mère est là ?

— Oui, elle est avec père.

— J'aimerais lui parler. Mais d'abord, dis-moi un peu comment tu vas...

— Je m'ennuie, ne put-il s'empêcher de répondre. Londres au mois d'août, ce n'est pas très drôle.

— Je suis tout à fait d'accord. Eh bien, si tu venais quelques semaines à Ashingham ? On a besoin d'aide pour la moisson, et Billy serait content de te voir. En plus, tu pourrais distraire Beckenham, il s'ennuie à faire peur. Demande à ta mère, je suis sûre qu'elle ne sera pas contre.

— Elle sera contente de me voir loin de la maison. Oui, je crois que j'aimerais bien, merci. Et... grand-mère, tu crois que je pourrais amener quelqu'un avec moi ? Je pensais à Izzie, ce serait agréable pour elle de venir. Elle ne s'amuse pas beaucoup.

— Magnifique idée. Oui, elle peut venir, la pauvre petite. Si tu as des problèmes avec Sebastian, fais-le-moi savoir.

Il eut en effet des problèmes avec Sebastian, qui refusa tout net. Kit rappela lady Beckenham pour l'en informer.

— Il devient impossible, grommela-t-elle. Il interdit à peu près tous les plaisirs à cette pauvre enfant. Je vais lui parler, Kit, ne t'inquiète pas.

Kit n'arrivait pas à imaginer ce qu'elle pourrait raconter à Sebastian pour le faire changer d'avis ; mais elle le rappela plus tard pour lui annoncer que Sebastian avait accepté de laisser Izzie venir à Ashingham.

— Comment t'y es-tu prise ?

— Disons juste que je connais Sebastian un peu mieux que la plupart des gens.

Venetia voulait divorcer ; jamais elle n'avait été plus sûre de quelque chose. Cela lui paraissait le seul moyen d'alléger, au moins en partie, le fardeau qui pesait sur ses épaules. Chaque fois qu'elle pensait à Abbie et lui, dans cette jolie maison, avec les livres et les tableaux qu'il lui avait achetés, écoutant la musique qu'ils aimaient tous les deux, discutant de choses comme... quoi ? Elle ne parvenait pas à s'imaginer leurs sujets de conversation. C'était ça le plus affreux. Abbie apportait probablement à Boy ce qu'elle-même était incapable de lui donner ; et c'était une idée humiliante.

Elle avait été terrifiée à l'idée que les gens sachent ; mais non, personne ne savait rien : à l'évidence il était aussi machiavélique que déloyal. Sa mère, très choquée quand elle lui apprit la nouvelle, très affectueuse et compatissante aussi, lui conseilla la patience, mais Venetia était résolue à divorcer.

— Je ne peux plus le regarder sans me sentir malade, maman. Malade et stupide. Il a dû me trouver si ennuyeuse, si... vide. Mais ce n'est pas ma faute si je ne suis pas intelligente...

— Venetia, répliqua fermement Celia, je ne peux pas te laisser dire une chose pareille. Tu es intelligente. Tu as seulement...

Elle se tut et Venetia la regarda.

— Ne commence pas avec ça, s'il te plaît. D'accord, je ne suis pas allée à Oxford comme Barty. Mais je ne serais pas non plus restée sans rien dire si j'avais su que ma meilleure amie avait une liaison avec le mari d'une autre, et que cette autre appartenait à ma famille.

Celia ne répondit rien. L'implication possible de Barty dans l'affaire était une des choses qui la troublaient le plus.

Boy était venu la voir, l'avait suppliée de l'écouter, et avait été surpris qu'elle accepte.

— Mais ne me demandez pas d'intercéder pour vous, Boy.

— Non, pas d'intercéder, mais je veux essayer de vous expliquer, de vous faire comprendre. Au moins un peu.

Elle l'avait compris à un point qui l'avait étonnée elle-même.

Il était presque aussi misérable que Venetia ; désorienté, bourré de remords, et il se sentait désespérément seul.

Abbie en était arrivée à signifier beaucoup pour lui ; dans un sens, même, on pouvait dire qu'il l'aimait. Elle l'intéressait, l'intriguait, l'inspirait ; le sexe était ce qu'ils partageaient de moins important. Boy aimait aussi Venetia : il était impossible de ne pas l'aimer. Elle était attachante, facile à vivre, amusante et, c'était important pour Boy, belle. Elle dirigeait parfaitement sa maison, elle était une excellente mère – s'il y avait un point sur lequel ils étaient en parfait accord, c'étaient les enfants – et elle était extrêmement sexy. Pourquoi un homme marié à un tel idéal féminin avait-il besoin d'une maîtresse ?

Mais dans son mariage, il était très seul. Il ne pouvait pas véritablement parler avec Venetia, il ne pouvait partager que très peu de plaisirs avec elle ; elle ne comprenait pas ce qu'il voulait faire dans la vie, n'avait jamais tenté de l'aider à trouver ce qu'il pourrait devenir.

Les ennemis de Boy, ou plutôt ses détracteurs, car il avait très peu d'ennemis, se seraient moqués de cette notion : le désir de se trouver, de faire quelque chose d'utile ou au moins d'intéressant de sa vie. Lady Celia Lytton, malgré sa réprobation initiale concernant Boy, était une des rares personnes capables de le comprendre.

Si elle était attristée par la liaison de Boy et la détresse de Venetia, elle n'en était guère surprise ; elle était forcée de reconnaître qu'Abbie Clarence était une partenaire et une interlocutrice idéale pour Boy. C'était Abbie qui l'avait encouragé à ouvrir sa maison de vente aux enchères, elle qui lui avait présenté plusieurs jeunes artistes pour sa galerie, qui lui avait fait valoir qu'un homme de son talent ne devait pas dilapider ses journées sur un terrain de golf ni aux courses. De bien des manières, elle avait été plus une compagne et même plus une épouse pour lui que Venetia.

— J'ai renoncé à Abbie, je ne la reverrai jamais. Si vous pouviez juste essayer de persuader Venetia que je l'aime… à ma manière. Et je ne veux pas la perdre, ni les enfants.

Celia assura qu'elle ferait ce qu'elle pourrait, tout en pensant qu'il n'y avait guère de chances que leur mariage s'en relève ; puis elle lui demanda si Barty était au courant de la liaison, et il lui répondit qu'il était certain du contraire.

— Je suis si contente, dit-elle plus tard à Oliver. J'aurais détesté penser qu'elle était mêlée à ça d'une quelconque manière. Ça ne lui aurait pas du tout ressemblé.

Celia avait vu juste : Venetia demeurait inflexible. Elle voulait le divorce, aussi vite que possible, et refusait de considérer aucune autre issue.

— Si ça n'était pas pour les enfants, j'aimerais ne jamais le revoir, jusqu'à la fin de mes jours. Je veux que notre mariage se termine, vite.

Celia avait pensé que cela ramènerait peut-être Boy vers Abbie Clarence, mais non. Il resta fidèle à sa parole. Cette relation était finie pour lui.

La nuit avant leur départ pour Ashingham, Izzie ne put dormir ; il faisait trop chaud et elle était trop excitée. Sa valise, soigneusement préparée, se trouvait dans un coin de sa chambre, les vêtements qu'elle allait porter pour le voyage posés sur la chaise. Kit lui avait dit – lui lançant cette information, si excitante que c'en était presque insupportable, d'un air désinvolte, comme en passant – qu'elle pourrait monter le vieux poney des jumelles ; Nanny l'avait emmenée chez Daniel Neals et lui avait acheté des jodhpurs, des bottines et des chemises en coton. Elle lui avait aussi acheté des shorts, sur les instructions de lady Beckenham, et des bottes en caoutchouc.

— Il faut qu'elle puisse traîner dans les ruisseaux, et son père fera des histoires si elle abîme ses beaux habits.

Deux semaines entières avec Kit, à la campagne. C'était une perspective si merveilleuse qu'elle pouvait à peine se la représenter. Et elle allait connaître Billy, le frère de Barty, qui n'avait qu'une jambe mais qui pouvait monter même les chevaux les plus sauvages. Et Jay avait promis qu'il viendrait les voir un week-end. Elle adorait Jay, et il avait aussi affirmé qu'il lui donnerait des leçons d'équitation.

Daniels allait les conduire là-bas.

— Mais quand on y sera je conduirai un peu, avait déclaré Kit à Izzie, juste le tour du domaine. Grand-mère dit qu'il est grand temps que j'apprenne. Elle va me donner quelques leçons. Mais surtout, ne le répète pas à ma mère.

— D'accord.

Les promesses du paradis elles-mêmes ne pouvaient surpasser ce qu'elle s'attendait à vivre pendant ces deux semaines.

Elle regarda la pendule : la petite aiguille était seulement sur le deux. Il restait encore un très long temps avant le matin. Comment pourrait-elle attendre jusque-là ? Et elle avait soif.

C'était la pleine lune ; elle verrait suffisamment clair pour descendre le grand escalier. Elle descendit très doucement puis, une fois dans l'entrée, s'immobilisa. Voilà : de nouveau l'affreux, le terrible bruit. Elle connaissait bien ce bruit : son père en train de pleurer. Pas très fort mais longtemps, sans s'arrêter. Elle resta sur place, ne sachant que faire ; elle ne pouvait aller le voir, il serait en colère… Pourtant, c'était si pénible, un bruit si triste… Et puis ça devint encore pire, il dit quelque chose, tout haut.

— Oh, Pandora, dit-il, qu'est-ce que tu penserais de moi maintenant ?

Il ne parlait pas à un ami, non : il parlait à sa mère. Sa mère, qui était morte quand elle était née. Après quoi il recommença à pleurer.

Izzie sentit ses propres yeux se remplir de larmes ; la peine qu'elle éprouvait pour son père fut soudain plus forte que sa peur. Vite, avant de perdre courage, elle traversa le hall en courant et ouvrit la porte. Il était assis à son bureau, les bras croisés. Il avait dû beaucoup pleurer ; son visage était creusé, ses yeux rouges et gonflés.

— Retourne au lit !

— Je… j'ai entendu que tu pleurais…

— Ah oui ?

Il la regardait, le visage fermé.

— Oui, et j'étais triste pour toi. Et aussi j'ai entendu que tu parlais à… ma mère.

— À ta mère ? Vraiment ? Eh bien, c'est triste, Isabella, mais j'aurais pu lui parler véritablement s'il n'y avait pas eu...

Il s'interrompit.

— S'il n'y avait pas eu quoi ?

— Non, soupira-t-il, je ne te le dirai pas. Tu ne comprendrais pas. Retourne au lit, Isabella, s'il te plaît.

Elle tint bon.

— Je suis vraiment triste, père. Que tu sois si malheureux. Et j'aime les livres, tu sais. Tes livres.

— C'est vrai ?

— Oui. Kit me les lit. Ils sont si passionnants et si... beaux. Et j'adore toutes les créatures qu'il y a dedans.

Il garda le silence.

— Les créatures spéciales, je veux dire. Celles que je préfère, ce sont les vaches qui nagent, et aussi les poissons qui volent. J'aimerais les voir en vrai.

Il semblait moins en colère maintenant, aussi elle continua.

— Je me disais : et si elles venaient sur cette terre, juste pour un jour ? Si elles rencontraient des vaches ordinaires ? Ça serait bien...

— Qu'est-ce que tu as dit ? demanda-t-il, en fronçant les sourcils.

— J'ai dit, reprit-elle – à peine consciente que c'était la première vraie conversation qu'elle avait avec lui –, que ce serait bien si tes créatures venaient en Angleterre, à notre époque, juste pour un jour. Si nos vaches à nous voyaient tes vaches qui nagent, ce qu'elles penseraient. Est-ce qu'elles essaieraient de nager, elles aussi ? Et les poissons volants, qu'est-ce que les poissons qui nagent penseraient quand ils les verraient ? Et aussi les deux sortes de temps, notre temps à nous et le leur, s'ils se mélangeaient...

Il y eut un long silence, qui lui fit très peur. L'avait-elle tellement mis en colère qu'il ne lui reparlerait plus ? Elle aurait dû partir tout de suite, quand il le lui avait dit la première fois...

— S'il te plaît, va au lit, articula-t-il enfin. J'ai besoin de paix et de calme pour travailler, pas d'entendre tes sottises.

— Oui, père, soupira-t-elle, et elle se retourna vers la porte.

Puis, parce qu'elle sentait qu'elle s'était rapprochée de lui, un peu, et parce qu'il était bouleversé – même s'il y avait fort peu de chances que son départ en soit la cause –, elle lui lança :

— Père, si tu ne veux vraiment pas que j'aille à la campagne, je peux rester ici, tu sais.

Il la dévisagea sans dire un mot, sans faire un geste ; elle demeura immobile en face de lui, soutenant son regard, voyant tout s'évanouir devant elle : les merveilleuses vacances, les deux semaines avec Kit et les promenades en poney, les ruisseaux, la cueillette des mûres, les travaux à la ferme où elle aiderait, voyant tout cela disparaître, mais sans ciller une seule fois.

— Bien sûr que je veux que tu partes, finit-il par dire.

Alors, même à travers son immense soulagement, elle sentit une pincée de déception à l'idée qu'il préférait être débarrassé d'elle.

— Maintenant, file au lit. Il est très tard.

— Oui, je sais. Il est environ deux heures.

— Tu sais lire l'heure ?

— Seulement la moitié, juste la petite aiguille.

— Il y a tellement de choses que j'ignore sur toi, avoua-t-il doucement.

Puis il la contempla encore un moment mais elle voyait qu'il ne la regardait pas vraiment, il regardait à travers elle, vers un endroit triste et dur.

— Bonne nuit, père.

— Bonne nuit, Isabella.

Elle retourna dans son lit et resta éveillée quelque temps, pensant à lui, malheureux et en colère, se demandant si c'était sa faute à elle ; et aussi s'il y avait quelque chose à faire pour qu'il lui pardonne. Puis finalement elle décida que non, il n'y avait rien à faire.

21

Izzie était assise à côté de Kit sur le perron de la maison, attendant que Billy ait fini de parler avec lady Beckenham, quand une voiture s'arrêta dans l'allée. C'était la grosse Bentley grise, la voiture de son père.

Elle s'inquiéta, effrayée : était-il si en colère contre elle qu'il allait la ramener à la maison, après seulement... quatre jours ?

— Bonjour, Sebastian, dit Kit en marchant vers lui, la main tendue.

— Ravi de te voir, Kit. Il fait très chaud à Londres, vous avez de la chance d'être ici.

— Grand-mère est occupée dans les écuries, et grand-père nettoie les fusils. Je peux aller le chercher si vous voulez.

— Non, non. Pas maintenant, en tout cas. C'est Isabella que je suis venu voir. Je voulais juste... eh bien, la voir. Lui parler de quelque chose.

C'était une déclaration si extraordinaire qu'Izzie en fut boule-versée. Jamais, durant ces six années, son père n'avait voulu lui parler. Elle avait dû faire quelque chose de très mal.

— Est-ce que je vais prévenir Billy ? Il allait lui donner une leçon d'équitation.

— Non, non. Ça ne sera pas long. Viens, Isabella.

Sebastian partit d'un pas rapide le long de la maison, puis se retourna.

— Viens ! Je croyais que tu étais pressée...

— Désolée, père.

Ils traversèrent la pelouse en direction de la prairie ; quand ils arrivèrent à la barrière, il sauta par-dessus, puis se retourna et l'attendit, visiblement impatient, pendant qu'elle se tortillait pour passer en dessous.

— Bois ou prairie ? questionna-t-il.

— Ça m'est égal.

— Ne dis jamais que ça t'est égal. Ça signifie que ça ne t'inté-resse pas. Donne une opinion, même si tu n'en es pas sûre.

— Alors le bois.

Il marcha quelques minutes ; même avec sa jambe raide, il progressait très vite, elle avait du mal à le suivre.

— Bon, fit-il en s'arrêtant soudain et en s'adossant à un arbre. J'ai quelque chose à te dire.

— Oui, père ?

— Je... j'ai pensé que je devais venir. Pour... eh bien, pour te remercier.

— Me remercier ?

Elle sentit le sol tanguer sous ses pieds.

— Oui. Je ne me suis pas montré très... reconnaissant, la dernière fois que nous avons parlé. Tu te rappelles quand c'était ?

— Oui. La nuit quand tu étais... quand j'ai parlé de tes livres.

— Exactement. Je ne pense pas que tu t'en sois rendu compte, mais c'était très utile. Ça m'a donné une idée. Je... eh bien, j'avais du mal à en trouver une. Pour mon nouveau livre. C'était au sujet des vaches, tu te rappelles ? Et tu m'as dit aussi autre chose, sur le temps. Tu t'en souviens ?

— Tu veux dire sur le temps de *Méridien* et notre temps à nous, qui se mélangeaient ?

— En effet. Eh bien, ça m'a beaucoup aidé. Et j'ai pensé que tu devais le savoir. Voilà, c'est tout.

— Je suis très contente, père.

Elle leva les yeux vers lui ; et elle se sentit affreusement triste, parce qu'il avait l'air encore en colère, avec ce visage si fermé qui montrait bien qu'il ne l'aimait pas du tout. Elle n'y aurait peut-être pas fait attention à un autre moment, mais la vie était si agréable ici, à Ashingham, avec tous ces gens qui étaient gentils avec elle et qui lui parlaient ; et cela lui rappela combien elle était malheureuse à la maison, la plupart du temps. Ça allait être encore pire quand elle y retournerait. Elle sentit les larmes lui monter aux yeux, puis commencer à déborder ; elle passa sa main sur ses paupières.

— Oh, pour l'amour du ciel, dit-il d'un ton impatienté, ne te mets pas à pleurer ! Je pensais que tu serais contente...

— Désolée, père. Désolée... Bien sûr que je suis contente. Je...

Mais alors, elle éclata en sanglots pour de bon, de vrais sanglots, qui remontaient de sa poitrine. Cela dura quelques instants, puis elle réussit à se contrôler ; et pendant qu'elle refoulait les derniers, elle se rendit compte qu'il l'observait avec une expression bizarre sur le visage. Ce n'était pas de la colère, il ne souriait pas non plus ; il avait l'air plutôt triste, même très triste. Pendant un long moment ils restèrent là tous les deux, chacun face au chagrin de l'autre ; ensuite, lentement, maladroitement, il tendit une main vers elle.

— Viens ici, dit-il doucement.

Elle fit un pas vers lui, s'attendant à tout moment qu'il perde patience, qu'il s'éloigne – mais il lui tendait toujours la main. Enfin, comme au bout d'un long voyage, elle parvint à l'endroit où elle pouvait l'atteindre, alors elle tendit sa propre main et la mit dans la sienne. La main de son père était très chaude, chaude et puissante ; elle se rendit compte qu'elle ne l'avait jamais touchée avant. Il la ferma très doucement autour de celle d'Izzie et resta les yeux baissés vers leurs deux mains réunies, comme s'il ne les avait encore jamais vues. Ensuite il releva les yeux vers elle, vers son visage, la regardant avec insistance, comme s'il espérait qu'elle comprendrait quelque chose.

— Je suis désolé, dit-il. Je suis terriblement désolé, Isabella.

Elle se tenait là silencieuse, sans bouger, évitant de ne rien dire ou ne rien faire qui pourrait troubler cet instant. Un autre long silence, puis il lui refit son drôle de demi-sourire.

— Tu es bien, ici, n'est-ce pas ? Avec Kit ?

— Oui, père. Merci. C'est vraiment... vraiment amusant.

— J'ai peur de ne pas t'avoir donné beaucoup d'occasions de t'amuser. Je suis désolé, murmura-t-il encore.

— Ce n'est pas grave, père.

— Bien. Nous ferions mieux de revenir, conclut-il en reprenant un ton plus ordinaire. Billy va t'attendre, je ne veux pas te mettre en retard. Viens.

Il relâcha sa main, se tourna pour partir, et elle lui emboîta le pas ; mais il s'arrêta de nouveau.

— Tu ne dois pas t'en souvenir, mais tu as dit autre chose encore cette nuit-là. Sur l'heure. Tu as dit que tu pouvais seulement lire la moitié de l'heure. J'ai trouvé que ça sonnait comme un bon titre de livre. La moitié de l'heure, ou la moitié du temps. Qu'est-ce que tu en penses ?

— C'est une bonne idée, oui.

Elle ne le pensait pas vraiment et il dut le deviner à son expression, parce qu'il ajouta :

— Si tu ne l'aimes pas, je ne l'appellerai pas comme ça, et il avait de nouveau son air fermé, comme quand il était en colère.

Elle paniqua.

— Oh, mais si, vraiment...

— Bon. Viens, continuons.

Quand ils arrivèrent à la barrière, il sauta par-dessus, puis se tourna au moment où elle allait passer en dessous ; il se pencha vers elle, la souleva, puis la reposa du bon côté et lui prit la main. Ensuite, il lui sourit, un sourire un peu hésitant. Elle lui sourit aussi.

Pauvre Adele. C'était aujourd'hui qu'elle allait subir cette chose infecte. C'était si dur, si cruel de devoir l'assumer toute seule. Bien sûr, elle avait pris la bonne décision, surtout si on tenait compte de la conduite ignoble de Luc, mais ça allait sûrement la bouleverser. Elle était déjà bouleversée.

Venetia soupira ; elles étaient malheureuses, toutes les deux. Et comme c'était bizarre que leurs malheurs aient coïncidé ! Elle-même se sentait toujours aussi mal, désespérée par moments, et seule. Elle avait envoyé les enfants à Frinton avec Nanny et une gouvernante, pensant qu'un peu de calme et de paix lui ferait du bien ; mais non, peine perdue. La maison paraissait grande, vide, comme pour faire écho à son chagrin. Chaque fois qu'elle passait devant un miroir et qu'elle se voyait, le visage blême, épuisé, les cheveux ternes, les yeux cernés de noir, elle se demandait qui voudrait d'elle maintenant, quel avenir elle pourrait bien avoir.

Demain ou après-demain au plus tard, Adele serait là et elle pourrait s'occuper d'elle, la soigner. Elles pourraient se soigner l'une l'autre, retrouver le bonheur ensemble.

Le téléphone se mit à sonner et bientôt on l'appela :

— Téléphone, Mrs Warwick. Miss Lytton, qui appelle de Paris.

Paris ! Qu'est-ce qu'elle faisait là-bas, elle était censée être en Suisse !

— Venetia ? C'est moi. Écoute, je ne vais pas revenir à Londres, pas avant un moment en tout cas. Luc est absolument merveilleux et je... nous allons garder le bébé.

— Allez, *mignonne**. Un peu plus de poisson. Il faut que tu sois forte, capable d'accomplir cette tâche importante qui t'a été confiée.

— Quelle tâche importante ? demanda Adele en riant.

— Celle de porter mon fils.

— Ça pourrait être une fille, et il n'est pas qu'à toi.

— Ce sera un fils. Je le sens. Et ma grand-mère affirme que même si tu es malade, c'est mieux de manger.

— Ta grand-mère ! Luc, tu ne le lui as pas raconté ?

— Mais si. Je lui dis tout.

— Et qu'est-ce qu'elle a dit ?

— Elle était ravie.

— Elle ne peut pas être ravie. Tu as commis un péché mortel, ou l'équivalent juif.

— Pour ma grand-mère, je ne peux commettre aucun péché. En plus, elle n'a jamais aimé ma femme. Il faut que tu fasses sa connaissance, elle t'adorera.

— Luc, ça va un peu trop vite pour moi. Il y a une semaine, il n'était pas question que tu quittes ta femme, maintenant tu me déclares que je dois rencontrer ta grand-mère.

— Beaucoup de choses ont changé pendant cette semaine.

Ses yeux noisette étaient graves quand ils croisèrent les miens.

— Il y a une semaine, je n'étais qu'un égoïste, obsédé par sa petite personne. Aujourd'hui, je vais être père, j'ai de grandes responsabilités. Je ne penserai plus à moi-même, seulement à mon fils.

— Et à moi.

— Et à toi, bien sûr. Toi que j'aime tant.

Il sourit, leva la main d'Adele vers ses lèvres et l'embrassa ; elle lui sourit en retour.

C'était très étrange ce que cet enfant à venir avait réussi à transformer en lui.

Elle avait suivi les instructions de sa mère, lui avait téléphoné en disant qu'elle devait le voir ; d'un ton étonnamment grave et réfléchi, il avait répondu qu'il en serait heureux, lui avait offert de venir lui-même à Londres si elle se sentait trop fatiguée pour voyager.

— Non, Luc, je préfère venir à Paris. Merci.

Il l'avait retrouvée à sa descente du train et emmenée dans un petit restaurant ; là, il lui avait pris la main et, sans lever les yeux vers elle, il l'avait suppliée de lui pardonner.

— C'était... écœurant. Je n'arrive pas à le croire moi-même. J'ai tellement honte, ma chérie ! Je n'ai aucune excuse – sauf peut-être le choc. Je ne m'y attendais pas. Et aussi j'ai cru que tu avais décidé de ne pas en discuter avec moi, de ne pas décider avec moi ce qui était mieux – bref, il y a eu un malentendu. Mais c'est fini. Tout sera différent à partir d'aujourd'hui. Je t'aime et je suis fier de toi. J'ai réservé une chambre dans notre hôtel, rue de Seine, et demain, eh bien... demain sera un jour important.

— Important comment ?

— Tu verras.

Le lendemain, il était parti de bonne heure, la laissant avec pour instruction de le retrouver au déjeuner à la *Closerie des Lilas*, sur le boulevard Montparnasse.

À la fin du déjeuner, après le poisson qu'elle avait refusé, il se tourna vers elle et lui dit, très sérieusement :

— Si tu ne manges plus, nous n'avons qu'à repartir. Mais avant, j'ai un cadeau pour toi. Tiens...

Il lui tendit une petite boîte. Juste une petite boîte de carton marron. Amusée, elle commença à l'ouvrir. Bijou ? Parfum ? Quand elle l'eut ouverte, elle trouva à l'intérieur une masse de papier de soie, et bien enfouie dedans...

— Une clé ? Luc, qu'est-ce que c'est ?

Il se leva, lui tendit la main.

— Viens, je vais te montrer.

Il héla un taxi, donna une adresse qu'elle ne connaissait pas. Le taxi démarra, pour s'arrêter dans une petite rue proche de la place Saint-Sulpice. Elle en sortit, songeuse, et se retrouva face à une grande porte.

— Maintenant, essaie ta clé.

Elle la mit dans la serrure : celle-ci tourna, lentement mais facilement. Elle passa la porte cochère qui ouvrait sur une cour pavée, assez grande, entourée de murs blancs, baignée de soleil et fleurie de géraniums dans des bacs ; en face, une autre porte, entrouverte.

— Pousse-la.

Elle trouva un escalier sur sa gauche qu'ils grimpèrent l'un derrière l'autre. Trois volées de marches étroites, puis en haut une autre petite porte. Adele ne disait rien, retenant son souffle.

— Maintenant, lui dit-il. C'est le moment important. Je vais le faire à l'anglaise. Viens.

Il se pencha, la prit dans ses bras et poussa doucement la porte du pied. Ils se trouvaient dans une entrée, si petite qu'elle avait la taille du placard à manteaux de Cheyne Walk.

Une autre porte, ensuite, ouvrait sur une pièce carrée, avec un lit bas pour tout mobilier. Les volets étaient fermés et la pièce obscure, mais elle ne voulait pas allumer la lumière, de peur de gâcher la magie de ce moment.

— Luc...

Il la reposa à terre et la tourna vers lui pour l'embrasser tendrement.

— C'est notre nouvelle maison, *ma chère, chère** Adele. J'espère que tu l'aimeras et que tu y seras heureuse, ma chérie. Elle est pour toi, avec tout mon amour.

Ce n'était pas grand : une pièce principale qui devrait servir de salle à manger et de salon, une grande chambre et une plus petite, une minuscule cuisine, et une salle de bains encore plus exiguë, avec une baignoire aux pieds en forme de serres et un chauffe-eau à l'air menaçant. Mais il y avait un balcon devant le salon, avec une vue merveilleuse sur les toits gris de Paris qui s'étendaient à l'infini.

— Si tu écoutes bien, quand c'est calme, tu peux entendre la fontaine de Saint-Sulpice.

Et à leurs pieds, la cour pavée et trois chats qui se chauffaient au soleil.

— C'est si beau, si beau... Je l'aime.

— Je l'aime aussi. Et encore plus parce que tu l'aimes.

— Et je t'aime, Luc. Luc...

— Oui, ma chérie ?

— Ta femme ? Tu l'as vraiment quittée ?

— Je l'ai vraiment quittée. Il y a deux jours, dès que j'ai reçu ton coup de téléphone.

— Elle doit être très... fâchée, commenta prudemment Adele.

— Oh, pas tant que cela. Elle ne m'aimait plus depuis long-temps. Elle me juge terne, elle estime que je n'ai pas assez bien réussi. Mais elle a gardé notre appartement, plutôt grand et chaleu-reux, elle dispose de l'essentiel de mon argent, elle a sa mère, et aussi un amant très beau et qui la satisfait entièrement.

— Oh !

— C'est la manière française. Je te l'avais dit.

— Luc, si nous voulons vivre heureux ensemble, il y a une chose que je ne veux plus entendre.

— Et qu'est-ce que c'est ?

— La manière française. S'il te plaît.

208

— Mais c'est une si bonne manière, répliqua-t-il en souriant. Regarde-nous, est-ce que ça n'a pas donné un heureux résultat ?

Il y avait un tel manque de logique dans ce raisonnement qu'Adele ne chercha même pas à le lui faire comprendre.

22

Pendant trois semaines, elle avait refusé de le voir ; elle se sentait dégoûtée par lui, sa dissimulation, sa malhonnêteté, sa tromperie. Au début, il avait essayé de l'amadouer en utilisant ses tactiques habituelles, une avalanche de fleurs et de cadeaux, qu'elle avait tous retournés, d'incessants appels téléphoniques qu'elle refusait de prendre, il avait campé devant son bureau et devant chez elle ; pour finir, elle lui avait dit que s'il ne la laissait pas tranquille, elle ferait appel à la police en déclarant qu'il la harcelait. Puis les lettres avaient commencé à arriver : des lettres froides et dures l'accusant de n'avoir jamais rien ressenti pour lui : elle avait ignoré la profondeur de ses sentiments pour elle, elle l'avait utilisé, avait pris ce qu'elle voulait de lui, et maintenant elle s'imaginait pouvoir continuer sans lui. Enfin, le chantage affectif : une voix basse et nerveuse au téléphone, de longues lettres où il assumait tous les torts, la suppliait de mesurer combien il était malheureux et désespéré, l'implorait de lui accorder son pardon et une chance de s'expliquer.

Pour finir, elle avait cédé.

— Très bien, Laurence, concéda-t-elle, un vendredi en fin d'après-midi. Je te verrai ce soir. Mais pas pour dîner, même pas pour boire un verre.

— Où ?

— Ça n'a pas d'importance.

— Que penses-tu du salon de thé russe ?

Elle aimait ce salon de thé, son ambiance exotique et sombre, ses décorations de Noël qui restaient sur les lampes à longueur d'année, les nombreuses horloges qui donnaient toutes une heure différente.

— D'accord. Mais juste le temps de s'expliquer.

— Entendu.

Laurence était déjà là quand elle arriva, assis à une table au fond de l'établissement. Il avait une mine affreuse : il avait maigri, son visage était émacié, ses yeux lourdement cernés brillaient, tout était devenu terne chez lui, même ses cheveux roux doré.

Il se leva, lui tendit la main.

— Merci d'être venue. J'ai commandé du thé. Rien de... dangereux.

— Bien, dit-elle d'un ton brusque.

— Tu m'as manqué.

— Vraiment ? Ça ne serait pas arrivé si tu avais été honnête avec moi.

— Je n'ai pas été malhonnête. Je n'ai pas dit toute la vérité, c'est différent.

Elle aurait dû le savoir. Savoir que face à sa logique imparable, assaisonnée d'une dose d'autojustification et d'un appel vibrant à sa clémence, elle commencerait forcément à voir les choses de son point de vue à lui ; celui-ci consistait à reconnaître qu'il avait voulu tout lui expliquer, dès le départ ; mais il avait eu peur de l'inquiéter si elle avait pris la mesure du pouvoir qu'il détenait sur la société pour laquelle elle travaillait. Cela le gênait, aussi, qu'elle pût penser qu'il s'en serait servi pour la séduire.

— Je sais combien tu es modeste, commenta sèchement Barty.

Il avait pensé longtemps tout lui révéler, mais chaque fois qu'il la voyait, cela lui paraissait plus difficile que la fois précédente. Puis, au bout d'un moment, il avait cessé d'y songer : amoureux d'elle comme il l'était, il y avait attaché de moins en moins d'importance.

Il argua qu'il n'avait aucun lien personnel ou presque avec Lytton New York. Il n'allait jamais dans leurs bureaux, sauf une fois par an, pour la réunion du conseil d'administration ; il ne s'était jamais intéressé à leur activité, savait à peine quels livres ils publiaient, ni quels profits (ce qui était le plus important, ajouta-t-il avec un demi-sourire) réalisait la société.

Aucun membre du personnel, sauf le plus ancien, ne connaissait la place qu'il y occupait ; et ce n'était pas sa faute si Stuart Bailey n'en avait pas informé Barty...

— Mais il n'avait aucune raison de le faire ; c'est vrai, il ne pouvait pas savoir qu'il y aurait quelque chose entre nous.

Après tout, il avait seulement hérité de la compagnie de sa mère, on ne pouvait pas le lui reprocher ; il n'avait jamais éprouvé aucun intérêt pour elle, il avait même souvent pensé à la vendre, mais une raison ou une autre l'en avait toujours empêché.

Il lui fit aussi valoir que, par la suite, quand leur relation avait commencé, s'il avait été le moins du monde machiavélique, il aurait pu causer toute sorte de difficultés et de problèmes.

— Comment ça ? lui demanda Barty, sans pouvoir réprimer, à son grand regret, une ébauche de sourire.

— J'aurais pu m'arranger pour que tu sois renvoyée. Pour pouvoir te voir autant que je le voulais. Ou au contraire demander que tu sois nommée directrice éditoriale. J'aurais pu virer tes supérieurs et promouvoir tes inférieurs. J'aurais pu faire déménager vos bureaux chez moi, me mêler de la publicité, de votre programme éditorial, j'aurais pu racheter Doubleday et Brentano, j'aurais pu…

— Oui, ça va, j'ai compris…

— Et je n'ai rien fait de tout ça. Je me suis juste cramponné à l'idée – absurde – que tu ne l'apprendrais jamais. Mais ça ne s'est pas passé comme ça, et tu as pensé du mal de moi.

— J'ai compris que tu n'étais pas celui que je croyais.

— Oh, vraiment ! Et à quel point de vue ?

— C'est difficile à expliquer. Déjà, découvrir que tu possèdes la moitié de la société pour laquelle je travaille. Alors que j'imaginais que tu n'avais rien à voir avec elle, que mon travail était indépendant de toi. Et tu sais combien il compte pour moi.

— Oui, je sais. Même si je ne comprends pas très bien pourquoi.

— Laurence…

Elle se pencha en avant, le visage grave.

— Si tu avais grandi comme moi, en te sentant en permanence redevable de quelque chose, moins bien que les autres, tu saisirais pourquoi. Aujourd'hui, je ne dois plus rien à personne.

— Tu en es sûre, Barty ? Tu penses que tu aurais obtenu ce travail si tu n'étais pas liée à la famille Lytton ?

Elle fit la grimace ; c'était un point sensible.

— Sans doute pas, non. Mais j'en ai tiré le meilleur. Et encore plus ici. C'est pourquoi je tiens tellement à travailler dur, à ne jamais être absente ni en retard, ne pas sortir pour déjeuner. Parce que je veux mériter ma place. Ce livre que je suis en train de publier…

— Ah oui, le roman policier.

— Oui. C'est moi qui l'ai découvert, j'ai persuadé les librairies de le prendre, j'ai été pour beaucoup dans le choix de la couverture, Lytton Londres est maintenant en train de s'y intéresser – et c'est le mien, Laurence, le mien. Je ne peux pas te dire l'importance que ça a pour moi.

Il garda un moment le silence, puis :

— Barty, moi non plus, je ne peux pas te dire l'importance que tu as pour moi. Je ne peux pas supporter de vivre sans toi. Je suis désolé, désespéré de t'avoir déçue. Tout n'a été qu'un affreux malentendu, j'avais les meilleures raisons du monde. Je te jure que ça n'arrivera plus jamais. Je t'en prie, crois-moi.

Elle avait envie de le croire, elle voulait le croire. Mais… si jamais il décidait un jour de s'intéresser à Lytton ? Elle pourrait toujours démissionner, travailler pour une autre société, pour Scribner ou Doubleday. Elle n'était pas mariée à Lytton, après tout.

Elle soupira.

— Pourquoi ce soupir ?

— Oh… juste un rêve. Que tout ça ne soit jamais arrivé, que je n'aie rien découvert. Mieux, qu'il n'y ait rien eu à découvrir. Parce que ça a gâché les choses, pour toujours.

— Mais enfin Barty, pourquoi ? Qu'est-ce que ça a gâché ? Qu'est-ce que je peux faire pour te convaincre ? Pour que tu comprennes que je n'ai aucune mauvaise intention, que Lytton n'est rien pour moi ?

— Tu pourrais… vendre la société.

Il la regarda un moment, d'un air très sérieux, puis il esquissa lentement un sourire. Son sourire triomphant, celui qui annonçait une idée – une idée géniale.

— Non, dit-il enfin, non, je ne la vendrai pas. Ce serait plutôt dommage de ne pas la garder dans la famille. Mais j'ai une autre suggestion, Barty, qui pourrait te plaire.

— Laquelle ?

— Que tu m'épouses.

Barty le fixa, les yeux écarquillés ; elle se sentit d'abord brûlante, puis glacée. Elle sentit son cœur s'emballer et la tête lui tourner ; elle avala sa salive, agrippa la table comme si elle voulait retenir une réalité qui la fuyait.

— T'épouser ?

Sa voix était si faible qu'elle pouvait à peine l'entendre elle-même.

— Oui. C'est ce que je souhaite. Je n'ai jamais autant désiré quelque chose de toute ma vie. Je veux que tu m'épouses et…

Elle prit une grande inspiration : elle devait le dire tout de suite, avant d'être emportée sur cette grande vague d'émotion et d'envie, de peur et de désir.

— Et que je renonce à travailler, je suppose ? l'interrompit-elle. Que je renonce à travailler pour être Mrs Laurence Elliott, m'occupant de toi et de tes maisons, dirigeant des architectes d'intérieur, passant mes journées dans le salon d'Elizabeth Arden, ou à faire des courses ? C'est ce que tu veux, n'est-ce pas, Laurence ?

— Renoncer à travailler ? Bien sûr que non. Ça serait le meilleur moyen de te perdre. Je tiens à ce que tu continues, je suis fier de toi et de ton intelligence. Non, au contraire, c'est ça mon idée, je pourrais te donner Lytton New York, je veux dire te céder les parts que je possède, comme cadeau de mariage. N'est-ce pas une excellente idée ?

23

Kit regardait sa mère et se demandait pourquoi elle pleurait ; c'était très rare, elle ne pleurait presque jamais. Et particulièrement cette fois-là, à l'annonce de cette nouvelle, il se serait attendu à quelque chose d'un peu plus... joyeux. Il considéra son père ; lui au moins avait l'air heureux, reposant sa tasse de café avec le soin méticuleux qu'il mettait en toute chose depuis son attaque, tendant sa bonne main pour serrer celle de Kit.

— Bravo, Kit, lui dit-il, un grand bravo. Peu de gens réussissent ça, avoir une bourse dans les deux universités. Mais tu l'as mérité, tu as travaillé très dur.

Celia se moucha et vint le serrer dans ses bras :

— Félicitations, Kit chéri. Nous sommes si fiers de toi, c'est une énorme réussite. Quelle université vas-tu choisir, tu as une idée ?

— Je... je n'ai pas encore pu y réfléchir. Mais je penche plutôt pour Oxford. La tradition familiale et tout ça. Tu es allé là-bas, père, et Barty bien sûr, et Sebastian aussi...

— Il faut le dire à Sebastian, observa Celia.

— Quoi, dans les deux ? Bien joué, mon vieux. Je peux t'emmener déjeuner ?

— Volontiers. Mère a prévu un dîner pour fêter ça ce soir, mais en ce moment je suis libre. Père et mère sont partis tous les deux chez Lytton.

— Et dis-moi, où aimerais-tu aller ?

— Oh, choisissez, vous. Izzie pourrait venir aussi ?

— Elle sera à l'école.

— Oui, c'est vrai. Dommage. Je pourrais lui dire un mot, elle est là ?

— Oui, elle est là. On finit juste le petit déjeuner. Mais ne la garde pas trop longtemps, ou elle sera en retard.

C'était la preuve d'un grand changement dans leurs vies, songea Kit, qu'Izzie et Sebastian prennent maintenant leur petit déjeuner ensemble. Personne n'avait la moindre idée de ce qui avait produit ce miracle, ni n'aurait osé poser la question, mais tous s'en réjouissaient.

Sebastian se montrait toujours très strict avec Izzie, gardait une certaine distance envers elle, mais il n'était pas rare désormais de les voir marcher main dans la main, ou bien assis l'un en face de l'autre, discutant d'un air attentif et sérieux ; même, en certaines occasions, échanger des baisers furtifs mais chargés d'affection.

Izzie restait la même qu'avant, toujours calme et sage, mais avec une assurance nouvelle et réconfortante. Cependant, c'est en Sebastian qu'on observait le plus grand changement. Il était plus doux qu'avant, plus patient. Comme Venetia l'avait fait remarquer récemment, lui adresser une invitation avait retrouvé un peu d'intérêt : il n'acceptait pas très souvent, certes, mais au moins son refus n'était plus couru d'avance.

Plus important, son énergie et son impétuosité d'avant étaient revenues.

Sebastian porta un toast à Kit ; il l'attendait au grill du *Savoy*, une bouteille de Perrier-Jouët en train de refroidir à côté de lui.

— Encore une fois, bravo, Kit. C'est une formidable réussite. J'espère que tu choisiras Oxford.

— Je pense, oui.

— Et tu étudieras quoi, le droit ? Ou bien tu ne t'es pas encore décidé ?

— Oui, je suis attiré par le barreau. L'Église aussi, j'ai toujours un faible pour elle, mais je ne crois pas que je sois suffisamment... humble, commenta-t-il en souriant.

— Je pense que tu aimeras davantage le droit. Et ça rendra tes parents heureux, surtout ta mère. Non qu'il faille choisir une carrière pour faire plaisir à ses parents, d'ailleurs.

— Non, mais si ça peut servir à ça en plus... Mon pauvre vieux père, je ne crois pas qu'il pourra continuer longtemps chez Lytton. Il déteste tellement être poussé dans ce fauteuil roulant...

— C'est quand même mieux pour lui que de rester à la maison à broyer du noir. Et Jay, comment s'en sort-il ?

— Brillamment. On dirait que tous les livres auxquels il participe s'arrachent dans les librairies. C'est très dur pour le pauvre Giles. Rien ne marche jamais bien pour lui. Et maintenant, il y a ce livre de Barty, qui a eu un grand succès en Amérique, et que Lytton va publier. Mère travaille dessus, assistée par Jay. Ça aussi, ça a contrarié Giles.

Venetia gara sa voiture devant le siège de Lytton et traversa le hall en courant. Elle était en retard et ça tombait mal. Pour une réunion, une réunion importante ; sa mère serait furieuse.

Elle était souvent en retard. C'était très bien d'être une femme qui travaille, mais pas toujours facile à concilier avec la maternité. Elle se concentra sur la réunion et son ordre du jour. Il y avait du monde : les commerciaux et les responsables de la publicité, et aussi les maquettistes, qui mettaient au point le bulletin d'information – la toute nouvelle idée qu'elle avait eue concernant le club de livres dont elle avait été l'instigatrice.

— J'ai pensé qu'on pourrait l'envoyer aux écoles, en plus des librairies et des membres déjà inscrits. Il pourrait y avoir dedans un bon qui donnerait droit à une réduction, par exemple de six pence, aux nouveaux adhérents, sur le prochain livre qu'ils commanderaient...

— Pas six pence, Venetia, objecta Jay, ça reviendrait beaucoup trop cher.

— Bon, alors disons trois pence. Je me demandais aussi si nous ne pourrions pas faire une édition de poche du dernier *Méridien*, qui serait vendue bon marché en même temps que le nouveau.

— Sûrement pas.

À la façon dont Oliver réagit, on aurait pu croire qu'elle avait suggéré de vendre les livres de chez Lytton comme une maraîchère ses légumes au marché.

— Tant que je vivrai, pas un seul *Méridien* ne se vendra en édition de poche.

— Mais...

— J'ai dit non, Venetia. Il y a certaines normes littéraires qu'il faut maintenir, même dans le gouffre où le commerce des livres a dégringolé.

— Mais, monsieur (Jay l'appelait toujours « monsieur » au bureau), vous avez dit vous-même que les ouvrages chez Penguin se révélaient une bonne formule de promotion...

— Je sais, Jay. Et je reconnais que j'ai eu tort, la première fois, de refuser de participer au projet de Mr Lane. Nous avons eu un certain succès avec eux, c'est vrai. Mais les *Méridien* sont d'un autre niveau. Je ne pourrai jamais envisager de baisser leur prix de cette manière.

— En tout cas, ça valait la peine d'essayer, dit Venetia à Jay quand la réunion fut terminée. Peut-être que nous trouverons d'autres livres pour enfants à éditer au club. Sinon, je crois que tout marche comme sur des roulettes, non ? Mon Dieu, regarde

l'heure, il faut que je file. Merci, Jay. Un baiser, s'il te plaît...
À bientôt.

— Venetia, je peux te dire un mot ?

— Maman, je ne peux pas rester. Je dois être à l'école d'Elspeth à deux heures, elle joue dans une pièce et j'ai dit que j'y serais...

— Tu es censée travailler ici, tu sais ? Ce serait bien que tu t'en souviennes. Ce n'est pas un passe-temps que tu t'es trouvé...

— Pardon, mais je lui ai promis et...

— Alors vas-y, s'il le faut. Pour cette fois. Moi, j'étais toujours au bureau, Nanny s'occupait de tout pour vous.

— Oui, et...

Venetia s'interrompit ; cela n'aurait fait de bien à personne d'expliquer à sa mère combien ils avaient souffert de son absence aux concerts et aux pièces de théâtre de l'école, combien l'aide de Nanny avait été insuffisante pour leurs devoirs. Sa mère l'avait merveilleusement soutenue pendant les deux années qui venaient de s'écouler ; le moins que Venetia pouvait faire était de ne pas remuer ce passé douloureux.

C'était Celia qui lui avait proposé de travailler chez Lytton.

— Écoute, lui avait répondu Venetia, ça ne marchera pas. Je ne peux pas venir... Mon mari m'a quittée, les gens riraient de moi. Et je serais inutile...

— Venetia, tu crois que je te ferais entrer chez Lytton si tu devais être une gêne pour les autres ? Je pensais que tu me connaissais mieux.

C'était vrai ; sa mère était bien trop pragmatique pour concevoir une pareille chose.

— Plusieurs fois, ces derniers temps, tu as fait de très bonnes suggestions commerciales : le club de livres Lytton, et l'idée du livre de cuisine...

— Papa aime ça, maintenant !

— Ton père finit en général par changer d'avis. En tout cas, je crois que tu es douée pour les affaires. Je ne suggère pas que tu commences en faisant de l'édition, mais Giles n'est pas à la hauteur, et PM ne pourra pas continuer toute seule *ad vitam æternam*. Il nous faut un coup de main sur le plan commercial. J'aimerais que tu y réfléchisses. Ce serait un arrangement strictement professionnel, Venetia. Si ça ne marche pas, j'y mettrai un terme immédiatement.

Venetia l'avait contemplée en silence un long moment ; Celia savait qu'elle était en train de rassembler son courage et sa volonté. Enfin, elle avait acquiescé :

— Oui, très bien, j'accepte. Si tu me dis que tu as vraiment besoin de moi. J'espère que tu n'auras pas à le regretter.

— Je crois qu'aucune de nous ne le regrettera.

Venetia avait commencé non sans inquiétude, et à un niveau modeste ; mais elle avait vite appris et fait ses preuves encore plus vite. Elle avait débuté comme assistante de PM ; deux ans après, elle possédait son propre bureau, et le titre de directrice du développement commercial de Lytton. Elle découvrit que sa mère avait raison, qu'elle possédait en effet un esprit habile et vif, capable de saisir les occasions commerciales, et de les susciter.

Grâce à elle fut conclue la participation de Lytton dans l'Union des lecteurs : elle fit valoir à son père et à Giles, qui y étaient tous les deux fermement opposés, qu'ils avaient enregistré dix-sept mille adhésions au cours de la première année.

Celia était fière d'elle, Oliver aussi, PM fort satisfaite de sa collaboration, et Jay ravi d'accueillir, comme il le disait, une autre Lytton compétente...

— Plutôt que des gens comme ton père et ce pauvre vieux Giles, qui passent leur temps à dire non.

Mais il y en avait un que la tournure des événements désolait : le pauvre vieux Giles.

24

« Un brillant mariage mondain a vu s'unir hier Mr Laurence Elliott, d'Elliott House, Cinquième Avenue, New York, et Miss... »

Barty jeta le journal dans un coin de la pièce ; elle ne pouvait plus supporter ça. Elle était censée les lire, bien sûr, censée les lire tous : c'était dans tous les journaux, et Laurence les lui avait tous fait envoyer chez Lytton, dans un grand paquet marqué « personnel et confidentiel ».

Trois mois plus tôt, quand avait paru l'annonce des fiançailles, il les lui avait envoyés de la même façon.

Ils étaient bien faits l'un pour l'autre, l'heureux couple, avait songé Barty, et bien assortis ; quelle fille pouvait être assez idiote pour accepter de se fiancer avec un homme qu'elle voyait depuis seulement six semaines ? Qui, à part un homme sérieusement perturbé sur le plan émotionnel, pouvait le lui proposer tout en se déclarant toujours passionnément amoureux d'une autre ?

Ç'avait été l'une des nombreuses conversations cauchemardesques entre eux : la dernière – enfin, c'est ce qu'elle avait espéré. Quand il lui avait dit qu'il allait proposer le mariage à Annabel Charlton ce soir-là... « Sauf si tu choisis de m'arrêter, bien sûr. » Elle avait répondu qu'elle n'en avait pas l'intention, ni ce jour-là ni jamais ; mais il avait insisté :

— Tu peux, à n'importe quel moment. Dis-moi juste de renoncer, et je renoncerai.

— Laurence (il lui fallut rassembler chaque once de sa volonté pour aller au bout de sa phrase), je n'ai pas l'intention de te dire quoi que ce soit. J'espère qu'Annabel et toi serez très heureux. Bonne journée.

Mais cela n'avait pas été la toute dernière conversation ; il y en avait eu encore une, la veille même du mariage.

— Je t'aime toujours, Barty. J'annulerai tout si tu me le demandes. C'est toi que je veux épouser.

Elle avait raccroché.

Au début, elle avait refusé pendant plusieurs semaines de donner une réponse à sa proposition ; éblouie par son amour pour lui, et aussi – elle n'aurait pas été humaine si cela n'avait pas compté, au moins un peu – par la proposition qu'il lui avait faite. Une moitié de Lytton New York ! Était-elle vraiment si intéressée, si ambitieuse, qu'elle pût accepter un tel cadeau ? Pouvait-elle l'accepter ? Que diraient les Lytton, Celia et Wol – et Giles ? Pourrait-elle les regarder en face en étant devenue d'un seul coup leur égale, non parce qu'elle l'aurait mérité, mais simplement par son mariage ? De la façon qu'elle désapprouvait le plus chez les autres ?

Non : si elle épousait Laurence, elle refuserait les parts, elle refuserait son cadeau de mariage. Elle n'en voulait pas, elle ne supporterait pas de vivre avec ce poids sur la conscience.

Elle ne vit pas Laurence pendant plus de deux semaines ; elle lui expliqua qu'il lui fallait du temps pour réfléchir à sa proposition, loin de la pression qu'il exerçait sur elle.

Enfin, elle se décida ; pendant un dîner au *Plaza*, elle lui déclara qu'elle aimerait bien l'épouser.

— Tu aimerais bien ? Ça ne manque pas un peu de passion ?

Ignorant sa remarque, elle avait poursuivi en disant qu'elle n'était pas encore prête, qu'elle ne le serait pas avant plusieurs mois ; il lui fallait du temps pour se préparer, pour mettre sa vie en ordre, elle ne voulait même pas que les fiançailles soient annoncées, et s'il le faisait, elle publierait un démenti le lendemain et elle annulerait tout.

Non sans réticence, il avait accepté le marché. Enfin, à la Saint-Sylvestre, leur « anniversaire », elle lui indiqua qu'il pouvait annoncer leurs fiançailles.

— Je t'aime et je veux t'épouser, alors je ne sais pas pourquoi je fais toutes ces histoires, lui avoua-t-elle, et il répondit qu'il n'en avait aucune idée lui non plus.

Ils passèrent la nuit à South Lodge ; il voulait être seul avec elle pour inaugurer l'année la plus heureuse de sa vie.

Et puis cela arriva.

Il devint soudain pâle et agité, la prévint qu'il voulait s'étendre.

— Ce n'est rien, juste une de mes migraines... Si tu ne t'en offenses pas trop, ma chérie, j'aimerais être seul un moment. Les effets ne sont pas toujours très agréables à regarder.

Elle l'accompagna jusqu'au lit puis le laissa seul. Elle dormit dans la chambre d'amis, un peu plus loin dans le couloir. Tôt le lendemain matin, elle se leva et alla voir comment il se sentait. Il souffrait encore beaucoup.

— Je crois que tu devrais téléphoner au médecin. Quand ça va aussi mal que ça, il me fait une piqûre et je m'endors. Je suis désolé, chérie, ce n'est pas très romantique...

Le médecin vint dans l'heure qui suivit et lui fit une injection.

— Il ira bien, maintenant. Le pauvre, c'est affreux, ce genre de chose. Mais il va être KO pendant au moins vingt-quatre heures.

Elle décida de faire un saut chez elle ; elle avait du travail à terminer sur *Les Feux du crépuscule*, elle pourrait le prendre et le rapporter. Elle alla trouver Mills, le chauffeur de Laurence ; il lui dit qu'il serait ravi de la reconduire – avec le magnifique nouveau pont de Triboro, cela ne prendrait que trois heures au maximum.

À midi, ils étaient à Gramercy Park ; elle courut chez elle, ramassa sa serviette, en vérifia le contenu – épreuves, manuscrit original, dessins de couverture – puis téléphona à South Lodge. Laurence dormait toujours profondément.

Elle ressortait de chez elle et passait en revue les lettres posées sur la table de l'entrée, qui l'attendaient depuis quarante-huit heures, quand Elise Curtis sortit de son appartement.

— Bonne année, Miss Miller. Ça fait des mois que je ne vous ai pas vue pour parler un peu.

— Oui, j'ai été souvent absente, s'empressa de préciser Barty, pleine de remords – chaque fois qu'elle apercevait Elise, elle s'arrangeait pour l'éviter. Et j'ai dû aller en Angleterre pendant plusieurs semaines. Mon... mon oncle était très malade...

— Oui, j'ai entendu dire que vous étiez partie. C'était la mauvaise nouvelle qu'annonçait le télégramme, je suppose ?

— Quel télégramme, Elise ?

— Mais celui qui était arrivé pour vous... Je l'ai donné à votre ami, ce gentleman, il vous attendait dehors dans sa voiture, je lui ai dit de ne pas oublier de vous le donner. Il n'a pas oublié, j'espère ?

Il avait essayé, bien sûr ; d'abord de nier puis, quand cela s'était révélé impossible, de se justifier.

— Barty, viens ici, assieds-toi... S'il te plaît, laisse-moi t'expliquer : j'ai été... négligent...

— Négligent ! Une tromperie du genre le plus odieux, le plus cruel qui soit alors que la personne que j'aime sans doute le plus au monde...

— Je croyais que c'était moi.

— Non, dit-elle d'une voix sourde. Non, ce n'est pas toi.

— Je t'en prie... C'était seulement parce que je t'aime tant. Je voulais...

— Laurence, ce n'est pas de l'amour ! J'ai peur que tu ne connaisses rien à l'amour... Je vais dans ma chambre maintenant, je ne peux pas demander au pauvre Mills de refaire encore tout ce chemin pour me ramener. Mais je te préviens, si tu t'approches de moi, je hurlerai et je raconterai à tes domestiques que tu veux me violer ! Bonne nuit, Laurence. Je... je ne crois pas que j'aie envie de te revoir, jamais.

Il avait pensé qu'elle s'en remettrait. Pendant des semaines, comme d'habitude, il l'avait bombardée de coups de téléphone, de fleurs, l'avait attendue dehors dans sa voiture, était resté assis des heures dans le hall de chez Lytton. Finalement, elle lui avait dit qu'elle allait se plaindre à la police pour harcèlement.

— Je ne veux plus t'épouser, Laurence. Tu ne comprends pas ? Je ne veux plus jamais te voir. S'il te plaît, laisse-moi tranquille.

Il changea de stratégie, il usa d'arguments déloyaux – les quasi-menaces de suicide, il allait monter dans son bateau, prendre la mer et s'y perdre – pour chercher à l'effrayer, à la faire céder. Elle tint bon, mais c'était extrêmement perturbant.

Parce que, bien sûr, elle était toujours passionnément amoureuse de lui.

Heureusement, pendant tout ce temps, la sortie des *Feux du crépuscule* lui offrit à la fois un dérivatif et un réconfort. Stuart Bailey avait décidé un premier tirage de deux mille cinq cents exemplaires.

— Je ne pense pas qu'on en vendra trois mille, mais... si tout se passe bien, on devrait en espérer plus de deux mille.

La sortie était prévue le 16 novembre.

— Une semaine avant Thanksgiving, c'est une bonne période.

Même si Lytton ne donnait pas de dîner officiel pour Geordie MacColl, Stuart et Barty l'emmenèrent au King Cole Room du St Regis sur la Quinzième Avenue, et Stuart commanda du champagne Krug pour lancer le livre « qui sera un bon cru ».

Littérairement, l'année avait été très riche : *Des souris et des hommes*, *En avoir ou pas*, *La Citadelle* d'A. J. Cronin, *Le Hobbit* de Tolkien, étaient tous sortis ou sortaient pendant cette période.

— La compétition sera dure, mais il n'y a rien qui ressemble aux *Feux du crépuscule*, dit Barty en levant son verre, donc nous sommes au moins dans la course. Nous en avons imprimé deux mille cinq cents exemplaires.

— Oh, mon Dieu ! s'écria Geordie. Ça va faire deux mille quatre cent quatre-vingt-dix-sept invendus.

— Qui va acheter les trois autres ?

— Ma mère et mes deux sœurs.

Il n'y eut pas une critique le lendemain, dans aucun journal ; Geordie téléphona à Barty, désespéré.

— Vous voyez. Même pas une mauvaise.

— Laissez-leur un peu de temps, rétorqua-t-elle d'une voix ferme. Ils s'extasient tous sur *Un mariage à Boston* pour le moment.

— J'ai remarqué. Je dois me jeter sur mon épée tout de suite ou ce soir ?

— Attendez après le week-end.

Dans le *Sunday Post*, il y eut une petite mais très bonne critique : « Geordie MacColl écrit comme l'ange de la légende, en trempant de temps en temps son stylo dans l'acide pour donner du mordant à son histoire... Un début des plus prometteurs. »

— Vous voyez, vous voyez ! clamait Barty au téléphone. Et il y en aura sûrement d'autres cette semaine.

Le jeudi, le *New York Times* dit des *Feux du crépuscule* que c'était « une vraie perle de roman », et décrivit le talent de Geordie comme « un grain de sable poli dans l'huître qui l'a produite ».

— Un peu obscur, mais gentil, commenta Stuart.

Le lendemain, il se précipita dans le bureau de Barty avec le *Post*.

— Regardez ça, Barty, c'est extraordinaire...

Cela lui ressemblait si peu de manifester autre chose qu'une prudence un peu blasée qu'elle en fut très étonnée et lui prit le journal des mains.

« Ce serait une erreur de décrire Geordie MacColl comme le nouveau Scott Fitzgerald, car son talent est d'un genre entièrement neuf et frais ; mais dans la mesure où il s'attaque un peu au même

221

domaine, et avec le même panache, cela ne serait pas complètement hors de propos. Un roman brillant. »

— Mon Dieu ! fit Barty d'un ton admiratif.

Les livres progressèrent vers la vitrine des boutiques, les affiches fleurirent, et de nouvelles commandes commencèrent à affluer.

Le *New Yorker* salua *Les Feux du crépuscule* comme un livre « sans pareil » ; le *Ladies' Home Journal* comme *Harpers Bazaar* pressèrent leurs lecteurs de l'inscrire sur leurs listes de cadeaux de Noël.

Il y eut d'autres commandes, par cinquantaines puis par centaines d'exemplaires ; lorsqu'un magasin à Atlanta et un autre à Charleston commandèrent tous les deux dix exemplaires, Stuart Bailey signa un ordre de réimpression de dix mille livres supplémentaires.

— À New York, Washington, Boston, on s'attend toujours à ce que ça marche bien. Mais quand on est lu dans ces endroits-là, c'est le signe qu'on passe à une autre échelle.

Ce qui finit d'envoyer Geordie MacColl dans la stratosphère littéraire fut une superbe critique parue dans le très influent *Atlantic Monthly*.

« Une fois tous les dix ans environ, un nouveau grand écrivain est publié. Vient alors le moment où les librairies et les bibliothèques doivent faire de la place sur leurs tables et leurs étagères, et ce faisant, procurer un immense et rare plaisir à leurs clients. Nous vivons actuellement ce moment dans notre décennie ; car une source d'enthousiasme, de fougue, de perspicacité, d'émotion et d'humour délicatement insouciant nous est offerte avec *Les Feux du crépuscule.* »

Stuart se dépêcha de faire réimprimer... puis de réimprimer encore.

Des articles parurent dans tous les journaux sur Geordie, son charme patricien, sa beauté juvénile, son histoire personnelle.

— Par chance, elle est intéressante, précisa Stuart à Barty. Je suis désolée pour sa famille qu'ils aient tout perdu dans le krach, mais c'est excellent pour nous.

D'un seul coup, Lytton devint célèbre ; de petit éditeur modeste, que les grands regardaient avec une bienveillance condescendante, il devint un petit éditeur brillant, que les grands regardaient avec une admiration mêlée d'inquiétude.

Quant à Barty, jusqu'ici inconnue dans les cercles littéraires de New York, elle fut fêtée elle aussi ; Kyle lui écrivit pour la féliciter et lui dire que si jamais elle cherchait un emploi, Macmillan serait ravi de lui en offrir un.

Elle répondit pour le remercier, lui assura qu'elle se trouvait bien là où elle était, mais suggéra tout de même un déjeuner. Pendant celui-ci, au Colony – « C'est moi qui invite » –, elle lui raconta l'issue de sa liaison avec Laurence Elliott (sans lui en donner la raison). Kyle fut très gentil :

— Je suis désolé pour vous, parce que vous devez être triste, mais je suis content pour nous, famille et amis. Il était loin d'être assez bien pour vous.

Il lui parla ensuite longuement de son petit Kyle junior, et de la merveilleuse mère qu'était Lucy. Felicity écrivit quelques jours plus tard à Barty, un charmant petit mot, lui disant combien elle était désolée pour Laurence et combien elle savait qu'elle devait être blessée. « Mais je vous promets que ça ira mieux, vous devez simplement vivre au jour le jour. Et rappelez-vous, vous êtes toujours la bienvenue ici. Vous nous avez manqué. »

En revanche, toujours aucun mot de Maud.

Tandis que l'année s'achevait, que *Les Feux du crépuscule* figuraient dans les vitrines de toutes les librairies et sur toutes les listes de Noël, et qu'elle accompagnait Geordie à une nouvelle lecture publique dans une nouvelle librairie, Barty prenait conscience, avec quelque chose qui ressemblait à du soulagement, qu'elle n'avait pas repensé à Laurence Elliott depuis au moins douze heures.

Pourtant, la nouvelle des fiançailles et les reportages sur le mariage la faisaient souffrir presque au-delà du supportable. Quand il lui avait annoncé qu'il allait se fiancer, elle avait d'abord cru que c'était le genre de réaction que peut avoir un ancien soupirant, qu'enfin il se comportait à peu près normalement. Cela lui faisait mal, mais elle réussit à sourire derrière son téléphone, à lui dire qu'elle était ravie et lui souhaitait d'être très heureux. Mais il reprit alors :

— Barty, je ne veux pas faire ça, je ne veux pas me fiancer à Annabel Charlton, et encore moins l'épouser ! Dis seulement que tu m'épouseras, et j'annule tout ! De bon cœur, joyeusement ! Je t'aime toujours autant...

Elle réussit à raccrocher le téléphone, mais une heure plus tard il sonna de nouveau ; c'était Laurence.

— Maintenant que tu as eu du temps pour y réfléchir, Barty, qu'est-ce que tu en penses ? Est-ce que tu m'épouses ? Ou est-ce que je dois m'unir à Annabel ?

— Je ne t'épouserai pas, dit-elle, s'étonnant du calme de sa propre voix. Et s'il me fallait encore une raison pour m'assurer que j'ai fait le bon choix en te refusant, tu viens de me la fournir. Bonne journée, Laurence, et félicitations à tous les deux.

Puis elle laissa tomber sa tête dans ses bras et sanglota longtemps.

Elle avait cru s'être habituée à la peine, à la solitude, au désarroi, à l'affreuse jalousie ; c'était cette dernière qui la faisait le plus souffrir : l'idée de Laurence avec quelqu'un d'autre, faisant l'amour à quelqu'un d'autre.

Les noces, le mariage, c'était intolérable.

Elle traversa les sept jours qui suivirent comme dans un rêve ; elle écrivit une lettre à Maud, s'excusant auprès d'elle, lui confiant qu'elle avait eu raison, et combien elle lui avait manqué.

Maud téléphona le lendemain, la voix triste, pour dire qu'elle était désolée pour Barty et qu'il n'y avait rien à pardonner.

— Mais maintenant, que vas-tu décider ?

— Maintenant ?

Et tout à coup, alors qu'elle prenait conscience de ce qu'elle allait faire, et qu'elle se demandait pourquoi elle n'y avait pas pensé plus tôt, elle sourit dans le téléphone.

— Maintenant, Maud, je rentre à la maison.

Deuxième partie

1939-1946

25

— Il faut qu'Adele revienne tout de suite à la maison, décréta Celia. Tout ceci est absolument dégoûtant.

Elle parlait comme si l'invasion de la Pologne par Hitler et la déclaration de guerre consécutive de l'Allemagne à l'Angleterre et à la France étaient des désagréments plutôt que des événements d'une portée considérable.

— Je suis d'accord avec toi, ma chérie, mais pourquoi devrait-elle venir ici ?

— Parce que... Oliver, ne sois pas ridicule. Parce que nous sommes en guerre avec l'Allemagne, que la France est en guerre avec l'Allemagne, qu'elle peut être envahie – donc Adele doit rentrer à la maison. Avec ses enfants.

— Adele est chez elle, dans sa maison, avec ses enfants. Elle vit à Paris maintenant, avec le père de ces enfants.

— Ce qui est très regrettable.

— J'avoue que j'ai aussi très peur pour elle, pour eux tous. Comme Luc est juif, ça leur fait courir à tous un très grand danger.

— Oui, je sais.

Lentement, à contrecœur, elle avait changé d'avis au cours des deux années écoulées, à mesure que des comptes rendus paraissaient dans la presse sur la persécution des Juifs en Pologne et même en Allemagne, les Juifs autrichiens forcés de nettoyer les trottoirs sous le regard de leurs persécuteurs nazis, le pillage et l'incendie de plus en plus fréquents des synagogues. Mais ce qui l'avait enfin convaincue, ç'avaient été les événements de la nuit de Cristal, l'automne précédent, la vague de violence organisée pendant vingt-quatre heures à travers l'Allemagne et l'Autriche contre les Juifs. Vingt mille hommes avaient été arrêtés et envoyés dans des camps de concentration, les Sections d'assaut étaient entrées dans les maisons des Juifs pour battre et terroriser jusqu'aux femmes et aux enfants. Celia s'était assise pour lire un article sur le sujet, en larmes ; après quoi elle était allée dans sa chambre et était restée longtemps immobile, bouleversée par les faits et par la terrible erreur qu'elle et ses amis avaient commise.

Certains d'entre eux, dont Bunny Arden, n'avaient pas voulu démordre de leur soutien à Hitler, mais Celia avait dit à Oliver :

— J'ai compris que j'ai eu tort, affreusement tort. Je... je voudrais m'en excuser auprès de toi.

Encore une fois, Oliver avait vu juste : Adele n'avait pas l'intention de revenir en Angleterre.

« Je suis désolée, écrivit-elle à Celia, c'est ici que je suis chez moi. C'est ici que mes enfants sont nés et qu'ils grandiront, c'est ici que je resterai. Luc ne croit pas qu'il y ait beaucoup de danger. Si ça s'aggrave, je penserai à revenir, mais je ne pense pas que ça le deviendra. »

Personne ne prenait la guerre très au sérieux ; la vie n'avait pas changé ou presque – « Paris sera toujours Paris », cette expression fleurissait sur les lèvres de tout le monde.

Tandis qu'Adele promenait le petit Lucas et Noni tous les après-midi, dans l'imposant vieux landau que lady Beckenham lui avait personnellement apporté à la naissance de Noni, elle voyait le même spectacle : des gens assis aux terrasses de café, buvant du vin, fumant, et ignorant ce qui pouvait se passer dans le reste de l'Europe. « Nous avons la ligne Maginot, disait-on. Le bouclier de la France. Nous n'avons rien à craindre. »

Parfois, tandis qu'elle marchait dans les rues avec ses enfants, elle s'apercevait dans une vitrine de magasin – une fille brune et mince, ses cheveux tombant sans façon sur ses épaules, portant une robe de soie imprimée, jambes nues, sans chapeau ni gants, poussant un très grand et très vieux landau – et se demandait où était passée l'Adele Lytton d'autrefois, si gâtée, si chic, si anglaise.

— Je ne crois pas que je pourrai supporter ça, dit Celia.

Elle s'assit à côté du fauteuil roulant d'Oliver, posa sa main dans la sienne.

— Tu veux dire Kit ?

— Oui, je veux dire Kit. Comment peut-il partir, comment pouvons-nous le laisser partir... ?

— Ma chérie, il a dix-neuf ans. Il a le bon âge, il veut y aller...

— Le bon âge ! C'est un enfant... C'est sa seconde année à Oxford. Pourquoi ne peut-il pas attendre et finir ce qu'il a commencé ?

— Tu ne pouvais pas t'attendre à autre chose de la part de Kit. Pas plus que de Jay. Rester à l'écart de ce qui se passe, continuer leurs vies à l'abri pendant que leurs contemporains risquent les leurs… C'est contraire à leur caractère à tous les deux. Je suis fier de lui, fier de son courage, de son désir de servir son pays. J'ai peur pour lui, aussi, n'importe quel père aurait peur. Mais j'aurais eu honte s'il avait été un lâche, s'il s'était caché derrière un prétexte universitaire.

— Boy, bonjour… Qu'est-ce que tu fais ici ?

Venetia le regarda ; il se tenait dans l'embrasure de la porte de son bureau, l'air hésitant.

— Je me demandais si tu me laisserais t'emmener déjeuner.

— Eh bien… pour parler de quoi, au juste ?

— De mon engagement dans l'effort de guerre. Je voudrais en discuter avec toi.

— Ton engagement ? Dans l'armée ?

— Oui. J'y ai beaucoup pensé et je crois que nous devons tous faire ce que nous pouvons pour ce cher vieux pays.

— Oh, mon Dieu.

Elle se sentit très mal, tout à coup. C'était une chose de divorcer de Boy, une autre de le voir partir pour la guerre, avec le risque de… de ne pas le voir pendant très longtemps.

— Et dans quelle armée penses-tu entrer ?

— L'armée de terre. Je n'ai jamais oublié mes jours de gloire dans notre corps à Eton. Je choisirai la Garde royale, je pense. Mais il faut que nous en discutions d'abord, à fond. Je veux que tu participes à mes projets depuis le début.

— Qui s'occupera de la salle des ventes ? Et de la galerie ?

— Eh bien, le vieux Baker reprendra la salle des ventes, il est parfaitement compétent pour ça. Je l'aurai probablement déménagée en dehors de Londres d'ici là, loin des bombes. Et il y a la question de Henry et Rou, aussi. Je me disais que leur collège, là-bas dans le Kent, près de la côte, n'est pas l'endroit le plus sûr. Je pense que nous devrions peut-être les envoyer ailleurs. Il y a beaucoup de sujets dont nous devons parler, tu vois.

— Oui, bien sûr, allons déjeuner. Ça me fait plaisir.

Celia entra tout à coup.

— Venetia… Boy, qu'est-ce que vous faites ici ?

— Il est venu me chercher pour déjeuner, maman, expliqua Venetia, avec un tremblement dans la voix, et parler de… de son engagement dans l'armée.

— Mon Dieu, s'écria Celia, et elle se laissa tomber sur la chaise en face du bureau de Venetia. C'est affreux, tout le monde part. Vous, Kit, Giles, Jay…

— Jay ?

— Oui. Dans les Green Jackets. C'est là que vont tous les anciens de Winchester, d'après ce qu'il m'a dit. C'est affreux aussi pour Lytton de se priver d'un tel talent. Il va terriblement nous manquer…

Seul Boy vit Giles dans le couloir ; il comprit qu'il avait entendu ce que sa mère venait de dire. Avec un serrement au cœur, il le regarda s'éloigner.

— Je voudrais me rendre utile, déclara Barty.

Elle était assise avec Sebastian dans le jardin de Primrose Hill ; l'après-midi était merveilleux et ils prenaient le thé. Izzie lisait, sur sa balançoire ; de temps en temps, elle levait les yeux pour leur sourire puis retournait à sa lecture en repoussant derrière ses oreilles les boucles échappées de ses cheveux. Avec ses grands yeux noisette, son petit nez droit, sa masse de cheveux châtains, serrés en une longue natte qui pendait dans son dos, elle ressemblait tant à Pandora désormais que c'en était saisissant. Mais Sebastian ne semblait plus trouver cette ressemblance douloureuse.

— Te rendre utile ? demanda-t-il à Barty.

— Participer à l'effort de guerre. Je pourrais m'enrôler dans les WRNS, les Auxiliaires féminines de la marine, ou quelque chose comme ça. Helena s'engage dans la Croix-Rouge et…

— Que Dieu nous protège ! Il faut absolument que j'évite d'être blessé.

— Ne soyez pas méchant, Sebastian. Tout le monde est méchant avec Helena. En tout cas, c'est ce que je pense.

Sebastian la regarda attentivement.

— Tu n'es pas très heureuse, n'est-ce pas, Barty ?

— Non, dit-elle d'une voix brusque. Non, je ne le suis pas.

Puis, à sa grande surprise et à son grand embarras, elle éclata en sanglots.

— Je pensais que ça irait mieux maintenant. Ça fait un an que je suis rentrée. Mais je continue à penser à lui tous les jours, Sebastian, je n'arrive pas à le croire moi-même…

— Ma chérie, ça fait neuf ans que Pandora est morte et je pense à elle tous les jours. Contrairement à l'opinion habituelle, je trouve que le temps qui passe n'atténue pas la douleur.

— Je suis désolée… Comment ai-je pu dire cela, surtout à vous ?

— Ce n'est rien. Au contraire, je suis content que tu te sois sentie assez à l'aise pour cela. Et j'ai appris à me débrouiller avec le chagrin. Le temps aide à quelque chose, s'il ne guérit pas. Mais…

oui, Isabella, merci, pose-le là. Et puis laisse-nous, Barty et moi avons encore à parler.

— Non, ne pars pas, dit Barty en tendant la main vers Izzie, c'est agréable de t'avoir ici. Comment ça va à l'école ?

— Pas bien, grommela Sebastian. J'avais prévu qu'Isabella irait à St Paul, je n'avais pas pensé à un pensionnat. Mais avec la guerre, il va sans doute falloir qu'elle quitte Londres. Alors, je pense à des endroits comme Cheltenham…

— Père, claironna Izzie – elle avançait sa petite mâchoire en une moue volontaire qui rappelait tant Pandora que Barty en rit presque –, si c'est dangereux pour moi à Londres, alors ça l'est pour toi aussi. Je ne te laisserai pas ici.

— Tu feras ce qu'on te dira, répliqua Sebastian d'une voix sévère, mais avec des yeux pleins de sollicitude, je ne veux pas que tu coures de danger, un point c'est tout.

— Peut-être pourrait-elle aller dans l'école de lady Beckenham, hasarda Barty.

— Quoi, elle crée une école ? Mon Dieu, et qu'est-ce qu'on y enseignera, l'équitation et le meilleur moyen de traiter les domestiques ?

— Vous êtes injuste. Lady Beckenham est très avisée et elle sait toujours ce qu'elle fait. Mais ce n'est pas son école à proprement parler. Il s'agit plutôt de celle de Henry et Rou qu'elle va accueillir chez elle. Elle savait qu'ils cherchaient un endroit où aller, et elle ne se sentait pas capable de participer à l'effort de guerre en accueillant de nouveau un hôpital.

— Oh, dit Izzie, père, tu crois que je pourrais ? J'aimerais tellement aller à l'école avec Henry et Rou…

— C'est une école de garçons, ils ne te prendraient pas. Maintenant, il est temps que tu fasses tes exercices de piano.

— Oui, père, dit Izzie avec un soupir, mais elle lui sourit en se levant. Barty, c'est une très bonne idée que tu ailles dans l'armée. Tu feras ça très bien.

— Je ne pensais même pas qu'elle écoutait, murmura Barty en la suivant des yeux. Et encore moins qu'elle comprenait.

— Elle comprend tout, précisa Sebastian avec une note de fierté dans la voix.

Mrs Conley apparut sur la terrasse.

— C'est lady Celia, Mr Brooke. Elle veut vous parler de toute urgence.

Sebastian fronça les sourcils.

— Des épreuves pleines d'erreurs, je suppose, maugréa-t-il, avant de disparaître dans la maison.

Il réapparut au bout d'un assez long moment, la démarche lourde, le visage creusé par le chagrin. Il s'assit et prit la main de Barty, commença à jouer distraitement avec ses doigts ; au bout de quelque temps, il soupira :

— Barty, ne t'en va pas tout de suite, sois gentille. Nous avons trop besoin de toi ici.

Il se tut longtemps, puis fouilla dans sa poche pour prendre son mouchoir, se moucha fort ; quand il releva les yeux vers elle, ils étaient pleins de larmes.

— Kit vient juste de recevoir ses papiers. Il... il part dans une semaine pour suivre son entraînement de pilote, là-haut, en Écosse. Oh, Barty, j'ai terriblement peur pour lui...

Elle était trop tourmentée par son chagrin pour se demander pourquoi il s'inquiétait plus pour Kit que pour Giles ou Jay.

26

Quel bruit affreux que celui d'un homme en train de pleurer. Helena écouta avec horreur et effroi. Horreur parce qu'elle savait ce que ces pleurs signifiaient, effroi parce qu'elle savait qu'elle allait devoir y faire face.

Elle confia les enfants à leur Nanny et entra dans le bureau où Giles était assis à sa table, la tête enfouie dans les bras. Devant lui était posée une enveloppe brune, marquée « Ministère de la Guerre ».

Elle passa le bras autour de ses épaules.

— Giles, qu'est-ce que c'est ?

Il se redressa, les yeux bordés de rouge dans son visage blême.

— J'ai échoué à mon brevet d'officier. Toute ma vie n'est qu'un échec. Pas l'étoffe d'un officier. L'étoffe de rien, Helena... Éditeur nul, décevant pour mes parents, incapable de subvenir à nos besoins. Oh, ne prends pas cet air, je sais bien ce que tu penses de moi et combien tu aimerais qu'on ait plus d'argent... Et maintenant, je ne suis pas jugé capable de conduire des hommes au combat. C'est si humiliant... Avec ce fichu Boy, qu'on a bombardé directement capitaine dans les grenadiers de la Garde, en train de parader dans tout Londres, et même le petit Jay, qui va passer son brevet dans quelques semaines, pas de risque qu'il le rate...

— Alors, commença Helena d'un ton hésitant, qu'est-ce que... tu vas faire ? Tu y as déjà réfléchi ?

— Oui. Je vais m'enrôler comme simple soldat. C'est la seule chose que je puisse faire, à part ne pas y aller du tout, et c'est impossible. Qu'est-ce que tu en penses ? Être mariée à un simple soldat, qu'est-ce que ça te fait ? Tu dois être drôlement fière, j'imagine.

— En fait, oui, répondit-elle, en prenant sa main et en l'embrassant. Oui, je le suis.

— Tu dois être très fière de lui, parvint à dire Celia, non sans effort.

— J'essaie de l'être, oui, murmura PM.

— Une affectation dans les Ox and Bucks, approuva Oliver en lui souriant. Rudement fort de sa part.

— Oui. Bien sûr.

— Quand est-ce qu'il part ?

— Je ne sais pas.

Sa voix était morne, dépourvue d'émotion.

— Il suit la formation élémentaire en ce moment.

— PM...

Celia s'avança, lui passa le bras autour des épaules.

— PM, je sais combien tu dois te sentir mal, mais...

— Non, tu ne sais pas, riposta PM d'une voix froide. Tu es inquiète pour Kit qui entre dans l'armée de l'air, je m'en rends compte. Mais Jay utilise les mêmes mots que Jago sur l'engagement, tu comprends ? « Essaie seulement de m'arrêter », c'est ce qu'il me dit. Extraordinaire. Et il dit aussi qu'il a toujours eu de la chance. Je... je ne crois pas que je pourrai le supporter. Je voudrais mourir... Je l'aime tant, je l'aime tellement... Et je ne pense qu'à une chose, au télégramme que je recevrai, dans lequel on m'apprendra que Jay a été... Oh, mon Dieu, aidez-moi...

Elle laissa tomber sa tête dans ses mains, commença à pleurer ; Celia l'entoura de ses bras et, impuissante à faire plus, se mordit la lèvre pour ne pas pleurer elle-même.

— PM, reprit Oliver, la meilleure chose que nous puissions faire pour les jeunes, la seule, c'est de leur donner l'exemple. J'ai découvert ça il y a longtemps. Réfléchis un peu. Tu ne peux pas laisser Jay partir au combat avec comme dernier souvenir l'image de sa mère en pleurs, désespérée, le suppliant de rester à la maison. Il a besoin d'être encouragé. Là-bas, les souvenirs heureux sont d'une valeur inestimable. J'en sais quelque chose.

Celia reconnut son cher vieux sourire d'avant, qu'elle lui rendit, et son visage s'adoucit tandis qu'elle le regardait.

PM resta assise en silence, puis se leva.

— Eh bien, je... je ne sais toujours pas comment...

Il y eut un brouhaha dans le couloir, des cris, des éclats de rire ; Venetia apparut soudain dans l'embrasure de la porte, son bras dans celui de Jay. Il était en uniforme.

— Regardez qui je viens de rencontrer dans l'entrée ! Déjà à la maison pour quarante-huit heures, notre lieutenant Lytton. Même pas passé par la case sous-lieutenant, n'est-ce pas merveilleux ? PM, tu ne trouves pas ton fils magnifique ? Tu dois être fière...

PM contempla Jay en silence ; il paraissait plus âgé, plus grand même, dans son uniforme, son visage plus mince sous ses cheveux coupés ras. Puis elle lui sourit, de ce rare et brillant sourire qui illuminait son visage, avant d'aller vers lui et de le serrer dans ses bras.

— Tu es superbe, Jay. Et je suis très fière de toi. Est-ce que tu voudrais emmener ta vieille mère prendre le thé au *Savoy*, pour tout lui raconter sur la vie militaire ?

Il se baissa pour l'embrasser.

— Excusez-nous, dit-il aux autres, nous avons un rendez-vous.

Et ils sortirent ensemble de la pièce. PM jouait avec les boutons de sa veste. Si quelqu'un méritait la Military Cross, pensa Celia, en les regardant avec des yeux embués, c'était PM.

— Bien joué, lança-t-elle à Oliver, à mi-voix.

Révéler à ses parents qu'il avait échoué à obtenir un brevet d'officier était l'une des choses les plus difficiles que Giles avait jamais eues à accomplir.

Il s'en acquitta de la seule manière possible, simplement et sans faire d'histoires, ni se chercher d'excuses, les yeux baissés, sans ciller, dans le bureau de son père. Mais quand il eut fini, après avoir ajouté qu'il saurait trouver le moyen de servir utilement son pays comme simple soldat, et levé les yeux vers eux, il vit que son père lui souriait, d'un sourire un peu triste ; puis il serra brièvement la main de Giles. Quant à sa mère, à la place du mépris et de la désapprobation qu'il s'était attendu à lire dans ses yeux, il y vit de la douceur et même de la fierté.

— Je trouve que c'est magnifique de ta part, Giles, dit-elle. Et extrêmement courageux, d'une certaine manière. Bravo.

Elle est vraiment imprévisible, songea Giles.

Il faisait terriblement froid à Paris ; il faisait froid partout, c'était l'hiver le plus froid que quiconque pût se rappeler. Adele luttait pour empêcher le poêle de s'éteindre, se battait avec le chauffe-eau récalcitrant, étendait des langes sur les dossiers des chaises, les poignées des fenêtres, partout où ils pouvaient sécher. Elle pensait chaque jour avec toujours plus de nostalgie à l'Angleterre, à Cheyne Walk, à la chaleur et au confort... et à la bonne humeur. Luc, d'humeur massacrante, avait prévenu Adele que le froid lui faisait cet effet.

Les enfants étaient malheureux ; la petite Noni ayant des engelures aux doigts, la sortie quotidienne jusqu'au marché était devenue un supplice. Tout le monde était bien plus obsédé par le froid que par la guerre. Mais chaque fois qu'Adele essayait d'en parler à Luc, de suggérer, à mots couverts, qu'elle et les enfants seraient peut-être plus en sécurité en Angleterre, il s'emportait.

— Vous êtes en sécurité ici, Paris ne sera jamais envahi ! Et comment veux-tu gagner l'Angleterre ? Hitler bombardera ou torpillera les bateaux !

Adele estimait que cela contredisait ses déclarations qu'ils n'étaient pas en danger, et elle le lui dit ; mais Luc refusait d'admettre qu'elle pourrait être plus en sécurité en Angleterre.

— C'est ton foyer, tu as des enfants français, un mari français...

— Pas un mari, Luc, malheureusement.

Une querelle amère s'ensuivit, se terminant en larmes pour elle, et en un mélange de reproches et de remords pour lui ; pour finir, ils firent l'amour sans conviction. Surtout Adele, qui dans ce genre de situation craignait toujours de retomber enceinte. Pourtant, un peu plus tard, allongée dans les bras de Luc, elle songea qu'elle avait largement de quoi être reconnaissante envers la vie. Il semblait l'aimer et, pour des raisons complexes qu'elle-même ne démêlait pas entièrement, elle était sûre de l'aimer.

— Alors, tu apprécies la vie militaire ? questionna Venetia d'un air détaché, en prenant la cigarette que Boy lui offrait.

Ils déjeunaient dans ce qui allait devenir le bastion de la vie londonienne pendant la guerre, le Dorchester – le Dorch, pour les initiés. D'après ce qu'on disait, c'était l'hôtel le plus sûr de la ville, grâce à sa structure en béton armé ; et les bains turcs de son sous-sol constitueraient un parfait abri antiaérien en cas de besoin.

Venetia et Boy s'y retrouvaient souvent pour déjeuner, officiellement parce qu'ils avaient beaucoup de sujets pratiques à passer en revue, en réalité parce qu'ils y prenaient un certain plaisir.

— J'aimerais sans doute la vie militaire si je la connaissais, répondit-il, non sans lassitude. Je ne m'attendais pas à faire partie de la garde de Buckingham Palace. J'avais l'espoir de participer plus glorieusement à l'effort de guerre.

— Il n'y a pas beaucoup d'efforts à fournir, on dirait. Tous ces préparatifs et puis… rien. Même les évacués sont revenus à Londres. À ce train-là, l'école d'Henry n'aura pas besoin de déménager.

— Si, je pense que si. Où ça en est ?

— Le directeur dit qu'il aimerait être à Ashingham pour le printemps, donc déménager pendant les vacances de Noël. Mais ça ne sera pas prêt. Grand-mère s'inquiète pour les toilettes, et de toute façon lui-même reconnaît qu'il n'y a pas d'urgence.

— Je pense qu'il essaie surtout de ne pas vous alarmer. Aucune personne sensée ne peut imaginer que ce calme va durer longtemps. Champagne ?

— Oui, s'il te plaît. Pourtant, il est difficile de s'inquiéter. Giles dit que, en France, ils passent leur temps à écouter des discours qui leur expliquent pourquoi ils doivent se battre, et à se demander pourquoi ils ne se battent pas.

— Au moins, il est en France, commenta-t-il tristement.

C'était un Noël bizarre ; tout le monde se sentait coupable de ne pas souffrir davantage. Les Lytton vivaient tous à Ashingham, sauf Helena, qui séjournait chez ses parents. Venetia avait amené ses enfants et aussi, à leur demande insistante, Boy, que lady Beckenham avait exilé d'autorité dans le Colombier. Barty, PM et Gordon étaient là, ainsi que Jay, qui bénéficiait d'une permission. À la dernière minute, Sebastian avait cédé au harcèlement d'Izzie et les avait rejoints. L'absence d'Adele les attristait : Luc, inflexible, avait refusé d'aller en Angleterre.

« C'est à cause de toute cette histoire absurde avec maman sur les Juifs et ses amis fascistes, écrivit Adele à Venetia. Amusez-vous bien quand même. »

On évoquait beaucoup la possibilité que la famille vienne se réfugier à Ashingham, comme pendant la précédente guerre.

— Même si je dois dire, commentait lady Beckenham, que ce n'est plus un abri aussi sûr qu'à l'époque. Londres s'est considérablement agrandi depuis et nous en sommes beaucoup plus proches aujourd'hui. Et les bombardements seront certainement bien plus importants.

— C'est quand même l'abri le plus rassurant que nous ayons, observa Boy. Et je pense qu'il est sûr. La vérité, c'est que personne ne peut prédire ce qui va se passer. Nous ne pouvons… qu'espérer.

— Comme la dernière fois, conclut lady Beckenham.

Kit n'avait jamais été aussi heureux. Jusqu'ici, il n'avait guère rencontré de raisons de se plaindre de la vie ; mais aujourd'hui, tandis que l'hiver glacial se muait en un printemps précoce, que les alouettes et les crécerelles montaient dans le ciel bleu clair qui dominait la lande écossaise, il se sentait tout proche du paradis. Voler était son rêve depuis toujours : la liberté, le sentiment de puissance, l'ivresse…

Là-haut, il se trouvait dans son élément, à sa place. Les jours où il ne volait pas, il se sentait bizarre, comme privé de quelque chose ; rendu à son royaume, il se détendait et recommençait à vivre.

Tout au long de l'hiver de la « drôle de guerre », lui et ses camarades avaient été impatients de plonger dans l'action ; en mars, leur escadron reçut enfin l'ordre de se rendre à Biggin Hill, près de Bromley, dans le Kent.

Kit et la plupart des autres devaient voler sur des Spitfire, des avions récents mais déjà légendaires, munis du même moteur que les Hurricane mais bien plus légers. Le « Spit » s'élevait en l'air à une vitesse incroyable : « Six mille mètres en huit minutes, écrivit Kit à Celia, et il peut voler à cinq cent quatre-vingts kilomètres à l'heure. Excellent pour le combat rapproché. Et ne t'inquiète pas, le cockpit est en verre blindé. »

Celia éprouvait quelques difficultés à trouver cela rassurant.

Mais Kit avait une autre raison pour se sentir heureux ; il était amoureux. Catriona MacEwan était la fille du médecin local de Caldermuir, le village le plus proche de la base ; pas tout à fait dix-huit ans, cheveux bruns, yeux bleus, elle était sur le point de quitter la maison pour suivre une formation d'infirmière à l'hôpital d'Édimbourg. Elle avait rencontré Kit à un bal dans la salle des fêtes du village, et ç'avait été le coup de foudre.

Ils n'allaient pas plus loin que des baisers et des caresses ; mais c'étaient des baisers passionnés, des caresses avides. Catriona déclara un soir à Kit d'une voix tremblante, en repoussant doucement mais fermement sa main qui s'aventurait vers le haut de ses cuisses, qu'ils auraient bientôt des ennuis s'ils faisaient sans cesse reculer les limites de ce qu'ils s'autorisaient. Mais elle fondit en larmes quand Kit lui répondit que, dans quarante-huit heures, ils seraient séparés.

Luc était encore une fois en retard : Adele lui en voulait car elle avait préparé le dîner pour sept heures, comme il l'avait demandé.

Elle n'avait pas peur qu'il la trompe, pour la simple raison qu'il ne pouvait pas se le permettre. Il devait les faire vivre, elle et leurs enfants, et aussi entretenir sa femme, l'exigeante et acariâtre Suzette, dans son appartement bien chauffé. Si Adele éprouvait de la jalousie ou du ressentiment envers un tiers, c'était envers le travail de Luc ; s'il n'était pas à la maison, c'est qu'il se trouvait dans les confortables bureaux de Constantine et Fils. Là était sa vraie maîtresse, c'est là-bas qu'il lui était infidèle ; s'il la délaissait, c'était pour les agréments dont il y bénéficiait.

— Il faut que je parte, soupira Luc en regardant la pendule sur le manteau de la cheminée de la chambre. Mon dîner m'attend.

— Juste ton dîner ? s'étonna Suzette. Tu as l'air fatigué, Luc.

— Je suis fatigué, très fatigué. Ce n'est pas facile, travailler si dur pour retrouver ensuite l'appartement en désordre, les nuits agitées. J'ai peur qu'Adele ne soit pas tout à fait la maîtresse de maison que j'avais espéré.

— Elle est anglaise. J'aurais pu te prévenir.

— Tu aurais pu et tu aurais dû. Mais… c'est trop tard, maintenant.

— Il n'est jamais trop tard. Toi particulièrement, tu devrais le savoir. Rien n'est irréversible.

— Même pas deux enfants ?

— Bien sûr que non. Renvoie-la chez elle en Angleterre, c'est ce qu'elle veut. Elle sera plus heureuse là-bas.

— Mais j'aime ces enfants. Beaucoup, même. Ils sont beaux, charmants, intelligents…

— Alors, je ne peux pas t'aider. C'est incurable.

Elle tendit la main vers lui, commença à le caresser, sourit quand elle sentit l'inévitable arriver.

— Suzette…

Le dîner attendrait ; il s'abandonna au plaisir.

Pour finir, il répéta qu'il devait partir, s'assit sur le bord du lit, alluma une Gauloise. Elle tendit la main pour la prendre d'entre ses lèvres, aspira une bouffée et la lui rendit, puis recommença à lui caresser le dos.

— Tu es maigre…

— Oui… la vie est difficile. Pour nous tous, bien sûr, mais particulièrement pour moi. Adele n'a pas l'air de comprendre combien de sacrifices je dois accepter pour elle.

Il soupira, baissa les yeux vers Suzette, vers son corps nu, commença à lui caresser les seins.

— Nous aurions dû avoir nos propres enfants. Comme tu l'as souvent suggéré. J'aurais dû être moins égoïste. Tout aurait pu être différent.

27

— Finalement, ma chérie, je crois que tu devrais rentrer en Angleterre. Avec les enfants. J'ai de plus en plus peur pour vous.

Les yeux de Luc étaient tendres et remplis d'inquiétude.

— Oh, Luc, non. Je ne pourrais plus, maintenant. C'est ma maison ici, et celle de nos enfants.

— Mais Hitler est en marche ! Je crois que c'est égoïste de ma part de te garder ici. Je veux que tu sois en sécurité. Et peut-être qu'il ne reste plus beaucoup de temps pour prendre les dispositions nécessaires.

Adele soupira ; ce ne serait pas bien de quitter Luc, d'éloigner ses enfants de lui. Il était maintenant son foyer et sa famille. Elle devait s'en souvenir et se montrer courageuse.

— Non, Luc, je ne pars pas. Désolée. Tu ne pourras pas te débarrasser de moi aussi facilement, mon chéri...

C'était le 9 mai 1940.

— Maman ? Tu as entendu les nouvelles ? Bien sûr que tu les as entendues, quelle question stupide ! Hitler a envahi la Hollande, et aussi la Belgique et le Luxembourg. Ça a commencé, vraiment commencé. Boy avait raison.

— Quand part-il ?

— D'un jour à l'autre. Mon Dieu, j'aimerais tellement que Dell soit ici ! Nous devrions emmener les enfants à Ashingham, tu ne crois pas ? Les filles, je veux dire.

— Oui. Ça pourrait devenir très dangereux très vite.

— Et toi, qu'est-ce que tu vas faire maintenant ?

— Maintenant ?

Le ton de Celia montrait assez clairement qu'elle trouvait la question absurde.

— Aller chez Lytton, bien sûr.

Cela lui avait réussi pendant la dernière guerre, songeait-elle tandis qu'elle grimpait l'escalier de son cher bureau, cela lui réussirait à nouveau. Ici, à l'intérieur de ces murs, elle pouvait se cacher de la réalité, se cacher de ses peurs. Les guerres finissaient un jour, la vie continuait. On ne pouvait pas faire le vide autour de soi, comme si la guerre était la seule chose qui importait. Même quand votre plus jeune enfant était sur le point de s'élancer dans le ciel pour combattre, dans un avion qui n'offrait guère plus de protection qu'une motocyclette...

Son téléphone sonna.

— Celia ?

— Oui. Bonjour, Sebastian.

— Vous devez être très inquiète… Je voulais juste vous dire que j'étais là, que je pensais à vous et à Kit. Que je vous tenais la main, en pensée.

— Vous pourriez avoir à le faire au sens propre…

C'était le 10 mai.

— Ma chérie ! Ne me dites pas que vous êtes encore ici…

C'était Cedric, près de la fontaine de la place Saint-Sulpice, suprêmement élégant en pantalon de flanelle blanc et chemise blanche, ses boucles blondes plus longues qu'auparavant, accompagné par un jeune homme aussi beau et aussi blond que lui.

— Bien sûr que je suis encore ici, dit-elle en serrant le frein du landau pour se jeter dans ses bras. Comme je suis contente de vous voir !

— Et moi donc… Plus belle que jamais. Je vous présente Philippe, Philippe Lelong. Un photographe d'un immense talent. Nous aurions bien eu besoin de vous aujourd'hui, ma chérie. Il nous fallait six landaus, et six caniches nains pour mettre dedans. Pas facile à trouver… Mais vous auriez réussi en un rien de temps.

Peut-être pas en un rien de temps, songea Adele avec un pincement au cœur en repensant à son ancienne vie, mais elle les aurait trouvés.

— C'est amusant…

— Non, c'était horrible. De toute façon, c'est mon dernier travail à Paris. Je file me mettre à l'abri à la maison, comme un lapin qui a peur. J'ai essayé de persuader Philippe de venir avec moi mais il prétend que je suis stupide, que j'exagère beaucoup le danger.

— Bien sûr que oui, acquiesça Adele. Moi, je n'envisage même pas de partir. Les Allemands n'arriveront jamais à Paris.

— J'aimerais en être aussi certain que vous…

— Est-ce que le *Style* anglais publie toujours sa lettre de Paris ?

— Oui. Philippe est leur meilleur collaborateur, il est excellent pour les potins. Pourquoi ne leur proposez-vous pas vos services au moins pour ça, ma chérie ? Ils adoreraient.

— Les seuls potins que je connaisse sont ceux que j'apprends dans l'aire de jeux des enfants au jardin du Luxembourg. Oh, Cedric, c'est si bon de vous revoir… Êtes-vous vraiment inquiet de la situation ?

— Mais oui, ma chérie, lui répondit-il d'un ton sévère, presque en colère. Et vous devriez l'être vous aussi, si vous aviez un peu de bon sens.

— Eh bien, peut-être que je n'en ai pas. Noni, pas trop près de la rue, mon ange...

— Quelle exquise petite créature, s'exclama Philippe Lelong. Est-ce que je peux prendre quelques photographies d'elle ?

— Bien sûr. Noni, ça ne t'ennuie pas, ma chérie ?

Noni sourit, de son sourire plutôt lent et solennel.

— Non.

— Bien. Voyons... nous allons la mettre ici, devant les fontaines. Souris, ma petite fille, comme ça... et encore ici, voyons... Je vous enverrai un exemplaire, dit-il quand il eut fini. Cedric me donnera votre adresse.

— Merci beaucoup. Maintenant, je dois y aller. Cedric, faites mes amitiés à tout le monde, s'il vous plaît. Dites aussi à Venetia que je vais bien, et ne leur racontez pas que la situation est dangereuse, même si vous le pensez. Ils s'inquiètent déjà suffisamment comme cela.

— Je leur parlerai de tout ça d'une façon très gaie et détachée. *Au revoir, mon ange**. Prenez bien soin de vous.

Elle l'embrassa de nouveau, et se sentit affreusement triste quand elle les vit s'éloigner ensemble.

Ils dînaient au Savoy ; c'était plein à craquer, tout le monde était impeccablement habillé, Venetia étrennait une superbe robe noire ornée de perles...

— Probablement la dernière robe neuve avant un bon moment, dit-elle à Boy comme celui-ci l'admirait.

Il lui sourit, contempla la salle : les gens bavardaient, saluaient des amis, dansaient ; personne n'aurait pu imaginer que le pays était en guerre. Mais Boy, lui, ne parlait guère, il paraissait un peu distrait ; ils dansèrent deux ou trois fois puis il demanda :

— Pouvons-nous nous asseoir ?

— Bien sûr.

Une fois à leur table, elle le contempla, impeccable comme toujours dans son smoking.

— Alors, comment te sens-tu ?

— Un peu bizarre. Excité, dans un sens. Et aussi soulagé que ça commence vraiment.

— Et... la peur ? Tu n'as pas peur du tout ?

— Un peu, si. Il faudrait être inconscient pour ne pas avoir peur. Je pourrais ne pas revenir, ou revenir blessé. Je pourrais ne pas me conduire comme je le voudrais...

— Allons, je n'ai jamais connu personne d'aussi maître de soi-même que toi. Sauf peut-être maman. Elle est très courageuse, elle aussi, c'est sans doute la personne la plus courageuse que je connaisse. D'ailleurs, Sebastian le dit souvent.

— Eh bien, il sait sans doute ce qu'il dit.

— Pourquoi cette remarque, s'étonna-t-elle, mais Boy prit une expression de parfaite ignorance.

— Sans aucune raison. C'est le champagne.

— Menteur...

— Ça, oui. Comme tu le sais. Venetia, écoute, j'aimerais que tu quittes Londres.

— Je ne peux pas. J'ai un travail. C'est nouveau, d'accord, mais c'est très important pour moi.

— Tu es plutôt courageuse, toi aussi. C'est une des choses que j'ai toujours admirées chez toi.

— Moi ? Qu'est-ce que j'ai jamais fait de courageux ?

— Tu as tenu tête à ta mère, pour commencer. Insisté pour m'épouser. Même si ça s'est révélé une grosse erreur... Ensuite, tu as eu tous ces bébés.

— Toutes les femmes ont des bébés.

— Oui, et beaucoup font énormément d'histoires. Toi, pas un mot, pas une plainte, au dire de tout le monde. Je...

Il s'arrêta, prit une longue inspiration, puis commença à parler, très vite.

— Il y a quelque chose que je veux te dire. Je ne sais pas si tu me croiras, ni si c'est quelque chose que... tu as envie d'entendre. Mais j'ai décidé que je ne pouvais pas partir sans te l'avoir dit. Je t'aime toujours. Voilà, c'est tout. C'était très important pour moi, Venetia.

— Oh, fit-elle.

Elle était très surprise, même choquée.

— Je vois...

— Je sais que tu as traversé des moments horribles à cause de moi, et j'en ai honte. Ça aussi, je voulais te le dire.

La rage saisit soudain Venetia, violente, brûlante. C'était si facile pour lui... Se conduire d'une façon éhontée pendant tout le temps de leur mariage et puis, tout à coup, parce que ça l'arrangeait, parce qu'il partait, lui dire qu'il l'aimait. Elle le fixa dans les yeux, et elle sentit qu'elle s'empourprait.

— Écoute, enchaîna-t-il, je... je me rends compte que je t'ai troublée en disant ça. C'était un peu déplacé de ma part. J'aurais mieux fait de partir sans bruit, je suppose. Je ne m'attendais certes

242

pas à ce que tu te jettes dans mes bras, en me disant que tu me pardonnais.

— Non, j'espère que non, en effet.

Il y eut un silence, puis il se leva.

— Je suis désolé. C'était une mauvaise idée de ma part. Si tu veux rentrer chez toi, je comprendrai.

— Je... Oui, je vais peut-être rentrer. Ça a vraiment du mal à passer.

— Je comprends. Pardonne-moi.

Une fois chez elle, elle alluma une cigarette ; peu à peu, sa colère se calma et elle se sentit très malheureuse. Malheureuse et blessée, mais une forme de chagrin toute nouvelle. Elle examina l'une des quelques photographies qu'elle avait conservées d'elle et de Boy – pas celles de leur mariage, elle avait rangé celles-là, mais une du baptême d'Henry, prise par Adele. Boy et elle se regardaient en riant, avec le petit visage endormi d'Henry entre eux, si heureux... Elle se rappela le jour où il était venu vers elle après la naissance de Rou ; il s'était assis sur son lit, l'avait embrassée et lui avait dit simplement « merci ». Elle avait alors éprouvé une sensation de sécurité.

La sécurité : c'était quelque chose qu'aucun d'eux ne connaîtrait plus avant longtemps. Quelque chose de précieux, d'à moitié oublié déjà ; le danger allait remplir leurs vies à tous, il les cernerait, ne les laisserait jamais en paix.

Elle pensa à Boy, qui allait partir demain, vers un terrible péril ; en dépit de tout, elle aurait voulu pouvoir le retenir, l'en empêcher. Elle continuait à le voir assis en face d'elle, nerveux et gardant le silence, alors que cela lui ressemblait si peu, puis disant la dernière chose à laquelle elle s'attendait, la dernière chose qu'elle aurait voulu entendre. Ou bien l'avait-elle voulu, en réalité ? Était-elle si en colère ? Et si oui, pourquoi ? Et demain, serait-elle contente de l'avoir renvoyé, repoussé, alors que cela lui avait visiblement coûté de parler, alors qu'il s'était montré sincère ? Une idée lui vint ensuite à l'esprit ; elle y réfléchit quelque temps, avant de se sourire à elle-même ; après quoi elle traversa la pièce, prit son téléphone et composa le numéro de l'appartement de Boy à Pont Street...

Ce qui se passa entre eux cette nuit-là fut extraordinaire : tout y était, tendresse, violence, douceur, familiarité, attrait du nouveau, même. Elle n'aurait pas cru que c'était possible, pas cru que cet homme, avec qui elle avait eu quatre enfants, partagé presque dix ans de mariage, puisse la conduire un jour dans cette nouvelle sphère, plus loin, plus haut, plus profond qu'elle se souvînt d'être allée. On aurait dit qu'il voulait atteindre, explorer, savourer chaque région de ce corps qu'il connaissait pourtant si bien ; qu'il voulait s'imprimer en elle et qu'elle s'imprime en lui. Et quand ce fut fini, qu'ils restèrent étendus en se serrant l'un contre l'autre, elle sentit des larmes couler sur son visage et se rendit compte que c'étaient celles de Boy ; elle se rendit compte, également, qu'ils avaient chassé les sombres fantômes du passé, et que quoi qu'il arrive maintenant, ils auraient ça, ce merveilleux souvenir pour les soutenir et les aider.

— Je t'aime, furent les seuls mots qu'il lui répéta, à maintes reprises, en lui caressant les cheveux.

— Je t'aime aussi, Boy, dit-elle, et elle s'endormit en souriant.

Barty considérait Wol, assis dans son fauteuil roulant, derrière son bureau ; ses yeux bleus, délavés maintenant, étaient fixés sur elle.

— Barty, ma chérie, je sais que tu veux rejoindre un de ces corps d'auxiliaires féminines. Je vais te demander de ne pas le faire tout de suite.

— Mais Wol, je ne trouve pas que ce soit bien de ma part de rester assise ici, à lancer de nouveaux titres et corriger des épreuves de catalogues pendant qu'Hitler avance sur nous. Je veux partir. Et je vais partir. Je... je n'ai plus sept ans, Wol. Ni même dix-sept. J'en ai trente-deux. Donnez-moi juste votre approbation, je vous en prie.

Il resta assis à l'observer en silence.

— S'il te plaît, attends un peu. Fais-le pour moi, et pour Celia. Je t'en prie. Trois de nos quatre enfants courent un grave danger. Kit vole, Giles est quelque part en France, Adele est à Paris, et Dieu sait ce qu'elle deviendra. Si tu pars toi aussi, j'ai peur pour Celia.

— Pour Celia !

— Oui. Elle est effrayée comme je ne l'ai jamais vue. J'irais même jusqu'à dire qu'en fait, je ne l'avais jamais vue effrayée jusqu'ici. Mais cette fois, j'ai peur qu'elle s'effondre. Barty, reste ici avec nous, au moins pour un moment. Elle... nous t'aimons tellement. Ne nous donne pas plus de raisons encore d'avoir peur.

— Wol, je...

— Barty, je t'en prie, insista-t-il, d'une voix creusée par l'émotion. Je t'en supplie, même. Fais-le pour nous, Barty, s'il te plaît.

Son regard rivé dans le sien, il l'implorait. Ce n'était pas juste ;

il avait déjà utilisé à plusieurs reprises ce chantage émotionnel ; cette fois, elle ne céderait pas.

Il tendit la main vers son stylo, mais ne pouvait **pas** l'atteindre, ni amener son fauteuil roulant plus près du bureau ; et il restait assis là, regardant son stylo d'un air impuissant, se mordant la lèvre et refusant de rien demander de plus à Barty. Alors, elle sut qu'elle ne pouvait pas le blesser davantage : pas maintenant, pas tout de suite.

— Très bien, Wol, s'entendit-elle répondre, tout en s'approchant pour lui tendre son stylo, je vais rester. Quelque temps en tout cas. Vous pouvez prévenir Celia que je ne partirai pas tout de suite.

C'était le 18 mai.

— Luc, j'ai quelque chose à te dire. Je… c'est-à-dire, je crois que je suis peut-être enceinte.

— Tu as vu le médecin ?

La panique l'étouffait, il allait se sentir mal.

— Pas encore, non. Je voulais te le dire d'abord. Mais… qu'est-ce que tu en penses, Luc ? Tu es content ?

— Je ne sais pas ce que j'en pense, Suzette. Je ne sais vraiment pas.

Le printemps était magnifique. L'affreux hiver n'était plus qu'un mauvais souvenir : la ville revivait sous le soleil. Adele, tandis qu'elle poussait les enfants dans leur landau, se sentait soudain heureuse, très heureuse. Les marronniers étaient en fleur sur les boulevards, les terrasses de café s'étendaient à nouveau sur les trottoirs ; de jolies filles en robes printanières s'y asseyaient pour boire du citron pressé, les hommes se bousculaient avec bonne humeur pour s'asseoir avec elles.

Bien sûr, des nouvelles inquiétantes circulaient, comme l'invasion de la Hollande et de la Belgique, ou des rumeurs sur la présence des Allemands dans les Ardennes ; mais les lignes françaises tiendraient.

Beaucoup de gens quittaient néanmoins Paris, pour descendre vers le sud – même si ceux qui restaient affirmaient qu'ils avaient tort, que c'était inutile, surtout quand on n'avait nulle part où aller. Il y avait aussi trois jours par semaine sans viande dans les restaurants, trois jours où on ne pouvait servir que du vin, rien de plus fort, et trois jours sans pâtisseries. Mais la nourriture demeurait abondante sur les marchés, les théâtres étaient pleins, une nouvelle comédie de Cocteau aux Bouffes faisait un tabac, et les spectateurs chics allaient encore boire du champagne au *Ritz* avant le lever du rideau.

Adele, comme la plupart des Parisiens, s'accrochait à tous ces petits détails, et à l'impression de sécurité qu'ils lui donnaient.

Deux nouveaux jardins venaient de fleurir sur les quais de la Seine, remplis de tulipes aux couleurs éclatantes. Adele y sortait Noni de son landau pour la laisser courir et les admirer. C'était une enfant agréable, jamais tentée de cueillir les fleurs ni d'en arracher les pétales. Sa facilité de caractère était touchante, spécialement dans le petit appartement, comme si elle comprenait ce qu'on attendait d'elle, rester aussi calme et tranquille que possible.

Luc, ces derniers temps, était bizarre. Plus tout à fait lui-même. Distrait, inquiet – il disait que c'était à cause de la guerre –, mais aussi plus gentil qu'avant, de meilleure humeur. Il continuait à la presser de rentrer chez elle, mais elle n'y prêtait pas attention. Ils étaient plus heureux ensemble et elle n'allait pas laisser Hitler gâcher son mariage – c'en était presque un, après tout.

— Mère ? C'est moi, Kit.

— Kit ? Oh, mon chéri, comment vas-tu ? Qu'est-ce que tu... ?

— Parfaitement bien, merci. Je me plais beaucoup ici.

— Et tu n'as pas été... blessé ni touché, rien ?

— Mais non, ne sois pas stupide. Nous leur en faisons baver. Ne t'inquiète pas pour moi. Oh, je dois y aller. Au revoir, mère. Embrasse père pour moi.

Il ne voyait pas l'intérêt de lui expliquer que deux cent six des quatre cent soixante-quatorze avions britanniques étaient déjà détruits.

Le président du Conseil français, Paul Reynaud, avait expédié un télégramme à Churchill : « La route de Paris est ouverte. Envoyez toutes les troupes et les avions que vous pourrez. »

C'était le 20 mai.

— Vous pensez... vous pensez que Giles pourrait être là-bas ? demanda Helena.

Elle travaillait au Guys Hospital et était passée chez Lytton, pour voir si Celia et Oliver avaient des nouvelles – l'inquiétude lui permettait de surmonter tout autre type d'appréhension. Dans le bureau de Celia, ils regardaient le journal, des photographies de soldats sur la plage à Dunkerque ; sur les prises de vue aériennes, les hommes ressemblaient à des mouches. Des mouches sans défense, bombardées par les avions allemands. Quant au compte rendu, il annonçait l'impensable : l'armée britannique était défaite.

246

— Je ne sais pas, reconnut Celia.

Elle aussi fit une chose impensable : elle prit la main d'Helena.

— Mais je suppose que oui.

C'était le 27 mai.

Il fallut plusieurs mois avant qu'Helena entende le récit complet des aventures de Giles à Dunkerque. Pas par lui – il lui en fit un, bref et modeste –, mais par un de ses hommes. Dans une de ces coïncidences que la vie se décide parfois à nous offrir, le soldat Collins était arrivé au Guys Hospital avec une blessure à la tête. Il était justement dans l'une des salles où Helena travaillait avec son chariot de la Croix-Rouge.

Il lui raconta, avec moult détails, l'histoire complète des quatre terribles jours qu'ils avaient passés là-bas.

— Je sais pas ce qu'on aurait fait sans Lits, et c'est la vérité vraie. Sacré type qu'il a été, s'cusez mon langage, Mrs Lytton, mais c'est grâce à lui et au sergent Collingham qu'on a tenu bon. Vous connaissez le sergent Collingham, Mrs Lytton ?

— J'ai fait sa connaissance, oui.

C'était Tom Collingham, un des garçons de ferme d'Ashingham avec qui Giles avait joué quand il était enfant, qui plus tard lui avait appris à tirer des lapins, et qui avait beaucoup fait pour l'aider, au début de la guerre, dans l'art difficile de s'accommoder de la vie de simple soldat quand on a été élève à Eton.

— Le commandant, il servait à rien de rien. Sympa quand tout allait bien, blablatant des tas de beaux discours sur le roi et le pays et toutes ces foutaises, mais quand ç'a commencé à aller mal, sacrément inutile qu'il a été, et même pire que ça. Les choses sont allées très mal pendant plusieurs jours de suite. Nous, on était encore en train d'attaquer, mais on avait l'impression que personne chez les officiers savait très bien ce qu'il faisait. Lits a été drôlement bien alors – je veux dire votre mari, Mrs Lytton –, toujours content, toujours courageux. Il s'est même battu plusieurs fois au corps à corps contre des soldats allemands. En tout cas, en fait d'attaque, on était plutôt en train de battre en retraite, et c'était terrible.

« On marchait la nuit, on savait pas où on allait, et beaucoup de sections avaient l'air perdues, mais pas la nôtre. Le sergent Collingham était toujours là avec nous, nous houspillant quand il fallait, nous faisant rester en ligne, nous causant et nous écoutant aussi. Veillant à ce qu'on ait toujours à manger, nous disant de pas se faire des idées sur les chars qu'on entendait – vu qu'on savait jamais si c'étaient les nôtres ou ceux des ennemis, vous comprenez.

247

Et votre mari, il nous faisait chanter tous ensemble pour nous redonner du cœur au ventre.

« Quand on est arrivés sur les plages, c'était l'enfer. Le feu, la fumée, le bruit des avions et des bombes, les cris des hommes qui étaient blessés, et avec ça nulle part où se cacher. Et au bout d'un moment on a eu faim et soif, et côté commandant, y avait plus personne. Il s'est mis à boire et il est resté soûl pendant quatre jours entiers, errant dans tous les sens et disant rien que des bêtises.

« Je peux même pas vous raconter à quoi ça ressemblait. Rien à manger, à peine à boire, on entendait des histoires terribles de soldats qui se tiraient dessus pour un peu d'eau, mais ça serait pas arrivé dans notre section, vous pouvez me croire. Tous les soirs on demandait à Lits de nous faire chanter une de ses chansons en chœur, et après ça on disait le *Notre-Père*. C'était lui qui avait commencé au début il le disait à voix basse juste pour lui tout seul, puis y en a qui s'y sont mis avec lui et après c'est devenu une habitude pour tout le monde.

« Finalement, ç'a été à notre tour d'y aller. Il fallait qu'on se mette en ligne sur la plage et ensuite qu'on marche dans l'eau jusqu'aux canots. On était si fatigués et on avait tellement faim, vous pouvez pas imaginer à quel point. En plus, il y avait beaucoup de bagarres autour de ces canots, les gars essayaient de monter à trop dans chacun. Le sergent Collingham ne voulait pas en entendre parler, bien sûr : "Fais ça encore une seule fois, il a dit à un type qui poussait vers l'avant, et ce sera la dernière chose que tu feras."

« Votre mari était à côté de lui, il attendait son tour. C'était horrible d'être là, on nous tirait dessus et on nous bombardait tout le temps, certains des gars étaient si fatigués qu'ils pouvaient même pas grimper dans les canots, il fallait les tirer et les pousser dedans. Et c'était pareil en mer, pour monter dans les bateaux qui nous attendaient là-bas, ils étaient trop faibles pour monter aux cordages, et leurs vêtements imbibés d'eau étaient si lourds qu'ils retombaient en arrière. Nous en tout cas, alors qu'on était presque tous montés dans notre canot, un Stuka est arrivé et a bombardé la plage. Le sergent Collingham a reçu un éclat d'obus dans l'épaule, il est parti sous l'eau, et il se serait noyé s'il n'y avait pas eu Lits. Lits a plongé sous l'eau et a ramené le sergent à la surface, ensuite il l'a monté dans le canot qui était devant lui, et il est resté dans l'eau, tranquillement, pendant qu'ils l'installaient comme ils pouvaient, et il est monté dedans seulement après. J'ai entendu dire qu'à cause de ça il avait été recommandé pour la Médaille militaire, et même c'est une honte qu'il l'ait pas eue. En tout cas, vous pouvez être fière de lui, Mrs Lytton, vraiment fière. »

— Je le suis, dit Helena. Je suis vraiment fière.

Giles se trouvait encore en Angleterre ; le régiment avait été cantonné à Salisbury le temps de se reconstituer. On l'avait nommé caporal-chef, à sa grande satisfaction, et il participait à l'entraînement des nouvelles recrues ; cela signifiait davantage pour lui que sa recommandation infructueuse pour la Médaille militaire.

Maintenant, quand il revenait à la maison en permission, il était différent, remarqua Helena : moins hésitant, plus calme, plus autoritaire, même. Elle se disait souvent que s'il avait obtenu son brevet d'officier, il aurait eu plus de mal à s'en sortir ; le cercle vicieux de l'échec et de la peur de l'échec aurait continué. Leur couple s'en portait beaucoup mieux ; elle ressentait pour lui une admiration et un respect nouveaux.

Comme la vie pouvait être ironique...

Encore une journée radieuse.

Adele emmena les enfants pique-niquer au jardin du Luxembourg puis se promena dans les rues tranquilles, avant de faire quelques courses et de rentrer chez elle. Vers cinq heures et demie, les deux enfants étaient fatigués et prêts à aller au lit. Peut-être elle et Luc pourraient-ils sortir prendre un verre ; ce serait une surprise à lui faire. Elle demanderait à Mme André si elle pouvait monter, juste pour une heure.

On était vendredi ; une bonne soirée pour aller boire un verre. C'était le vendredi 7 juin.

Luc était fatigué, il avait très chaud et il se sentait très anxieux. Sa vie semblait lui filer entre les doigts. Une affreuse guerre déchirait l'Europe, l'ennemi était dirigé par un fou antisémite, il n'avait pas suffisamment d'argent, il avait une femme qui affirmait être enceinte, plus une maîtresse avec deux enfants. De quelque côté qu'il tournât les yeux, il était pris au piège. Quoi qu'il fît, il se sentait condamné.

Il soupira, arpentant son bureau.

Si seulement Adele avait été moins loyale, moins courageuse, si elle avait montré moins de ce fichu esprit britannique... Alors, elle et les enfants seraient en sécurité, il pourrait se concentrer sur Suzette et ses problèmes avec elle.

Enceinte : comment avait-elle pu lui faire ça ? Il n'était même pas sûr de la croire, il attendait la confirmation du médecin. Mais si tel était bien le cas, lui-même n'était qu'un imbécile, un parfait imbécile.

En tout cas, ça devait être réglé rapidement ; il ne pouvait pas continuer comme ça. Peut-être devrait-il ordonner à Adele de rentrer, faire preuve d'autorité. Mais non, c'était sans doute trop tard. Des scènes affreuses se déroulaient chaque jour à la gare du Nord et à la gare de Lyon, des gens se battaient pour des billets, des sièges, des places ; on racontait des histoires d'enfants séparés de leurs parents, de personnes âgées blessées dans la cohue, de femmes accouchant sur les trottoirs. Peut-être, quand cette panique aura pris fin, pourra-t-il l'envoyer à Bordeaux ? Le conflit prendra fin, les gens sensés le pensaient. Mais quand ?

Luc gémit tout haut, prit sa tête dans ses mains. Il aurait dû permettre à Adele d'aller en Suisse, ce jour-là. Mais elle était si belle, et si vulnérable... Il s'était persuadé qu'il était vraiment amoureux d'elle. Et puis Suzette avait toujours refusé d'avoir des enfants, et la pensée d'avoir un fils... oui, ç'avait été irrésistible.

Mais revenir à Suzette, se laisser séduire de nouveau : il avait cédé à la chaleur, au confort, au plaisir de se retrouver dans son appartement bien en ordre. Sans enfants qui pleuraient, sans lessive qui pendait partout. Le téléphone sonna ; c'était Suzette.

— Chéri, si tu venais me voir ? Tu me manques...

— Suzette, je ne crois pas, non.

— Mais pourquoi pas ? Quel mal ça ferait ? Tu peux être de retour chez elle à neuf heures... Juste un verre de champagne. J'en ai du bien frappé, juste ce qu'il faut pour une chaude soirée comme ça.

Luc hésita, puis l'image du champagne frappé, de l'appartement calme et luxueux l'emporta.

— Très bien, mais juste un verre, alors.

Les enfants s'endormirent vite. Adele regarda la pendule ; seulement six heures. Luc ne serait pas à la maison avant une bonne heure, sans doute plus ; autant de minutes de liberté perdues.

Tout à coup, elle eut une idée ; elle irait le retrouver au bureau. Il n'en partait guère avant sept heures le vendredi.

Oui, elle allait le retrouver là-bas.

Luc se rendit compte, presque tout de suite, qu'il avait oublié sa serviette. Il demanda au chauffeur du taxi de faire demi-tour ; une fois là-bas, il monta en courant dans son bureau. Au moment où il en repartait, le téléphone sonna. Mieux valait répondre ; cela pouvait être Adele. Ou même Suzette.

Ce n'était ni l'une ni l'autre, mais un de ses auteurs. Est-ce que Luc avait aimé la deuxième version de son livre ? Quelles parties préférait-il ? Pensait-il que ça valait la peine de retravailler le dernier chapitre ? Le temps qu'il en finisse et qu'il redescende, le chauffeur de taxi était devant la porte en grande conversation avec le concierge et visiblement furieux.

— Désolé, lui dit Luc, j'ai été retardé. Nous pouvons y aller, maintenant.

— M. Lieberman est parti, annonça le concierge à Adele d'un air compatissant. Il y a environ une demi-heure. Il est parti en taxi. Si ça peut vous être utile, mademoiselle, il allait à Passy.

— À Passy !

Elle n'avait pas entendu ça, non, il n'avait pas dit ça ; bien sûr que Luc n'allait pas à Passy, ça devait être une erreur.

— Vous êtes sûr ?

— Tout à fait. M. Lieberman avait oublié quelque chose et il est revenu le chercher. Il a dit au taxi de l'attendre, mais au bout d'un moment le chauffeur s'est impatienté et il est venu me demander d'aller le chercher. Il m'a dit aussi que M. Liebermann l'avait pris pour se faire conduire rue Vineuse, à Passy.

Adele rentra chez elle à sept heures et demie, si fatiguée qu'elle put à peine se traîner jusqu'en haut de l'escalier. Tout s'expliquait maintenant, tout était clair. Il était retourné avec Suzette ; rien d'étonnant à ce qu'il veuille qu'elle quitte Paris, rien d'étonnant non plus à son changement d'humeur. Le salaud ! Et maintenant, elle était prise au piège ; elle ne pourrait jamais retourner à Londres.

Luc revint peu après neuf heures, se confondant en excuses, apportant une bouteille de vin. Il était allé voir un auteur. Où cela ? lui demanda-t-elle. Oh, à Montmartre...

Elle s'assit, calme et souriante, parfaitement maîtresse d'elle-même, lui dit que c'était terrible de devoir travailler aussi tard, qu'il devait être fatigué ; non, ça n'avait pas d'importance pour le dîner, le repas était simple, juste deux steaks. Plus tard, quand ils allèrent se coucher, elle réussit même à l'embrasser – il ne chercha pas à lui faire l'amour, heureusement.

Adele parvint à se contenir pendant tout le week-end. Elle sortit beaucoup avec les enfants, rencontra des amis, les interrogea mine de rien sur les gens qui fuyaient Paris. Tout le monde lui répondait la même chose, que c'était de la folie, toutes les routes étaient encombrées. Quelques-uns lui dirent, en riant, que si elle pensait rentrer en Angleterre, il valait mieux passer par Bordeaux. Adele rétorqua qu'elle ne pensait à rien de tel.

Le dimanche, elle alla à l'église, le laissant avec les enfants ; cela eut l'air de l'irriter, mais elle insista.

— Ce n'est pas grand-chose. Je veux y aller.

— Je croyais que tu allais te convertir au judaïsme... commenta-t-il, une lueur amusée dans les yeux.

— Pour le moment, je veux aller à Notre-Dame.

— À Notre-Dame ! Pourquoi ?

— Parce que c'est beau, voilà.

Là-bas, elle alluma un cierge pour elle et les enfants, s'agenouilla et pria un long moment. Ce n'était pas exactement une prière, plutôt un besoin de se ressourcer afin de renforcer sa détermination.

Le lundi matin, 10 juin, il faisait extrêmement chaud. Pour la première fois, Adele ressentit de la peur. Bien que plus de la moitié des boutiques et des entreprises fussent ouvertes comme d'habitude, on percevait une sorte d'apathie presque palpable dans l'air, une tristesse aussi, comme des larmes prêtes à vous monter aux yeux. Un nombre croissant de gens partaient, entassant le plus d'affaires possible dans leurs voitures. Mais à la radio, les reportages gardaient le même ton rassurant que d'habitude : les lignes françaises tenaient bon, Paris était bien protégé. Nul n'avait aucune raison de s'inquiéter.

Adele mit ses enfants dans le landau, alla très tôt à la banque, et sortit tout ce qu'elle avait sur son compte. Il y avait une très longue file d'attente ; elle dut attendre presque une heure. Lucas devint grognon et pleura beaucoup ; Adele ne fit rien pour le consoler, pensant qu'ainsi on lui permettrait peut-être d'avancer dans la queue, mais cette ruse fut vaine.

Un ami journaliste de Luc, Henri Thierry, travaillait pour *Le Figaro* ; il avait eu une idée de livre et vint voir Luc à midi.

— Je vais devoir trouver du travail, lui expliqua-t-il au cours de la conversation. Plus de journalisme pendant un moment. On nous a convoqués au Quai d'Orsay ce matin, dans le salon de l'Horloge, pour nous dire qu'il n'y aurait plus de journaux parisiens à partir de demain.

— Hein ? Qu'est-ce que ça veut dire ?

— Apparemment, on a annoncé officieusement que le gouvernement partait pour Tours, mais j'étais en retard, je n'ai rien entendu. Je n'y crois pas. Ils ne feraient pas ça sans une annonce officielle.

— La guerre va peut-être venir.

— Peut-être, oui. N'aie pas l'air si inquiet. Il y a tant de rumeurs qui courent... En tout cas, je vais pouvoir travailler tranquillement à mon livre.

— Je l'espère.

Tout cela ne paraissait pas de bon augure. Peut-être devrait-il rentrer à la maison ? Si Adele entendait les nouvelles, elle serait inquiète. Mais... que faire, de toute façon ? Trop tard pour l'éloigner maintenant. Et la rumeur n'arriverait quand même pas jusqu'aux marchés où elle faisait ses courses.

Adele avait environ huit heures devant elle. Elle demanda à Mme André de surveiller les enfants, puis rapprocha la vieille voiture de Luc, qu'il utilisait seulement le dimanche, aussi près que possible de l'immeuble. Ensuite, elle monta à l'appartement, sortit une valise et la remplit avec les vêtements des enfants, des couches, quelques jouets, deux couvertures et un vieux matelas d'enfant à mettre sur le sol.

Après quoi elle en prit une seconde, qu'elle remplit de nourriture, surtout en boîtes, dont du lait concentré. Elle y ajouta un ouvre-boîte, quelques bouteilles d'eau et du jus de fruit. Grâce à Dieu, Lucas était maintenant capable de manger de la nourriture normale. Elle fermait cette valise quand elle aperçut deux bouteilles de vin à l'arrière du placard : du bon vin, château-lafite, rothschild. Luc les gardait depuis plus d'un an. Elles lui seraient beaucoup plus utiles qu'à lui. Elle prit aussi un petit réchaud à gaz de camping et des allumettes.

Elle descendit les valises dans la rue et les déposa dans le coffre de la voiture. Il n'y avait plus de place pour rien d'autre. Elle alla au marché, prit trois baguettes, des fruits et du fromage sec. Sur le chemin du retour, elle acheta encore cinq paquets de Gauloises et des allumettes. Elle casa tout cela dans le panier de pique-nique avec quelques tasses, des assiettes et des couverts, et le posa sur le siège de devant.

Le plus difficile restait à faire.

— Luc ? Henri Monnet. Comment vas-tu ?

— Oh... très bien, merci. Un peu inquiet.

Monnet était un autre ami de Luc, et aussi un auteur, spécialisé dans les biographies.

— Moi aussi. Je téléphone pour te dire que j'ai entendu une rumeur assez troublante.

— Laquelle ?

— Eh bien, André Maurois, tu connais...

— Oui, bien sûr.

Maurois était capitaine dans l'armée et écrivain ; il avait récemment reçu l'ordre de s'envoler pour l'Amérique, pour une tournée de conférences de propagande.

— Il paraît qu'il a eu ce matin un coup de téléphone d'un ministre qui lui conseillait d'envoyer sa femme dans le Sud.

— Mon Dieu...

— Oui, inquiétant. Et à partir de demain, plus de journaux à Paris.

— Oui, c'est ce que j'ai entendu dire. On a fait savoir aussi, confidentiellement, que le gouvernement français tout entier partait ce soir pour Tours.

— Luc, je me demande si je ne vais pas partir moi aussi. Mais pour aller où et pour faire quoi ?

— Pour moi aussi, c'est le problème. En tout cas, on reste en contact. Je te tiens au courant si j'en apprends davantage.

— Tu restes là ? Au bureau ?

— Oui, je crois. C'est ici que j'ai le plus de chances d'obtenir des informations. Mais je rentrerai sans doute de bonne heure à la maison. Adele doit être inquiète.

Il raccrocha le téléphone, très anxieux lui-même et mal à l'aise.

Guy Constantine passa la tête par la porte.

— Vous avez une minute ? J'aimerais discuter de quelque chose avec vous.

— Vous avez besoin d'aide, mademoiselle ?

Adele se tourna, repoussa les cheveux de son front humide.

— Eh bien... oui, si ça ne vous ennuie pas.

Il travaillait au garage en bas de la rue, elle le connaissait de vue : un bel homme, avec des yeux noirs et des cheveux bouclés de la même couleur. Il avait la cinquantaine – trop vieux sans doute pour être dans l'armée mais très robuste, brun et musclé.

— Ce sera un plaisir.

Il hissa sans peine le landau sur le toit de la voiture. Il lui semblait s'être bagarrée pendant des heures pour essayer de le monter ; en cinq minutes, ce fut fait. Le landau à croix d'argent de lady Beckenham était solidement arrimé sur le toit de la voiture. Bizarrement, là-haut, il semblait encore plus grand qu'au sol.

— Merci beaucoup. Tenez...

Elle prit dans la voiture un des paquets de Gauloises et le lui donna.

— Ce n'était pas la peine, mais merci. Soyez prudente, mademoiselle. Les routes ne sont pas très sûres.

Elle lui sourit ; il devinait visiblement où elle allait. Ce n'était pas très difficile.

— Merci encore, et au revoir.

— Au revoir, mademoiselle. Et bonne chance.

Luc et Guy Constantine s'installèrent à une terrasse de café. Constantine regarda Luc, hésita, puis se lança :

— Je suis désolé, mon cher, mais j'ai de mauvaises nouvelles pour vous. Je ferme ces bureaux, dès aujourd'hui. Nous sommes une maison d'édition, et les nazis n'aiment pas ce genre de société. Ils ne nous laisseront pas continuer à fonctionner librement. En plus, nous avons de solides attaches juives. La société est enregistrée sous le nom de Constantine-Friedman, souvenez-vous-en, et vous n'êtes pas le seul directeur juif. Quand ils arriveront ici, nos jours seront comptés.

— Mais qu'allez-vous faire ?

— J'ai décidé de déménager la société en Suisse. J'aimerais beaucoup que vous veniez avec moi. Je ne m'étais pas attendu à devoir prendre une décision aussi vite, mais les nouvelles ne cessent de s'aggraver et... eh bien, ma femme et moi, nous sentons que nous devons vite nous échapper... qu'est-ce que vous allez décider pour Adele ? Elle n'a pas de papiers français, pas de statut propre. Elle aurait dû rentrer chez elle.

— Je sais, reconnut Luc d'un air sombre. Je crois que je vais rentrer à la maison. J'ai à réfléchir à beaucoup de choses.

Il était maintenant trois heures et il faisait affreusement chaud. Elle ferma leur appartement après avoir posé une lettre pour Luc sur la table, lui expliquant ce qu'elle avait résolu et pourquoi. Elle le lui devait ; il avait le droit de savoir.

Maintenant que le moment était arrivé, elle se sentit soudain effrayée ; presque tentée, maintenant encore, de rester dans l'illusoire sécurité de Paris. Mais ensuite ? Rester à l'abri des Allemands et de la guerre, peut-être pour quelque temps encore ? Mais avec Luc qui ne l'aimait plus, qui était retourné vers sa femme...

— Où on va ? demanda Noni en levant la tête vers elle, ses yeux sombres pleins d'inquiétude.

— Faire un voyage. En voiture.

— Je veux pas partir sans papa.

— Je sais. Mais il... il nous rejoindra plus tard.

— Tu es sûre ?

Adele lui sourit.

— Aussi sûre que possible. Maintenant, viens. Et toi aussi, Lucas.

— Sa couche est sale, rapporta Noni. Je la sens.

— Oh non ! Lucas, tu choisis mal ton moment...

Luc était assis dans le métro : trois arrêts encore. La rame était bondée. Il ne savait pas ce qu'il allait dire à Adele, quels projets il pouvait envisager pour elle. Il s'inquiétait plus pour elle, il se rendit compte, que pour Suzette. Peut-être pourraient-ils quitter la ville, prendre la voiture et partir.

Il consulta sa montre : presque quatre heures. Ils pourraient charger la voiture ce soir et partir. Mais pour où ?

— Voilà. Tu es tout propre.

Adele revint dans le salon de Mme André.

— Viens, Noni, il est temps qu'on parte.

— Mme André me lit une histoire. On peut attendre que ça soit fini ?

Cinq minutes de plus, quelle différence cela ferait-il ?

— Oui, d'accord, dit-elle en s'asseyant.

— Vous me manquerez, mademoiselle...

— Vous aussi, chère madame André.

Elle ne lui avait pas dévoilé ses projets ; cela ne semblait pas nécessaire.

Luc essayait de se frayer un chemin dans l'escalier du métro, parmi la foule dense et compacte. En haut on entendait des cris, la panique.

Des gens tenaient des journaux à la main, les lisaient, se les montraient les uns aux autres ; les journaux du soir. Il n'en restait plus au kiosque. Luc trouva une petite foule rassemblée autour d'une jeune fille ; tous lisaient une proclamation du général Hering, gouverneur militaire de Paris, annonçant : « La capitale sera défendue jusqu'au bout. »

C'était donc vrai. Les Allemands arrivaient.

Adele soupira ; elle devait vraiment partir. Lucas était à moitié endormi dans son siège, suçant son pouce, serrant une vache miniature ; Noni regardait un livre d'images.

Mme André contempla un long moment Adele, puis ouvrit ses bras potelés, et Adele s'y blottit. Elle se sentit bizarrement réconfortée, en sécurité pendant quelques secondes. Elle sourit à Mme André.

— Vous avez été si gentille...

— C'était un plaisir, mademoiselle. Faites attention, faites bien attention à vous.

— Promis. Et si... quand M. Lieberman reviendra à la maison, vous serez surprise d'apprendre que je suis partie.

— Bien sûr.

— Je ne partirais pas si... eh bien, s'il ne le fallait pas.

— Je comprends.

Adele devina qu'en effet, elle comprenait.

— Merci, pour tout.

Rentrer. Il devait rentrer.

Mais alors, glissant à travers la foule, passant de main en main, recouvrant peu à peu murs et réverbères, arrivèrent les tracts qui proclamaient : « Citoyens ! Aux armes ! »

Luc prit le temps d'en lire un, avec soin ; ainsi serait-il bien au courant de la situation avant de rejoindre Adele.

Noni et Lucas étaient maintenant dans la voiture. Lucas tenait toujours la petite vache dans sa main.

— Lucas ! Rends ça, donne-la à Mme André...

— Oh, ça n'a pas d'importance, il peut la garder. Tiens, Noni, prends le livre. Maman pourra te le lire ce soir.

— Tu veux bien, maman ?

— Oui.

Elle démarra, passa une vitesse, sourit par la fenêtre à Mme André et lui envoya un baiser. Celle-ci lui sourit en retour, des larmes sur les joues.

— Attendez ! Prenez ça...

Elle saisit deux pommes dans la poche de son tablier, les lui tendit par la fenêtre.

— Pour les enfants...

Derrière eux, sur la place Saint-Sulpice, Luc donna le tract à quelqu'un d'autre et commença à se frayer un chemin dans la foule encore plus dense que tout à l'heure ; l'air était devenu suffocant, comme dans un cauchemar. Mais il était presque chez lui ; il avait en face de lui sa rue, bientôt sa maison, ses enfants, Adele.

— Au revoir, chère mademoiselle. Vous rentrez chez vous en Angleterre, je suppose ?

C'était la première fois qu'elle le lui demandait.

— Oui, répondit Adele d'un ton convaincu, pour qu'elle la croie. Je rentre chez moi, en Angleterre.

28

Les tranchées étaient assez profondes, environ un mètre quatre-vingts, et protégées par des barbelés. Toute personne non autorisée qui se risquait à l'intérieur encourait le peloton d'exécution.

— Bonne défense qu'on a là, opina lord Beckenham, contemplant la campagne, en direction d'Oxford, depuis la tranchée creusée devant la maison. On pourra voir l'ennemi arriver de partout. Et j'espère bien qu'ils viendront, parce qu'on leur donnera une bonne raclée. Nos hommes sont préparés à tout.

Lady Beckenham fut sur le point de rétorquer que lord Beckenham et sa troupe de Volontaires pour la défense du territoire seraient bien en peine de donner une raclée à des Allemands tombant du ciel, puis elle se ravisa ; tout cela lui fournissait une occupation à point nommé.

— Excellent. À propos, as-tu dit au directeur d'interdire les tranchées aux élèves ? Parce qu'elles sont franchement dangereuses.

— Bien sûr ! Le premier tombé dedans sera fusillé en exemple !

— Beckenham, je ne pense pas que les garçons croient que tu feras fusiller ceux que tu trouveras dans les tranchées.

— Pourquoi ?

Son visage, encore énergique et noble, se plissa de perplexité.

— Moi, je l'aurais cru à leur âge.

— Oui, mais les choses étaient différentes. Qu'est-ce que le directeur suggère comme punition ?

— Oh, je ne sais quelle absurdité appelée retenue. Moi en tout cas, je continue à leur dire que c'est le peloton d'exécution.

— Je ferais mieux d'aborder ce sujet à ma réunion.

Elle parlait aux garçons après le dîner, en général le dimanche, de questions de discipline et aussi d'autres sujets plus agréables. Les garçons appréciaient beaucoup ces moments : sacrée vieille bonne femme, comme le meilleur ami de Henry Warwick lui en fit un jour la remarque, toujours avec une bonne idée en réserve.

Au début, elle avait assuré au directeur, un homme aussi aimable qu'incompétent appelé John Dawkins, que la discipline restait de son ressort à lui, tant que certaines limites étaient respectées. Mais elle en était venue à le regretter (comme, plus généralement, son offre d'accueillir l'école à Ashingham). Cinquante petits garçons, une équipe de cinq professeurs plus deux domestiques, ajoutés aux membres supplémentaires de sa propre famille et à leur personnel, cela faisait beaucoup de monde. Certes, Ashingham avait été construit pour une maisonnée d'au moins une centaine de personnes, mais le bruit et les problèmes d'organisation se révélaient considérables.

Les garçons se montraient dans l'ensemble à peu près sérieux et disciplinés ; mais les plus désobéissants – inévitablement conduits par Henry et Rou Warwick, qui connaissaient les lieux – avaient déjà été punis, sévèrement, pour avoir allumé des feux, organisé une chasse aux lapins (heureusement stoppée à temps), nagé dans la rivière sans surveillance, grimpé tout en haut de la grange pour se laisser glisser jusqu'en bas sur le foin, et même, un soir terrible, s'être livrés à une séance d'équitation à cru. Ce dernier incident avait failli déboucher sur un repli précipité de l'école vers son Kent originel, tant avait été grande la rage de lady Beckenham. John Dawkins lui avait fait part de son indignation horrifiée à l'idée que les garçons auraient pu se rompre le cou.

— Le cou ? s'était-elle exclamée. Je ne m'inquiète nullement pour leurs cous ! L'un de ces chevaux est une jument pleine, l'autre est très excité et a tendance à vouloir s'échapper ! Si jamais il essaie de sauter cette porte, Dieu sait ce qui pourrait arriver ! La dernière fois qu'un cheval l'a fait, il s'est brisé le dos et il a fallu le piquer… Vous feriez mieux de me laisser parler aux garçons, Mr Dawkins. Ils n'ont pas l'air de prêter une grande attention à ce que vous leur dites.

À contrecœur, Mr Dawkins la convia, le lendemain, à la réunion qui se tenait chaque matin dans la salle de bal. Elle se leva après les prières et signala aux garçons que toute mauvaise conduite – « Et vous savez ce que ça recouvre, on vous a donné les règles » – aurait pour conséquence une expulsion d'Ashingham.

— Je ferai venir vos parents ici, je leur expliquerai que vous partez et pour quelle raison.

Mais en même temps, elle leur annonça une séance de jeux qui aurait lieu tous les dimanches après-midi.

— Courses en sac et courses d'obstacles, ce genre de choses, et si quelqu'un veut aider pour les foins à la ferme, qu'il vienne me voir, il sera le bienvenu. Si quelqu'un veut apprendre à bien monter à cheval, qu'il commence par écrire à ses parents pour leur demander la permission. Mr Miller, mon palefrenier, a été assez gentil pour me dire qu'il organiserait cela. Mais ne croyez pas que vous ne ferez que monter à cheval, il faudra aussi apprendre à panser vos montures et à leur curer les sabots, tout ça fait partie de l'équitation.

Lord Beckenham, quant à lui, avait répondu avec enthousiasme à l'appel lancé par Anthony Eden à la radio pour qu'on forme des Volontaires pour la défense du territoire. En l'espace de vingt-quatre heures, le bataillon d'Ashingham avait été constitué, trente-cinq hommes solides. Il les harangua de la terrasse ; il avait revêtu pour l'occasion son vieux battle-dress et épinglé ses médailles sur sa poitrine. Les plus jeunes s'appuyaient sur leur fusil, vaguement amusés, mais les plus âgés, parmi lesquels des vétérans de la Première Guerre mondiale comme Billy Miller, trouvèrent son discours émouvant et même assez poignant.

— Si tu l'avais vu, en train de nous dire qu'on allait repousser l'envahisseur, que la sécurité et la liberté de notre région dépendraient peut-être de nous... dit-il ce soir-là à Joan Barber, au pub du village. Ça m'a ramené tout droit dans les Flandres. J'en étais tout retourné, je t'assure, comme si j'entendais de nouveau les cris, que je sentais à nouveau la boue et le froid.

Joan posa la main sur la sienne et lui répondit qu'il devait être content de penser qu'il pouvait faire quelque chose pour le pays et pour le roi, comme lord Beckenham l'avait dit.

— Je sais pas pour le roi, lui rétorqua-t-il, je les aime pas trop, lui et toute sa bande, je pense un peu comme Jay là-dessus, mais pour le pays, si. Je préférerais mourir plutôt que de laisser un de ces salauds – excuse-moi, Joan – arriver jusqu'à Ashingham. Dommage pour les trous dans la terre, mais c'est comme ça.

Les trous dans la terre étaient une source de dispute avec les fermiers. Le conseiller scientifique de Churchill avait recommandé, pour prévenir les risques d'atterrissages ennemis, qu'on creuse de grands trous dans les surfaces libres mesurant plus de quatre cents mètres de long et situées à moins de huit kilomètres d'un site d'importance stratégique. On devait aussi planter des pieux. Tout ceci représentait un danger pour les petits garçons. Jouer à proximité des cratères était un délit sévèrement puni.

Le bataillon d'Ashingham était plus discipliné et mieux entraîné que la plupart des autres – deux séances par semaine au lieu d'une. Il était mieux équipé, même si son arsenal restait plutôt disparate, allant des fusils de la guerre des Boers jusqu'aux chers Purdey de lord Beckenham – « Ça va leur faire du bien de tuer quelques Allemands » – et même un pistolet à crosse de nacre que la mère de lady Beckenham avait gardé sous son oreiller tout le temps qu'elle avait vécu en Inde.

À la surprise générale, lord Beckenham suivit non seulement l'indispensable cours de formation donné par le gouvernement, mais aussi le stage de deux jours organisé par le magazine *Picture Post* à Osterley Park, chez le comte de Jersey. Il revint très excité de ces deux journées passées à ramper dans la fumée des bombes, à apprendre à faire sauter les mines antichars et à tirer sur de faux chasseurs bombardiers.

— Il est question de confier de vraies fonctions défensives à des volontaires si tous les jeunes partent pour la France, annonça-t-il à lady Beckenham. Pense à ça, être de nouveau en première ligne ! Bon Dieu, j'espère que ces salauds vont arriver bientôt...

— Dis-moi un peu, quelles sont les chances de voir l'Amérique entrer en guerre, à ton avis ?

Sebastian regarda Barty par-dessus les lunettes qu'il devait maintenant porter. Elles le vieillissaient, le rendaient un peu moins beau qu'avant.

Il avait emmené Barty déjeuner. Il avoua la trouver pâle et fatiguée.

— Je sais que les femmes n'aiment pas qu'on leur dise ce genre de choses, mais c'est vrai.

Elle se sentait en effet pâle et fatiguée, elle dormait mal, et elle en connaissait la raison. Ce n'était pas le surmenage, ni le pincement au cœur qui la prenait encore par surprise dans les moments les plus improbables, ni même les nouvelles de France, très mauvaises. C'était le ressentiment et l'impression d'injustice causé par le chantage affectif d'Oliver, et le dégoût d'elle-même pour y avoir cédé. Elle détestait la morne sécurité de son environnement quotidien, il ne lui convenait pas. Elle avait été élevée par Celia, elle était la sœur de Billy, c'est pourquoi elle éprouvait un puissant désir de participer activement à la défense de son pays.

Les discours de Churchill, son exhortation au courage et au sens du devoir l'avaient profondément remuée ; elle avait hâte d'y répondre et, chaque jour ou presque, était résolue à dire à Oliver qu'elle ne pouvait rester plus longtemps, qu'elle allait s'enrôler. Mais chaque jour elle le regardait, si vieux, si fragile, visiblement angoissé pour Kit et Giles, et elle repoussait ce moment à plus tard.

À Londres, en cet été 1940, la guerre paraissait bien loin. Le Parlement avait été entouré de barbelés, il y avait des sacs de sable aux portes des maisons, de grands panneaux « Abri » un peu partout dans la ville, la nourriture était rationnée, on parlait de coupons de vêtements pour bientôt ; mais sous les voûtes rassurantes du Mirabelle et du Caprice, du Dorchester et du Savoy, rien n'avait changé ou presque. Certes, les serveurs étaient plutôt âgés et une bonne part de la clientèle masculine portait l'uniforme ; mais on pouvait encore commander des œufs de mouette, de la truite saumonée, du homard, et...

— Des huîtres ! s'exclama Barty. Oh, Sebastian, comme c'est agréable...

— Je suis surpris que tu les aimes, avec tes goûts plutôt conservateurs.

— Je suis devenue un peu plus aventureuse à New York. J'ai appris à aimer toutes sortes de choses.

— Voilà la première chose positive que j'entends sur ce jeune homme. S'il a pu corrompre ton goût si prononcé pour le purisme...

Elle pensa aux autres types de corruption et aux autres genres de plaisirs que Laurence lui avait fait découvrir, puis essaya de répondre à la question de Sebastian.

— Je dirais que les gens de la côte est, la classe des patriciens, ont une forte inclination britannique. D'ailleurs, la bonne société américaine ressemble beaucoup à la bonne société anglaise.

— Je ne pense pas que Celia serait d'accord avec toi, protesta Sebastian en riant.

— Non, je sais. Vous seriez surpris de les voir, pourtant. En tout cas, eux pourraient être de notre côté, mais Roosevelt n'est pas favorable à l'entrée en guerre. Et j'ai bien peur que la majorité des Américains ne partagent son avis.

— Tout comme ce salaud de Joe Kennedy, qui est un admirateur notoire des nazis. Comment a-t-il a pu être nommé ambassadeur en Grande-Bretagne, c'est un mystère. Écoute, je voudrais te demander ton avis sur quelque chose. J'ai envie d'envoyer Isabella à Ashingham. Lady Beckenham dit qu'elle serait tout à fait capable de suivre les cours de son école, et si j'ai bien compris, le directeur exécute docilement ce que décide lady Beckenham, le pauvre garçon. Elle serait en sécurité là-bas. Qu'est-ce que tu en penses ?

— Excellente idée.

— Tu crois qu'elle apprendrait quelque chose ?

— Bien sûr. Il paraît que c'est une très bonne petite école. Et j'ai de si bons souvenirs de la période que j'ai passée là-bas pendant la dernière guerre... C'était la première fois que je me sentais vraiment heureuse.

— Alors, c'est entendu.

— Parfait... Sebastian, j'aimerais tellement qu'on ait des nouvelles d'Adele... Les lignes téléphoniques sont coupées avec Paris. J'espère qu'elle va bien, je prie pour ça...

— Mais oui, elle va bien. Elles sont solides, ces jumelles, comme leur mère. Je parierais sans hésiter sur elles contre toute l'armée d'Hitler.

Adele fut réveillée par une douleur lancinante, après être restée allongée à l'étroit toute la nuit. Elle se sentait très mal : elle avait chaud, soif, des nausées...

Elle se retourna pour regarder les enfants : ils dormaient encore. Ils n'avaient pas bougé une seule fois depuis qu'elle les avait installés, peu après minuit. Elle n'était pas très sûre de l'heure qu'il était maintenant ; l'aube pointait à peine et sa montre était arrêtée. Elle avait même entendu dire qu'une des façons dont on brisait le moral des prisonniers consistait à leur retirer leurs montres, pour les désorienter.

Le voyage avait assez bien commencé. Ils étaient sortis de Paris sans trop de peine ; elle avait décidé de prendre la direction du sud-ouest. Chaque fois qu'ils passaient près d'une gare importante, ils étaient retardés par les foules qui tentaient d'y pénétrer ; scènes affreuses qui rappelaient à Adele certains tableaux médiévaux représentant l'enfer, des gens qui se bousculaient en criant, les plus grands se frayant un chemin en poussant les autres, des enfants qu'on hissait à bout de bras, d'autres qui hurlaient pour retrouver leurs parents, des personnes âgées qui haletaient à cause de la chaleur ; ici une femme qui s'évanouissait, là un homme qui s'écroulait, appelant un médecin à l'aide dans l'indifférence générale. Et il n'y avait pas de trains, ou presque pas.

Ses propres enfants regardaient, fascinés.

Plus tard, pris dans l'immense embouteillage des gens qui fuyaient Paris, ils avancèrent par à-coups, en première, à une vitesse si réduite que l'aiguille du compteur ne bougeait même pas. Le soleil tapait à travers les vitres ; Lucas et Noni commencèrent à pleurnicher et à répéter qu'ils avaient chaud soif, qu'ils voulaient sortir.

— Je ne peux pas m'arrêter maintenant, objecta Adele, luttant pour conserver son calme et sa bonne humeur. Sinon on va se faire doubler par tout le monde et...

— Qu'est-ce que ça fait, de toute façon on va si lentement... Oh, regarde ce vieux monsieur qui pousse la dame sur la charrette, tu crois qu'ils vont où ?

— Voir des amis, sans doute, comme nous...

Nombreuses étaient les scènes de ce genre. Les plus chanceux étaient en voiture, d'autres à bicyclette, dans des charrettes, sur des motos, dans des brouettes... Beaucoup de gens marchaient, aussi ; des femmes portaient des bébés, traînaient derrière elles des enfants qui pleuraient. Une longue file de malheur humain, qui s'étirait devant Adele aussi loin que portait son regard.

Elle s'était attendue à apercevoir une foule de voitures, de camions, d'autobus, mais pas cette armée de pauvres gens effrayés et désespérés.

Au crépuscule, ils n'avaient parcouru que quelques kilomètres. Elle avait décidé de passer par Chartres, à environ cent kilomètres de Paris, puis par Tours, deux cent quarante kilomètres. Ils devaient pouvoir y arriver en vingt-quatre heures. Ensuite, pour gagner Bordeaux, il faudrait encore... Il serait assez tôt pour s'en s'inquiéter une fois parvenus à Tours.

Les enfants s'étaient disputés ; maintenant, ils faisaient preuve d'un calme précaire – présage, elle le savait, d'un nouvel orage de protestations. Ils avaient faim et soif, Lucas avait besoin d'être changé, Noni répétait qu'elle voulait *faire pipi**. Elle utilisait toujours cette formule, qu'elle parlât en français ou en anglais. Adele commençait à regretter de ne pas avoir emporté le pot ; cela lui avait paru un objet superflu dans l'état d'encombrement que connaissait déjà la voiture.

Au bout d'un moment, elle finit par s'arrêter sur le bas-côté de la route, parmi la foule de réfugiés.

— Allez, ma chérie, sors, sois gentille. Et toi, Lucas, je vais te changer. Ensuite, nous dînerons.

— Dehors, sur l'herbe ?

— Non, dans la voiture.

— Mais, maman, pourquoi ? Il fait trop chaud dedans, et c'est beaucoup mieux dehors...

Elle hésita, n'ayant pas envie de leur expliquer qu'étaler de la nourriture sur le sol était une invitation au pillage. Il n'y avait aucune bienveillance à attendre de cette foule ; c'était affreux, une expérience traumatisante. Pour la première fois, Adele se rendit compte que s'ils avaient besoin d'aide, pour une raison quelconque, ils n'en trouveraient aucune.

Elle avait quitté Paris sur le coup d'une impulsion, née de sa tristesse et de son sentiment d'humiliation ; sur le moment, cela lui avait paru la bonne solution. Maintenant, dans cette masse d'humanité rampante et misérable, en route vers une destination qui lui semblait soudain aussi lointaine et inconnue que la lune, épuisée, avec le sang qui battait dans sa tête, elle se mettait à paniquer. Ils n'arriveraient jamais là-bas, elle avait été folle de se lancer dans cette aventure, d'exposer les enfants à tous ces dangers ; c'était sans espoir, jamais elle n'aurait dû.

Elle s'assit dans l'herbe, Lucas dans les bras, regarda Noni et ne put retenir ses larmes. Noni la dévisagea à son tour, stupéfaite de la voir pleurer ; puis son angoisse se communiqua à Lucas, qui fondit en larmes lui aussi.

Adele sentit la panique grandir en elle, menacer de l'engloutir ; mais alors Noni lui dit doucement :

— Ne pleure pas, maman, tout ira bien.

Ces mots calmèrent Adele ; la tendresse et la générosité de sa fille ramenaient de l'humanité dans cet enfer. Elle se rendit compte que son seul espoir était d'y croire elle-même. Elle ne devait pas imaginer l'échec, elle ne devait penser qu'à justifier la foi que Noni mettait en elle.

Elle se leva, prit un mouchoir dans sa poche et s'essuya les yeux.

— Bien sûr que ça va aller, ma chérie. Je suis désolée, maman est juste un peu fatiguée. Tout ira bien, on va arriver à cet endroit près de la mer, et là on prendra un bateau pour l'Angleterre. Et tu verras comme tu seras contente quand tu seras là-bas. Je te le promets. Maintenant, on va retourner à la voiture prendre notre pique-nique. Et tu sais quoi, on va faire cuire des œufs sur notre petit réchaud. (Tout ce qui pouvait faire remonter le moral des enfants lui paraissait soudain valoir la peine.) Après, je vous lirai ce livre de Mme André, et après encore, je conduirai un peu plus loin, et puis on s'arrêtera pour la nuit et on dormira tous les trois.

— Où ?

— Eh bien… dans la voiture, j'en ai peur.

— Dans la voiture ! s'exclama Noni, les yeux brillants. Tous les trois ! C'est génial !

Et maintenant, c'était le matin ; Dieu seul savait où ils étaient. Le dernier panneau indiquait « Chartres 65 km », mais elle ne se rappelait plus depuis combien de temps ils l'avaient dépassé. Elle était fatiguée, elle s'était endormie deux fois au volant ; elle descendit sur le bas-côté, étendit des couvertures sur les enfants, déjà endormis, et finalement s'assoupit à son tour.

À Paris, Luc se réveilla seul dans l'appartement. Seul avec sa tristesse et sa colère ; il n'était pas sûr de savoir laquelle était la plus forte.

Il l'avait vue s'en aller de loin, vu la voiture descendre la rue, avec le landau attaché dessus – manifestant on ne peut plus clairement ses intentions. Il avait couru derrière elle, criant son nom, furieux, déchaîné ; en vain.

Il était alors allé trouver la police, avait demandé s'ils pouvaient l'aider, mais ils lui avaient ri au nez.

« Ils sont plus d'un million sur ces routes, monsieur. Nous ne la trouverons jamais. Et nous avons des choses plus importantes à faire. »

Il était retourné à l'appartement ; Mme André n'était visible nulle part. Il avait grimpé l'escalier avec lassitude, aperçu la lettre sur la table. Il avait eu du mal à assimiler son contenu. Pas le simple fait qu'elle s'en allait pour l'Angleterre, avec les enfants ; mais la raison invoquée, le fait qu'elle avait découvert son retour auprès de Suzette, et qu'elle jugeait impossible de continuer avec lui dans ces conditions. Il n'y avait pas de reproche, pas même de colère ; c'était net et froid, un simple exposé des faits. Cela rendait les choses encore bien pires. Il les aurait plus facilement supportées avec un peu de colère à la clé.

La peur s'ajoutait maintenant à sa rage. On disait que les conditions sur les routes étaient horribles, que les gens se battaient pour des bouteilles d'eau ou de lait ; comment Adele se débrouillerait-elle, toute seule avec deux petits enfants ? Ses enfants à lui : comment avait-elle osé faire une chose pareille, comment pouvait-elle les exposer à un tel risque ? C'était scandaleux. Quand il la retrouverait, il lui ferait mesurer l'immensité du risque. Puis il songea qu'il était fort possible qu'il ne la revoie jamais, et commença à pleurer.

Il se leva, se fit du café, alluma la radio, qui déversait des avertissements incessants : les gens devaient se préparer pour un siège, des combats de rue. C'était terrifiant.

Il décida de sortir faire une promenade. Inutile de rester à la maison ; la moitié des lignes de téléphone étant coupées, Adele ne pourrait pas appeler même si elle le voulait.

Plus tard, revenant à l'appartement, tandis qu'il poussait la porte de la rue, il avisa un jeune homme qui le hélait. Très bel homme, très bien habillé.

— Monsieur Lieberman ?

— Oui...

— Philippe Lelong. J'ai rencontré votre ravissante femme il y a quelque temps. Je lui avais promis de lui donner ceci... tenez.

Il tendit une grande enveloppe à Luc, qui l'ouvrit lentement. Dedans, il trouva des photos de Noni en train de rire, une autre où elle fixait solennellement l'objectif, avec la fontaine Saint-Sulpice en arrière-plan. Quand il releva les yeux vers Philippe Lelong, ils étaient pleins de larmes.

— Monsieur ? Vous allez bien ? Et votre femme, elle va bien ?

— Oui. Elle... elle est partie pour l'Angleterre.

— C'était peut-être sage de sa part. J'aimerais bien avoir quitté Paris moi-même, mais pour aller où ? Maintenant, j'espère que tout se passera bien, bêtement, peut-être. Comme vous, monsieur ?

— Oui.

— De toute façon, que faire d'autre ? J'envoie aujourd'hui des photographies et un article en Angleterre. Avant qu'il soit trop tard. C'est pour le magazine *Style*, par notre service courrier. Si j'avais su, je les aurais donnés à votre femme, ç'aurait été plus sûr...

— J'en doute, laissa échapper Luc.

Philippe Lelong le regarda.

— Vous n'avez pas organisé un voyage sûr pour elle ?

— Franchement, je ne crois pas que ça vous regarde.

— Pardonnez-moi. Au revoir. Puis-je vous laisser ma carte, pour le cas où vous voudriez d'autres exemplaires des photographies ?

Luc prit la carte, la fourra dans sa poche. Il était fort improbable qu'il veuille reprendre contact avec cet homosexuel arrogant.

— Il faut m'excuser à présent, dit-il d'une voix brusque, j'ai du travail.

Un peu plus tard, dans le métro, il resta assis tout le temps du trajet jusqu'à Opéra à regarder les photos de Noni, en se demandant comment il allait supporter l'existence sans elle. Elle, son frère et sa mère. Et comment il allait pouvoir vivre seul avec lui-même, sans eux.

Adele décida de reprendre son voyage, pendant que les enfants étaient endormis et qu'il faisait encore frais. Elle emprunta la première route à droite, une très petite route ; encore une colonne de réfugiés, mais moins de voitures ; il était plus facile d'avancer. La campagne était magnifique. Étonnée d'être encore capable de le remarquer, elle contempla les champs de blé dorés, les beaux coquelicots écarlates, les bouquets d'arbres, et se sentit soulagée.

Un village. Bien. Elle pourrait trouver du café ici, peut-être même un *petit déjeuner**. Grâce à Dieu, elle avait de l'argent.

Quand elle se fut arrêtée, elle se rendit compte qu'il y avait peu d'espoir pour du café ou quoi que ce soit d'autre. Une longue file de gens attendaient patiemment à la pompe du village, tendant des tasses, des carafes, tout ce qui pouvait contenir de l'eau ; un homme l'actionnait et faisait payer dix sous le verre, deux francs pour une bouteille. Le salaud, pensa Adele : elle ne lui donnerait rien de son précieux argent. Elle se demanda si les Allemands étaient près d'ici et frissonna. Ensuite, elle remonta dans sa voiture.

Deux kilomètres plus loin, elle aperçut une ferme. Pas très grande, en contrebas, au bout d'un chemin. Est-ce que ça valait le coup d'essayer ? Elle pouvait toujours tenter sa chance. Peut-être lui laisseraient-ils utiliser les toilettes, se laver les mains.

Un vieil homme vint à la porte, avec un fusil. Elle lui expliqua rapidement qu'elle venait de Paris, qu'elle allait vers le sud avec ses deux enfants. Elle ne dit pas qu'elle était anglaise, cela aurait pu le contrarier.

— Je me demandais, monsieur, si vous pourriez me... me vendre une tasse de café ? Juste une petite...

Elle fut très surprise de le voir se mettre à pleurer de grosses larmes sur son visage brun et buriné. Si étonnée qu'elle s'approcha et lui passa le bras autour des épaules.

— Monsieur, ne pleurez pas... Tout ira bien, je vous le promets.

Il s'essuya les yeux et commença à expliquer, dans un français si guttural qu'elle pouvait à peine le comprendre, qu'il était seul, que son fils était parti pour l'armée et que sa femme était morte, une semaine plus tôt.

— C'était le choc, madame, le choc de tout cela...

— Oh, mon Dieu. Eh bien...

Ça paraissait affreux d'insister pour avoir du café ; peut-être ne valait-il mieux pas. Mais soudain, quelqu'un parla :

— Qu'est-ce que vous voulez ?

C'était une voix de femme, dure, hostile. Adele se retourna : elle était assez jeune, le visage blême, tenant un vieux fusil elle aussi.

— Partez...

— Je voudrais juste un peu de café, ou même un peu d'eau, je vous paierai pour ça...

Elle fit un mouvement avec son fusil vers Adele.

— Partez d'ici !

Adele s'en alla.

Un peu plus loin, ils découvrirent un ruisseau sur le côté de la route ; miraculeusement, ils étaient seuls. Les enfants étaient maintenant réveillés et grognons ; elle les fit sortir, les lava du mieux qu'elle put, changea Lucas, et les laissa jouer pendant qu'elle préparait le petit déjeuner. Elle étala de la confiture d'abricots sur le reste du pain, leur donna du jus de fruits, chauffa un peu d'eau sur le petit réchaud pour le café. Il eut pour elle le goût d'un nectar.

Son moral remonta : oui, ils y arriveraient. Bien sûr qu'ils y arriveraient.

En milieu de matinée, Philippe Lelong était en train d'empaqueter un colis de ses photos quand son téléphone sonna. C'était cet homme déplaisant, qui avait été si désagréable avec lui ce matin. À contrecœur, il accepta pourtant de retrouver Luc Lieberman dans les bureaux de *Style*.

— Mais dans une demi-heure, pas plus, monsieur. Sinon il sera trop tard.

Quel toupet : implorer une faveur après avoir été si grossier !

268

Mais les circonstances étaient particulières, c'est vrai. Ils avaient tous les deux un ennemi commun, un ennemi horrible. Ils devaient rester unis, sans quoi l'ennemi deviendrait deux fois plus fort.

« Gare au Boche dans le soleil ! »

C'était un dicton bien connu chez les pilotes. Les Allemands semblaient surgir du soleil pour foncer sur vous ; dans ces conditions, impossible de dire si c'était un avion ennemi ou ami. Quand on était au-dessus d'eux et qu'on regardait vers le bas, on pouvait voir à la forme de l'aile, mais, aveuglé par le soleil, rien à faire. Ça pouvait être un Messerschmitt ou un Stuka, aussi bien qu'un Spitfire ou un Hurricane.

Hormis ces situations-là, Kit avait maintenant confiance, grâce au long et consciencieux entraînement qu'il avait suivi. Recevoir un tel apprentissage devenait un luxe ; ce qui se comptait en mois hier se comptait aujourd'hui en semaines, bientôt en jours. Du coup, les nouveaux couraient plus de risque d'être abattus. D'ailleurs, on disait que si l'on passait le cap des trois premières semaines, on survivait. Ce n'était pas absolument vrai, certes, mais c'était une idée à laquelle il faisait bon s'accrocher. Un autre dicton courait encore, selon lequel il y avait de vieux pilotes et des pilotes intrépides, mais pas de vieux pilotes intrépides. Kit savait qu'il était un pilote intrépide. Il essayait juste de ne pas penser à ses chances de devenir un vieux pilote.

La grande peur, c'était de brûler vif ; ils la ressentaient tous. La mort en soi était rapide, mais le supplice infernal du feu les hantait.

Le pire, c'était l'attente, du téléphone qui sonne, de l'ordre de décollage immédiat. Cela restait l'épreuve de vérité ; Kit ne s'y était pas encore habitué. Certes, il ne vomissait plus à cause du stress, mais il ne pouvait s'empêcher de trembler, se rongeant les ongles pour garder ses mains immobiles, fumant beaucoup. Ils fumaient tous.

Puis ça arrivait...

« Escadron, décollage immédiat ! »

L'équipe au sol sonnait la cloche et c'était parti.

« On court vers les avions, écrivait-il à Catriona, on endosse nos sacs de parachute et on monte. Pendant qu'on nous attache, on met nos casques. Et ensuite ça y est, on est en l'air et déjà loin. Le tout est vraiment très excitant. »

Ce n'était pas entièrement vrai, mais il savait que c'était ce qu'elle voulait lire, ce qui l'inquiéterait le moins.

Ce qu'il avait le plus de mal à décrire, c'était son changement d'humeur une fois qu'il était en l'air, la sensation d'extrême concentration qui éloignait chaque émotion. Hélas, la certitude de retrouver très vite cet état de grâce ne semblait pas l'aider à mieux supporter les moments d'attente.

Catriona appréciait la formation d'infirmière qu'elle suivait ; sa grande ambition, disait-elle, était d'aller exercer à l'étranger.

« Ou bien à Londres, ce serait magnifique. Partout où il y a de l'action. Mais au rythme où je vais, je serai encore en train de vider des pots de chambre à l'hôpital quand on aura gagné la guerre. Et encore, ça va bien plus vite qu'en temps normal. Ça choque même les infirmières plus âgées, les chefs et les autres, elles n'arrêtent pas de nous dire que c'est trop rapide, que nous ne sommes pas formées correctement. »

Toutes leurs lettres finissaient par ces mots : « Je t'aime à tout jamais. »

Celia semblait – même à ses propres yeux – en permanence de mauvaise humeur ces temps-ci ; le mauvais sang qu'elle se faisait pour ses enfants en était responsable. Trois sur quatre couraient un grave danger, certes, mais elle était surprise par la véhémence même de son anxiété. Elle s'était déjà sentie effrayée pour Oliver au cours de la dernière guerre, mais elle réussissait alors, plus ou moins, à mettre de côté ses angoisses pendant qu'elle travaillait chez Lytton ; tandis que maintenant, le travail ne parvenait pas à fixer son attention. Tout le monde remarquait qu'elle ne trouvait plus rien à redire aux idées des autres ; elle donnait une approbation vaguement indifférente aux projets qu'on lui soumettait et, surtout, peu d'idées émanaient de son bureau. Barty le remarqua et cela ajouta à sa dépression ; le perfectionnisme de Celia était sa motivation première chez Lytton. Soudain, la vie de directeur éditorial dans la maison devenait trop facile.

— Je n'arrive pas à le croire, dit-elle à Edgar Greene, en entrant dans son bureau après une discussion avec Celia qui n'avait duré que dix minutes, elle est d'accord sur tout. Je ne sais pas quoi faire.

— Profitez-en, ça ne durera pas.

Pourtant, ça durait.

Celia en était consciente et ne s'en souciait guère. Elle traversait les journées dans un état d'esprit bizarre, à moitié seulement à ce qu'elle faisait, l'autre moitié guettant le téléphone, le tintement de la sonnette qui signifierait l'arrivée d'un télégramme, ou Brunson apportant le courrier. Les garçons étaient gentils ; Kit téléphonait régulièrement, des appels brefs et optimistes, lui racontant les plaisirs du mess et le bonheur de voler. C'était bizarre, songeait-elle, que personne dans son escadron ne soit jamais tué ni même blessé ; pensait-il vraiment qu'elle était si bête ? Mais non, il n'avait que vingt ans, c'était encore un enfant, il ne réfléchissait pas à ce qu'il disait. Puis elle songeait qu'il prenait tous les jours sa vie en main, en même temps que les commandes de son avion, qu'il allait au-devant du ciel et du feu de l'ennemi pour défendre son pays ; et elle se rendait compte qu'il devait être bien loin de l'enfance et de son insouciance...

Comme sortant de nulle part – le ciel était d'un bleu clair ordinaire, la journée aussi chaude que les précédentes –, des avions surgirent et plongèrent vers eux, le feu s'abattit sur la terre, les gens hurlèrent, coururent se mettre à l'abri, sautèrent dans les fossés. Comment pouvaient-ils faire ça ? pensa Adele, assise, impuissante, sur la banquette arrière de la voiture, essayant de calmer les enfants, serrant leurs têtes contre elle. Comment pouvaient-ils bombarder des gens sans défense, qui ne leur avaient fait aucun mal, ne les avaient menacés en rien ? Des gens âgés et impotents dans des charrettes tirées par des chevaux, des petits enfants, des mères épuisées ? Ce n'était pas une armée à vaincre, ce n'était qu'une masse de gens inoffensifs...

Ils virent des scènes affreuses, une fillette hurlant auprès de sa mère blessée, une femme tombée morte au-dessus de son bébé encore vivant qu'une autre femme recueillit. Elle resta longtemps ainsi, avec dans les bras le bébé couvert du sang de sa mère, brandissant le poing en direction des avions dans un geste de provocation dérisoire, mais qui insuffla un regain de courage aux autres.

Enfin, l'attaque passa ; Adele retourna, en tremblant, sur le siège du conducteur et reprit sa route. Quand elle serait à la maison, ne cessait-elle de se répéter. Quand elle serait à la maison...

Et puis, peu avant le coucher du soleil, elle vit un magnifique spectacle : les deux flèches de la cathédrale de Chartres se dressant au milieu de la plaine.

— Regarde, dit-elle à Noni, regarde, on y est presque !

Elle avait parlé sans réfléchir, ni se rendre compte de son erreur. Le petit visage, chiffonné après deux jours et deux nuits en voiture, et sur lequel les larmes avaient imprimé leurs traînées, se leva vers elle, plein d'espoir.

— En Angleterre ? Papa est là-bas ?

— Oh, ma chérie, non.

La fausse joie qu'elle avait donnée sans le vouloir à Noni eut un effet que ni le pilonnage aérien ni la faim grandissante n'avaient pu déclencher : Adele fondit en larmes. Sa petite fille bien-aimée, qui quarante-huit heures plus tôt jouait tranquillement chez elle à Paris, à l'abri, joyeuse, comment avait-elle pu l'attirer dans cet enfer, dont l'issue était plus qu'incertaine ?

Elle s'arrêta de nouveau, fit signe à Noni de passer à l'avant, la prit sur ses genoux ; elle demeura quelque temps à l'embrasser et la câliner. Derrière, Lucas dormait, serrant contre lui sa vache miniature, une expression de tristesse et de résignation sur le visage.

Ils parvinrent à l'entrée d'un village, se garèrent près d'un panneau indicateur. On trouvait dessus, collés, les avis qui étaient devenus familiers à Adele, mais restaient toujours aussi déchirants à chaque fois : « *Madame Duclos, à l'hôtel Reynaud, cherche ses deux fils Bernard et Jacques, 4 et 5 ans, perdus près d'ici le 10 juin.* »

Cela arrivait tout le temps ; les enfants s'égaraient dans la cohue, grimpaient sans que leurs parents s'en aperçoivent sur des charrettes ou des camions, pour soulager leurs petites jambes exténuées ; en l'espace de dix minutes, ils étaient perdus. Ensuite, leurs parents les cherchaient désespérément, et parfois en vain, dans la foule immense.

Il leur avait fallu deux jours pour parcourir à peine plus de quatre-vingts kilomètres ; ils n'avaient plus beaucoup d'essence et cela faisait une éternité, semblait-il à Adele, qu'elle n'avait plus parlé à personne.

Quand ils seraient à la maison... Quand ils seraient à la maison...

29

Le Dorchester brillait de tous ses feux ; il était rempli de gens célèbres, tous superbement habillés. Plusieurs des clients habituels étaient là, ceux pour qui il constituait presque leur second foyer, une sorte de club – les Duff Cooper, Loelia, la duchesse de Westminster, Emerald Cunard, lord Halifax...

— Et là, regarde, Maggie Greville, dit Venetia. Dans son fauteuil roulant, accompagnée de sa cour, elle fait porter la crème et les œufs de sa ferme à la cuisine tous les jours. Et, oh, il y a Hutch, dit-elle en désignant un très beau Noir, suprêmement élégant, tu sais, le pianiste, je crois qu'il jouait au Savoy quand on y était pour l'anniversaire de maman l'an dernier, on raconte qu'il a une liaison avec Edwina Mountbatten... Oh, Jay, je suis désolée, tu n'as sûrement pas envie d'entendre toutes ces bêtises...

— Mais si, au contraire. C'est une distraction bien-venue...

— Merci...

— Reprends un peu de champagne, ça te mettra un peu de rose sur les joues, je te trouve pâle. J'avais envie de te voir, surtout parce que je savais que tu me ferais voir des choses amusantes.

— Mon Dieu, cachons-nous vite derrière les menus... Un des camarades de Boy, un officier, vient juste d'entrer. Il est charmant mais très ennuyeux, je n'ai aucune envie de lui parler.

— Tout va bien, il ne nous a pas vus.

— Et alors, raconte-moi un peu, Jay, qu'est-ce que tu fais exactement ?

— Je vais te donner la version abrégée et ensuite on abandonnera le sujet, d'accord ? Je suis une formation de parachutisme, comme je te l'ai dit au téléphone, d'ailleurs. C'est très excitant.

— N'en parle pas à ta pauvre mère, répondit Venetia en frissonnant, ou elle en perdra définitivement le sommeil.

— Bien sûr que non. Je lui ai expliqué que je suivais des cours de déchiffrage de codes secrets. C'est ce que j'ai trouvé de moins dangereux. Et sinon, des nouvelles de Boy ? Et d'Adele ?

— Pour autant que je sache, elle est toujours à Paris. C'est un cauchemar, un vrai cauchemar. Je me sens... c'est difficile à expliquer, tellement remuée à l'intérieur. Avec tous ces Allemands qui marchent sur Paris... Dieu sait ce qui va lui arriver. C'est effroyable, je pourrais tuer ce salaud de Luc Lieberman.

— Tu as essayé de prendre contact avec elle ?

— Évidemment, mais les lignes sont coupées. On a envoyé des télégrammes, mais rien ne marche. Tu sais que Luc, il faut quand même lui reconnaître ça, a essayé de la faire rentrer ici, et que cette idiote a refusé, parce qu'elle « sentait » qu'elle devait rester avec lui ?

— Je ne savais pas. Mais tu ferais sans doute pareil, si Boy te le demandait. Tu as des nouvelles de lui ?

— Oui, il va bien. Il est en Écosse et il suit un entraînement. Il m'écrit assez souvent.

— C'est remarquable que vous soyez toujours amis. Moi, quand une histoire se termine, je m'empresse de couper les ponts, et au revoir.

— Oui, mais nous avons quatre enfants, nous sommes bien obligés de continuer à... à nous parler, conclut-elle avec un peu de précipitation.

— C'est vrai. Tu sais, je suis amoureux en ce moment, confia-t-il en se penchant en avant. Une fille super. Je pense que ça pourrait être la bonne.

— Pourquoi n'es-tu pas avec elle ce soir, au lieu de ta vieille cousine ?

— Tu n'es pas vieille du tout, Venetia, tu es plus belle que jamais. De toute façon, elle est aux Auxiliaires féminines de la marine. Affectée à Portsmouth. Elle est de garde ce soir.

— Comment s'appelle-t-elle ?

— Victoria, Victoria Halifax. On l'appelle Tory. C'est une fille superbe, tiens, j'ai une photo d'elle…

Venetia regarda : Victoria Halifax souriait, dans son uniforme, un sourire aux dents parfaitement régulières. Elle était fort jolie, blonde, avec un visage en forme de cœur et de très grands yeux.

— Elle est ravissante.

— N'est-ce pas ? Et elle se débrouille drôlement bien dans les Auxiliaires. Avant la guerre, elle suivait une formation de secrétaire juridique. Elle est remarquablement intelligente, et drôle aussi, elle a énormément d'humour. Je suis sûr que tu l'aimerais beaucoup.

— J'en suis sûre aussi.

Et puis, d'un seul coup, parce qu'elle se sentait soudain très seule, que Boy lui manquait bien plus qu'elle ne l'aurait cru, et qu'elle se découvrait affreusement jalouse de ces deux superbes jeunes gens, elle se rendit compte que ses yeux étaient remplis de larmes. Jay la regarda avec stupéfaction et elle s'empressa de les essuyer, horrifiée à l'idée de gâcher son unique soirée à Londres, qu'il lui avait consacrée de manière si touchante.

— Désolée, dit-elle, je suis désolée. Jay, je suis vraiment une idiote. Allons danser avant que notre homard n'arrive.

Le grand succès de cet été-là était *Un rossignol chantait dans Berkeley Square*.

— Comme c'est bien choisi, remarqua Jay.

— Oui, approuva-t-elle en pensant à cette dernière nuit passée à Berkeley Square avec Boy, et elle posa sa tête sur l'épaule de Jay.

À l'autre bout de la salle, Mike Willoughby-Clarke, le camarade de Boy que Venetia avait voulu éviter, les désigna à sa femme.

— C'est Venetia Warwick. J'avais l'intention de te la présenter, mais elle est visiblement très occupée avec ce jeune type. Un nouveau petit ami, je suppose. Elle et Boy sont divorcés, tu sais. C'est dommage, elle est charmante. Mais quand on voit tout ce qui arrive de nos jours…

Cela faisait maintenant dix kilomètres que la jauge d'essence était sur zéro ; la voiture eut quelques soubresauts, puis finit par rendre les armes. Adele en sortit bizarrement calme. Elle avait prévu la chose, c'est même pourquoi elle avait apporté le landau.

— Qu'est-ce que tu fais, maman ?

— Je descends le landau, ma chérie. Il va falloir qu'on marche pendant un moment. Nous n'avons plus d'essence.

— Génial. J'en avais assez de la voiture.

— Moi aussi.

Tant qu'il ne pleuvait pas… Elle ouvrit ses valises : elle ne pourrait pas mettre grand-chose dans le landau. Il fallait abandonner le réchaud à gaz. Elle aurait besoin des langes, des boîtes de nourriture et de l'ouvre-boîte, des bouteilles d'eau (il n'en restait que deux), de la dernière bouteille de vin, des précieuses Gauloises – elle en avait échangé deux paquets contre une bouteille d'eau.

Elle jeta son sac à dos contenant son argent et son passeport pardessus son épaule, puis hissa Lucas dans le landau.

— Je veux marcher, dit Noni.

— Tu peux. Mais il faut que tu tiennes la poignée, je ne veux pas te perdre.

Laisser la voiture était un crève-cœur. Ils n'avaient plus rien pour les abriter, les protéger ; et la foule devenait de plus en plus hostile, dans sa lutte désespérée pour survivre. Mais les enfants se sentaient mieux, Lucas lui souriait, assis dans le landau, Noni courait à côté, lui demandant de temps en temps la permission de s'éloigner un peu.

Quatre pénibles heures plus tard, ils atteignirent les faubourgs de Tours.

Les Allemands étaient là. Après trois jours d'un inquiétant silence – on avait fermé les volets des boutiques, derrière les portes closes les gens murmuraient, colportant des rumeurs inquiétantes sur des enfants aux mains coupées et des femmes violées –, après trois jours d'une attente interminable dans la ville déserte, ils étaient arrivés.

Plus tard, Luc se demanderait souvent pourquoi il ne s'était pas enfui avec les autres ; sur le moment, dans l'état de confusion et de chagrin où il était, cela lui avait paru impensable. En plus, il y avait Suzette ; il ne pouvait pas l'abandonner maintenant.

Il était huit heures ce vendredi matin. Tout d'abord, Luc les entendit. Le bruit redoutable de leurs motos et de leurs camions, puis, plus inquiétant encore, résumant à lui seul la prise de la ville, celui des chenilles de leurs chars sur les pavés des rues.

On frappa à la porte et il sursauta. Était-il possible qu'ils viennent déjà pour lui, la Gestapo, les nazis, avertis qu'il avait du sang juif ? Non, ce n'était pas la Gestapo, mais Henri Monnet.

— Venez voir, c'est du grand spectacle.

— Mais... ce n'est pas dangereux ?

— Peut-être que si. Mais la moitié de Paris, ou de ce qu'il en reste, est dans la rue. Venez.

Ils marchèrent jusqu'aux Champs-Élysées. Ils n'étaient pas seuls ; les gens s'agglutinaient sur toute la longueur des trottoirs pour assister au spectacle : une démonstration de force militaire et de mise en scène.

Il y avait deux formations ; l'une se dirigeait vers la tour Eiffel et l'autre vers l'Arc de Triomphe. Ils entraient au pas de l'oie, une armée qu'on aurait dite infinie, précédée et suivie par une grande phalange motorisée. Leurs uniformes étaient impeccablement repassés, leurs bottes luisaient, leurs casques étincelaient.

Bientôt le drapeau nazi flotta sur toute la ville, au-dessus des Invalides, de l'Arc de Triomphe, de l'Hôtel de Ville, de la place de la Concorde, même de la tour Eiffel. Cette dernière avait posé des problèmes : le premier drapeau, trop grand, s'était gonflé de vent comme une voile puis avait commencé à se déchirer ; les Allemands avaient dû remonter en haut de la tour, par l'escalier (les troupes françaises, en l'évacuant, avaient mis l'ascenseur hors service), avec un drapeau plus petit.

Dans d'autres quartiers, il ne régnait rien de cette agitation. Quand Luc parvint enfin à l'appartement de Suzette, dans l'après-midi, il la trouva calme et sereine.

— Ça ne se passe pas si mal, dit-elle en lui montrant une affiche où l'on voyait un bel Allemand, tout sourire, en train de distribuer des biscuits à un groupe d'enfants, portant le plus petit dans ses bras.

— Tu ne peux pas croire ces sottises.

— Bien sûr que si. Cet après-midi, un convoi s'est arrêté devant la boutique où j'étais. Nous avions tous peur, mais ils ont acheté des chocolats et les jeunes soldats les ont partagés entre les enfants qui étaient là. Ils disent que la guerre est finie. Et ils vont envahir très bientôt l'Angleterre.

Luc garda le silence. Il pensait à une Anglaise, et priait pour que son pays ne soit pas encore « envahi ».

Celia apparut à la porte du bureau de Venetia.

— Venetia, tu as ces prix de revient ?

— Lesquels ?

— Comment ça, lesquels ! Parfois je me demande si tu es un

tant soit peu avec nous en ce moment. Pour la nouvelle collection policière…

— Non.

— Mais pourquoi ? Venetia, c'est important ! Nous ne pouvons pas nous permettre de nous laisser distancer, nous serons…

— Je m'en fiche, dit-elle à voix basse.

Celia la regarda.

— Écoute, je sais que tu as beaucoup de pression sur les épaules en ce moment, mais tu ne peux pas laisser les choses aller à vau-l'eau. De plus, j'ai toujours… (Elle se reprit.) J'ai souvent estimé que le travail était un moyen très efficace pour se changer les idées.

— Eh bien, moi, je ne trouve pas. Je ne peux même pas penser au travail en ce moment. Je suis si inquiète. Pour Boy, Adele et Kit, et aussi Jay.

Elle s'arrêta, mit rapidement sa main sur ses yeux. Celia s'assit.

— Il y a autre chose, n'est-ce pas ?

— Non.

— Venetia, je crois que si.

— Maman, il n'y a rien…

Elle avait l'air sur ses gardes, et bizarrement calme, comme si sa propre panique l'avait effrayée.

— Écoute, je vais faire la liste de ces prix de revient aujourd'hui. Promis. Et désolée pour cette petite crise. Je sais que tout le monde est aussi inquiet que moi. Tu dois être aux cent coups pour Kit.

— En effet, oui. C'est encore bien pire que la dernière guerre, quand je n'avais à m'inquiéter que de ton père. J'avoue que j'ai un mal fou à travailler moi aussi. Des nouvelles de Boy ?

— Oh, il s'entraîne toujours en Écosse. Il dit que ça lui plaît beaucoup.

— C'est terrible, cette peur, n'est-ce pas ? On l'a toujours avec soi, comme un mal de dents, ou un bruit insistant dans la tête. Impossible de s'en débarrasser. Écoute, si on sortait déjeuner toutes les deux, et on s'occupe de ces devis après ? On pourrait aller dans un endroit agréable, chez Simpson, peut-être…

— Je suis désolée, maman, mais je n'ai pas faim du tout.

Celia eut l'air surpris.

— Faim ? Quel rapport entre avoir faim et déjeuner ? Un déjeuner est d'abord une occasion de se voir et de parler, Venetia.

— Dans ce cas… d'accord. Merci.

— Écoute, ça doit être très vide, cette grande maison sans les enfants. Pourquoi n'emménagerais-tu pas à Cheyne Walk ?

— Je… j'aimerais assez, oui.

— Bien... Je ne sais pas pourquoi je n'y ai pas pensé avant. Sinon, tu es sûre que rien d'autre ne t'inquiète ?

— Absolument sûre, maman.

Pourtant il y avait autre chose, Celia l'aurait juré.

Kit avait obtenu dix jours de permission. Les choses s'étaient un peu calmées depuis Dunkerque ; il y avait encore des patrouilles et des missions d'escorte à assurer, mais tout le monde semblait en attente de quelque chose. C'était bizarre, comme le calme avant la tempête. Et il y en aurait une, bientôt, surtout avec Paris envahi.

En tout cas, il partait pour l'Écosse, voir Catriona : perspective merveilleuse.

— Apparemment, il a une petite amie là-bas, remarqua Celia d'une voix glaciale. Tout ce que j'espère, c'est que ce n'est pas sérieux. Ou plutôt, qu'il ne pense pas que ça l'est.

— Mais pourquoi, voyons ?

— Elle suit une formation pour être infirmière. Pas juste pour la guerre, mais comme carrière ! Ce n'est pas le genre de fille que Kit devrait fréquenter...

— Mais enfin, pourquoi pas ?

— C'est une carrière très méritoire, mais si terne, et si médiocre... Pourquoi ne pas viser plus haut, ne pas vouloir être médecin ?

— Ma chérie, tu dis d'énormes sottises, commenta Oliver.

La famille était rassemblée autour de la table du déjeuner, à Ashingham, le samedi 15 juin, quand la nouvelle tomba. Venetia, pâle et fatiguée, avait voulu venir voir ses enfants ; Sebastian avait dit qu'il l'accompagnerait, pour rendre visite à Izzie, et avait offert de la conduire. Il avait toujours été un très mauvais conducteur, et avec sa vue qui baissait il devenait franchement dangereux. Venetia, en train de s'installer à Cheyne Walk, lui avait répondu qu'elle demanderait plutôt au chauffeur de les emmener.

Celia avait alors dit qu'elle se joindrait à eux.

— Oliver, tu peux rester ici. Je vais demander à Barty de te tenir compagnie. C'est l'après-midi de congé de Brunson et tu ne peux pas rester seul ici, les raids pourraient commencer.

— Tu ne crois pas que Barty a mieux à faire ?

— Bien sûr que non, voyons.

Mais Barty répondit, avec un égoïsme inhabituel, que s'ils allaient tous à Ashingham, elle souhaitait partir avec eux...

— ... et voir Billy. Je ne l'ai pas vu depuis Noël, et je suis impatiente de faire la connaissance de Joan.

Pour finir, Oliver fut donc traîné dans la voiture, bon gré mal gré, et se rendit à Ashingham lui aussi.

Le déjeuner était bruyant : les enfants Warwick étaient surexcités par la présence de leur mère et pressés de faire valoir leur nouveau savoir de campagnards.

— Moi, je sais dépouiller un lapin, annonça fièrement Henry. Ça sera drôlement utile quand on sera assiégés.

— Et moi, je sais faire cuire un hérisson, dit Rou. On fait ça dans un pot en terre. Ça a un goût vraiment délicieux.

Elspeth se révélait une cavalière aussi audacieuse et talentueuse que sa mère :

— Je l'emmènerai chasser avec la meute cet automne, disait fièrement lady Beckenham quand elle la regardait sauter les obstacles dans le paddock, son petit visage farouchement concentré.

Et même la petite Amy insista pour qu'ils aillent admirer son barrage : une barrière, petite mais infranchissable, en travers du ruisseau qui coulait en contrebas de la prairie. À cause de lui, l'eau avait formé une mare boueuse ; elle en était rouge de plaisir.

— Arrière-grand-père dit que comme ça, quand les Allemands arriveront, on pourra les noyer dans ma mare. Ou alors les religieuses.

Izzie se chargea d'expliquer qu'on s'attendait à voir atterrir des parachutistes allemands déguisés en religieuses...

Le déjeuner fut servi très tard. Quand lord Beckenham entra, il semblait très agité.

— Je viens juste d'écouter les nouvelles. Les Allemands bombardent ces pauvres diables sur les routes jusqu'à la Loire, et ils font sauter les ponts.

— Oh, papa..., dit Celia.

Elle s'était tournée, très pâle.

— Et Paris ?

— Le gouvernement est parti, apparemment. Quelle bande de lâches... L'armée est en pleine déroute. Ils s'enfuient comme des lapins, vous imaginez une chose pareille ? De Gaulle est à Londres avec Churchill. Dieu sait ce qui se passe exactement là-bas. Rommel avance sur Cherbourg et dans Paris des maisons de Juifs ont été pillées, mais...

Un bruit aigu l'interrompit : Venetia criait, presque un hurlement :

— Arrête ! Arrête ! Ils ne peuvent pas y être, pas déjà ! Et comment sauraient-ils où habitent les Juifs, c'est impossible ! C'est forcément une rumeur absurde !

— J'ai peur que non, Venetia. Je l'ai entendu sur la BBC.

— Ça peut quand même être une rumeur ! Je ne veux pas entendre ces absurdités !

Les enfants la regardaient, les yeux écarquillés ; Elspeth commença à pleurer.

— Venetia, calme-toi, ordonna Celia d'une voix froide. Tu bouleverses les enfants.

— Ne me dis pas de me calmer ! hurla Venetia en se tournant vers elle, ne me dis pas ça ! Qu'est-ce que tu penses qu'Adele va devenir, à Paris avec les nazis ? Elle va être emmenée, internée, elle l'est sans doute déjà, on ne la reverra jamais... Et...

Shepard, le majordome des Beckenham, fort âgé, apparut à la porte.

— Pas maintenant, Shepard, dit lord Beckenham, visiblement soulagé, néanmoins, par l'interruption. Ce n'est pas le moment.

— Mais, monsieur...

— Shepard, qu'est-ce qu'il y a ? s'enquit lady Beckenham.

— Un message téléphonique, Madame. Mr Brunson, qui téléphonait de Cheyne Walk.

— À quel sujet Shepard ? questionna Celia.

— Au sujet de Miss Adele, Madame. Mr Brunson a eu un coup de téléphone de France.

Il y eut un long silence, suffocant ; la pièce entière avait les yeux braqués sur lui. Venetia, livide, saisit la main de Sebastian, assis à côté d'elle ; Celia porta ses mains à sa gorge, avala péniblement sa salive.

— Quoi, au sujet de Miss Adele ? parvint-elle à dire, la voix à peine audible.

— Elle est à Bordeaux, Madame. Elle aurait voulu vous parler. Elle va essayer de téléphoner ici, je crois. Elle va très bien et elle a les enfants avec elle, mais...

Il s'interrompit et son vieux visage remuait d'une façon étrange, visiblement sous le coup d'une émotion. Venetia se leva, sans lâcher la main de Sebastian :

— Mais quoi, Shepard ? Il faut nous le dire...

Shepard la fixa puis, ayant repris le contrôle de lui-même, s'adressa à lady Beckenham.

— Elle a demandé qu'on vous dise, Madame, qu'elle est vraiment désolée, mais elle a été forcée d'abandonner votre landau.

30

— C'était une sorte de mirage, dit Adele.

— Quoi ?

— L'hôtel. À Bordeaux. Après ce qu'on venait de traverser sur la route, la peur, le danger et tout, c'était... bizarre. Et j'étais dans un état de crasse...

Venetia avait retrouvé Adele et les enfants à Portsmouth, neuf jours après son extraordinaire coup de téléphone.

— Je ne m'étais pas lavée, littéralement pas lavée, depuis cinq jours. Aucun de nous trois, n'est-ce pas, Noni ?

— Le derrière de Lucas était dégoûtant... acquiesça Noni d'un air joyeux.

Son calvaire ne semblait pas l'avoir affectée outre mesure.

— C'est vrai. Du coup, il a un terrible érythème fessier, le pauvre.

— Nanny s'en occupera.

— Nanny ! J'avais oublié que de merveilleuses créatures comme elle existaient. Venetia, c'est tellement bon d'être encore en vie, si tu savais !

— Allez, finis ton histoire. Qu'est-ce qui était si bizarre ?

— On était à l'hôtel Splendide, à Bordeaux. Tout le monde se comportait comme s'il ne se passait rien de particulier, les salles de réception étaient remplies de palmiers, de grands tapis moelleux, de serveurs qui couraient dans tous les sens avec des plateaux d'argent. Ils n'avaient pas de chambre libre, mais ils m'ont laissée m'asseoir dans le hall et utiliser le téléphone.

— Et tu dis que tu es arrivée là-bas dans une ambulance ?

— Oui. De Tours. J'étais arrivée jusque-là toute seule.

— Oh, Dell, tu es si courageuse...

— Je n'avais pas le choix. En tout cas, à Tours, je pleurais, on pleurait tous, je poussais le landau de grand-mère sous la pluie, c'était le chaos absolu, tu ne peux même pas imaginer ça... Toutes les rues étaient noires de monde, des avions vrombissaient au-dessus de nos têtes, maintenant je sais que c'était Churchill qui arrivait. En plus, Lucas avait perdu sa vache...

— Une vache ! Vous aviez une vache avec vous ?

— Un jouet. Une vraie, on nous l'aurait volée depuis longtemps, je peux te le dire. En tout cas, elle est tombée et Noni a couru après, n'est-ce pas, mon ange ?

— Oui, même j'ai glissé, je suis tombée et je me suis ouvert le genou...

— Elle n'a pas fait que glisser, elle a disparu sous une voiture et...

Et Adele avait crié, longtemps, même après que le conducteur – la voiture était à l'arrêt ou presque – eut tiré Noni (et la vache) de sous la voiture et vérifié si elle était blessée. La seule plaie visible était une entaille au genou, qui saignait beaucoup. Puis, l'homme avait rendu Noni à Adele. « Elle va bien, madame, mais ç'aurait pu être bien pire. Vous devriez faire plus attention à vos enfants. »

Adele avait cessé de crier ; elle avait fusillé l'homme du regard : « Salaud ! s'était-elle exclamée en anglais, espèce de salaud, comment osez-vous me dire que je devrais faire attention à mes enfants, espèce d'imbécile, alors que vous... »

— Et l'ironie dans tout ça, commenta-t-elle en riant, c'est que si je n'avais pas perdu mon sang-froid, si je n'avais pas oublié qu'on était en France, la fille qui conduisait l'ambulance ne m'aurait pas entendue. Elle s'est penchée par la fenêtre et elle m'a demandé : « Vous êtes anglaise ? » Tu n'as pas idée combien c'était merveilleux d'entendre parler anglais.

Ils l'avaient fait monter avec les enfants dans l'ambulance, déjà surchargée – non pas de soldats blessés, mais d'infirmières anglaises qui, devant l'avancée des troupes allemandes, avaient quitté un hôpital de campagne en Alsace.

— Mais ils ne pouvaient pas embarquer le landau. La dernière fois que je l'ai vu, des gens âgés venaient de sauter dessus et de le prendre pour y mettre leurs propres affaires. Les pauvres. Mais j'ai vu tant de choses horribles, Venetia... Je n'oublierai jamais.

— Quoi, par exemple ?

— Oh, pas maintenant. *Pas devant les enfants**.

— *Pourquoi pas, maman** ?

— Oh, Noni... Désolée, mon ange, c'est idiot de ma part... Viens un peu t'asseoir devant, sur mes genoux. Lucas ne se réveillera pas avant qu'on soit à Londres. Le pauvre petit, il a été bouleversé.

— Plus que moi, précisa Noni. Il n'arrêtait pas de crier, hein, maman ?

— Il est très petit, tandis que toi, tu es presque une adulte. Elle a été merveilleuse, Venetia, si tu savais. Si gentille, et courageuse, et serviable...

Venetia sourit à cette jolie petite fille si solennelle qu'elle connaissait à peine.

— Comme c'est bien pour ta mère de t'avoir...

— Moi ce que je voudrais maintenant, c'est voir papa. Il est déjà ici ?

— Pas encore, répondit Venetia prudemment. Mais je suis sûre qu'on aura bientôt de ses nouvelles.

— Bon...

Au bout d'un moment, Noni se mit à somnoler.

— Pauvre petite chérie, dit Adele. Elle a vécu des moments si bouleversants, comme son frère. Dieu sait quel mal ça a pu leur faire...

— Pas trop, je pense. Les enfants sont très résistants.

— Oui, mais... On verra. Je finis mon histoire. L'ambulance allait à Bordeaux, et elle filait comme une flèche. On a mis douze heures pour arriver là-bas, alors que dans le même laps de temps, j'avais parcouru vingt kilomètres ! Une fois là-bas, je me suis tout à coup rendu compte que je n'avais aucune idée de ce que je devais faire. Les filles étaient rapatriées chez elles par la Navy, mais je n'avais rien prévu pour nous. Et autour de moi il y avait des centaines de gens qui essayaient tous de partir. C'était un autre cauchemar qui commençait. La seule chose que j'avais, c'était beaucoup d'argent, parce que je n'avais presque rien dépensé. Alors je leur ai demandé de me laisser au centre-ville, et là j'ai demandé à quelqu'un où était le meilleur hôtel. Puis j'y suis entrée, la tête haute, et j'ai voulu voir le directeur. Je lui ai montré mon passeport, je lui ai dit que j'étais la fille de lady Celia Lytton, que mon grand-père était le comte de Beckenham, et il m'a crue. Il parlait anglais, il m'a laissée utiliser le téléphone, et... je ne m'en serais peut-être pas sortie sans l'ami de maman, lord Arden. Tu sais, quand j'ai enfin réussi à vous joindre, elle m'a dit qu'il était à Bordeaux et que je devais l'appeler...

— Oui. J'avoue que je suis surprise que tu l'aies fait, répliqua Venetia d'une voix un peu brusque.

— Pourquoi ? Parce qu'il est fasciste ? Venetia, crois-moi, quand on a traversé ce que j'ai traversé, on fait n'importe quoi pour s'en sortir. C'est peut-être la chose la plus importante que je retiens de tout ça.

— Quand même, qu'il soit un des meilleurs amis de Mosley, en sachant ce qu'on raconte sur Hitler...

— Je n'ai pensé à rien de tout ça sur le moment. Il était anglais et il pouvait m'aider, c'est tout ce qui comptait. Il a été très gentil. Il prenait le bateau le lendemain pour rentrer et il a dit qu'il ferait son possible pour nous y faire embarquer. Il m'a invitée à dîner ; je lui ai répondu que j'avais les enfants avec moi et il m'a dit de les amener, son maître d'hôtel s'occuperait d'eux. Je suis allée dans une boutique sur le cours de l'Intendance. J'ai dépensé presque tout mon argent pour acheter une robe divine et des chaussures neuves, et quand je suis arrivée chez lord Arden, j'ai pris un bain et lavé les enfants. Mon Dieu, c'était le paradis. On est allé dans un endroit qui s'appelle *Le Chapon Fin*, le *Maxim's* de Bordeaux, et on y a dîné.

Dans le bateau, elle avait dû partager avec cinq autres personnes une cabine de troisième classe pour deux. Ils occupaient les couchettes à tour de rôle, mais Adele avait dormi par terre la plupart du temps, pour laisser son tour aux enfants.

Lord Arden avait payé son billet ; elle lui avait assuré qu'elle le rembourserait mais il avait refusé.

Le voyage avait été interminable, pas moins de neuf jours ; ils avaient zigzagué pendant tout le trajet jusqu'en Angleterre. Au début, ils avaient tous peur des mines et des torpilles, mais au bout d'un moment ils s'étaient installés dans un sentiment – fallacieux – de sécurité. Adele et lord Arden avaient passé beaucoup de temps ensemble, assis sur le pont quand le soleil brillait, ou dans un des bars du bateau, tous noirs de monde, quand le temps était moins beau. Ils n'avaient abordé aucun sujet sérieux, se contentant de parler des amis communs, de Celia, de la situation à Paris quand Adele l'avait quitté, de Londres au début du printemps, quand lord Arden en était parti. Il s'était montré charmant, attentif, drôle ; Adele comprenait pourquoi sa mère l'appréciait. À aucun moment ils n'avaient mentionné Oswald Mosley ou son incarcération à la prison de Brixton, ni celle de lady Mosley à Holloway.

— En tout cas, voilà, je suis ici, et je ne croyais pas que j'y arriverais, conclut Adele alors qu'elles atteignaient la banlieue de Londres.

— C'est incroyable ce que tu peux être courageuse. T'être lancée là-dedans toute seule...

— J'étais tellement blessée, tellement furieuse. À propos de Luc et de ce qu'il m'avait fait. Même si, aujourd'hui, ça me paraît de moins en moins important.

— Et... Luc ?

— J'essaie de ne pas penser à lui, répondit Adele après un silence. À rien de ce qui le concerne. De toute façon, on va sûrement être séparés pendant un bon moment. Ça va me laisser le temps de remettre les choses un peu en ordre, de décider de ce que je veux faire. Je suppose qu'on a aucune nouvelle de lui ?

— Aucune. On a essayé plusieurs fois de téléphoner chez Constantine, mais les lignes sont coupées.

— Les lignes de Constantine sont coupées ? Mais pourquoi ? Je ne comprends pas...

— Toutes les lignes, on dirait. On a pensé que les Allemands avaient pris le contrôle de tout le réseau, en tout cas celui des appels internationaux.

— Oui, sûrement. Et les lettres... rien non plus de Luc ?

— Non. Mais même si ça lui était possible d'en envoyer, pourquoi le ferait-il ?

— Parce que je lui ai dit que je rentrais en Angleterre. Dans la lettre que je lui laissée. Venetia, j'ai peur pour lui, quoi qu'il ait pu me faire...

— C'est normal d'avoir peur... C'est une situation terrible. J'aimerais pouvoir t'être plus utile...

— J'aurais dû rester, reconnut Adele. J'aurais dû lui donner au moins une chance de s'expliquer. C'est mal de ma part de m'être enfuie comme ça, d'avoir emmené les enfants, ses enfants. C'est très mal. Quand je pense à ce qui lui arrive peut-être en ce moment, et en plus j'ai pris sa voiture, sa seule chance de s'échapper...

— Écoute, tu as fait pour le mieux. Tu es partie et tu as sauvé tes enfants. Vous couriez un réel danger, bien plus que lui. Tu sais que les Français ont signé un armistice, n'est-ce pas ? Qu'ils ont... capitulé ?

— Oui, on a eu des nouvelles sur le bateau. Comment les gens ont pris ça ici ?

— Tout le monde était stupéfié. Mais réfléchis à ce que ça signifie, Adele. Tu étais une ennemie, tu aurais été... eh bien, je ne veux même pas y penser. Il fallait que tu partes. Il aurait peut-être refusé de te laisser t'enfuir, ou bien il t'aurait persuadée de rester. Comme il l'a fait pendant si longtemps. C'était très mal de sa part, et ça devrait soulager ta conscience.

— Je sais. Et même, son changement d'humeur, son envie soudaine de m'éloigner, c'était à cause de... de ce qui continuait par ailleurs. C'est moche de sa part. Il faut que je me répète ça.

— Oui. Tout ira bien pour lui. Et ne commence pas à te tracasser pour des choses comme la voiture. Je suis sûre qu'il peut en avoir une autre assez facilement. Est-ce que tu penses être encore amoureuse de lui ? Tout sentiment de culpabilité mis à part ?

— Je l'ignore. Ça me fait encore mal, alors peut-être que je le suis. Mais je ne crois pas que je pourrai lui rendre ma confiance. Or c'est la chose qui compte le plus, non ?

— Tu as raison.

Venetia arrêta la voiture sur le côté de la route et fondit en larmes.

— Oh, Venetia, je suis tellement désolée..., dit Adele. Comme c'est stupide de ma part, quel manque de tact... Je ne réfléchis pas assez à ce que je dis. Oh, ma chérie, non, ne sois pas bouleversée... En tout cas, toi, tu as pris la bonne décision, tu as tiré un trait...

— Il y a eu du nouveau depuis, murmura Venetia.

— Du nouveau ?

— Par rapport à cette bonne décision.

— Quoi, Venetia ?

— Je suis enceinte.

— Je suis désolée, mais je vais partir.

— Pour aller où, Barty ?

— Wol, vous savez bien où. M'engager. Écoutez...

Elle tira une chaise près de son fauteuil roulant, s'y assit et lui prit la main.

— Giles est ici, en sécurité, en Angleterre. Et pour un certain temps, d'après Helena. Adele est rentrée à la maison. Je sais que Kit est encore en... en danger, mais vous devez quand même vous sentir mieux tous les deux. Alors, je voudrais être libérée de ma promesse.

— Tu nous avais juste promis de rester pendant quelque temps, donc... Barty chérie, tu comptes beaucoup pour moi, tu sais. Non, ne me regarde pas comme ça, je voulais juste m'assurer que tu le savais.

Elle serra sa main et ne put retenir ses larmes.

— Vous aussi, vous comptez beaucoup pour moi. C'est pour cela que je suis venue vous l'annoncer en premier, pour que vous puissiez vous habituer à l'idée.

— Tu veux dire avant que Celia ne réagisse... Merci. Oui, nous nous sentons mieux, et bien sûr que tu dois partir. Qu'est-ce que tu comptes faire ?

— Je vais m'engager dans les ATS, les Auxiliaires de l'armée de terre. J'aime les voitures et tout ce qui est motorisé. J'ai senti que ça me conviendrait. Je verrai bien comment ça se passe. De toute façon, voyez comme Giles s'en sort brillamment. Vous devez être si fier de lui...

— Oui, extrêmement. C'est étonnant, n'est-ce pas, la façon dont les choses évoluent ? Pour en revenir à toi, quand penses-tu partir ?

— J'ai passé ma visite médicale. Ils m'ont dit qu'ils me tiendraient au courant et que je n'aurais pas longtemps à attendre.

L'attente ne dura pas, en effet. Dix jours plus tard, elle reçut un courrier du ministère de la Guerre lui enjoignant de se trouver à la gare de King Cross avec une valise – vide – le vendredi suivant.

Elle contempla longuement sa convocation, frémissante d'excitation et aussi de soulagement. Enfin quelque chose de concret, quelque chose d'utile, qui pourrait la distraire de l'impression de tristesse et de vacuité qui la hantait depuis si longtemps.

Les gens, surtout les filles, demandaient souvent à Kit ce qu'il éprouvait quand il touchait un adversaire. Pas grand-chose, répondait-il : ce sont des avions que l'on combat, bien plus que des hommes. On ne pense pas personnellement à ce pilote qui saute en parachute de son avion en feu ; on lui souhaite juste d'en réchapper et c'est tout. On n'a pas d'hostilité personnelle contre lui. Pourquoi en aurait-on ? On fait ce pour quoi on nous a entraînés et c'est tout. On se bat pour la liberté, pour la survie de notre pays. Si on pense trop, on commence à avoir peur. C'est la même chose quand un camarade est abattu, on ressent un deuil, mais on s'interdit de trop y penser parce que sinon on perd ses moyens.

Demeurer maître du jeu, attaquer avant qu'on ne vous attaque, c'est la seule chose qui compte. Et rester toujours concentré, ne se laisser distraire par rien. C'est extraordinaire de voir comment on peut être environné d'avions – Spitfire, Hurricane, 109, Stuka –, et la minute d'après être en train de combattre un adversaire isolé dans un ciel qui a l'air vide.

Les pilotes étaient rapidement devenus des héros nationaux ; adulés pour leur courage, leur prestige, leur charme, leur extrême jeunesse, et leur insouciance de trompe-la-mort. S'il n'y avait pas eu Catriona dans sa vie, Kit aurait pu avoir une fille différente dans son lit chaque soir.

Ils plaisantaient sur les combats qu'ils venaient de livrer, en parlaient comme de simples parties de croquet. Si on est touché, expliquaient-ils d'un ton désinvolte en buvant leur troisième ou quatrième bière, on redescend aussi vite qu'on peut pour remonter tout de suite dans un nouvel avion.

Ils passaient la soirée dans des pubs, ou ils filaient à Londres dans des voitures pleines à craquer, s'entassant à cinq ou six dans chacune. Là-bas, ils allaient dans des night-clubs – leur préféré était le Kit Kat – danser et boire jusqu'à l'aube, puis ils rentraient à la base, survoltés et les sens en alerte. Kit avait pris l'habitude d'avaler quatre ou cinq aspirines qui, combinées à l'alcool, lui ôtaient toute envie de dormir. Ensuite, dans la matinée, il prenait de la benzédrine pour rester éveillé. Tout cela était fort efficace. Et s'ils revenaient avec une mauvaise gueule de bois, le toubib de la base leur donnait une bouffée d'oxygène ; c'était radical.

À condition de ne pas trop réfléchir.

« Mais parfois, écrivait-il à Catriona, à la fin de la journée, il se passe quelque chose. On redescend de là-haut, dans la campagne, et c'est si calme qu'on éprouve un sentiment de paix extraordinaire. Comme s'il y avait une présence avec nous, qui nous accompagnait. Peut-être qu'il y en a une. En tout cas, j'aime bien le croire. »

Elle lui écrivait souvent, des lettres douces et tendres, pour lui dire combien elle était fière de lui et combien elle l'aimait. Rien que de penser à elle lui redonnait du courage quand il en avait besoin, en lui rappelant qu'il n'était pas seul.

À la mi-août, il eut une permission de quarante-huit heures ; il vint à Cheyne Walk, épuisé. Celia regardait son visage à la fois juvénile et endurci, ses yeux d'un bleu si intense, lourdement cernés, et se demandait comment il pouvait endurer cette épreuve.

— On tient le coup, c'est tout, lui répondit-il d'un ton enjoué, en se servant un deuxième grand gin-tonic. De toute façon on n'a pas le choix, alors...

— Et tu as perdu... beaucoup d'amis ?

— Disons quelques-uns. Mais on a eu beaucoup de chance.

Les vétérans comme lui avaient, en effet, de la chance ; les nouveaux, souvent, ne passaient pas le cap de leur première semaine...

— Regardez-moi : pas une égratignure, depuis tout ce temps. Je suis sûr que j'ai un ange gardien perché sur mon aile. Mais changeons de sujet. Vous avez des nouvelles de Barty ?

— Elle est à Leicester. Elle dit qu'elle s'entraîne beaucoup et qu'elle est ravie.

— Je trouve ça formidable. Et Tory, la petite amie de Jay qui est dans le WRNS [1], vous avez fait sa connaissance ? C'est une belle fille.

— Vraiment ? fit Oliver. En tout cas, il l'a amenée chez lui, pour la présenter à PM et Gordon, donc ça doit être assez sérieux. Ils l'ont beaucoup appréciée. Jay travaille dans le renseignement, apparemment.

— Ah oui ? s'étonna Kit.

Quelque chose dans sa voix fit dresser l'oreille à Celia.

— Kit, ce n'est pas vrai ?

— Mère, s'il le dit, je suis sûr que c'est vrai. Il est toujours en Angleterre, en tout cas, PM doit se sentir rassurée.

— En effet, oui. Oh, voilà Sebastian. Il voulait te voir. Ça ne t'ennuie pas, j'espère ?

— Bien sûr que non.

Il étira ses longues jambes et lui sourit, puis se leva comme Sebastian entrait dans la pièce.

---

1. WRNS : Women's Royal Navy Service, division féminine de la marine royale britannique. (N.d.T.)

— Bonjour, Sebastian.

— Bonjour, mon garçon. C'est bon de te voir. Toujours pas une égratignure, à ce que je vois ?

— Non, répondit Kit, en tendant la main pour toucher le bois de la petite table où il avait posé son verre.

Celia les observa tous les deux, en train de bavarder tranquillement ; elle fixa soigneusement cette image dans son esprit, comme toujours dans les moments particulièrement heureux, et s'autorisa à espérer que, comme Kit le lui avait souvent répété, si on survivait aux premières semaines, on survivait à toutes les autres jusqu'à la fin de la guerre.

— Ma chérie, affirma Adele, tu dois le lui annoncer. Il sera ravi. Tu lui écris régulièrement ?

— Oui, mais juste des petites lettres futiles, rien de sérieux. Je ne veux pas l'inquiéter, il a sûrement déjà assez de soucis comme ça.

— Tu n'as pas pensé que ça pourrait au contraire lui remonter le moral ?

— Je sais, mais...

— Attends encore le temps d'une lettre et dis-le-lui ensuite. Qu'est-ce que tu en penses ?

— Oui, très bonne idée, approuva Venetia.

Dans le mess des officiers de leur camp d'entraînement, tout au bout des îles Orcades, le capitaine Mike Willoughby-Clarke versa un deuxième grand whisky à Boy Warwick, puis le regarda non sans anxiété l'avaler cul sec. La nouvelle que son ex-femme avait dansé joue contre joue au Dorchester avec un jeune et bel officier avait paru le bouleverser au-delà de toute attente. Bizarre, vraiment, pour des gens divorcés depuis plus d'un an.

Barty assura souvent, par la suite, que la principale qualité requise pour vivre dans la caserne de Glen Parva – « Comme dans toutes les autres casernes, j'imagine » – était la patience. Quand on faisait la queue pour recevoir son uniforme, ses couvertures, pour passer la visite médicale et l'inspection capillaire – « J'ai été déclarée exempte de poux, je suis fière de vous l'apprendre », écrivit-elle à Celia et Oliver –, les tests de vision, d'audition et, le pire de tout, subir les innombrables piqûres réglementaires. Plus on était loin dans la file d'attente, plus l'aiguille était émoussée ; mais il n'était pas question de la changer avant qu'elle refuse obstinément de remplir son office.

289

Son trousseau était bien fourni : jupes, pantalons, vestes, chemises à col amovible, guêtres de cuir, deux casquettes, un casque lourd, un blouson de cuir, une chose que l'administration appelait un corset et qui tenait le haut des bas, un manteau, et enfin un lot de culottes kaki, aussi solides qu'affreuses, et que certaines filles s'empressaient de décolorer couleur crème. Elles étaient toute la journée en uniforme, ayant même renvoyé leurs propres vêtements chez elles dans la valise vide. Barty avait eu le sentiment de renvoyer sa propre identité : elle était maintenant « Miller » et s'en trouvait fort bien.

Elle s'étonna de n'être guère affectée par les humiliations rituelles ni par la brutalité de l'entraînement de base, tout ce dont les autres filles se plaignaient : se faire insulter par les caporaux-chefs pour les manquements les plus mineurs (des lacets mal noués, avoir toussé pendant un défilé, des boutons ou des bottes qui ne brillaient pas assez), le passage minuté aux latrines (une minute, pas plus), les serviettes hygiéniques distribuées à la chaîne (« Un seul paquet, taille 2, si vous voulez du 1 ou du 3 vous demandez à votre caporal-chef »), l'interdiction de retirer ses plaques d'identité (« L'une va à votre famille proche, l'autre reste sur votre corps, comme ça ils peuvent mettre un nom sur votre croix ») et la nourriture infecte. Elle réussit à garder le moral. Ça ressemblait beaucoup à ce que Giles et Sebastian lui avaient raconté de leurs débuts en pension.

Après avoir passé son enfance à subir les moqueries de méchantes petites filles parce qu'elle n'était pas assez chic, Barty avait eu peur, ici, de se faire railler par de méchantes grandes filles parce qu'elle était trop chic. Mais, dès le premier jour, quand elle monta dans le train avec les autres, elle perçut un sentiment de camaraderie très fort. Elle vit bien, quand elle demanda s'il y avait un siège de libre, quelques filles remarquer la qualité du cuir de sa valise puis échanger des regards en coin ; mais un paquet de Navy Cut distribué dans le compartiment (sur le conseil de Sebastian, « Crois-en un ex-simple soldat de la dernière guerre ») lui gagna les faveurs des autres. De toute façon, elles étaient toutes embarquées dans la même aventure, anxieuses de savoir ce qui les attendait : rien de tel pour abattre les barrières.

Une fille nommée Parfitt (les prénoms avaient été renvoyés à la maison en même temps que les habits civils) avait paru susceptible de lui causer des problèmes. Elle était maigre, avec un petit visage pincé et un langage très cru. Elle commença par demander à Barty, d'une voix hostile, pourquoi elle ne s'était pas engagée dans le WRNS – « C'est là qu'elles vont en général, les filles dans ton

290

genre » – puis elle la bouscula sans ménagement pour aller prendre un lit en bout de rang, dans le baraquement en tôle ondulée. Ensuite, cette nuit-là, un bruit de sanglots étouffés sortit de sous la couverture de Parfitt ; Barty s'approcha d'elle, s'assit sur son lit, et apprit bientôt qu'elle n'avait jamais quitté ni sa maison ni sa mère plus de vingt-quatre heures.

Barty lui dit que le mal du pays était comme le mal de mer : « On s'y habitue tout d'un coup. »

Elle lui donna un mouchoir, deux cigarettes, et l'assura de sa complète discrétion, après que Parfitt eut menacé de lui fracasser le crâne si elle racontait quoi que ce soit à une des autres fichues mauviettes.

L'entraînement était fort difficile, bien plus qu'elle ne l'aurait cru, et elles se faisaient toutes abreuver d'injures par le sergent-chef. Barty et Parfitt apprenaient vite, mais d'autres retenaient leurs larmes sur le terrain de manœuvres pendant que l'instructeur les insultait et leur criait au visage.

Au bout de quelque temps d'exercice, on leur demanda ce qu'elles avaient choisi. Barty et Parfitt optèrent pour la défense antiaérienne ; on leur fit passer toute une batterie de nouveaux tests, de vue, de fermeté de la main, d'aptitudes en mécanique, et même d'identification d'avions sur des photographies affichées sur le mur.

Pour finir, on leur annonça, en même temps qu'à plusieurs autres, qu'elles étaient mutées à Oswestry, dans un important bataillon mixte de DCA. Barty se sentit aussi fière que le jour où *Les Feux du crépuscule* avaient figuré pour la première fois dans la liste des best-sellers à New York.

L'officier recruteur la convoqua alors, pour lui conseiller de poser sa candidature à un brevet d'officier, afin de pouvoir « entraîner des recrues et par conséquent libérer des hommes de ce travail ».

Barty refusa, expliquant qu'elle voulait être en première ligne, ou au moins le plus près possible. À voir la réaction stupéfaite de l'officier, elle aurait pu en conclure qu'elle avait gâché, sans doute à jamais, ses chances de promotion ; mais elle s'en moquait, et c'est avec un sentiment d'excitation intérieure qu'elle partit pour Oswestry.

C'était le mardi 20 août.

Ce même jour, Churchill prononça son discours à la Chambre des communes pour faire l'éloge des pilotes qui « inversaient le cours de la guerre par leur adresse et leur dévouement ». Celia, en le lisant tout haut à Oliver dans le journal du lendemain, ne put empêcher sa voix de trembler quand elle en arriva à : « Jamais, dans un conflit humain, il n'est arrivé qu'un si grand nombre de gens soient autant redevables à un si petit nombre d'hommes. » Puis elle regarda Oliver, les yeux pleins d'un mélange de terreur et de fierté éperdue.

— Kit, dit-elle, fait partie de ce petit nombre.

La voix de Venetia, au téléphone, était noyée de larmes.

— J'ai reçu une horrible lettre de Boy... Oh, Adele, je ne peux pas le supporter... Il a une permission dans trois semaines, mais il trouve que c'est mieux qu'on ne se voie pas... Et en plus, il dit qu'il pense que je serai d'accord !

— Hein ! Mais pourquoi ?

— Oh, Dell, je n'en sais rien...

— Mais qu'est-ce qu'il dit exactement ?

— Rien, juste ça. Qu'il espère voir les enfants, mais qu'il préfère aller là-bas tout seul. Et qu'ensuite il doit rencontrer plusieurs personnes pour ses affaires, puis qu'il repartira directement pour l'Écosse.

— C'est... étrange.

— Il a dû trouver une jolie auxiliaire de l'armée de l'air. Après tout, pourquoi serait-il soudain retombé amoureux de moi ?

— Parce qu'il te l'a affirmé.

— Il voulait sans doute recoucher avec moi, voilà tout. Boy est un séducteur expérimenté, ne l'oublie pas. Il sait s'y prendre pour que tu aies envie d'être... tendre avec lui.

— Mais il... Venetia, je pense que tu devrais lui écrire et...

— Je ne lui écrirai pas, non. Je me sens stupide.

— Mais tu dois bien lui dire pour...

— Je ne dois rien lui dire du tout. C'est même la dernière chose au monde que je lui dirais maintenant. Je ne veux même pas qu'il le sache. Mais le pire, dit-elle en se remettant à pleurer, c'est que je me sens complètement idiote. C'est sans doute parce que je le suis, voilà tout. Oh, il faut que j'y aille, voilà maman qui arrive. Au revoir, ma chérie. J'essaierai de venir pour le week-end. Embrasse les enfants pour moi.

La guerre dans le ciel avait changé.

Chaque jour maintenant, on déplorait des pertes, de néophytes en général ; les chiffres ne cessaient de croître. Les jeunes gens pleins d'insouciance du début se transformaient en hommes aux abois, essayant de desserrer l'étau de la peur en buvant. Quand ils n'étaient pas en vol, le plus souvent ils étaient ivres.

Kit était trop épuisé pour écrire à Catriona ; ils étaient tous trop épuisés pour faire autre chose que voler. Monter, chercher l'ennemi, le trouver, lui tirer dessus, redescendre, se ravitailler en carburant, remonter. Souvent, quand il était là-haut, il se prenait à penser que s'il ne mourait pas ce jour-là, ce serait le lendemain ; ça le conduisait à prendre, avec une sorte d'étrange sang-froid, de plus en plus de risques.

Rien qu'au cours des deux dernières semaines de l'intense bataille qui se livrait là-haut pour sauver la Grande-Bretagne, cinq cents avions avaient été abattus, et cent trois pilotes avaient trouvé la mort. Et Kit continuait à sillonner le ciel, seul dans sa bataille quotidienne contre la peur, le danger, la fatigue et la mort. Et il n'oubliait jamais de téléphoner chez lui, tous les soirs ou presque – en général du pub, la plupart du temps manifestement ivre.

— Ça va toujours, disait-il, et Celia l'entendait rire dans le brouhaha, ça va parfaitement bien. Je pensais que vous aimeriez le savoir, c'est tout. Bon, je vous quitte, on a une sérieuse beuverie en vue.

— Merci d'avoir appelé. Au revoir, mon chéri, Dieu te bénisse.

Elle terminait toujours, faute de mieux, par ce « Dieu te bénisse » – mi-sérieuse, mi-amusée, elle qui professait ouvertement ne croire en rien. Mais, comme le disait un autre athée notoire, Sebastian, « Dieu doit bel et bien être avec lui là-haut ». Alors elle se laissait aller à y croire, à l'espérer, y trouvant du réconfort – tout comme elle se livrait désormais à toutes les autres chimères possibles : toucher du bois, lancer des vœux aux étoiles dans les brèves heures de paix nocturnes, allumer des cierges à l'abbaye de Westminster, tout ce qui pouvait attirer une protection particulière sur Kit, son courageux Kit, son héros de fils, à qui tant de gens étaient redevables de tant de choses.

Mais un jour les étoiles pâlirent, les cierges s'éteignirent, puis Dieu lui-même détourna le regard.

31

— Kit, viens. Prends ma main. C'est bien… Je vais t'emmener en promenade, d'accord ?

Izzie adressa un sourire d'encouragement à celui qu'elle aimait le plus au monde – après son père.

— Tu seras content quand on y sera, je te le promets. Il fait vraiment beau.

Le médecin lui avait dit qu'elle devait être ferme avec lui, et aussi très positive. Ce n'était pas facile, mais Izzie n'avait pas été élevée dans la facilité.

Il avait l'air déjà beaucoup mieux qu'à son arrivée trois semaines auparavant ; plus aussi maigre, beaucoup moins pâle. Il n'était plus le même qu'avant, certes, toujours éclatant de santé, bronzé l'été, les joues bien rouges en hiver ; mais au moins il n'était plus le fantôme qu'elle avait vu apparaître à la porte d'Ashingham quand Celia et son père l'avaient amené ici.

En réalité, il était redevenu presque le même. Certes, son visage était un peu plus mince et ses yeux un peu plus sombres, plus enfoncés dans leurs orbites, mais il restait toujours aussi beau – beau comme une vedette de cinéma.

Izzie connaissait les vedettes de cinéma ; la cuisinière la laissait feuilleter son *Picturegoer* chaque semaine. Elle trouvait que Kit ressemblait un peu à Gary Cooper, ou même à Leslie Howard. Quand ils avaient su, la première chose que la cuisinière avait dite, c'était :

— Prions Dieu qu'il ne soit pas brûlé.

Et il ne l'était pas.

— Viens, par ici. Prends ma main. Attention à la marche. Oui, c'est bien.

Ils sortirent sur la terrasse ; il tenait la main d'Izzie mollement, comme s'il en avait à peine la force.

— Il fait beau, Kit, vraiment beau. Il fait froid et il y a du soleil et les champs...

— Izzie, je suis désolé. Je sais que tu fais tout ça pour mon bien, mais je ne peux pas le supporter, pas aujourd'hui. Je voudrais qu'on rentre, s'il te plaît.

— Mais...

— Izzie, j'ai dit que je voulais rentrer, maintenant. Tout de suite. S'il te plaît, emmène-moi.

— Très bien. Oui, très bien, Kit. Fais demi-tour. Maintenant par ici. Oh, attention... Je n'avais pas vu ce poteau.

Puis elle se rendit compte de ce que ça devait signifier pour lui, qu'elle n'ait pas vu quelque chose, une chose. Un poteau. Alors qu'elle pouvait voir tout le reste et que lui ne pouvait plus rien voir.

Il avait eu soudain ce maudit Messerschmitt 110 derrière lui, surgi de nulle part, et il savait que seul un brusque virage lui permettrait de lui échapper. Il l'avait fait tant de fois.

Mais cela ne s'était pas bien passé. Le voile noir l'avait aveuglé plus longtemps que d'habitude et il était tombé en avant, sa tête frappant les commandes si fort qu'il s'était assommé. Et il s'était abîmé en mer. L'avion avait glissé dans l'eau. Quand Kit était revenu à lui, l'esprit un peu confus, il ne comprenait pas pourquoi il faisait si sombre. Mais il avait réussi à sortir du cockpit. Avec son gilet de sauvetage, il avait attendu patiemment, se sentant bizarrement calme (même s'il se demandait si c'était la nuit), qu'on vienne le recueillir. Tout le monde l'assurait qu'il avait eu une chance incroyable.

Une chance incroyable. Ni mort, ni brûlé, ni défiguré, juste aveugle. Aveugle, pour le restant de ses jours. Pour les soixante ou soixante-dix ans qui lui restaient à vivre – s'il avait la malchance de durer aussi longtemps.

Il regrettait de ne pas être mort. Il ne pourrait jamais travailler, il ne pourrait jamais rien faire. Il pourrait juste s'asseoir et réfléchir ; et se promener, tenu par la main, en écoutant les gens lui parler du beau temps.

Et il y avait aussi Catriona.

Elle était venue dès qu'elle avait su, elle s'était assise près de son lit, lui tenant la main et lui disant qu'elle l'aimerait toujours, qu'elle s'occuperait de lui, qu'ils pouvaient encore avoir une vie ensemble. Ça l'avait beaucoup aidé, de savoir qu'il restait un peu d'espoir, qu'une petite part de son bel avenir était préservée.

Il lui avait répondu qu'elle ne devait pas se sentir obligée de rester avec lui – c'était son devoir de le lui dire. Elle lui avait simplement serré la main et répété que ça lui était égal, il était le mari qu'elle voulait, elle tenait à s'occuper de lui.

— Pour te le prouver, je vais annoncer à papa et maman que je veux officialiser nos fiançailles.

— Oh, ma chérie…

Ses yeux s'étaient remplis de larmes, ses yeux désormais inutiles.

— Catriona chérie, je t'aime tant.

Ses parents avaient été gentils, même sa mère. Elle avait aimé Catriona, il l'avait senti ; elle avait dit qu'elle la trouvait charmante.

Les parents de Catriona, plus réservés, lui avaient conseillé d'attendre un peu avant d'annoncer leurs fiançailles. Ils étaient tous les deux si jeunes et, comme l'avait souligné son père, Kit devait d'abord se rétablir.

Elle le lui avait écrit et Izzie lui avait lu la lettre ; il préférait que ce soit elle plutôt que sa mère. Elle n'était qu'une petite fille, elle ne comprendrait pas ou au moins ne se sentirait pas gênée.

J'aurais voulu revenir te voir, mais je n'ai pas pu me libérer, et il est difficile de trouver de la place dans les trains. Je suis si désolée, Kit chéri. En tout cas, ça ne veut pas dire que j'ai changé d'avis. Au début, j'en ai été très contrariée, mais c'est vrai que d'une certaine manière mes parents ont raison, nous ne savons pas comment ou quand nous allons pouvoir organiser la cérémonie. Sans parler du règlement qui interdit aux infirmières de se marier. Il faudra que je me trouve un autre métier. Mais je le ferai, mon chéri, je le ferai. Ne t'inquiète pas, je t'aime et je serai Mrs Kit Lytton, que ça te plaise ou non.

Il avait été très embarrassé de demander à Izzie d'écrire une véritable lettre, alors il lui avait juste fait rédiger un petit mot pour dire qu'il comprenait, qu'il attendait avec impatience de recevoir d'autres nouvelles d'elle ; il avait juste ajouté : « Je t'aime, Kit. »

Elle était revenue le voir une fois encore, en octobre, tendre et gentille, lui assurant qu'un jour tout irait bien pour eux deux, mais elle n'avait pas fait mention de fiançailles. Puis ses lettres étaient devenues plus courtes, moins passionnées.

Pour finir, elle lui avait écrit qu'elle l'aimait beaucoup, qu'elle l'aimerait toujours, mais qu'elle ne pensait pas qu'ils pouvaient envisager de se marier, pas avant très longtemps en tout cas.

C'est vrai ce que papa et maman disent, qu'il n'y a pas moyen de veiller sur toi et de travailler, et si je ne travaille pas, comment est-ce que nous y arriverons ? Kit chéri, je ne t'oublierai jamais, je t'aimerai toujours. Mais je pense que nous devrions rester amis, de tendres amis. C'est difficile pour moi de t'écrire tout cela mais il faut que je sois courageuse pour que nous puissions affronter le futur honnêtement tous les deux. Je t'en prie, pardonne-moi.

Je t'aimerai toujours.

Catriona.

Izzie lui lut cette lettre d'une voix qui vibrait de temps en temps Quand elle eut fini, elle murmura :

— Tu veux que j'écrive une réponse ?

— Non, non merci, Izzie. J'aimerais rester tout seul maintenant, si ça ne t'ennuie pas.

— Bien sûr, dit-elle, et il sentit ses lèvres qui se posaient sur sa joue, très tendrement, et il goûta le sel de ses larmes.

Alors il se mit à pleurer lui-même, doucement au début, puis de plus en plus fort, jusqu'à pousser un véritable hurlement, terrible, désespéré. Izzie l'écoutait, de l'autre côté de la porte, elle se mordait la lèvre d'impuissance et songeait combien cette situation ressemblait à ce que son père avait connu.

Sauf que cette fois, elle savait qu'elle ne serait d'aucun réconfort.

— Aucune nouvelle de cette misérable fille ?

La voix de Celia dans le téléphone était brutale.

— Non. Izzie surveille attentivement le courrier, mais rien.

— Quelle sale peste, comment est-ce qu'elle peut lui faire ça, alors qu'il a tant besoin d'elle ? C'est… inhumain.

— Celia, elle est très jeune. Elle ne sait sans doute pas très bien elle-même ce qu'elle doit faire. Et d'après ce qu'Izzie m'a raconté des lettres, j'ai l'impression que ses parents s'en sont mêlés de très près. Mais même eux, qui pourrait leur en vouloir ? Ce ne sont que des enfants, des enfants désarmés devant la vie.

— Ne dis pas ça, maman ! Kit a un avenir, je sais qu'il en a un ! C'est juste une question de…

Celia avait cru qu'elle savait ce qu'était le chagrin. Quand on lui avait annoncé que l'avion de Kit avait été détruit mais qu'il n'était pas mort, même pas défiguré, elle avait ressenti un tel soulagement ! « Il va bien, il va bien, avait-elle répété plusieurs fois à Sebastian. Il est vivant, il n'est pas brûlé, il va bien. »

Mais Kit était aveugle ; son beau, brillant, courageux Kit était aveugle, irrémédiablement. Toutes les choses qu'elle avait cru lui être acquises dès sa naissance, un brillant diplôme, une éblouissante carrière, des succès en société, l'admiration de tous, la popularité, le plaisir, tout lui avait été retiré en quelques secondes, comme sous l'effet d'une terrible vengeance.

Elle souffrit, pleura, cria, mais pour la première fois de sa vie, rien ne pouvait soulager sa tristesse.

Il était à elle, il était le cœur de sa vie ; elle l'aimait plus que n'importe qui au monde, mais désormais cette ombre affreuse planait au-dessus de lui ; elle qui avait fait passer sa vie du soleil à la nuit, l'avait plongé dans une froide solitude où il semblait que personne ne pourrait plus pénétrer.

Pourtant, il paraissait tolérer au moins une personne : Izzie. Elle tenait son rôle d'amie et de compagne avec un enthousiasme et un zèle qui touchaient tout le monde. Elle seule avait le droit de bavarder avec lui, de lui raconter les menus faits du jour, sans qu'il la rabroue et la prie aussitôt de quitter sa chambre. Il l'encourageait même à lire pour lui.

Mais personne, pas même Izzie, ne pouvait le soulager de son récent chagrin, d'avoir perdu sa Catriona.

La vie avait repris avec une intensité surprenante. Paris était toujours Paris. Il pouvait bien être envahi par les Allemands, la croix gammée pouvait bien flotter sur les monuments : Paris restait intact et n'avait pas été bombardé comme tant d'autres grandes villes.

Quelque chose avait tout de même causé une sérieuse inquiétude à Luc : la première ordonnance du 27 septembre 1940, donnant la définition exacte de ce qu'était un Juif : « Tous ceux qui appartiennent ou ont appartenu à la religion juive ou qui ont deux grands-parents juifs. » Et aussi l'annonce qu'un recensement desdits Juifs était prévu pour le 20 octobre.

Ceux qui possédaient une affaire devaient mettre un panneau sur leurs locaux indiquant : « Propriétaire juif. » Mais rien de plus. Ce n'était pas si terrible, après tout. Tout le monde se le répétait : ce n'était pas si terrible.

Le chômage était bien pire pour lui. Il arrivait à trouver un peu de travail en indépendant, mais cela ne lui rapportait pas grand-chose. Suzette était loin d'être satisfaite ; elle avait cru reconquérir un mari relativement bien payé, elle se retrouvait à devoir l'entretenir, ou presque, avec ce qu'elle gagnait chez Balenciaga.

Elle n'était pas enceinte ; elle avait expliqué à Luc, une lueur de tristesse apparemment sincère dans ses yeux noirs, que malheureusement elle s'était trompée. Luc n'en avait pas été surpris.

Il s'était réinstallé dans l'appartement de Passy ; cela ne servait à rien de conserver celui de Saint-Sulpice avec les dépenses que cela entraînait, plus les souvenirs.

Mais il restait désespérément à l'affût de nouvelles d'Adele. Il ignorait si elle était vivante ou morte, si elle avait atteint l'Angleterre, si elle avait échoué dans une quelconque ville du sud de la France. Il était hanté par les horribles histoires qui couraient à propos de ce qui s'était passé sur les routes du Sud. Il s'éveillait en sueur, chaque nuit ou presque, passant d'un mauvais rêve à une insomnie pire encore. Il tentait de se rassurer en se disant que s'il lui était arrivé quelque chose, il l'aurait appris ; mais elle n'était pas sa femme, et les enfants étaient inscrits sur son passeport – son passeport britannique qui n'était d'aucune utilité, d'aucune protection, bien au contraire, dans un pays où les Britanniques étaient officiellement des ennemis.

C'était un cauchemar, un cauchemar éveillé, permanent. Trop tard, bien trop tard, Luc se rendit compte combien il l'aimait – à un moment où il n'avait plus aucun moyen de le lui dire.

— Je l'ai touché ! dit Parfitt d'un air de grande satisfaction.

— Numéro un ! Ce n'est pas l'avion que vous êtes censée toucher !

— Non ?

L'innocence se peignit sur son visage tandis qu'elle se tournait vers le sergent.

— Désolée, je croyais que c'était un ennemi.

— C'est la manche à air que vous êtes supposée atteindre ! Pour l'amour du ciel, concentrez-vous la prochaine fois ! Numéro deux, à vous...

Sur le terrain de tir, elles étaient des numéros, pas des noms. Barty visa avec soin et toucha en plein la manche à air.

— Dans le mille !

— Pas mal. Numéro trois.

Elles y étaient depuis des heures, à tirer sur la manche à air, traînée par un avion très vieux et très lent, piloté par un homme excessivement courageux. Si quelqu'un méritait la Military Cross, songeait Barty, c'était bien ce pilote.

Elles avaient parfois l'impression de perdre leur temps, mais elles étaient toujours contentes d'être ici. Elles suivaient maintenant une vraie formation. À Oswestry, elles avaient appris à utiliser les hausses et les pointeurs, les jumelles et les télescopes, à faire manuellement la synthèse des informations apportées par une masse complexe de cadrans, en y ajoutant la vitesse, la direction et l'emprise du vent ; autant d'informations qu'elles transmettaient ensuite aux artilleurs, pour leur dire où tirer, à quelle hauteur volait l'avion, à quelle vitesse il allait, quelle était la direction du vent. Et il fallait adapter les calculs aux propriétés du canon. Chaque canon, en outre, se comportait différemment des autres, et différemment en fonction du temps. Tout cela était complexe et difficile, mais passionnant. Et extrêmement thérapeutique ; elle se rendit compte, un soir, qu'elle n'avait plus repensé à Laurence depuis plusieurs semaines.

Parfitt et elle avaient terminé leurs classes avec succès ; on les avait mutées à Anglesey, un camp au milieu de collines qui dominaient la mer.

Le premier jour, un jeune officier d'assez belle allure s'adressa aux nouveaux arrivants. Il leur fit un discours martial, leur expliquant qu'ils seraient tous traités de la même façon, hommes et femmes, qu'ils devaient travailler ensemble sans considération de sexe ou autre, et qu'ils devaient aussi se préparer à mourir ensemble. Un lourd silence suivit ses propos, et même Parfitt ne trouva rien à ajouter.

Mais ce qui fit la différence et leur donna vraiment l'impression d'être dans le feu de l'action, ce fut la chaleur de la douille fumante qui s'évacuait, l'odeur de graisse et de cordite. Quelques filles développèrent une réaction proche de la psychose traumatique que Barty avait observée à Ashingham durant la guerre précédente, une sorte de repli sur soi et de tremblement nerveux assez sévère. Celles-là étaient envoyées ailleurs.

On leur avait distribué à tous des bouchons d'oreilles en caoutchouc, mais la plupart du temps ils ne les portaient pas, puisqu'ils n'auraient pas entendu les ordres, les informations, les avertissements incessants qu'on leur criait.

Quand elle apprit ce qui était arrivé à Kit, on lui accorda une permission exceptionnelle : elle fut bouleversée par son silence, la coquille dans laquelle il s'était renfermé et dont il sortit à peine pour l'accueillir. Encore moins pour lui sourire.

Au bout d'une demi-heure, épuisée, elle trouva une excuse pour partir et alla trouver lady Beckenham ; celle-ci lui dit d'un ton brusque :

— C'est difficile. Je suis bien placée pour le savoir, je m'occupe de lui tous les jours. Mais ça n'a rien de surprenant. Tu ne crois pas que tu réagirais de la même manière ?

— Que va-t-il devenir ? Il ne peut pas rester dans cet état toute sa vie...

— Il faut lui donner du temps. C'est extraordinaire ce que peut faire le temps. Regarde Billy, dans quel état il était...

— Oui, mais vous lui avez trouvé quelque chose à faire, quelque chose pour lui redonner espoir. Je ne vois pas ce qui pourrait aider Kit. Est-ce que... tante Celia arrive à communiquer avec lui ?

— Pas vraiment, non. Elle vient chaque week-end, elle s'assied à côté de lui pendant des heures, mais son comportement est le même avec elle qu'avec tout le monde. Pauvre garçon. Mais il s'en tirera. Il le faut bien. Il ne peut pas rester assis toute sa vie à broyer du noir. Ça ne peut pas durer.

Barty lui sourit ; quelle femme étonnante. Elle devait avoir plus de quatre-vingts ans et elle continuait à s'occuper d'Ashingham jour et nuit, donnant des ordres à chacun, dirigeant l'école, aidant au besoin lord Beckenham à remplir ses fonctions de responsable des Volontaires, surveillant ses chevaux – et montant encore elle-même.

— Izzie est merveilleuse, lui dit-elle. C'est la seule personne à qui il parle vraiment. Entre nous, ça ne plaît pas beaucoup à Celia. Je pense que Billy pourrait l'aider aussi, mais Kit l'envoie promener. Ce cher vieux Billy... Il y a du mariage dans l'air, tu sais.

— Oui, j'en suis heureuse. C'est une fille adorable et elle l'aime vraiment. Bien, je vais retourner faire un essai avec Kit, et ensuite il faudra que je parte. Je dois être de retour dans mon régiment ce soir.

Une deuxième lettre de Boy était arrivée, tout aussi froide et distante que la première. Il avait une dernière permission avant de partir avec son régiment vers un autre site ; il resterait peut-être loin pendant très longtemps, et il aurait voulu revoir les enfants avant de partir. Encore une fois, il préférait que Venetia ne soit pas là. Elle comprendrait sans doute, ajoutait-il. Il descendrait chez un ami à Londres puisqu'elle avait fermé la maison. (« Plutôt une amie », avait dit Venetia à Adele d'un ton amer.) Il serait reparti avant Noël et s'occuperait des cadeaux pour les enfants, qu'il ferait livrer à Cheyne Walk. Peut-être serait-elle assez gentille pour les emporter avec elle.

Et c'était tout.

Grâce à Dieu, pensa-t-elle en se levant et en appuyant sa main sur son dos douloureux, elle avait son travail pour lui changer les idées. Sans quoi elle serait sans doute devenue folle.

Barty s'accoutumait à la vie militaire, avec ses distractions et ses petits plaisirs. On pouvait danser le samedi soir dans la ville la plus proche du camp. La première fois, cela commença plutôt mal. Les filles s'étaient habituées aux fêtes de l'armée, où tout le monde était en uniforme, et elles firent tapisserie dans leurs tenues kaki, avec leurs grosses chaussures et leurs épaisses chaussettes, regardant danser les civiles en robes légères. « Fichues gonzesses », commenta Parfitt, résumant leur opinion à toutes.

Elles burent quelques verres et s'apprêtaient à reprendre le bus quand un jeune officier arriva et s'inclina devant Parfitt.

— Puis-je avoir le plaisir... ?

— Volontiers, répondit-elle, et elle se laissa entraîner dans une valse, quelque peu raide et maladroite.

Barty trouva l'officier plutôt bel homme et estima que c'était du gâchis de le voir danser avec Parfitt...

— Eh, Miller, debout !

Elle avait dû s'assoupir ; Parfitt, devant elle, lui souriait.

— Je t'ai amené un partenaire. Je lui ai dit que tu étais plus son genre que moi.

Barty secoua la tête en riant, mais elle insista :

— Je te jure, il m'a expliqué qu'il aimerait bien parler avec toi. Pas vrai ? demanda-t-elle à l'officier en lui fichant un coup de coude dans les côtes.

— Oui... C'est vrai. Enfin, si ça ne vous ennuie pas, Miss...

— Miller, dit Barty, et ça ne m'ennuie pas du tout.

Plus elle le regardait, plus elle trouvait qu'il ressemblait à Cary Grant.

Il était basé près d'ici et il suivait un entraînement de commando. Il était jeune, tout juste trente ans, mais...

— Je parais plus que mon âge, je sais, avoua-t-il d'un air de s'excuser. John Munnings.

— Et qu'est-ce que vous faites, John Munnings, quand vous n'êtes pas... (elle examina les étoiles sur son épaulette)... lieutenant ?

— Conseil juridique. C'est mon côté un peu trop adulte.

— Au moins, vous n'êtes pas comptable, répliqua-t-elle en souriant, et il lui sourit aussi.

L'orchestre attaqua *Tu es le soleil de ma vie* et elle dit d'un air ravi :

— J'adore cet air.

— Vous dansez vraiment bien, remarqua-t-il, en essayant pour la troisième fois de rattraper le rythme. Tout le contraire de moi.

— Vous vous débrouillez bien. Et vous savez ce qu'on a dit de Fred Astaire, la première fois qu'il a passé un bout d'essai ?

— Non...

— « Ne sait pas jouer, ne sait pas chanter, sait un peu danser. »

— D'accord. Vous voulez bien être ma Ginger Rogers, au moins pour la prochaine danse ?

— Avec plaisir.

Elle le revit plusieurs fois ensuite, et l'apprécia de plus en plus. Il était vraiment très beau. Et il disait détester la vie militaire.

— Mais il faut bien en passer par là, n'est-ce pas ?

— Oui. Mais moi, j'adore ça. C'est si... différent, si passionnant.

— Vous êtes incroyable. Je... je vous aurais plutôt vue officier.

— Non, je n'ai pas voulu. Je suis plus heureuse comme ça, en mettant la main à la pâte avec les filles. C'est plus... je ne sais pas. Plus reposant. C'est drôle, vous savez, Parfitt, la fille avec qui vous avez dansé la première fois, c'est la plus grande snob que j'aie jamais rencontrée : elle est tellement consciente des différences sociales, elle n'arrête pas d'en parler.

— Mais vous l'aimez bien ?

— Je l'adore.

Un soir, il lui demanda s'il pouvait l'embrasser. La galanterie du procédé l'amusa ; elle lui répondit qu'il pouvait. Ce ne fut pas un baiser bouleversant, mais très agréable. Ils s'étaient découvert

302

beaucoup de goûts en commun en matière de livres, de musique, de théâtre, et ne manquaient jamais de sujets de conversation.

Parfitt était très excitée par ce qu'elle appelait leur roman d'amour.

— Ça se voit qu'il t'aime bien, Miller. Mais tu ne peux pas l'épouser. Tu connais le dicton : « Changer de nom sans changer de lettre, c'est changer pour le pire et pas pour le meilleur. » Miller et Munnings, ça ne collera pas.

Même Venetia, malgré son manque d'expérience, se rendait compte que Lytton commettait des erreurs. Son père, Edgar Greene et deux autres éditeurs d'un certain âge s'étaient retrouvés responsables des choix littéraires, sans opposition ou presque. Ils offraient au public des biographies historiques, des romans intellectuels et sérieux, des recueils d'essais. Celia avait l'esprit ailleurs, accablée par le malheur de Kit ; en outre, privée de Barty, de Jay et des deux jeunes éditeurs qu'elle avait engagés, elle avait du mal à faire accepter ses nouvelles idées.

— Je me sens comme l'armée à Dunkerque, confia-t-elle un jour à Venetia, bloquée sur les plages sans un navire d'embarquement en vue. Où est l'intérêt de repousser la menace d'une taxe sur les achats si c'est pour publier tout ce fatras assommant ? Ce dont nous avons besoin, ce sont des romans grand public, des choses comme *Rebecca*, ou si possible de bons et gros livres comme *Les Raisins de la colère*... Tu l'as lu ? Non, bien sûr que non...

— Je t'en prie, ne sois pas méchante, dit Venetia sans se démonter. En tout cas, j'ai adoré *Rebecca*.

— Oui, Daphné du Maurier est merveilleuse. Tu sais qu'Oliver l'a refusée, il y a plusieurs années de ça ? Je peux à peine supporter d'y repenser. Et tu sais aussi quel est le plus gros problème de Macmillan en ce moment ? Trouver assez de papier pour les réimpressions d'*Autant en emporte le vent*. Et qu'est-ce qu'Oliver me dit, en fronçant les sourcils ? Que les gens n'ont pas besoin de « ce genre de chose »...

— C'est exactement ce dont nous avons besoin, en tout cas, un *Autant en emporte le vent* anglais.

— Assez peu vraisemblable, mais... oui, il nous faudrait quelque chose comme ça. Nous avons besoin d'une bonne vente, une vraiment bonne. Lytton rentre à peine dans ses frais en ce moment. Les ventes sont exécrables.

Elles trouvèrent cette merveille grâce à une bombe allemande qui fracassa la vitrine du coiffeur de Venetia.

— C'est horrible, gémit-elle un matin en arrivant chez Lytton.

Regarde-moi, mes cheveux ressemblent à un de ces hérissons cuits dans l'argile dont grand-père parle toujours, j'ai l'impression d'avoir une bombe qui n'a pas explosé dans l'estomac, et je dois aller voir Christina Foyle au sujet d'un déjeuner pour Guy Worsley. Je pense qu'elle va me montrer directement la porte.

— Je suis sûre que non, dit Celia, mais pourquoi n'irais-tu pas chez Elizabeth Arden ? Tu te ferais aussi faire les ongles, tu te sentirais beaucoup mieux.

Chez Miss Arden, Venetia dut attendre presque une heure. Elle était en train de lire un article dans *Vogue* sur les nouvelles formes d'hospitalité – « Offrez un bain chaud, c'est bien plus apprécié que du gin » – quand elle se rendit compte que quelqu'un essayait d'attirer son attention.

— Venetia, n'est-ce pas ? Venetia Warwick ? Vous ne vous souvenez peut-être pas de moi, je connais votre sœur. Je travaille pour le magazine *Style*.

Venetia lui sourit poliment.

— Oui, c'est bien moi.

— Comment va Adele ? J'ai entendu dire qu'elle était revenue en Angleterre. Si elle se sent d'humeur à retravailler un peu...

— Je ne pense pas, non, répondit Venetia prudemment. Elle vit à la campagne avec ses enfants.

— Quelle veinarde ! J'aimerais pouvoir suivre son exemple. Mais quand on a un emploi, on ne peut pas le laisser en plan...

— En effet. Je suis désolée, je ne me rappelle pas votre nom...

— Lucy Galbraith. Pardonnez-moi de vous déranger, je déteste ça quand j'essaie de lire chez le coiffeur, mais je me demandais... C'est un peu osé de ma part, mais qui ne risque rien n'a rien, donc voilà, j'ai eu une idée de roman.

— Oh, vraiment ? fit Venetia, s'efforçant d'imiter le détachement poli de sa mère. C'est merveilleux...

— Il est déjà à moitié écrit, et comme je sais que vous avez une maison d'édition dans la famille, je me demandais si peut-être je pourrais vous suggérer d'y jeter un coup d'œil.

— Eh bien, c'est un peu difficile pour le moment... Nous sommes très limités dans ce que nous publions, le rationnement de papier, vous savez, et...

Elle s'interrompit tout à coup, songeant qu'elle était peut-être en train de refuser le nouvel *Autant en emporte le vent* qu'ils cherchaient.

— Et... il parle de quoi, votre roman ?

— Oh, c'est assez agréable à lire, je crois. Ce sont les mémoires de la femme de chambre d'une dame d'une très grande famille.

— Vous aviez dit que c'était un roman ?

— C'en est un, c'est de la fiction. C'est pour cela que ça peut être amusant... C'est la femme de chambre personnelle d'une duchesse, une duchesse très grand genre et imbue d'elle-même. Comme elles le sont toutes, sûrement. Je l'ai appelée la duchesse de Wiltshire, elle est dame d'honneur de la reine Alexandra. Elle connaissait la reine Victoria, elle passe son temps dans des garden-parties avec Alexandra, et elle connaissait la reine Mary, bien sûr. Donc c'est son histoire, de la femme de chambre, je veux dire, avec un passage romantique très triste, mais aussi beaucoup de choses patriotiques sur la famille royale, vous savez combien les gens aiment ça, surtout en ce moment...

— Oui, tout à fait.

— Et en même temps, beaucoup de petites anecdotes, de potins, et aussi de l'histoire. Comme cette duchesse qui a failli embarquer sur le *Titanic*...

— Ma mère aussi a failli y monter !

— Non ? Eh bien, vous voyez... Et un passage sur Mrs Keppel, et sur la précédente guerre, bien sûr... Je pensais aussi parler un peu de l'abdication, et terminer sur aujourd'hui, avec le Blitz, le roi et la reine si merveilleux, quand ils vont tous les jours dans l'East End bombardé... Qu'est-ce que vous en pensez ?

Le jugement de Venetia sur les romans était très simple : si elle avait envie de les lire, c'était bon. Elle avait envie de lire celui-ci.

— Vous devriez venir en parler à ma mère.

— Venetia, ça a l'air épouvantable... Des histoires de femmes de chambre, au sens propre. Tu nous imagines proposer ça à ton père ?

— Je crois qu'on devrait essayer, oui.

— Mais pourquoi ? Donne-moi une bonne raison...

— Dell dit qu'elle écrit bien. Je lui ai demandé.

— Je n'ai pas l'impression que la compétence d'Adele en matière littéraire soit meilleure que la tienne.

— Jettes-y au moins un coup d'œil, dit Venetia, indifférente à ce que la remarque avait de blessant. Il faut bien que tu le fasses, de toute façon, je lui ai donné rendez-vous ici.

Le jour où Lucy Galbraith vint chez Lytton, Celia était de très mauvaise humeur. Elle revenait d'une visite à Kit qui avait été particulièrement pénible, et elle était si remontée contre le livre que Venetia avait été tentée d'annuler le rendez-vous. Mais elle résista ; le livre pourrait fort bien tenir ses promesses.

— Je dois vous dire d'abord que nous ne cherchons pas spécialement des romans grand public, attaqua Celia d'entrée.

Le mensonge était tellement gros que Venetia ouvrit la bouche pour la contredire, vit le regard que lui lança sa mère, et se tut aussitôt. Celia prit du bout des doigts, comme s'il allait la salir, le texte dactylographié – d'allure assez peu soignée – et le feuilleta.

— Et sûrement pas de ce genre, ajouta-t-elle.

— Pourquoi ?

Celia n'avait pas l'habitude qu'on la défie ; elle fixa Lucy bien en face.

— Parce ce n'est pas à la mode. Les gens veulent...

Elle marqua une pause et Lucy poursuivit sa phrase, avec un sourire aimable.

— Toutes sortes de choses... Comme le poème de cette Américaine, comment déjà, oh oui, *Les Blanches Falaises de Douvres*. Et aussi *Qu'elle était verte ma vallée*. Et je crois que Collins est en train de sortir une collection illustrée sur la campagne anglaise. Il y a encore *Guerre et Paix* qu'on a republié, non ? Et bien sûr, *Autant en emporte le vent*...

— J'espère que vous n'imaginez pas que votre livre est un nouvel *Autant en emporte le vent* ? Nous avons reçu au moins une centaine de manuscrits dont les auteurs ont été victimes de cette illusion....

— Bien sûr que non. Mais je crois que ça pourrait être très populaire. Je vous en prie, jetez-y au moins un coup d'œil, lady Celia. Juste quelques pages...

C'était une jolie femme, brune, avec de très grands yeux, qu'elle fixait sur Celia d'un air sérieux.

— Je ne crois pas qu'il y ait la moindre chance que nous le publiions. Mais comme vous êtes une amie de mes filles, je vais demander à un de nos lecteurs de regarder ça.

— Merci beaucoup. Je vais... je vais vous le laisser, donc.

— Je vous en prie. Posez-le là. Venetia, tu peux reconduire Mrs Galbraith, s'il te plaît ?

— Bien sûr. Nous allons déjeuner ensemble.

— Ne sois pas longue, s'il te plaît. On a du pain sur la planche.

Quand Venetia revint de son déjeuner avec Lucy Galbraith, une heure et demie plus tard, Celia semblait ne pas avoir bougé d'un pouce. Elle était assise, immobile, le visage figé dans un mélange d'impatience et de concentration, tournant les pages du texte dactylographié tout en prenant des notes au crayon.

Elle releva les yeux vers Venetia, fronça les sourcils.

— Tu as été longue... Je voulais te parler de ça de toute urgence. Quel est le titre que propose ton amie ?

— *Faveur et Grâce.*

— Ça ne me déplaît pas. Nous pourrions le garder. Dis-moi, où en est-elle dans la rédaction de son livre ? Est-ce qu'il y en a davantage, ou c'est tout ce qu'elle a fait ?

— Non, je crois que c'est tout.

— Eh bien, il faudra qu'elle se dépêche, si nous voulons le publier au printemps.

— Au printemps ! Mais, maman...

— Nous n'avons rien d'autre en vue, donc il faudra que celui-ci soit prêt. Ce n'est pas mal, Venetia, pas mal du tout. S'il te plaît, demande à Mrs Galbraith de revenir me voir demain.

— Et maintenant, c'est une vraie histoire d'amour, rapporta Venetia à Adele ce week-end-là. Lucy a toutes les qualités. Tu aurais dû les voir ensemble jeudi... Lucy a beaucoup de classe, ça aide. Tant mieux pour elle. Demain, elles vont chez Worth ensemble, qu'est-ce que tu dis de ça ? Une présentation réservée à la presse, maman est très excitée. Elle a toujours su que ce serait un très bon livre, dès que je lui en ai parlé... Ça lui remonte le moral, on dirait qu'elle a retrouvé une partie de son énergie.

— Venetia, comment peux-tu supporter de travailler avec elle ?

— Ce n'est pas très difficile, je ne fais pas attention à ce qu'elle dit.

— Moi, j'aurais beaucoup de mal.

— Mais moi, je peux. En plus, tout ce qui m'empêche de penser à Boy est une bonne chose.

Le silence de Boy depuis sa dernière lettre, froide et distante, puis son départ sans même lui dire au revoir, l'avaient si cruellement blessée qu'elle pleurait rien que d'y repenser. La seule chose qui lui permettait de tenir, c'était l'idée qu'il était donc bel et bien l'homme perfide et déloyal qu'elle avait soupçonné – se servir d'elle ainsi, pour une dernière nuit, puis tout bonnement disparaître après juste quelques lettres gentilles... Dieu merci, il ne savait rien pour le bébé – elle avait fait jurer à toute sa famille de se taire. L'idée qu'il sache, donc qu'il la méprise pour sa négligence et sa stupidité d'avoir laissé cet événement arriver, qu'il se sente obligé de revenir avec elle contre son gré, oh, ce serait horrible. Au moins, ainsi, elle ne perdait pas sa dignité. Si on pouvait parler de dignité, pour une divorcée enceinte de sept mois...

Son travail occupait ses journées, l'aidait à vivre. C'était merveilleux de sentir son esprit progresser, se développer, se jeter dans l'action. Elle était extrêmement reconnaissante à sa mère d'avoir rendu la chose possible ; et il semblait qu'elle avait de l'instinct pour les affaires. Elle savait repérer une occasion, la faire éclore, la justifier financièrement. Son club de livres pour enfants marchait très bien ; elle avait aussi eu l'idée d'organiser un concours de dissertations qui devait être jugé par Sebastian. Certes, elle n'avait aucun instinct éditorial (même si elle avait découvert *Faveur et Grâce* et eu l'idée d'un livre de cuisine), mais il y avait déjà beaucoup de gens pour ça chez Lytton, dont sa mère.

Elle redoutait le moment où elle devrait s'arrêter, se retirer à la campagne pour accoucher ; elle avait décidé de continuer au moins jusqu'à Noël.

Elle songeait souvent combien c'était extraordinaire que la nouvelle de sa grossesse ne soit jamais arrivée jusqu'à Boy. Elle travaillait en ville, après tout, et elle ne pouvait dissimuler son état quand elle se rendait dans les librairies et les grands magasins, ou quand elle allait déjeuner et parfois dîner au restaurant. Il y avait sûrement d'autres épouses pour remarquer sa condition, en bavarder, écrire, qui sait, à leur mari mobilisé dans le régiment de Boy. Mais non. Et il y avait une bonne raison à cela, même si Venetia ne pouvait pas la connaître.

Les conditions de vie dans ledit régiment, stationné dans le désert en Afrique du Nord, étaient déplorables : inconfort, opérations militaires au point mort, moral en berne. En contrepartie, une solide camaraderie liait les hommes ; ils s'appliquaient beaucoup à se remonter mutuellement le moral. De ce point de vue, de mauvaises nouvelles reçues de la maison ne pouvaient qu'avoir un effet très néfaste.

En vérité, Sheila Willoughby-Clarke avait entendu parler de la grossesse de Venetia et l'avait écrit à son mari. Mais Mike Willoughby-Clarke aimait beaucoup Boy. Il avait déjà regretté le chagrin qu'il lui avait causé en lui racontant avoir vu Venetia danser avec un autre au Dorchester : il ne voyait nullement l'intérêt d'aviver ce chagrin avec ce qui, après tout, n'était peut-être que des médisances. Il garda donc la nouvelle pour lui, et quand un autre officier, qui avait reçu le même écho, lui en parla, Mike lui conseilla de ne rien en dire à l'intéressé.

— Le pauvre vieux, son divorce a déjà été un coup pour lui. Inutile de remuer le couteau dans la plaie.

Ainsi Boy resta-t-il dans une ignorance qui, si elle n'était pas bienheureuse, le préservait de la douleur.

Adele emmenait Noni se promener du côté des écuries lorsqu'elle trouva Izzie en pleurs, assise sur un banc derrière le Colombier. Adele s'assit à côté d'elle et lui passa le bras autour des épaules tandis que Noni grimpait de l'autre côté.

— Qu'est-ce qu'il y a, ma jolie ? Papa te manque ?

— Oh, un peu, mais...

— C'est Kit ?

Izzie se tourna vers elle ; ses yeux bruns étaient gonflés par le chagrin.

— Oui... J'essaie si fort, et il est encore si triste. Souvent, il ne veut même pas...

— Je sais, chérie. Il est... très difficile. Mais tu réussis beaucoup mieux avec lui que n'importe qui d'autre. Nous trouvons tous que tu es merveilleuse.

— Mais justement, c'est ça le problème ! Il vient de me dire qu'il préférerait que je ne l'ennuie plus... Il veut qu'on le laisse seul. Il dit que tout ce que je fais, c'est le déranger dans ses pensées, que je lui tape sur les nerfs.

Adele sentit une poussée de colère envers Kit : comment pouvait-il rejeter brutalement une aussi gentille petite fille ?

— Il a sûrement eu une mauvaise journée.

— Il n'a que des mauvaises journées. Je suis si triste pour lui, et je ne peux pas l'aider. Il ne veut pas que je l'aide. C'est si horrible, Adele, qu'est-ce que je peux faire ?

— Je crois que la meilleure chose pour le moment c'est de ne rien faire. Il ne te mérite pas. Je sais que ce qu'il vit est affreux, mais c'est le cas de beaucoup de gens en ce moment. Il y en a qui sont tués, d'autres horriblement blessés, d'autres qui perdent leurs maisons, ou les gens qu'ils aiment...

Izzie la regarda.

— Ça doit être terrible pour toi, dit-elle.

— Assez, oui.

— Papa, il nous manque, hein, maman ? intervint Noni, ses yeux presque noirs fixés sur Izzie.

— Oui, il nous manque.

— Mais il faut qu'on soit courageuses.

— C'est vrai. Maintenant, écoute-moi, Izzie. Viens un peu voir Billy et les chevaux avec nous. Et laisse Kit pendant quelques jours. Donne-lui du temps.

— Oui, d'accord. Désolée.

Elle se moucha.

— Et arrête de dire désolée.

Ce soir-là, Adele alla voir Kit. Il était dans sa chambre, fumant d'un air morose, comme d'habitude.

— Bonsoir, Kit.

— Bonsoir.

— Comment tu te sens ?

Il haussa les épaules.

— D'après toi ? Verse-moi un whisky, Adele. Il est juste là-bas, je crois, sur un plateau.

— S'il te plaît.

— Quoi ?

— J'ai dit : « S'il te plaît. » C'est une petite formule, tu sais, qui donne envie aux gens de t'aider un peu plus. Essaie-la.

Il garda le silence.

— Très bien. Tu peux attendre pour ton whisky. Écoute, ce matin j'ai trouvé Izzie qui sanglotait à cause de ce que tu lui avais dit.

— Vraiment ?

— Oui, vraiment. Kit, je sais que tu es démoralisé, et tu peux t'en prendre à nous si tu veux, mais pas à Izzie. Elle est si mignonne et elle essaie si fort, ce n'est pas...

— Oh, fous le camp.

La rage envahit Adele, chaude, violente ; elle marcha vers lui, lui retira sa cigarette de la bouche et l'écrasa.

— Tu es un monstre, lâcha-t-elle, un monstre d'égoïsme et d'égocentrisme. Comment oses-tu me parler comme ça ? Que crois-tu que je ressente, avec mon ami juif piégé à Paris, à la merci des nazis ? Que penses-tu que ça fasse à mes enfants d'avoir perdu leur père ? J'ai vu des gens sur la route, là-bas, qui portaient leurs enfants morts dans leurs bras, des vieillards qui pleuraient sur le corps de leur femme, des gens qui se battaient pour une croûte de pain ! Tu n'es pas le seul à avoir connu des moments difficiles, ça t'aiderait sûrement de t'en souvenir...

— C'est toi qui as choisi de quitter Paris. Donne-moi une autre cigarette.

— Sûrement pas. Et si c'est ainsi que tu parles au pauvre vieux Shepard, je lui dirai de ne plus rien faire pour toi non plus. Qu'est-ce qui se passe, Kit, pourquoi ne peux-tu pas... ?

— Je vais te dire ce qui se passe, répondit-il, et sa voix était maintenant rauque de colère contenue. J'ai vingt ans et ma vie est terminée, finie. Je suis aveugle. Je ne peux rien faire, je ne peux même pas aller me promener tout seul. Je ne peux pas lire, je n'obtiendrai jamais mon diplôme, je n'aurai jamais de carrière. Je resterai juste assis ici et je pourrirai. Et pour aggraver la situation, la fille qui disait m'aimer, qui disait qu'elle voulait m'épouser, a fichu le camp. Et tu me demandes ce qui se passe ? Je te l'ai déjà dit et je te le répète, fous le camp ! Laisse-moi seul ! Et ne laisse plus cette foutue gamine revenir près de moi ! Je ne veux pas la voir, je ne veux voir personne !

Adele alla dans sa chambre et fondit en larmes.

Elle était très malheureuse ; le moment d'euphorie qui avait suivi son retour à la maison était passé, la laissant en plein désarroi et rongée par la culpabilité. Comment avait-elle pu abandonner Luc, le quitter sans même lui laisser la possibilité de s'expliquer ? Elle aurait pu discuter avec lui, lui offrir au moins une chance de partir avec elle ; si maintenant il était prisonnier des nazis, ce serait sa faute, en partie en tout cas. Elle souhaitait cruellement prendre contact avec lui, savoir au moins qu'il n'était pas en danger, qu'il allait bien ; mais c'était impossible. Le réseau téléphonique était sous le contrôle des Allemands, aucun service de courrier avec la France n'était assuré. Pourtant, malgré tout ceci, et contre toute logique, le fait de n'avoir reçu aucun signe de sa part la blessait cruellement.

Elle se faisait aussi beaucoup de souci pour ses enfants, craignant que toutes les scènes affreuses dont ils avaient été témoins sur la route de Bordeaux ne se soient imprimées dans leurs mémoires. Noni paraissait aller bien ; elle pleurait beaucoup le soir en réclamant son père, mais au moins c'était une réaction saine et elle ne semblait pas renfermer de dangereux non-dits en elle-même. Adele s'inquiétait davantage à propos de Lucas. Ce n'était qu'un bébé, on ne pouvait pas avoir de conversation avec lui, on ne pouvait pas connaître ses pensées. Il était plus silencieux qu'avant, dérouté par son nouveau cadre de vie, par les visages différents qui l'entouraient. Il dormait mal, s'éveillait en criant au milieu de la nuit ; pour le consoler, il n'y avait que les biberons de lait chaud, qu'il avalait goulûment, et aussi sa petite vache bien-aimée, à laquelle il se cramponnait comme à une planche de salut. Il ne prenait même pas un bain sans elle.

Des visions de Luc arrêté, interné dans un camp de concentration, hantaient Adele ; elle l'imaginait mourant sans qu'elle ait pu lui dire au revoir. Elle n'était plus très sûre de ce qu'elle ressentait pour lui, plus très sûre de l'aimer ; en tout cas, il lui manquait beaucoup. Pourtant, elle lui avait tourné le dos et elle était partie, le privant de sa présence et de ses enfants.

De jour en jour, cela lui apparaissait davantage comme une terrible faute.

32

Voilà sans doute à quoi ressemblait l'enfer, songea Celia. Le feu était partout, même les flaques d'eau étaient chaudes. À mesure qu'elle avançait sur le trottoir, elle sentait la chaleur émanant des immeubles et de ce qui ressemblait à des rideaux de feu dressés tout autour d'elle. Elle s'était habituée aux bombardements, au bruit, aux feux, au spectacle des ruines ; mais ce qu'elle voyait aujourd'hui était différent, différent de tout ce qu'elle avait imaginé. C'était comme d'être seule, absolument seule, à la fin du monde.

Noël avait été tranquille ; Hitler leur avait accordé une pause, les seules restrictions à la fête venaient du prix des choses.

Ils avaient encore une fois passé cette période à Ashingham, pour garder les enfants en sécurité ; sauf que cette année, il manquait Jay et Boy ; Jay était en France, Boy en Afrique du Nord. Giles, Helena et leurs enfants les avaient rejoints, de même que Sebastian, à la grande joie d'Izzie. Seuls PM et Gordon étaient restés à Londres ; PM était trop bouleversée par le départ de Jay, avait expliqué Gordon, et voulait rester seule.

Tout le monde fit un grand effort pour paraître gai – à l'exception de Kit. Il garda un visage de marbre pendant tout le déjeuner de Noël, et quitta la pièce peu avant la fin du repas.

Venetia était triste et nerveuse ; l'imminence de la naissance du bébé ne faisait qu'accentuer sa solitude. Elle et Adele sanglotèrent dans les bras l'une de l'autre le matin de Noël, avant de descendre pour présenter à la famille un front joyeusement uni.

— Si seulement je pouvais avoir un contact quelconque avec Luc, dit Adele en s'essuyant les yeux. Je me ficherais d'apprendre qu'il me déteste ou qu'il est en colère, je veux juste savoir s'il va bien, et aussi lui dire que je suis désolée. Je me sens plus désespérée chaque jour, c'est comme un affreux cauchemar sans fin.

Tout le monde jouait à un jeu de charades plutôt bruyant, le 26 décembre, quand Shepard entra dans la pièce.

— Téléphone, lady Celia. Mr Robinson.

— Merci, Shepard. S'il vous plaît, excusez-moi tous.

Quand elle revint dans la pièce, elle paraissait bouleversée.

— PM est souffrante. Elle a eu un vertige avant le déjeuner et le médecin est inquiet à son sujet. Rien de trop grave apparemment, mais on lui a prescrit du repos. Elle ne va pas aimer ça. En tout cas, c'est décidé, je rentre à Londres demain matin de bonne heure.

Venetia, te sens-tu le courage de venir avec moi, ou penses-tu que tu devrais plutôt rester ici ?

— Oh, non, je préfère de beaucoup t'accompagner. Ici, je tourne en rond.

— Bien. Je me demande si nous ne devrions pas partir ce soir. Les routes seront plus tranquilles et...

— Suis-je un tant soit peu inclus dans tes plans, intervint doucement Oliver, ou dois-je m'organiser de mon côté ?

Celia le regarda.

— Je pense vraiment qu'il vaudrait mieux que tu restes ici quelques jours de plus. Tu as l'air affreusement fatigué, et...

— Oh non, Celia, dit-il, et ses yeux brillèrent tout à coup d'une lueur amusée. Je ne vais pas te laisser t'en tirer aussi facilement. Pour découvrir après coup que tu as attribué la moitié de notre quota de papier à ton horrible livre...

Il était violemment opposé à la publication de *Faveur et Grâce*, le qualifiant de fadaises pour domestiques. Il avait fallu les efforts combinés de Celia, Venetia et Sebastian pour qu'il donne son accord.

— Vous devez évoluer avec votre temps, Oliver, lui avait expliqué Sebastian. Lytton a besoin d'une bonne vente pour le printemps, et je trouve que c'est là une excellente occasion de l'obtenir. Si j'étais vous, je le tirerais à deux mille exemplaires pour commencer. Et ensuite je verrais comment ça se passe.

— Il se vendra par cartons entiers, prédit-il plus tard à Celia, mais inutile de le dire à Oliver. Rien ne le monterait plus contre un livre que de penser que tout le monde va l'aimer.

Ils rentrèrent à Londres le lendemain ; Venetia se laissa tomber dans le fauteuil de son bureau avec un soupir de soulagement. Que diable serait-elle devenue sans son travail ? se demandait-elle en parcourant le courrier. Il y avait un gros paquet, portant l'écriture de Lucy Galbraith : tout allait bien, elle avait fini le dernier quart. Venetia avait hâte de découvrir ce que la méchante duchesse de Wiltshire allait faire, maintenant que son amant avait rejoint la marine...

En fait, elle n'eut pas un moment pour le lire de toute la journée. Le lendemain était un samedi ; elle se sentait si fatiguée – et elle l'était, manifestement – que Celia, pour une fois, insista pour qu'elle reste au lit. Le lendemain matin, dimanche, elle tint à aller chez Lytton :

— J'ai tellement à faire, et si je reste ici je vais m'apitoyer sur moi-même. J'aimerais y passer un moment, prendre un peu de travail et le rapporter à la maison.

— Je serais bien venue avec toi, lui dit Celia, mais j'ai promis à Gordon que j'irais voir PM. Il y a des petites choses dont j'ai besoin, je vais te donner une liste. Est-ce que tu as de l'essence ?

— J'en ai suffisamment, oui. Comment vas-tu faire ?

— J'irai en bus, bien sûr.

Elle utilisait volontiers les transports publics ; cela débouchait en général sur le récit nostalgique de la Première Guerre mondiale, quand PM et elle prenaient le tram pour aller travailler.

— Ne reste pas longtemps là-bas, Venetia, conseilla Oliver. J'ai du mal à croire que la trêve dure encore longtemps...

Venetia arriva chez Lytton vers quatorze heures ; elle y passa deux heures à planifier ses dépenses promotionnelles pour les mois à venir, avant de se rendre compte que son dos lui faisait très mal et qu'elle devait rentrer.

À mi-chemin, en arrivant dans Parliament Square, elle se rappela ; le manuscrit de *Faveur et Grâce* était resté sur son bureau.

— Et mince, dit-elle tout haut.

Sans parler du fait qu'elle comptait passer sa soirée à le lire, la précieuse copie de ce qui allait sauver Lytton, sa mère le répétait sans cesse, était posée sur une table dans son bureau du deuxième étage, à la merci d'Hitler et des défaillances des bouches d'incendie londoniennes ; c'était plus qu'une faute professionnelle de le laisser là, c'était criminel. Lucy Galbraith n'effectuait pas de double au carbone : « Ça fait tellement de saletés quand on veut effacer. » Il y avait donc dans son bureau l'unique exemplaire au monde de *Faveur et Grâce*, et elle devait retourner le chercher.

Elle repartit vers la City. Elle avait juste assez d'essence, pensa-t-elle, et elle serait quand même à la maison avant six heures.

Celia revint juste après six heures ; Oliver ne l'attendait pas encore et savourait son premier whisky de la journée. C'était une petite gâterie qu'il s'accordait et il tenait Celia dans l'ignorance de ce secret car elle était très stricte sur sa consommation d'alcool ; deux doses par jour, cela représentait le maximum autorisé, et elle lui versait elle-même ses deux verres de vin au dîner – non sans lui rappeler à tout bout de champ que le Dr Rubens avait déconseillé la moindre goutte d'alcool.

Il la regarda d'un air contrit.

— À la place du vin, ma chérie. Nous allons bientôt être à court, de toute façon. Comment va PM ?

— Je n'aime pas sa mine. Elle a une vilaine couleur. Gordon est inquiet, je le vois bien, même s'il ne veut pas l'admettre. Où est Venetia ?

— Elle n'est pas encore rentrée. Je trouve qu'il fait déjà bien sombre.

— Bien sûr qu'il fait sombre, Oliver. Tu as vu l'heure qu'il est ? Où diable est-elle ?

Celia tenta de se persuader que Venetia allait bien, qu'ils auraient eu de ses nouvelles sinon, et elle se versa un double scotch.

À ce moment-là, Venetia allait bien. Son retour chez Lytton l'avait fatiguée ; elle avait décidé de s'asseoir et de lire quelques minutes avant de repartir. Sa tête et son dos la faisaient beaucoup souffrir.

Elle ouvrit *Faveur et Grâce* et fut aussitôt captivée. Le texte commençait par le récit d'une fête à laquelle assistait la mythique duchesse de Wiltshire, ainsi que le prince de Galles et Mrs Simpson ; quelques pages plus loin, on retrouvait la femme de chambre attendant anxieusement devant l'Albert Hall pendant que sa maîtresse assistait à l'un des meetings d'Oswald Mosley.

Elle eut soudain mal à la tête. Elle allait emporter le manuscrit dans le bureau de sa mère, s'étendrait sur un des canapés et dormirait un moment. Comme Winston Churchill tous les jours, selon la rumeur. Si c'était assez bon pour lui, ça le serait pour elle. Elle s'étendit, ferma les yeux et s'endormit.

Elle ne comprenait pas où Venetia pouvait bien se trouver ; Celia sentait monter en elle un sentiment de panique. Sebastian était encore à Ashingham, de même qu'Adele ; Giles était revenu – peut-être était-elle avec eux ?

Leur bonne lui répondit que Mr et Mrs Lytton étaient partis pour la journée chez les Duffield Brown, à la campagne.

— Dans le Surrey, vous voulez dire ?

— Oui, lady Celia.

— Ce n'est pas la campagne, riposta Celia d'une voix ferme, et elle raccrocha le téléphone.

Même dans l'état d'inquiétude où elle était, elle avait senti la nécessité de clarifier ce point important.

Elle essaya de rappeler chez Lytton ; toujours pas de réponse. Elle insista longtemps, puis demanda à l'opératrice de réessayer.

Venetia s'éveilla d'un bond en entendant la sirène qui déchirait la nuit tranquille, plus angoissante encore après la trêve de ces derniers jours.

Elle descendit prudemment l'escalier (ce n'était pas le moment de tomber), alla jusqu'à la porte et l'ouvrit avec précaution. Pour la refermer aussitôt : les avions étaient apparemment partout, énorme masse vrombissante. Elle regarda sa montre ; six heures et demie.

— Venetia, se dit-elle à voix haute, luttant contre la panique, descends à la cave et prends le manuscrit avec toi.

Il y avait des torches en bas ; elle pourrait finir de le lire puis repartir. Comme son dos lui faisait mal...

Elle s'engagea dans l'étroit escalier de pierre ; c'était difficile, avec son énorme ventre. Et ce mal de dos qui empirait... Elle prit une aspirine et l'avala telle quelle. Elle grimaça à cause de son goût amer. Quelque chose, oui, quelque chose pour la faire passer... Il lui sembla se rappeler qu'elle avait un bonbon à sucer dans son sac. Elle l'avait laissé... bon sang, en haut de l'escalier, pour mieux s'agripper à la rampe. Elle tourna sur ses talons, et glissa ; pas gravement, mais assez pour perdre l'équilibre. Elle tomba en avant, saisit la rampe et se rétablit in extremis ; puis elle respira profondément, tâchant de se calmer – mais alors elle baissa les yeux vers ses pieds et vit, avec horreur, un liquide qui s'écoulait. En même temps, elle ressentit un nouveau coup dans son dos, plus violent que les autres, et dont la douleur semblait se propager jusqu'à son ventre.

— Oh, mon Dieu, murmura-t-elle, mon Dieu...

Le travail avait commencé.

Par la suite, tout le monde fut stupéfié que l'effet de surprise ait pu être aussi total. Cela tenait en partie au fait qu'on était dimanche, et le dimanche de Noël de surcroît ; la City était silencieuse, les guetteurs de la défense antiaérienne et les pompiers, épuisés, profitaient de ces quelques jours de trêve pour récupérer. Mille cinq cents foyers d'incendie se déclarèrent dans la City ce soir-là, visibles à une centaine de kilomètres de distance.

Très tôt après le début du raid, le ciel était déjà rouge comme du sang et les feux se voyaient depuis le quai Victoria, où lady Celia chargeait la bicyclette de la cuisinière dans le coffre de la Rolls. Il restait un peu d'essence ; quand la voiture s'arrêterait, elle continuerait à vélo. Elle emprunta le casque de Brunson, qu'il portait pour ses patrouilles avec les Volontaires, lui dit de tenir compagnie à Oliver et se mit en route pour aller chercher sa fille.

Elle avait une idée assez claire de ce qui avait dû se passer ; pour une raison ou une autre, Venetia était restée trop longtemps chez Lytton et était maintenant piégée. Enceinte et proche du terme, on ne pouvait pas l'abandonner à son sort.

Celia avait déjà pu atteindre Ludgate Hill quand la voiture s'immobilisa, après quelques cahots. Elle sortit la bicyclette du coffre, mit le casque sur sa tête et commença à pédaler furieusement vers St Paul, dont le dôme solide et rassurant se profilait contre le fond du ciel. Sans cesse, des voitures de pompiers la dépassaient et elle voyait les projecteurs de la DCA qui fouillaient la nuit. Le vacarme était assourdissant, mêlant le vrombissement des avions, le fracas des bombes, les tirs de la défense antiaérienne ; sans cesse de nouveaux incendies se déclaraient devant elle dans la City, comme des flambées de bois sec dans une monstrueuse cheminée. Celia haletait dans l'air chaud, dense, suffocant, poussiéreux. Plus tard, elle songea qu'elle avait dû avoir peur, mais sur le moment elle n'y pensa même pas, tant son esprit n'était concentré que sur une chose, retrouver Venetia.

Comme elle atteignait Paternoster Square, une bombe parut tomber juste derrière St Paul ; en réalité, c'était à plus d'un kilomètre de là, au nord de la Banque d'Angleterre, mais elle sentit le sol trembler, vit le ciel s'éclairer. Elle aperçut l'immeuble de Lytton, dans Paternoster Row, et crut que son cœur allait éclater.

Elle sentit que la bicyclette roulait bizarrement, se rendit compte qu'elle avait crevé, des deux roues – sans doute la chaleur et les débris qui jonchaient la chaussée. Une nouvelle bombe tomba, bien plus près d'elle, de l'autre côté de St Paul ; pas St Paul, songeat-elle, mon Dieu, pas St Paul. C'était devenu comme la sauvegarde, le talisman de Londres ; tant que le grand dôme tiendrait, ils tiendraient eux aussi.

Elle laissa la bicyclette et se mit à courir aussi vite qu'elle le pouvait ; oui, là-bas, c'était la voiture de Venetia, la rutilante petite Austin Seven rouge qui avait été le cadeau d'anniversaire des jumelles pour leurs dix-huit ans, et dont Venetia se servait encore tous les jours. Donc elle était ici, donc elle était sauve ; l'immeuble semblait encore debout, comme toute la rue. Celia se trouva en train d'adresser (et s'en irrita presque) une courte prière au Tout-Puissant – qui pourtant ne paraissait pas se soucier outre mesure du sort de ses créatures. Puis elle se rendit compte qu'elle n'avait pas la clé de l'immeuble.

Ça ressemblait à la sonnette, au grand carillon de la porte d'entrée, qui ne sonnait jamais ou presque. Venetia, sérieusement effrayée maintenant, si proche était le bruit des bombes, se blottit dans un coin de la cave du grand-père Edgar ; elle serrait *Faveur et Grâce* contre elle comme s'il pouvait la protéger, s'armait d'avance contre la nouvelle vague de douleur à venir, d'ici environ une minute d'après ses calculs, et décida d'ignorer la sonnette. Monter maintenant là-haut, avec Londres qui s'écroulait tout autour, serait une pure folie ; en plus, qui pouvait bien sonner en un moment pareil ?

Mais ça recommença, et recommença encore.

Elle leva un œil hésitant vers le haut des escaliers. Fallait-il vraiment aller là-haut ? Quitter son abri ? Non. Toute sa raison lui disait que non.

— Allez, Venetia, viens !

Celia se retourna pour regarder derrière elle ; des deux côtés, on aurait dit que tout Londres était en feu. C'était comme une énorme muraille de flammes. Le simple contact de l'air sur sa peau la brûlait ; une voiture de pompiers passa dans la rue, l'éclaboussa en roulant dans une flaque, et c'est là qu'elle découvrit que l'eau elle-même était chaude.

La sonnette, encore et toujours. Quelqu'un devait penser qu'elle était à l'intérieur, sûrement. Mais qui ? Qui savait ? Qui serait assez courageux, ou assez fou, pour venir la chercher ? Puis d'un seul coup, elle sut, dans une grande vague intérieure de gratitude et d'amour. Elle se leva précipitamment, mais aussitôt une nouvelle contraction la déchira, si violente qu'elle se courba en deux en haletant et ne put faire le moindre geste jusqu'à ce qu'elle soit passée. Elle restait sur place, serrant la rampe de l'escalier, tâchant de maîtriser la douleur, priant pour qu'elle passe ; et priant aussi pour que la sonnette ne s'arrête pas.

Elle avait dû partir, songea Celia. Oui, elle avait dû partir. Peut-être que des pompiers l'avaient trouvée et sauvée. Cela faisait maintenant plus de cinq minutes qu'elle appuyait sur la sonnette, en vain. Il ne lui restait plus qu'à prier pour que Venetia soit quelque part en sécurité, et pour qu'elle-même puisse retourner à la maison avant que tout Londres n'explose. Elle se souvint alors qu'elle avait toujours un double des clés de voiture de Venetia. L'Austin ne lui offrirait pas une protection très sûre mais elle s'apprêtait à s'y réfugier quand une nouvelle bombe tomba, très près. Elle se blottit dans l'encadrement de la porte et, comme souvent dans les moments critiques, commença à se réciter *Le Petit Déjeuner du roi*, d'A.A. Milne. Elle ne se rappelait jamais exactement pourquoi elle choisissait ce poème-là, peut-être parce qu'il était très long.

Dieu merci, la douleur s'était calmée. Venetia prit une profonde inspiration et se hissa jusqu'en haut de l'escalier. Elle traversa le rez-de-chaussée carrelé en courant presque. Elle atteignit la porte, s'affala dessus et parvint in extremis à l'ouvrir avant de s'écrouler contre sa mère. Celle-ci la regarda presque d'un air mauvais et lui dit :

— Enfin, pourquoi est-ce que tu as mis si longtemps ?

Plus tard, en y repensant, elle put savourer l'aspect incongru de la scène ; sa mère debout, sur le fond du ciel enflammé, son casque trop large coiffant son visage couvert de poussière, portant un étroit manteau noir de chez Worth et des chaussures à talons hauts, s'impatientant d'avoir dû attendre à la porte comme si elle venait prendre le thé. Mais sur le moment, elle ne songeait qu'au soulagement, au bonheur et au sentiment de sécurité presque enfantin qu'elle éprouvait face à la seule personne au monde qui pouvait remettre les choses en ordre et tenir le danger à distance. Puis la douleur la frappa de nouveau et elle gémit entre ses dents serrées :

— Je vais accoucher.

— Viens, dit sa mère d'une voix très calme en la prenant par le bras, dépêchons-nous.

— Non, protesta Venetia dans un sursaut, il faut prendre *Faveur et Grâce*, j'ai laissé le manuscrit dans la cave...

— Va à la voiture, je vais le chercher.

Aucune des deux femmes ne se rappela grand-chose des terribles premières minutes de ce trajet de retour. Les bombes semblaient les entourer de partout, la chaleur collait aux vitres, les explosions déchiraient le ciel en grandes flammes sanglantes.

Venetia ne parlait guère, tassée sur son siège dans la crainte d'une nouvelle contraction. Elle aperçut soudain un grand cratère dans la chaussée et n'eut que le temps de crier pour avertir sa mère ; Celia donna un violent coup de volant et la voiture tangua dangereusement, prête à se renverser, mais un second coup de volant la redressa.

— Ça a été juste, se contenta-t-elle de dire.

Celia demeurait étonnamment calme, même quand un incendie en face d'elles et un autre sur le côté leur interdirent toute progression ; elle fit marche arrière sur quelques mètres et prit une ruelle sur la gauche à peine assez large pour y faire passer la voiture.

— C'était un sens interdit, commenta-t-elle quand elles arrivèrent au bout, et elle sourit à Venetia. Espérons qu'on n'aura pas d'ennuis...

Elles tournèrent à gauche en bas de Ludgate Hill ; la Rolls était toujours là, incongrue.

— On ne peut pas la laisser là, remarqua Venetia, quelqu'un pourrait la voler.

— Impossible. Il n'y a plus d'essence.

Elles atteignirent le quai ; les incendies étaient pour la plupart derrière elles maintenant, le fleuve était sur leur gauche, présence réconfortante et familière. Puis une gigantesque explosion secoua certains immeubles, de l'autre côté du pont de Blackfriars, et elles ressentirent l'onde de choc dans la voiture.

— Bon Dieu, dit Celia sur le ton de la conversation.

Venetia la regarda ; elle ne l'avait jamais entendue jurer.

Le temps qu'elles atteignent Parliament Square, elles se sentaient plus en sécurité.

— Le pire est passé, je pense, conclut Celia.

— Ne tente pas le sort.

— Je crois que le sort a succombé à la tentation depuis longtemps. Tu vas bien ?

Venetia acquiesça, puis :

— Oh, mon Dieu, une autre... Tu peux aller à l'hôpital ?

— Dans Harley Street ? Je crois qu'on ferait mieux de rentrer à la maison.

Elles s'arrêtèrent enfin devant Cheyne Walk, levèrent les yeux vers sa silhouette familière, non sans un léger étonnement.

— On a réussi, murmura Celia.

— Oui, soupira Venetia, puis elle ajouta simplement : merci beaucoup.

— De quoi ?

— D'être venue me chercher.

— Oh, ne sois pas idiote. Et de toute façon, c'était le manuscrit que je voulais récupérer en priorité. Maintenant, viens vite. Tu pourras marcher jusqu'à la maison ?

— Bien sûr. Mais tu ferais mieux d'appeler le Dr Bradshaw tout de suite. Je me demande s'il a déjà mis au monde un bébé dans une cave.

Le lendemain matin, avant le petit déjeuner, les enfants Warwick furent appelés dans le salon de leur arrière-grand-mère. Ils se tenaient en ligne, la regardant avec des yeux inquiets ; ce genre de convocation annonçait en général des problèmes.

Mais cette fois, lady Beckenham leur dit, radieuse :

— Vous avez un petit frère. Il est né cette nuit. Votre mère va très bien, et lui aussi. Et avant que vous ne me posiez la question, non, vous ne pouvez pas aller le voir. Mais votre mère nous rejoindra ici dans une semaine ou deux.

Amy fondit bientôt en larmes.

— Ne sois pas stupide, Amy. Je sais qu'elle te manque, mais elle ne peut pas voyager jusqu'ici avec un nouveau-né.

— Je pleure pas parce qu'elle me manque, je pleure parce que je voulais une sœur...

— Je ne sais pas comment l'appeler, avoua Venetia, souriant à sa mère au-dessus de la tête sombre du bébé.

Il était né juste au moment où le dernier bombardier quittait Londres et reprenait le chemin de Munich.

— Moi, je sais. Je viens juste de regarder dans notre dictionnaire des prénoms. Fergal. J'aime bien ça. Fergal Warwick. Ça sonne bien, non ?

— Eh bien... ce n'est pas trop mal. Je pense que je te dois au moins ça, un prénom.

— C'est gaélique et ça signifie « Homme valeureux ». Peut-être qu'il le sera ou peut-être pas, mais en tout cas sa mère et sa grand-mère le sont sûrement. Bravo, Venetia. Tu as été extrêmement courageuse.

— Vraiment ? Tant mieux. Mon Dieu, ça fait vraiment mal... Je n'avais jamais accouché sans anesthésie jusque-là.

— Quand j'ai eu Giles, ça n'existait pas, dit Celia, et il a mis trente-six heures à naître.

— C'est horrible !

— Oui, plutôt. Ma mère m'a beaucoup aidée, en me répétant que ça finirait par s'arrêter. Tu sais que c'est une de ses grandes formules. Et chaque fois que je faisais mine de gémir, elle me disait que c'était très commun. Elle avait raison sur les deux points.

Celia regarda le bébé.

— Il ressemble énormément à Boy.

— Oui. Je suppose.

— Alors, quand vas-tu le lui dire ?

— Oh, maman, je ne sais pas. Jamais, sans doute. N'y pensons pas.

— En tout cas, il n'y a pas d'urgence, observa Celia prudemment.

Le lendemain, le spectacle de la City dévastée était apocalyptique ; de nombreux incendies n'avaient pu être éteints. St Paul était restée debout, dominant les ruines qui l'entouraient. Pas moins de vingt-huit bombes incendiaires l'avaient pourtant frappée ; l'une d'entre elles s'était même fichée dans l'enveloppe extérieure du dôme et avait commencé à faire fondre le plomb, mais elle était ensuite tombée vers l'extérieur, sur le parapet, et s'était éteinte. Une fois de plus, la cathédrale semblait inviolable.

La Banque d'Angleterre avait tenu elle aussi, ainsi que l'immeuble Faraday, qui servait d'abri au gouvernement – même si les flammes en avaient été si proches, à un certain moment, que l'armée avait envisagé de faire sauter les immeubles voisins pour le protéger.

D'innombrables bâtiments étaient ravagés, dont huit églises construites par Christopher Wren, Guildhall était gravement endommagé, et le port de Londres réduit à un quart de sa capacité. Paternoster Row n'était plus qu'une ruine fumante, noircie par le feu.

— Ç'a été dévasté, Oliver, annonça doucement Celia en lui prenant la main. Je suis désolée.

Il avait entendu le récit du feu, s'était attendu au pire ; pourtant il la regardait sans rien dire, bouleversé.

— Tu y as été ?

— Non. J'ai essayé mais la police en a barré l'accès. Mais j'ai rencontré Hubert Wilson, tu vois qui c'est ?

— Le libraire de la City ?

— Oui. Il a réussi à passer, Dieu sait comment. Il dit que les ravages sont terribles. Pas seulement pour nous, mais aussi pour Longman, Nelson, Hutchinson, Collins, Eyre & Spottiswoode, la liste est interminable. Apparemment, il n'y a plus que des ruines à Paternoster Square.

— Alors... nous avons tout perdu ?

— J'en ai peur, oui. Le coffre a peut-être tenu le coup. On ne le saura pas avant plusieurs jours. C'est encore brûlant par endroits.

— Je comprends.

Elle voyait combien cela lui faisait mal ; le magnifique immeuble avait façonné toute son existence.

Il laissa échapper un soupir, lourd, désespéré ; puis il la regarda, et elle vit que ses yeux étaient remplis de larmes. Enfin il parla, très lentement, mais d'une voix raffermie.

— Ça n'a pas tant d'importance, dit-il. J'aurais pu te perdre, toi.

33

Les bons jours, Adele pensait être gravement malade ; les mauvais jours, elle se croyait incurable.

Elle se sentait fatiguée, épuisée ; une fatigue lancinante, pas seulement physique mais morale, où l'effort de se lever, de s'habiller, d'habiller ses enfants était tel qu'elle devait souvent, après, s'allonger et se reposer pendant une demi-heure ou même davantage. De même après les avoir fait déjeuner ou même après les avoir emmenés faire de brèves promenades, leur seul contact avec le monde extérieur.

Quand elle pleurait, elle allait mieux, libérée de la lutte pour paraître forte aux yeux des autres. Elle se gardait chaque jour un moment pour pleurer, elle l'attendait presque comme on attend un repas ou un verre de vin. Et elle s'abandonnait à ce luxe, cette délivrance, de silencieux mais profonds sanglots – étendue sur son lit, la tête enfouie dans ses bras, serrant souvent Noni et Lucas contre elle. Ensuite, elle se sentait mieux pendant quelque temps, plus calme et presque purifiée : délivrée de l'idée que Luc la haïssait parce qu'elle lui avait pris ses enfants. Mais, ensuite, ça recommençait : la culpabilité bouillonnante, débordante, la douleur et le remords qui la laissaient misérable et désorientée. Et effrayée de ce qu'elle avait fait.

Cedric Russell était allé, pour Noël et le jour de l'an, à une fête à la campagne donnée par son dernier petit ami en date. Il avait évité la mobilisation ; à son grand soulagement et même, paradoxalement, à sa grande joie, on avait découvert qu'il avait le cœur fragile et donc qu'il n'était pas apte pour le service actif.

Voulant néanmoins apporter sa contribution à l'effort national, il avait trouvé du travail comme brancardier et aide-soignant dans un grand hôpital de l'East End qui accueillait surtout des blessés du Blitz ; chose qui l'avait surpris lui-même, il appréciait ce travail. Les patients l'aimaient bien ; il les réconfortait, s'asseyait sur leur lit pour plaisanter et bavarder. Les jeunes infirmières adoraient les conseils qu'il leur donnait sur leur maquillage, leur coiffure et leur vie sentimentale ; les infirmières-chefs et la directrice de l'hôpital avaient une opinion quelque peu différente de lui, mais comme il s'acquittait bien de ses tâches et contribuait beaucoup à remonter le moral général, elles l'acceptaient tel quel.

Il devait reprendre son service le 3 janvier à six heures du matin. Son amant avait un voisin commandant dans la marine et qui avait un peu d'essence ; il avait accepté de ramener Cedric à Chelsea, où il vivait dans un studio à deux pas de Milborne Grove.

Ce soir-là, quand il pénétra dans son appartement, il trouva un billet glissé sous la porte. Il venait d'une fille appelée Miranda Bennett, rédactrice de mode au magazine *Style* : « J'ai essayé de vous joindre chez Bertie, en vain. Manifestement bien trop occupé pour entendre le téléphone ! Appelez-moi, il y a quelque chose d'un peu bizarre. »

Intrigué, Cedric lui téléphona.

— C'est très étonnant, lui dit-elle, un paquet est arrivé de Paris, la veille de Noël.

— De Paris ! C'était de Philippe ? Il va bien ?

— Il allait bien... à ce moment-là, oui. Je ne sais pas comment il se porte aujourd'hui. Figurez-vous, Cedric, que le paquet a mis six mois pour arriver ici ! Il est passé par New York, et Dieu sait par où encore. En tout cas, Philippe a pris de merveilleuses photos de Paris quelques jours avant l'arrivée des Allemands. Un fermier avec un troupeau de moutons sur les Champs-Élysées, des rues désertes, aucune voiture ; c'est si étrange.

— Eh bien, j'adorerais les voir, ma chère, mais pourquoi est-ce que vous m'avez téléphoné ? À moins que ce soit pour me dire qu'il y a une lettre d'amour de Philippe...

— Non, il s'agit d'autre chose...

Cedric se demandait s'il allait appeler Adele ; elle serait si heureuse, la pauvre chérie. Elle avait l'air déprimé la dernière fois qu'il l'avait vue, à Londres en octobre. Il avait tâché de la persuader de recommencer à travailler pour lui, mais elle l'avait regardé comme s'il lui avait suggéré d'aller vivre dans la rue à Soho. Ce serait merveilleux de pouvoir lui donner de bonnes nouvelles. Hélas, il n'avait pas son numéro chez sa grand-mère ; cela voulait donc dire appeler son dragon de mère et le lui demander. Peut-être attendrait-il jusqu'à demain ou... Oh, non, encore les sirènes. Un raid aérien. Faudrait-il encore descendre à l'abri ? Il ne s'en sentait pas capable. Il était fatigué et il avait une longue journée devant lui. Ils avaient suffisamment à faire dans l'East End pour ne pas avoir à effectuer un détour par Chelsea. Non, il resterait ici, et si ça chauffait vraiment il irait dans cet abri Anderson[1], sous les

---

1. Des plans avaient été distribués aux Londoniens, pendant le Blitz, pour construire chez eux des abris dits « Anderson », à l'extérieur des maisons, ou Morrison, à l'intérieur, comme il en sera question plus loin. *(N.d.T.)*

escaliers, comme Bertram le lui avait recommandé. Tout se passerait bien...

Adele avait pris une décision ; elle allait partir. Elle n'était pas sûre de l'endroit où elle irait, mais elle trouvait la vie à Ashingham un peu plus insupportable chaque jour – les petits garçons excités et bruyants de l'école, les enfants Warwick toujours pleins d'entrain et qui voulaient à tout prix inclure Lucas et Noni dans leurs jeux. Et il y avait un va-et-vient permanent d'étrangers, c'était dangereux pour les enfants, sans parler des troupes de lord Beckenham à l'exercice, énorme source d'inquiétude parce que cela fascinait le petit Lucas et qu'il voulait absolument y participer.

Ce qu'elle voulait, c'était le calme, le calme total. Être quelque part à l'abri, non seulement des Allemands mais des gens en général. Elle avait passé des heures à étudier la carte de son grand-père et avait décrété que le Somerset semblait une bonne idée. Ce n'était pas trop loin, donc le voyage ne demanderait pas beaucoup d'essence – elle avait accumulé une réserve de coupons ; pas de grandes villes, guère de risques de bombardements par conséquent ; elle pourrait s'y installer tranquillement avec les enfants, sans doute louer une petite maison, et savourer un peu de paix. Bien sûr, elle laisserait un mot, pour que personne ne s'inquiète à son sujet, mais sans dire où elle allait.

Une fois son plan arrêté, elle souhaita en finir au plus vite. Elle décida de partir le samedi 4 janvier. C'était le jour le plus chargé de la semaine, avec les fournisseurs qui se succédaient, les grandes manœuvres hebdomadaires du bataillon et les petits garçons qui couraient partout, surtout l'après-midi, puisqu'il n'y avait pas de cours. Le samedi soir, ils seraient loin, loin du bruit et du chaos, et personne ne saurait...

Il ne faut pas bouger. Cela, Cedric le savait. S'il bougeait, il risquait de faire tomber ce qui restait de l'immeuble sur sa tête. Il fallait attendre, juste attendre. En restant aussi immobile que possible. Cedric avait l'impression d'aller bien, de n'avoir rien de cassé ; il faisait très sombre, certes, mais c'était le milieu de la nuit. Et les avions étaient partis, puisque le bruit avait cessé. Donc, ça n'empirerait pas. Maintenant, c'était juste une question de temps. Attendre le matin ou le bruit des secours progressant dans les décombres en criant : « Est-ce qu'il y a quelqu'un ? » On le sortirait et il serait en sécurité. Il fallait attendre la fin de la nuit et c'était tout. Ensuite, il pourrait appeler Adele et lui transmettre la bonne nouvelle. Peut-être lui porter la lettre lui-même. Sauf qu'il n'aurait pas le temps. Eh bien, il la persuaderait de venir la chercher ici. Ce serait merveilleux de voir son visage quand il la lui tendrait, qu'elle la lirait. Oui, et le soir il l'emmènerait au *Café Royal*, ils passeraient une merveilleuse soirée tous les deux.

Cette idée aida Cedric à patienter de très longues et très inconfortables heures.

Adele se sentit presque joyeuse, toute la journée du vendredi. C'était bon d'avoir quelque chose à quoi penser, quelque chose à faire. Elle en oublia même sa séance de pleurs après le déjeuner ; à la place, elle emmena les enfants aux écuries pour voir les chevaux.

— Vous y avez mis le temps, gémit Cedric.

Il était resté enfoui sous des tonnes de décombres pendant presque dix-huit heures.

— Désolé, mon vieux. Beaucoup de trucs au-dessus de vous. Vous avez eu de la chance, jetez un coup d'œil.

Cedric reçut un choc. Tout l'immeuble avait disparu ; il ne restait rien ni de son appartement ni des deux qui lui étaient contigus.

— Oh ! mon Dieu. Il y a eu... des blessés graves ?

Il secoua la poussière de ses chaussures, recula pour mieux voir – puis glissa et tomba au sol, en se donnant un violent coup sur la tête dans sa chute. Les nouveaux escarpins vernis que Bertie lui avait offerts pour Noël, faits main, aux semelles encore lisses, avaient réussi ce que la Luftwaffe elle-même n'avait pas fait : ils l'avaient mis K-O. Il demeura étendu au milieu des décombres, les yeux fermés. Ses sauveteurs l'examinèrent puis se regardèrent.

— Vaut mieux l'emmener à l'hôpital, dit le premier, au moins au poste de premiers secours. Il tient pas sur ses jambes, ce gars-là.

— Tu m'étonnes, répondit le second, vise-moi un peu ces chaussures de gonzesse... Allez viens, les premiers secours ça suffira bien, l'hôpital a assez de clients comme ça. Mets-le sur la civière.

Il était presque midi, le lendemain, quand un Cedric encore commotionné parvint à saisir le téléphone, dans la maison de Miranda Bennett où il avait trouvé refuge, et appela Cheyne Walk. À son grand soulagement, ce fut Venetia et non Celia qui lui répondit.

— Noni, viens, ma chérie, on va faire une promenade en voiture. Juste une petite... Ne me regarde pas comme ça, chérie, s'il te plaît.

L'effet le plus manifeste que l'exode avait produit sur Noni était une allergie chronique aux promesses de petites promenades en voiture.

— Non, je veux pas. J'irai pas. Et tu pourras pas m'obliger. Non et non.

Lady Beckenham était dans l'armurerie en train de chercher des bottes d'équitation suffisamment petites pour Amy, quand le téléphone sonna.

— Grand-mère ? C'est Venetia. Je peux parler à Adele, s'il te plaît ? C'est urgent, vraiment urgent.

— Qu'est-ce qui se passe ? J'espère que Celia n'a pas fait des siennes...

— Non, c'est une bonne nouvelle.

— Oh... très bien. Où es-tu ? Je vais te rappeler mais ça pourrait prendre un moment.

Ça prit en effet un moment. Elle fut interpellée trois fois sur le chemin de la chambre d'Adele : d'abord par lord Beckenham qui avait perdu son épée, puis par Rou qui sortait de la cave dont l'accès était interdit aux enfants et qui par conséquent devait être réprimandé, enfin par Kit, qui marchait dans le couloir sans sa canne – chose strictement interdite là aussi, puisqu'il avait encore tendance à percuter les gens et les objets, et qu'il causait aux deux des dégâts non négligeables.

— Quand la guerre sera finie, Kit, lui dit-elle d'une voix ferme, tu pourras. Pour le moment, c'est dangereux.

— Super, maugréa Kit.

— Ne sois pas insolent. Viens, installe-toi, je vais te trouver une clope.

Elle fut récompensée par le léger radoucissement de son expression qui, ces temps-ci, était chez Kit ce qui se rapprochait le plus d'un sourire. Elle le fit asseoir dans la salle à manger, lui alluma une cigarette, puis lui déclara qu'elle reviendrait mais que pour le moment elle cherchait Adele.

— Venetia veut lui parler, c'est important, paraît-il. Si elle vient ici, dis-le-lui, sois gentil.

— D'accord.

Elle n'était pas du tout sûre qu'il le ferait.

— Bonjour, Noni.

C'était Izzie.

— Je vais faire une petite promenade. Tu veux venir avec moi ?

— Oui, merci...

— Non, Izzie vient pas. Je suis désolée, nous partions juste pour le village. Lucas est déjà dans la voiture.

— Tu ne peux pas y aller sans elle ? Elle n'a pas l'air d'avoir très envie... Je m'occuperai bien d'elle, ne t'inquiète pas.

Son sourire, tandis qu'elle regardait Adele, était innocent et gentil, mais il parut à Adele condescendant et presque insolent.

— Non, tu ne t'en occuperas pas ! Et ne t'en mêle pas, Izzie, s'il te plaît. J'ai décidé que nous y allions et nous y allons. Noni, monte dans la voiture.

— Non, je monterai pas !

— Si, tu monteras.

Noni commença à crier et Adele la fusilla du regard ; cela devenait ridicule.

— Tu es une méchante petite fille !

Elle contempla le petit visage furieux de Noni puis soudain elle se baissa, remonta sa jupe et lui donna une tape sur le derrière, fort. Le choc leur cloua le bec à toutes les deux, Noni et Izzie ; Adele prit Noni sous le bras, la jeta à moitié à l'arrière de la voiture et claqua la porte. Noni la fixa à travers la vitre avec une telle expression de colère et de détresse dans les yeux qu'Izzie put à peine le supporter.

— C'est comme ça, Izzie, lui expliqua Adele. Elle doit apprendre à obéir. Maintenant, nous partons.

Elle monta dans la voiture, claqua la portière et démarra à grande vitesse dans l'allée.

Une fois qu'elle fut partie, Izzie courut dans la maison en pleurant ; l'incident l'avait bouleversée. Le souvenir du petit visage éperdu derrière la vitre de la voiture, de la main d'Adele s'abattant sur son derrière, la rendait malade. Noni était si calme, si bonne, si gentille, Adele n'avait pas le droit de la frapper.

Elle se jeta sur une des chaises à la table de la salle à manger, enfouit sa tête dans ses bras et se mit à sangloter bruyamment.

— Qu'est-ce qui se passe encore ?

C'était Kit, assis dans la grande chaise de lord Beckenham au bout de la table.

— Adele a tapé sur les fesses de Noni, dit-elle, la gorge serrée.

— Elle devait avoir ses raisons. Il n'y a pas de quoi pleurer. Arrête, Izzie, tu es ridicule. Et où est Adele ? Grand-mère la cherche.

— Partie. Partie au village, dans la voiture.

— Tu veux bien courir la chercher ? C'est important.

— Je...

— Izzie, fais ce qu'on te dit. Ou je te tape sur les fesses.

Il souriait à moitié. Même dans sa tristesse, elle en éprouva de la satisfaction ; s'il souriait, il devait se sentir mieux.

328

— Oui, d'accord.

Elle sortit dans le couloir et aperçut lady Beckenham.

— Adele est partie au village, lui annonça-t-elle, avec la voiture. Kit m'a dit de vous le dire.

— Merci. Je ferais mieux d'appeler Venetia, lui dire qu'elle va devoir attendre. Elle ne restera pas longtemps au village, je suppose...

— Non. Elle...

— Elle quoi ? demanda lady Beckenham, en sentant la détresse dans sa voix.

— Elle a tapé Noni, fort. Et après, elle l'a jetée dans la voiture.

— Eh bien, je suppose qu'elle le méritait, commenta lady Beckenham, avant de traverser la pièce pour aller décrocher le téléphone. Venetia ? Elle est sortie pour un moment, semble-t-il... Oui, au village... Oh, elle ne sera pas longue, j'en suis sûre. Et quand elle reviendra... Quoi ? Mon Dieu. Oh, je vois. Eh bien... Oui, à la minute où elle revient...

Elle raccrocha puis se tourna vers Kit.

— Absolument extraordinaire, lui dit-elle. Apparemment, au bout de tout ce temps, une lettre est arrivée pour elle de Paris. De son soi-disant mari. Eh bien, peut-être que ça lui remontera le moral. Je l'espère, en tout cas.

Izzie décida qu'elle se rendrait elle-même au village. De toute façon, elle avait un peu d'argent de poche et elle voulait du papier et des timbres. Elle prendrait la bicyclette de Rou – il jouait au football – et ainsi, elle irait beaucoup plus vite. Comme ça, si elle voyait Adele, elle lui transmettrait la nouvelle plus tôt.

— Je veux pas rester là-dedans, je veux pas !

Noni, que sa fessée n'avait pas réduite au silence, regardait sa mère d'un air plein de rancune. Lucas dormait à l'avant, indifférent à leurs problèmes.

— Je déteste la voiture, je la déteste !

— Tu vas passer un moment dedans, dit Adele, alors tu ferais mieux de t'y habituer.

— Pourquoi ? Je m'enfuirai quand on sera au village et je rentrerai à la maison sans toi, je connais le chemin...

— Non.

— Si !

— Non, parce que nous n'allons pas nous arrêter dans le village, nous allons faire un long voyage. Pour aller dans un endroit différent, un endroit plus agréable.

— Hein ? Tu veux dire loin d'Ashingham ?

— Oui, loin.

Noni constata qu'elle était sérieuse. Alors elle réfléchit, se vit assise dans la voiture pendant des heures et des heures, abandonnant tout le monde et tout ce qu'elle commençait à aimer, la maison, le jardin, les écuries, ses cousins, lord et lady Beckenham – elle aimait tout spécialement son arrière-grand-père ; et elle ne put supporter cette idée. La panique monta en elle, la panique et une terrible nausée ; elle prit une grande inspiration et vomit, violemment, sur toute la banquette arrière.

Adele était assise sur le côté de la route, en pleurs, essayant de nettoyer Noni avec des poignées d'herbe, quand Izzie arriva. Elle la regarda d'un air désarmé ; toute sa colère était passée.

— Salut, lui lança-t-elle d'une voix faible, en s'essuyant les yeux du dos de la main.

— Adele, est-ce que je peux... Est-ce que je peux t'aider ?

C'était courageux de sa part ; le spectacle était assez pénible.

— Non, pas la peine. Je crois... eh bien, je crois qu'il va falloir retourner à la maison et nettoyer correctement la voiture.

— Je peux prendre ce que tu voulais au village...

— Quoi ?

Elle semblait désorientée.

— Izzie, je suis désolée pour tout à l'heure, pour avoir crié contre toi. Et aussi d'avoir frappé Noni. Elle me pardonne, j'espère que toi aussi ?

— Oui, bien sûr... Tu...

Elle hésita.

— Tu avais l'air très triste...

— Oui, admit Adele, et elle se remit à pleurer. Je suis toujours triste en ce moment et...

Elles restèrent assises en silence pendant quelques instants, puis Izzie se souvint.

— Il y a une lettre pour toi.

— Une quoi ?

— Une lettre. À Londres. Venetia a téléphoné. Elle vient de France, a dit lady Beckenham, de... de ton mari.

Izzie n'oublia jamais ce qui se passa ensuite. Adele se leva très lentement, comme si elle rêvait, le visage figé et terriblement pâle. Puis :

— De France ? De Luc ?

— Oui, c'est ça. J'ai entendu lady Beckenham dire ça à Kit. Et ensuite, elle a dit que ça te remonterait le moral. Adele... tu vas bien ?

— Oui, répondit Adele, en parlant toujours très lentement, presque comme si elle dormait. Oui, je crois.

Elle parut se ranimer, presque à vue d'œil : ses yeux se mirent à briller, ses joues retrouvèrent des couleurs. Elle repoussa ses cheveux en arrière et ajouta :

— Izzie, il faut que je retourne là-bas très vite. Est-ce que... ça t'ennuierait beaucoup de ramener Noni, en la poussant sur la bicyclette ? Ou même en marchant avec elle ? Tu serais si gentille. Et dès que je pourrai, je reviendrai la chercher.

— Oui, bien sûr, affirma courageusement Izzie, même si elle avait l'impression que c'était la plus horrible chose qu'on lui eût jamais demandée. Ne t'inquiète pas, je m'occuperai d'elle.

Adele se pencha pour l'embrasser.

— Tu es un ange, un véritable ange. Je reviendrai aussi vite que je pourrai. Oh, heureusement que tu as été malade, Noni, heureusement...

Elle sauta dans la voiture, fit demi-tour si vite, malgré la présence de Lucas, que ses roues crissèrent, et elle reprit le chemin d'Ashingham à au moins cent cinquante à l'heure, d'après les estimations d'Izzie.

Les adultes étaient des gens très étranges. Il n'y avait pas d'autre mot.

34

Kit entendit la voiture s'éloigner et se sentit tout à coup très seul. Henry et Izzie quittaient Ashingham pour leurs nouvelles écoles : Henry pour Eton, Izzie pour Cheltenham.

Il avait des remords vis-à-vis d'Izzie ; il s'était montré dur avec elle alors que la pauvre enfant ne cherchait qu'à l'aider. Il avait fait des efforts depuis la fois où il l'avait renvoyée ; mais elle continuait à l'irriter, avec sa bonne humeur perpétuelle. Il acceptait d'assez bonne grâce les séances de lecture : elle lisait très bien, sans y mettre l'emphase que tant de gens affectionnaient. Billy avait suggéré, à sa manière franche et directe comme toujours, qu'il apprenne le braille, mais Kit avait rejeté l'idée.

Billy n'en était pas moins l'une des rares personnes à qui il pouvait parler – justement parce qu'il était direct, sans l'horrible retenue que la plupart des autres se croyaient obligés d'avoir avec lui. Son grand-père faisait également exception à la règle. Lord

Beckenham s'asseyait avec lui pendant des heures, lui parlait de ses propres souvenirs militaires, des volontaires, de la vie en général, avec un manque absolu de tact que Kit appréciait au plus haut point.

— Charmante matinée. Regarde le ciel, encore une belle journée qui s'annonce, tu ne crois pas ?

Il ajoutait, imperturbable :

— Désolé, mon vieux, j'oublie tout le temps. En tout cas, un ciel bien bleu, un soleil bien jaune, ce genre de choses, très agréable. Bonne journée pour une invasion, je dirais.

Lord Beckenham était très déçu. Au contraire de la plupart des gens, il continuait à espérer une invasion et à entraîner ses troupes sans relâche. Il dormait avec son fusil près de son lit et ne s'asseyait jamais pour prendre un repas, ni ne se retirait pour la nuit sans avoir au préalable inspecté les défenses d'Ashingham. « Hors de question de se laisser prendre au dépourvu, expliquait-il. C'est toujours quand on les attend le moins qu'ils arrivent. »

Il venait justement retrouver Kit ce jour-là, après avoir fait des signes d'adieu aux passagers de la voiture qui s'éloignait.

— Izzie va me manquer, lui avoua-t-il. Elle est en train de devenir une jolie petite plante, tu ne crois pas ?

Kit garda le silence, et l'habituelle petite tape sur son genou suivit bientôt.

— Désolé. En tout cas, oui, tu peux me croire sur parole. Je ne lui donne pas plus d'un an ou deux avant de commencer à briser des cœurs. Une petite promenade, ça te dit ? Il faut que j'aille jeter un coup d'œil aux tranchées d'en bas, près de l'écurie. Viens, j'ai besoin de compagnie.

La matinée silencieuse retentit d'un vacarme soudain quand passa en courant une horde de petits garçons ; ils saluèrent les deux promeneurs, avec de grands signes. Lord Beckenham agita son fusil en retour.

— C'est formidable d'avoir toute cette jeunesse ici, commenta-t-il. Ça me réjouit, je ne peux pas te dire à quel point.

— Vraiment ?

— Oui. J'aime les enfants, je les ai toujours aimés. Ils ont tellement de bon sens, parfois je me demande s'ils ne feraient pas un meilleur boulot que nous si on leur donnait le monde à diriger.

Kit apprécia la promenade plus que d'habitude ; ensuite il s'assit sur la terrasse, dans un coin abrité du vent, et se demanda pourquoi il se sentait tout à coup moins déprimé. Ce n'était pas dû à la compagnie de lord Beckenham, ni au plaisir d'être installé au soleil, ni aux rires et aux cris des petits garçons, qu'il trouvait plutôt insupportables ; non, c'était quelque chose qui avait été dit au cours de la conversation. Mais quoi ? Puis il se rappela : cette idée, curieuse, d'un monde dirigé par les enfants. Oui, cela avait frappé son imagination. À quoi est-ce que ça pourrait ressembler en pratique ? Des enfants responsables du gouvernement, des lois, de l'éducation ? Qu'est-ce qu'ils feraient, qu'est-ce qu'ils changeraient ? Sans qu'il sache très bien pourquoi, ça lui trotta toute la journée dans la tête, l'empêchant, pour une fois, de ressasser ses noires pensées.

— Voilà des essais de mise en pages pour *Faveur et Grâce*, dit Celia en posant les épreuves sur le bureau d'Oliver. Ça me semble convenable, malgré cet horrible papier. Et ces tout petits caractères, bien sûr.

— Les lecteurs ne remarqueront rien de tout ça.

— Mais si. Je ne sais pas pourquoi tu t'obstines à penser que ce livre ne sera lu que par des femmes de chambre, comme tu les appelles si élégamment.

— Parce que ce sont des histoires de femmes de chambre.

— Oh, ne sois pas si méprisant, s'irrita Celia, puis elle ajouta : Tu as l'air fatigué. Pourquoi ne rentres-tu pas à la maison ?

— Je ne veux pas, je trouve que c'est bruyant ici. Si... frénétique, soupira-t-il. Je veux dire la rue, pas l'intérieur du bâtiment.

— Tu me le dis au moins une fois par semaine. Peut-être que tu aimerais te mettre à la recherche d'autres bureaux ?

— Je sais combien c'est gentil à tes parents de nous avoir permis de nous installer ici, et dans des délais aussi courts. Mais ça n'en fait pas pour autant un endroit idéal pour travailler.

Elle l'ignora et sortit de la pièce en feuilletant les épreuves qu'elle avait en main, pour passer dans ce qui avait été le salon de sa mère et qui était aujourd'hui son bureau ; là, elle se laissa tomber sur sa chaise, devant sa table de travail improvisée. Fatiguée, épuisée, elle avait oublié que la guerre représentait avant tout une source d'inquiétude permanente, les nuits écourtées, la difficulté de mener à bien les tâches les plus simples à cause du manque de personnel, de l'interruption des canaux de communication habituels, du problème des moyens de transport, des restrictions sur presque tout.

Ils souffraient beaucoup d'avoir perdu le siège de Lytton, et tout ce qui avait été entreposé là-bas : matériel de toute sorte, manuscrits, contrats d'auteurs et d'agents. Le plus terrible dans les premiers jours qui avaient suivi le bombardement avait été de découvrir qu'ils n'avaient plus rien à quoi se référer.

Trois ou quatre cents titres inscrits au catalogue étaient perdus pour toujours, de même que plusieurs manuscrits, et le coût financier s'avérait considérable. Ils étaient assurés, mais la plupart des pertes restaient impossibles à chiffrer ; celle de toutes les archives avait conduit à des mois de chaos et de discussions interminables avec les auteurs, les agents, les libraires.

Le commerce du livre sortit profondément transformé de l'épreuve. Lytton ne fut pas la seule maison qui profita de l'occasion pour modifier son organisation, abandonner la procédure, lourde et coûteuse, consistant à faire expédier les livres de chez les imprimeurs jusque dans ses propres bureaux, pour les réexpédier ensuite dans les librairies. On avait créé un système de distribution centralisé.

— Si Hitler savait qu'il nous a aidés à devenir plus efficaces, il serait furieux... dit un jour Celia à Oliver.

En cette belle journée de printemps, tandis qu'elle contemplait le jardin à l'arrière de la maison de Curzon Street, étonnamment grand et luxuriant, on frappa un coup à sa porte et Sebastian entra.

— Bonjour, Sebastian. Qu'est-ce que vous faites ici ? Vous devriez être chez vous en train de travailler...

— Je suis fatigué. Et je voulais vous parler. Celia, vous savez où je pourrais trouver une machine à dicter ?

— Oh... dans un grand magasin, je pense. Je peux demander à Janet, elle saura. Elles sont très chères.

— Je m'en fiche.

— C'est pour qui ?

— Pour Kit. C'est la meilleure nouvelle depuis qu'il est sorti vivant de son avion.

Il s'assit sur une des chaises inestimables du salon de lady Beckenham – que Celia avait juré à ses parents de mettre en sécurité dans la cave – et lui raconta.

— Réveille-toi, Miller. Encore dans ton petit monde, hein ? Je parie que je sais à qui tu penses...

Barty sursauta, et sourit distraitement à Parfitt.

— Bien sûr que non.

— Bien sûr que si. Je... oh, mince. L'alarme. C'est reparti.

Le raid ce jour-là fut acharné ; la cible était un grand dépôt de munitions desservant Londres. La tâche de Barty était de déterminer l'altitude des avions qui passaient, pendant que Parfitt relevait leur vitesse ainsi que la direction du vent. Les informations étaient ensuite transmises aux artilleurs par le plus ancien moyen de communication connu, le cri. C'était un travail rapide, et essentiel.

Sa liaison avec John Munnings comptait beaucoup pour Barty. Elle l'appréciait de plus en plus ; il était gentil et prévenant, d'une conversation agréable, et ils avaient beaucoup de choses en commun.

Le destin lui-même semblait avoir encouragé cette relation ; ils avaient tous les deux été mutés à Londres en même temps – ainsi que Parfitt.

Maintenant, John Munnings appréciait la vie militaire. Ils pouvaient se voir au moins une fois tous les quinze jours, parfois plus. Londres avait retrouvé ses habitudes avec l'allègement du Blitz : les concerts à l'heure du déjeuner à la National Gallery, les pièces dans le West End, *L'Esprit s'amuse* de Noel Coward, devant un public en smoking et robe longue, les concerts-promenades dirigés par Henry Wood affichant complet à chaque fois, et le ballet, avec ces merveilleux artistes qu'étaient Fonteyn, Helpmann et Ashton.

Ce qu'elle vivait avec John Munnings, c'était une liaison ; elle n'était pas sûre que ce soit davantage. Heureuse, douce, extrêmement agréable. Avec Laurence, elle avait connu la passion : une expérience si forte et si intense qu'elle pouvait s'en rappeler chaque minute, à la fois physiquement et émotionnellement, chose qu'il lui était impossible de rejeter ou d'oublier.

Elle pouvait aussi se remémorer avec autant de précision chaque moment douloureux.

Adele allait mieux, bien mieux. Lire la lettre de Luc, apprendre qu'il l'aimait, qu'il éprouvait du remords, qu'il regrettait de l'avoir perdue : elle s'était sentie comme un animal à moitié mort qui revenait soudain d'un au-delà glacial et menaçant. Elle avait d'abord voulu demander à Venetia de la lui lire tout entière au téléphone ; mais dès que celle-ci lui eut communiqué les premiers mots : « Ma bien-aimée, ma très chère Adele bien-aimée... », elle lui avait dit d'arrêter et de l'apporter, désormais assez forte, après ce premier ruisseau de bonheur, pour recevoir le torrent qu'il annonçait.

Venetia était arrivée quatre jours plus tard, avec son nouveau bébé et la lettre (la poste était peu fiable). Après tout, ce courrier avait mis six mois à atteindre Adele, on n'était plus à quatre jours près. Adele avait pris à peine le temps d'admirer Fergal et d'embrasser Venetia avant d'emporter la précieuse enveloppe dans sa chambre et d'en lire le contenu, plusieurs fois de suite.

Elle s'était attendue à des reproches, à de la colère ; à la place, elle trouva une approbation totale de sa conduite, des mots d'amour, et une terrible inquiétude quant à sa sécurité.

335

Il s'écoulera peut-être des mois avant que je sache comment ça s'est passé et je ne peux que prier, connaissant les affreux dangers de la route, pour que les nouvelles soient bonnes. Je ne peux pas téléphoner en Angleterre, et il n'y a guère d'espoir qu'une lettre de toi me parvienne, au moins pendant un moment. Dieu sait comment les choses s'arrangeront. Mais pour le moment, tout va bien ici. Les bureaux de Constantine sont fermés ; Guy déménage en Suisse. Nul doute qu'en temps voulu il entrera en contact avec ton père. Cette lettre te parviendra, assez vite, par un service de courrier spécial de Style. J'attendrai avec impatience des nouvelles de toi.

Avec tout mon amour, ma chère, chère* Adele.

Ton Luc qui t'adore.

De manière illogique, savoir qu'il l'aimait toujours lui ôtait un peu de ses remords, la rendait plus heureuse.

— Et tu as raison, lui dit Venetia. Il reconnaît qu'il a eu tort, qu'il a mérité que tu agisses ainsi.

— Je sais, je sais. Mais j'aurais quand même dû lui donner une chance de s'expliquer.

— Auquel cas tu serais encore là-bas.

— C'est vrai.

Adele se tut, en pensant aux dangers auxquels elle et ses enfants avaient échappé.

Quelques semaines après l'arrivée de la lettre de Luc, Helena téléphona.

— Adele ? J'ai du nouveau pour toi. Si tu veux envoyer des messages à... eh bien, à ton...

Adele vint à son secours.

— À Luc ? Comment, Helena, dis-moi ?

— Il paraît que par la Croix-Rouge tu peux envoyer un message écrit, et il est plus ou moins garanti que la personne le recevra dans un délai normal.

— Oh, mon Dieu !

La voix d'Adele tremblait sourdement.

— Oui. Tu vas au bureau d'aide sociale où tu remplis un formulaire sur lequel tu rédiges ton message... Il y a une limite de, attends, je l'ai écrit pour toi, oui, vingt mots...

Vingt mots ; c'était bien suffisant. Suffisant pour lui dire qu'elle était en sécurité, qu'elle l'aimait toujours, qu'elle venait seulement de recevoir sa lettre.

— Dans ces vingt mots on ne compte pas le nom ni l'adresse. Ensuite, ils le transcrivent sur un formulaire de la Croix-Rouge...

— Tu veux dire qu'ils le lisent ?

— Oui. Pour satisfaire aux exigences de la censure.

— Bon, eh bien...

C'était un inconvénient mineur si cela permettait à Luc d'être rassuré à son propos et sur ses sentiments.

— Continue...

— Après, ils l'envoient au Comité international de la Croix-Rouge, et de là à la personne à qui il est adressé. Par l'intermédiaire de leur propre service de relations avec l'étranger.

— Helena, je ne sais pas comment te remercier, vraiment.

Adele se rendit l'après-midi même à vélo à Beaconsfield, après avoir joué pendant plusieurs heures avec ses vingt mots, pour leur faire dire le plus de choses possibles. Au guichet, elle se sentit bizarrement mise à nu pendant qu'une femme lisait, impassible, son message vibrant d'amour et d'inquiétude ; puis elle lui fit un signe de tête affirmatif, prit ses sept pence, vérifia l'adresse avec elle, et dit qu'elle veillerait à ce qu'il parte avec le prochain envoi.

— Bon après-midi, lui dit Adele.

Elle rentra chez elle à bicyclette, le cœur chantant, tâchant de se persuader que Luc recevrait la lettre dans quelques jours, quelques semaines au plus.

Elle fit taire son impatience et son anxiété en aidant sa grand-mère à la ferme. Les jeunes hommes étant tous partis, un petit groupe de filles essayait de les remplacer – pas tout à fait les créatures robustes et souriantes qu'on voyait sur les affiches ; beaucoup d'entre elles étaient des citadines guère habituées aux tâches physiques en général, sans même parler de travaux éreintants comme sarcler, planter, arracher les pommes de terre, mettre en silo ou réparer les barrières. La sympathie un peu rude de lady Beckenham, son attention vigilante aux problèmes de dos courbaturés ou d'articulations froissées, sa façon de mettre la main à la pâte même pour les travaux les plus durs, faisaient davantage pour leur moral que n'importe quoi d'autre.

Elles aimaient bien Adele ; elle était toujours la dernière à rentrer le soir, après les longs crépuscules – rendus encore plus longs par l'instauration de l'heure d'été ; Noni s'asseyait souvent à côté d'elle sur le tracteur, son petit visage hâlé, ses grands yeux noirs brillant de plaisir.

Lucas, brûlé par le soleil comme sa sœur, passait le plus clair de son temps aux écuries avec Billy. Les chevaux avaient été mis à contribution : avec le manque d'essence, on les attelait de nouveau pour tirer la charrue.

Le soir, quand elle bordait ses enfants dans leurs lits, après le gentil rituel qu'elle avait inventé pour eux — tourner la tête vers la fenêtre et envoyer des baisers à leur père — elle parvenait, à sa propre surprise, à se sentir plutôt heureuse. Et à se dire qu'après tout, elle avait pris la meilleure décision. Pour eux tous.

L'été battait son plein. Ce soir-là, Barty et John allaient voir *Arsenic et vieilles dentelles* — dans ce qui, John l'avait prévenue, ne serait peut-être pas une mise en scène inoubliable. « Et peut-être qu'ensuite, on ira souper quelque part ? »

Barty attendait cette soirée avec impatience, et un peu d'anxiété également. Il lui avait dit qu'il voulait lui parler de quelque chose, et elle savait ce que ce serait. Un engagement de sa part, pour le cas où il serait affecté ailleurs. Elle avait une décision à prendre et elle devait s'assurer de ne pas se tromper, elle le lui devait.

La pièce était meilleure qu'ils ne l'auraient cru, le souper dans un petit restaurant de Chelsea étonnamment bon. Après, ils gardèrent quelque temps le silence — ce qui était inhabituel entre eux — puis John dit :

— Barty, il y a quelque chose...

Alors qu'elle se raidissait en guettant la question, sondant sa conscience pour la centième fois, la sirène résonna.

— Tout le monde avait raison, lui déclara John avec entrain, en se levant et en lui tendant la main pour l'aider à en faire autant. Hitler attendait son heure, il attendait que nous soyons gagnés par un sentiment de fausse sécurité. Qu'est-ce qu'on fait : abri public, station de métro, quoi ? À vous de décider.

Barty le contempla, si mesuré, si calme, imperméable à la panique ; elle sentit une vague de gratitude et d'admiration pour lui. Et aussi quelque chose d'autre, un désir de lui témoigner cette gratitude, de ne pas laisser la soirée tourner court dans les conditions sordides des abris.

— Nous pourrions aller chez moi ? lui suggéra-t-elle très simplement. C'est tout près d'ici. Je... je ne suis pas sûre de vous en avoir parlé.

— Vous ne m'en avez pas parlé, non.

— J'ai un abri Morrison, donc, si jamais ça s'approche... Mais vous préférez peut-être le métro.

— Barty, je préférerais de beaucoup partager votre abri Morrison.

Ils marchèrent vers sa ruelle, juste à quelques rues de là.

— Charmant, approuva-t-il en promenant les yeux sur son salon. Comme ce doit être agréable de se retrouver le soir dans un endroit aussi accueillant...

— Je suis contente que vous trouviez ça accueillant. C'est ce que je recherchais en l'aménageant. Comme j'ai grandi dans une maison plutôt imposante, je voulais l'effet contraire. Un endroit qui paraisse... hospitalier et non pas menaçant quand on y entre.

— Personne ne pourrait se sentir menacé en arrivant ici. Et en même temps, ça a du caractère. J'aime beaucoup le choix des couleurs. Tout ce blanc, c'est si inattendu de nos jours.

— Oui, j'ai pensé que ça convenait bien à la maison. Et le blanc forme une base merveilleuse pour ajouter de la couleur, c'est pour cela que j'ai pu me montrer audacieuse. Ces rideaux écarlates, ils choquent certaines personnes, mais moi je les adore, ils me remontent le moral.

— Ils me remontent le moral à moi aussi. Vous avez une très jolie statuette, là.

— N'est-ce pas ? C'est un cadeau de Celia Lytton, quand j'ai emménagé ici.

Elle s'interrompit ; le bruit avait commencé, ce grondement sourd et qui croissait régulièrement.

— Alors, s'enquit-il, ce Morrison, il est où ?

Il n'y eut pas de raid sur Chelsea ce soir-là ; l'ouest de Londres subit l'attaque, plusieurs bombes tombèrent sur Acton. Ils restèrent assis dans le Morrison pendant environ une heure, jusqu'au signal de fin d'alerte.

— Très amusant, dit-il en ressortant. J'ai apprécié.

Ils avaient pris avec eux deux tomes de *Méridien* ; John n'en avait jamais lu, et cela l'avait beaucoup intéressé. Barty s'était plongée dans les épreuves de *Faveur et Grâce* que Celia lui avait donné à lire.

— Ils ont du talent dans la famille Lytton, commenta-t-elle. C'est Venetia qui a découvert celui-ci.

— Elle travaille là-bas ?

— Pas pour le moment. Elle a eu un bébé juste après Noël, elle est à la campagne. Mais Celia dit qu'elle va bientôt revenir. Ils sont tellement à court de personnel.

— Vous n'êtes pas tentée d'y retourner ?

— Mon Dieu, non. Je suis comme vous, j'aime bien ma guerre. De toute façon, il paraît qu'on va mobiliser les femmes, donc ça n'aurait pas beaucoup de sens que j'y retourne maintenant.

— Nous ne devrions pas, vous ne croyez pas ?

— Nous ne devrions pas quoi ?

— Apprécier cette guerre. Alors qu'il y a tant de gens qui souffrent horriblement.

— Je sais, oui. Ça me tracasse beaucoup.

339

— Moi aussi. Mais... ça ne m'empêche pas d'aimer ce que je fais. Même si...

Il s'interrompit, contempla un moment ses mains, puis regarda Barty droit dans les yeux.

— Je voulais vous le dire plus tôt, mais... Voilà, je pars, Barty. Dans une semaine.

— Vous partez ? répéta-t-elle maladroitement.

— Oui. Je suis envoyé à l'étranger.

— Où ? Vous savez ?

— Pas encore. Mais... ce sera pour un certain temps. Et donc...

— Oh, John, soupira-t-elle, et les larmes lui montèrent aux yeux, je... je ne veux pas que vous partiez. Vous allez me manquer.

Au moment où elle prononçait ces paroles, elle prit la mesure du vide que son absence allait laisser.

— Vous me manquerez aussi, murmura-t-il, énormément. Ç'a été une période si heureuse pour moi, si heureuse. C'est pour cela que je voulais vous parler. Je... je vous aime, Barty. Je ne vous l'ai pas dit avant parce que je voulais en être sûr. Comme vous le savez, je suis plutôt prudent de caractère. Mais maintenant, je peux. Je vous aime. Je vous trouve très belle, et exceptionnelle, et je n'arrive pas à croire la chance que j'ai.

Elle garda le silence tandis qu'un sentiment de panique, irrationnel, s'insinuait en elle.

— Et ce que je voulais vous dire, c'est que... Je me demandais si vous pourriez envisager un engagement réciproque. Si je savais que vous étiez ici à m'attendre, je serais beaucoup moins...

— Beaucoup moins quoi, John ?

Il y eut un long silence puis il lui confia d'une voix basse et hésitante :

— Effrayé.

Barty le dévisagea, émue au-delà de tout par cette confession, le courage qu'elle révélait, qui ne faisait que décupler l'affection et l'admiration qu'elle ressentait pour lui. Ses doutes se dissipèrent, elle se sentit plus forte, plus heureuse, plus sûre – presque sûre.

Elle allongea la main pour prendre la sienne et déposer un baiser dessus.

— Comme j'apprécie que vous m'ayez dit ça...

— Quoi, que j'étais effrayé ?

— Oui. Ce n'est pas une chose facile à avouer.

— C'était plus facile que le reste. Le reste me terrorisait plus. Barty, je ne vais pas vous poser de questions sur votre passé, je pense qu'il doit y avoir quelque chose... d'important, dont vous me parlerez quand vous en aurez envie.

Elle garda le silence.

— Mais j'aimerais une réponse à ma question.

— Je peux y réfléchir ? Juste un petit moment ?

— Bien sûr...

Il lui sourit, mais elle vit que cela l'avait blessé.

— Mais j'aimerais bien savoir avant de partir.

— Vous saurez à ce moment-là, bien sûr. Et, John...

— Oui ?

— Est-ce que vous aimeriez rester maintenant ? Passer le reste de la nuit ici ?

Il la regarda, étonné, puis il rougit :

— J'adorerais, j'adorerais vraiment. Je ne peux rien imaginer de plus merveilleux au monde. Mais... je préférerais que ce soit quand je saurai. Si ça ne vous paraît pas étroit d'esprit de ma part.

— Ça ne me paraît pas du tout étroit d'esprit, ça me paraît très judicieux, au contraire.

Giles était rentré à la maison pour une permission de quelques jours : en pleine forme, même physiquement, et sûr de lui comme Helena ne se souvenait pas l'avoir jamais vu. Il avait une nouvelle importante à lui annoncer, très importante. Il pensait qu'elle en serait contente.

— C'est trop merveilleux, dit Celia à Oliver. Giles vient juste de téléphoner, il a été promu officier. Il est lieutenant. N'est-ce pas extraordinaire ?

— Excellente nouvelle, oui, reconnut calmement Oliver. Mais je ne crois pas que je pourrais être plus fier de lui que je ne le suis déjà.

— En tout cas, il est ravi, reprit Celia avec un peu d'irritation, et papa va être tellement excité. Maman aussi.

— Ça, c'est d'une importance capitale.

35

— ... dans la richesse et dans la pauvreté, dans la maladie comme dans la santé, en renonçant à tous les autres...

Les belles formules du service de mariage chantaient dans la tête de Barty. Comme chaque fois qu'elle les entendait, ses yeux se remplirent de larmes ; sauf que cette fois, l'émotion était plus

341

profonde, plus riche, plus douce. Elle regrettait, bien plus qu'elle ne l'aurait cru, que sa mère ne soit pas là ; qu'elle ne puisse pas voir son fils bien-aimé, pour qui la vie s'était montrée si dure, épouser enfin sa chère Joan.

Devant l'autel, il la regardait d'un air à la fois tendre et sérieux ; elle lui souriait, son joli visage rond encadré de dentelle blanche, des roses fraîches piquées dans ses boucles blondes. Les petites demoiselles d'honneur – Elspeth et Amy Warwick, Noni Lieberman, et les trois nièces de Joan – étaient en bleu pâle ; Izzie Brooke, plus grande et mince, ses ravissants cheveux brun doré relevés en chignon pour la première fois et parsemés de roses comme ceux de la mariée, était première demoiselle d'honneur, en rose pâle. Sebastian était venu pour le mariage. Quand Izzie entra dans la chapelle et qu'il la vit tout à coup si grande, il lui sourit avec un tel mélange de fierté, d'amour et aussi de profonde tristesse qu'Adele sentit les larmes lui monter aux yeux ; elle prit sa main et la serra dans la sienne.

Sur la première rangée se tenaient lord Beckenham, qui se moucha à plusieurs reprises, et lady Beckenham, qui arborait son visage le plus solennel de peur qu'un frémissement d'émotion ne la trahisse. À côté d'eux se trouvait Celia, et dans l'allée latérale Oliver, dans son fauteuil roulant. Kit Lytton, qui souriait crânement, se trouvait à côté de Billy ; un mois plus tôt, à la surprise générale, il avait accepté non seulement de prononcer un discours à son mariage mais d'être son garçon d'honneur.

Les discours de la réception (qui se déroula sous une tente dans le paddock, un compromis entre le petit jardin personnel de la mariée et la majestueuse terrasse d'Ashingham proposée par lady Beckenham) furent réussis, chacun à leur façon. Celui de Kit fort amusant, ponctué non par les rires polis qu'il avait craints, mais par de francs et joyeux éclats de rire qui s'entendirent à dix lieues à la ronde ; celui de lord Beckenham, tonique et chaleureux, rappelant l'arrivée de Billy, à Ashingham, rendant hommage à son caractère et à ses talents de chef palefrenier, officier recruteur du bataillon d'Ashingham, et maintenant jeune époux ; et celui de Billy émouvant, quand il remercia les Beckenham de tout ce qu'ils avaient fait pour lui, les Barber d'avoir engendré Joan, et Joan elle-même d'avoir accepté de l'épouser.

Quand tomba le tardif crépuscule d'été, le bal commença ; la musique fut d'abord jouée par des violonistes locaux puis, quand la génération plus âgée se retira, par le gramophone de Venetia. Izzie, chargée de passer les disques, s'amusait tant qu'elle en oublia de s'inquiéter pour Kit et son père – ses deux préoccupations majeures la plupart du temps. Du reste, ils avaient l'air tous les deux parfaitement heureux, discutant et riant ensemble ; la plus grosse surprise de la soirée, peut-être, survint quand Sebastian sauta tout à coup sur ses pieds et fit tournoyer sa fille sur les accents d'*Au cœur du Texas*.

— Ta mère était une merveilleuse danseuse, lui déclara-t-il à la fin en la regardant avec admiration alors qu'elle reprenait sa respiration, les joues échauffées par l'effort. Elle t'a transmis ce talent, on dirait.

Puis il lui donna un baiser. Ce fut un épisode dont personne n'aurait pu rêver cinq ans plus tôt.

Tout aurait été parfait, songeait Barty, si John avait pu être là. Elle était impatiente de lui faire rencontrer sa famille, sa famille élargie, et aussi qu'ils le connaissent et l'apprécient.

Il lui manquait beaucoup ; ce n'était pas la tristesse violente et douloureuse qui avait suivi sa séparation d'avec Laurence, mais une émotion plus tendre, mélancolique et bizarrement douce, même si la peur et l'anxiété s'y mêlaient.

Elle avait pris (comme elle le pressentait dès le début) la décision de l'attendre.

« Je ne peux pas agir autrement, avait-elle expliqué en lui donnant la main. J'attendrai, j'espérerai, je prierai, et quand vous reviendrez à la maison, je serai là pour vous. »

Il l'avait embrassée, doucement au début, puis avec plus de passion ; une heure plus tard, ils étaient au lit. Il avait été conforme à ce qu'elle avait pu imaginer à l'avance : tendre, doux, attentionné. Ce n'était pas le sexe tel qu'elle l'avait connu, il n'y avait pas eu de violence, de déchaînement ni de cris, pas d'abandon complet d'elle-même à un plaisir si fort qu'il en était presque douloureux. Cela avait été différent, semblable à la relation qu'elle avait avec John, et agréable, très agréable. Ils avaient savouré chaque minute de cette première et dernière nuit ensemble, parlé de leurs vies passées et de celle à venir, si cela devait leur être accordé. Laurence devint, dans le récit de Barty, quelque chose comme une simple folie de jeunesse, désormais bien lointaine, presque un rite d'initiation.

Et maintenant, John était parti pour l'Italie, elle avait repris son poste – à Croydon, cette fois-ci ; et comme des millions d'autres gens un peu partout à travers le monde, ils attendaient, apprenaient à vivre avec cette attente, et avec la peur qui l'accompagnait.

Faveur et Grâce se révéla un grand succès. Très vite, il fallut le réimprimer ; au grand dam de Celia, elle ne trouva pas suffisamment de papier pour les trois mille exemplaires qu'elle aurait voulus et ne parvint à en tirer que quinze cents. Lucy Galbraith fut honorée, fêtée, on lui demanda plusieurs fois, lors de lectures publiques dans des librairies, si elle était parente de la duchesse de Wiltshire ; très vite, elle prit le parti de répondre que c'était le cas, ce qui multipliait instantanément le nombre d'exemplaires qu'elle vendait. Oliver Lytton en était très choqué, mais Celia comme Venetia lui firent valoir qu'il devait plutôt s'en féliciter, la vente des livres s'apparentant de plus en plus à du show-business : c'était en somme un scénario parfait.

Lady Celia n'était pas la seule à essayer de perpétuer, même dans ces temps difficiles, la tradition des salons littéraires. On la trouvait souvent en compagnie de John Lehmann, l'éditeur de *New Writing*, dans son exquis appartement art déco de Carrington House à Mayfair, ou bien de Cyril Connolly, l'éditeur d'*Horizon*, à Chelsea, entourée par des sommités littéraires comme les Sitwell et T. S. Eliot, et lancée dans le genre de conversation qu'elle prisait par-dessus tout, un mélange de bavardage à bâtons rompus et de discussion littéraire.

Elle figurait aussi sur les listes de toutes les grandes hôtesses, et en demeurait une elle-même – surpassant sans peine la plupart de ses rivales. Emerald Cunard avait dû émigrer de son presque palais de Grosvenor Square vers ce que ses ennemis appelaient des chambres meublées au Dorchester ; et lady Colefax était si fauchée que, même si elle continuait ses dîners du mercredi, elle était obligée de les faire au rabais.

Les dîners à Cheyne Walk gardaient encore une certaine classe ; de toute façon, une simple omelette devenait un mets de choix quand on la mangeait en compagnie d'Edith Sitwell ou de Cecil Day Lewis, avec Celia et Oliver Lytton à chaque bout de la table – elle toujours aussi belle, lui toujours aussi original et intellectuellement stimulant. Plus la charmante et brillante Venetia Lytton, qu'on disait maintenant être l'héritière désignée par ses parents pour leur succéder à la tête de la société, et qu'ils installaient parmi leurs invités tel un bijou de leur couronne.

Lytton avait un autre succès littéraire en vue, qu'ils comptaient publier au printemps – il n'y avait pas de papier disponible pour la période idéale qu'aurait été Noël ; un livre d'un tel charme et d'une telle originalité, écrit d'une plume si sûre et pourvu de tant d'humour, que tous ceux qui l'avaient lu le comparaient – du moins pour la qualité, pas pour le style ni le contenu – avec ces autres classiques de la littérature qu'étaient les *Méridien*.

Ce nouveau livre, roman captivant en même temps qu'étude sur l'Angleterre, une Angleterre pacifique ouvrant la voie à un monde pacifique, s'intitulait – tout simplement – *Enfantines*. Les heureux privilégiés qui l'avaient déjà lu, enfants comme adultes, y avaient puisé un courage nouveau.

Son auteur était un jeune pilote devenu tragiquement aveugle pendant la guerre et qui se nommait Christopher Lytton.

— Adele ! Téléphone…

Elle ne pouvait s'empêcher chaque fois d'y penser, d'espérer… mais ce n'était pas Luc. Cependant, il s'agissait d'une personne qui arrivait très haut dans la hiérarchie des gens qu'elle aimait. Elle entendit la voix mélodieuse de Cedric.

— Ma chère, on a besoin de votre aide.

— Cedric, je vous l'ai dit, je ne peux pas…

— Non, chérie, pas ici. Là-bas, chez vous.

Il faisait des photos pour *Harper*.

— Je suis toujours hors jeu pour l'hôpital, avec cette fichue jambe, alors je reprends un peu le travail normal. Les nouveaux costumes de tweed, ma chère, si vous les voyiez ! Tellement ternes, impossible de photographier ça dans un studio. Alors je me suis rappelé ce que vous m'avez raconté de votre merveilleux travail d'ouvrière agricole…

— Ce n'est pas exactement ça, Cedric, protesta Adele d'un ton irrité.

— Oh, chérie, vous seriez divine au fond d'une mine de charbon. En tout cas, je veux photographier les filles dans les champs et dans les bois en train de faucher les foins ou le genre de choses que vous faites.

— Les foins sont déjà faits, Cedric, je suis désolée.

— Mais il reste les champs, non ? Alors je me demandais si on pourrait juste venir prendre des photos, et si vous pourriez nous rassembler quelques ustensiles typiques que vous utilisez…

Adele indiqua qu'elle devait d'abord demander à sa grand-mère, mais qu'elle serait sûrement d'accord.

Ils arrivèrent une semaine plus tard, trois mannequins, une rédactrice de mode et Cedric avec son assistant. Adele leur avait réservé des chambres dans un hôtel de Beaconsfield.

— J'aurais aimé vous recevoir ici, Cedric, lui avait-elle dit au téléphone, mais la maison est absolument remplie de petits garçons.

— Et vous m'exilez loin d'eux ! Est-ce qu'ils seront dans le coin pendant que nous prendrons les photos ? Ils pourraient faire de merveilleux accessoires.

— Je crois qu'il vaut beaucoup mieux, Cedric, que vous vous en teniez aux tracteurs et aux charrues.

L'idée de ce que Mr Dawkins pourrait penser de Cedric était pour le moins alarmante.

Son éblouissante Bentley bleu pâle arriva à Ashingham le lendemain matin. Il en bondit, superbe en blazer et pantalon crème.

— Cedric, comment faites-vous pour trouver encore des vêtements comme ça ? s'étonna Adele en se jetant dans ses bras. Et l'essence pour faire marcher cette voiture ?

— Nous avons eu droit à un petit extra, parce que notre travail est considéré comme essentiel. Et tout le monde a donné ses coupons. Je suis content que vous aimiez mes vêtements. Est-ce qu'ils ne sont pas ravissants ? Berman, ma chère. J'ai un copain là-bas, et de temps en temps ils soldent. Je les ai fait nettoyer et voyez comme c'est bien revenu.

Adele eut une vision fugitive de Mr Dawkins qui les regardait par la fenêtre, pétrifié.

— Pas de rédactrice de mode ? demanda-t-elle.

— La pauvre petite est malade, terrassée à l'hôtel. Quand elle a su que vous étiez ici, ça l'a rassurée.

— Je suis très flattée, mais ça fait des années que je n'ai plus travaillé dans la photo de mode.

— Peu importe. Vous avez toujours votre œil extraordinaire, j'en suis sûr.

— En tout cas, je ferai de mon mieux. Maintenant, venez. J'ai parlé de vous à ma grand-mère et elle a une envie folle de vous rencontrer.

Au début, la séance se passa bien. Les filles s'asseyaient sur un tracteur, prenaient la pose dans l'écurie, marchaient dans les bois. Adele ne se rappelait pas avoir été aussi heureuse depuis longtemps, à préparer les tenues et les décors, ajoutant des écharpes, une cape ou une cartouchière venant de l'armurerie, et même une fois, pour une photo d'une fille assise en riant sur la porte d'un box, la casquette d'un petit garçon de l'école.

Et puis ce fut le drame.

Cedric devint tout à coup pâle comme un linge et disparut derrière une haie ; quand il revint, il était vert.

— Je suis vraiment désolé. Je me disais bien que la viande d'hier soir avait quelque chose de douteux. Laissez-moi cinq minutes et ça ira mieux.

Mais il n'alla pas mieux ; au contraire, une demi-heure plus tard, il fallut l'aider à marcher jusqu'à la maison pour s'allonger sur un lit.

— C'est affreux, Adele, trop affreux. On doit absolument finir aujourd'hui, et il nous reste encore trois photos à prendre.

Peut-être que dans une heure ou à peu près... Oh, mon Dieu ! Chérie, où sont les toilettes...

Quand il revint, il s'allongea.

— Chérie, il faut que vous les fassiez.

— Moi ! Cedric, je ne peux pas...

— Bien sûr que si. Ce n'est pas sorcier. Jason réglera la lumière pour vous, tout ce que vous aurez à faire, c'est composer les photos. Il n'a pas de talent pour ça, et vous en avez tant. Oh, mon Dieu, il faut que je vous laisse encore...

Ce n'était pas très difficile, en effet. Certes, elle n'aurait pas su se charger des réglages toute seule, mais elle avait passé des années à étudier le travail de photographe, elle savait donner à une photo ce que Cedric appelait de la « magie ».

Elle était particulièrement contente de sa dernière photo ; les trois filles en contre-jour, en fin d'après-midi, marchant en ligne derrière le cheval de trait et la charrue. Elles portaient des vêtements de tweed à carreaux de chez Worth, à la coupe très stricte, des chapeaux de feutre, et elles n'avaient pas de chaussures aux pieds mais de lourdes bottes en caoutchouc, empruntées à l'armurerie ; c'était un risque à prendre, mais elle savait que ça marcherait.

Transie et fatiguée, mais très excitée, elle alla trouver Cedric, qui se sentait un peu mieux.

— Je crois qu'elles seront bien, lui assura-t-elle.

Elles étaient plus que bien ; le directeur artistique lui téléphona quelques jours plus tard pour lui annoncer qu'il mettrait la photo du cheval de trait en double page.

— Ces bottes en caoutchouc, quelle idée géniale !

Il lui demanda aussi si elle souhaitait avoir un crédit.

— Un crédit ? Vous voulez dire... pour acheter des vêtements ?

— Adele, ma chère, ne soyez pas obtuse. Un crédit photographique, bien sûr. Votre signature pour ces photos. Vous le méritez largement.

Adele lui répondit qu'elle en serait ravie ; ensuite, elle se demanda s'il y avait quelqu'un à Ashingham qui serait capable d'apprécier cette distinction à sa juste valeur ; mais il lui fallut bien admettre que non.

36

— Adele ! Une lettre pour toi.

— Merci.

De *Harpers*, sans doute, qui lui envoyait son chèque. Eh bien, ce serait agréable, elle n'était pas contre...

— Oh, mon Dieu !

— Quoi, qu'est-ce que c'est ? demanda lady Beckenham.

Elle était déjà partie dans sa chambre, serrant contre elle la précieuse enveloppe – petite et brune comme une enveloppe de télégramme, avec *Deutsches Rotes Kreuz* imprimé sur le fond du grand symbole de la Croix-Rouge. Impossible de regarder ça, l'inscription en caractères gothiques sur le cachet de la poste, sans un frisson. Allez, Adele, ouvre-la. Elle l'ouvrit, tira la feuille de l'enveloppe : ce n'étaient pas seulement des mots recopiés par une main anonyme, comme les siens l'avaient été, mais la propre écriture de Luc. Des mots, de merveilleux mots : « Ma belle. Message très en retard. Tout va bien pour moi. Écris-moi encore, j'irai tout chercher chez Mme André. *Je t'aime, je t'embrasse, je t'adore**. Luc. »

La lettre était passée par Genève, puis par la Croix-Rouge à Londres, et de là semblait avoir suivi la voie normale car on y voyait un timbre anglais. Adele regarda la date ; il avait fallu cinq mois pour qu'elle arrive. Cinq interminables mois. Et cela faisait un an qu'elle lui avait écrit.

Elle mit un certain temps à comprendre, à assimiler ce qui avait dû arriver. Il avait quitté l'appartement ; elle aurait dû y penser. Mais ça expliquait le retard, et son apparente absence de réponse. La chère Mme André avait dû lui faire suivre la lettre, ou bien il était revenu à l'appartement. Et il était toujours vivant, il allait bien...

Elle retourna à Beaconsfield cet après-midi-là. Cette fois, son message fut plus court. Il y avait peu à dire, juste l'essentiel, puisque le reste, *tout* le reste, était hors de question.

« Je t'adore aussi. Adele. »

Elle donna le texte avec ses sept pence, les yeux humides.

— Merci beaucoup, répéta-t-elle, puis elle alla s'asseoir dehors sous le soleil d'automne, lisant et relisant encore le message qu'elle avait reçu de Luc, des larmes sur le visage.

Ma très chère,

Je sais que tout ceci est un peu... prématuré, mais je t'aime tant. Et je me demande si tu voudrais réfléchir à l'idée de nous fiancer quand je rentrerai. Ces jours et ces semaines passés ensemble, et cette merveilleuse dernière nuit, n'étaient pas seulement les plus heureux de ma vie, ils ont apporté plus que je n'aurais pu l'imaginer dans mes rêves les plus fous. Je pense que nous pourrions être heureux et passer une si belle vie ensemble. Je t'en prie, Barty, prends le temps d'y penser, et ne te sens en aucun cas contrainte de répondre tout de suite. Nous avons beaucoup de temps, je le crains. Ou peut-être je l'espère.

Ton très dévoué
John.

Barty lut la lettre avec ce mélange de bonheur et de panique qui suivait pour elle toutes les déclarations d'amour de John. Elle espérait toujours que la peur se calmerait, mais celle-ci faisait au contraire son chemin en elle, serpentant dans sa tête et son cœur, perturbant son plaisir et ne lui laissant pas de repos.

C'était absurde, se répétait-elle : elle aimait John et il l'aimait, ils étaient assortis, partageaient les mêmes opinions, les mêmes plaisirs, les mêmes projets, se sentaient merveilleusement à l'aise ensemble. Vivre avec lui, avoir des enfants avec lui, elle l'imaginait sans peine : jamais il ne se mettrait en travers de ce qu'elle voudrait faire, jamais il n'éprouverait de ressentiment envers sa carrière ni n'envierait son succès.

Et pourtant, la panique ne la quittait pas.

— Major Warwick, une lettre pour vous.
— Merci, caporal-chef. Voyons... Oh ! oui, c'est de mon fils aîné, d'après l'écriture. C'est un excellent correspondant.

Meilleur que sa mère, pensa Boy en déchirant l'enveloppe. Elle lui écrivait à peine et c'était seulement pour lui donner des nouvelles des enfants ou de son travail chez Lytton, qui semblait l'occuper de plus en plus.

Il commença sa lecture :

Cher père,
J'espère que tout va bien pour toi. Nous aimons beaucoup recevoir tes lettres et nous sommes très fiers de toi. Quand nous avons lu l'histoire de la 8e armée reprenant Tobrouk, nous étions incroyablement excités.

Ici, tout va bien. Rou se plaît bien à Eton, il est déjà dans les équipes de rugby et de cricket, et il aime la boxe. Du coup, il est la vedette de sa division. J'ai surveillé les choses de près et je ne crois pas qu'il y ait eu de bizutage.

Le bataillon d'Ashingham d'arrière-grand-père marche de mieux en mieux, maintenant, ils font une patrouille à l'aube en plus de toutes les autres, même si tout le monde dit qu'une invasion est très improbable. Il est déçu mais il espère encore, bien sûr !

Joan Miller, tu sais, celle que Billy, le frère de Barty, a épousée, elle va avoir un bébé en septembre. Elle pense que ce sont des jumeaux.

Amy monte extrêmement bien à cheval, elle arrive à sauter des obstacles énormes. Arrière-grand-mère est fière d'elle, elles montent tout le temps ensemble. Arrière-grand-mère est extraordinaire. Elle continue à travailler à la ferme, tous les jours. Il y a maintenant tout un lot de filles qui y travaillent aussi, certaines sont très jolies.

Adele est très excitée, elle a fait des photos de mode à Ashingham qui ont été publiées dans un magazine, et depuis on lui a demandé d'en faire d'autres.

Jay est toujours en Angleterre, enfin je pense ! On ne sait pas grand-chose sur ce qu'il fait. On a rencontré sa petite amie, Tory, pour Noël, c'est une fille superbe. Barty aime toujours l'ATS, ça a l'air intéressant.

Tout le monde est très excité parce que Kit a écrit un livre. Ça lui a vraiment remonté le moral ! Apparemment, il est très bon. Je n'ai pas pu en avoir un exemplaire parce qu'il est encore à l'état d'épreuves – un mot technique de l'édition... Peut-être que j'irai travailler chez Lytton un jour ! Mais je pense que je préférerais aller dans la banque comme grand-père. Les maths sont un de mes points forts. Et l'histoire. J'aime bien l'art aussi. C'est un peu un truc de filles, je sais, mais quand même ! Je joue moi aussi beaucoup au rugby, mais je ne suis pas dans la même poule que Rou.

Mère est venue dimanche dernier, on était très contents de la voir. Elle travaille tout le temps chez Lytton à Londres maintenant, et elle a l'air d'aimer ça. Elle était très jolie.

Sinon, il y a une nouvelle que je dois te dire. J'y ai beaucoup réfléchi, mais j'ai décidé que je devais te le dire, parce que personne d'autre ne le fera. Je sais qu'arrière-grand-mère et grand-père pensent tous les deux que tu devrais le savoir, je les ai entendus en parler, et ils disaient que PM pensait la même chose, et moi je le pense aussi. Mère disait que personne ne devait te le dire, parce que ce serait quelque chose dont tu t'inquiéterais, mais je trouve que c'est un peu ridicule. En tout cas, voilà : la nouvelle, c'est que mère a eu un bébé. En fait, ce n'est plus exactement un bébé, il a un an maintenant. C'est un petit bonhomme très agréable et assez beau, il ressemble beaucoup à Rou. Il s'appelle Fergal. J'ai essayé de réfléchir à ce que je voudrais si j'étais toi, et j'ai pensé que je préférerais savoir. En tout cas, il est à Ashingham avec Nanny et tout le monde, donc en sécurité. Tu n'as pas à t'inquiéter !

Voilà, c'est tout pour le moment. Écris-moi vite, si tu peux. Et prends bien soin de toi.

Ton fils qui t'aime

Henry.

Boy lut cette lettre plusieurs fois, avec une colère grandissante. Comment Venetia avait-elle pu lui faire ça, avoir un bébé et ne pas le lui dire ? C'était monstrueux. Il était étonné que personne d'autre à Ashingham n'ait jugé utile de rien dévoiler.

En tout cas, elle n'avait pas perdu de temps. Intéressant qu'il n'y ait aucune mention dans la lettre d'un homme entré dans sa vie ; sans doute gardait-elle la plus grande discrétion là-dessus. Son travail à Londres devait beaucoup lui faciliter les choses. Elle a sans doute fait croire aux enfants que ce bébé est le mien, pensa-t-il. Une chance pour elle qu'il ressemble à Rou – qui lui-même ressemblait trait pour trait à sa mère. S'il avait eu les cheveux blonds et les yeux bleus, elle aurait eu un peu plus de mal à le leur expliquer. Et Fergal, quel prénom stupide...

Une liaison avec le type vu en sa compagnie, aussitôt après son départ ou presque, une liaison suffisamment importante pour qu'un enfant naisse... Le bébé avait un an... Boy se plongea dans des calculs serrés, ça s'était passé deux ou trois mois au plus après leur dernière nuit ensemble. Cette nuit-là avait visiblement beaucoup compté pour elle ! Bon Dieu, comme il se sentait ridicule. Lui avoir dit qu'il l'aimait encore, qu'il voulait recommencer à vivre avec elle... Grâce à Dieu, personne n'était au courant de leur réconciliation, leur très courte réconciliation. Qui diable Willoughby-Clarke avait-il pu voir avec elle ? Il avait été trop fier pour lui poser la question à l'époque, et maintenant c'était trop tard, le pauvre garçon...

Quand on avait tout donné pour le roi et le pays, apprendre que votre femme, avec laquelle vous vous étiez réconcilié, vous avait trompé quelques semaines après vous avoir juré qu'elle vous aimait toujours, puis avait eu un bébé de son nouvel amant, cela n'était pas forcément le meilleur stimulant pour votre moral, déjà sapé par la chaleur, la saleté et ces horribles mouches.

Boy consulta sa montre ; une heure avant le dîner. Il avait besoin d'un verre, de plusieurs verres. Ensuite il écrirait à Venetia et lui dirait – quoi, exactement ? Après tout, ils étaient divorcés. Officiellement, elle avait le droit d'avoir une liaison et même un bébé avec qui elle voulait. Peut-être devait-il prendre les choses avec un peu de recul. Oui, elle avait dit qu'elle l'aimait encore cette nuit-là, mais elle essayait sans doute d'être gentille, de faire en sorte qu'il parte heureux pour la guerre. Elle n'avait rien fait de véritablement condamnable. C'était bien lui, quand même, qui avait déclenché la crise qui avait abouti à leur divorce, et dès leur toute première année. Il se ridiculiserait beaucoup moins s'il écrivait seulement pour la féliciter, la congratuler, en sous-entendant qu'il n'était nullement tourmenté par la nouvelle. Il pourrait lui suggérer de dire la vérité aux enfants – non, ce serait trop difficile pour eux en ce moment, mieux valait attendre la fin de la guerre, quand elle voudrait sans doute épouser ce type.

Mais bon Dieu, quel gâchis, quel terrible gâchis !

Il commanda un troisième whisky, puis gagna d'un pas incertain la salle à manger.

37

— Si c'était possible, il serait préférable qu'il rentre à la maison maintenant.

— Ça posera peut-être des problèmes...

— J'imagine, oui. Mais elle décline beaucoup plus vite que je croyais, et s'il veut lui dire au revoir...

— Je comprends. Je vais voir ce que je peux faire. Je m'en occupe à la première heure demain matin.

— C'est plus sage. Retournez auprès d'elle, je retrouverai mon chemin tout seul.

— Merci pour tout.

— Oh, je voudrais pouvoir faire plus. J'ai demandé à l'infirmière de lui administrer autant de morphine que nécessaire.

— Merci.

C'est ce que Gordon avait craint le plus : que PM meure dans la douleur. Pour le moment, elle était léthargique, à moitié consciente la plupart du temps, elle ne souffrait pas ou très peu. Elle semblait même calme et sereine ; sa seule angoisse était pour Jay. Elle ne voulait pas représenter un problème ni une source d'anxiété pour lui. Pour personne, d'ailleurs.

Elle avait interdit qu'on l'informe de son état. « Comment pourrait-il remplir correctement sa tâche s'il s'inquiétait sans cesse pour moi ? Ça ne servirait à rien. S'il doit rentrer à la maison, alors oui, il faudra l'avertir. Mais pour le moment, je vous en prie, ne lui dites rien. »

Et Jay, très amoureux, Jay qui passait ses rares permissions auprès de Victoria, n'était pas revenu à la maison depuis plusieurs mois.

Il avait enregistré distraitement le fait que sa mère avait déménagé à Ashingham : c'était plus sûr là-bas, elle avait plus ou moins pris sa retraite de chez Lytton, Gordon avait toujours aimé la campagne – il ne s'était pas posé de questions.

PM elle-même avait été surprise par son désir de s'installer là-bas : ce n'était pas chez elle, Gordon et elle étaient très heureux dans la maison de Hampstead. Mais, à mesure que sa maladie progressait, que sa faiblesse et ses douleurs augmentaient, elle s'était mise à ressentir de la nostalgie et un désir profond de retourner là-bas.

— Je serais désolée si tu voyais ça comme une prise de distance à ton égard, avait-elle déclaré en prenant la main de Gordon. C'est juste qu'une partie de mes racines est là-bas, surtout maintenant que l'immeuble de Lytton a disparu. J'ai vécu à Ashingham avec Jay quand il est né, et il y a passé une partie de son enfance après que je t'ai rencontré.

— Ma chérie, tu n'as aucune explication à me donner. Je comprends. Moi-même, j'y ai vécu certains des moments les plus heureux de ma vie.

— Le cottage est maintenant occupé par les jeunes employées agricoles, et ça m'ennuierait de les obliger à partir. Mais le Colombier reste sans doute disponible. Tu peux peut-être poser la question à lady Beckenham pour moi ?

— Bien sûr...

Lady Beckenham écouta Gordon, la voix lourde de chagrin, lui transmettre la demande de PM – et se rappela que Celia lui avait adressé la même requête, pour la même personne, vingt-cinq ans plus tôt. Elle accepta tout aussi spontanément qu'à l'époque.

— Bien sûr, quand vous voulez. Prévenez-moi juste un peu à l'avance.

Elle ne lui demanda même pas pourquoi. Mais elle savait ; ils savaient tous. Gordon était allé voir Celia et Oliver et leur avait parlé. Ils avaient été bouleversés, stupéfiés par son courage.

— Si elle peut être courageuse, je peux sûrement l'être moi aussi, leur avait-il répondu. Elle veut que tout se passe le plus calmement possible, sans faire de simagrées, comme elle dit.

Celia avait réussi à sourire.

— Ce n'est pas le genre de PM, les simagrées. En tout cas, nous préviendrons les autres.

— Ce n'est peut-être pas la peine d'en avertir les enfants. Et je ne crois pas non plus utile d'inquiéter le pauvre vieux Giles, ni Boy.

— Et Jay ? demanda Celia tout en connaissant d'avance la réponse.

— Pas encore, non, elle ne veut pas. Elle l'informera quand elle sentira le moment venu.

Ils avaient déménagé à Ashingham en mai et passé un été heureux là-bas ; PM restait assise sur la terrasse la plupart du temps, regardant les petits garçons, écoutant lord Beckenham, bavardant avec Kit, admirant les talents de cavalière d'Amy. Celia venait quand elle le pouvait ; à chaque fois, la vitesse à laquelle PM déclinait la bouleversait. On avait engagé une infirmière à plein temps, qui avait une chambre dans la maison. Habiter dans le Colombier, avec tous les inconvénients qui en découlaient, ne semblait pas gêner PM, en tout cas elle ne s'en plaignait jamais.

Pourtant, cela n'était pas pratique ; on ne pouvait pas y faire la cuisine, et si PM avait besoin de l'infirmière pendant la nuit, il fallait aller la chercher dans la maison, traverser le jardin – sans problème quand il faisait beau, mais peu agréable quand il pleuvait. Mais PM s'y sentait bien. Elle replongeait de plus en plus, à mesure qu'augmentait la confusion due à la morphine, dans ses souvenirs de la période heureuse qu'elle y avait passée après la naissance de Jay. Quand elle fut trop affaiblie pour marcher jusqu'à la terrasse, Gordon installa une chaise longue dans le petit jardin clos ; elle s'y allongeait, chaudement enveloppée dans des couvertures, pour lire ou bavarder avec ses visiteurs.

Kit était l'un de ses préférés ; il lui racontait sans fin les anecdotes de la maison, ne se formalisait jamais quand elle gardait le silence et qu'elle lui demandait d'en faire autant. Il était excité par son livre ; c'était étrange de ne pouvoir le lire lui-même, mais on le lui avait lu dans sa version finale, après les mises au point éditoriales, et il en avait été ravi.

— J'aurais aimé voir la couverture, bien sûr, mais mère me l'a décrite et ça me paraît très bien. Une mappemonde, tenue par un petit enfant. Peut-être Gordon te l'a-t-il montrée ?

— Non, mais ta mère m'a dit qu'elle me l'apporterait. Elle est si fière de toi, Kit.

Celia l'était, intensément, joyeusement aussi. Tant grâce au livre lui-même qu'au changement qu'il avait produit en Kit. Il souriait plus, riait assez souvent, était visiblement impatient – à la grande joie de tout le monde – que son livre sorte, et espérait qu'il ferait du bruit.

Un bruit qui serait mérité, pensait PM, parce que le livre était brillant. Elle était juste triste parce qu'elle n'assisterait pas à la publication, repoussée jusqu'au prochain Noël.

— Mais il est... superbe, lui dit-elle, et tu dois être tellement fier.

— Je le suis, oui... En tout cas, je suis très content.

— Tu devrais être plus que très content...

Elle était fatiguée, il l'entendait dans sa voix. Il attendit un peu, puis se pencha en avant et l'embrassa doucement sur la joue. Elle sourit et lui dit, à moitié endormie :

— Ton... père doit être si... ravi...

— Je crois que oui. C'est lui qui le publie, après tout.

— Oui... Oui, bien sûr... Et aussi Oliver...

Puis elle était partie, comme entraînée loin de lui. Ses mots ne parurent pas spécialement étranges à Kit – pas plus, en tout cas, que d'autres qu'elle avait prononcés ces dernières semaines.

Barty était bouleversée par la maladie de PM. Elle l'avait aimée dès qu'elle l'avait rencontrée ; et son intimité avec Jay, remontant à leurs premiers jours ensemble à Ashingham, puis à la fameuse nuit où il avait frôlé la mort et où elle lui avait lu *Méridien*, avait créé un lien sacré entre elles. La vie sans la sagesse et le réalisme de PM était quelque chose d'inconcevable. Barty lui rendait visite au Colombier chaque fois qu'elle le pouvait, et elle lui parla – elle-même en fut la première surprise – de John.

— Il est simplement... parfait, lui dit-elle un jour, à tous points de vue.

PM lui lança un regard pénétrant.

— Et alors, s'il est parfait, qu'est-ce qui ne va pas ? Est-ce qu'il ne te trouve pas parfaite aussi ?

Barty sourit.

— Oh, si, bien plus que je ne le mérite. Il... eh bien, il m'a demandé de me fiancer avec lui.

Le choix des mots est intéressant, nota PM : pas de l'épouser, mais de se fiancer.

— Et alors ? Qu'est-ce que tu as dit ?

— Que j'allais y réfléchir.

— Tu n'es pas sûre de le vouloir ?

— Non. Et pourtant il me rend heureuse. C'est étrange, je ne me comprends pas moi-même.

— C'est à cause de cet autre type, n'est-ce pas ? L'Américain ?

— Je suppose, oui. Je n'arrive pas à...

— L'oublier ?

— Oh, je ne l'oublierai jamais, non, c'est impossible, mais c'est plus que ça. Je n'arrive pas à me détacher de lui.

— Mais c'était une crapule, non ?

— Oui, répondit Barty calmement, une crapule absolue, comme tu dis. Et un peu fou en plus. Disons même complètement fou. Et il ne me rendait pas du tout heureuse. Mais... oh, PM...

— Toi seule peux prendre une décision. Mais je me permettrai quand même de te rappeler que la sécurité est une chose merveilleuse, Barty. Et c'est le genre de bonheur et de paix que John te propose, à t'entendre. J'ai trouvé ça avec Gordon. Le bonheur et la paix absolue.

— Et avec... le père de Jay ?

— Oh, c'était principalement sexuel. Ça ne te choque pas, j'espère ?

— Non. Ça me surprend un peu, c'est tout...

— Bien sûr. Les jeunes croient toujours qu'ils ont inventé le sexe. En tout cas, Jago était très excitant. C'était un type du genre rude, tu sais, un ouvrier du bâtiment. Je l'adorais, et il était très intelligent. Mais comme mari, je ne crois pas qu'il aurait convenu. Nous aurions eu de terribles divergences, à commencer par l'éducation à donner à Jay. Alors qu'avec Gordon... j'ai eu énormément de chance. Nous avons tout partagé, et je déteste l'idée qu'il va se retrouver seul.

— Nous veillerons tous sur lui, promit Barty en se penchant pour l'embrasser.

Ce fut la dernière conversation lucide qu'elle put avoir avec elle ; un mois plus tard, quand elle lui rendit à nouveau visite, PM n'était plus capable que de brefs échanges.

Barty la contempla, allongée, les yeux fermés, tenant la main de Gordon, vit l'amour et la confiance absolus dans le sourire qu'elle lui adressait. Quand elle fut de retour chez elle ce soir-là, elle écrivit à John qu'elle souhaitait se fiancer avec lui.

Elle posta sa lettre le lendemain, en priant pour qu'elle lui arrive rapidement, et surtout pas trop tard. C'était ce qui hantait tout le monde à l'époque : la crainte que les lettres n'arrivent trop tard.

Boy avait écrit à Venetia. Une lettre froide et très brève la félicitant pour son nouveau bébé et disant qu'il serait heureux de faire sa connaissance quand il viendrait. C'était tout. Elle s'assit et la relut, incrédule : comment pouvait-il se montrer aussi indifférent, même aussi dur, envers son propre enfant ? Quoi qu'on pût penser de lui par ailleurs, il avait toujours été un bon père. Manifestement, cette nouvelle femme qu'il avait rencontrée avait transformé sa personnalité.

Adele essaya de la réconforter en lui rappelant ce que Boy devait supporter dans le désert et en lui faisant valoir que la nouvelle de cette naissance avait dû être un choc pour lui.

— Au fait, comment l'a-t-il appris ?

— Je ne sais pas. Il m'écrit juste qu'il l'a « entendu dire ». J'imagine que c'était inévitable, tous nos amis sont au courant.

— Voilà qui explique sa froideur. Imagine-toi apprenant ça tout d'un coup...

— J'aimerais que tu viennes plus souvent à Londres, lui dit tristement Venetia. Avec toi, je me sens... plus rationnelle.

— Je viens y passer quelques jours la semaine prochaine. On m'a offert un nouveau travail chez *Style*.

— Dell, c'est formidable !

— N'est-ce pas ? J'ai pris des tas de livres dans la bibliothèque sur la technique photographique...

— J'ai toujours pensé que c'était un métier pour toi.

— Pas les trucs techniques, les vitesses d'obturateur et tout ça. Mais c'est assez facile une fois que tu as pris le coup. Maîtriser les éclairages, c'est moins simple, et donc je reste un peu plus long-temps à Londres, cette fois. Je pourrai m'amuser dans le studio de Cedric.

— Il n'est pas jaloux ?

— Non, il a été très gentil. De toute façon, ce n'est sûrement qu'un feu de paille. Mais c'est merveilleux d'être occupée à quelque chose et de me servir de nouveau de mon cerveau. S'il s'agit bien du cerveau en l'occurrence. Ça me change les idées.

— Tant mieux. Tu le mérites. Et PM, comment va-t-elle ?

— Pas bien. Je pense qu'elle n'en a plus pour très longtemps, maintenant. Mais elle est heureuse, étonnamment heureuse.

Jay venait de partir pour la France. Il n'avait jamais dit à sa mère ce qu'il faisait, ni à personne dans la famille. Il avait suivi un entraînement de commando, puis il avait été envoyé plusieurs fois en France occupée pour détruire des points stratégiques : routes, ponts, centres de communication. Ensuite, lui et ses cama-rades, souvent aidés par des résistants français, regagnaient la côte, où ils étaient récupérés et promptement rapatriés en Angleterre. C'était très excitant et très dangereux ; plus d'une fois, la chance qui avait toujours été son alliée avait failli l'abandonner.

Son commandant se montra compatissant quand Gordon lui télé-phona, mais ne put accorder de permission à Jay.

— Si seulement nous l'avions su hier... Maintenant, nous ne pouvons plus rien faire avant que Jay soit de retour. Ça mettrait des vies en danger.

Gordon répondit qu'il comprenait.

Le médecin avait dit que PM n'avait plus que quelques jours devant elle. Gordon alla retrouver sa femme bien-aimée, qui était arrivée tard dans sa vie, mais qui avait enrichi et fécondé son existence au-delà de tout ce qu'il aurait pu imaginer.

Elle était étendue, paisible, à peine reconnaissable tant elle avait maigri. Il pensait qu'elle ne l'avait pas entendu, mais ses paupières frémirent et elle tendit le bras pour prendre sa main, même si elle fut trop faible pour la garder longtemps dans la sienne.

— Peut-être, souffla-t-elle, que Jay pourrait venir maintenant.

Donc elle savait.

— Il te faudra attendre quelques jours, mais pas trop longtemps, j'espère.

— Bien. Très bien.

Elle repartit loin de lui. C'était effrayant ; chaque fois, il avait peur qu'elle ne revienne pas.

Le raid s'était bien passé. Jay et ses quatre compagnons avaient saboté une ligne de chemin de fer près de Valognes, puis avaient retrouvé sans encombre les deux résistants avec qui ils avaient rendez-vous ; ceux-ci les avaient conduits sur la côte et les avaient laissés dans une petite crique près de Saint-Vaast, où un bateau devait venir les rechercher d'ici une heure. L'opération n'avait duré que trente-six heures.

— Du gâteau, conclut Jay avec entrain, en s'asseyant sur un rocher. On sera rentrés pour le petit déjeuner. Je ne serais pas contre un sandwich au bacon. J'imagine que vous non plus, les gars ?

Ils confirmèrent.

Celia entra dans le salon, l'air épuisé ; Venetia et Oliver étaient en train de lire.

— C'était Gordon, annonça-t-elle. Il dit...

Elle marqua une pause devant l'expression de désarroi profond qui se dessinait sur le visage d'Oliver, et qu'il tâchait en vain de dissimuler.

— ... il dit que nous devrions envisager d'y aller demain. D'après le médecin, elle s'enfonce très rapidement. Quelle drôle d'expression, non ? Je l'ai toujours trouvée bizarre, ajouta-t-elle avec un sourire, pour tâcher de détendre l'atmosphère, puis elle s'assit près d'Oliver et lui prit la main.

Il détourna les yeux : il détestait qu'on le voie pleurer, elle le savait. Il y eut un silence, puis Venetia répondit :

— Bien sûr. Nous pourrons nous débrouiller avec l'essence ?

— Il y en a assez dans ma voiture, indiqua Celia. Mais nous ne pourrons pas prendre ton fauteuil roulant, Oliver.

— Ça n'a pas d'importance. Il y a le vieux à Ashingham.

— Parfait, commenta Venetia en se levant. Je vais essayer de trouver Barty. Et Sebastian, nous devons l'emmener aussi...

— Attention quand même que ça ne se transforme pas en grande scène d'opéra, prévint Celia. C'est la dernière chose que voudrait PM.

— C'est aussi la dernière chose à laquelle je penserais, Celia, dit Oliver, d'une voix très forte tout à coup.

— Fichtrement longue, cette heure, grommela Jay. Où est ce maudit rafiot ?

C'était une question toute rhétorique : personne n'en avait la moindre idée. Ce moment-là était toujours le plus difficile ; l'adrénaline ne les soutenait plus, ils étaient fatigués, ils avaient faim, froid, et ils commençaient à s'énerver.

— Ça ne devrait pas être très long maintenant, assura Mike Driffield, son second. En tout cas, je l'espère, parce que le soleil se lève dans une heure. Et je n'ai aucune envie de traîner ici en plein jour, surtout si les Fritz nous découvrent, parce qu'ils sauront tout de suite que nous sommes les responsables du feu d'artifice de cette nuit.

— Je suppose que c'est à cause du temps, dit Jay, il y a une grosse mer qui se lève. Regardez là-bas, ces vagues énormes...

— Génial, maugréa Mike, qui n'avait pas le pied marin. J'ai trop hâte d'y être.

— Tu vas devoir patienter. Ils ont sûrement été retardés. Et maintenant ils vont devoir envoyer un dinghy pour nous reprendre. Merde. Ça risque d'être un peu mouvementé, les gars, à tous points de vue.

Le contingent Lytton arriva à Ashingham à midi, et lady Beckenham sortit pour les accueillir, pâle et fatiguée.

— Je suis contente de vous voir. Entrez, Oliver, Beckenham arrive avec votre fauteuil roulant.

Ledit fauteuil roulant était assez pittoresque ; il avait au moins cent ans et il était muni d'une corne. Mais Oliver appréciait son côté imposant qui lui donnait presque l'aspect d'un trône, et lord Beckenham aimait bien le pousser dedans. Mais aujourd'hui, ni l'un ni l'autre n'avait le cœur à ça.

— Sale affaire, dit tristement lord Beckenham, en aidant Oliver à s'installer. Je déteste voir les jeunots partir.

Même dans sa détresse, Oliver fut amusé par l'idée que PM faisait partie des « jeunots ».

— Des nouvelles de Jay ? demanda Celia à Gordon.

— Rien encore. Son commandant attendait son retour pour aujourd'hui au lever du jour, mais il a été retardé.

— Pour combien de temps ?

— Aucune idée. Peut-être deux jours, apparemment.

— Et PM ?

— Impossible à dire. Hier soir, nous étions inquiets, aujourd'hui elle a l'air un peu plus forte. En tout cas, elle est très impatiente de voir Jay.

— Oh, mon Dieu...

Ils furent recueillis par un fermier. Un vieil homme taciturne et bourru qui vint les chercher dans sa fourgonnette pour les amener chez lui, deux par deux.

— Ce n'est pas bon, leur déclara-t-il en arrivant. Ils vous cherchent. On a entendu à la radio que la mer était très mauvaise. Ils sont venus fouiller chez nous hier, donc on devrait être tranquilles aujourd'hui. Mais on ne pourra vous garder que jusqu'à ce soir. Ensuite il faudra que vous partiez, parce qu'ils reviendront sûrement. Alors, prions pour que le temps se calme.

— Merci, dit Jay. Désolé.

— De rien. Chacun choisit son camp, on a choisi le nôtre. Deux d'entre vous pourront se cacher dans la maison, les autres iront dans le grenier à foin.

La ferme se situait à environ trois kilomètres en dehors de Saint-Vaast, à l'intérieur des terres. Cela représentait un long chemin à parcourir, aller et retour. Mike fit la remarque, mais leur sauveteur haussa les épaules.

— Malheureusement, on n'a pas de ferme plus proche de la mer. C'est ça ou attendre dans les rochers. À vous de voir.

— On vient, répondit Jay, et merci. C'est très aimable de votre part.

— Vaut mieux retirer vos habits, au cas où on croiserait des Boches. Il y a des salopettes à l'arrière, changez-vous.

Les deux ouvriers agricoles assis à l'arrière du plateau de la camionnette regardèrent d'un œil éteint le véhicule allemand qui klaxonnait. Quand ils s'arrêtèrent sur le bas-côté de la route étroite, pour la laisser passer, Jay adressa un sourire au chauffeur, qui le lui rendit. Il songea que la chance ne semblait pas encore décidée à l'abandonner.

Barty arriva à l'heure du thé, énervée d'avoir été ralentie sur la route derrière des chars, et craignant d'arriver trop tard.

— Elle va mieux, aujourd'hui, l'avertit Celia, sortie pour l'accueillir. Maintenant elle dort, mais tout à l'heure elle t'a réclamée.

On n'avait pas reçu d'autres nouvelles de Jay.

— On a eu un message, sur votre bateau.

Le fermier était entré dans la cuisine ; c'était le crépuscule.

— Il faut que vous soyez là-bas pour minuit.

— Et le temps ? demanda Jay.

— Ça va. Mais il faudra que vous y alliez à pied. Une fourgonnette dans les chemins la nuit, c'est chercher les ennuis.

— Bien sûr. On part tout de suite ou on attend qu'il fasse nuit noire ?

L'homme haussa les épaules.

— Attendez qu'il fasse nuit, ça vaudra mieux.

— Parfait, si ça ne vous pose pas de problèmes.

— Non, ça ira.

— Pas de nouvelles du fiston ? demanda le médecin.

— Non, rien.

— C'est pour lui qu'elle tient. Mais...

— Qu'elle *tient* ? Ah, je vois...

Gordon retourna dans la chambre, s'assit à côté de PM et lui prit la main.

— Bonjour...

Ses paupières tremblèrent, elle esquissa un sourire...

— Jay est ici ?

— Pas encore.

— Ça fait longtemps...

— Il viendra dès qu'il le pourra, tu t'en doutes bien.

— Je suis si fatiguée, si fatiguée, Gordon...

— Repose-toi, ma chérie, repose-toi. Je reste ici.

— Et amène Jay.

— Dès qu'il arrivera.

Un long silence, puis :

— Je t'aime, Gordon.

— Je t'aime aussi, PM.

Ils sortirent de la ferme par l'arrière, ils devaient rejoindre un sentier qui leur permettait de contourner les champs jusqu'à un chemin parallèle à la route. La nuit était calme ; des chouettes ululaient dans l'obscurité, un bruissement se faisait entendre de temps en temps dans une haie. Un renard, ou un blaireau peut-être. Ils avaient toujours leurs salopettes bleues, cela leur avait paru plus sûr. Il faisait très sombre, pas la moindre lune, et le ciel était couvert.

— Ça n'a pas l'air très bon, remarqua Jay en montrant les arbres violemment agités. Toujours beaucoup de vent.

— Génial, soupira Mike Driffield.

— Grouillons-nous.

Ils progressèrent en restant baissés, puis trouvèrent le chemin et commencèrent à courir. Mais soudain, ils virent un convoi de camions, trois, quatre, qui roulaient sur la route en direction de la ferme.

— Baissez-vous ! ordonna Jay.

Ils se jetèrent dans un fossé et s'y allongèrent, en retenant leur souffle. Les camions passèrent à leur hauteur, tous phares allumés, et continuèrent jusqu'à la cour de la ferme.

— Juste à temps ! chuchota Jay, stupéfait. Cinq minutes de plus et...

— On n'est pas encore tirés d'affaire...

— Je sais, mais là-bas, on aurait été faits comme des rats... Les pauvres diables, j'espère que, mon Dieu...

Ils entendirent des cris, virent des projecteurs braqués sur les bâtiments et les granges. Les chevaux hennissaient, effrayés, les chiens aboyaient, les vaches meuglaient ; c'était comme dans un film burlesque, une comédie – sauf que ce n'était pas drôle. Puis il y eut un bruit de fusillade.

— Bon Dieu, dit Mike, pas ça, non...

Ensuite, le silence absolu. Ils restèrent plus d'une demi-heure dans le fossé et dans la boue, trempés, passant en revue toutes les éventualités – arrestation, interrogatoire, torture...

— J'ai dit à John que j'aimerais l'épouser, murmura Barty à PM.

Au début, elle crut que PM ne l'avait pas entendue, mais au bout de quelques instants, celle-ci réussit à sourire.

— Je suis contente. Il a l'air... (long silence)... parfait pour toi...

— Je sais, oui.

Pourtant, à ce moment-là encore, elle se posait la question.

— Je veux que tu sois heureuse, lui dit encore PM. Tu... le mérites.

— Je l'espère.

Un autre long silence. Barty la regardait, pensant à la femme si énergique qu'elle avait été, puis elle songea qu'elle serait toujours là, qu'elle continuerait à vivre – en Jay, mais aussi dans tout ce qu'elle avait fait, tout ce qu'elle avait été pour eux. Tant qu'ils se souviendraient d'elle, elle serait toujours là, pour eux tous.

Les camions faisaient face aux champs maintenant et les éclairaient de leurs phares.

— Bon Dieu, ils nous cherchent, s'affola Jay.

— Qu'est-ce qu'on fait, on bouge ?

— Non, on se ferait repérer. On attend et on prie.

Ils observaient les lumières, qui semblaient dirigées droit sur eux, ils entendaient des cris, et des rires aussi, et des coups de feu ; une fusillade au hasard, aurait-on dit, dans toutes les directions.

— Qu'est-ce qu'ils font ? questionna Mike.

Puis tout à coup Jay comprit ; il regarda Mike et commença à rire, un grand rire de soulagement qui lui éclairait le visage.

— Ils tirent des lapins ! Ils s'amusent comme des fous...

— Tant mieux pour eux...

Enfin, les Allemands remontèrent dans leurs camions et repartirent, en criant et chantant, sans même prendre la peine d'aller récupérer leurs trophées.

Ils attendirent que les camions aient totalement disparu, puis se mirent à courir ; ils coururent le long du chemin, traversèrent la route, contournèrent le village et descendirent jusqu'à la mer.

Ce fut une longue nuit.

Trois fois ils pensèrent qu'ils l'avaient perdue ; trois fois elle reprit des forces, saisissant la main de Gordon, puisant dans sa force et dans sa propre volonté pour se raccrocher à la vie.

Elle attendait Jay. Il arriva à six heures du matin, juste quand le soleil se levait ; malgré le choc, malgré son propre épuisement, la tension presque insupportable qu'il avait subie pendant son voyage depuis Douvres, il entra dans sa chambre avec un grand sourire, s'assit sur son lit et l'embrassa en disant :

— Bonjour, mère. Tu vois, je suis là, sain et sauf. Ne t'ai-je pas toujours dit que j'avais de la chance ?

Il lui prit la main, ses yeux bleu foncé – les yeux de Jago – fixés sur son visage ; elle porta cette main à ses lèvres, l'embrassa doucement et dit d'une voix ferme, parfaitement lucide tout à coup :

— Oui, c'est vrai. Et ton père disait toujours la même chose.

— Eh bien voilà. C'est héréditaire.

— Oui.

Elle leva la main vers le visage de Jay et le toucha, ses yeux sombres brillant soudain, un sourire aux lèvres ; ensuite, sa main retomba, ses yeux se fermèrent et elle poussa un petit soupir.

Jay était rentré à la maison, sain et sauf ; maintenant, elle pouvait partir.

38

Barty se sentait très mal, déprimée. Certes, elle était fatiguée, comme tout le monde ; mais il y avait eu beaucoup de choses positives, aussi. Le cours de la guerre était en train de tourner ; après la grande bataille d'El-Alamein, les cloches de la victoire avaient sonné pour la première fois à travers l'Angleterre. John était rentré en permission à Noël, à l'improviste, et ils avaient connu une merveilleuse période d'amour et de bonheur ; leurs fiançailles étaient maintenant officielles. Le livre pour enfants de Kit était un triomphe, les ventes n'étaient limitées que par la quantité de papier disponible pour l'imprimer. Barty avait été promue sergent, er reconnaissance de ses états de service, et elle en était extrêmement fière. Alors, pourquoi cette mélancolie ?

Elle songeait que ce devait être lié à la mort de PM, l'un des moments les plus tristes qu'elle ait jamais connus. La vie sans elle semblait moins sûre, plus aléatoire, comme si un certain fil s'était détendu.

Bien sûr, elle était très heureuse de ses fiançailles, et plus encore de la perspective de son mariage – même si John et elle s'étaient accordés sur le fait qu'il valait mieux attendre la fin de la guerre.

« Pour moi, le mariage, c'est être ensemble ; tant que c'est impossible, il me suffit de savoir que tu m'attends », avait-il expliqué.

Encore une fois, elle avait été émerveillée de constater combien ils ressentaient tout de la même manière. Ils partageaient jusqu'à leurs goûts culinaires : ils détestaient tous les deux les œufs, même les frais, adoraient le poisson et avaient une passion pour la tarte à la mélasse ; elle lui avait promis qu'elle lui en ferait une tous les dimanches quand ils seraient mariés.

Ils semblaient aussi avoir l'approbation et la bénédiction de tout le monde :

« Charmant garçon, Barty, tu as de la veine », lui avait dit Oliver.

« Un type formidable, ma chérie, presque assez bien pour toi », avait constaté Sebastian. Même Celia lui avait fait l'honneur de flirter avec lui.

Billy avait donné son feu vert à John. Il était père de famille maintenant ; avec un bébé en bonne santé, né en septembre, et Joan déjà de nouveau enceinte, il adoptait une attitude légèrement protectrice envers Barty.

« Il est temps que tu trouves quelqu'un pour veiller sur toi, avait-il décrété – comme si lui-même avait été marié depuis dix-huit ans et non dix-huit mois. Et je pense que John est l'homme de la situation. Je l'apprécie beaucoup, il a l'air d'un homme très franc. »

« Un type drôlement bien, avait déclaré lord Beckenham, et qui aime la vie militaire, à ce qu'il m'a dit. Bravo. »

« Il n'appartient peut-être pas à une famille remarquable, confia lady Beckenham à Celia, mais il a l'air très épris de Barty et il est lui-même très sympathique. Je crois qu'il fera un bon mari pour elle. »

Kit estima que John était parfait.

« Il y a longtemps que je n'avais pas entendu quelqu'un dire des choses aussi justes et aussi sensées. »

Adele et Venetia étaient toutes les deux ravies pour Barty (même si, en privé, elles trouvaient l'une et l'autre que c'était du Barty tout craché, d'avoir trouvé quelqu'un de presque trop parfait pour être vrai).

« Dix sur dix, commenta Venetia. Il t'adore manifestement, et il est charmant. »

Barty savait ce que voulait dire « charmant » : que John n'avait pas paru insensible à son charme à elle, la première fois qu'il l'avait rencontrée. Mais la réaction de Venetia ne la contentait pas moins.

« Il est franchement adorable, s'était exclamée Adele en lui donnant un baiser, et vous allez bien ensemble, je ne peux imaginer personne de mieux pour toi. »

Elle s'était inquiétée de ce qu'il penserait des jumelles : malgré toutes les expériences qu'elles avaient traversées, elles avaient encore, surtout quand elles étaient ensemble, une forte propension à se comporter comme des idiotes. Mais elles le captivèrent, et il avoua ensuite à Barty qu'il aurait pu passer la journée à les regarder.

Mais alors, pourquoi se sentait-elle si triste ? Elle connaissait la réponse à cette question, et la refoulait du mieux qu'elle pouvait au fond de son cœur. Elle passa un merveilleux Noël avec John ; après avoir passé deux jours en famille à Ashingham, ils s'échappèrent pour se retrouver en tête à tête chez Barty. Après quoi il partit, après une dernière nuit triste et tendre, pleine de promesses et de déclarations d'amour.

Elle avait de la chance, et elle l'aimait beaucoup, vraiment beaucoup. Peut-être n'était-elle pas réellement déprimée, juste fatiguée ? Oui, c'était ça, elle était lasse. Notamment des restrictions et du rationnement, plus stricts que jamais. Les gens se plaignaient surtout du rationnement du thé – cinquante grammes par semaine ne permettaient pas beaucoup de théières – et du sucre.

— C'est une chance que tu ne te maries pas maintenant, Miller, lui dit Parfitt un soir où elles s'étaient rencontrées à Londres, tu aurais eu un gâteau de mariage en carton-pâte !

Izzie grandissait et tout le monde le remarquait. Elle avait treize ans, elle était grande et mince ; elle commençait à avoir des formes et son visage changeait, ce n'était plus celui d'une enfant. L'attitude de Sebastian envers elle était curieuse à observer, il se montrait à la fois fier et ombrageux, sur la défensive : il essayait de nier qu'elle mûrissait, regardait avec colère sa poitrine naissante, poussait une exclamation réprobatrice quand elle dénouait sa tresse et laissait flotter sa ravissante chevelure. Un soir, à Ashingham, quand elle descendit dîner dans une robe de cocktail en soie qu'elle avait empruntée à Adele, il la réprimanda vertement :

— Qu'est-ce que c'est que cette tenue ? Tu as l'air ridicule. Tu es encore une enfant, ça ne te va pas de t'habiller comme ça !

— Sebastian, c'était brutal, lui reprocha Adele quand Izzie se fut enfuie de la pièce, rouge de confusion. Elle a treize ans, il est normal qu'elle veuille paraître jolie et un peu adulte...

— Eh bien, moi, je ne veux pas. Et elle n'a que treize ans, justement, c'est encore une enfant. Et je n'aime pas non plus que tu l'encourages.

— Oh, pour l'amour du ciel, Sebastian, intervint lady Beckenham. Vous vivez au Moyen Âge. Ou plutôt non, justement, ajouta-t-elle avec un sourire. Ma grand-mère était mariée à quatorze ans. Et je trouve très plaisant qu'Izzie devienne aussi charmante en grandissant.

— Moi, je trouve ça prématuré. Et je préférerais aussi que vous n'interfériez pas. Isabella est mon enfant, elle n'a pas de mère pour la guider et je dois m'en charger à sa place.

— Pardonnez-moi, mais je ne trouve pas que vous vous en tiriez très bien, répondit lady Beckenham.

Giles, assez sérieusement blessé, se trouvait dans un hôpital de campagne, à guetter un navire-hôpital qui le ramènerait en Angleterre. Helena se sentait presque soulagée : s'il était à l'hôpital, au moins il était en sécurité. Elle ne connaissait pas au juste la nature de ses blessures, ou même leur gravité exacte ; les informations étaient rares et imprécises et elle attendait d'autres nouvelles dans un mélange d'espoir et de frayeur. Mais elle ne vivait plus dans un état de peur permanente.

Adele, elle, aurait donné n'importe quoi pour savoir Luc en sécurité dans un hôpital. Recevoir un message tous les six mois en moyenne s'apparentait à une forme de torture. Ils garantissaient que Luc était sain et sauf au moment où il les rédigeait, mais, cet instant passé, on ne pouvait rien savoir des dangers qu'il pouvait courir.

Elle remerciait Dieu d'avoir son travail, ne comprenait plus comment elle avait pu vivre sans ; ça lui changeait les idées, la détournait de la peur, l'apaisait intérieurement. Elle allait à Londres au moins une fois par semaine pour participer à des réunions avec des rédactrices de mode et des modèles, des directeurs artistiques et des couturiers. Au début, elle avait cumulé les postes de styliste et de photographe ; mais la sûreté de son œil, sa capacité à diriger une équipe, les bonnes relations qu'elle entretenait avec les modèles, qui lui permettaient d'obtenir d'elles des choses difficiles et inattendues, et son talent en matière d'éclairages, lui assuraient davantage de commandes qu'elle ne pouvait honorer. L'une de ses photos les plus fameuses était celle d'une fille en manteau de fourrure se frayant un chemin à travers l'immense potager qu'était devenu Hyde Park. Elle fit vite figure de classique parmi les directeurs artistiques, et on lui demandait constamment : « Chérie, tu nous refais un potager ? »

Elle redevenait peu à peu elle-même, confiante, spirituelle, s'absorbant avec bonheur dans ce qu'elle faisait. Elle recommença à voir ses vieux amis et à avoir une vie sociale (encore limitée), et surtout à soigner son apparence. Venetia était ravie et la sortait chaque fois qu'elle le pouvait. « Les jumelles Lytton sont de retour », leur dit quelqu'un un jour où elles déjeunaient ensemble au *Ritz*.

Puis, par une agréable journée de printemps, alors qu'elle venait de jouer avec les enfants dans le jardin, elle reçut l'enveloppe de la Croix-Rouge.

Le message était rédigé en anglais. Elle s'assit dehors, au soleil, pour le lire, mais sentit aussitôt son ciel intérieur s'assombrir, et devenir glacial. « Ma chérie, je ne pourrai plus t'écrire pendant un moment. Mais n'aie pas peur pour moi, je suis tout à fait en sécurité. Je t'aime, Luc. »

En lisant ces mots pleins de courage, elle devina qu'ils pouvaient bien être les derniers.

Venetia descendit dans la salle à manger de Cheyne Walk, prête à aller travailler. Elle y allait à bicyclette ces temps-ci : c'était le moyen le plus facile et le plus rapide et elle aimait ça (sauf quand il pleuvait), son luxueux sac à main jeté dans le panier, sa serviette sanglée sur son porte-bagages. Toutefois, cela signifiait que l'on arrivait avec les cheveux en bataille et les bas souvent filés – non d'ailleurs qu'elle en portât souvent : elle recourait depuis longtemps au maquillage pour se colorer les jambes, qu'elle peaufinait en dessinant la couture le long de ses mollets avec du crayon à sourcil, une trouvaille inventée par les filles des usines. Celia trouvait que c'était affreusement commun.

Londres était sillonné par les bicyclettes : les gens étaient nombreux à avoir adopté ce mode de transport. C'était un détail, parmi bien d'autres, qui avait transformé l'aspect de la ville. Le poète Charles Graves avait même fait la remarque que « exception faite des uniformes qu'on voit dans les rues, Londres pourrait fort bien être en paix avec le monde entier ». Venetia n'était pas d'accord : certes, on avait rafistolé la ville tant bien que mal, déblayé le plus gros des décombres, mais partout cela restait misérable et délabré. Les fenêtres des immeubles bombardés étaient encore obturées par des planches, leurs façades évoquaient souvent des bouches édentées. Dans des coins comme Regents Park, les magnifiques *terraces* Regency blanches étaient vides pour la plupart et semblaient tomber en ruine ; l'herbe, comme à Leicester Square, était usée jusqu'à la poussière, et les bus n'étaient plus uniformément rouges mais brun et vert.

Plus agréable à l'œil, mais d'un effet plus bizarre encore, était la profusion de fleurs et d'arbres : la végétation avait envahi nombre d'églises bombardées, les ruines autour de St Paul – là où se trouvait le siège de Lytton – étaient couvertes par de la roquette de Londres, et quelqu'un avait dénombré quatre variétés différentes de saules, ainsi qu'un peuplier, dans un cratère de bombe au carrefour de Bond Street et de Bruton Street. D'innombrables papillons voletaient dans la ville et des parcelles de cultures fleurissaient partout – dans les grands parcs, les squares résidentiels, la cour du British Museum ; on trouvait aussi de simples jardinières aux fenêtres ; le plus étrange peut-être était le blé qui poussait sur le toit de la Maison de la Nouvelle-Zélande.

Malgré cela, il n'y avait guère à manger. Cinquante grammes de beurre par semaine, cent grammes de bacon, de jambon et de fromage : le repas n'avait rien d'un moment de fête. La nourriture était une obsession, tout le monde en parlait et s'en plaignait. Les riches s'en sortaient mieux que les pauvres, parce qu'ils pouvaient aller au restaurant.

— On peut encore faire un très bon repas de quatre plats au Berkeley, dit un jour Celia Lytton, ou encore dans ce cher vieux Dorch.

— « Qu'ils mangent de la brioche… », murmura Venetia, avec un coup de coude à sa sœur.

Le gouvernement voulut réglementer cette pratique en décrétant une taxe maximale de cinq shillings par repas ; mais les grands hôtels répliquèrent en instaurant des frais supplémentaires de six shillings pour avoir le privilège de dîner dans leurs locaux, cinq shillings et six pence pour du saumon fumé, deux shillings et six pence pour danser…

Il y avait aussi les militaires, présents partout dans la ville ; des Américains, avec leurs accents riches et colorés, que la plupart des gens n'avaient entendus jusque-là qu'au cinéma, l'argent qu'ils dépensaient sans retenue dans les bars, les restaurants et les bals, le prestige que cela leur donnait.

Et il y avait des femmes partout : au volant des bus, livrant le lait, tenant les postes de défense antiaérienne, distribuant le courrier, conduisant les ambulances. Et dirigeant des sociétés, songea Venetia, tandis qu'elle ouvrait son agenda ce matin-là, pour organiser la journée à venir. La guerre avait largement contribué à l'émancipation féminine ; elle avait aussi réussi là où Celia avait échoué : enseigner à Venetia qu'il y avait bien davantage à retirer de la vie que ce que son amie Bunty appelait la prostitution domestique. « Vous couchez avec eux et en échange vous avez droit au gîte et au couvert, et avec un peu de chance à quelques jolies robes. »

Venetia ne s'imaginait même plus, aujourd'hui, vivre sans travailler. Elle était consciente, et ça l'agaçait, qu'elle avait été une épouse insipide et désœuvrée, et combien Boy avait dû trouver sa compagnie peu stimulante. Elle se beurra un morceau de pain puis alla voir si elle avait du courrier. Il y avait justement une lettre de lui. Il lui disait qu'il rentrait pour une permission d'une quinzaine de jours, « dans à peu près un mois », et que sans nul doute ils devraient se rencontrer pour discuter de divers sujets, dont le bien-être de leurs enfants.

Venetia la lut deux fois, ce qui ne lui prit guère de temps car elle était extrêmement courte, puis elle la posa sur son bureau et fondit en larmes.

Barty était en faction et elle détestait cela. Elle se sentait idiote, près de la porte avec son fusil et sa baïonnette ; elle avait cinq cartouches dans la poche mais il lui était interdit de charger le fusil, pour ne pas risquer de blesser quelqu'un. Tout cela était absurde. Chaque fois qu'elle disait « Qui va là ? », elle manquait d'être prise de fou rire.

Voilà qu'il pleuvait maintenant, une pluie qui s'insinuait goutte après goutte dans le col de son imperméable, et il faisait froid, bien qu'on fût en avril ; elle avait la migraine, elle souffrait des pieds. Et elle était fatiguée, si fatiguée, qu'elle avait peur de s'endormir debout.

Pourtant, après cela, elle rentrerait chez elle pour quarante-huit heures. C'était merveilleux d'être basée à Croydon : elle pouvait rentrer même pour les plus courtes permissions.

Une lettre était arrivée de John ce matin. Ses lettres étaient toujours longues et drôles, en plus d'être affectueuses. C'était bizarre ; il n'était pas vraiment spirituel mais pouvait tirer une histoire amusante de n'importe quoi.

Quel ennui, vraiment, quel ennui ! Elle regarda sa montre : encore vingt minutes à tenir. Sa tête lui faisait mal, elle songeait avec envie à sa cuisine, à une tasse de thé fort et sucré. Du thé d'ouvrier, comme l'appelait Celia, qui buvait le sien – en général du Earl Grey – très léger, avec du citron. Et sans sucre.

Une voiture s'arrêta à la porte ; elle se redressa, demanda : « Qui va là ? » et tenta d'ignorer l'eau glacée qui ruisselait maintenant du bas de son imperméable pour s'infiltrer dans ses chaussures.

Elle ne fut pas chez elle avant dix heures, elle avait chaud et frissonnait en même temps : peut-être avait-elle la grippe. Un bon bain lui ferait du bien. Elle mit la bouilloire à chauffer, avala deux aspirines et se prépara du thé, puis elle l'emporta dans la salle de bains, en même temps que la lettre de John. Oh, que n'aurait-elle pas donné pour un bain d'avant-guerre, plus profond que les treize centimètres réglementaires... Profondeur qui couvrait à peine les jambes ; aucune possibilité de s'immerger dans l'eau chaude... Mais le roi lui-même avait déclaré qu'il avait fait peindre une ligne à treize centimètres du fond de sa baignoire, pour donner l'exemple. À plusieurs reprises, elle s'éclaboussa avec l'eau chaude pour se réchauffer, car la maison restait très froide.

Le téléphone retentit, strident, et Barty fronça les sourcils. Sortir de ce bain allait la réfrigérer encore plus. Peut-être pouvait-elle laisser sonner ; ce n'était sans doute que Celia, ou peut-être Parfitt. L'une ou l'autre, elles rappelleraient, pensant qu'elle n'était pas chez elle.

Il finit par s'arrêter. Elle se concentra sur sa lettre. John lui manquait...

Mais bientôt, le téléphone sonna de nouveau ; cette fois, elle posa la lettre de John sur le tabouret de liège, sortit de la baignoire, puis se rendit compte qu'elle n'avait pas apporté son peignoir ; elle avait laissé la serviette dans le petit placard chauffant, pour qu'elle soit bien chaude quand elle en aurait besoin. Oh, tant pis. Personne ne pouvait la voir, de toute façon.

Elle traversa rapidement le salon en grelottant. Tandis qu'elle décrochait, elle leva les yeux et se vit dans le miroir au-dessus de la cheminée : elle avait l'air stupide, nue, ses cheveux retombant du sommet de son crâne, où elle les avait épinglés à la va-vite, son visage plutôt rouge. Peut-être avait-elle de la fièvre ; ce n'était sûrement pas la chaleur qui régnait dans l'appartement qui...

— Allô ? dit-elle d'une voix hésitante, sans quitter son reflet dans le miroir.

Puis elle le vit se transformer sous le choc – son visage pâlit, ses yeux s'assombrirent, tout son corps se figea.

— Barty ? C'est Laurence.

39

Ainsi, c'était arrivé. Tout était arrivé. Comme elle l'avait toujours su. Elle avait dit tout ce qu'il fallait, et fait tout ce qu'il ne fallait pas.

Elle lui avait dit de ne pas venir la voir ; de ne pas ouvrir la bouteille de champagne qu'il avait apportée, parce qu'il n'y avait rien à fêter ; de ne pas la toucher, de ne pas l'embrasser ; de ne pas suggérer qu'ils pourraient avoir quelque chose à se dire ; de ne pas songer à lui demander de dîner avec lui, de ne pas de l'inviter à Grosvenor House ; de ne pas avoir l'audace de lui proposer qu'ils se revoient le lendemain soir – une soirée encore, ça pouvait se comprendre, une rencontre entre deux vieux amis, mais ça devait s'arrêter là ; de ne pas l'assommer avec les histoires de son mariage raté, de son malheur depuis qu'elle l'avait quitté ; de ne plus refaire étalage de ses inaltérables remords pour tout le mal, incontestable, qu'il lui avait fait ; de ne plus lui affirmer qu'il était quelqu'un de différent, transformé, meilleur et plus fort ; de ne pas essayer de la persuader d'aller au lit avec lui ; et, surtout, de ne pas penser un seul instant qu'elle ressentait pour lui plus que pour n'importe quel autre homme.

Et elle l'avait laissé entrer chez elle, faible et fragile sous le choc de ce qu'elle ressentait, le regardant la scruter intensément, de cette manière particulière qu'elle n'avait jamais oubliée ; elle avait souri presque imperceptiblement tandis qu'il lui tendait le verre de champagne bien frais…

— C'est difficile d'avoir quelque chose de glacé dans ton pays, comment supportes-tu ça ?

Elle lui avait permis de l'embrasser, brièvement, juste d'effleurer ses lèvres, et de l'étreindre chaleureusement, fraternellement ; elle s'était changée pour mettre sa seule robe présentable, une fine robe de soie noire, elle avait remonté ses cheveux, puis elle était allée dîner et ensuite danser avec lui à Grosvenor House. Elle s'était tenue très droite sur la piste de danse, la tête courbée, les yeux fermés, tandis que les sensations violentes revenaient l'envahir, et elle avait accepté de le revoir le lendemain soir…

— On essaiera le *Savoy* ? On m'a dit que ce n'était pas mal, et qu'ils avaient même de la glace…

Elle l'avait entendu raconter, tout en luttant pour ne pas y croire, l'histoire de son désastreux mariage :

— Je ne l'ai épousée que parce que je ne pouvais pas t'avoir, tu le sais…

Elle avait essayé de croire qu'il était différent, transformé, meilleur et plus fort.

Enfin, ce qui était peut-être le plus inévitable, elle lui avait permis de rentrer ce soir-là chez elle, de se glisser dans son lit. Et il l'avait prise, s'était emparé d'elle, il avait remué en elle, il l'avait aimée de la même manière à la fois étrange, et forte, et puissante qu'autrefois.

Le lendemain, quand il fut parti et qu'elle eut endossé son uniforme, son convenable et vertueux uniforme, elle plongea la main dans son tiroir pour y prendre un mouchoir — et en sortit en même temps la lettre de John, qu'elle était en train de lire quand Laurence avait téléphoné. Elle l'avait rangée là dans sa hâte à faire un peu d'ordre et à trouver quelque chose à se mettre ; puis elle l'avait oubliée. Et maintenant, elle la contemplait, en proie au désespoir et à la honte, manquant même de courage pour finir de la lire : lire les mots d'amour d'un homme qu'elle avait promis d'épouser et qu'elle avait trahi, d'une façon si radicale et si rapide qu'elle ne s'en serait jamais crue capable.

Laurence était affecté à Londres. Ce n'était pas un militaire au sens strict – même si on lui avait donné un grade honorifique de colonel pour simplifier les choses. Il faisait partie de l'état-major d'Eisenhower, travaillant comme traducteur aux renseignements militaires.

Il avait un don étonnant pour les langues ; il en savait plusieurs parfaitement, dont le russe, et pouvait même se débrouiller en japonais :

— Mais c'est mon allemand et sans doute mon français qui les intéressaient.

Barty était surprise qu'il se soit porté volontaire.

— Tu n'y étais sûrement pas obligé. Tu dois avoir... quoi ?

— J'ai quarante-cinq ans, dit-il, même si ça me paraît incroyable.

— Alors ?

— Je pensais que ce serait une aventure formidable.

C'était cohérent avec ce qu'elle savait de Laurence, de sa recherche constante d'expériences nouvelles, de son impatience, de son courage insouciant, aussi.

— De toute manière, ajouta-t-il en souriant de son étrange sourire qu'elle n'avait jamais oublié, je voulais te retrouver. Je ne pouvais pas venir en touriste. Et la mort me semblait un bien petit risque comparé à celui de ne jamais te revoir.

Elle garda un moment le silence, puis elle lui sourit :

— C'est vraiment dangereux, ce que tu fais ?

— Pas pour le moment, non. Mais ça pourrait le devenir.

— Comment ?

— Oh, en interrogeant les prisonniers. Près des lignes ennemies.

— Je vois. Et... comment m'as-tu retrouvée ?

— C'était facile. J'ai juste téléphoné chez Lytton. On m'a répondu que tu étais absente, que tu combattais l'ennemi, et on m'a demandé qui j'étais. J'ai répondu que j'étais un cousin, perdu de vue depuis longtemps, un des Lytton américains, alors la très gentille fille avec qui je parlais m'a indiqué où tu vivais et m'a donné ton numéro de téléphone.

— Je vois, dit Barty – en songeant qu'elle en toucherait deux mots à Vera Martin, la nouvelle réceptionniste, si différente de la très discrète Janet Gould.

— Tu sais le reste. Et toi, dis-moi ? Ce que tu fais est dangereux ? Ça en a l'air...

373

— Pas souvent, non. Pour le moment, c'est plutôt ennuyeux.

Laurence n'avait pas changé ; il n'avait pas vieilli ou à peine, ses cheveux étaient toujours du même roux doré clair, ses yeux du même extraordinaire bleu-vert. Il était un peu plus mince qu'avant mais toujours aussi musclé, dégageant une impression de force et de santé. Il était arrivé en civil, en smoking, et l'avait emmenée dîner le lendemain soir dans son uniforme.

— Je l'ai fait faire par mon tailleur. Celui qu'ils m'avaient donné était affreusement mal coupé.

Il lui dit qu'elle non plus n'avait pas changé.

— Tes cheveux, je les préfère plus longs. Ta magnifique crinière de lion – c'est lady Celia qui la décrivait comme ça, je crois ? Je suis impatient de faire sa connaissance. Et tes yeux, ces beaux yeux, et ton cou, ce long cou gracieux... J'ai rêvé de ton cou, Barty, tu sais. En fait, si, tu as changé, et je vais te dire comment : tu es plus belle, bien plus belle que jamais.

Il lui parla beaucoup de son mariage, des années sans elle :

— Ç'a été l'enfer, l'enfer absolu. Un mariage malheureux est comme une cellule de prison, même pire. Une cellule qu'on partage avec quelqu'un qu'on ne peut pas supporter.

— Tu n'étais pas obligé de l'épouser.

— Je devais épouser quelqu'un.

— Mais pourquoi ?

— Pour te montrer combien j'étais désespéré.

— Laurence, c'est absurde.

— Pas du tout. Tu savais combien je t'aimais, combien je te voulais. C'était la déclaration ultime, pour te montrer combien j'étais désespéré et ce que j'étais prêt à faire.

— Tu dis des bêtises. Et en plus, ta pauvre femme ? C'est très dur pour elle...

— Pas du tout. Elle voulait mon argent, une belle maison, un bon train de vie. Et des bébés, bien sûr.

— Ah, oui, les bébés... Combien ?

— Deux. Un garçon, un beau petit bonhomme, qui s'appelle Bartholomew.

— Bartholomew ?

— Oui. Je me suis inspiré de ton prénom. Tu aimes ?

— Tu as appelé ce fils que tu as eu d'une autre femme en t'inspirant de mon prénom ?

— Oui. J'aimais assez l'idée. Un chef-d'œuvre de perversité, tu ne trouves pas ?

— Je ne sais pas. C'est juste... inhabituel.

— Eh bien, tu le penses peut-être, moi pas. De toute façon, nous

374

l'appelons Bif. Et il y a une petite fille, Catherine. Kate. Elle ressemble à sa mère, elle se conduit comme elle, c'est une enfant gâtée.

— Pas du tout comme son père, bien sûr.

— Barty, je n'ai jamais été un enfant gâté !

Elle ne discuta pas : c'était inutile.

— Je t'aime, lui dit-il, sérieux tout à coup. Je t'aime tellement. Je ne peux pas croire que je t'ai à nouveau.

— Laurence, tu ne m'as pas !

— Oh, mais si, insista-t-il, ses yeux extraordinaires fixés sur les siens, prenant sa main et l'embrassant. Je t'ai, et cette fois je ne te laisserai pas partir. Il n'y a rien à discuter. Tu dois être d'accord, tu es d'accord. Je le vois bien.

— Laurence...

— Ne perdons pas de temps. Si tu dois partir dans une heure et demie, nous avons des choses très importantes à faire. À commencer par enlever tous nos vêtements un par un...

— Laurence, je n'ai pas envie de...

— Bien sûr que si, tu en as envie. Quand tu tergiverses, tu te tripotes les cheveux.

— Vraiment ?

— Oui. Et quand tu es nerveuse, tu te caresses le nez. Et quand tu lis, tu t'éclaircis souvent la gorge. Et quand tu as faim, tu deviens assez irritable. Et quand tu es en retard, tu as tendance à être maladroite, à te cogner partout. Et quand tu te sens sexy, tu bouges de moins en moins. Ça a beaucoup de charme, cette immobilité.

— Tu me connais bien. Mieux que personne au monde.

— C'est vrai, oui.

Il se pencha et commença à déboutonner sa robe.

— Pendant toutes ces années sans toi, je me suis tout rappelé chaque jour, soigneusement, consciencieusement. J'avais tout noté et je passais tout en revue pour ne rien oublier...

— Oh, mon Dieu, dit-elle, impuissante.

Et maintenant, assise dans le train qui l'emportait vers Croydon, regardant la lumière du soir sur les tristes maisons de banlieue et songeant combien elles étaient belles, son corps chantait au souvenir du plaisir qu'il avait connu, sa tête était pleine de trouble et de joie, de bonheur et de tourment.

Qu'allait-elle faire ? Au nom du ciel – ou de l'enfer – qu'allait-elle faire ?

C'était le milieu de l'été. Izzie était rentrée pour les vacances.

— C'est agréable d'être de nouveau ici, dit-elle à Kit alors qu'ils étaient assis sur la terrasse après le thé. J'aime Cheltenham, mais on n'a jamais la paix là-bas. Et moi, j'aime la paix et la tranquillité.

— Moi, j'en ai un peu trop, répliqua-t-il.

— Je croyais que tu étais heureux ici.

— Je suis heureux, bien sûr. Tout le monde s'occupe de moi, j'adore bavarder avec les petits garçons, et tous les enfants Lytton sont gentils avec moi, et aussi grand-père et grand-mère. Mais il n'empêche que j'ai vingt-trois ans, Izzie, et je vis comme quelqu'un qui en a cinquante. Parfois je me demande ce que je vais devenir.

— Tu trouveras une fille charmante, qui tombera follement amoureuse de toi, vous vous marierez et vous aurez beaucoup d'enfants.

— Que je ne verrai jamais.

— Non, c'est vrai, répondit-elle sans détour – elle était toujours une des très rares personnes à qui il parlait à cœur ouvert, et elle tenait à lui répondre avec la même franchise. Mais tu les auras, ils t'aimeront, et ils grandiront en pensant que tu es un homme merveilleux. Et ils seront extrêmement intelligents et brillants, comme toi. Et aussi remarquablement beaux comme toi.

— Je suis beau ? demanda-t-il. Vraiment ? À errer partout avec ma canne...

— Mais oui, Kit. Tu n'as pas changé, tu es resté le même. J'imagine que c'est difficile à croire pour toi, mais tu es l'homme le plus beau du monde, je l'ai toujours pensé. Après mon père, bien sûr.

— Oui, je me rappelle qu'il est merveilleusement beau. Les jumelles disent toujours que, quand il était plus jeune, il ressemblait à une vedette de cinéma.

— C'est vrai, oui. J'ai trouvé des photos de lui l'autre jour, dans notre maison de Primrose Hill, quand il était vraiment jeune ; d'ailleurs je les ai apportées pour les montrer à Adele, j'ai pensé qu'elles l'intéresseraient. Ce ne sont que des instantanés, mais dans une sorte de teinte sépia. Il y en a une de lui jouant au tennis, et une autre où il est assis dans un bateau, en pantalon blanc et pull de cricket, une cigarette entre les dents, en train de rire, de rire aux éclats. Il ne le fait plus beaucoup ces temps-ci, malheureusement.

— Non. Mais il riait beaucoup avant, je m'en souviens. J'aimerais bien voir ces photos.

Il s'interrompit, soupira.

— Je dis toujours des choses comme ça. C'est stupide, non ?

— Pas du tout. Ton cerveau est resté le même, comme ton visage. Il pense comme avant, c'est forcé.

Elle marqua une pause puis :

— Ton nouveau livre est très beau, Kit. Tu dois être content...

— Oui, c'est merveilleux d'avoir quelque chose que je réussisse, dont je puisse être fier. J'apprécie énormément, c'est vrai. Et c'est amusant, mais je ne peux plus m'imaginer en train d'écrire ces livres. Le fait de les dicter les rend d'une certaine manière encore plus saisissants, plus vivants.

— Tu vois... Oh, bonjour, Noni. Comment vas-tu ?

— Très bien, merci. AGM (ils utilisaient tous ce surnom pour désigner leur arrière-grand-mère) m'a dit de vous prévenir que c'était l'heure du sherry.

— Oh ! s'écria Kit. Il devient plus mauvais chaque jour, on dirait un sirop pour la toux.

— Alors, n'en bois pas... commenta Izzie.

— Elle serait affreusement contrariée. Montre-moi le chemin, s'il te plaît.

— Attends, juste une minute, j'ai quelque chose dans l'œil. J'ai un mouchoir quelque part là-dedans...

Elle fouilla dans le cartable de cuir qu'elle avait apporté, avec des livres et des magazines qu'elle avait promis de lire à Kit. Quelques photographies en tombèrent.

— Oh, ce sont des photos que j'avais apportées pour les montrer à Adele, de vieilles photos de...

Noni, qui les avait ramassées, s'exclama :

— Oh, elles sont vraiment drôles... Kit, je ne savais pas que tu savais faire du bateau !

— Kit ? Ce ne sont pas des photos de Kit, répondit Izzie. Mais de mon père, Sebastian. Au même âge que Kit aujourd'hui.

— Eh bien, il lui ressemble, déclara Noni, il lui ressemble vraiment. Tu es sûre que ce n'est pas lui ?

— Absolument, affirma Izzie en tamponnant son œil douloureux. Voilà, ça va mieux. Maintenant, remets-les dans mon cartable, Noni, et allons boire ce sherry que Kit attend avec tant d'impatience.

Tandis qu'il écoutait cette conversation et qu'il attendait qu'Izzie lui prenne la main, quelque chose au fond de l'esprit de Kit, un souvenir flou, qui n'avait pas signifié grand-chose pour lui sur le moment, revenait, remontait, se précisait. Il n'était même pas sûr de ce que c'était au juste, mais le souvenir restait là – comme dans l'attente d'être examiné avec plus d'attention le moment venu.

— Boy revient la semaine prochaine, annonça Venetia. J'appréhende. Je ne sais pas quoi faire, quoi lui dire.

— Tu veux que je...

— Non, merci. Je dois m'en occuper toute seule. Il a suggéré un déjeuner au Dorch mercredi, en terrain neutre.

— Tu emporteras quelques photos de Fergal ? Juste au cas où ?

— Je ne sais pas. Mais, je suppose que oui. C'est un gâchis stupide, ridicule. J'aurais dû tout lui dire dès le début, n'est-ce pas ? Et ensuite...

— Si tu répètes ça encore une fois, je vais hurler. Maintenant, écoute-moi, tu saurais où je pourrais trouver un manteau de vison ?

— J'ai peur que non. Tu as demandé à...

— Oui, et à grand-mère aussi. Peut-être que je vais m'avouer vaincue sur ce coup-ci, la honte. En plus, c'est pour le nouveau directeur artistique de *Style*, tu le verrais, il est divin. Cedric est furieux, il le voulait pour lui tout seul. Mais je ne crois pas qu'il soit de ce genre là...

Boy n'appréciait pas sa permission autant qu'il s'y était attendu. Les premiers jours avaient été merveilleux : quel plaisir rien que de se réveiller dans un matin frais – en Angleterre, les jours d'été les plus chauds paraissaient frais. Et aussi l'incroyable luxe de pouvoir prendre un bain, même avec treize centimètres d'eau seulement ; le dernier qu'il avait pris, c'était quand il était allé en permission au Caire.

Ensuite, passé les premiers temps, il commença à se sentir très seul. Il restait dans son appartement de Pont Street, qu'il avait trouvé luxueux en arrivant et où, maintenant, il avait envie de compagnie. Cela faisait si longtemps qu'il était entouré de gens vingt-quatre heures sur vingt-quatre, ou presque, partageant tous le même but – battre l'ennemi –, supportant ensemble la chaleur et l'inconfort, les victoires et les défaites, la disparition d'amis ; ils étaient devenus sa seconde famille, aussi bien ses pairs officiers que les soldats, encore plus proches de lui, à beaucoup d'égards, que sa vraie famille.

La guerre dans le désert, c'était une aventure très personnelle, qu'on partageait intensément avec ses camarades ; ils étaient coupés du monde, ils pouvaient presque se sentir seuls dans l'univers, surtout la nuit, sous cette immense voûte étoilée...

Il avait revu quelques amis à Londres, mais tout le monde était occupé avec sa propre vie, ses propres soucis – même les femmes semblaient toutes travailler –, et il ne se sentait guère de points communs avec eux. Leurs propos sur les privations et les difficultés qu'ils enduraient ici lui semblaient futiles par rapport à ce qu'il vivait là-bas.

Il était impatient de revoir ses enfants ; mais cette perspective était assombrie par celle d'une rencontre inévitable avec le nouveau bébé. Et il redoutait celle avec Venetia ; il se sentait si furieux contre elle, si plein de ressentiment, et si... quoi encore ? Ridicule, sans doute, cocufié. C'était injuste, bien sûr : lui-même l'avait si souvent trompée, et dans des circonstances bien plus répréhensibles ; mais il ne pouvait pas s'en empêcher. Il ne savait pas comment il la saluerait, ce qu'il lui dirait, s'il la laisserait aborder les sujets les plus difficiles...

Il regrettait un peu d'avoir suggéré le Dorchester ; un endroit plus tranquille aurait peut-être été préférable, des amis là-bas viendraient les interrompre, mentionneraient le nouvel amant de Venetia... D'un autre côté, tout valait mieux qu'une pénible confrontation en tête à tête, sans rien pour alléger l'atmosphère.

Ce n'était qu'un déjeuner ; avec un peu de chance, ils pourraient se quitter sur des bases constructives et amicales.

— Tu as l'air crevé, Miller, observa Parfitt. Qu'est-ce que tu as fichu ? Ton don Juan n'est pas rentré, si ?

— Non, s'empressa-t-elle de répondre tout en songeant au choc qu'éprouverait Parfitt si elle savait les choses atroces qu'elle avait faites.

Pendant tout le temps qu'elle avait passé avec Laurence, elle n'avait pensé à rien ; il lui avait toujours fait cet effet, la forçant à se concentrer sur lui, éloignant toute autre pensée de son esprit. Mais maintenant, loin de lui, du plaisir et de la douleur de sa présence, c'était comme si elle retrouvait John à côté d'elle – choqué, blessé, trahi.

Comment avait-elle pu faire ça ? Elle, si claire dans ses choix, si ferme dans ses jugements, comment avait-elle pu tromper un homme à qui elle avait déclaré son amour, qu'elle avait promis d'épouser ? Un homme si bon et si aimable qu'il n'aurait pas mérité la plus légère réprimande de sa part ? Comment avait-elle pu, après à peine quelques secondes d'hésitation, coucher avec un homme qu'elle avait quitté jadis dans la colère, un homme sans morale ni intégrité, si instable et si névrosé qu'il était allé jusqu'à épouser une autre femme, juste pour lui faire de la peine ? Comment avait-elle pu se laisser à nouveau séduire par lui, si vite, si facilement ?

Elle n'avait aucune excuse, aucun prétexte derrière lequel se réfugier. Elle n'avait pas été négligée, ni maltraitée ; au contraire, elle avait été aimée, choyée, admirée. Elle pensait, pleine de remords, à Adele, qui attendait depuis des années l'homme qu'elle aimait, et aussi à Venetia ; toutes les deux faisaient preuve d'infiniment plus de vertu qu'elle. Elle ne pouvait même pas invoquer l'ennui ou la frustration : elle était plongée dans une activité qu'elle aimait, elle avait un foyer, elle était bien nourrie, elle vivait bien, entourée d'amis.

Quelle que soit la façon de prendre les choses, elle devait admettre qu'elle était infidèle, égoïste, incapable de rien se refuser. Et elle avait honte, honte d'elle-même.

Y avait-il une tare en elle, un grave défaut dans son caractère, resté insoupçonné jusqu'ici, pour qu'elle pût se conduire si mal ? Elle se sentait physiquement malade, elle était si dégoûtée d'elle-même qu'elle ne pouvait plus dormir ni manger – trop boule-versée, trop malheureuse. Jusqu'à ce qu'elle soit de nouveau avec lui : alors, elle redevenait heureuse, mais incapable de réagir, inca-pable de tenir la promesse qu'elle ne cessait de se faire quand il n'était pas là – l'abandonner, le renvoyer, lui dire que ça ne pouvait pas, que ça ne devait pas continuer –, tellement incapable que l'idée même en était ridicule.

Elle essaya une fois, mais il rétorqua :

— Tu crois que je permettrais encore que ça arrive ? J'ai déjà perdu trop d'années sans toi, Barty.

Il semblait bel et bien avoir changé ; il était moins exigeant (légè-rement), plus conciliant (un peu). Il l'écoutait davantage, tenait plus compte de ce qu'elle disait ; il admit même qu'elle pût avoir des raisons de ressentir une certaine culpabilité et une certaine gêne :

— Mais comment as-tu pu te promettre à un autre homme alors que c'est moi que tu aimes ?

— Laurence, tu es monstrueux ! Tu as épousé une autre femme, tu as eu des enfants avec elle !

— Je te l'ai déjà dit, c'était seulement pour te faire réagir.

— Tu es fou, lui lança-t-elle, puis elle vit qu'il souriait.

— Je t'aime tellement, tellement.

Elle ne répondit pas et il la regardait, son sourire disparu.

— Barty ?

Elle savait ce qu'il attendait, mais elle se tut.

— Barty ? répéta-t-il.

Alors, elle le dit, lentement, péniblement, luttant contre l'évidence mais sachant qu'elle y céderait :

— Je... t'aime, murmura-t-elle.

— Bien, acquiesça-t-il d'une voix raffermie, de nouveau vive et décidée. Affaire réglée, donc. Alors, quand est-ce qu'on se marie ?

— Nous marier ! Laurence, je ne me marierai pas avec toi !

— Je ne vois pas pourquoi. Je suis ici, tu es ici, je t'aime, tu m'aimes, nous sommes libres tous les deux. Nous devons nous marier.

— Laurence, il ne faut pas.

— Mais pourquoi ?

— Eh bien...

Elle se tut ; il n'existait qu'une seule raison et ce n'en était pas une bonne pour lui.

— Laisse-moi du temps, je t'en prie. Ce n'est pas bien, pas tout de suite.

— C'est très bien, au contraire, dit-il en l'embrassant, mais je te laisserai un peu de temps, d'accord. Si c'est vraiment ce que tu veux.

— Oui, c'est ce que je veux.

Et elle retourna à sa chambre de torture, plus tourmentée que jamais.

— Mrs Warwick ? Mr Pickford, de Gamages.

— Oh, bonjour, Mr Pickford.

— Mrs Warwick, je suis dans les parages et je me demandais si je pourrais passer vous voir. On m'a dit que vous aviez les premiers exemplaires reliés du nouveau livre de Mr Lytton.

— De Mr Lytton ? répéta machinalement Venetia.

Elle était si nerveuse à la perspective de voir Boy qu'elle se souvenait à peine de son propre nom.

— Oui. Christopher Lytton. Quel est son titre, déjà ? Je ne l'ai plus en tête, mais je sais que Hatchards connaît ce livre et...

— Oh, vous voulez parler de *Vu et entendu*...

Elle était assez fière de ce titre, qu'elle avait trouvé elle-même.

— Très bien. Alors, est-ce que je... ?

Venetia regarda sa montre. Elle devait partir dans un quart d'heure pour le *Dorchester*. Ce n'était pas très loin d'ici, mais...

— Écoutez, je serais ravie de vous recevoir, Mr Pickford, mais j'ai peur de ne pas avoir beaucoup de temps. J'ai un rendez-vous pour déjeuner.

— Je ne vous retiendrai pas longtemps. Juste le temps de jeter un coup d'œil sur le livre et sa couverture, et de discuter du nombre d'exemplaires que je pourrais vous prendre.

— Je comprends...

Il aurait été stupide de passer à côté d'une grosse commande ; après tout, la réussite de ce livre aurait des répercussions positives sur sa carrière professionnelle.

Mr Pickford arriva en retard, à une heure moins dix. Il était affreusement lent : il examinait la couverture, commentait (encore) le titre, discutait du prix (cinq shillings), déplorait que le papier fût de si médiocre qualité (si fin qu'on pouvait voir ce qui était imprimé de l'autre côté de la page). Il faisait des prévisions de vente à voix haute.

Venetia regarda sa montre : presque une heure dix.

— Mr Pickford, je dois vraiment partir...

— Bien sûr, bien sûr. Je suis vraiment désolé, Mrs Warwick. Merci pour votre patience.

Arrivé à la porte, il se retourna et lui sourit.

— Tant que je suis ici, j'aimerais savoir combien d'exemplaires de *Faveur et Grâce* vous pourriez me livrer cet automne. Il se vend toujours extrêmement bien...

Elle était en retard, très en retard. Vingt minutes, maintenant. Elle le faisait certainement exprès. À moins qu'elle ne soit avec son amant, en train de discuter avec lui de ce qu'elle allait dire, s'il fallait encore lui accorder les mêmes facilités de garde qu'avant, comment s'arranger avec la présence du nouvel enfant...

Il avait téléphoné chez Lytton le matin même et parlé à Celia ; au début, elle avait paru ravie de l'entendre, s'était réjouie qu'il soit rentré, l'avait félicité pour la victoire d'El-Alamein, puis elle était devenue assez... bizarre avec lui. Ce n'était guère surprenant étant donné les circonstances ; elle devait être embarrassée, sachant sans doute qui était le père du bébé. En réponse à son invitation à déjeuner plus tard dans la semaine, elle avait dit que ce serait charmant mais qu'elle était très occupée ; la guerre créait tant de problèmes, il valait mieux remettre cela à plus tard.

Il lui avait demandé si Venetia était là et elle avait indiqué que oui, mais qu'elle passerait toute la matinée en réunion. Visiblement, elle jouait le même jeu que Venetia. Il lui signala qu'il déjeunait avec elle ce jour-là et qu'il voulait s'assurer que c'était toujours d'accord ; Celia lui dit qu'elle demanderait à la secrétaire de Venetia de le rappeler s'il y avait un problème.

La secrétaire de Venetia ! Une quelconque fille employée au classement, sans doute. En tout cas, elle jouait les femmes très occupées, c'était clair. Il avait déjà bu un gin-tonic, un autre l'attendait sur la table, et il connaissait le menu presque par cœur. Les gens ne connaissaient pas leur chance, c'était comme un rêve – œufs de mouette, œufs de caille, poulet. Il avait lu l'éditorial du *Times*, en plus du courrier (où une série de lettres, à laquelle lord Beckenham avait apporté sa contribution, déplorait la dégradation des mœurs pendant la guerre).

Il attendrait encore dix minutes puis il partirait : il n'était pas disposé à ce qu'on se paie sa tête de cette façon. Il avait combattu en Afrique du Nord pendant plus de deux ans, on lui devait au minimum un peu de courtoisie...

— C'est parfait. Je suis ravi, Mrs Warwick. Mon Dieu, je vous ai mise très en retard... Puis-je vous accompagner jusqu'à votre rendez-vous ? C'est le moins que je puisse faire... Et je pourrais même expliquer à la personne qui vous attend la raison de votre retard...

— Oh non, merci.

Boy l'attendrait, il lui devait bien ça. Il avait sûrement compris qu'elle avait été retardée.

Deux heures moins vingt-cinq. Scandaleux. Il allait partir. Il finit son gin-tonic tiède et se leva. C'était... oui, c'était inexcusable. Il...

— Boy ! Salut ! Ravi de te voir. Tu t'en vas ? Viens prendre un verre...

C'était Jay.

— J'attends Tory. Ma fiancée, ajouta-t-il avec un sourire un peu embarrassé. Elle est toujours en retard. Mais elle en vaut la peine.

— J'ai entendu dire qu'elle était superbe, oui. Par mon fils aîné, en fait. Mais je ne savais pas que vous étiez fiancés officiellement.

— C'est tout récent. Oui, elle est superbe, Henry a raison. Il a pas mal changé, n'est-ce pas, depuis que tu es parti ? Ça doit être affreusement triste de ne pas les voir grandir. Je suis content de te voir, Boy. Il paraît que vous en avez bavé dans le désert. Sacrée démonstration à El-Alamein, en tout cas. Est-ce que Monty est aussi extraordinaire qu'on le dit ?

— Formidable, oui, vraiment formidable. Il a une sorte de magnétisme, c'est difficile à expliquer. Et toi, Jay, comment vas-tu ? Tu en es où ? Je suis tellement désolé pour ta mère, tu as dû être bouleversé.

— Je ne savais pas qu'elle était aussi malade, elle avait interdit qu'on me mette au courant. Et du coup, j'ai failli ne pas arriver à temps pour lui dire adieu.

Il poussa un soupir, regarda au fond de son verre d'un œil morne.

— Je suis désolé pour toi, répéta Boy.

— Au moins, elle n'a pas souffert. Mais elle me manque, c'était une sacrée bonne femme dans son genre. Et on a toujours été très proches. Mais, bon, je suppose que c'est la vie. Ou plutôt la mort.

Il soupira encore, vida son verre, adressa un signe au serveur.

— Pauvre vieux Gordon, ça lui a fait un sacré coup. Mais j'essaie de passer du temps avec lui, on construit un nouveau train électrique, on va observer les oiseaux ensemble, tout ça. Tory est très gentille avec lui, il l'aime beaucoup. Comment va Venetia ?

— Je... je ne sais pas encore. Je l'attends, elle est terriblement en retard.

— Tout le monde est en retard en ce moment, Boy. À cause de la guerre. En tout cas, elle est formidable et ça marche pour elle chez Lytton. Elle fait plus ou moins l'ancien travail de ma mère, tu sais.

— Vraiment ?

— Oui. Elle s'en sort drôlement bien. Lytton a déménagé, l'ancien immeuble a été rasé par les bombes. Venetia a eu son bébé là-bas ou presque, cette nuit-là, elle est sortie juste à temps... Je suppose qu'elle t'a raconté tout ça ?

— Non, murmura Boy.

— Ah bon ? S'il n'y avait pas eu Celia, Dieu sait ce qui lui serait arrivé. En tout cas, tu dois être impatient de la voir. Et Fergal, beau petit bonhomme, il va te plaire, j'en suis sûr. On était tous... Chérie ! Bonjour... Tu es merveilleuse comme toujours. Boy, voici Victoria Halifax, Tory pour les intimes. Tory, Boy Warwick, mon... Qu'est-ce que tu es, mon cousin par alliance, je suppose ? En tout cas, le mari de Venetia.

— L'ex-mari, corrigea Boy d'un air détaché. Ravi de vous rencontrer, Miss Halifax.

— Appelez-moi Tory, je vous en prie.

Elle lui sourit, s'assit, et sa jupe courte d'uniforme révéla des jambes ravissantes. Henry avait raison : c'était une beauté.

— Je suis ravie de vous rencontrer, reprit Victoria, j'ai beaucoup entendu parler de vous.

— Vraiment ?

— Oui, et tous vos merveilleux enfants... Je pense...

— Boy, bonjour.

C'était Venetia ; rouge, essoufflée, mais si belle, songea-t-il – il avait oublié à quel point elle était ravissante. Et aussi chic que d'habitude, veste et jupe parfaitement coupées, les cheveux plus longs qu'avant qui lui tombaient presque sur les épaules – ça lui allait bien –, et les yeux sombres, brillants.

— Bonjour, dit-il.

Il se leva puis se pencha pour l'embrasser, rapidement et sans effusion.

— Je suis désolée d'être en retard, je... Bonjour, Jay ! Tory ! Quelle agréable surprise...

— Bonjour, chère cousine, lui dit Jay. Comme cette coïncidence est amusante ! La dernière fois qu'on était ici tous les deux,

Venetia, c'est ce soir où on a dîné et dansé, tu te souviens ? On s'était un peu emballés, j'en ai peur, Boy. Très joue contre joue, n'est-ce pas, Venetia ?

— Très, oui, admit Venetia en souriant.

— Attends une minute... dit Tory. Je ne suis pas sûre que j'aime beaucoup ça. Tu veux dire que tu as dansé avec une autre femme que moi, Jay ?

— J'en ai peur, ma chérie.

— Il a passé la soirée à me parler de vous, précisa Venetia en riant, me montrant votre photo et bavant d'admiration sur vous. Sauf quand nous avons dansé.

— Ce type aussi était là, n'est-ce pas ? demanda Jay. Quelqu'un du régiment de Boy. On a dû se cacher derrière nos menus, tu te souviens ?

— Non, pas vraiment... Oh, si, je me souviens. Mike Willoughby-Clarke. Comment va-t-il ?

— Il est... Il a été tué.

— Je suis désolée, Boy, dit Venetia.

— Oui. Ç'a été un choc.

Il demeura silencieux, la contemplant comme s'il ne l'avait jamais vue jusque-là. Ils le regardaient aussi, déconcertés par son silence.

— Eh bien, finit par dire Tory, est-ce qu'on déjeune tous ensemble ?

— Ça serait amusant, approuva Jay.

— Euh... non, je ne crois pas, répondit Boy, toujours de la même voix contrainte.

Jay rit avec un peu d'embarras, puis haussa les épaules.

— Alors, tant pis pour nous. Mais je suppose que vous avez beaucoup de choses à vous dire tous les deux.

— Oui, plus que je ne le croyais.

— Qu'est-ce qu'il se passe ? demanda Tory. Ils avaient l'air plutôt bizarre.

— Eh bien, ils ne se sont pas vus depuis plus de deux ans. Et ils sont censés être divorcés, même si elle a eu ce bébé. Mais tu as raison, ils ont l'air un peu bizarre. Allons-y, chérie, je meurs de faim.

Entre deux bouchées, Tory et Jay firent des projets pour leur après-midi et leur soirée – ils comptaient en passer l'essentiel au lit –, tout en jetant de temps en temps des regards vers Venetia et Boy. Visiblement hostiles l'un envers l'autre au début, se parlant violemment, presque en colère ; puis se penchant au-dessus de la table et s'écoutant l'un l'autre avec beaucoup d'attention ; ensuite commençant à se détendre, à sourire, même à rire. Ils virent Venetia fouiller dans son sac et en sortir quelques photographies, Boy les parcourir en souriant, poser des questions ; puis tout à coup tendre le bras et lui toucher le visage, le caresser gentiment. Enfin, Venetia, lentement, très doucement, sans le quitter des yeux, prit sa main et l'embrassa.

— Donc, papa et moi allons nous remarier, dit Venetia. Et après la guerre, nous retournerons tous vivre ensemble dans notre maison.

— Je n'ai jamais cru que vous n'étiez vraiment plus mariés, dit Elspeth.

— Moi non plus, dit Amy.

— Et puis, toutes ces histoires sur le fait de bien s'aimer mais ne pas pouvoir vivre ensemble, dit Rou. Ça nous semblait stupide à nous, surtout que tu as eu Fergal. Vous avez bien dû vivre un peu ensemble pour l'avoir.

— Rou, allons !

— Mère, je sais tout là-dessus. Henry me l'a expliqué. Il m'a dit que j'en avais besoin avant d'aller à Eton.

— Oh, je vois…

— En tout cas, vous aviez raison, conclut Boy.

Il était assis sur le canapé dans la bibliothèque, avec Fergal sur ses genoux et les filles de chaque côté.

— Nous nous aimons toujours beaucoup, et nous pensons que nous pouvons vivre ensemble, après tout.

— Bien, répondit Henry. Ça nous facilitera certainement la vie. Mais je trouve, si ça ne vous ennuie pas que je vous dise ça, que cinq enfants, c'est assez. Je veux dire que Fergal est charmant, mais je n'ai vraiment pas envie d'un autre bébé qui crie tout le temps.

— C'est vrai, approuva Rou, c'est un peu embêtant.

— Très bien, dit Venetia docilement, plus de bébés, si c'est ce que vous voulez. Oh, vous avez entendu, ajouta-t-elle avec un soulagement visible, le gong du déjeuner. Pourquoi vous n'iriez pas voir si vous pouvez aider AGM ?

Quand ils furent tous partis, Boy lui sourit par-dessus la tête de Fergal.

— Je n'aurais jamais cru avoir droit à un discours de mes propres enfants sur le contrôle des naissances. Il est temps que nous grandissions, que nous devenions un peu plus sensés et responsables.

Venetia rit.

— Très bien. Nous pouvons essayer. Mais je ne peux pas m'empêcher de trouver que c'était plus amusant d'être insouciant.

40

Barty lui avait écrit qu'elle avait commis une erreur, qu'elle en était terriblement désolée, mais qu'elle ne pensait pas, finalement, qu'ils devaient se marier. Elle lui précisait qu'elle n'était pas assez bien pour lui, que cela ne pourrait jamais marcher, qu'elle l'aimerait toujours et qu'elle ne l'oublierait jamais…

Puis elle avait imaginé son chagrin et sa peine quand il lirait la lettre, chagrin qu'il emporterait avec lui dans la bataille, avec lequel il mourrait peut-être – aussi l'avait-elle déchirée et jetée.

Quatre fois de suite.

Il lui manquait quelqu'un avec qui parler ; mais elle avait beau réfléchir, elle ne voyait pas qui. L'idée de confesser à l'un des Lytton qu'elle trompait John, John si bon, si gentil et qu'ils aimaient tous, était horrible. Cela signifiait affronter sa mauvaise conscience, et pire encore, leur dire : « Regardez-moi, je ne suis pas la femme loyale, morale que vous imaginez, je suis mauvaise, fourbe, sans scrupule, intéressée… »

Elle en arrivait presque à espérer qu'ils le découvriraient par eux-mêmes, que l'un d'entre eux la verrait avec Laurence. C'était possible : elle avait pris une permission de quinze jours, à laquelle elle avait droit depuis longtemps, et ils sortaient beaucoup car Laurence voulait visiter Londres, goûter à tout ce que la ville avait à offrir. Tous les soirs, quand ils entraient au Berkeley, au Ritz ou au Mirabelle, au théâtre ou au cinéma – Laurence avait une passion enfantine pour le cinéma, il avait voulu voir *Dangerous Moonlight* quatre fois et *Mrs Miniver* cinq –, elle promenait un regard circulaire sur la salle, de crainte et d'espoir mêlés, s'attendant à y voir un visage familier mais n'en apercevait jamais aucun. N'attends pas que je t'aide, semblait lui dire le destin, tu dois faire ton sale travail toute seule ; sauf qu'elle ne pouvait pas, elle n'en avait pas le courage. Elle toujours si courageuse et si déterminée…

Parfitt pressentit quelque chose ; elle remarqua les yeux cernés de Barty, sa nervosité, et déclara d'un air entendu, avec une tape sur la joue et une nuance d'admiration dans la voix :

— Tu as fait un mauvais coup, hein, Miller, petite cachottière ?

Mais elle ne comprenait pas vraiment ; elle pensait que Barty était juste sortie danser avec quelqu'un, ou même dîner, et ensuite s'était laissé peloter un peu, comme elle disait. Elle n'avait pas idée – et comment l'aurait-elle pu ? – de l'affreuse et brutale trahison de Barty ; son commentaire était cru et pragmatique :

— Ne te mets pas dans des états pareils. Il faut prendre son plaisir là où on le trouve. C'est la guerre, n'oublie pas. Et ce que les yeux ne voient pas, le cœur n'en souffre pas.

En pensant à ce que le cœur de John souffrirait si ses yeux entrevoyaient seulement ce qui se passait, Barty se contenta d'un rapide sourire, sans répondre.

Laurence, resté patient (selon ses critères) pendant les premières semaines, la pressait maintenant de fixer une date pour le mariage.

— Je ne te comprends pas, lui disait-il. Ce sera merveilleux ! Et peut-être que l'occasion ne se représentera pas avant longtemps... J'ai les papiers, regarde, dans mon portefeuille, tout prêts.

Tout ce qu'elle avait à faire, comme il le lui répétait, c'était l'accompagner dans un bureau d'état civil et suivre les instructions.

— Laurence, je ne peux pas, tu ne comprends pas... Je dois le dire à John et...

— Barty, combien de temps est-ce que ça prend ? Cinq minutes ! Tu peux lui envoyer une lettre très gentille, en lui disant juste que tu vas m'épouser moi et pas lui...

— Je ne sais pas comment tu peux être aussi... stupide, lui rétorqua-t-elle, en pleurant et riant en même temps. Imagine combien il va être blessé !

— Tu me l'as bien fait, à moi !

— C'était différent.

— Pourquoi ?

— Eh bien... parce que tu avais fait quelque chose de très mal, j'avais une bonne raison.

— Pas très mal, non (et sa sincère indignation effraya Barty, pour tout ce qu'elle révélait de son aveuglement sur lui-même). Maladroit, je te l'accorde, mais pas plus ; d'ailleurs, je t'ai dit que j'étais désolé et...

— Laurence, je t'en prie ! s'exclama Barty. Je t'en prie, essaie de comprendre !

— J'essaie, riposta-t-il, et manifestement il était sincère, à voir le mélange d'angoisse et de perplexité peint sur son visage. J'essaie très fort, mais je ne vois pas pourquoi il serait si bouleversé...

— Parce qu'il m'aime !

— Pas vraiment, non, dit-il en jouant avec des boucles de ses cheveux, qu'il enroulait autour de ses doigts. Il ne t'aime pas comme je t'aime. Il n'est pas dévoré par toi, tu n'es pas sa vie entière. Il sera un peu bouleversé, je peux le comprendre. Mais ensuite il récupérera, trouvera quelqu'un d'autre et sera beaucoup plus heureux. Tu ne pourrais jamais retourner vers lui maintenant, après ce qui s'est passé. Ce serait malhonnête.

Parmi tout ce qu'il avait dit, c'était la seule chose de vraie, d'incontestable. Elle ne pouvait plus retourner vers John.

On avait décerné la Military Cross à Giles.

Cela faisait presque deux semaines qu'il était rentré à la maison. Le quasi-fantôme qui était sorti du bateau-hôpital, maigre, épuisé par la douleur, fiévreux à cause de sa jambe infectée, redevenait peu à peu lui-même ; mais sa jambe refusait de guérir. La gangrène menaçait ; on lui avait donné le nouveau médicament miracle, la pénicilline, et au début son état s'était amélioré, mais la douleur et l'infection étaient ensuite revenues.

— Il doit y avoir encore quelque chose là-dedans, mon vieux, avait dit le chirurgien, avec une tape d'encouragement sur son bras. J'espérais qu'ils avaient tout enlevé, mais il va falloir qu'on jette à nouveau un coup d'œil.

Ils avaient prévenu Helena que s'ils ne trouvaient pas la cause du problème, ou s'ils trouvaient trop de tissus morts, il faudrait peut-être l'amputer.

Pour finir, ils purent sauver sa jambe. Le chirurgien trouva un éclat d'obus profondément enfoui, le retira, et même s'il pouvait y avoir quelques séquelles au niveau musculaire, Giles devait en principe bien récupérer.

— Venetia, tu ne vas jamais croire ça...

— Croire quoi ?

— Je sortais du studio de Cedric aujourd'hui, les bras pleins de choux, ne me demande pas pourquoi...

— Pourquoi ?

— Ne sois pas énervante. Quand j'ai vu Barty.

— Et alors ? Qu'est-ce que ça a de si étonnant ? Elle est en permission. Elle est venue l'autre jour voir papa et maman.

— Ce n'est pas ça. Elle était...

Une longue pause, puis :

— Elle était avec quelqu'un.

— Quoi, tu veux dire... ?

— Oui.

— Pas... ?

— Non, bien sûr que non. Il est en Italie, le pauvre chéri.

— Eh bien...

L'esprit de Venetia cherchait désespérément une explication – sans savoir au juste pourquoi elle voulait à tout prix en trouver une.

— C'était peut-être un collègue de l'armée...

— Venetia, voyons... Il avait le bras autour de ses épaules.

— Il était en uniforme ?

— Oui.

— Alors...

— Oh, pour l'amour du ciel... C'était un uniforme américain.

— Tu crois que c'était... ?

— Je ne sais pas. Je n'ai jamais vu de photo de lui. Mais peut-être, oui. Il était divinement beau. Des cheveux blond-roux, assez grand... Je n'en ai pas vu beaucoup plus. Il avait l'air riche, en tout cas.

— Ils ont tous l'air riche. Je me laisserais bien tenter par un d'entre eux, moi aussi.

— Pareil pour moi. En tout cas, il était terriblement séduisant, je peux te le dire.

— Mon Dieu, s'écria Venetia, je n'arrive pas à le croire. Sainte Barty... Et avec le pauvre vieux John là-bas, qui se bat pour le roi et pour le pays.

— Je sais. En plus, il est marié, n'est-ce pas ? Si c'est bien lui.

— De pire en pire.

— Ou de mieux en mieux. Mais ça m'a plutôt l'air... invraisemblable. Comment on pourrait en avoir le cœur net ?

— Dieu seul le sait. Elle ne le dira jamais. Mais je suis désolée pour ce si gentil John, pas toi ?

— Terriblement désolée. Il était parfait.

— Comme elle. Sauf qu'elle ne l'est plus. Il faut que je raconte ça à Boy. Il a toujours été un peu... en froid avec Barty. Il va être choqué.

Elles l'emmenèrent boire un verre pour lui raconter l'histoire ; il ne fut pas choqué, mais amusé.

— Eh bien, eh bien, comme c'est drôle. Mais il ne faut pas en tirer des conclusions trop rapides...

Les jumelles échangèrent un clin d'œil.

— Oh, Boy, voyons ! s'exclama Venetia. Sainte Barty a une liaison avec un homme, un homme remarquablement riche et vicieux, s'il faut en croire Maud, alors qu'elle est fiancée à un autre...

— Vous n'êtes pas sûres que c'est lui. Ça pourrait être un autre Américain qu'elle a rencontré. Il y en a énormément ici. Un million et demi, je crois.

— En tout cas, reprit Adele, je l'ai vu et il pourrait très bien être le frère de Maud. Même peau, même teint, même allure...

— L'avenir nous le dira. Est-ce que l'une de vous est prête à lui poser la question ?

— Bien sûr que non, répondirent-elles à l'unisson.

Adele raconta l'affaire à Sebastian. Cette histoire l'avait bouleversée : elle-même si fidèle à Luc, si décidée à l'attendre, elle était très choquée par la trahison de Barty. Que Barty pût se conduire aussi mal, c'était à ses yeux une certitude de plus qui s'effondrait. Barty, si vertueuse et si bonne, trompant l'homme qu'elle était censée aimer, l'homme qui l'aimait tant ! Qu'arrivait-il à ce monde dans lequel elle avait vécu autrefois, ce monde d'amour et de fidélité, de promesses tenues, d'engagements qu'on respectait ? La guerre détruisait-elle aussi les idéaux et l'intégrité morale, en plus de tout le reste ?

Tout son avenir, même son passé, était remis en question ; toute source de bonheur était ténue, tout motif d'espoir, précaire. Luc avait peut-être survécu, il vivait peut-être à Paris sain et sauf – bien que les messages eussent cessé depuis plus de neuf mois. Mais cela paraissait improbable. Un sentiment d'échec l'accablait, elle se sentait de plus en plus abandonnée, de plus en plus seule au monde.

S'il n'y avait pas eu son travail, elle serait sans doute devenue folle ; et même ainsi, avec son succès grandissant et la satisfaction qu'il lui apportait, elle se sentait abattue, perdue.

D'autres hommes, de vieux amis revenant à Londres en permission, l'invitaient à dîner, à danser, la conviaient parfois dans leur lit. Elle appréciait de sortir, mais avait toujours refusé d'aller au lit, même si elle était très tentée par moments ; c'était pour Luc, tant qu'il y avait un espoir qu'il revienne. Elle devait l'attendre, jusqu'à ce qu'elle sache.

Sebastian la trouva en larmes un après-midi, assise, seule, dans le hall d'entrée de Curzon Street. Elle était venue voir Venetia, comptant dîner avec elle, mais l'avait trouvée qui partait pour la journée avant de sortir le soir au théâtre avec Boy, et ensuite dîner.

— Il repart bientôt, lui avait-elle dit pour s'excuser, et elle avait ajouté, avec un brin de réticence dans la voix qui ne pouvait échapper à Adele : Viens avec nous, si tu veux...

— Ne sois pas stupide, lui avait-elle répondu d'un ton enjoué, tu me vois tenir la chandelle ? Amusez-vous bien.

Et elle s'était assise, pour réfléchir à sa soirée ; elle avait vite trouvé cela si déprimant que, quand Sebastian lui demanda ce qui la contrariait, elle leva vers lui un visage tremblotant.

Il lui prêta un mouchoir. Puis il lui proposa de dîner chez lui.

— Je suis seul moi aussi, nous pourrons nous épancher sur l'épaule de l'autre. Viens, ça te fera du bien.

Une fois là-bas, alors qu'elle mangeait l'excellente tourte au lapin de Mrs Conley – bien meilleure que celle de Cheyne Walk, lui affirma-t-elle –, elle essaya de lui expliquer. De fil en aiguille, elle lui en raconta toujours davantage sur ses remords et son sentiment d'échec ; puis, après qu'il lui eut dit combien c'était absurde, elle en vint à lui raconter l'histoire concernant Barty, combien cela l'avait mise en colère et rendue amère. Il se montra très apaisant, très rassurant, lui promit de ne rien dire à personne ; surtout, il comprit sa réaction.

— Il n'y a rien de pire que la mauvaise conduite récompensée, observa-t-il, un sourire amusé au coin des lèvres. Surtout quand on lutte soi-même pour bien se conduire. J'avoue que je suis surpris par Barty. Même si, la connaissant, je suis sûr qu'elle est au supplice.

— J'espère bien ! Pauvre John...

— Peut-être qu'elle lui a tout dit.

— Il ne doit pas en être beaucoup plus heureux pour autant.

— Non, mais en tout cas, ce n'est pas lui notre souci principal. Concentrons-nous plutôt sur toi.

— Oui, pourquoi est-ce que ça me fait un tel effet ?

— Le bonheur des autres, surtout quand il est mal acquis, est difficile à supporter quand on est soi-même malheureux.

— Sebastian, quand les choses s'arrangeront-elles ?

— Jamais, dit-il d'un ton presque joyeux. Désolé... On s'y habitue, c'est tout. Encore aujourd'hui, je pleure quand je me rappelle Pandora et combien je l'aimais, ou quand quelque chose me la rappelle avec force.

— Pauvre Sebastian. C'est si cruel, si injuste. Et...

Elle s'interrompit.

— Et quoi ?

— Oh, j'allais dire quelque chose d'un peu stupide.

— Vas-y...

— Voir Isabella se mettre à ressembler à sa mère en grandissant, ça doit vous la rappeler encore plus que tout le reste...

— Oui, c'est très douloureux. Mais elle n'a pas la même personnalité que Pandora. Elle est plus sérieuse et aussi plus vulnérable, je le crains. Derrière le doux visage de Pandora, il y avait une petite personne très solide, alors qu'Isabella risque d'être souvent blessée par la vie. J'aimerais beaucoup pouvoir lui éviter ça.

— Vous ne pourrez pas. Personne ne peut éviter le malheur aux autres. C'est la plus charmante fille qui soit, en tout cas. Mes enfants l'adorent. Je suppose qu'elle travaille très bien à l'école ?

— Extrêmement bien, oui. Et c'est là un autre problème : elle est très ambitieuse. Ça comporte toujours des risques, surtout chez une femme. Ça conduit inévitablement aux ennuis.

— Qu'est-ce qu'elle veut faire ?

— Oh, toute sorte de choses. Diriger sa propre maison d'édition, avoir sa propre école dans les quartiers pauvres de Londres, apporter la joie de l'instruction aux enfants défavorisés, écrire des romans et recevoir le prix Nobel...

— Ça me paraît un excellent programme, approuva Adele en riant... Kit et elle s'adorent. Elle l'a toujours aimé, mais c'est visiblement réciproque aujourd'hui. Ils passent des heures, des jours entiers ensemble pendant les vacances, juste à parler et à rire, à se promener. Et elle lit pour lui sans cesse. Je dirais même que vous pourriez bien avoir des soucis avec eux dans un an ou deux, Sebastian.

— Oh, non, fit-il d'un air détaché. Ce ne sont que des histoires de frère et sœur.

— Oui, pour le moment... Mais je dirais qu'il y a un vrai amour de jeunesse qui se développe là-derrière. Kit est très jeune pour son âge, ne l'oubliez pas. Il n'a eu qu'une petite amie et je suis sûre qu'il n'a jamais couché avec personne. Désolée, Sebastian, c'est votre excellent vin qui me fait parler. Je vous ai choqué ?

Il eut l'air, l'espace d'un instant, étonné et choqué. Puis il reprit d'un ton léger :

— Non, Adele, rien ne peut me choquer. Prends un autre verre de cet excellent vin et je te ramènerai chez toi. Je suppose que tu dors à Cheyne Walk ? Ta mère va se demander ce qui t'est arrivé.

— Je ne pense pas. Elle doit s'imaginer que c'est mon travail qui me retient. On pourrait presque entendre les guillemets quand elle prononce le mot, tellement elle désapprouve ce que je fais.

— Je l'adore, mais elle est capable d'être très bête par moments.

— Ça, c'est une déclaration courageuse !

— Viens, ma chérie, allons-y. Et ne sois pas trop sévère avec Barty. Je détesterais voir naître une querelle de famille.

— Oh, il n'y en aura pas. Il faut une menace grave, pour que naisse une querelle de famille. Et nous sommes peut-être un peu fous dans notre genre, mais il n'y a pas de sombres secrets pour nous soulever les uns contre les autres.

— Alors, tant mieux, conclut Sebastian d'un air détaché.

41

— Les nouvelles sont mauvaises, j'en ai peur. Il est mort.

La voix était si brusque et le ton si neutre que Celia avait du mal à la relier à une tragédie humaine.

— Qui est mort, maman ?

— Beckenham, bien sûr. De qui croyais-tu que je parlais ?

Comme c'était affreux, dans ce premier moment de choc précédant le chagrin lui-même, d'avoir envie de rire, envie d'avouer qu'elle avait cru qu'il s'agissait d'un cheval ou d'un chien...

Elle sourit, puis elle sentit sa bouche trembler, les larmes lui monter aux yeux ; elle s'assit, étourdie et désorientée. Son père était mort. Son père, immortel, si vieux, si courageux, si triste d'être privé de son dernier moment de gloire, l'invasion d'Ashingham. Son bel homme de père, au caractère bon et à la mauvaise conduite – une vie de travail et de courage, de loyauté au roi comme au pays, une vie consacrée à poursuivre les jolies femmes, et qui venait de prendre fin...

— Oh, maman, maman, je suis si triste... Quand, comment...

— Il y a une heure environ, répondit lady Beckenham, du même ton brusque. Le vieil idiot, c'est sa faute. Il est sorti hier soir pour vérifier les défenses. Je lui ai dit de ne pas le faire, il pleuvait à verse, résultat : il a glissé, il est tombé et s'est assommé. Shepard l'a ramené à l'intérieur, Dieu sait comment il a fait, j'ai cru qu'il allait mourir lui aussi. Ton père n'a jamais repris connaissance. Le médecin a parlé d'une sévère commotion cérébrale suivie d'une attaque. Il voulait l'emmener à l'hôpital mais j'ai refusé, je ne voulais pas que Beckenham meure dans un endroit horrible, au milieu de toutes ces femmes épouvantables. Il a eu une crise cardiaque ce matin très tôt et... voilà, c'était fini.

— Tu vas bien ?

— Bien sûr. Pourquoi est-ce que je n'irais pas bien ? Je n'ai aucun problème.

Sa voix s'était faite encore plus rude.

— Ça s'est passé le mieux possible. Bien sûr, il aurait préféré que ça arrive après l'invasion. Il avait son épée avec lui, et il a fière allure. En tout cas, viens, si tu peux.

— J'amènerai Oliver et Venetia avec moi. Quand est-ce que... je ne crois pas que tu y aies déjà pensé, mais...

— L'enterrement ? Vendredi, onze heures. Ça va pour vous ?

— Tout à fait. Nous serons là cet après-midi.

— Impeccable.

Elle lui avait fait sa toilette elle-même. Il était allongé dans le grand lit qu'ils avaient partagé pendant presque soixante-dix ans, vêtu de son uniforme de l'infanterie, ses médailles épinglées sur sa poitrine, l'épée à son côté – bizarrement docile, comme il ne l'avait jamais été dans sa vie.

Ce n'était pas lui que Celia regardait, mais sa mère : si maîtresse d'elle-même jusqu'au bout, malgré son grand âge que l'événement mettait tout à coup en évidence. Celia n'avait jamais su quel âge exact avait sa mère, mais elle devait approcher les quatre-vingt-dix ans.

Lady Beckenham lui adressa un sourire rapide.

— Je sais ce que tu penses. Qu'est-ce que je vais faire maintenant ? Continuer comme d'habitude. Sauf que je n'aurai plus à me faire du souci au sujet des femmes de chambre. La seule inquiétude me vient de ton frère James. Nous ne nous sommes jamais bien entendus, et je n'aime pas du tout sa femme. Mais nous trouverons sûrement un arrangement. Je te laisserai un moment avec lui, tu veux bien ? Ensuite nous pourrons prendre un verre ensemble.

La famille entière se pressa à son enterrement, ce qui prouvait combien tout le monde avait aimé lord Beckenham. Ils se tenaient tous dans la chapelle, une grande masse de Lytton, de sang ou par alliance, tous affligés – même Helena, avec les petits George et Mary. Beaucoup étaient en larmes parmi les enfants, et pas seulement les descendants de lord Beckenham mais aussi les petits garçons de l'école : ceux qui s'asseyaient à scs pieds sur la terrasse quand il leur racontait ses histoires (assez sanglantes) de batailles, et qui exécutaient très sérieusement des manœuvres sous ses ordres quand on le leur permettait.

— Il n'est jamais trop tôt pour commencer, leur disait-il. Vous réussirez beaucoup mieux en sports quand vous serez au collège si vous avez déjà une idée de ce qu'est l'exercice.

Sebastian avait le visage grave, Kit était livide ; Izzie leur tenait la main à tous les deux.

Billy et Joan Miller siégeaient derrière les Lytton, Billy le visage lourd de chagrin, Joan pleurant ouvertement. À côté d'elle se trouvait Shepard, qui était entré comme valet de chambre au service de lord Beckenham juste avant la Grande Guerre, et avait accédé dans les années vingt au rang de maître d'hôtel ; il garda sa tête blanche inclinée pendant tout le temps du service, serrant contre lui l'épée de lord Beckenham.

Oliver, assis dans l'allée latérale dans son fauteuil roulant, était lui-même proche des larmes. Celia le regardait et savait qu'il pensait à cette première fois où il s'était trouvé dans cette même chapelle avec lord Beckenham, jeune époux qui n'était pas celui dont il avait rêvé pour sa fille mais qu'il traitait néanmoins avec bienveillance et courtoisie. En se remémorant cette journée, à la fois joyeuse et difficile, elle lui sourit ; il comprit et lui sourit à son tour.

Barty elle aussi était là, pâle, amaigrie. Boy lui proposa de venir s'asseoir avec eux ; à sa grande surprise, tandis que les larmes lui montaient aux yeux et qu'elle luttait pour les refouler, elle le sentit qui prenait sa main et la serrait.

Jay et Gordon étaient venus ensemble, très pâles également, visiblement secoués par cette nouvelle perte. La petite Noni, si proche de lord Beckenham, sanglotait en silence tout en se cramponnant à la main de sa mère. Les jumelles pleuraient toutes les deux, au point que lady Beckenham les regarda en fronçant les sourcils : ce fut suffisant pour faire aussitôt cesser leurs larmes. Elle-même avait les yeux secs et gardait son maintien habituel ; jamais son affirmation qu'il était mal élevé de montrer ses émotions en public n'avait reçu démonstration plus éloquente.

Les prières terminées, Kit se leva et s'avança, aidé par Sebastian. Il se tint devant l'assistance, silhouette droite et courageuse, et prit la parole.

— Je sais que vous aimiez tous lord Beckenham, et aussi que certains d'entre vous doivent se demander pourquoi c'est moi qui suis ici, plutôt qu'un de ses enfants. La réponse, c'est que lady Beckenham me l'a demandé, parce que j'ai passé plus de temps avec lui que personne d'autre ces dernières années, et elle a senti que j'étais le mieux placé pour parler de l'homme qu'il était devenu, et celui qu'il avait été. Ce que je crois, c'est que ces deux hommes n'en faisaient qu'un : même à son âge, il était toujours aussi vivant, amusant, courageux, vigoureux – et surtout optimiste. C'est la plus grande leçon qu'il m'a apprise. Dans mes heures les plus sombres, c'est lord Beckenham qui me faisait rire, qui n'avait pas peur d'affronter ma dépression en face, de me parler avec simplicité et franchise de ce que j'avais perdu, de me faire comprendre que la vie continuait à me favoriser de bien des façons. C'est lui, en réalité, qui m'a inspiré mes livres, qui m'a conduit à les écrire. D'ailleurs, quand le bruit est arrivé jusqu'ici que mon premier livre était un succès, il m'a rappelé assez fermement, et avec pas mal d'autosatisfaction, que sans lui je ne l'aurais jamais écrit. Il s'est même montré assez insistant sur le fait qu'une part des bénéfices devait lui revenir (il y eut quelques sourires dans l'assistance, et même des rires étouffés), et j'ai un peu de honte de l'avouer mais je n'ai pas trouvé le temps de prendre les dispositions nécessaires pour honorer ma dette.

« Il était un exemple et un modèle pour nous tous qui le connaissions : comme soldat valeureux, comme propriétaire foncier prospère et plein de sollicitude, et pour sa famille comme mari merveilleux, père dévoué, grand-père et arrière-grand-père très aimé, à juste titre. Le monde sera plus pauvre sans lui, mais nous ne devons pas le laisser nous quitter. Nous devons continuer à mettre en pratique tout ce qu'il nous a appris. Dans ces temps difficiles, il est plus nécessaire que jamais d'être comme lui : courageux, optimiste, compatissant, sans préjugés, et surtout joyeux de cœur et d'âme.

« Je lui dis adieu, en votre nom à tous, conscients de tout ce que nous lui devons. Merci. »

— Oh, Kit, lui dit Barty un peu plus tard en le prenant par le bras tandis qu'ils revenaient du cimetière, c'était magnifique. Personne d'autre que toi n'aurait pu mieux dire.

— J'espère bien. Je ne voulais pas laisser tomber grand-mère.

— Tu ne l'as pas laissée tomber. Tu sais qu'elle a même dû se moucher, après ? J'ai cru pendant un moment qu'elle allait se mettre à pleurer.

— Oh, c'est si commun, murmura Izzie qui marchait avec eux, imitant parfaitement la voix de lady Beckenham.

Ils rirent, mais elle se retourna nerveusement.

— Ça se fait de rire à un enterrement ?

— Absolument, dit Barty d'une voix ferme. Parfois, c'est même la meilleure chose à faire. Pense combien lord Beckenham serait content... Il n'aurait sûrement pas voulu que les gens pleurent. Il aurait dit : « Toutes ces pleurnichardes ! Je ne peux pas supporter les bonnes femmes qui pleurnichent. »

— À moins qu'elles soient vraiment très jolies, ajouta Izzie, et elle pouffa de nouveau.

Après le thé, les choses se gâtèrent.

Ils étaient réunis autour de la grande table de la salle à manger, dans la bonne humeur toujours un peu contrainte d'après un enterrement. Épuisée par la journée et par son effort pour rester maîtresse d'elle-même, lady Beckenham les pria de l'excuser le temps qu'elle aille aux écuries.

— Ce n'est sûrement pas nécessaire, maman, dit James. Miller peut voir ça pour toi.

— James, dit Celia, en prenant sa voix qui faisait frissonner les cœurs de tous les Lytton, maman veut s'en occuper.

Le cœur de James resta impassible :

— Celia...

— James ! répéta-t-elle.

Cette fois, il garda le silence.

— Eh bien, décréta Jay, nous devrions rentrer. Je dois être à la caserne demain à la première heure.

— Où es-tu basé maintenant ? demanda Venetia.

— Oh... là-haut en Écosse. Pour l'instruction, tu sais...

— Toujours avec les planeurs ?

— Oui.

— Moi aussi, je dois partir tôt demain, annonça Boy, visiblement heureux de saisir l'occasion, donc peut-être que nous devrions...

— Je peux mendier une place, Jay ? questionna Barty.

— Nous en avons sûrement une, pour une petiote... N'est-ce pas, Gordon ?

— Bien sûr. Vous êtes vraiment très maigre, Barty. J'espère que vous mangez assez.

— Tout à fait, oui.

— Et puis, regardez-ça, vous montez au combat pour nous défendre, c'est remarquable de la part d'une fille toute jeune et mince comme vous...

— Je... je ne suis pas la seule, bredouilla Barty, dans sa hâte à relativiser son importance.

— Oui, il y a aussi la jeune Victoria, une fille formidable... Mais vous êtes la seule femme combattante parmi nous aujourd'hui, c'est pour cela que je l'ai mentionné. C'est très bien, très courageux...

Quelque chose se rebella en Adele ; fichue Barty, obtenant les éloges une fois de plus, se distinguant comme toujours... La tristesse de la journée, la perte de son grand-père, qui réveillait le souvenir d'une autre perte, d'une autre tristesse, lui en firent dire bien plus qu'elle ne l'aurait voulu.

— Oh, Barty est absolument merveilleuse, n'est-ce pas ? Elle remporte pratiquement la guerre à elle toute seule. Nous l'admirons tous tellement...

— Adele... murmura Sebastian, mais elle l'ignora.

— Et John, comment s'en sort-il, là-bas en Italie, Barty ? Il va bien ? Il doit te manquer terriblement, non ?

Barty la contempla, très pâle, les yeux inquiets.

— Il me manque, oui...

— Mais peut-être que tu n'as pas eu de nouvelles récentes ? C'est terrible de ne pas avoir de nouvelles des gens. Je le sais bien moi-même, même si je ne suis pas une combattante... On imagine le pire, tout le temps. Et on se sent si seule, n'est-ce pas ? Même si toi, tu peux maintenir ton moral grâce aux autres filles de ta caserne.

— Oui...

— Mais peut-être que tu as trouvé quelqu'un qui peut te réconforter ?

— Dell, dit Venetia, si nous...

— Parce que moi, poursuivit Adele, je n'ai personne, et je ne voudrais à aucun prix avoir quelqu'un tant que Luc est vivant. Je trouve ça affreux, ce que font certaines femmes, trahir leur mari. Ou leur fiancé. Qu'est-ce que tu en penses, Barty ?

— Adele, devons-nous vraiment avoir cette conversation maintenant ? demanda Barty. Ce n'est pas le meilleur moment ni le meilleur endroit...

— Ce serait quoi, pour toi, le meilleur endroit ? Un lieu tranquille et intime où tu pourrais tout me raconter sans que personne d'autre t'entende ? Tu préférerais ?

— Adele, intervint Boy, chère Adele, je t'en prie...

— « Chère Adele » quoi ? « Tais-toi, ne contrarie pas Barty » ? « Ne mets pas les gens au courant, ils ne doivent pas savoir qu'elle n'est pas aussi parfaite que tout le monde le croit » ?

— Adele !

La voix de Celia était froide et cassante.

— Adele, arrête immédiatement. C'est scandaleux de se comporter si mal dans un tel moment. Je n'ai aucune idée de ce que tu racontes, mais...

— Je vais te le dire, dit Adele en se tournant vers sa mère, les yeux brillant de larmes. Je vais tout te raconter sur ta chère Barty et...

— Non, Adele. Tu vas rester tranquille. Si tu veux me parler, tu peux le faire en privé. Je vais dans ma chambre, je ne veux pas en supporter davantage. Tu peux venir me retrouver là-bas si tu le souhaites.

— Je ne souhaite rien, cria Adele en commençant à sangloter, rien du tout, sauf que Luc revienne... Et savoir qu'il est sain et sauf...

— Viens, ma chérie.

C'était Sebastian, la voix douce mais ferme.

— Viens faire un tour avec moi. Ç'a été une sale journée, nous devrions tous prendre un peu l'air. Isabella, tu veux bien emmener Noni et Lucas jusqu'au ruisseau ?

C'était davantage un ordre qu'une question ; Izzie, habituée depuis toujours à obéir, se leva aussitôt.

— Bien sûr. Venez, tous les deux, je vais vous montrer comment on construit un barrage.

— Alors, qui le sait à part Adele ? demanda Barty.

Sa voix était pesante et comme exténuée.

— Venetia, répondit Sebastian. Et Boy, je crois. C'est Adele qui me l'a raconté, elle était bouleversée.

Barty ignora la fin de sa phrase.

— Et comment savent-elles ?

— Adele t'a vue. Avec le type en question.

Elle ne répondit rien et Sebastian la scruta.

— Est-ce que c'est... ?

— Oui, c'est lui. Laurence Elliott.

— Ah.

Elle faillit se mettre à pleurer, mais reprit aussitôt le contrôle d'elle-même.

— C'est affreux, Sebastian, atroce. Je ne sais pas quoi faire. J'ai tellement honte et pourtant je ne peux pas, je ne peux pas...

— ... t'en empêcher ?

Sa voix était douce, ses yeux presque amusés.

— C'est exactement ça, je ne peux pas m'en empêcher.

— On ne peut jamais, dit-il simplement, puis il s'assit sur un tronc d'arbre et tapota la place libre à côté de lui. Assieds-toi, viens.

Mais elle secoua la tête et resta debout, les yeux fixés sur lui.

— Vous avez l'air de savoir à quoi ça ressemble...

— J'ai mené une vie assez dissolue, Barty, j'ai connu la plupart des dilemmes de l'existence.

— Mais qui, ou quand est-ce que... ?

— Ce n'est pas de moi qu'il est question pour le moment, mais de toi. Ce qui compte, c'est de savoir ce que tu peux faire.

— Je n'en sais rien. Je vous répète que je n'en sais rien.

— Eh bien, examinons un peu tes options. Un, renoncer à ce type.

— Je... je ne m'en sens pas capable.

— Alors, tu l'aimes ?

— Beaucoup, Sebastian, beaucoup. Mais il est mauvais pour moi, à tant de points de vue... Il est assez dangereux à sa manière,

400

obsessionnel, un peu fou. Vous savez tout ce qu'il a fait de mal, des choses terribles, je vous les ai racontées.

— Oui.

— Pourtant, c'est lui que je veux. Il n'est pas bon comme John, pas gentil comme John, je ne partage pas les choses avec lui comme avec John. Mais il me rend...

— Heureuse ?

— Non, pas heureuse. C'est John qui me rend heureuse. Laurence peut-être, mais sauvagement, violemment. C'est si difficile à expliquer... Quand je suis avec lui, j'ai l'impression d'être... établie. Non, ce n'est pas le bon mot. J'ai l'impression de m'être découverte, d'avoir trouvé qui je suis réellement.

— Je vois. Eh bien, ça a l'air très sérieux. Mais n'est-il pas marié ?

— Divorcé. Il veut m'épouser.

— Et...

— Et je ne peux pas l'épouser !

— Pourquoi ? S'il te donne l'impression d'être toi-même ?

— Parce qu'il me fera du mal, il n'est pas celui qu'il me faut...

— On dirait que si. Je suis désolé de jouer l'avocat du diable, mais... à beaucoup d'égards, il a l'air très bien pour toi.

— Mais il est... mauvais. Et sournois, et possessif, et difficile à vivre, et...

— Barty, l'amour n'est pas quelque chose de facile. Il ne s'installe pas confortablement dans nos vies. Les gens qui sont bien pour nous en théorie ne le sont pas en pratique. Peut-être que Laurence est celui dont tu as besoin, Dieu sait pourquoi. Et peut-être que John, malgré sa douceur et sa bonté, ne l'est pas.

Elle garda le silence, puis :

— Donc, d'après vous, qu'est-ce que je devrais faire ?

— Oh, ma chérie, je ne peux pas te le dire. Personne ne le peut.

— Et pour John ?

— Tu ne dois pas l'épouser, répondit-il d'une voix ferme.

Elle le regarda, étonnée.

— Pourquoi ?

— Parce que, même si vous aimez tous les deux Beethoven et que vous détestez les œufs à la coque, s'il était l'homme de ta vie, tu ne te comporterais pas comme ça. C'est aussi simple que ça. Mais tu es trop honnête, trop loyale pour accepter de le voir.

— Oh, non, je ne suis rien de tout ça...

— Si. Si tu aimais vraiment John, comme Adele aime ce malheureux Luc par exemple, rien ne t'aurait poussée à...

— À le tromper ?

Il lui sourit.

— J'allais dire « à retourner vers Laurence ». C'est lui, le grand amour de ta vie, même si c'est un amour désastreux. Écoute...

Il se leva et lui tendit la main.

— Je t'ai expliqué que je ne te dicterais pas ta conduite, et je maintiens ce que j'ai dit. Mais si tu penses que John n'est pas l'homme qu'il te faut, alors, à mon avis, tu dois le prévenir.

— Mais il est là-bas, en train de se battre, de risquer sa vie... Comment pourrais-je faire ça ? Ça ne peut pas attendre qu'il rentre ?

— Je te conseille de ne pas attendre.

— Mais pourquoi ?

— Parce que le monde est petit. Beaucoup de gens te connaissent, et beaucoup plus de gens encore connaissent Laurence Elliott. Et je suis sûr qu'il est loin d'être aussi discret que toi. Si John devait l'apprendre de quelqu'un d'autre, ce serait une double trahison.

— Si je comprends bien, vous voulez dire que je ne suis pas seulement une maîtresse infidèle, mais que je suis également lâche ? Quel modèle de femme... dit-elle en réussissant à sourire.

— Exactement. Je l'aurais peut-être exprimé d'une façon plus nuancée, mais en gros, c'est ça.

— Oh, Sebastian... dit-elle en lui prenant le bras. Comme j'aurais aimé être aussi avisée que vous.

— Barty, ma chérie, je t'assure qu'aucune vie n'a été vécue d'une façon moins avisée que la mienne. Maintenant, viens, ou tu vas manquer le départ de ta voiture. Tu n'as pas envie de rentrer avec les Warwick, je suppose ?

— Pas tellement, non.

— Ça s'est très bien passé, maman, dit Celia en souriant à sa mère. C'était une très belle journée. Papa aurait aimé.

— Je l'espère. Je l'ai fait pour lui.

— Tu as l'air épuisé.

— Exténué. Tu n'as pas envie de faire quelques pas, pour te détendre ?

— Bien sûr, si.

Elles sortirent sur la terrasse, puis traversèrent le pré et se dirigèrent vers les bois.

— Ça va être très dur sans lui, avoua lady Beckenham. Soixante-six ans, ça fait long. Je m'étais habituée à lui.

— Tu as été une merveilleuse épouse pour lui.

— Oui, je pense. Et finalement, il n'a pas été un si mauvais mari pour moi. Je n'aime pas beaucoup James, tu sais, déclara-t-elle à brûle-pourpoint. Il est si autoritaire, et il traite mal les domestiques. Je crains des ennuis avec Billy.

— Pourquoi ?

— Eh bien, à cause de son histoire et de la façon dont il est arrivé ici, il a tendance à se montrer un peu familier. Toujours parfaitement poli mais... décontracté. Naturel. Je ne vois pas très bien James admettre ça.

— Tu crois qu'il essaiera de se débarrasser de lui ?

— Pas tant que je serai ici, non, mais il pourrait y avoir des conflits. Il faudrait que je prévienne Billy.

— Bonne idée, oui. Est-ce que tu... tu vas rester dans la maison ?

— Bien sûr ! C'est chez moi...

— Maintenant, ça va être aussi chez James et Sarah. Et leurs ennuyeux enfants.

— J'en suis consciente, et c'est ce qu'il y a de plus fâcheux dans l'histoire. Dieu, comme cette fille est assommante ! À côté d'elle, Helena paraît captivante. De toute façon, je vais me réserver certaines pièces. Et si les choses deviennent difficiles, je pourrai toujours m'installer à la ferme. Je la reprendrai et je la dirigerai. Le nouveau fermier ne s'en sort pas très bien, je crois que c'est trop de travail pour lui tout seul. Et la maison elle-même est agréable. Je crois que je serai très heureuse là-bas.

C'était en effet une très jolie maison, une grande ferme victorienne – vraiment grande. Celia regarda sa mère d'un œil inquiet.

— Maman, tu ne peux pas vivre là-bas toute seule ! Et tu parles de diriger une ferme ?

— Pourquoi pas ? Je ne suis pas encore gâteuse, tu sais. Les écuries sont magnifiques, mieux que les nôtres à certains égards.

— Tu as quel âge exactement ? lui demanda Celia avec curiosité.

— Ça ne te regarde pas. Mais pas loin de quatre-vingt-dix. Pas très loin, en fait. Oh, mon Dieu.

Elle tira un mouchoir de son vieux manteau, se moucha férocement.

— Il va me manquer, je peux te le garantir. Je ne crois pas que j'aie envie de continuer très longtemps.

— Je parie pour encore au moins dix ans.

Elles avaient atteint les bois et s'arrêtèrent à la barrière ; lady Beckenham se retourna pour embrasser du regard le parc du domaine et les terres de la ferme au-delà. C'était difficile de voir la limite entre les deux car on avait labouré une grande partie du parc pour y faire pousser du blé et de l'orge. Mais sous le crépuscule de printemps, le tout gardait beaucoup d'allure – vaste étendue de terre qui partait à la rencontre du ciel bas et gris du fait de la pluie qui approchait, traversé de grands faisceaux de soleil rouge et doré. Lady Beckenham releva la tête et huma l'air, comme un vieux cheval de bataille :

— Merveilleuse odeur, le printemps à la campagne. Et cet endroit est agréable, il faut bien le dire. Je suis contente qu'il m'ait amenée ici.

Elle se moucha de nouveau, puis :

— Ah, oui, il y a ça encore.

— Quoi ? demanda Celia, intriguée par son changement de ton.

— Ça.

Elle tendit le doigt pour désigner Izzie et Kit, qui se promenaient dans le pré du bas en discutant avec animation ; Izzie lui tenait la main pour le conduire prudemment le long de la rivière.

— J'avais l'intention de t'en parler. Ils sont inséparables en ce moment, ça pourrait devenir un peu inquiétant.

— Maman, Izzie est une enfant.

— Elle a quatorze ans, et elle grandit. Si j'étais toi, je garderais un œil sur eux.

— Très bien. Si tu le dis.

Elle avait répondu d'un ton léger, mais une sombre inquiétude l'avait envahie.

42

— C'est injuste, lamentable... Je trouve ça presque insupportable.

— Giles...

Helena le regarda, impuissante.

— Giles, essaie de...

— Non, ne commence pas avec ça !

— Quoi ?

— Essayer de me faire accepter la situation. Je ne peux pas. Boy, Jay, Barty, tous partis faire leur boulot, et moi, le super lieutenant avec sa Military Cross, confiné...

— ... à la caserne ? acheva-t-elle sans pouvoir s'empêcher de sourire.

— Helena, ce n'est pas drôle !

— Je sais. Je suis désolée. Mais au moins tu es au ministère de la Guerre, tu as un poste...

— Un poste superbement important, foutu travail administratif... Je ne suis pas un estropié, Helena, je suis parfaitement en forme, parfaitement capable de conduire mes hommes !

— Giles, ça n'est pas tout à fait vrai.

— Mais si ! De toute façon, à quoi ça sert de parler avec toi ? Tu n'as aucune idée de ce que je ressens. Je sors.

— Sois prudent, la nuit est presque tombée... On pourrait avoir un autre raid.

— Tant mieux. J'espère que j'y resterai.

Il sortit en grommelant et Helena le suivit des yeux, compatissante. Elle comprenait, en tout cas elle pensait comprendre, ce qu'il ressentait. Se voir interdire de participer à la libération de la France, au cours de ce qui allait être la plus vaste opération interarmées de cette guerre, pour un homme qui s'était montré un soldat valeureux, ce devait être un supplice. Après une vie qui avait été, sinon un échec, en tout cas pas une réussite claire et manifeste, il avait trouvé sa voie, et la gloire ; tout cela pour se la voir retirer à cette heure historique entre toutes ! C'était cruel. Mais sa jambe le handicapait, Helena le voyait bien. Certes, il avait réussi, à force de détermination et de longues heures passées dans le gymnase, à recouvrer la santé et la forme physique, mais il ne pouvait plus courir. Trottiner tout au plus, en traînant sa mauvaise jambe derrière lui. Non, il ne pouvait plus participer à la bataille. « Vous seriez un handicap, mon vieux, pour vos hommes et pour les autres officiers, lui avait dit son commandant. Je sais ce que vous ressentez, bien sûr, mais la compagnie passe avant tout. Désolé ! On vous trouvera quelque chose, ne vous inquiétez pas. »

— Quelque chose ! avait-il rugi devant Helena ce soir-là. Tu parles ! De la paperasse à Whitehall, j'imagine...

Sa colère ne s'était pas apaisée, et il semblait en diriger l'essentiel contre elle et le reste de sa famille.

— Donc, ça y est.

— Oui, j'en ai peur.

Elle réussit à sourire et à paraître courageuse.

— Prends bien soin de toi.

— Oui.

— Ça sera peut-être dangereux.

— C'est au Lytton favorisé par la chance que tu parles, n'oublie pas. Donne-moi un baiser. Et prends bien soin de toi aussi, Victoria

Halifax, future Victoria Lytton, très bientôt. Dès qu'on aura chassé ce type.

— Je ferai attention.

— Londres est redevenu peu sûr ces derniers temps, je voudrais que tu t'en souviennes.

— Ce serait difficile de l'oublier.

Les bombardements avaient recommencé ; pas aussi forts que ceux du Blitz, mais sérieux quand même. Depuis le mois de janvier, il y avait eu de nouveau des raids, des sirènes qui hurlaient dans la nuit ; les gens retournaient aux abris et dans le métro, et quelqu'un qui voulait chercher un logement hors de Londres se voyait offrir un voyage en train gratuit. Là encore, beaucoup de dégâts avaient été commis ; des rues entières à nouveau détruites, les deux prisons de Wormwood Scrubs et Wandsworth sérieusement endommagées, ainsi que la Horse Guards Parade ; le 10, Downing Street avait vu ses fenêtres voler en éclats. En outre, à la grande tristesse des Lytton et du reste du monde littéraire, la Bibliothèque de Londres avait été touchée au mois de février, vingt mille livres avaient été perdus.

Jay partait pour l'Écosse suivre un entraînement intensif. Il se préparait pour une opération aéroportée à grande échelle – dont il ne connaissait pas encore les détails. Il était toujours lieutenant (mais sur les tablettes pour être nommé capitaine) et chef de section.

Dans le train, cette nuit-là, ce ne furent que discussions et spéculations sans fin sur la date du débarquement : la semaine prochaine, le mois prochain, en mai, en juin…

Personne ne connaissait le moment exact. Pas même Eisenhower, commandant en chef de l'opération Overlord, comme on l'avait appelée, ni son entourage, ni Mountbatten, ni Churchill.

Mais tout le pays s'y préparait : tout le monde participait à l'effort de guerre dans un grand élan national.

— Je vais travailler à l'usine de munitions de Slough, annonça Adele à lady Beckenham. Je dois faire ma part plutôt que de continuer à prendre de stupides photographies.

— Ils seront contents de t'avoir, j'en suis sûre.

— Si ça ne pose pas de problème de laisser les enfants seuls tous les jours…

— Ne t'inquiète pas pour les enfants. Ils ont plus besoin de la victoire que de quelqu'un auprès d'eux en permanence.

Adele aima travailler à l'usine ; elle regretta même de ne pas l'avoir fait plus tôt, assise à son poste au milieu du vaste bâtiment en même temps que des centaines d'autres femmes ; l'énergie qui se dégageait de l'ensemble était presque palpable. Adele fabriquait des obus. Le bruit était assourdissant ; des émissions de « Musique au travail » et autres programmes de variétés diffusés par les haut-parleurs se perdaient dans la masse. On ne voyait pas par quel miracle quelqu'un aurait pu en saisir une note.

Ils avaient accueilli sa candidature avec reconnaissance. Toutes les usines tournaient à plein régime. Plus tard, elle apprit que treize mille avions, dix-sept mille chars et des millions de bombes et d'obus avaient été produits au cours de ces quelques mois de frénésie. Tout ce qu'elle savait pour l'instant, au milieu des machines vrombissantes, c'était que pour la première fois depuis son exode sur les routes de France, elle avait le sentiment d'appartenir à un grand tout, immense, essentiel.

Tous les jours, dans le bus qu'elle prenait pour aller au travail, les gens parlaient des routes et des voies ferrées qu'on fermait pour les réserver aux convois militaires qui se dirigeaient vers la côte, des habitants du Sussex et du Kent qu'on relogeait provisoirement, des immeubles réquisitionnés, des millions de soldats qu'on acheminait sur place. L'air, ce printemps-là, semblait vibrer d'excitation et d'énergie.

Pour Adele, la libération de la France, si elle réussissait — et comment ne pourrait-elle pas réussir, avec tous ces moyens qu'on y mettait —, signifiait la libération de Paris, et donc aussi celle de Luc. Ce ne serait plus très long désormais. Alors, elle saurait...

— Au revoir, ma chérie.

— Au revoir, Boy. Prends bien soin de toi.

— Il faudra bien, puisque je n'aurai personne d'autre pour le faire...

— Boy, ce n'est pas drôle.

— Je sais. Mais c'est excitant d'être si près de les battre enfin. Comme je suis impatient !

— Tu as une idée du moment ?

— C'est pour bientôt. Fin mai, début juin, d'après les avis les plus officiels. On nous en apprendra un peu plus quand je serai là-bas. Pas beaucoup plus, d'ailleurs. Après tout, comme le disait Mountbatten, l'arme la plus efficace dans une invasion, c'est l'effet de surprise.

— Et toi, tu seras...

— Oh, Dieu seul le sait. Quelque part en France, sur un char. Sabre au clair. Ne t'inquiète pas, chérie, tout ira bien.

— Je l'espère...

Il repartait avec les grenadiers : commandant de compagnie

d'une division blindée. Ils allaient beaucoup s'entraîner, sur les plages et dans les vagues. « Presque aussi dangereux que pour de vrai », lui avait dit son commandant d'un air réjoui.

Boy imaginait que leur destination serait soit la Normandie soit le Pas-de-Calais. Il préférait plutôt Calais, les plages de Normandie n'offrant guère d'abris.

L'idée que tout cela fût sur le point de finir paraissait presque inconcevable. Il repensait avec une certaine perplexité au monde qui constituait sa vie autrefois : les terrains de golf, les champs de courses, sa salle des ventes ; qu'allait-il faire une fois la guerre finie ? En tout cas, il faudrait une vraie occupation, absorbante. Surtout maintenant que sa femme, sa Venetia jadis oisive et sans cervelle, était devenue une femme d'affaires influente et dynamique, la direction financière et commerciale de Lytton reposant sur ses (fort élégantes) épaules. C'était même une pensée quelque peu dérangeante.

Mais on n'en était pas encore là. Il allait y avoir un peu de bagarre avant. Il invita Giles à prendre un verre au Reform, la veille de son départ ; c'était une erreur, Giles était maussade, presque hostile.

— Je me sens fichtrement inutile. Et furieux, aussi.

— Tu ne devrais pas te sentir furieux, lui répondit Boy. Tu as déjà accompli largement ta part. Et ici, tu vas faire quelque chose de très utile, d'après ce que tu nous as expliqué.

Il lui jeta un regard noir.

— C'est facile pour toi de dire ça alors que tu vas être au front, en plein dans la bagarre. Pendant que je serai assis à Whitehall, en train de faire joujou avec des téléphones, ou de me tourner les pouces. C'est tellement injuste…

— Giles, mon vieux…

— Ne me dis pas « mon vieux », s'il te plaît. Je suis un soldat, et même un sacrément bon soldat…

— Personne n'en doute.

— Alors, comment est-ce qu'une jambe à peine estropiée pourrait changer ça ? Changer mes capacités à entraîner, diriger, mener les gars ?

— Et à courir, Giles ?

— Hein ?

— Ça va être une bataille atroce, vraiment atroce. Un peu comme ce qu'on a connu dans le désert, une bataille pour tuer, comme disait Monty. Quelqu'un qui ne serait pas physiquement prêt à cent pour cent serait un sérieux handicap, Giles.

Giles partit, laissant sur la table son whisky-soda à moitié plein et faisant claquer la porte du club derrière lui. Boy le suivit des yeux et, pour la première fois de sa vie, il éprouva une vague de sympathie envers Helena.

— On déménage sur la côte sud, dit Barty. À Rye.
— J'aimerais tant que tu n'aies pas ces choses dangereuses à faire...
— Mais ça me rend heureuse.
— Quand pars-tu ?
— Dans une semaine. On sera logés sous la tente, paraît-il.
— Des tentes... Ça m'a l'air vulnérable.
— Oui, mais il n'y a sûrement pas d'abris souterrains là-bas. Je crois qu'on aura des abris Morrison.
— Dans les tentes ?
— Oui.
— Oh, Barty, je voudrais pouvoir t'arrêter...
— Tu ne peux pas, pas plus qu'on ne peut arrêter l'ensemble de l'opération.
— Et... est-ce que tu as obtenu une permission supplémentaire ?
— Oui, vingt-quatre heures. De samedi à lundi.
— Grâce à Dieu. Je t'attendrai.

Il possédait une clé de chez elle et avait profité de son absence pour remplir son intérieur de trésors. De beaux meubles, choisis pour s'y accorder : rien de grand ni de prétentieux, des sièges ravissants, une table Regency, des tapis persans, un miroir français, quelques tableaux.

Au début, cela l'avait irritée :
— C'est chez moi, comment as-tu osé ?
— Barty, c'est chez nous, maintenant... Tout est à nous, la vie est à nous, ceci est à moi et mes maisons sont à toi, c'est si simple...

Quand elle eut récupéré du choc initial, elle fut touchée par le soin et l'attention qu'il avait mis dans le choix des objets. D'autres choses plus personnelles s'y ajoutèrent, une montre en diamant de chez Cartier, un manteau de vison, des déshabillés de soie, un plein tiroir de bas Nylon, du parfum Chanel...

— C'est scandaleux, dit-elle en riant, assise sur le lit. Nous sommes censés faire des économies, pas dépenser notre argent dans le luxe... D'ailleurs, comment as-tu trouvé tout ça ?
— Je n'ai jamais très bien compris en quoi ne pas dépenser d'argent pouvait aider à gagner la guerre. Comment je l'ai trouvé ? J'en ai apporté une partie de New York. Pour le reste... tu sais que le marché noir existe, tu peux dénicher de tout dans ton petit pays,

si tu payes ce qu'il faut. Maintenant, je voudrais que tu passes vite ce déshabillé, et ensuite que tu le retires encore plus vite. Je l'ai choisi spécialement pour qu'il soit facile à retirer.

Elle craignait d'être tombée enceinte. Ses règles étaient très en retard et elle avait tout le temps la nausée. Être enceinte maintenant – rien que d'y penser, elle en frémissait. Elle alla voir le médecin, fit un test. Trois longues et terribles semaines s'écoulèrent, puis le résultat arriva : négatif. L'après-midi même, elle eut ses règles.

— Je te l'avais bien dit, assura Parfitt (qui ne lui avait rien dit du tout). Quand il y a du retard, c'est à cause de l'inquiétude. Quand même, quel soulagement…

— Oui, comme tu dis.

Pourtant, contre toute logique, une partie d'elle-même était déçue.

Elle avait tout raconté à Parfitt, qui s'était révélée d'un grand secours.

— Je n'ai jamais pensé que John était bien pour toi, Miller. Trop… doux. Tu es une vraie dure sous tes allures distinguées.

— Mon Dieu, dit Barty, comme si je voulais avoir l'air distingué…

— Eh bien, si, désolée. De toute façon, je t'avais avertie, « Changez le nom et pas la lettre… » et le reste. Comment il s'appelle, le nouveau ?

— Elliott.

— Barty Elliott. Très chouette. Tu vas l'épouser ?

— Non, dit-elle d'une voix ferme.

— Même pas si tu es en cloque ?

— Non.

— Pourquoi ? Je croyais que tu avais dit qu'il était riche ?

— Il l'est.

— Et il est fou de toi ?

— Aussi.

— Alors… ?

— Ce ne serait pas une bonne idée, c'est tout.

— Tu es cinglée.

Elle ne mentionna pas ses craintes devant Laurence ; mais elle fut bien forcée de lui avouer qu'elle était malade, qu'elle s'était évanouie deux fois à la caserne pendant l'exercice, qu'elle avait dû rester au lit plusieurs jours – parce que cela signifiait manquer une permission de quarante-huit heures qu'elle avait réussi à obtenir et qu'elle comptait passer avec lui.

Aussitôt, il lui demanda si elle était enceinte, la voix pleine d'espoir.

— Non.

— Tu es sûre ?

— Tout à fait sûre.

— J'ai envie plus que tout au monde que tu portes des enfants de moi. Mais on a le temps.

— Laurence...

— Écoute, quand est-ce que nous pouvons... ?

— Laurence, je dois y aller. Désolée.

Elle reposa le téléphone sur son socle et s'appuya contre le mur, manquant de se trouver mal une fois de plus – sous l'effet du désarroi et de l'inquiétude. Elle ne pourrait retarder longtemps le moment de prendre une décision, et elle n'avait aucune idée de la façon dont il réagirait.

Elle avait de nouveau écrit à John mais cette fois, elle avait posté la lettre. Toujours les mêmes mots, courts, doux, le plus doux possible, et néanmoins affreux ; sauf que cette fois, il les lirait. Elle y avait été contrainte à cause des arguments sages et réfléchis de Sebastian, et également parce que Laurence menaçait d'écrire lui-même.

— Tu ne ferais pas ça ?

— Si, Barty. Ce serait un service à lui rendre. Et à me rendre aussi, d'ailleurs.

— Tu ne sais pas où il est.

— Je trouverais.

Elle le crut : la détermination obsessionnelle de Laurence alliée à la puissance du renseignement américain réussirait sûrement.

Barty espérait en retirer une sorte de paix et de soulagement, mais rien ne vint. Au contraire, elle se sentait plus maudite que jamais : son dilemme était surmonté, certes, mais elle ne cessait d'imaginer l'horreur qu'allait éprouver John, sa colère, sa douleur.

Elle prévint Laurence qu'elle lui avait écrit. Elle le fit par lettre ; elle n'allait pas le revoir avant plusieurs semaines et, de toute façon, cela lui semblait plus facile.

Elle se trompait. Il lui répondit aussitôt en lui demandant de l'épouser tout de suite, maintenant que plus rien ne s'y opposait ; quand elle lui écrivit qu'elle ne pouvait pas, il l'assaillit de demandes, de revendications, d'accusations, un vrai bombardement de lettres quotidiennes, certaines si passionnément amoureuses qu'il s'en dégageait presque une présence physique, d'autres si brutales et si furieuses qu'elles l'angoissaient. Suivies encore

411

d'autres, souvent le même jour, pleines de remords et la suppliant de lui pardonner.

Ces lettres étaient peut-être ce qui l'effrayait le plus. Elles étaient la preuve qu'il n'avait pas changé, qu'il n'était devenu ni plus facile, ni plus raisonnable, ni moins possessif. Chaque jour, elle se demandait pourquoi et comment elle pouvait l'aimer autant, et aussi ce qu'ils allaient devenir.

— Et toi ? lui demanda-t-elle ce jour-là, après lui avoir annoncé son départ pour la côte sud.

— Je ne sais pas encore. J'espère y aller avec eux.

— Comment ? Débarquer en France ?

— Oui.

— Mais ça va être une bataille terrible, ils ne te prendront sûrement pas...

— Au contraire. L'information sera cruciale pour nous. N'importe quel prisonnier de haut rang pourra très bien détenir des informations vitales. J'espère partir.

Elle ne répondit rien, supposant et espérant qu'il exagérait, comme d'habitude.

— Eisenhower, à quoi est-ce qu'il ressemble ? lui demanda-t-elle.

— Extraordinaire. Un magnifique soldat et un homme remarquable. Il a un tel contact avec les gens... Il ne se considère pas comme américain, ni britannique, ni canadien, français ou polonais, mais comme un soldat, qui fait son travail et qui veut remporter la victoire. J'ai énormément d'admiration pour lui.

Il y avait très peu de gens que Laurence admirait.

Elle finit, en jouant de son grade et en exagérant ses problèmes de santé, par obtenir une dernière permission de deux jours. Londres était étrangement vide.

— Ils sont tous partis, lui indiqua Laurence, les militaires en tout cas. Et pas mal d'autres gens. Ils ont peur. C'est à cause de ce qu'on entend, l'enfer qu'on nous prédit pour quand le débarquement aura commencé : Londres bombardé jour et nuit, les gens obligés de vivre dans les abris...

— Mais tu es toujours là.

— Je suis toujours là. Et toi aussi. Alors, qu'est-ce qui est plus important ?

— Rien, murmura-t-elle. Rien du tout.

— Bien. J'ai beaucoup de projets. En plus, on peut trouver des taxis, les restaurants et les boîtes de nuit sont vides, on va passer des moments délicieux.

Pourtant, il restait aussi affirmatif sur le fait qu'il « accompagnerait Eisenhower ».

— Tu en es sûr ?

— Aussi sûr que l'on peut l'être.

— Oh, dit-elle en le regardant – et ce fut pour elle comme une révélation absolue, la révélation de son amour pour lui – oh, Laurence, non !

— Tu ne seras pas fière de moi ? C'est ça que je veux...

Il se comportait toujours comme un enfant exigeant, capricieux.

— Oui, mais...

— Barty, dit-il d'une voix impatiente, tu es difficile à satisfaire.

— Ce n'est pas ça... Bien sûr que je serai fière de toi, tu le sais, mais...

— Mais quoi ?

— J'aurai peur, si peur pour toi, si peur de te perdre...

Il y eut un long silence puis il remarqua, de sa voix la plus douce :

— C'est bon à savoir.

— C'est vrai.

— Mais, ajouta-t-il, il ne m'arrivera rien. Je n'aurai pas à me battre pour débarquer là-bas. Je serai tranquillement derrière, avec les VIP.

Elle se tut, devinant que c'était en grande partie un mensonge.

— Je t'aime, Barty, énormément.

— Je... t'aime aussi, Laurence. Énormément moi aussi.

Il lui sourit :

— C'est le moment le plus extraordinaire de ma vie. Je ne l'oublierai jamais, jusqu'à la fin de mes jours.

— Moi non plus.

Elle resta quelque temps à le contempler, puis le questionna :

— Dis-moi, quels sont tes projets pour les deux jours à venir ?

— J'en ai fait pas mal, mais maintenant je pense que j'aimerais tout simplement rester ici.

Ils convinrent qu'il fallait quand même faire une ou deux des sorties qu'il avait projetées.

Toujours aucune lettre de John.

La dernière semaine de mai, Barty se trouvait en cantonnement près de Rye ; les filles dormaient dans des tentes de quatre, dressées dans un verger de cerisiers. Les abris Morrison promis, pour les protéger des obus, formaient une sorte de tunnel à l'intérieur des tentes. Il y avait deux lits de camp dans chacun, dans lesquels elles se glissaient en rampant chaque soir.

Elles devaient garder tout le temps leur casque lourd sur la tête, même dans le village pendant leurs soirées libres. Tous les matins, elles comptaient les marques de craie qu'elles avaient inscrites dessus, recensant leurs tirs de la nuit qui avaient atteint leurs cibles. Elles utilisaient désormais des munitions magnétiques, aussi leurs scores étaient-ils en hausse.

Elles étaient toutes trop concentrées sur leur tâche pour penser à ce qui pourrait leur arriver, trop concentrées pour porter attention au bruit ou au spectacle des obus. Tant qu'elles pouvaient crier les résultats de leurs calculs et se faire entendre des artilleurs, elles n'en demandaient pas davantage.

L'obsession du secret et de la sécurité était omniprésente. Barty avait dû signer une déclaration sur l'honneur certifiant que toutes les lettres qu'elle envoyait (limitées aux plus urgentes) ne concernaient que des « affaires privées et familiales ».

Dix ans plus tard, elle publia une histoire de cette semaine-là, celle de l'opération Overlord ; quand la côte sud de l'Angleterre semblait ne plus contenir que des troupes sur le pied de guerre ; quand l'énorme masse de camions et de chars qui s'agglutinait sur les routes depuis plusieurs semaines s'était enfin immobilisée ; quand chaque maison, chaque immeuble, chaque hôtel avait été réquisitionné, chaque plage recouverte de grands rouleaux de fil de fer barbelé, chaque champ teinté de kaki, à cause des tentes militaires ; quand chaque port avait été surchargé de navires d'attaque et de péniches de débarquement ; quand un pipeline était déjà en place sous la Manche, pour acheminer chaque jour cinq millions de litres de pétrole en France ; quand les extraordinaires ports flottants Mulberry, déjà à moitié assemblés, étaient chargés sur des barges et prêts à être remorqués sur les plages françaises pour accueillir l'énorme armada du débarquement ; quand une longue et savante série de faux préparatifs avait fait croire à un débarquement dans le Pas-de-Calais ; quand tout le pays retenait sa respiration ; quand le général Eisenhower et son état-major attendaient, impuissants, le feu vert du plus capricieux des tyrans : la météo anglaise.

Ils ne connaissaient toujours pas la date exacte : c'était impossible. Il fallait que les conditions de navigation sur la Manche soient correctes, c'était une nécessité absolue. Les prévisions étaient communiquées heure par heure à Eisenhower par le service météorologique. Il fallait compter un délai de vingt-quatre heures pour lancer l'opération, une fois qu'on aurait la certitude d'un lendemain calme – mais cette certitude n'arrivait pas. Les premiers jours de juin s'accompagnaient comme d'habitude d'une importante dépression, avec de la pluie et des vents forts, fréquents pour la saison ; une seconde dépression s'annonçait par-derrière.

La situation paraissait bloquée. Les hommes attendaient, sur leurs bateaux, sous leurs tentes, dans un long silence qui alimentait leur peur. Ils lisaient, fumaient, jouaient aux cartes, écrivaient à leurs femmes ou leurs petites amies. Et commençaient à se dire qu'ils ne partiraient jamais : même le haut commandement craignit un temps qu'il ne faille tout annuler.

Puis le miracle se produisit ; on annonça une trêve dans la météo. Elle devait arriver tard dans la journée du lundi et se poursuivre le mardi. Le matin du 5 juin, la décision fut prise.

Quand il monta dans sa voiture, Eisenhower dit à son chauffeur : « Le jour J est en marche. Rien ne peut plus nous arrêter maintenant. »

Ce fut ainsi que tout commença.

Jay Lytton fut un des premiers, avec sa compagnie D sous le commandement du major John Howard, à partir du Dorset avec son escadrille de planeurs, le soir du 5 juin. Leur objectif était l'attaque aérienne d'un pont stratégique sur le canal de Caen, immortalisé par la suite sous le nom de Pegasus Bridge. La prise de ce pont et de ses abords était capitale pour tout le déroulement du jour J ; il y passait une route vitale pour l'acheminement de munitions, de carburant et de rations jusqu'à la plage principale. Les nuages étaient épais et les conditions épouvantables ; les avions qui remorquaient les planeurs, des bombardiers Halifax, volaient à presque cent mètres devant eux, à mille huit cents mètres d'altitude, pour tromper les radars allemands et leur faire croire que c'était une simple vague de bombardiers qui s'en allaient pilonner Caen. La moindre erreur de pilotage leur serait fatale. La précision de l'atterrissage devait être absolue : trop long, et ils se fracasseraient sur la chaussée du quai, trop court, et ils alerteraient les défenseurs du pont. Pour couronner le tout, ils devaient traverser une ligne d'arbres de quinze mètres de haut. Ils avaient passé trois jours à étudier le terrain d'atterrissage, sur un modèle réalisé à l'échelle. Jay pilotait le planeur de tête ; il traversa les nuages puis attendit le largage, à deux mille quatre cents mètres au-dessus de la côte normande, et il ne ressentait ni la peur ni l'excitation, il était simplement concentré sur son objectif. Ils furent largués à quatre mille huit cents mètres des côtes françaises ; l'angle de descente était très abrupt. Ils réussirent néanmoins leur descente avec une extraordinaire précision ; ils glissèrent dans l'air dans un silence parfait, et le seul obstacle qu'ils rencontrèrent fut un troupeau de vaches, dérangées dans leur rumination, et qui s'enfuirent loin des planeurs sans faire de bruit.

L'équipage de Jay fut le seul à atterrir au bon endroit ; mais le courage et la violence de leur attaque compensa leur petit nombre. Ils atterrirent à minuit seize et, dix minutes plus tard, le pont était déjà entre leurs mains : le premier objectif, vital, du jour J était atteint. Même si, par la suite, des combats acharnés s'y déroulèrent, le pont ne fut jamais repris par les Allemands.

Comme Jay le confia plus tard à Victoria, Howard avait bénéficié d'une arme secrète : en plus de ses compétences remarquables, de la qualité de son équipement et du courage de ses hommes, il avait Lytton-le-chanceux dans sa compagnie.

Il faut dire qu'ils n'étaient pas conscients des risques : les pertes chez les pilotes de planeurs étaient estimées à six ou sept sur dix. Gordon Robinson ne connaissait pas ce chiffre, mais il mesurait le danger, et il resta assis toute la journée à écouter les comptes rendus de la radio, sans savoir où était Jay, ni s'il était vivant ou mort. Pour la première fois depuis la disparition de PM, il se félicita qu'elle ne soit plus là avec lui.

Boy n'en apprit pas beaucoup à Venetia sur cette terrible journée ; un peu comme pour son expérience du désert, il enfouit le pire au fond de lui-même.

Il survécut aux désagréments de la traversée, la mer exécrable, les petits bateaux soulevés sur deux mètres de haut par les vagues, la nausée, la terreur indicible du débarquement lui-même ; il vit le bateau qui les précédait sauter sur une mine sous-marine. Sur la terre ferme, il parcourut cinq kilomètres le premier jour, perdant beaucoup de ses hommes en chemin. Plus tard, il entendit les récits des Américains, qui avaient sans nul doute vécu le pire ; on disait qu'à Omaha Beach, on marchait sur les morts d'un bout à l'autre de la plage. Sur les cent trente mille hommes qui débarquèrent ce jour-là, neuf mille trouvèrent la mort.

Boy survécut, il fut témoin de la gratitude et du soulagement indicibles des Français qu'ils rencontraient sur leur route ; il fut bouleversé par les ravages subis par les petites villes qu'ils traversaient, leurs maisons de pierre grise et leurs places fleuries transformées en squelettes noircis. Pourtant, comme il le raconta à Venetia, une autre scène le frappa davantage : la vue de jolies filles françaises qui pleuraient tandis qu'on arrêtait leurs amants allemands. Cela lui fit comprendre, plus que tout le reste, la stupidité et l'inanité de la guerre.

Trois jours après le jour J, les tragiques nouvelles du début laissèrent place à l'optimisme. Barty revenait de la cantine après le petit déjeuner, épuisée, quand on lui annonça que le commandant la demandait.

— Quelqu'un pour vous, sergent Miller.

Elle sut immédiatement ; pourtant c'était impossible, personne ne pouvait, même pas Laurence...

C'était Laurence.

Il avait tiré toutes les ficelles, fait valoir son grade, discuté, argumenté, charmé – et il lui avait obtenu une permission.

— Seulement pour la journée, sergent. Retour à dix-huit heures.

— Comment as-tu réussi ? lui demanda-t-elle riant et pleurant en même temps, tandis qu'ils marchaient sur le chemin.

— Les colonels, même ceux de l'armée américaine, ont une certaine influence.

— Mais tu n'es même pas un vrai colonel !

— Chut. Personne ne le sait ici. En tout cas, je leur ai dit que tu étais ma femme.

— Oh, Laurence...

— Et que j'avais une mauvaise nouvelle pour toi. Que je voulais te communiquer personnellement.

— Pour le coup, c'est mal. On ne doit pas mentir sur de telles choses, alors qu'il y a tant...

— Ce n'est pas un mensonge, lui dit-il, d'une voix très douce. C'est vraiment une mauvaise nouvelle, hélas. C'est arrivé pour toi. Je... je l'ai ouverte.

Trop choquée, trop effrayée pour être en colère, elle prit l'enveloppe, une enveloppe de l'armée. En tomba alors sa lettre, celle qu'elle avait envoyée à John. Et aussi une lettre de son commandant, regrettant sa mort et le fait que cette dernière lettre n'ait jamais pu lui arriver.

— J'ignore pourquoi, poursuivit Laurence en la serrant tendrement contre lui alors qu'elle se mettait à pleurer, mais je me sens triste, très triste. Pour toi.

— Vraiment ?

— J'aurais cru que je ressentirais quelque chose de différent, mais non.

— Merci... Oh, mon Dieu, Laurence... Au moins il n'a jamais...

— Non, jamais.

Ils allèrent dans un hôtel à Playden où il avait pris une chambre.

— Laurence, merci beaucoup d'être venu...

— Ne nous emballons pas, dit-il, un sourire au coin des lèvres.

Je ne suis pas venu que pour t'apporter cette lettre, cela m'a paru une occasion à saisir. En plus, j'ai d'autres nouvelles.

— Lesquelles ?

— Je m'en vais demain.

— Pour la France ?

— Oui. On dirait qu'ils ont du travail pour moi.

Elle était trop épuisée pour ressentir quelque chose ; elle resta assise en silence, à le regarder, puis tendit la main pour toucher son visage.

— Je n'ai pas le droit de te demander de précision, n'est-ce pas ?

— Oh, tu peux si tu as envie, répliqua-t-il joyeusement. Je ne pense pas que tu vas téléphoner au QG nazi pour tout leur raconter.

— Non, finalement, je crois que je m'en abstiendrai. Je pense que je vais plutôt me persuader que tu es toujours en sécurité à Londres. Dans ma... dans notre maison.

— Très bien ! J'aime notre maison. J'aime toutes nos maisons. Écoute, j'ai quelques surprises pour toi. Je ne voulais pas passer toute la journée dans une vallée de larmes. La première... attends un peu.

Elle attendit et il réapparut au bout de quelques minutes, avec un seau à glace et une bouteille de champagne.

— J'ai apporté le champagne avec moi, j'avais trop peur qu'ils n'en aient pas ici. Mais ils ont réussi à me trouver de la glace. Prends un verre... Qu'est-ce qu'on va porter comme toast, qu'est-ce que tu suggères ? À Mr et Mrs Elliott ?

— Laurence...

— J'ai autre chose pour toi. Tiens. Je te l'aurais offerte avant, mais j'ai dû faire adapter la taille pour toi. Donne-moi ta main.

Elle tendit la main ; il lui souriait fébrilement, comme un enfant, puis il sortit une petite boîte de sa poche et l'ouvrit.

— Laurence ! Oh, mais... qu'est-ce que c'est ? Une bague, mais...

— C'est plus que ça. C'était à ma mère. La bague de fiançailles de ma mère, que mon père lui avait donnée. Maintenant, voyons... Oui. Parfait. Tes doigts sont si minces... Tu devrais manger plus, ajouta-t-il d'un ton presque sévère.

— Je... je ne sais pas quoi dire.

— Si, tu le sais.

— Je t'aime. Est-ce que ça ira ?

— Ça ira.

La bague n'était pas l'énorme solitaire qu'elle aurait pu attendre ;

418

c'était une fleur de pierres précieuses, une aigue-marine au milieu d'un cercle de petits diamants, sur un mince anneau d'or rose.

— Mon père disait qu'il avait choisi l'aigue-marine pour aller avec ses yeux. Ma mère avait des yeux extraordinaires…

— Comme les tiens.

— Oui. Mais plus verts.

— Comme ceux de Maud ?

Elle avait parlé sans réfléchir.

— Est-ce qu'on pourrait éviter de gâcher la journée ?

Il redevint l'autre Laurence tout à coup, sombre et maussade ; Barty se pencha et l'embrassa.

— Je suis désolée. Je ne voulais pas dire ça.

— Je sais, parvint-il à dire, non sans difficulté.

— Laurence, je suis extrêmement touchée par ton geste. D'autant que je me doute de l'importance que cette bague a pour toi. Je n'arrive pas à comprendre…

— Elle ne conviendrait à aucune autre femme au monde, rétorqua-t-il, d'un ton légèrement impatienté.

— Peut-être. Je suis bouleversée. Oh, mon Dieu, je dois te paraître un peu embrouillée…

— Je t'aime, peu importe ce qui sort de ta bouche.

— Je ne l'enlèverai jamais, jamais, tant que je vivrai.

Elle s'assit, contempla alternativement la bague et Laurence, puis lui sourit ; et soudain elle se retrouva en larmes, pleurant la perte de John qu'à sa manière elle aimait, même si c'était d'un amour plus doux, pleurant la cruauté de la mort, et le soulagement qu'il n'ait jamais connu sa trahison ; elle l'avoua à Laurence.

— Tu penses que c'est très mal de ma part ?

— Ne me demande pas ça à moi. Toi, tu es bonne, et donc toi seule peux juger de tes actes. Moi, je suis si totalement mauvais que je ne peux pas avoir d'avis sur le sujet.

— Tu ne le penses pas, n'est-ce pas ?

— Quoi ?

— Que tu es totalement mauvais ?

— Oh, si, répondit-il, presque satisfait. Je le sais depuis que je suis tout jeune.

— Laurence…

— Oui, Barty ?

— Tu n'es pas totalement mauvais. Je ne peux pas te laisser prétendre une chose pareille. Il y a tant de bon en toi, de généreux, de gentil, de prévenant et de… tendre. C'est absurde de le nier.

— Tu ne me trouves ni mauvais, ni méchant, ni cruel, ni

odieux ? Pourtant ce sont des mots que tu m'as jetés au visage, et plus d'une fois.

— Je voudrais que tu oublies ça.

— Je ne peux rien oublier de ce que tu m'as dit. Je me rappelle tout, tout ce que tu m'as dit depuis cette première soirée à New York. Il y a la partie agréable, la partie qui ne l'est pas, la partie insensée, et une autre intéressante. Mais tout est là, dans ma tête.

— Oh, mon Dieu, soupira-t-elle.

— Tu ne te rappelles pas tout ce que j'ai dit ?

— Bien sûr que si. Chaque mot, précisa-t-elle en lui souriant. Qu'est-ce que je pourrais répondre d'autre ? Je ne veux surtout pas te contrarier, je sais combien c'est dangereux. Mais... Laurence, qu'est-ce que tu fais ?

— Je tire les rideaux, et je ferme la porte. Et ensuite, je vais te demander de retirer cette effroyable veste. Je suis fatigué de cette discussion philosophique, je n'ai jamais trouvé ça amusant. Écoute, nous n'avons pas beaucoup de temps, rappelle-toi, juste la journée. Juste un peu plus d'une demi-journée maintenant, vraiment pas grand-chose. Viens, Barty, viens au lit avec moi.

Par la suite, elle comprit ce qu'ils avaient fait ce jour-là : ils s'étaient appris par cœur l'un l'autre. Afin que pour le restant de leurs vies, aussi longues qu'elles dussent être, ils se rappellent le toucher, la vue, le son de l'un l'autre. Cette fois-là, ce jour-là devinrent un peu d'éternité, non pas un simple après-midi mais une vie entière.

Lentement, doucement, ils s'explorèrent, comme jamais avant, comme si c'était la première fois. Ils se contemplèrent, se touchèrent, ils sourirent, pleurèrent ; leurs corps se joignirent, remuèrent, s'élevèrent, crièrent de plaisir – puis rirent de bonheur.

— C'était l'amour, dit Laurence, en la serrant, en l'embrassant. C'était l'amour, ici, dans cette pièce. Nous l'avons eu, nous l'avons vu, nous l'avons entendu.

— Oui, dit-elle en lui souriant, c'était sûrement l'amour.

Ils parlèrent aussi, ils parlèrent beaucoup. Ils revinrent sur leurs vies et ce qu'ils avaient accompli l'un et l'autre, tout ce qu'ils avaient aimé et tout ce qu'ils avaient réalisé, et aussi ce qu'ils regrettaient. Ils se confièrent des choses qu'ils n'avaient encore avouées à personne ; ils se regardèrent, étonnés de ces nouvelles découvertes, et ce fut un long voyage qu'ils menèrent ensemble – retournant vers leurs passés difficiles et troublés, et revenant vers leur présent plein d'espoir, leur avenir encore timide.

— Il y a seulement quelques milliers de choses que je regrette, déclara Laurence en embrassant ses doigts un à un.

— Quelques milliers ? Autant que ça ?

— Oui. Les quelques milliers de jours que je n'ai pas passés avec toi. Tout le reste est sans importance.

— Oui. Oui, je crois que moi aussi.

Puis le temps passa, ils durent partir. Il la raccompagna jusqu'à son camp, l'embrassa rapidement, lui répéta qu'il l'aimait, et s'en alla. Elle était toujours si pleine de lui, du plaisir et du bonheur d'être avec lui, qu'elle ne pouvait rien ressentir.

Même pas la peur.

43

On le leur avait interdit quand elles étaient petites : c'était considéré comme quelque chose d'inconvenant. Elles le faisaient quand même et on les punissait quand on les attrapait. La première nanny – celle qui avait commis d'autres méfaits, comme de maltraiter Barty, au point qu'on avait fini par la renvoyer sans préavis – les déculottait et les frappait sur les fesses, assez fort ; par la suite, avec leur chère seconde nanny, elles avaient été privées de sucre dans leur porridge, privées d'histoires au moment d'aller au lit, ou menacées de subir les foudres de leur mère.

Mais tout cela n'avait servi à rien. Elles avaient toujours eu envie, besoin, de dormir ensemble, dans les bras l'une de l'autre, roulées sur elles-mêmes comme des chiots, et elles avaient continué dans les moments de crise pendant toute leur enfance. Ce soir-là, Adele en avait eu besoin ; Venetia l'avait senti et l'avait accueillie dans son lit avec une sympathie muette. Elle l'y avait gardée toute la nuit, sans dormir, pleurant avec elle, la lettre posée entre elles sur le couvre-lit.

C'était au mois d'octobre et la lettre était arrivée la veille ; Adele l'attendait depuis si longtemps qu'elle en avait à peine cru ses yeux quand elle l'avait aperçue sur la table de l'entrée de Cheyne Walk. L'enveloppe ressemblait à un produit de son imagination, un fragment d'espoir, un morceau de rêve.

Mais non, elle était réelle, absolument réelle.

Adele avait tout lu sur la libération de Paris et dévoré les articles des journaux : l'entrée triomphale des Alliés, les jolies filles qui grimpaient sur les chars pour embrasser les soldats américains, les foules en liesse, les métros bondés, les gens qui dansaient dans les rues, la fière stature de de Gaulle, le lendemain, sur les

Champs-Élysées, l'office d'action de grâces à Notre-Dame, la croix gammée remplacée par le drapeau tricolore, les rumeurs selon lesquelles les égouts avaient été minés par le général von Choltitz, qui avait reçu l'ordre d'abord de mettre le feu à Paris, puis de tout faire sauter au moment de son départ, mais qui avait désobéi.

Mais d'autres images, plus sombres, la hantaient le plus ; la justice expéditive de l'épuration, les actes de vengeance, la punition des femmes coupables de *collaboration horizontale** (d'avoir couché avec des Allemands), leur tête qu'on tondait (et la rude ironie parisienne qui parlait de la *coupe de 44**), les croix gammées qu'on leur marquait au fer rouge sur la poitrine pendant qu'on les exhibait dans les rues ; l'exécution des trafiquants du marché noir, des collaborateurs et des membres du gouvernement compromis avec l'occupant, celles de Georges Suarez, le directeur d'*Aujourd'hui*, et de Jean Hérold-Paquis, le « traître de la radio » ; la brève arrestation de Coco Chanel, connue pour ses opinions antisémites, la détention plus longue de l'acteur Sacha Guitry, et celle de l'actrice Arletty, qui avait eu un amant allemand ; et surtout, peut-être, l'ouverture d'un centre à l'hôpital Bichat, porte de Saint-Ouen, où l'on accueillait les survivants des camps.

Luc était-il là-bas ? Se cachait-il toujours ? Ou bien ne s'était-il jamais caché ? Avait-il survécu à toutes ces années de terreur ? Était-il dans un camp ? Était-il encore vivant ?

Elle avait tout essayé : écrire à Mme André, téléphoner à leur appartement, combien de fois, télégraphier, téléphoner aux bureaux de Constantine – tout en sachant que c'était inutile, qu'ils étaient partis avant même la défaite de juin 1940.

Adele était agitée, déprimée, plus malheureuse encore qu'elle ne l'aurait cru. Elle n'arrivait pas à dormir, et quand elle y parvenait elle faisait des rêves insensés : elle se voyait se réveillant en sursaut, la porte de sa chambre s'ouvrait et Luc entrait, ou bien elle courait au téléphone pour entendre sa voix... Dans la réalité elle ne voyait rien, n'entendait rien.

Elle avait quitté l'usine, recommencé à prendre de temps à autre des photos à Londres ; mais la tristesse la submergeait jusque dans son travail, elle n'avait plus le goût à cela. Elle passait la plus grande partie de son temps à Ashingham, tenant compagnie à sa grand-mère et l'aidant à supporter le désagréable et prétentieux nouveau lord Beckenham. Lucas ignorait que Paris avait été libéré et que leur père pourrait revenir ; mais Noni, qui pouvait lire les journaux, lui avait demandé plusieurs fois s'ils allaient rentrer chez eux. Chez eux ! Une partie de son problème était justement là : elle n'avait aucune idée de l'endroit où cela se trouvait.

Puis la lettre arriva, envoyée par quelqu'un se présentant comme le voisin de Luc – bien qu'elle ne reconnût nullement l'adresse, dans le treizième arrondissement, loin de la place Saint-Sulpice et de Passy. Adele ne reconnaissait pas non plus le nom, Bernard Touvier. Mais cela lui était bel et bien adressé à Cheyne Walk ; sans doute avait-ce été indiqué par Luc comme le moyen le plus sûr de la joindre.

La lettre était en français. Adele revenait d'une longue journée de travail pour *Vogue* ; elle était fatiguée mais se sentait étrangement calme tandis qu'elle l'emportait dans le petit salon, prenant même le temps de se servir un verre de sherry avant de commencer à la lire.

Chère mademoiselle* Adèle,

Pardonnez-moi de vous appeler de cette façon, mais c'était ainsi que Luc parlait toujours de vous, et cela vous convaincra que cette lettre vient bien d'un ami.

Je crains qu'il n'y ait pas de manière facile d'annoncer une pareille nouvelle ; je suis terriblement désolé de devoir vous le dire, mais Luc est mort.

Il se cachait depuis l'automne 1942. Avec l'ami et collègue en compagnie de qui il habitait, Jean-Marc Triolet, ainsi que Monique, la femme de Jean-Marc, ils étaient descendus vivre dans les caves qui se trouvaient sous leur rue. Ils n'étaient pas les seuls : il y avait une autre famille dans une autre partie de cette cave (même si je ne m'en étais pas rendu compte au début). Nombre de Juifs vivaient réfugiés à l'époque dans ce genre de cachette, et beaucoup de braves gens les aidaient. J'aimerais pouvoir vous dire que j'en faisais partie, aidant Luc et Jean-Marc, mais ce n'était pas le cas, même si je leur procurais de temps en temps de la nourriture, des livres et des journaux, si importants pour les gens qui se cachent. Ils avaient un très bon ami, un commerçant appelé Édouard Le Clerc, qui occupait un autre appartement dans l'immeuble ; c'était lui qui leur apportait de la nourriture tous les jours, et d'autres biens de première nécessité. Il faisait partie d'un grand réseau de la Résistance qui œuvrait à l'intérieur de Paris.

Cela faisait neuf mois que Luc et les Triolet vivaient là quand ils ont été trahis. Par la concierge, je crois, comme c'était souvent le cas ; en tout cas, si c'est bien elle, elle a maintenant le sort qu'elle méritait, car elle a été arrêtée.

C'est arrivé un dimanche matin, le 24 juin – j'ai pensé que vous aimeriez connaître la date. La scène s'est déroulée d'une façon qui nous était devenue hélas familière. J'en ai été témoin par hasard, parce que j'avais souffert d'une grave migraine pendant la nuit et que j'avais décidé de sortir me promener et de prendre un peu l'air.

La Gestapo est venue, dans un camion. Ils sont entrés dans l'immeuble, puis nous les avons entendus frapper aux portes en criant. Ils procédaient toujours ainsi, rue par rue, ou immeuble par immeuble ; en général la nuit ou parfois, tôt le matin. Ils avaient une liste de noms avec eux. Au bout de quelques minutes à peine, beaucoup de gens étaient rassemblés dans la rue, portant des étoiles jaunes ; des familles, des couples, des personnes âgées toutes seules. Luc n'était pas avec eux, ni Jean-Marc, et j'ai pensé qu'ils s'étaient peut-être échappés ; mais un moment plus tard, ils sont ressortis avec lui, puis avec Jean-Marc et Monique. Tous paraissaient très calmes et très maîtres d'eux-mêmes.

Les Allemands ont ensuite commencé à faire monter les gens dans le camion ; Luc était sur le côté du groupe. Au moment où un homme et sa femme embarquaient, ils se sont retournés pour jeter un coup d'œil en arrière ; les Allemands ne l'ont pas remarqué, trop occupés à vérifier les noms, mais je l'ai vu et Luc également. Là-bas, dissimulée dans l'embrasure de la porte, il y avait une petite fille, de cinq ou six ans. Ses parents avaient dû lui dire de se cacher et de ne pas sortir quand ils avaient entendu la Gestapo arriver, mais elle était trop petite et trop effrayée pour obéir, et elle était descendue derrière eux. Il y avait une camionnette garée à côté de la porte, une camionnette bâchée. Je l'ai regardée et Luc aussi.

À un moment, un autre camion de la Gestapo s'est présenté et un Allemand en est sorti, criant des instructions à ses collègues déjà sur place ; cela a créé une diversion, les têtes se sont tournées vers lui. Luc était toujours sur le bord du groupe de prisonniers ; il s'est décidé à agir en un éclair. C'était terriblement courageux, et ça aurait – peut-être – pu marcher. Il a reculé, pris l'enfant dans l'embrasure de la porte et l'a jetée dans la camionnette, sous la bâche ; le tout dans un mouvement si rapide que personne ne s'en est aperçu. Malheureusement, la fillette a eu peur et elle a crié ; les têtes se sont tournées et les Allemands ont compris ce qui se passait.

Ils lui ont tiré dessus, aussitôt. Le seul réconfort que je peux vous offrir, Adele, c'est qu'il est mort sur le coup. Son sort aurait pu être bien pire ; je sais que ça doit être dur pour vous d'accepter une idée pareille, mais d'après ce que j'ai appris plus tard des conditions à Drancy, où les Juifs étaient envoyés, et pire encore par la suite, je vous le dis avec certitude.

Il vous aimait beaucoup, mademoiselle. Je n'ai jamais eu de conversation avec lui qui ne mène à vous, son Adèle. Plus d'une fois, il m'a demandé de vous avertir si quelque chose lui arrivait. C'est pourquoi

424

je suis désolé de vous avoir annoncé cette nouvelle, mais j'ai senti que c'était mon devoir.

Si jamais vous venez à Paris un jour, je vous en prie, venez me voir.

Votre ami,
Bernard Touvier.

Elle lut la lettre une seconde fois, puis s'assit dans le crépuscule et attendit le retour de Venetia.

Venetia comprit tout au premier regard, sans qu'elle ait besoin de lui expliquer son chagrin et encore moins sa rage, sa rage impuissante et furieuse ; puis sa fierté, en pensant à Luc.

— Tu dois surtout te sentir fière, dit-elle en serrant dans ses bras Adele qui pleurait. Ce qu'il a fait était courageux, et tu dois le raconter aux enfants, qu'eux aussi sachent combien leur père était courageux.

— Tu crois, interrogea Adele d'une voix amère, tu crois que ça va tout arranger ? « Écoutez-moi, les enfants, il faut que vous sachiez que votre papa était très courageux. Vous le ne verrez plus jamais, il est mort, mais il était très courageux. Et vous ne lui avez jamais dit au revoir, parce que votre maman vous en a empêchés. » Venetia, comment ai-je pu faire une chose pareille ? Comment ai-je pu ne pas les laisser lui dire au revoir ?

— Parce que si tu l'avais fait, tu ne serais jamais partie. Et si tu n'étais pas partie, tu aurais été arrêtée, emprisonnée pendant des semaines. Ton sort aurait été aussi triste, peut-être pire, que le sien.

— Ce n'est pas la question ! Je ne suis pas partie parce que les Allemands arrivaient, si je l'avais fait pour ça, nous nous serions dit au revoir... Je suis partie parce que j'étais en colère contre lui, blessée par toutes ces choses absurdes. Je suis partie comme on part dans un moment de dépit, comme si j'allais revenir dès que ça irait mieux, ou dès qu'il m'aurait envoyé des fleurs !

— Ça ne fait aucune différence, la raison pour laquelle tu es partie, le résultat est le même...

— Si, gémit-elle, ça fait une différence pour moi, et ça en faisait une pour lui...

— Dell chérie, tu avais une raison... Il te trompait...

— Et alors, c'est si impardonnable ?

Elle s'assit tout à coup, une expression étrange sur le visage.

— Et toi, ton mari ne t'a jamais trompée ? Il n'a jamais eu de maîtresse, il ne t'a jamais menti ? Tu lui as pardonné, et j'aurais pardonné à Luc, moi aussi. D'ailleurs, je lui ai pardonné je ne sais combien de fois.

— Il le savait. Il savait que tu lui avais pardonné.

— Non. Enfin... oui. Oui, je suppose, je l'espère. Heureusement qu'il y a eu ces messages...

— Et la lettre qui est passée par New York. Il t'aimait et il t'avait pardonné, et il savait que tu lui avais pardonné.

— Je n'arrive pas à comprendre comment les gens peuvent être si mauvais. Comment, Venetia ? Comment les gens peuvent-ils agir ainsi ? Est-ce que nous avons tous le mal inscrit quelque part en nous ? Est-ce que c'est une sorte de maladie terrible qui frappe les gens, est-ce que ces choses affreuses auraient pu arriver ici ?

— Je ne sais pas. Quand on pense à la popularité que Mosley avait acquise en si peu de temps, on se pose la question. Peut-être sommes-nous des moutons au fond de nous. Peut-être sommes-nous toujours prêts à suivre le chef, en troupeau, indifférents au sacrifice des plus faibles.

— C'est une idée terrible... Que Lucas, par exemple, le doux et gentil petit Lucas, puisse devenir une brute et un voyou en grandissant... Juste parce que les circonstances ou le danger l'y pousseraient...

— Oh non ! protesta Venetia en souriant, ça n'arrivera pas. Parce qu'il est le fils de Luc, et ce n'est pas arrivé à Luc. Il était dans une situation dangereuse et il n'a pas sombré, il n'a pas cédé. Au contraire, il est mort en essayant de sauver une petite fille. Sachant que ça lui coûterait peut-être la vie. N'oublie jamais cela et continue à être fière de lui, veille à ce que tes enfants le soient aussi, en le leur rappelant chaque fois que tu le pourras.

— Oui, dit Adele, et pour la première fois elle sourit elle aussi. Tu as raison.

Elle décida d'organiser une petite cérémonie dans la chapelle d'Ashingham. Un moment, elle avait envisagé de se convertir au judaïsme et d'y initier les enfants, mais ça lui était passé ; au contraire, elle s'accrochait maintenant à la foi dans laquelle elle avait été élevée, dans laquelle elle trouvait du réconfort. Elle voulut que ce jour-là seuls soient présents les enfants, Venetia et Kit. Elle aurait aimé que son père vienne, car il avait toujours apprécié Luc ; mais elle ne le lui demanda pas, car elle ne voulait pas de la présence de sa mère. L'ancienne hostilité qu'elle éprouvait envers Celia avait été ravivée par la mort de Luc ; sa mère affectait de ne pas croire à la persécution des Juifs, de la considérer comme imaginaire, aussi lui expliqua-t-elle à peine ce qui était arrivé – Adele accueillit ses condoléances avec froideur et s'efforça de l'éviter dans les semaines qui suivirent.

Mais elle voulait que lady Beckenham soit là car, hormis Venetia, c'était d'elle qu'elle recevait le plus d'aide et de soutien – lady Beckenham, avec sa sympathie franche et toujours un peu brusque. Elle lui répondit qu'elle serait ravie de venir, et demanda si elle voulait que l'organiste joue quelque chose : « Pas dans le genre cantiques, juste de quoi réchauffer un peu l'atmosphère... »

Adele n'y aurait pas pensé toute seule, mais la musique se révéla en effet très réconfortante, rompant la froideur du silence.

Ils s'assirent sur le premier banc, récitèrent le *Notre-Père*, puis Adele dit la prière de saint Ignace. Elle avait eu peur de se sentir ridicule ou, pire, de bredouiller ; mais à mesure qu'elle prononçait les mots, « À donner sans compter, à combattre sans se soucier des blessures », elle entendit sa propre voix se raffermir, devenir presque joyeuse. Les enfants apportèrent des fleurs, allumèrent des cierges, puis Venetia prononça un petit discours sur Luc, disant quel homme charmant il avait été, et si courageux, rappelant qu'il était mort en tentant de sauver une petite fille, et qu'ils devaient être fiers de lui. Lady Beckenham dit quelques mots sur le courage, qui n'était jamais perdu tant qu'on en gardait le souvenir, et sur la lutte contre le mal, qui était la tâche la plus importante à laquelle on pouvait se consacrer.

Adele avait senti l'importance pour Noni et Lucas que quelque chose marquât la disparition de Luc, même quelque chose d'aussi simple que cette cérémonie. Lucas ne pouvait guère se rappeler son père, ce qui n'était pas le cas de la petite Noni. Elle leur avait expliqué qu'il était mort, qu'ils ne le reverraient plus, puis elle était restée pour répondre à leurs questions, s'ils en avaient. Lucas avait attendu un moment, poliment, et ensuite avait demandé s'il pouvait aller faire du tricycle ; mais Noni était demeurée longtemps assise avec elle, réfléchissant et versant quelques larmes.

— Je sais qu'on ne l'aura plus avec nous, avait-elle dit, mais si on pense à lui, peut-être qu'il ne partira pas tout à fait ?

— Tu as raison, tu as raison, ma chérie, il ne partira pas tout à fait.

Après la cérémonie, même si sa douleur n'était pas diminuée, au moins se sentit-elle un peu soulagée, un certain ordre semblait poindre au sein du chaos. Elle n'avait pas retrouvé l'espoir, mais elle n'était plus désespérée comme avant.

Par la suite, à mesure qu'elle en apprit davantage sur les horreurs des camps de concentration, elle fut de plus en plus reconnaissante à la providence que Luc soit mort de cette manière. Comment supporter l'idée que quelqu'un qu'on a connu, aimé, ait dû endurer tout cela ? Comment ne pas devenir fou en y pensant ?

Venetia, aussi bouleversée qu'Adele par les récits des six millions de Juifs, femmes et enfants compris, affamés, battus, torturés, et envoyés à la mort dans des chambres à gaz, était d'accord avec elle : c'était à devenir fou.

Il ne restait plus qu'une chose à faire pour Adele, et elle savait qu'elle ne le pourrait pas tout de suite : aller à Paris, avec les enfants, voir Bernard Touvier et Mme André, afin de les remercier. Et leur dire que, même si Luc était mort, il vivait encore à travers sa courageuse et *très chère** famille.

44

— C'est une fille, Mrs Miller. Une magnifique petite fille !

Bien sûr, songea Barty, en se laissant tomber en arrière sur son lit, exténuée ; ils ne lui auraient pas dit que c'était une affreuse petite fille. Elle fut surprise d'être capable d'une pensée aussi rationnelle après les interminables, épuisantes, douloureuses trente-six heures qu'elle venait de traverser. Dont vingt-quatre à la clinique, et six sanglée dans ces espèces d'étriers. Et encore, cela avait été dans les meilleures conditions possibles, avec des infirmières et des sages-femmes bienveillantes, un excellent médecin. Elle pensa à sa mère, qui avait vécu la même expérience – combien de fois, dix ? – dans une petite pièce en sous-sol, avec juste la sage-femme du quartier, bien peu qualifiée, pour veiller sur elle. Comment l'avait-elle supporté ? Enfant après enfant ?

— Je peux la voir ?

Ils lui tendirent le bébé, enveloppé dans une couverture : une petite personne toute neuve, avec des yeux bleu pâle et un duvet de cheveux dorés. Elle baissa les yeux vers sa fille, et pensa combien c'était merveilleux que, neuf mois après avoir fait l'amour, rien de plus, vienne au monde un être de chair et de sang, une créature humaine ; capable de rire, de pleurer, de haïr et d'aimer, capable d'imposer sa volonté. Et à ce moment précis, Barty sut – comme elle l'avait toujours su sans le comprendre vraiment – que sa vie était changée pour toujours : ce n'était même plus sa vie mais leurs vies, la sienne et celle de sa fille, à partager ensemble, pour en faire ce qu'elles choisiraient.

Quelque chose d'autre monta en elle, quelque chose qu'elle avait espéré, tout en craignant que cela ne vienne pas : une grande vague d'amour, mais pas l'amour comme elle l'avait connu jusque-là, avec elle-même en son centre, non, une émotion nouvelle, féroce, protectrice, exclusive. Quoi qu'elle fasse désormais, où qu'elle aille, elle aurait cette enfant avec elle, et même si elle n'était pas physiquement présente, l'amour et l'inquiétude qu'elle ressentait pour elle seraient là. L'univers avait changé, s'était même inversé ; toutes ses certitudes, tous ses espoirs et tous ses désirs avaient changé d'objet, s'étaient recentrés sur le petit être, démesurément important, qui reposait dans ses bras, remuant et s'étirant timidement, donnant l'impression qu'il la regardait avec les mêmes yeux brillants que son père.

— Comment allez-vous l'appeler ? lui demanda l'infirmière.

— Jeanette, dit Barty d'une voix ferme. Comme sa grand-mère.

— C'est un joli prénom.

— Pour être franche, avoua Barty en caressant le petit visage, je ne l'aime pas énormément. Mais je sais que c'est ce que son père aurait voulu.

L'infirmière hocha la tête avec sympathie.

— C'est si triste de penser qu'il ne la verra jamais. Ça arrive tout le temps en ce moment, nous avons tant de jeunes femmes comme vous ici.

— En tout cas, reprit Barty, c'est mieux pour moi que de n'avoir aucun des deux, ni lui ni elle.

— C'est vrai. Triste mais vrai. Maintenant, donnez-moi la petite Jeanette, je pense que vous avez besoin de repos. Oh, n'ayez pas l'air inquiète, elle ne sera pas loin. Vous n'aurez qu'à appuyer sur la sonnette si vous voulez la voir.

Elle alla à la porte, puis se retourna.

— J'y pense, dit-elle, j'avais une cousine qui s'appelait Jeanette, mais tout le monde l'appelait Jenna dans la famille. Peut-être que vous pourriez appeler votre fille comme ça ?

— Oui, répondit-elle, gagnée par le sommeil tout à coup. Oui, ça me plaît, merci.

Et le bébé devint Jenna dès cet instant.

Elle était bien plus qu'un bébé ; elle était tout ce que Barty avait gardé de Laurence. Un souvenir, une preuve d'amour, une façon de continuer sa lignée. Un remède contre la solitude et le chagrin, un sens à donner à sa vie, une promesse de bonheur peut-être.

Son plus grand regret, ce n'était pas que Laurence ne puisse jamais la voir, mais qu'il n'ait même pas su qu'elle allait arriver. Le souvenir de sa voix lui disant qu'il voulait, plus que tout au monde, qu'elle porte ses enfants, l'avait aidée à supporter une grossesse difficile, un accouchement douloureux. Si seulement il avait su... Mais ils ne s'étaient jamais reparlé, ils ne s'étaient même jamais écrit, après leur dernière entrevue ; il avait été tué trois jours plus tard, dans une embuscade aux abords de Cherbourg.

Elle avait appris la nouvelle par son commandant.

— Apparemment, il a laissé des instructions pour qu'on vous avertisse dès que possible. Je suis désolé.

Barty, les yeux secs, trop choquée pour rien ressentir encore, lui avait seulement dit : « Merci beaucoup... » et elle était retournée à son poste.

Ils lui proposèrent de partir en permission mais elle refusa ; elle se sentait bizarrement en sécurité à son travail. Comme si le vacarme et le danger omniprésents tenaient la douleur à distance. Les Allemands avaient une nouvelle arme meurtrière, qu'ils avaient lancée peu après le jour J : la V1, ou bombe volante, transportée dans un avion sans pilote ; après l'euphorie du jour J, c'était l'arme de la revanche, qui portait un coup terrible au moral de l'Angleterre.

Les bombes volantes étaient annoncées par leur bruit caractéristique, une sorte de grognement caverneux et bégayant ; on apprit vite que, si le bruit cessait, on avait le temps de compter jusqu'à quinze avant qu'elles n'explosent. Sur le chemin de Londres, elles passaient au-dessus de l'endroit où était cantonnée Barty, « la route des bombes volantes », comme on s'était mis à l'appeler. Là-bas, les dégâts étaient terribles ; c'était le Blitz qui recommençait, cinq mille civils tués rien que pour le mois de juin.

Pourtant, Barty leur était d'une certaine manière reconnaissante du défi que les bombes représentaient : concentration, fatigue, ténacité. Le temps que le pire soit passé et elle sut qu'elle était enceinte, et le pire de ses chagrins prit fin lui aussi.

Bien des années plus tard, quand vint la sérénité de la vieillesse, elle put dire qu'ils n'auraient sans doute pas connu le bonheur ensemble, Laurence et elle ; que son égoïsme, ses exigences, ses chimères n'auraient valu que de la souffrance à leur couple. Mais sur le moment, encore possédée par l'amour qu'elle lui vouait, c'était presque insupportable.

Elle pleura, cria, hurla de chagrin parfois. Parfitt se montra la meilleure des amies en la circonstance ; elle passa des heures à l'écouter, faisant et refaisant le tour du camp avec elle, la houspillant parfois quand c'était nécessaire, lui demandant pour qui donc elle se prenait, en lui rappelant qu'elle n'était pas la seule à avoir perdu son homme, qu'elles étaient trois rien que dans leur camp. Puis elle prit soin d'elle quand elle commença à être malade, la couvrit au début quand elle se sentait mal, et pour finir, contre le gré de Barty, rapporta sa grossesse au commandant et la fit relever de son service.

— Je suis désolée, Miller, lui dit-elle alors que Barty l'incendiait, mais tu es devenue un handicap pour nous, et nous avons une guerre à gagner. Tu n'as plus ta place ici.

Plus tard ce jour-là, Barty s'excusa. La journée était belle, elles avaient leur après-midi de libre et étaient allongées dans le champ, regardant dans le ciel la nuée des ballons de barrage, loin au-dessus des cerisiers.

— Pardon, murmura Barty en tendant le bras pour prendre la main de Parfitt. Tu as raison. Et tu es une si bonne amie. Tu me pardonnes ?

— Ouais, rétorqua joyeusement Parfitt, à condition que tu me rendes ma main, sinon les gens vont nous prendre pour des lesbiennes.

Ensuite, elle retourna dans sa maison de Londres ; elle n'avait pas d'autre endroit où aller, sauf Ashingham, et elle ne pouvait pas affronter ça. Pas encore, en tout cas.

Quand elle passa la porte, la sensation de la présence de Laurence la frappa, presque physiquement ; elle se sentit faible, vacilla sur ses jambes, dut s'asseoir. Elle avisa une lettre de lui sur la table, appuyée contre le dernier cadeau qu'il lui avait offert, une exquise pendule de voyage avec des panneaux décoratifs : « C'est pour marquer les heures de notre vie ensemble, lui écrivait-il. Je sais bien que nous nous le sommes déjà dit de nombreuses fois, mais juste au cas où tu aurais un doute, je t'aime à un point extraordinaire. Prends bien soin de toi. J'ai besoin de toi. Laurence. »

Elle resta assise là, tenant la lettre dans une main, la pendule dans l'autre, pleurant, s'étonnant : comment son cœur pouvait-il lui faire mal à ce point et continuer à battre ? Puis elle se rappela soudain pourquoi elle devait vivre : à l'intérieur d'elle-même, quelque chose bougeait, s'agitait, comme un petit oiseau captif. Cela redevint calme, puis cela recommença au bout d'un moment : son bébé, le bébé de Laurence, explorait son monde. Elle demeura longtemps immobile, baissant les yeux vers son ventre encore plat, et c'était le premier plaisir qu'elle éprouvait depuis quatre longs mois. À dater de ce jour, les choses commencèrent à s'améliorer.

Elle dut l'annoncer à la famille, bien sûr. Celia, comme elle s'y attendait, fut d'un grand soutien. Elle ne lui posa aucune question au sujet du père, lui dit simplement que, si elle se sentait seule ou vulnérable, elle serait la bienvenue soit à Cheyne Walk, soit à Ashingham. Elle lui précisa aussi que si elle avait envie de se remettre à corriger des épreuves, on lui en fournirait avec grand plaisir. De toutes les aides qui furent offertes à Barty pendant cette période, ce fut sûrement la plus précieuse. Le travail était le meilleur antidote, à la fois à son chagrin et à ses nausées, qui ne se calmaient pas ; comme elle le remarqua après la naissance de Jenna, ce n'est pas donné à toutes les femmes d'avoir encore des nausées matinales juste avant leur accouchement.

Dans les deux derniers mois, elle déménagea à Ashingham ; elle commençait à se sentir vulnérable toute seule, et l'idée d'accoucher pendant un raid aérien, comme Venetia, ne la tentait nullement.

Elle s'installa dans le Colombier, et son bébé naquit dans la même clinique que Jay.

— J'aurais aimé que PM soit là, lui confia Celia, le lendemain de la naissance de Jenna. Elle aurait aimé cette idée de l'histoire qui se répète.

— En effet ! Et je sais aussi ce que vous avez fait pour elle ce jour-là, lui dit Barty, qui avait appris l'histoire par Adele.

Adele était venue la voir, pleine de remords, peu après que Barty eut quitté le service ; elle lui avait demandé de lui pardonner pour son éclat après l'enterrement.

— Je suis désolée. C'était inexcusable.

— Je pense que non, répondit Barty en lui souriant. Ce que tu as dit était vrai, je me suis très mal conduite.

— Ça doit être amusant de se conduire mal, observa Adele. J'ai oublié à quoi ça ressemblait. J'aimerais bien, moi aussi, en théorie. Mais en pratique, je ne trouve personne qui me plaise.

— C'est parce que tu aimais Luc. Je suis sûre que moi non plus, personne ne me plaira plus.

Pourtant, elle savait ce qui lui plaisait, et ce n'était certes pas de passer sa vie dans la nursery. Même après la naissance de Jenna, et la vague d'amour qui avait déferlé en elle, elle ne changea pas d'avis. Elle était décidée à poursuivre sa carrière ; c'était aussi essentiel pour elle que de respirer.

Celia lui annonça que son poste chez Lytton l'attendait, dès qu'elle voudrait le reprendre ; plusieurs postes, à vrai dire, car ils manquaient cruellement de personnel. Plus encore que pendant la dernière guerre car beaucoup de jeunes femmes étaient parties cette fois-ci, et Lytton commençait à ressembler à un club de retraités.

Il ne serait d'ailleurs pas venu à l'esprit de Celia de s'inclure elle-même parmi ce personnel vieillissant.

Barty projeta de retourner à Londres au début de l'été. La guerre était presque finie, elle y serait en sécurité. Les dernières bombes (espérait-on) étaient tombées en mars ; les règles du black-out avaient été assouplies, les abris fermaient les uns après les autres, on redescendait les ballons de barrage, les services de lutte contre les incendies étaient dissous.

— Et grâce à Dieu, dit Celia en visite à Ashingham le temps d'un week-end, les gens recommencent à s'habiller décemment au théâtre.

Adele adressa un clin d'œil à Barty par-dessus la table.

— Grâce à Dieu, répéta-t-elle.

En outre, Barty n'avait pas envie de rester à Ashingham. La vie là-bas avait changé ; les craintes de lady Beckenham quant au comportement du nouveau comte s'étaient révélées justifiées. Il était arrogant et prétentieux, harcelait les fermiers, houspillait les domestiques, et se plaignait tant des petits garçons que le paisible Mr Dawkins lui-même lui déclara qu'il ne serait pas mécontent de retourner dans les anciens locaux de l'école, pour le trimestre d'été.

À plusieurs reprises, il avait eu des accrochages avec Billy Miller, jusqu'au matin où Billy avait refusé de seller un des chevaux qu'il voulait monter pour faire une promenade.

— Je suis désolé, monsieur le comte, mais ce ne serait pas bien. Le cheval est boiteux et vous êtes assez lourd.

— Vous avez intérêt à faire ce que je vous dis et à seller ce cheval ! lui rétorqua Beckenham. Et pas de remarques personnelles !

— Je ne peux pas, je suis désolé. Mes décisions en ce qui concerne les chevaux n'ont jamais été remises en cause.

— Vous êtes beaucoup trop imbu de vous-même, Miller, et ce n'est pas la première fois que je le constate ! Faites ce que je vous dis !

Heureusement pour eux deux, Billy et le cheval, lady Beckenham se trouvait dans une des stalles voisines et avait entendu l'échange.

— James, lâcha-t-elle d'un ton glacial, un mot, s'il te plaît. Billy, montez à la maison et allez me chercher ma cravache, vous voulez bien ?

Elle le suivit des yeux pendant qu'il quittait l'écurie de son pas lourd, puis se tourna vers son fils.

— Comment oses-tu parler à Billy comme ça ? Pour la première fois, je suis contente que ton père ne soit plus là ! Quand je pense à la gêne et au chagrin que cela lui aurait causés…

— Il est payé pour faire ce qu'on lui dit !

— Pas du tout. Il est payé pour faire son travail, qui est de s'occuper des chevaux. Tu as l'air de considérer les domestiques comme des êtres inférieurs. Une opinion extrêmement vulgaire, et dont tu ferais bien de te débarrasser si tu veux diriger cet endroit avec une chance de succès.

— Oh, je t'en prie, maman... Tu es bien la dernière personne dont j'aurais attendu ce genre de sottise à la mode, « Nous sommes tous égaux », etc. Miller a des manières que je n'aime pas du tout. Ça a sans doute un rapport avec le fait qu'il est le frère de Barty Miller.

— Je ne pense pas que nous soyons tous pareils, au contraire, nous sommes tous très différents. Mais cela ne veut sûrement pas dire qu'une classe soit meilleure qu'une autre. Chacune a quelque chose à offrir à l'autre. Je ne crois pas non plus aux mélanges entre les classes, mais c'est une autre histoire. En tout cas, nous devons nous respecter les uns les autres. J'ai toujours dirigé cette maison et ce domaine en suivant ce principe, et ton père aussi.

— Eh bien, ça a conduit à beaucoup de négligences. Et je peux ajouter que Sarah a la même opinion que moi.

— Ça ne me surprend pas du tout. Son grand-père a acheté son titre, si je me rappelle bien. Et si tu prends ce cheval maintenant, James, tu le regretteras. Il est boiteux, Billy a raison. Fais comme tu veux, mais ne viens pas nous le reprocher ensuite, s'il doit passer six mois enfermé dans son box pour se remettre de cette balade.

Trois semaines plus tard, Barty trouva Shepard assis près de la porte de derrière, presque en larmes. Il se leva d'un bond, dans son embarras, et heurta la tasse de thé qu'elle tenait à la main.

— Je suis désolé, Mrs Miller...

Avec les autres domestiques, il avait estimé que la naissance de Jenna avait suffi à entraîner un changement dans le statut marital de Barty.

— Shepard, je vous en prie, ça n'a pas d'importance...

— Je crains que ça n'en ait pour M. le comte, dit-il tristement.

— Pour qui ?

Barty avait beaucoup de mal à se faire à l'existence d'un nouveau comte.

— Lord Beckenham. Il vient de me dire qu'il trouvait ma surdité très difficile à supporter. Je sais que ça peut être un problème, mais M. le comte, c'est-à-dire le...

— Le véritable lord Beckenham ?

Shepard était trop tourmenté pour sourire.

— En effet, Mrs Miller. Il faisait toujours attention à me parler distinctement. Il savait que j'avais attrapé ça dans les tranchées, donc il était indulgent à ce sujet. Comme Mme la comtesse.

Barty lui posa la main sur le bras.

— Ne vous inquiétez pas pour ça, Shepard. Nous comprenons

434

tous. Et je n'ai jamais eu l'impression que vous aviez du mal à me comprendre, même au téléphone.

— Tant mieux, Mrs Miller. C'est parce que vous parlez très clairement.

— Merci. Maintenant, allez vous préparer une bonne tasse de thé, et soyez gentil de m'en apporter une au Colombier, pour remplacer celle que nous avons renversée.

Elle rapporta ce soir-là cette conversation à lady Beckenham, qui répondit qu'elle allait voir ce qu'elle pourrait faire.

Adele avait décidé qu'il était temps de regagner Londres. Ashingham avait été un merveilleux refuge, mais avec son chagrin qui s'atténuait, en même temps que s'éloignaient ces années d'incertitude, elle sentait le besoin de retourner à la vie réelle.

Sa carrière de photographe avait beaucoup progressé ; elle aurait pu travailler cinq jours par semaine si elle avait accepté toutes les commandes. Et elle aimait ce travail, son futur bonheur était là. Elle avait commencé à faire des reportages. Elle parcourait des kilomètres dans Londres, son Leica autour du cou, et à la campagne, où elle faisait quelques-uns de ses meilleurs clichés : de beaux paysages, des paysans au travail, une femme faisant la tournée du laitier, une série tout entière sur la journée d'un maréchal-ferrant ; un groupe d'enfants jouant aux soldats dans un chemin, une foule de gens évacués, fuyant les bombes volantes, sur le quai de la gare d'Amersham.

À sa grande joie, plusieurs de ses photos avaient été publiées dans le *Picture Post* ; son trophée le plus cher à son cœur était une lettre du magazine américain *Life*, regrettant de ne pouvoir utiliser sa photo de ballons de barrage au-dessus de Slough, mais l'encourageant à en envoyer d'autres à l'avenir.

Les enfants s'habitueraient vite à Londres ; ils étaient assez jeunes pour s'adapter à de nouvelles conditions de vie. Noni aimait bien Ashingham, mais elle aimait encore plus ses cousins Warwick. Lucas également ; il promettait d'être un enfant brillant – « Comme son père », disait Adele à Venetia – et il était par-dessus tout fasciné par les livres. Elle chercha une maison et loua un studio photo à Soho. Sa mère lui avança les fonds.

— Je suis sûre que c'est un bon investissement, dit-elle à Adele. Je suis très impressionnée par ce que tu fais.

Adele était si étonnée par ce revirement qu'elle bredouilla quelques remerciements rapides. Plus tard, elle se rendit compte qu'elle était devenue quelqu'un dans le monde des magazines et de la publicité et que, pour la première fois de sa vie, sa mère était fière d'elle.

Venetia s'inquiétait pour l'avenir de Boy.

— Pour le moment, tout se passe bien, il est fêté comme un héros (un journal avait publié une photo de lui pendant la libération de Bruxelles, assis au premier plan, son char entouré de jolies filles qui lui envoyaient des fleurs et des baisers), mais je pense qu'ensuite ça va lui manquer. Se retrouver à diriger une stupide affaire d'antiquités, ce n'est pas la même chose.

— Peut-être qu'il pourrait travailler chez Lytton, suggéra Adele. Tu sais tout le bien que maman pense de lui...

— Non, merci. C'est mon petit royaume, je ne veux pas qu'il mette son nez dedans. De toute façon, qu'est-ce qu'il pourrait y faire ? Et je m'inquiète aussi pour Giles.

— Il va revenir chez Lytton, évidemment.

— C'est ce que je disais. Il va revenir chez Lytton.

— Je pense, annonça lady Beckenham à Billy par une belle matinée, tandis qu'elle regardait depuis la terrasse le paysage d'un vert intense, je pense que le temps est venu pour moi de changer d'air.

— De changer d'air, madame la comtesse ? répéta Billy avec horreur, se voyant déjà seul en face du nouveau comte.

— Oui. Oh, ne vous inquiétez pas, je n'ai pas l'intention de m'installer dans un bungalow du village.

Cela semblait une perspective encore plus incongrue que si elle s'était déclarée pressée de rejoindre lord Beckenham.

— Eh bien, je suis content de l'apprendre.

Il avait eu un autre accrochage avec son nouvel employeur la veille, et il avait même dit à Joan qu'il pensait devoir bientôt partir.

— Je vais m'installer dans la ferme, Billy. Et la diriger. Racheter la part de James, s'il est d'accord, et je pense qu'il le sera. Il ne sait pas s'en occuper et il a besoin de l'argent que ça lui rapporterait. Beckenham m'a laissé quelques pence. Je prendrai mes chevaux personnels, et j'emmènerai aussi Shepard.

— Oui. Je comprends.

Il sentait un énorme poids lui peser sur l'estomac. Lady Beckenham le regarda, une étincelle dans ses yeux sombres.

— Voudriez-vous vous joindre à moi ? Je pourrais avoir besoin d'un peu d'aide, et vous semblez vous y entendre aussi bien en agriculture qu'en chevaux. Je pourrais même vous céder une part de l'exploitation.

Billy devint écarlate.

— Je n'ai pas d'argent, malheureusement. Sinon je serais très intéressé, oui.

— J'y ai pensé. Je vous en ai légué dans mon testament, vous savez.

— À moi !

— Oui, à vous. Je ne connais pas beaucoup de gens qui le méritent autant que vous.

— Oh, mon Dieu !

Il se sentait légèrement étourdi.

— Oui, et il me semble qu'il vous serait plus utile tout de suite. Comme ça, vous n'auriez pas à régler les droits de succession. Alors, qu'est-ce que vous en dites ? Je ne vous fais pas la charité, attention, vous devrez travailler dur, sacrément dur. Mais je vous fais confiance là-dessus. Et je pense que nous formerons une bonne équipe tous les deux.

— Il faudra que je demande à Joan, mais ça m'a l'air... magnifique, vraiment magnifique.

— Bien. Très bien. Un gros potentiel nous attend là-bas. Nous n'avons guère le choix pour le moment avec tous ces champs cultivés, mais développer un bon cheptel, des herefordshire par exemple, serait un excellent investissement. Et aussi très excitant à mettre sur pied.

Billy s'assit, sans la quitter des yeux, le visage encore plus rouge qu'un instant plus tôt ; puis il sortit son mouchoir de sa poche et se moucha, très fort.

— Le jour où j'ai perdu ma jambe et que je suis venu ici était un jour de chance, dit-il enfin. Je ne sais pas comment je pourrai jamais vous remercier, madame la comtesse.

— En travaillant dur, et en ne faisant jamais semblant d'être d'accord avec moi si vous ne l'êtes pas. J'aurai besoin de franchise de votre part, Billy, de plus en plus à mesure que je vieillirai. Promettez-le-moi.

— Je vous le promets.

— Donc, c'est fini, dit Kit.

Sa voix était morne, son visage inexpressif.

Izzie le regarda puis éteignit la radio. Elle avait bien pensé que cela risquait de le bouleverser : ces incessants reportages sur la foule qui se pressait devant le palais de Buckingham, sur Mr Churchill revenant du service d'action de grâces à St Margaret's de Westminster et se rendant à la Chambre des communes, puis debout sur un balcon à Whitehall et proclamant : « Mes chers amis, c'est votre victoire », devant la foule qui lui répondait en chantant : « Il est des nôtres ! » Cet homme petit, gros, âgé, qui était leur héros. On parlait de gens qui couraient à côté de sa voiture, de pères qui soulevaient leurs enfants pour qu'ils puissent se vanter, des années plus tard, d'avoir vu le grand homme le jour de la victoire. Et aussi de gens qui grimpaient sur les réverbères ou les appuis des fenêtres, de la famille royale sortant sur son balcon pour adresser des signes à la foule, partageant sa liesse...

— Oui, dit-elle, c'est fini.

Kit soupira.

— Tant mieux.

— Kit...

— Oui ?

— Tu as aidé à la gagner, tu sais.

— Tu crois ? Tu penses que sans Kit Lytton, cette journée n'aurait pas eu lieu ?

— Non, bien sûr. Mais Kit, toi et tes camarades, vous êtes des symboles de courage, d'espoir, et de ténacité...

— Oh, je n'ai jamais laissé tomber. C'est plutôt moi qu'on a laissé tomber.

Elle connaissait ce genre d'humeur ; on ne pouvait pas l'en distraire.

— Allons faire un tour, proposa-t-elle. La soirée est belle.

Elle avait choisi de passer cette journée – jour de congé dans les écoles – ici plutôt qu'à Londres, comme son père le lui avait suggéré.

— Kit sera peut-être déprimé, lui avait-elle expliqué. Ça lui fera plaisir que je sois là.

— Et moi ? Moi aussi, ça me ferait plaisir que tu sois là...

— Père, il y a beaucoup d'autres gens qui peuvent te tenir compagnie. Kit n'a que moi...

Kit et elle marchèrent lentement vers les bois, leur promenade favorite ; elle lui tenait la main, comme toujours.

— Je suis désolée, lui dit-elle.

— De quoi ?

— Pour ce que tu dois éprouver. Tu dois avoir du mal à te sentir... vraiment content.

— Oui. Sans même parler de mes petits problèmes personnels, des millions d'hommes, de femmes et d'enfants sont morts. Donc, oui, nous avons gagné la guerre, mais à quel prix ?

— C'est vrai. Mais je crois que ça ne sert à rien de se poser ce genre de question, Kit. Nous sommes anglais et nous... ou plutôt tu t'es battu pour la liberté de l'Angleterre. C'est ça qui compte.

— Oui. Tu as sans doute raison.

— Attention, il y a des ornières.

— Asseyons-nous, dit-il tout à coup.

— Pourquoi ?

— Parce que j'ai à te parler. Et il faut que je me concentre, sans avoir à me préoccuper des accidents de terrain.

Elle l'aida à s'asseoir par terre, puis s'assit à son tour en attendant calmement.

— Je... voudrais te remercier, commença-t-il.

— De quoi ?

— De m'avoir tellement aidé. D'avoir été aussi patiente, alors que je me conduisais comme un goujat. D'avoir toujours été compréhensive. D'être avec moi en cet instant.

— Je savais que ce serait dur pour toi aujourd'hui.

— C'est vrai. Mais qui d'autre y a pensé ? Ni ma mère ni mon père.

— En tout cas, moi, je pense toujours à toi.

— Je sais et je t'en suis reconnaissant au-delà de ce que tu peux imaginer.

— Et tu as fait beaucoup pour moi, autrefois, lui dit-elle en souriant.

— Moi ?

— Oui. Quand j'étais petite et que père n'était pas encore aussi... gentil qu'il l'est aujourd'hui.

— Dis plutôt qu'il était horrible, oui...

— Je crois que je peux le comprendre. Tu as connu ma mère, n'est-ce pas ?

— Oui.

— Elle était jolie ?

— Ravissante. Je pense souvent à elle.

— Pourquoi ?

— Parce que tout le monde affirme que tu lui ressembles énormément. Alors, ça m'aide à t'imaginer. C'est affreux de ne pas pouvoir te voir.

— Pourquoi spécialement moi ?

Il y eut un long silence, puis :

— Izzie, je sais que ça va être... un choc pour toi. Mais...

— Oui, Kit ? Quoi ?

— Je... c'est-à-dire que... Izzie, je ne devrais sans doute pas te dire ça, mais voilà... je t'aime. Beaucoup. Je sais que tu n'as que quinze ans... Écoute, j'y ai beaucoup réfléchi. Peut-être que tu n'éprouves pas les mêmes sentiments que moi. Mais... Izzie, ce que je veux dire, c'est que l'an prochain, tu auras seize ans. Et j'ai pensé que nous pourrions tout leur dire à ce moment-là.

— Leur dire quoi ?

Ce n'était pas une question frivole, une question de coquette ; elle osait à peine respirer, n'osant croire ce qu'elle allait peut-être entendre.

— Qu'un jour... peut-être quand tu auras dix-huit ans, après tout ma mère avait dix-huit ans quand elle s'est mariée...

— Mariée ! Tu es en train de me demander de t'épouser ?

Elle se sentait faible, la tête lui tournait ; elle ferma les yeux.

— Oui. Oui, c'est ça. Je voudrais savoir si tu peux envisager de dire oui. Je sais que je ne devrais pas te demander ça, en tout cas pas maintenant. Mais je t'aime tellement, je n'aurais jamais pu traverser toutes ces années sans toi. Et je ne peux pas non plus imaginer passer le reste de ma vie sans toi.

— Oh, Kit...

Izzie se rendit compte qu'elle pleurait, qu'elle pleurait et souriait en même temps.

— Est-ce une idée si terrible ?

— Terrible ? C'est merveilleux, tu veux dire... Depuis que j'ai l'âge de penser à ce genre de choses, j'ai imaginé ça, ou plutôt j'en ai rêvé... Et ensuite je me le sortais de l'esprit, comme une bêtise d'écolière.

Sans s'en rendre compte, elle avait imité la voix de son père, et Kit sourit.

— Tu vois, ça n'avait rien d'une bêtise. Mais de ma part, c'est une exigence énorme. Qu'est-ce que je suis ? Un type qui n'y voit plus...

— Un type qui écrit des histoires merveilleuses, un type qui est un écrivain renommé.

— Ne parlons pas de ça. En tout cas, tu iras à l'université ou ailleurs, selon tes projets. Je n'ai pas l'intention de t'empêcher de...

— Kit ! Tu crois vraiment que je te laisserais seul pour aller étudier à l'université si nous étions mariés ?

— Nous pourrions vivre à Oxford, dans la maison de ta mère. J'y ai déjà réfléchi. Oh, j'ai tout prévu, tu sais.

— Oui, dit-elle d'un air étonné, je vois ça.

— Alors, qu'est-ce que tu en penses ?

— Je pense que ce serait le paradis. Je ne me suis jamais sentie aussi heureuse de ma vie.

— Mais pas un mot à quiconque avant que tu aies seize ans. Sinon ils vont commencer à paniquer.

— Pas un mot, bien sûr.

— Izzie ?

— Oui ?

— Je peux t'embrasser ? T'embrasser vraiment ?

— Bien sûr. Mais peut-être...

— Oui ?

— On devrait d'abord aller dans les bois.

— Pourquoi ?

— Oh, Kit... Si ça doit rester un secret, il ne faut pas qu'on nous voie nous embrasser, tu ne crois pas ? Et nous sommes plutôt exposés aux regards, ici.

— C'est vrai, je n'y avais pas pensé. Mais je...

— Oui, murmura-t-elle. Je sais.

Elle resta éveillée toute la nuit, fixant l'obscurité, parfois en souriant, parfois très grave au contraire ; impressionnée par le bonheur qu'elle éprouvait, cette concrétisation presque miraculeuse de ses rêves.

Kit l'aimait, l'aimait vraiment ! À tel point qu'il voulait l'épouser ! C'était stupéfiant. Tout était stupéfiant.

Et qu'est-ce qui pouvait les arrêter ? Pourquoi même quelqu'un voudrait-il les arrêter ? Personne, à condition d'attendre son dix-huitième anniversaire. Lui aurait quoi... vingt-huit ans.

Son père, déjà, était bien plus âgé quand il s'était marié et Oliver paraissait bien plus vieux que Celia. Dix ans, ce n'était rien, rien du tout. Et ils pouvaient attendre. Même si on les y obligeait jusqu'à ce qu'elle ait vingt et un ans – mais non, ce ne serait pas nécessaire, beaucoup de filles se mariaient à dix-huit ans.

C'était merveilleux... Kit, le héros de son cœur, son cher Kit, si beau – elle se demandait s'il se rappelait combien il était beau –, si courageux, si intelligent. Et il était amoureux d'elle !

Amoureux ! Personne au collège ne l'était encore. En tout cas, pas dans sa classe. Elles rêvaient à des vedettes de cinéma, à Clark Gable et Cary Grant, pas à des hommes qu'elles pouvaient croiser dans la rue. Même si Joanna Humphries lui avait dit qu'un garçon l'avait embrassée au réveillon du nouvel an. En tout cas, elle était sûre qu'il ne l'avait pas embrassée comme Kit. Un baiser bouleversant ; elle l'avait ressenti tellement fort... Comme une grande vague à l'intérieur. Un moment parfait, merveilleusement parfait...

Mon Dieu, quelle chance elle avait... Elle serait heureuse pour le restant de sa vie.

45

— C'était une crise cardiaque, lady Celia, j'en ai peur.

— Une quoi ?

— Une crise cardiaque. Sans aucun doute.

— Mais...

Elle regarda Oliver qui reposait, immobile, pâle, paisible en apparence.

— ... mais il est... il n'est pas...

— Oh, il est vivant. Et il va même plutôt bien dans l'ensemble. Il vous le doit en grande partie, en raison de votre insistance pour qu'il fasse de l'exercice et qu'il suive son régime. Pour un homme de son âge, et après la très forte attaque qu'il a subie, il va bien. Mais il vient de faire une petite crise cardiaque. C'était un avertissement de Dame Nature pour qu'il ralentisse le rythme. Il faut qu'il se repose, qu'il renonce à aller chez Lytton chaque jour. Tous les deux, vous pouvez vivre des moments très agréables, vous savez. Profiter de la vie, prendre un peu le temps. Je suis sûr que vous n'êtes pas forcés de continuer à travailler autant.

Celia le regarda avec horreur : de toutes les choses qui lui répugnaient dans la vie, la perspective d'avoir beaucoup de temps libre était sûrement la pire. Pour elle, le travail était le but suprême : il lui donnait ses couleurs, son oxygène. Il chassait la dépression, combattait le désespoir, insufflait l'énergie, engendrait la joie. Le temps libre apportait l'ennui, n'était utile qu'en de rares et brèves circonstances, comme lorsqu'elle devait récupérer après une tâche particulièrement éreintante, mais il devenait vite encombrant, comme un invité terne et sans esprit lors d'une réception.

Toute son existence, elle avait travaillé dur et passionnément. Cela lui avait toujours apporté du bonheur ; quand tout le reste échouait, ou lui échappait, elle y revenait avec soulagement, sachant qu'elle y trouverait la satisfaction, l'épanouissement, la libération. Quand les gens lui disaient – de plus en plus souvent ces temps-ci – qu'elle apprécierait sans doute d'en faire un peu moins, qu'ils lui suggéraient de voyager ou de se trouver un hobby, de se consacrer à ses enfants et petits-enfants, elle les écoutait poliment, sans comprendre. C'était comme s'ils lui avaient parlé dans une langue étrangère ; cela n'avait aucun sens pour elle. La vie était faite de travail et de succès et, à un degré moindre, de gloire personnelle ; si elle ne pouvait plus les obtenir, autant s'en aller tout de suite.

Oliver, elle le savait, voyait les choses un peu différemment. Et elle avait peur des conséquences qui pourraient en résulter pour elle-même...

Oliver détestait leurs nouveaux locaux. Ils s'étaient installés dans un immeuble moderne à côté d'Oxford Street. Lytton occupait les trois étages du bas, une société de construction mécanique les trois du haut. Il s'y sentait très malheureux, pas à sa place. Il n'avait pas aimé Curzon Street, mais au moins, cela avait un certain style ; tandis que cet immeuble – avec ses pièces carrées, sans corniches, ni cimaises ni cheminées, ses couloirs monotones, son morne hall d'entrée – ne lui semblait pas convenir à une maison d'édition. Il avait vu une ravissante maison dans Grosvenor Square, dont il avait rêvé, mais elle coûtait trois fois le prix qu'ils pouvaient y mettre.

— C'est hors de question, père, lui avait dit Giles. Notre situation financière est toujours aussi incertaine, et l'immeuble, quelle importance ? Ça ne changera pas la qualité des livres que nous publions.

— Je n'en suis pas aussi sûr que toi, avait-il répondu.

Il regrettait Paternoster Row comme on regrette une personne disparue. Son cœur était encore là-bas ; il pensait aux trois décennies qu'il y avait passé et les larmes lui montaient aux yeux.

C'était Boy Warwick qui avait découvert ces nouveaux bureaux ; il travaillait maintenant dans l'immobilier. Il était revenu de la guerre sans trop savoir ce qu'il allait faire, impatient et indécis à la fois ; un jour qu'il flânait dans les quartiers de Londres en ruines, il avait été frappé par la fièvre de la reconstruction – et avait commencé à acheter. Prudemment, méthodiquement, quelques maisons ici, quelques immeubles là ; parfois il les mettait en valeur, parfois il les conservait tels quels. Il était remarquablement doué, expliqua Venetia à Adele, pour sentir ce qu'il appelait le potentiel de développement.

— Ça veut dire par exemple qu'il achètera un immeuble coincé entre deux autres, puis qu'il attendra. Un jour, une grosse boîte viendra, pour développer l'ensemble, alors il tiendra bon un moment, pour faire monter les prix, et ensuite il vendra. C'est très malin.

Venetia détestait autant que son père leurs nouveaux bureaux du 45, Clarice Street. Mais, plus consciente que lui des nécessités financières, elle s'était laissé convaincre.

Giles, de son côté, aimait Clarice Street ; il disait que c'était moderne et rationnel, et que cela convenait à une affaire moderne et rationnelle.

Sauf que Lytton n'était pas moderne, et encore moins rationnel.

443

Le commerce du livre dans son ensemble se portait mal ; la fin de la guerre n'avait pas signifié la fin des problèmes. Le rationnement du papier avait été maintenu. Son coût montait en flèche, en même temps que les autres frais, et la production ralentissait. Il y avait aussi une vague de grèves, car les gens qui revenaient de la guerre réclamaient plus que le pays ne pouvait leur offrir.

On considérait maintenant qu'il fallait en moyenne un an à un livre pour passer du stade du manuscrit à celui de la publication. En outre, les normes de l'économie de guerre restaient en vigueur pour le secteur, de sorte que les livres anglais avaient une apparence assez utilitaire et triste ; cela nuisait aux exportations, et les livres américains notamment, bien plus plaisants à regarder, étaient très demandés.

Le boom qu'avait connu la lecture pendant les années de guerre avait pris fin ; les gens avaient moins besoin de s'évader, faisaient davantage attention à ce qu'ils achetaient.

Cette situation était commune à tous les éditeurs. Mais Lytton se distinguait par des problèmes propres.

Le pire de ceux-ci était le conflit permanent provoqué par la prudence et le conservatisme excessifs d'Oliver et d'Edgar Greene, opposés aux choix plus instinctifs, et donc souvent à haut risque, de Celia, soutenue par Barty et les jeunes responsables éditoriales. De nouveaux livres écrits par des auteurs prometteurs étaient souvent soit refusés, soit longuement discutés par Oliver et Edgar, et finalement pris chez d'autres éditeurs plus rapides à réagir. Les projets imaginés par Venetia pour les promotions et les campagnes publicitaires étaient rejetés par Oliver et Giles parce que vulgaires, de mauvais goût ou trop chers.

Les mines d'or qu'avaient été autrefois pour Lytton les *Méridien* ou la saga des Buchanan ne se vendaient plus aussi bien ; la mode était à un nouveau réalisme, plus incisif. Dans la société qui avait fait de *La Fosse aux serpents*, des histoires berlinoises d'Isherwood et de *Rue de la Sardine* des best-sellers, il n'y avait plus guère de place, non plus, pour la nostalgie douce et l'humour de *Faveur et Grâce*.

Barty, qui avait engagé une excellente nanny pour veiller sur la petite Jenna, s'était remise d'arrache-pied au travail. Elle avait découvert deux livres qu'elle aurait voulu acheter : l'un était une comédie noire aux allures de thriller, l'autre l'histoire, très directe et crue, d'une famille luttant pour affronter les conditions de vie d'après-guerre. Mais les deux avaient été refusés par la direction littéraire.

— Je suis désolée... lui avait dit Celia. Autrefois, j'aurais payé

444

l'avance avec mon propre argent, mais ce n'est plus possible aujourd'hui, les sommes à engager sont trop importantes.

Deux des jeunes responsables éditoriaux de la maison étaient démoralisés, ne trouvant pas de débouché à leur énergie. L'un avait reçu une offre de Macmillan et l'autre de Cassell ; Celia les avait convaincus de rester, non sans mal.

Jay n'était pas encore revenu ; il ne devait pas être démobilisé avant Noël, au plus tôt. Mais son retour, Celia s'en rendait compte, ne ferait qu'accroître les conflits opposant la vieille garde à tous ces nouveaux talents impatients de faire leurs preuves.

Et il y avait aussi Giles. Il avait quitté l'armée et était revenu chez Lytton plus tôt, à cause de sa jambe, plein d'une nouvelle confiance en lui – sans s'être départi de ses anciens ressentiments.

Il passait ses journées à pester, parfois en silence, parfois plus ouvertement, contre la progression dans la maison, trop rapide à son goût, de Venetia et de Barty, soutenues par la détermination de Celia à voir Lytton infléchir sa politique éditoriale. Giles avait le soutien de son père et d'Edgar Greene, mais il lui faudrait trouver d'autres appuis s'il voulait consolider sa position dans la maison.

Il avait quarante ans, il avait prouvé sa capacité à mener des hommes au combat pendant la guerre. Il s'était habitué à prendre des décisions cruciales dont l'issue favorable dépendait de l'obéissance absolue de ceux qu'il avait sous ses ordres, et il jugeait insupportable cette ambiance d'hésitation et de discussions incessantes. La solution lui paraissait évidente : son père était un vieil homme, il n'était plus capable de diriger Lytton ; il était temps qu'il lui laisse la place, qu'il l'intronise comme son héritier. Chaque fois que Giles entendait dire que Venetia avait passé un fructueux accord avec une librairie, ou que Barty avait conclu un contrat avec un remarquable jeune auteur, chaque fois qu'il entendait sa mère répéter qu'elle attendait avec impatience le retour de Jay, il se sentait plus en colère, plus impuissant, plus ignoré.

Il résultait de tout cela une atmosphère délétère qu'Oliver ressentait cruellement, mais qu'il ne pouvait dissiper. Et cette impuissance à ramener la sérénité dans sa maison l'attristait.

— Je crois que, d'un côté, il serait soulagé de saisir l'occasion de partir, expliqua Celia à Sebastian, mais de l'autre, il se sent obligé de rester. Et s'il confiait les rênes à Giles, il provoquerait une grave crise, qui aboutirait au démantèlement de la société.

— Il le peut ?

— Oui. Il peut faire ce qu'il veut. Il possède la quasi-totalité des parts de la maison.

— Je sais. J'ai toujours estimé scandaleux que vous n'en possédiez que dix pour cent.

— Je n'avais jamais pensé que ça aurait de l'importance un jour. Pour moi, la seule chose qui comptait, c'était de faire marcher Lytton. La seule fois où j'ai eu peur, ç'a été quand il a voulu vendre à Brunnings. Vous vous rappelez ?

— Je me rappelle très bien cette période.

— Oui. En tout cas, nous avons survécu.

— Et les vingt pour cent de PM ? Ils sont revenus à Jay ?

— Non, à Oliver. C'est ce que le grand-père Edgar avait prévu. Sa grande crainte était que le pouvoir soit partagé entre plusieurs personnes et que la société finisse par tomber dans des mains étrangères. Son père l'avait fondée, elle reviendrait à son fils, et c'était comme ça.

— C'est féodal...

— Je sais. Mais ça n'avait pas eu tellement d'importance jusqu'ici. Je ne m'en étais pas vraiment souciée, Venetia a beaucoup d'argent...

— Et son mari est un homme d'affaires à la tête froide. Je ne pense pas qu'il sera très heureux de voir les choses continuer longtemps comme ça.

— Peut-être pas, en effet. De toute façon, il faudra bien prendre des décisions, et Oliver le sait.

— Et vous, qu'allez-vous faire ? Prendre votre retraite ? Je plaisante. Ils vont avoir plus que jamais besoin de vous là-bas.

— Ça aussi, c'est un problème. Oliver n'a jamais approuvé mes choix éditoriaux.

— Même s'ils ont apporté la réussite et la notoriété à Lytton ?

— Hélas, oui. En tout cas, il faut qu'ils reçoivent tous des parts égales. Et que je reste pour assurer la transition pendant un moment. Ou peut-être pour longtemps...

Elle soupira, en imaginant ce que pourrait être un Oliver isolé, s'ennuyant, réclamant sa présence, jaloux qu'elle continue chez Lytton : une ombre maussade qui planerait sur tout ce qu'elle entreprendrait.

— Et Barty ?

— C'est un cas difficile. Elle est extrêmement intelligente, extrêmement douée, c'est la meilleure dans tous les domaines, mais... ce n'est pas une Lytton. Et il y aurait sûrement de gros problèmes si Oliver lui octroyait plus de pouvoir.

— Ça ne me paraît pas très juste.

— Non, en effet. Mais ils lui en veulent depuis toujours, pour des raisons différentes. Dans son cas, je ne vois pas de solution.

— Et vous pensez qu'Oliver va essayer de vous obliger à vous retirer ?

Elle le regarda fixement.

— Pourquoi souhaiterait-il une chose pareille ?

— Ce n'est pas ce que je vous demande. Est-ce qu'il le pourrait ?

— Bien sûr que non.

— En théorie, si. Il pourrait vous obliger à vendre vos parts, et ensuite vous exclure du conseil par un vote.

— Ne me faites pas peur...

— Je vais essayer. De toute manière, ça ne créerait pas les meilleures conditions pour que vous preniez votre retraite ensemble.

— Non. C'est absurde. Sebastian... il y a un autre sujet dont nous devons parler, n'est-ce pas ?

Il soupira.

— Oui. Oui, il y en a un autre. J'ai eu une idée...

— Isabella, j'ai pensé à quelque chose...

— Oui, père ?

— Est-ce que tu aimerais passer un an à l'étranger ?

— À l'étranger ? Je détesterais ça.

— Ne sois pas stupide ! Tu n'y es jamais allée, tu ne connais pas. Le voyage élargit l'esprit, surtout à ton âge. Je pensais à l'Amérique.

— L'Amérique ?

— Oui. Nous pourrions y aller ensemble. Je me disais que nous pourrions séjourner un an là-bas, on m'a souvent demandé d'aller y donner des conférences. Tu pourrais faire la connaissance des Lytton américains, Robert, le frère d'Oliver, et Maud, dont tu as tellement entendu parler...

— Père, je te l'ai déjà dit, je déteste cette idée. Je la déteste et je n'irai pas à New York.

— Tu iras si je te le dis, Isabella !

— Ça s'est très mal passé. Elle est devenue presque hystérique. J'ai peur qu'il y ait quelque chose là-dessous. Et je crois qu'il est en effet nécessaire d'agir.

— Barty part pour New York après Noël.

— Ah bon ?

— Oui. Elle veut présenter Jenna à ses amis en Amérique – en tout cas ceux qui l'accueilleront. Je pense que Maud va encore refuser. Elle veut aussi retourner voir les bureaux de New York, elle continue à s'intéresser à ce qu'ils font.

447

— À propos, qu'est-ce qui est arrivé aux parts de Lytton New York qu'Elliott possédait ?

— Il les a laissées à sa femme. Oliver en parlait justement à Stuart Bailey l'autre jour.

— Et elle y montre un quelconque intérêt ?

— Aucun, semble-t-il. Elle les vendra sans doute. Mais ça paraît être une succession très compliquée, comme on pouvait s'y attendre. Rien n'a été mis en ordre.

— Père veut que j'aille en Amérique.

— En Amérique ! Pourquoi ?

— Je ne sais pas. Il dit que ce sera bon pour moi ou quelque chose comme ça, que ça m'élargira l'esprit. Mais je ne partirai pas, Kit, je n'irai pas. Imagine, ne pas se voir pendant un an... Je préférerais mourir.

— Je ne peux pas l'imaginer non plus. Ne t'inquiète pas, je trouverai quelque chose. Je t'aime, Izzie.

— Je t'aime, Kit.

— Écoute, Oliver, nous devons parler sérieusement. C'est très important.

— Parler de quoi, ma chérie ?

— De ta retraite. Et de qui va te remplacer.

— Oh, on a bien le temps. Et je suis terriblement fatigué.

— Tu es fatigué parce que tu n'es pas bien, Oliver. Tu te rappelles ce qu'ont dit les médecins. Ils sont tous d'accord. Et puis tu dois t'arrêter de manière officielle. Ce que tu fais en ce moment n'est pas bon, pour aucun de nous. Tout le monde sait que tu pars, tu dois l'annoncer publiquement. Quelle que soit la manière dont tu t'y prendras. Tu as une idée ?

— Beaucoup d'idées, ma chérie. Et j'aimerais en parler avec toi. Mais pas maintenant, je te l'ai dit, je n'en ai pas le courage. Demain, peut-être.

Il était très doué pour éviter les confrontations. Celia avait vécu cette situation toute sa vie, parfois en la tournant à son avantage ; mais elle avait également appris qu'il n'y avait rien à y faire, si ce n'est attendre qu'il se décide.

Ils passèrent tous Noël chez les Warwick. Celia avait toujours redouté cette période, cette année plus que jamais, à cause de tous les problèmes dans la famille. Ils allaient être nombreux : Adele et ses enfants, lady Beckenham, Sebastian et Izzie, ainsi que Jay, démobilisé à temps pour Noël, Tory – le mariage était prévu pour le printemps – et Gordon Robinson. Barty accepta de venir avec Jenna, à la dernière minute.

— Je pensais rester seule, dit-elle à Sebastian, mais ça aurait peut-être été un peu lugubre. Et si vous venez...

— Nous viendrons sûrement. Tu pourrais en profiter pour essayer d'intéresser Izzie à New York.

— Pourquoi ?

— Je veux l'emmener un an là-bas. Ça lui ferait du bien.

— Je croyais qu'elle réussissait très bien au collège, qu'elle projetait d'entrer à Oxford...

— Je la trouve un peu trop sérieuse, répondit-il d'un ton vague. Une année sabbatique serait une excellente solution.

— Sebastian, je n'en suis pas aussi sûre que vous. Qu'est-ce que vous me cachez ?

— Rien.

Ses yeux bleu foncé étaient ternes et inexpressifs.

— Rien du tout.

Il prit Jenna, assise à ses pieds, qui jouait avec ses lacets.

— Tu es une bien jolie petite fille... Elle ressemble à son papa, n'est-ce pas ?

— Trait pour trait. Mêmes cheveux, mêmes yeux...

— Une couleur magnifique. La couleur de ta bague.

— Oui. Apparemment, c'était voulu. C'est une belle histoire, je vous la raconterai.

— Tu as l'air heureuse.

— Je le suis, reconnut-elle – et cela semblait la surprendre. La plupart du temps. Parfois, je me sens en colère, ou seule, et je regrette beaucoup que Laurence n'ait pas au moins su pour Jenna. Mais en général, oui, je suis heureuse. C'est merveilleux d'avoir repris mon travail. Même si c'est un peu difficile chez Lytton en ce moment.

— J'imagine, oui.

— J'attends avec impatience de partir. J'aime New York, j'ai souvent l'impression que mon vrai chez-moi est là-bas. C'est stupide, mais... Bon, que je vous raconte pour la bague.

— C'est drôle quand même, l'héritage, les gènes, commenta-t-il quand elle eut fini. Certains enfants ressemblent tellement à leurs parents, ou à un de leurs parents – comme Izzie et Pandora, n'est-ce pas ? Et les jumelles, c'est leur mère tout craché.

— Oui, et Giles aussi, dans un sens. J'ai souvent pensé que c'était un peu triste pour Oliver, aucun d'eux ne lui ressemble vraiment.

— Kit lui ressemble. Blond, les yeux bleus…

— Oui, mais c'est tout. Il n'a pas la même carrure, et ses traits sont différents. Apparemment, il tient beaucoup plus du grand-père Edgar. C'est ce que Celia dit, en tout cas.

— Elle dit ça ?

Noël ne fut pas une réussite totale. La plupart des invités faisaient un effort mais Giles se montra morose, Helena nerveuse et Izzie étonnamment silencieuse ; elle restait assise auprès de Kit et ne répondait même pas aux taquineries de Henry Warwick, qu'elle appréciait en général.

Henry avait maintenant dix-sept ans ; il était grand, incroyablement beau et séduisant.

— Je m'inquiète à l'avance pour sa femme, dit Venetia à Adele en soupirant.

Rou était plus petit, moins beau que lui mais extrêmement drôle, avec un grand talent d'imitateur. Ils s'amusèrent beaucoup, surtout dans les charades et les jeux d'après dîner. Rou mima une chenille tout en imitant Frank Sinatra, la nouvelle coqueluche des adolescentes, et fit pleurer tout le monde de rire.

— Tu aimes Frank Sinatra, Izzie ? demanda Henry.

— Pas spécialement, non, rétorqua-t-elle d'une voix un peu contrainte. Je n'aime pas ce genre de musique.

— Pourquoi ?

— Je n'aime pas, c'est tout…

— Tu devrais, à ton âge, dit Sebastian d'une voix ferme. Tu réagis comme une vieille dame, Isabella. Un voyage à New York te fera du bien. Tu le verras peut-être en personne.

— Je ne veux pas le voir en personne, je ne veux pas aller à New York ! s'écria-t-elle, puis elle se leva et quitta la pièce.

Il y eut un silence embarrassé et Helena intervint :

— Je pense que nous devrions nous préparer à partir…

— Oh, mère, on s'amuse tellement, dit Mary. Juste un jeu encore…

— Plus de charades, pour l'amour du ciel ! supplia Boy. C'est épuisant.

— Si on jouait à un de ces jeux de mémoire où on fait le tour de la pièce ? proposa Amy. J'aime bien.

— Oh, c'est ennuyeux… protesta Elspeth.

— Non, je ne trouve pas. Je les aime bien moi aussi, avoua Sebastian de manière inattendue. Tu veux dire « Je suis allé au marché », ce genre de choses ?

— Oui.

— Oh, j'adore ça, dit Tory. Je suis plutôt bonne.

— Alors, allons-y. Commence, toi.

— D'accord. Je suis allé au marché et j'ai acheté du concombre.

— Je suis allé au marché, dit Rou, j'ai acheté du concombre et du poil à gratter.

Izzie revint dans la pièce et s'assit à côté de Kit.

— À quoi vous jouez ?

— Au jeu de la mémoire. On aime bien ça. Allez, on continue...

Ils firent une première fois le tour de la pièce et tout le monde réussit, mais ensuite les gens commencèrent à oublier des choses et à être éliminés. À la fin du troisième tour, ils n'étaient plus que six, puis cinq à la fin du quatrième : Kit, Izzie, Oliver, Tory et Sebastian. La liste devenait très longue. Sebastian entama avec plaisir le cinquième tour, à la fin duquel Oliver fut éliminé.

— Ma mémoire est trop usée.

Ensuite, ce fut Tory. Les trois qui restaient continuèrent en riant, sans jamais commettre d'erreur ; leur mémoire semblait infaillible.

— Ça devient ennuyeux, bougonna Henry, qui avait été sorti dès le deuxième tour. Si on changeait ?

— Non, on doit finir, décréta Sebastian. Izzie, à toi.

Elle réussit haut la main, puis Kit.

— Extraordinaire, approuva Gordon Robinson, très impressionnant. Une mémoire photographique, n'est-ce pas comme ça que ça s'appelle ? Trois cerveaux absolument identiques, visiblement.

Il y eut un bref silence puis Sebastian répondit rapidement :

— Oh, c'est juste un truc. Je retiens les premières lettres de chaque mot et je forme un mot, un mot sans queue ni tête. Facile.

— C'est drôle, observa Kit, j'ai utilisé la même méthode !

— Il faut vraiment qu'on y aille, enchaîna Helena.

Allongé ce soir-là dans son lit et songeant à Izzie, à ce voyage en Amérique que son père voulait à tout prix lui imposer, Kit repensa à cette histoire du jeu de mémoire. Bizarre que lui et Sebastian puissent utiliser la même technique pour se rappeler quelque chose. Sans doute était-ce une méthode connue... Pourtant, il n'avait jamais entendu personne en parler. Puis il se souvint de la phrase de Gordon Robinson : « Trois cerveaux absolument identiques », et il lui sembla que cela lui évoquait autre chose, un autre souvenir ; lequel, exactement ? Une photographie, ça avait un rapport avec une photographie... ils étaient assis sur la terrasse à Ashingham et la petite Noni tenait un objet... non, il n'arrivait pas à s'en souvenir. Et PM, aussi, avait dit quelque chose... Il avait bu trop du vin rouge de Boy. La pièce commençait à tournoyer un peu.

Il s'endormit.

46

— Je t'adore, je t'adore, ma jolie petite fille...

Felicity Brewer regardait Barty par-dessus la tête dorée de Jenna.

— Elle est divine. Comme vous l'avez bien réussie...

— Je n'ai pas grand mérite, dit Barty en riant. Ça s'est fait tout seul...

— Robert l'a déjà vue ?

— Bien sûr... Il l'adore, il dit qu'elle ressemble énormément à Jeanette.

— C'est vrai. Sauf qu'elle est encore plus jolie. Et Jamie, qu'est-ce qu'il en pense ?

— Il a l'air de l'adorer lui aussi.

— Je suis pressée que vous rencontriez Kyle. Il était très impatient que vous arriviez.

— Comment va-t-il ?

— Très bien. Pour ce qui est de son divorce en tout cas. Ça s'est bien passé, à l'amiable. C'est juste que Lucy... je suppose qu'elle ne l'aimait pas assez.

— C'est elle qui y perd, remarqua Barty d'un ton léger.

— Certes... En tout cas, dîner ici ce soir. Robert, Jamie, tout le monde. C'est arrangé. Et ce petit ange. Et surtout, n'oubliez pas que vous avez une baby-sitter disponible en permanence ici. Sans parler de ma femme de chambre, qui rêve de lui mettre la main dessus.

— C'est très gentil à vous. À l'occasion, je serais ravie d'en profiter.

Elle avait oublié combien les Américains pouvaient être chaleureux et hospitaliers. C'était ce qu'elle préférait chez eux. Au bout de quelques heures, elle eut l'impression de n'être jamais partie. Elle avait craint que New York sans Laurence soit douloureux. Elle ressentait plus fortement sa présence dans l'énorme énergie que dégageait la ville ; de temps en temps, un souvenir l'étreignait par surprise, comme cet endroit dans l'Upper East Side où ils avaient pris un café, ce banc dans Central Park où ils s'étaient assis, pour décider s'ils iraient voir le dernier Busby Berkeley (sa préférence à elle) ou *Les Temps modernes* (son idée à lui). Bien sûr, ils étaient allés voir *Les Temps modernes*...

Mais la plupart du temps, tout se passait bien ; elle pouvait s'asseoir dans le patio du *Plaza* et boire un thé avec Felicity, arriver dans Park Avenue et passer devant Elliott House, jeter un coup d'œil à l'intérieur du Colony : tout était plein de souvenirs mais ils ne la rendaient pas vraiment triste, juste mélancolique. Chaque jour, elle se sentait un peu plus heureuse en repensant à lui ; c'était étonnant, agréable. Il avait été l'élément le plus important de sa vie, elle l'avait aimé totalement, il l'avait rendue terriblement heureuse et terriblement malheureuse ; elle serait quelqu'un de très différent si elle ne l'avait pas rencontré, et elle n'aurait pas voulu retrancher un seul jour passé avec lui, même le plus difficile. Ce qui ne l'empêchait pas, aujourd'hui, d'être contente de ce qu'ils avaient partagé, de profiter de ce qu'il lui avait donné.

Surtout Jenna.

Barty n'aurait pas cru qu'il était possible d'aimer quelqu'un autant qu'elle aimait Jenna. Elle avait entendu les jumelles, Celia, d'autres femmes dire qu'on ne savait rien sur l'amour jusqu'à ce qu'on soit mère, et elle ne les avait pas crues. Pourtant, c'était vrai. Jenna comptait plus pour elle que n'importe qui d'autre ; elle le savait, si Laurence avait vécu, même lui aurait été relégué à la seconde place. En tout cas, à une place différente. Elle souriait en pensant qu'il ne l'aurait sans doute pas très bien pris... À mesure que Jenna grandissait, devenait une fillette charmante, délicieuse, et aussi (inévitablement) obstinée, difficile, capricieuse, Barty mesurait le plaisir qu'elle prenait à sa présence, l'immense vide qu'aurait été sa vie sans elle.

C'était merveilleux d'être à New York, une ville qui ne portait aucun stigmate de bombardements ; une ville où les rues étaient bordées de vitrines éblouissantes, remplies de choses merveilleuses et presque inimaginables : robes de soie, manteaux de fourrure, belles chaussures, parfums de luxe. Où l'on pouvait avoir tout ce qu'on voulait à manger, autant qu'on en voulait, faire le plein d'essence aussi souvent qu'on le désirait, aller passer des vacances là où on en avait envie... Comparé au sévère visage qu'offrait encore Londres, New York avait quelque chose de féerique – à tel point qu'elle n'avait guère envie de rentrer chez elle.

Elle avait réservé une chambre dans un assez modeste hôtel de Gramercy Park, près de Lytton House, où Jenna serait bien accueillie ; mais Felicity ne voulut rien entendre et l'obligea à le quitter dès le premier jour pour venir s'installer dans leur appartement d'amis.

— Ici, vous n'aurez jamais l'impression de gêner. Vous pourrez aller et venir comme bon vous semblera et nous serons toujours ravis de vous entendre frapper à notre porte.

En l'espace de trois semaines, ils l'emmenèrent voir tous les grands spectacles à l'affiche, manger dans les meilleurs restaurants, faire des courses jusqu'à l'épuisement ; elle alla danser avec Kyle Brewer, Jamie et sa femme Lindy (une Américaine pur jus, comme Felicity la lui avait décrite en riant) à Greenwich Village.

Maud restait la seule ombre au tableau, refusant toujours de la voir. Elle était mariée à un architecte (comme elle), et ils vivaient dans une petite maison de l'Upper East Side, avec leurs deux enfants.

— Je suis désolé, ma chérie, lui avait annoncé Robert, très embarrassé. Elle dit... qu'elle ne peut pas.

— Ce n'est pas grave. Je comprends.

Elle comprenait, mais cela lui faisait mal.

Elle rendit plusieurs fois visite à Lytton New York ; le contraste avec Lytton Londres était terrible. Débordant d'activité, d'énergie, de réussite...

— On fait beaucoup d'argent, lui expliqua Stuart Bailey. Il y a un vrai petit boom dans l'édition ici.

Il avait à peine vieilli ; l'air toujours assez sévère, avec ses cheveux gris acier et ses traits de patricien, mais svelte, en forme, plein d'enthousiasme. Elle pensa tristement à Oliver et à la différence entre eux deux, puis chassa cette image qu'elle qualifia de déloyale.

— Votre Geordie MacColl connaît toujours un grand succès, lui apprit Stuart. C'est un des piliers de Lytton. Ç'a été une grande découverte de votre part, Barty. Nous le gardons sous clé, je peux vous le dire. Ils ont tous essayé en leur temps, Doubleday, Random House, Macmillan, mais nous ne le laisserons jamais partir. Vous devriez l'emmener à Londres, faire sa promotion là-bas. Il sort un nouveau livre en mai, *L'Opium de l'élite*. Son genre habituel, mais sur un sujet très actuel, un GI revenant de la guerre. Pourquoi ne le publieriez-vous pas là-bas ?

— Oui, ça pourrait se faire.

Elle se demandait comment une telle suggestion serait accueillie chez le dinosaure pataud que Lytton Londres semblait être devenu.

Elle déjeuna néanmoins avec Geordie ; elle l'emmena au Colony, sachant qu'il aimerait et parce qu'elle voulait tester son propre courage, en affrontant un autre fantôme.

— Nous n'aurons pas une bonne table, j'en ai bien peur, le

454

prévint-elle en riant quand elle lui téléphona pour l'inviter. Sûrement pas dans la première salle.

— Ça n'a pas d'importance, lui répondit-il. J'adore l'endroit de toute façon. Et maintenant, beaucoup de gens préfèrent être au fond. C'est devenu assez chic. Beaucoup de vedettes de cinéma, qui tiennent à leur tranquillité.

On leur donna une assez bonne table.

— Presque au milieu, lui dit-il en souriant. Bien joué.

Elle soupçonnait que c'était son nom à lui, plutôt que le sien, qui la leur avait value.

Il n'avait pas changé, toujours la même classe, cet air WASP et juvénile, son charme un peu timide. Il lui dit que lui aussi avait divorcé.

— Ça fait fureur ici, lança-t-il gaiement. Vous n'êtes rien si vous n'avez pas divorcé au moins une fois. Surtout au Colony.

Il lui raconta qu'il travaillait déjà sur un nouveau livre.

— Je suis très emballé. C'est sur la mafia new-yorkaise et la manière dont ils infiltrent les œuvres de charité...

Cela paraissait un peu compliqué à Barty, mais elle affirma qu'elle était impatiente de le lire.

Pendant qu'ils finissaient leur repas, Kyle Brewer apparut à leur table.

— Bonjour... Ravi de vous voir, Geordie. Vous êtes en train d'avouer à Barty que vous venez nous rejoindre ?

— Désolé, Kyle, mais non. J'aime Lytton.

— Ça ferait un bon slogan. Je vous le cède gratuitement, Barty.

— Merci. Je vous offre un verre en échange. Asseyez-vous...

Ils bavardèrent un moment, puis Kyle interrogea Geordie :

— Barty vous emmène à Londres ? Votre nouveau livre est tout indiqué pour l'Angleterre, avec la guerre en arrière-plan.

— Elle... peut-être, dit Geordie avec un rapide sourire à Barty.

— Si vous y allez, n'oubliez pas de vous faire inviter chez les Lytton. Une vraie dynastie à l'anglaise. Il y a Oliver, la caricature du gentleman, sa femme, lady Celia, si belle et tellement spirituelle, vous osez à peine ouvrir la bouche en face d'elle. Et puis les jumelles, du genre qu'on n'oublie jamais. Quand elles étaient jeunes filles, elles étaient divines. Maud a encore de nombreuses photos d'elles, notamment une qui est parue dans *Style* et où on les voit en quatre exemplaires, avec un miroir.

— Oh, oui, celle-là a fait beaucoup parler, confirma Barty. En tout cas, elles sont toujours ravissantes. Venetia travaille pour Lytton, elle a un poste important là-bas.

— Aussi important que le vôtre ? demanda Geordie.

— Bien plus que le mien. De toute façon, c'est une Lytton.

— Et l'autre, qu'est-ce qu'elle fait ?

— Adele est photographe. Elle réussit très bien.

— Et si je viens à Londres, je rencontrerai ces extraordinaires créatures ?

— Si vous le voulez, je suis sûre que ça peut s'arranger, oui.

Barty télégraphia chez Lytton cet après-midi-là, en leur demandant s'ils étaient intéressés par le nouveau livre de Geordie. Déjà réhabituée à la fièvre et à l'efficacité de New York, elle fut d'abord outrée, puis résignée que Londres ne réagisse qu'au bout de trois jours ; et en plus, sous la forme pusillanime d'une timide suggestion : ils souhaitaient juste « jeter un coup d'œil dessus ».

Pour ce livre, au moins cinq grands éditeurs anglais allaient faire des offres ; Barty se sentit découragée.

— Nous aurions dû acheter le manuscrit de Barty. Celui de ce MacColl.

Jay était entré dans le bureau de Celia, en plein désarroi.

— Je sais, Jay. Mais bon... tu sais bien. J'ai fait de mon mieux, mais ça n'a servi à rien. C'est trop bête, nous avons besoin d'un best-seller pour le début de l'automne. Nous l'avons définitivement perdu ?

— Je pense, oui. Aux dernières nouvelles, Hutchinson offre une très grosse somme. Celia, qu'est-ce qui arrive à Lytton ? On dirait que tout va de travers...

— J'aimerais dire que nous sommes en train de redresser la barre, mais...

— Si nous ne faisons pas attention, nous serons bientôt débarqués du bateau. On dirait que la maison est en train de se désagréger.

Jay retourna dans son bureau pour télégraphier à Barty que ce n'était pas sa faute s'ils n'avaient pas fait une offre pour *Opium*, comme on l'appelait dans la profession. Barty lui télégraphia en retour : « Je me doutais bien que tu n'y étais pour rien. »

— Isabella, il y a une lettre de Barty. Et aussi quelques cartes postales, la statue de la Liberté, regarde. Ça ne te fait pas envie ?

— Non. Pas du tout.

— Quoi, même pas pour avoir une idée de ce que nous verrons bientôt ?

— Non, parce que je ne pars pas.

Sebastian n'avait jamais été particulièrement calme de tempérament ; mais là, inquiet comme il l'était, il réagit violemment.

— Ne sois pas insolente et va dans ta chambre ! Nous partons pour New York à la fin de ton trimestre, un point c'est tout ! La plupart des filles de ton âge seraient ravies !

Izzie le regarda en silence puis sortit de la pièce, non sans claquer la porte derrière elle.

— J'ai réfléchi, dit-elle à Kit au téléphone ce soir-là, quand Sebastian fut sorti pour dîner. J'ai une idée.

— Qu'est-ce que c'est ?

— Je n'ose pas te la dire au téléphone. Mais je suis sûre que ça va te plaire.

— Tu ne pourrais pas venir ici demain ?

— À Cheyne Walk ? Si. Je dois aller chez le dentiste à deux heures. Je pourrais passer après.

— D'accord.

Elle arriva, essoufflée et excitée ; Kit lui ouvrit la porte lui-même.

— Il y a quelqu'un ici ?

— Non. Enfin si, père, mais il dort. Il n'y a personne d'autre.

— Bien. Allons nous asseoir.

Ils entrèrent dans le salon et elle ferma la porte.

— Prêt ?

— Oui.

— Alors, écoute. Voilà…

Elle repartit une demi-heure plus tard, après un baiser passionné.

— Je t'aime.

— Je t'aime moi aussi, lui dit-il, plus que jamais. C'est une idée merveilleuse, aussi merveilleuse que toi.

— Je suis désolée, père, d'avoir été si grossière hier. Bien sûr que je t'accompagnerai à New York.

— Bien…

Il lui sourit, soulagé.

— Je suis content. Tu veux lire la lettre de Barty maintenant ?

— Oui, s'il te plaît.

— Et, écoute, j'ai songé à ton anniversaire. C'est important, non, seize ans ? Qu'est-ce que tu voudrais ? Une fête ?

— Oh, je ne sais pas. Je ne suis pas très fête.

— Alors, disons une fête de famille ? Qu'est-ce que tu en penses ?

Elle réfléchit un moment.

— Oui. Oui, ça pourrait être bien. Ici ?

— Pourquoi pas ?

— Est-ce que Henry et Rou pourraient venir ?

Ça devrait brouiller les pistes, songea-t-elle.

— Mais oui, ils font partie de la famille. Qu'est-ce que tu penses du week-end d'avant ? Ton anniversaire est un mercredi, je crois.

— Oh, non, je préférerais celui d'après. Sinon je ne sentirai pas mes seize ans, j'aurai l'impression de tricher.

— Tu es drôle ! Mais c'est d'accord.

— Bonne nouvelle, annonça-t-il à Celia. Nous sommes en train de gagner la partie. Non seulement elle a accepté l'idée du voyage en Amérique, mais elle a demandé que Henry vienne à sa fête d'anniversaire. Donc ça ressemble – touchons du bois – à une simple amourette d'adolescente. Comme je l'ai toujours cru, d'ailleurs.

— Bien.

— Nous ne sommes pas encore tirés d'affaire, mais... Tant que nous y sommes, vous pouvez noter la date ? Le samedi 18 mai, grande fête de famille. Lytton, Warwick, Lieberman, tout le monde.

— Bien sûr.

Quelques jours avant de quitter New York, Barty monta dans le bus pour Long Island. Elle devait exorciser le dernier fantôme, le plus dangereux de tous.

Elle emmena Jenna ; cela représentait un long trajet, mais elles en profiteraient pour passer l'après-midi sur la plage. Jenna n'en avait jamais goûté les plaisirs ; elle les découvrirait sur la côte sud de Long Island – comme Barty avant elle.

Elle descendit du bus à Southampton, assit Jenna dans sa poussette pliante et prit la direction de South Lodge. Le voyage semblait plus long que dans la Packard de Laurence.

South Lodge se trouvait tout au bout du chemin. Au sortir d'un tournant, elle vit la maison, telle que dans son souvenir. Elle l'avait revisitée jour après jour, nuit après nuit ; elle avait revu en pensée l'allée qui montait en décrivant une courbe, les murs de pierre recouverts de glycines, les piliers placés de part et d'autre de la porte d'entrée, les jardins clos sur le côté de l'allée...

Elle se surprit à pleurer, assez fort ; Jenna tourna la tête à ce son inhabituel et leva les yeux vers elle, intriguée.

Barty s'empressa de lui sourire, sécha ses larmes du revers de la main. Elle avait trop présumé de ses forces, elle n'aurait pas dû venir ici. Elle savait pourquoi elle souffrait : pas seulement parce qu'elle avait aimé cette maison, elle y avait été brièvement mais extraordinairement heureuse ; mais surtout parce que c'était ici qu'elle avait quitté Laurence ce fameux jour, après leur dernière nuit, leur dernière épreuve de force désespérée.

Elle leva les yeux vers la maison, qui semblait vide. Fenêtres et volets fermés, les grandes portes verrouillées, aucun signe de vie nulle part. Elle commença à monter l'allée d'un pas hésitant, comme si elle risquait à tout moment de devoir rebrousser chemin.

Barty tâcha de distinguer quelque chose par l'interstice entre les deux battants de la porte ; elle se sentait un peu mieux maintenant. Le rugissement de l'océan, les cris des mouettes... c'était un endroit fascinant. Les pelouses impeccables, les arbustes taillés ; quelqu'un avait donné des ordres pour que la propriété soit entretenue.

Soudain, une porte s'ouvrit dans le mur d'un des jardins clos et un homme en sortit. Mills ! Le chauffeur de Laurence, celui qui l'avait conduite à Manhattan et qui l'en avait ramenée cet horrible jour... Il l'aperçut, la dévisagea quelques instants puis lui sourit, encore incertain.

— Miss Miller ? C'est vous ?

— Oui, c'est moi. Bonjour, Mr Mills.

— Ça alors, c'est merveilleux ! Attendez, que je vous ouvre la porte du côté. C'est merveilleux de vous voir, Miss Miller... Et... qui est cette petite fille ?

— Oh, c'est... ma fille.

— Alors vous êtes mariée ?

— Oui...

C'était plus simple comme cela.

— Bonjour, ma petiote. Ma parole, comme elle est jolie...

— Je vous en prie, ne dites pas qu'elle ressemble à Laurence.

Il dit rien.

— Entrez, Miss Miller. Vous voudriez peut-être un peu de thé ? Et où est votre voiture ?

— Je suis venue avec le bus, Mr Mills.

— Le bus !

Si elle lui avait dit qu'elle était arrivée en soucoupe volante, il aurait trouvé cela moins étonnant.

— Vous avez fait tout ce chemin en bus ! Alors, vous devriez entrer.

— Est-ce que... est-ce qu'il y a quelqu'un d'autre ici, Mr Mills ? Je veux dire...

— Non, bien sûr que non, Miss Miller. Vous ne saviez pas... Oh, mon Dieu, vous n'avez pas appris que...

— Si, Mr Mills, bien sûr. Je sais que Mr Elliott a été tué, en France.

— Oui... Pourquoi il a voulu y aller, Miss Miller ? Nous n'arrêtons pas de nous poser la question. Il n'en avait pas besoin, ce n'était pas nécessaire. Il avait largement dépassé l'âge. Risquer sa vie... C'est si triste, si affreusement triste.

— Je crois qu'il était très courageux, Mr Mills.

— Très courageux, oui. Très, très courageux.

— Je me demandais si... si quelqu'un vit ici maintenant.

— Personne ne vit ici, Miss Miller, répondit-il, surpris. Personne ne vit ici depuis... plusieurs années.

— Vraiment ? Mais je pensais... quand Mr Elliott s'est marié...

— Il ne l'a jamais amenée ici, Miss Miller, jamais. Sauf une fois, quand ils ont pris des photos pour je ne sais plus quel magazine. Sinon, il ne l'a jamais laissée venir ici. Je crois qu'elle aurait voulu, parce que je les ai souvent entendus se disputer à ce sujet. Vous savez comment il était, Miss Miller, très résolu.

— Oui. Je sais.

— Nous devions entretenir la maison, en prendre soin, la garder impeccable, mais elle n'est jamais venue. Lui venait de temps en temps, seul, mais il n'a jamais amené aucun de ses amis ici. Après... après vous, Miss Miller.

— Oh...

— Est-ce que vous vous sentez bien ? Vous êtes très pâle... Vous n'auriez pas dû faire tout ce chemin dans ce terrible bus, avec la petite. Venez dans la cuisine... Tenez, asseyez-vous ici, je vais vous préparer du thé. Malheureusement, Mrs Mills n'est pas là cet après-midi, elle se serait mieux occupée de vous. Est-ce que la petite veut un biscuit ?

— Elle serait ravie. Merci.

Barty resta assise, tournée vers la fenêtre, contemplant la vaste pelouse, les hautes herbes et au loin la mer. Elle songea à cet homme qui l'avait haïe au point de lui envoyer des photographies de sa fiancée et des reportages sur son mariage, juste pour la blesser ; et qui l'avait aimée au point de ne plus permettre à personne d'autre de venir dans cette maison après elle — cette maison qui était le seul endroit au monde où il se sentait en sécurité, et qui avait été leur maison pendant une si brève période.

Mills insista pour la raccompagner en ville.

— Je ne pouvais pas vous laisser ramener cette enfant en bus. Et quand je pense à ce que dirait Mrs Mills si elle l'apprenait...

Elle l'embrassa au moment de le quitter, lui dit qu'elle espérait le revoir et lui demanda de transmettre ses amitiés à Mrs Mills.

— Ç'a été une journée merveilleuse, Mr Mills, vraiment merveilleuse. Merci beaucoup.

— Et un grand plaisir pour moi, Miss Miller. Votre fille est l'enfant la plus mignonne que j'aie jamais vue. Il y a quelque chose chez elle qui me rappelle...

— Je dois y aller, s'empressa de répondre Barty en sortant de la voiture avec Jenna. Et soyez prudent, il y a un flic qui fonce sur vous, Mr Mills. Au revoir, et encore merci.

Il était prévu qu'ils aillent tous dîner dehors ce soir-là, mais, à son grand soulagement, la soirée avait été annulée.

— Un client est tombé sur le râble de John au dernier moment, expliqua Felicity, et en plus, je suis fatiguée. Peut-être que nous pourrions dîner toutes les deux en tête à tête, si ça ne vous paraît pas trop… tranquille ?

Barty répondit que rien ne lui ferait plus plaisir qu'un dîner tranquille.

— Je suis une femme à l'ancienne mode, confia-t-elle ce soir-là à Barty, l'air de s'excuser. Je pense encore que nous sommes là pour nous occuper des hommes. Ça doit vous paraître étrange, à vous qui avez grandi dans la maison de Celia. Mais je suis venue assez tard à la vie professionnelle. Celia a toujours travaillé, dès le début de son mariage.

— Oui. Et d'ailleurs, je ne suis pas sûre qu'Oliver n'aurait pas préféré une femme à l'ancienne mode.

— Oh, sûrement pas…

— Je me demande, quand même. Elle l'irrite souvent, elle n'a jamais de temps pour lui, elle est toujours sous pression, toujours à courir partout – c'est très fatigant de vivre avec elle.

— Elle a accompli tant de choses…

— Oui, c'est vrai. Lytton ne serait pas pareil sans elle, elle lui a tant apporté.

— Oui.

— Disons que, surtout maintenant… Il ne va plus très bien, le pauvre.

— Je sais. Mais ce n'est pas trop sérieux, j'espère ?

— Eh bien… ce n'est pas alarmant, mais il n'est plus tout jeune, il est cloué dans un fauteuil roulant depuis plus de dix ans, et il vient de faire une crise cardiaque.

— Je l'ignorais.

— Oh, c'était bénin. Néanmoins, tous les médecins ont dit qu'il devait ralentir, ne plus aller travailler tous les jours, commencer à passer la main à d'autres…

— Et… cela ne va-t-il pas trop le bouleverser ?

Sa voix avait une note bizarre, frémissante, anxieuse ; Barty la regarda et vit sa pâleur, ses yeux brillants. Elle sentit le besoin de la rassurer.

— Non, répondit-elle très vite. Non, tout se passera bien.

— Je l'aimais… je veux dire, je l'aime, vraiment beaucoup. Nous l'aimons tous beaucoup. Il a habité chez nous une ou deux fois quand il est venu sans Celia en voyage d'affaires. Il parlait si affectueusement de vous... De tous les enfants, mais je crois qu'il ressent quelque chose de particulier pour vous.

— Eh bien, c'est réciproque. Il a toujours été si gentil pour moi... Surtout le soir où... disons que j'ai failli m'enfuir de la maison.

— Pourquoi ? demanda Felicity.

— Oh, il s'était passé quelque chose. Ou, plutôt, j'avais découvert quelque chose, à propos de mon enfance, qui m'avait bouleversée.

— Et qu'est-ce que c'était ?

Elle fut sur le point de tout lui révéler, mais elle se ravisa. Cela ne servirait à rien ; ce n'était pas son secret à elle, plutôt celui de Celia, et il valait mieux qu'il reste enterré. Enterré avec le bébé, sa sœur, le bébé qui était mort depuis si longtemps...

— Je ne peux pas vous le dire, expliqua-t-elle, c'est trop personnel et trop douloureux, et... En tout cas, Wol a été merveilleux, si doux, si gentil, et si solide, d'une certaine manière. Je l'aime beaucoup.

— Je peux comprendre.

Elle aussi semblait sur le point d'ajouter quelque chose, puis, comme Barty, elle préféra se taire.

Elle se leva soudain, lui sourit de son sourire aimable et chaleureux.

— Ç'a été si charmant de vous avoir ici, je suis désolée que vous repartiez. Vous allez retourner chez Lytton, ou est-ce que vous en avez fini avec eux maintenant ?

— Pas chez Lytton, non. J'ai un rendez-vous dans la matinée.

— Avec... ?

— Oh, rien d'important. Juste quelques détails à régler. Je serai prête à deux heures. Le bateau part à cinq heures.

— Vous reviendrez, n'est-ce pas ? Je refuse que ce soit votre dernière visite.

— Felicity, ça ne sera sûrement pas ma dernière visite. Je vous le promets.

47

— Qu'est-ce que tu as dit ? demanda Jay.

— Tu as bien entendu.

— Oui, mais...

— Jay, ne discute pas. Nous l'avons, nous avons *Opium*. Réjouis-toi et réfléchis à ce qu'on va faire pour sa sortie.

— Oui, mais comment... avec le prix qui était monté en flèche ?

— Je... j'ai conclu un petit arrangement avec l'auteur, répliqua Barty d'un ton léger. À propos, il viendra pour la promotion, cet automne.

— Et Celia, elle le sait ?

— Bien sûr. Elle va le dire à Oliver.

— Je ne comprends toujours pas...

— Je t'expliquerai les détails plus tard.

Jay retourna à son bureau, rempli d'un optimiste qu'il n'avait pas ressenti depuis longtemps.

— Barty ?

— Oui, Giles ?

Elle lui sourit.

— Barty, j'ai appris que tu avais acheté un livre ?

— Acquis les droits, Giles...

Il fronça les sourcils.

— Si tu veux. *L'Opium de l'élite*, par cet Américain...

— Geordie MacColl, oui. Je l'ai découvert quand je travaillais à New York. Chacun de ses livres est un best-seller. Nous en avons déjà publié deux là-bas.

— C'est très américain.

Dans sa bouche, c'était à l'évidence une critique.

— Oui, sans doute, mais ça n'a pas empêché d'autres livres d'avoir du succès après avoir traversé l'Atlantique. Comme certains livres d'Hemingway, ou *Les Raisins de la colère*, *Gatsby*...

— Merci, je n'ai pas besoin d'un exposé sur la littérature américaine, Barty. Ce qu'il y a, c'est que tu sembles avoir acquis les droits de ce livre, comme tu dis, sans me consulter. Ni mon père.

— C'est vrai. Mais vous étiez tellement longs à prendre une décision, alors que Celia, moi et une autre éditrice de la maison pensions qu'il ne fallait pas rater une occasion pareille. Et comme il n'a rien coûté à Lytton...

— Ce n'est pas qu'une histoire d'argent, tel que je vois ça.

— Et comment vois-tu donc ça ?

— Mon père dirige Lytton. Tout doit être approuvé par lui.

— Ce n'est pas tout à fait vrai. Les décisions éditoriales ont toujours été prises par Celia et ses responsables éditoriaux.

Il hésita.

— Dans le passé, peut-être. Mais la situation a changé. Ce n'est plus une petite affaire familiale...

— Tu essaies de me faire marcher, Giles, ou quoi ?

Il l'ignora et poursuivit :

— L'édition, comme tout le reste, doit entrer dans le monde moderne. Les décisions ne peuvent pas être prises sur des caprices individuels. Le développement d'une entreprise doit s'appuyer sur des stratégies, il doit y avoir une chaîne de commandement...

— Giles, j'ai l'impression d'être de retour chez les ATS, en train d'écouter mon commandant. Nous parlons de livres, pas de batailles.

— Il doit y avoir de l'ordre partout. C'est la chose la plus importante que j'ai apprise à l'armée. En tout cas, j'en ai parlé avec mon père, et nous sommes tombés d'accord sur le fait qu'à l'avenir aucun livre ne sera acheté – ou acquis – sans une estimation soigneuse et complète de notre part. Prenant en compte les coûts, le potentiel...

— Très bien, Giles. J'ai compris l'idée, et je ne l'oublierai pas. Mais c'est pour l'avenir. *L'Opium de l'élite*, c'est le présent. Heureusement, si tu veux mon avis. Maintenant, je dois retourner travailler, si tu veux bien m'excuser...

Celia entra doucement, quelques minutes après que Giles fut retourné dans son propre bureau en claquant la porte.

— Bien joué, dit-elle pour tout commentaire.

— Ce ne sera plus très long maintenant. Seulement... un mois et trois jours.

— Trois jours et demi.

— J'ai le... tu sais quoi.

— Bravo.

— Imagine un peu. Sortir des ténèbres pour surgir là-bas, dans notre nouvelle vie.

— Je l'imagine. Je ne pense pas à grand-chose d'autre, en fait.

— Tu devrais. Tu devrais penser à ton nouveau livre, nous allons en avoir besoin.

— Oui. Même si je ne suis pas sûr que mon père le publiera après... Enfin, je ne sais pas.

— Il le fera. Il en aura besoin, d'après ce que j'ai entendu dire. Lytton ne va pas bien du tout.

— Comment le sais-tu ?

— Kit, je l'ai entendu en parler au téléphone avec ta mère.

— Oh, mon Dieu... Bien, je dois y aller. Au revoir, ma chérie, je t'aime.

— Je t'aime aussi.

— Tu as aimé, Oliver ?

— Quoi ?

— Le mariage, bien sûr. J'ai trouvé Tory merveilleuse. Jay a de la chance. Elle aussi, bien sûr.

— Oh... oui, je suppose que c'était très bien. Ce n'est pas fait pour moi, ce genre de chose.

— Oliver ! Personne ne peut dire que les mariages ne sont pas faits pour lui !

— Celia, tu m'as posé une question, je te réponds, c'est tout. Je suis désolé si ma réponse ne te convient pas.

Elle le regarda et soupira.

— Tu as l'air si fatigué...

— Je suis fatigué.

— Oliver...

— Je sais, je sais. La semaine prochaine, chérie, je te le promets. Je dois d'abord me rendre à la banque.

— À la banque ? Je ne devrais pas t'accompagner ?

— Ce n'est pas utile. Par contre, quand je verrai les avocats, ta présence sera non seulement requise mais nécessaire. Maintenant, j'aimerais aller au lit. Peux-tu appeler cette jeune femme plutôt autoritaire que tu as engagée et lui demander de m'aider à monter ?

Elle resta seule dans le salon à contempler le fleuve qui luisait dans le soir de printemps, et à penser au mariage : Tory si belle à sa sortie de l'église, le visage de Jay qui s'était éclairé tandis qu'il prononçait son serment, et aussi la tristesse soudaine de Gordon Robinson, qu'elle comprenait et partageait, comme sa douleur, en pensant à PM.

— J'ai pris ma décision, Celia. Je voudrais en discuter avec toi, puisqu'elle te concerne. Et j'ai demandé aux avocats de venir nous voir demain. Mais il y a autre chose que tu dois savoir, je pense.

— Oui, Oliver ?

— Prenons un verre d'abord, tu veux bien ?

— Père a convoqué la réunion pour demain.

La voix de Giles était détendue ; il se servit un grand whisky. Helena préparait toujours un plateau pour quand il rentrait le soir.

C'était un moment important pour elle et pour eux deux ; il se détendait, lui racontait les événements de la journée. Les enfants n'avaient pas l'autorisation de les déranger ; la porte close du salon était aussi inviolable que celle de leur chambre à coucher.

— La réunion ?

— Oui. Celle où il va annoncer ses projets pour la société. Et son départ à la retraite.

— Enfin, soupira Helena. Grâce à Dieu. Après toutes ces années.

— Oui, en effet.

— Demain, dit Venetia, c'est le grand jour. Tu veux bien me donner un verre, mon chéri ? Je suis crevée.

— Quel grand jour ?

— Papa annonce sa retraite. Et il nous expliquera quelles dispositions il a prises pour la suite.

— Pourvu qu'elles soient bonnes, commenta Boy.

— Très franchement, ça ne me passionne plus autant. Pour le moment en tout cas.

— Oh, ne dis pas n'importe quoi. Je n'ai jamais vu une femme aussi motivée.

— Ça m'intéresse, mais disons que... dans l'immédiat, j'ai quelque chose d'autre en tête.

— Quoi donc, chérie ?

Venetia le regarda.

— Boy, qu'est-ce que j'ai jamais eu en tête ? À part toi et le travail ?

— Les vêtements, les fêtes ?

— Oh, je t'en prie. Tu sais très bien ce que...

— Oh, mon Dieu. Mon Dieu.

— Tu n'es pas content ?

— Si, je crois. Mais c'est une sacrée surprise...

— Je sais. Pour moi aussi.

— Mais... comment allons-nous l'annoncer aux enfants ?

— Demain, c'est le grand jour, annonça Jay.

— Vraiment ? Chéri, comme c'est excitant... Espérons que ça se passera bien.

— Je ne suis pas très optimiste. Tu verrais comment Giles se rengorge, on dirait un dindon.

— Un dindon plutôt stupide. Tu mérites d'obtenir quelque chose et tu l'obtiendras. En plus, nous allons avoir besoin d'argent parce que j'ai trouvé une maison divine. À Chelsea. Elle a beaucoup de charme, je suis impatiente de te la montrer...

— Elle est dans nos prix ?

— Eh bien... pas tout à fait. Mais elle est bien trop belle pour qu'on laisse passer une telle perle. Nous y serons merveilleusement heureux. Alors... si tu n'obtiens pas ce que tu veux chez Lytton, il faudra que tu ailles voir ailleurs.

— Demain, c'est un jour très important, déclara Barty.

Elle borda Jenna dans son berceau, lui sourit.

— Très important pour ta maman. Et pour toi aussi.

Jenna la dévisagea.

— Maman ! dit-elle et elle lui sourit en retour, puis elle mit son pouce dans sa bouche et ferma les yeux.

— J'ai acheté une valise.

— Oh, chérie, tu es merveilleuse...

— Kit, ce n'était pas très difficile.

— Je ne voulais pas dire de l'avoir achetée, je voulais dire d'y avoir pensé. Comment irons-nous à la gare ?

— En taxi.

— Oui, mais comment en trouverons-nous un ?

— J'en commanderai un. Père le fait souvent maintenant qu'il ne conduit plus. Il a un compte et je peux l'utiliser.

— Tu es extraordinaire.

— Ce que tu dois faire, c'est t'assurer d'être ici suffisamment tôt. Je veux dire vers cinq heures. La fête est censée commencer à sept heures, et nous partirons à six. À ce moment-là, ils seront occupés à tout arranger, disposer les tables et le reste. Tu n'auras qu'à prétendre que tu voulais donner un coup de main, ou n'importe quoi. Tu as de l'imagination.

— Je pense que tu en as beaucoup toi-même, et je t'aime, Izzie.

— Moi aussi, Kit. N'est-ce pas merveilleux ?

— Tout à fait merveilleux, mon amour.

— Bien. Merci à tous d'être venus.

Comme s'il y avait le moindre risque qu'ils ne viennent pas, pensa Giles en promenant un regard circulaire sur la pièce. Tous si pleins d'espoir, avec l'air d'attendre quelque chose... Il ne savait pas au juste ce qu'ils espéraient tous : une petite participation dans la société, sans doute. Très bien, il pouvait être d'accord. Un peu cavalier de la part de son père, quand même. Sans lui en avoir parlé au préalable. Enfin, il avait toujours été du genre à aimer les détours plutôt qu'à aller droit au but. Pas comme sa mère. Il la contempla, toujours aussi belle, regardant par la fenêtre, ses grands yeux pensifs. Elle portait un tailleur de tweed gris clair et des chaussures à très hauts talons. Habillée à la dernière mode, comme toujours. Un peu comme Venetia. Même si Venetia ne paraissait pas tout à fait elle-même aujourd'hui, fatiguée, un peu moins séduisante que d'habitude. Elle travaillait très dur ; c'était même étonnant que Boy permette cela. Tous ces enfants ; elle aurait eu besoin de rester chez elle, pour s'occuper de sa maison. Mais Boy semblait satisfait de la situation, allant jusqu'à répéter à qui voulait l'entendre combien il était fier d'elle.

Le jeune Jay avait l'air assez content de lui. Il était bien trop imbu de lui-même. À la manière dont il parlait ces jours-ci, on aurait pu croire qu'il travaillait dans l'édition depuis des décennies. Ce livre-ci marchera bien, ceux-là ont besoin de plus de promotion, on devrait essayer d'obtenir cet autre... et sa mère, et Barty et Venetia qui l'écoutaient comme si ce qu'il disait pouvait avoir la moindre importance... Il était temps qu'on lui rabatte un peu son caquet...

Mais que disait son père ? Quoi ? Non, c'était impossible, impossible... Ce devait être une erreur, une suggestion qu'il avait rejetée... Oui, c'est ça, il devait récapituler les différents scénarios possibles, ce n'était évidemment pas le projet définitif. Il fallait qu'il écoute plus soigneusement, qu'il arrête de laisser son esprit divaguer...

— J'espère que ce sera bien accepté par vous tous. Ça prendra effet à partir du prochain terme, le 25 juin. Jusque-là, je continuerai à tout diriger. Celia restera ici pendant un certain temps, donc vous aurez toute la sagesse et l'expérience nécessaires pour vous aider et vous guider. Les avocats ont rédigé les articles de la convention que, en tant qu'actionnaires, vous devez tous signer. Il ne me reste qu'à vous souhaiter le meilleur, et à vous demander de vous occuper de Lytton comme Celia et moi l'avons fait, et mon père avant nous. Ç'a été pour moi une décision importante et un grand pas à franchir que de morceler le capital de cette manière. Mais, comme je vous l'ai expliqué, ça semblait la seule manière d'organiser les choses. Merci.

— Je n'arrive pas à le croire... C'est scandaleux ! Après toutes ces années de dur labeur, tu ne disposes même pas d'une minorité de blocage ! Oh, Giles, c'est horrible... Tu dois protester, j'insiste ! C'est... c'est injuste, sans parler de tout le reste. Il a reçu Lytton sur un plateau...

— Pas tout à fait. PM possédait vingt pour cent de parts.

— Oui, ce qui veut dire qu'il en avait quatre-vingts. Et toi, qu'est-ce que tu as eu ? Vingt-cinq. Et vingt-cinq pour ta sœur, et vingt-cinq pour Jay ! Jay qui n'a pratiquement pas d'expérience ! C'est inacceptable, Giles, et tu dois protester. Si tu ne le fais pas, je m'en occuperai. Est-ce que… est-ce que Kit a eu quelque chose ?

— Non. Il n'a rien obtenu du tout.

— Et Adele ?

— Non plus. Les vingt-cinq pour cent restants, mes parents les possèdent encore conjointement. C'est tout.

— Et Barty ?

— Bien sûr que non.

— C'est au moins ça. Mais, mon Dieu, c'est si injuste… Quelle justification a-t-il donnée, exactement ?

— Que nous avions tous des qualités et des talents très différents, qu'il voulait que ça se reflète dans la structure de la société. Et ainsi, la répartition des parts empêcherait quiconque de modifier cette structure aux dépens des autres.

— Mais il t'a laissé croire toutes ces années…

— Je sais, je sais. Et je lui en parlerai. Mais je ne vois pas quel bien je pourrai en retirer.

— Bravo, ma chérie. Tu dois être contente… Un quart des parts, tu dis ? Félicitations. En tout cas, tu le mérites amplement. Assieds-toi, donne-moi tes pauvres pieds – jolies chaussures – et prends un peu de champagne. Non ? Peut-être plus tard. Oh, ma chérie, tu es livide. Viens, je vais t'aider à monter dans ta chambre.

— Jay, c'est une si bonne nouvelle ! Félicitations… Et ça signifie tellement de choses, tu peux prendre des décisions, faire progresser Lytton… Je suis si contente ! Et ça veut dire aussi que nous pourrons avoir notre maison, n'est-ce pas ? Oh, génial… laisse-moi te donner un baiser. Ou plus que ça…

— Voilà, Jenna. Nous sommes toutes seules. Comme d'habitude. Ce n'est pas très juste, mais… je ne suis pas une Lytton, tu vois. Je n'en serai jamais une. Wol a bien essayé de m'expliquer, de faire passer la pilule… Il m'a dit quelle estime il avait pour moi, mais qu'il ne pouvait pas me donner des parts. Juste un titre stupide, qui ne veut pas dire grand-chose, et une augmentation, dont je ne veux pas. Ce n'est pas juste, je devrais avoir des parts. Tu ne sais même pas ce que c'est, des parts, n'est-ce pas, mon ange ? Tu le sauras un jour, Jenna, je te le promets. En tout cas, je suis toujours Barty, l'enfant trouvée à qui on fait la charité. Encore aujourd'hui. Oh, mon Dieu...

Elle commença à pleurer ; Jenna tendit les bras, tâcha d'arrêter les larmes avec un doigt potelé tandis qu'elles coulaient sur le visage de sa mère. Barty prit une grande inspiration et réussit à sourire.

— Ça n'a pas d'importance, pas vraiment. Qu'est-ce que je ferais de plus, en étant dans leur stupide conseil ? Et au moins, je n'ai pas à être reconnaissante. Oh, Jenna... Je me sens si seule, si seule. J'aimerais que ton papa soit ici. J'aimerais tellement...

48

Plus que deux semaines, et elle aurait seize ans. Assez âgée pour se marier.

Mariée ! À Kit, qu'elle aimait tant. C'était... c'était à la limite du supportable tant elle se sentait heureuse. Et tout allait être si facile...

Au début, les autres ne seraient pas contents. Cela prendrait un moment pour qu'ils s'y habituent. Ils diraient qu'elle était trop jeune, que Kit ne serait pas capable de veiller correctement sur elle. Mais ce n'était pas vrai. Elle n'était pas trop jeune, elle n'avait jamais été trop jeune pour aimer Kit depuis toujours, et pour l'aider dans son malheur, pour être la seule personne à comprendre ce qu'il avait ressenti pendant toutes ces années. Et bien sûr qu'il pouvait veiller sur elle ; de toute façon, ils veilleraient l'un sur l'autre. Il gagnait beaucoup d'argent avec ses livres, ils marchaient très bien, il venait d'en finir un troisième. Et comme pour Sebastian, on lui demandait de parler aux enfants dans les écoles, et dans les bibliothèques et les librairies. Il s'inquiétait toujours au départ mais, comme il le disait, une fois qu'il s'était levé et qu'il se lançait, il adorait ça.

En tout cas, tout irait bien pour eux. Et ils n'auraient pas besoin de beaucoup, pas d'une grande maison, non, même une toute petite suffirait. Plus tard, quand ils auraient des enfants, ce serait différent ; et ils étaient d'accord sur le fait que ce ne serait pas avant longtemps. Kit paraissait tout savoir sur le sujet. Izzie était soulagée. Elle n'en avait qu'une idée très vague ; tout ce qu'elle savait, elle le tenait des filles du collège, et elle supposait que c'était une version un peu déformée de la réalité. Mais elle sentait que, quand le moment viendrait, ce serait merveilleux, à en juger par ce qu'elle éprouvait quand Kit l'embrassait.

Tout était arrangé. Elle avait acheté les billets de train et les conservait dans un endroit sûr : le tiroir de sa chambre où elle rangeait ses sous-vêtements, ses serviettes. Bien cachés – de toute façon, il était inimaginable que son père regarde jamais là-dedans.

Izzie n'avait pas encore réservé le taxi ; il valait mieux attendre la veille. On ne savait jamais, son père pouvait les appeler et ils risquaient d'y faire allusion.

En revanche, elle avait préparé sa valise ; pas grand-chose, quelques pull-overs, des jupes et une veste. Et quelques sous-vêtements. Elle avait acheté une belle nuisette d'adulte en soie ; il lui avait fallu beaucoup de coupons, mais elle avait pu en économiser plein grâce à Venetia qui avait commencé à lui donner ses vêtements quand elle s'en lassait. Et Izzie avait voulu quelque chose de beau pour ce qui, après tout, allait être sa lune de miel. Elle n'aurait peut-être pas de mariage, en tout cas pas dans les règles, mais elle aurait une lune de miel. Et elle avait pris un merveilleux parfum, le nouveau de Schiaparelli appelé *Le Roy Soleil*, que Barty lui avait rapporté de New York. Barty lui avait dit qu'on trouvait beaucoup de choses à New York, où rien n'était rationné.

C'était un parfum merveilleux, très adulte, et Kit l'aimerait. Il avait un sens olfactif très développé, comme tous les aveugles. Pareil pour son ouïe.

« Je t'entends du bout de la rue », lui disait-il, ou encore : « Écoute ! La porte d'entrée », ou : « Attention, il y a quelqu'un dans l'escalier. »

Alors qu'elle n'entendait rien de tout cela.

Sa valise était posée sur le dessus de son armoire, à l'endroit où elle mettait sa valise du collège pendant les vacances. Elle pensait que personne ne prendrait la peine de la descendre pour la fouiller. Et elle possédait un peu d'argent ; elle était allée à la poste pour retirer l'essentiel – mais pas tout – de ses économies. Kit lui avait donné l'argent pour les billets ; il avait un compte en banque. Elle n'en avait pas encore, mais son père allait en ouvrir un pour elle après son anniversaire.

Izzie s'inquiétait un peu au sujet de son père ; il serait très contrarié, au début. Il l'adorait, et maintenant qu'elle était plus grande, il aimait faire des choses avec elle, aller au théâtre et au concert, ou bavarder avec elle pendant le dîner. Mais une fois qu'il aurait surmonté le premier choc, ils pourraient redevenir amis et elle le verrait souvent. Et il aimait tellement Kit – il l'avait toujours aimé – qu'il finirait par lui pardonner. En tout cas, s'il n'y avait pas eu toute cette histoire de voyage à New York, rien de tout cela n'aurait été nécessaire. Ils comptaient leur annoncer la nouvelle quand elle aurait seize ans, de toute façon. Si on en était là, c'était la faute de son père, qui la traitait comme une enfant difficile, sans prendre la peine de lui demander son avis.

Tout irait très bien, elle en était sûre. Tout serait merveilleux.

— Mère a encore un polichinelle dans le tiroir. Bon Dieu, c'est dégoûtant, comment est-ce qu'ils peuvent ? À leur âge ?

— Comment tu le sais ?

— Parce qu'elle a écrit pour nous le dire. Tiens, c'est pour nous deux. Écoute : « J'espère que vous serez contents d'apprendre que je vais avoir un autre bébé. En octobre. Je sais que vous avez dit que vous préféreriez qu'il n'y en ait plus d'autre, mais votre père et moi pensons tous les deux que Fergal est un peu seul et que ce serait bien pour lui. »

— Bien pour lui ! Et nous ? s'exclama Rou. Beurk, rien que d'y penser, c'est horrible. Père a quarante ans, plus de quarante ans, on pouvait espérer que ça leur était passé, à leur âge !

— Je sais. Et qu'est-ce qu'on va dire aux autres ?

— On pourrait ne pas leur dire.

— Ne sois pas ridicule. Elle doit être... mon Dieu, quatre mois déjà. Elle sera vraiment grosse le 4 juin. Elle dit que les filles sont ravies.

— Qu'elles s'en occupent, alors. C'est déjà assez moche d'avoir Fergal tout le temps fourré dans nos chambres et dans nos affaires, je ne veux même pas entendre parler de l'autre.

— Moi non plus.

— Alors, ça fera... dix petits-enfants. Vous êtes stupéfiante. Vous ne semblez même pas avoir l'âge d'en avoir un seul.

— Sebastian, ne soyez pas grotesque. Bien sûr que si. Vous avez sûrement mieux à faire que me flatter. Et alors, cette fête d'anniversaire pour Izzie ? Vous avez besoin d'aide ?

— Oh oui, s'il vous plaît. Un grand besoin. La pauvre Mrs Conley n'est plus très utile à grand-chose. J'ai fait appel à un traiteur pour le buffet, mais...

— Et les fleurs ? Et les chaises, vous en avez assez ? Vous allez installer une tente ? Vu la taille de la famille, surtout avec les Warwick, nous ne tiendrons pas tous dans la maison.

— Je vous ai bien dit que j'avais besoin d'aide... Par contre, je n'avais pas pensé à une tente.

— Eh bien, pensez-y. Je vous donnerai des numéros de téléphone de gens qui s'occupent aussi des chaises et des tables.

— Merci. Et je ne pourrai pas m'occuper des fleurs. Vous pourriez vous en charger, ou m'indiquer quelqu'un ?

— Je m'en occuperai. C'est peut-être la seule corvée domestique que je supporte, et je m'en sors pas trop mal. Je viendrai le jour même, juste après le déjeuner.

— Dieu vous bénisse. Ça va être une grande journée, n'est-ce pas ?

— Oui, Sebastian. Une grande journée.

— J'ai quelque chose à vous annoncer...

Le visage de Barty, tandis qu'elle entrait dans le bureau de Celia, était grave.

— Oui ?

Celia ôta les lunettes qu'elle devait porter pour lire de près ; l'orgueil la poussait à dissimuler autant que possible leur existence.

— Je... eh bien, je pars pour New York.

— Encore ? Tu viens juste de rentrer.

— Non, je veux dire définitivement.

— Pardon ?

— J'ai dit définitivement, répéta Barty d'une voix calme.

— Oh, pour l'amour du ciel... Qu'est-ce que tu vas faire là-bas ?

— Travailler.

— Travailler où ?

— Chez Lytton.

— Je ne comprends pas... Pourquoi, grands dieux ? Barty, tu ne peux pas, maintenant que...

— Que quoi, Celia ?

Barty la regarda droit dans les yeux.

— Parce que je risque de vous manquer ? Dites-moi en quoi ma présence vous serait plus nécessaire que d'habitude ?

— Justement, maintenant qu'Oliver se retire des affaires...

— Je suis sûre que Jay, Venetia et Giles vous apporteront tout le soutien nécessaire...

— C'est donc ça.

— Quoi ?

— Tu t'en vas par dépit, parce que tu n'as pas eu de parts, n'est-ce pas ? Venant de toi, je suis surprise, Barty. Je peux comprendre que Giles râle tout le temps, même si, comme je le lui ai dit, il a déjà de la chance d'avoir ce qu'il a, mais toi...

— Non, Celia. Ça va plus loin que ce que vous croyez. Ça m'a vraiment blessée. C'était peut-être idiot, mais j'avais pensé que...

473

Ça m'a fait comprendre que je ne serai jamais qu'une employée ici. Vous décidez comme vous l'entendez, bien sûr, mais moi, je veux arriver au plus haut de la profession. Vous pouvez comprendre ça, Celia. Je ne veux pas travailler quelque part où on me bouche l'horizon. Je veux penser qu'un jour je pourrai faire partie d'un conseil d'administration. Ne plus me sentir étrangère.

— Barty, c'est injuste… Personne ne te considère comme une étrangère.

— Je sais tout ce que vous avez fait pour moi, les possibilités que vous m'avez données et dont je n'aurais même pas pu rêver, une éducation merveilleuse. Et une occasion en or, ici, de faire mes preuves du point de vue éditorial. Mais je sais aussi que je suis bonne dans mon travail, très bonne, et qu'ici je ne vois pas de progression possible pour moi. Alors oui, je pars. Tristement, bien sûr, mais j'y suis décidée.

— Je ne peux pas le croire ! Et je n'ose même pas imaginer ce que dira Oliver.

— J'espère qu'il comprendra, comme j'espère que vous finirez par l'admettre vous aussi. Je me sens… sous-estimée. J'ai beaucoup fait pour Lytton. Et je vous ai soutenue dans toutes vos décisions, dans tous vos conflits avec Oliver.

— Et pour cela je devrais t'être éternellement reconnaissante, c'est ça ?

— Non. Surtout pas, je ne sais que trop combien ça peut être inconfortable à vivre. Je voulais juste que vous le reconnaissiez. Pas seulement verbalement, mais officiellement. En plus, tout ça est un peu à sens unique. Je suis restée ici au début de la guerre, quand Wol m'a suppliée. À ce moment-là, ça vous arrangeait bien que je fasse partie de la famille…

— Je ne savais pas, dit Celia froidement.

— Je sais. C'était quand Kit est parti la première fois et… mais peu importe. J'étais contente de le faire, même si j'avais envie de partir. Il s'est passé tellement de choses depuis, et puis j'ai quand même acquis les droits du seul best-seller que Lytton publie cette année…

— Oui, et d'ailleurs, Barty, comment y es-tu par-venue ?

— J'ai… payé de ma poche.

Elle ne comptait pas le lui avouer, bon sang ; mais le désir de la faire sortir un peu de son autosatisfaction avait été le plus fort. Elle y avait réussi ; le visage de Celia était livide, figé par le choc.

— Tu as payé avec ton argent personnel ?

— Oui. Je récupérerai l'argent à terme, ça doit être intégré au budget du livre. Mais ça m'a paru la seule façon de l'obtenir, et je savais qu'il nous le fallait absolument.

— Mais tu n'avais pas d'argent ! Les offres pour ce livre étaient très élevées...

— Eh bien, je... j'en avais un peu. Je préférerais ne pas vous en dire plus à ce propos. Le fait est que j'étais prête à mettre mon propre argent, même à titre temporaire, dans Lytton – comme vous-même à plusieurs reprises, Celia, vous me l'avez souvent répété – et qu'en retour je n'ai obtenu aucune reconnaissance. Alors, je suis désolée, mais j'ai pris ma décision. Je serai très triste, à beaucoup d'égards, mais au moins je resterai en contact avec vous.

— Et quand pars-tu ?

— La semaine après la fête d'Izzie. Je comptais m'en aller plus tôt, mais elle a beaucoup insisté pour que j'y assiste.

— Et ils ont un poste pour toi ?

— Oh, oui. Bien sûr.

— Je n'arrive pas à comprendre. Comment peux-tu partir là-bas avec une petite fille, la déraciner...

— J'ai des raisons de penser que ses racines sont plus là-bas qu'ici.

— Et tu habiteras où ? Dans un hôtel ? Ta nanny n'aimera pas ça.

— J'ai quelque part où vivre.

— Oh, tu retournes chez les Brewer, sans doute. Méfie-toi, Felicity Brewer a peut-être l'air aimable et attentionnée, elle ne l'est pas tant que ça. J'irais même jusqu'à dire que je la trouve... assez peu fiable, et peu digne de confiance.

— Vraiment ? Moi, je l'apprécie beaucoup.

— Tu as le droit d'avoir ton opinion. Comme je te l'ai dit, elle sait assez bien dissimuler. Je crois que tu perdras assez vite tes illusions.

Voilà qui était intéressant, pensa Barty, cette hostilité envers Felicity. Très intéressant. Son nom avait toujours été prononcé avec un certain mépris – un doute quant à ses qualités d'épouse. Elle réentendit tout à coup la voix de Felicity disant que Wol était quelqu'un de merveilleux, lui demandant de lui transmettre le témoignage de son affection ; est-ce que, dans le passé... ? Ce serait drôle...

— Je n'habiterai pas chez les Brewer. J'ai un endroit où m'installer.

— Vraiment ? Où ça ?

— Ça n'aurait pas d'intérêt pour vous de le savoir. Disons que ça me convient.

— Un petit local assez misérable dans le centre-ville, je suppose. Eh bien, tu as pensé à tout.

— Oui. Et je suis déterminée.

— Oh, Barty...

Celia parut soudain très différente ; plus douce, plus fragile.

— J'aimerais que tu restes. Tu vas me manquer... beaucoup.

Ses yeux sombres étaient étrangement brillants ; Barty la regarda et, l'espace d'un instant, fut tentée de changer d'avis.

Elle devait tout à Celia, cet être difficile, exigeant, tyrannique, et intensément généreux. Sans elle, elle aurait eu le même destin que ses sœurs, elle serait devenue une mère surmenée, sans autre projet dans la vie que la maternité. Celia lui avait ouvert les portes de sa maison luxueuse, lui avait offert une éducation magnifique, et peut-être le plus grand cadeau de tous, l'ambition. Elle n'avait pas été facile, ni tendre, ni douce, ni patiente avec elle, mais elle l'aimait sans aucun doute à sa manière ; et Barty se demanda comment elle pouvait la rejeter aujourd'hui.

Ensuite, elle se reprit : non, ce n'était pas simplement à cause de la distribution des parts de la société. La raison principale, c'était qu'elle avait une certaine vision d'elle-même et de sa vie qu'elle ne pourrait pas mener à bien sans s'échapper d'ici. Un jour, elles redeviendraient proches, peut-être plus qu'aujourd'hui ; pour le moment, elle devait tenir bon.

— Je suis désolée, Celia, vraiment désolée. Mais je suis sûre que vous pouvez comprendre ce que je ressens. Je vais prévenir Wol, maintenant.

Jay fut bouleversé ; il dit qu'il démissionnerait lui aussi, qu'il l'accompagnerait à New York.

— Jay, ne sois pas idiot. Tu réussis bien ici, tu dois tirer le meilleur de ta situation dans cette maison. Tu as un bel avenir devant toi, pense combien ta mère serait fière de toi... De toute façon, il n'y a rien à ajouter. C'est ma décision, c'est moi seule qui l'ai prise.

— Oui, et tout le monde devine pourquoi.

Barty en fut contrariée ; elle avait espéré qu'on ne ferait pas aussi facilement le lien. Mais il la débarrassa d'une grande part de ses scrupules quand il ajouta :

— Je sais que tu n'es pas une Lytton, mais ça n'empêche...

Même lui semblait tenir compte de cette barrière invisible.

Venetia en dit moins long, mais la soutint tout aussi fermement.

— C'est dommage, Barty. Juste quand nous obtenons que les

choses avancent un peu, quand nos idées vont enfin pouvoir se frayer un chemin. Tu dois vraiment partir si vite ? Pourquoi n'attendrais-tu pas, pour voir comment la situation évolue ?

— Je ne peux pas. Rien ne changera pour moi, c'est ça le problème.

— Mais si. Tu auras plus de liberté, plus de latitude pour agir, tu auras ton nouveau titre dans la maison...

— Mais c'est tout, Venetia. Je ne ferai pas partie de Lytton.

— Si... Tu n'auras pas de parts, bien sûr, mais...

Le « bien sûr » la convainquit à nouveau qu'elle avait pris la bonne décision.

Giles lui en dit très peu ; juste qu'il espérait qu'elle avait raison, et qu'il lui souhaitait bonne chance. Sa propre souffrance était si manifeste que Barty en avait le cœur serré pour lui. Il remâchait toute la journée de noirs ressentiments ; pour lui, et pour lui seul, Barty était contente de ne pas avoir reçu de parts – ç'aurait été le coup de trop, il ne l'aurait pas supporté.

Pendant qu'elle observait cet homme amer et déçu, elle se souvenait du petit garçon compatissant qui avait été son ami, son seul ami, du jeune homme sensible qui lui avait dit un jour qu'il l'aimait, du courageux soldat qui avait été deux fois distingué par les plus hauts honneurs ; rapprocher ces deux images était triste, si triste...

Mais ce fut Wol qui lui causa le plus de peine. D'abord en la suppliant, les larmes aux yeux, de ne pas partir, puis en lui disant qu'elle lui manquerait de façon insupportable, enfin en se lançant dans le chantage affectif qui était son fort :

— Je croyais qu'il y avait un lien particulier entre nous, Barty.

Enfin, il lui demanda ce qu'elle aurait voulu et, quand elle essaya de le lui expliquer, il protesta :

— Mais, Barty, comment serait-ce possible ? Tu n'es pas une Lytton, quel que soit l'amour que nous avons pour toi. Tu peux le comprendre...

Même Sebastian s'y était mis :

— Ma chérie, tu dois faire ce dont tu as envie, et je suis sûr que tu réussiras là-bas. Mais tu vas nous manquer, et je ne saisis pas très bien pourquoi tu veux nous quitter.

Elle essaya de le lui expliquer : il lui adressa un de ses sourires charmeurs et répliqua :

— Mais, ma chérie, qu'est-ce que tu espérais, franchement ? Tu n'es pas une Lytton...

Donc elle s'en allait.

Elle n'emmenait pas sa nanny : ce serait trop pénible pour elle, un trop grand dépaysement. Barty y mettrait le temps qu'il faudrait, mais elle trouverait quelqu'un de bien ; et dans l'immédiat, elle avait déjà quelqu'un de précis en tête.

Elle prendrait la mer le mardi 21 mai, juste après la fête d'anniversaire d'Izzie. Ça tombait très bien, ce serait sa dernière réunion familiale avec les Lytton.

— Celia, tu sais, l'histoire dont je t'ai parlé récemment...
— Tu m'as parlé de beaucoup de choses. Oliver.
— L'affaire financière, le prêt de la banque ?
— Oh, oui... Je croyais que c'était réglé.
— Malheureusement non. Malgré la restructuration de la société et les prévisions pour les douze mois à venir, ils ont refusé le prêt.
— Eh bien, c'est stupide de leur part. Quelles raisons ont-ils invoquées ?
— Que les temps étaient durs, que l'argent manquait. Surtout pour investir. Et que notre dossier n'est pas bon pour le moment. C'est plutôt inquiétant.
— Et qu'est-ce que ça signifie vraiment ?
— Oh, dit-il d'un ton vague, que nous ne pourrons pas faire certaines des choses que je... que nous avions espérées. Les salaires ne pourront pas augmenter avant un certain temps. Nous ne pourrons pas acquérir les droits d'un livre cher.
— Mais ça ne veut pas dire un autre... un autre Brunnings ?
— Grands dieux, non. Je ne m'y risquerais pas une deuxième fois. Non, nous pouvons nous en sortir tout seuls. Mais ça veut dire que nous allons devoir garder un œil sur tout. Et aussi trouver un peu d'argent quelque part.
— Tu en as parlé à Giles ?
— Non. Je n'en ai parlé à personne.
— Tu devrais. Les enfants possèdent maintenant des parts, ils ont le droit de savoir.
— Celia, la société ne va pas faire faillite... De toute façon, ils ne sont pas encore propriétaires de ces parts, du moins jusqu'au terme. Les choses peuvent s'arranger d'ici là.
— Oliver, ne dis pas n'importe quoi. Une société ne peut pas se redresser en l'espace de, quoi ?... même pas deux mois...
— Non, mais on peut apercevoir le bout du tunnel d'ici là.
— D'ailleurs, conclut Celia d'une voix ferme, la période est exécrable pour tout le marché du livre. Je suis sûre que nous ne sommes pas la seule maison qui ait du mal à payer ses factures.

Mais elle savait, pour en avoir parlé avec ses confrères, écouté ce qui se disait, lu la presse professionnelle, qu'ils étaient une des rares maisons à n'avoir guère de nouveautés prometteuses en vue, ni même de titres rentables au catalogue. Sans *L'Opium de l'élite*, leur programme d'automne aurait paru bien maigre. Et c'était à Barty qu'ils le devaient, ils avaient une grande dette envers elle – qu'ils risquaient fort de ne pas pouvoir lui régler dans l'immédiat. Mais la société de New York, si prospère que c'en était irritant, lui revaudrait ça.

C'était demain ! Demain ! Elle avait tranquillement fêté son anniversaire, à la vraie date, au collège, s'éveillant le matin pleine du bonheur d'avoir seize ans, d'être en âge de se marier ; elle avait reçu les vœux de tout le monde, les cartes, la lettre de son père lui disant combien il était fier d'elle – ce qui lui donna un peu mauvaise conscience – et contenant un chèque de cinquante livres. « Pour le placer sur ton compte en banque, pas pour le gaspiller. » Cinquante livres ! Kit et elle pourraient vivre pendant plusieurs mois avec cette somme...

Il ajoutait qu'il avait un cadeau qui lui plairait sûrement, qu'il le lui remettrait samedi, pendant la fête. Elle avait là aussi mauvaise conscience, à l'idée qu'elle ne serait pas là. Mais après tout, n'était-ce pas la faute de son père s'ils devaient partir ?

Elle se sentit plus mal à l'aise encore quand elle arriva à la maison le vendredi et découvrit les préparatifs pour la fête. Une tente avait été dressée dans le jardin, remplie de tables et de chaises dorées ; elle aperçut de grandes piles d'assiettes, de verres, de plateaux de service et de plateaux d'argent dans la cuisine ; des caisses de vin dans le cellier, dont une grande quantité de champagne ; des seaux à glace, briqués et rutilants, dans un coin de la tente.

— Henry et Rou ont prévu que vous danserez après, ils apportent un gramophone et des disques, lui annonça Sebastian. Je ne pouvais pas être d'une grande aide dans ce domaine. Oh, et Adele t'emmènera faire les boutiques demain matin.

— Les boutiques ?

— Oui. Une fille doit avoir une belle robe pour ce genre d'occasion. Et tu n'en as pas, que je sache. Je lui ai dit qu'elle ne devait pas regarder à la dépense.

— Oh, père... dit-elle, les larmes aux yeux, père, je ne mérite pas tout ça...

— Bien sûr que si. Je suis très fier de toi, Isabella, aussi fier qu'un père peut l'être de sa fille.

Il était si rarement expansif qu'elle crut défaillir.

479

— Celia vient demain après le déjeuner pour composer les bouquets. Tu pourrais peut-être l'aider ?

— Oui, bien sûr.

Tous ces gens qui se donnaient du mal pour elle, et elle allait les trahir, s'enfuir. Peut-être que...

Mais non ; elle ne s'enfuyait pas parce qu'elle était ingrate ou malheureuse, au contraire. Elle s'en allait parce qu'elle était terriblement heureuse. Et elle ne s'enfuyait pas non plus au hasard, sans but : ils iraient à Gretna Green [1], où Kit et elle pourraient se marier sans la permission de personne.

Ils finiraient par comprendre. Bien sûr qu'ils finiraient par comprendre, et ils seraient heureux pour elle.

— Kit ?

— Oui... Dépêche-toi, la maison est pleine de monde.

— Kit, ta mère vient demain après le déjeuner pour s'occuper des fleurs !

Elle frissonna. La belle, la fameuse Celia, qui l'avait toujours impressionnée, préparant des bouquets pour elle, pour sa fête ! C'était un grand honneur, et elle qui allait... Elle prit une profonde inspiration, se calma.

— Tu n'as qu'à venir avec elle.

— Je verrai ce que je peux faire.

— Au revoir.

— Au revoir, ma chérie.

Ce fut le « ma chérie » qui changea tout. Tellement adulte.

Ils étaient adultes, ils méritaient d'être traités en adultes.

— Isabella, je sors juste quelques minutes pour poster des lettres. Nous dînerons quand je reviendrai.

— Oui, père, très bien.

Dès qu'il fut parti, elle se précipita dans son bureau pour téléphoner à la compagnie de taxis.

— Je voudrais commander un taxi, s'il vous plaît. Pour demain soir, à six heures, pour aller à la gare de King's Cross. Oui, c'est parfait. Que la voiture attende en bas de la rue, mon père donne une fête et le chauffeur pourrait avoir des problèmes pour arriver jusqu'à la maison. Juste là où la rue croise Elsworthy Road. Merci.

Elle n'avait pas encore réglé la question de la valise : si on les

---

1. Village écossais dont le forgeron avait le droit de célébrer des mariages sans formalités juridiques. (*N.d.T.*)

voyait partir avec des bagages, tout serait fichu. Bah, elle trouverait bien quelque chose.

— Mère, je peux venir avec toi chez Sebastian demain, quand tu iras t'occuper des bouquets ?

— Bien sûr, mon chéri. Mais tu ne préférerais pas y aller plus tard avec ton père ?

— Oh, j'ai quelque chose pour Izzie et je voudrais lui donner avant que tout le monde soit là.

— Je ne crois pas que ce soit une bonne idée. Ce sera le tohu-bohu là-bas, et tu risques de...

— De gêner ? De ne servir à rien ? Merci.

Sa voix était pleine d'amertume et Celia se sentit très mal. Rien ne le déprimait plus, elle le savait, que ce genre de remarque.

— Chéri, bien sûr que non, mais...

— Ce n'est pas grave, je comprends. J'ai l'habitude.

— Kit... je suis désolée, j'ai dit ça sans réfléchir. Retrouvons-nous vers deux heures, pas plus tard, tu veux bien ?

— Oh, je ne sais pas si...

— Kit...

— D'accord. Merci. Si tu es sûre que ça ne t'ennuie pas.

— Ça ne m'ennuie pas du tout. Je suis navrée si je t'ai contrarié.

— Ce n'est rien.

Et voilà. Ça n'avait pas été plus difficile que ça.

— Isabella...

— Oui, père ?

— Buvons à notre santé...

Ils étaient seuls dans la salle à manger. Sebastian avait ouvert les portes-fenêtres ; dehors, le ciel de ce crépuscule de fin mai tournait au gris pâle, gagnant sur la brume rose du coucher de soleil. Les couleurs douces et fraîches du printemps, les fleurs de pommier et de cerisier, la glycine et la clématite remplissaient le jardin ; quelque part, une grive chantait sa chanson du soir, un couple d'hirondelles descendit en piqué puis remonta.

— C'est beau, non ?

— Oui, père. Très beau.

— Ta mère aimait ce moment de la journée.

Il ne lui parlait presque jamais de sa mère ; cela le faisait trop souffrir.

— Vraiment ?

— Oui. Et aussi cette période de l'année. C'est pourquoi elle était si heureuse que tu naisses au printemps.

— Oui. Je comprends.

— Tu lui ressembles tant, Isabella.

— Je sais. Les gens me le disent souvent.

— Je n'ai pas été un très bon père pour toi.

— Père, ce n'est pas vrai...

Les larmes lui montèrent aux yeux, des larmes chaudes et dangereuses.

— Si, c'est vrai. J'ai été plutôt... distant. En tout cas au début.

Elle garda le silence.

— Je voulais juste te dire que, si ta mère pouvait te voir aujourd'hui, je sais combien elle serait fière de toi.

— Vraiment ?

En tout cas, elle ne le serait pas d'une fille qui allait s'enfuir et blesser affreusement son père.

— Oui. C'était une personne remarquable, ta mère, à l'esprit très libre.

— Oui. Je vois.

C'était peut-être de là qu'elle tenait sa propre liberté d'esprit.

— Et courageuse, si courageuse.

Elle aussi allait devoir l'être.

— En tout cas, poursuivit-il d'une voix changée, je t'ai promis que j'avais quelque chose pour toi. Je comptais te l'offrir pendant la fête, mais c'est un cadeau très personnel, et j'ai pensé qu'il valait mieux une petite cérémonie privée. Voilà, Isabella, avec tout mon amour. Joyeux anniversaire.

Il lui tendit un écrin à bijou en velours plutôt usé qu'elle ouvrit nerveusement. À l'intérieur, il y avait un double rang de perles : lumineuses, légèrement rosées, parfaitement calibrées.

— Elles appartenaient à ta mère. Je les lui ai offertes le jour de notre mariage. Elle les portait toujours. Depuis... qu'elle n'est plus là, elles sont restées dans leur écrin. C'était un peu du gâchis. Alors...

— Oh, père, elles sont si belles, si...

Elle ne put s'empêcher de fondre en larmes. Elle pleura longtemps, beaucoup, et elle savait pourquoi : pas seulement à cause de ce cadeau qu'il lui faisait, d'une si grande valeur, mais aussi parce qu'elle trahissait cette générosité et cet amour que son père lui portait, son difficile et douloureux amour.

— Allons, lui dit-il, un peu embarrassé, en lui caressant tendrement la main, ne pleure pas... Mets-les... Attends, laisse-moi te les attacher...

— Non, répondit-elle en reposant les perles, incapable de laisser faire une chose pareille. Pas maintenant, père. Laisse-moi juste les garder comme ça un moment. Je les vois mieux dans leur boîte.

— Tu es une drôle de fille. D'accord. Mais tu les porteras demain, promis ? Je veux que tu les aies demain, à ta fête.

— Oui, je les porterai demain. Merci, père.

Elle l'embrassa, puis se remit à pleurer.

— Elle m'a semblé très… bizarre, confia-t-il à Celia plus tard au téléphone. Je lui ai donné les perles et elle était très contente, très gentille, mais elle ne pouvait pas s'arrêter de pleurer. Je ne savais pas quoi faire.

— Oh, elle a sans doute ses règles, dit Celia d'un ton brusque. Je suis désolée, Sebastian, tu n'aimes pas qu'on te rappelle qu'elle a grandi, mais le fait est que les filles pleurent beaucoup durant ces périodes. Les jumelles sanglotaient chaque mois, et elles le font toujours. Je suis sûre qu'elle ira mieux demain.

— J'espère, dit-il d'un ton inquiet. J'avais l'impression que ces pleurs cachaient autre chose. Pourvu qu'elle n'ait pas un souci quelconque.

— Qu'est-ce qu'elle pourrait avoir comme souci ? En tout cas, je viendrai demain à deux heures. J'aurai Kit avec moi. Il est d'une humeur un peu bizarre, lui aussi, très susceptible. Oh, et dites à Izzie qu'Adele l'attendra demain chez Woollands à neuf heures et demie. Au rayon des robes du soir. Ça lui remontera le moral.

Ils ne pouvaient pas partir, ils ne pouvaient pas, pas après ça. Elle ne pouvait pas lui causer autant de mal. Il ne le comprendrait jamais, ne le supporterait pas, exactement comme il n'avait jamais surmonté la mort de sa mère. Elle allait expliquer à Kit qu'ils devaient attendre, comme ils en avaient l'intention au départ. Peut-être pourraient-ils…

— Isabella, tu es réveillée ?

— Oui.

— Kit est au téléphone. Quelque chose au sujet des disques pour demain. Il se demande quoi apporter, il pense que tu sauras. Je lui demande de rappeler demain matin ?

— Non, je vais lui parler. Merci.

Elle pourrait le lui dire maintenant : au téléphone.

— Allô ?

— Allô, Izzie… Comment vas-tu ? Mère dit que tu as pleuré.

— Oui. Kit…

— Je voulais juste te répéter que je t'aime. Et aussi que si quelque chose devait nous arrêter demain, je... je ne pourrais pas le supporter. Je suis sûr que tu es nerveuse, chérie, mais tu ne dois pas. Je veillerai sur toi, promis. Bon, je dois y aller. Je t'aime, je t'aime, je t'aime.

Non, elle devait partir. Kit avait plus besoin d'elle que son père. Son père avait fait sa vie et elle n'avait pas été entièrement triste, une grande partie avait été heureuse, très heureuse. Il était célèbre, il avait réussi, il avait beaucoup d'amis. Tandis que la vie de Kit, brisée voilà cinq ans, s'étendait tout entière devant lui. Et avec elle, elle serait meilleure et plus douce. Il avait besoin d'elle, et elle de lui. Plus que de n'importe qui au monde.

49

— Oliver, j'ai réfléchi. Je pense que nous devrions leur dire.

— Dire quoi à qui ?

— Tu le sais fort bien. Aux enfants. Il faut les avertir qu'il y a un problème.

— À quoi bon les inquiéter ?

— La société est au bord de la faillite.

— D'où sors-tu cette idée ? Les choses sont un peu difficiles, d'accord, mais...

— Ce n'est pas vrai. J'ai regardé les comptes.

— Tu n'avais pas le droit.

— Mais si ! Lytton m'appartient autant qu'à toi. Et ne commence pas à m'expliquer que ce ne sera légalement valable qu'après l'échéance.

— Celia...

— En tout cas, d'après les comptes, il me semble que nous sommes à quelques semaines de la faillite. Nous vivons en sursis, sur de l'argent emprunté. C'est aussi mauvais que la dernière fois, sans doute pire.

— Nous ne sommes pas sous la menace d'un procès en diffamation comme la dernière fois.

— C'est exact, mais nous possédons moins d'actifs qu'à l'époque. Oliver, c'est affreux, tu aurais dû m'en parler... Il nous reste à peine de quoi payer le loyer du prochain trimestre.

— Nous avons l'argent qui provient des ventes.

— Très peu.

— Alors, il faut peut-être que j'en cherche ailleurs. Je me demandais si Boy...

— Venetia nous a expliqué qu'il traversait de grosses difficultés en ce moment...

— Voyons, il est riche comme Crésus...

— Même Crésus a ses limites. Et Boy vient d'acheter la moitié de High Holborn, il a plusieurs affaires en attente, dont aucune n'est sûre. En plus, je ne crois pas qu'on doive encore risquer l'argent de la famille.

— Eh bien, il y a d'autres banques.

— Je pense en effet que nous devrions nous adresser à elles.

— D'accord. Mais je ne veux à aucun prix que les enfants le sachent : que tout ceci reste entre nous. Les nouvelles vont vite, et rien n'est pire que le manque de confiance dans ce genre de situation.

— Parfait, Oliver. Mais nous devons nous enquérir très vite de nouvelles sources de financement. Tu ne peux pas repousser ça de plus d'un jour ou deux. Si tu veux, je peux...

— Non, non, je vais m'en occuper moi-même. Et, je te le répète, pas question que les enfants s'inquiètent.

Ce qu'il voulait dire, songea Celia en partant chercher Kit avant de prendre la route de Primrose Hill, c'est qu'il craignait que les enfants prennent la mesure de son incompétence – incompétence qui avait mené Lytton à ce désastre financier.

— Quelle belle journée, tu as de la chance ! Joyeux anniversaire...

— Merci, dit Izzie en l'embrassant.

Elle est pâle, songea Celia ; sans doute son diagnostic de la veille au soir était-il juste.

— Les fleurs sont arrivées ?

— Oui, elles sont sous la tente, dans des seaux.

— Et est-ce qu'Adele et toi avez trouvé une jolie robe ?

— Oui, une magnifique. Adele n'est pas là, elle est retournée chez Venetia.

— Je peux voir la robe ?

— Eh bien...

— S'il te plaît, ma chérie, laisse-moi jeter un coup d'œil. Ou mieux encore, mets-la, je veux voir à quoi tu ressembles avec les perles de ta mère...

Alors Celia était au courant. Son père lui racontait tout... Izzie se sentait blessée, trahie.

— Aller, Izzie. Je suis sûre que c'est ravissant, on peut toujours compter sur le goût d'Adele.

C'était une robe d'un crêpe très pâle, toute simple, qui descendait juste en dessous du genou. Elle l'enfila, se contempla dans la glace : quel dommage que Kit ne puisse pas la voir... Elle mit les perles, se regarda de nouveau : une couleur merveilleuse, avec cette légère teinte rose qui faisait paraître sa peau crémeuse. Soudain, elle reconnut dans le miroir le visage de sa mère, devenu familier grâce aux photographies. Sa mère aurait approuvé sa décision : elles se ressemblaient tellement, courageuses et l'esprit libre ! Elle se vapo-risa de l'eau de Cologne Yardley (le Schiaparelli était dans sa valise), remonta ses cheveux sur le dessus de sa tête avec un peigne. Si elle ne devait pas profiter de son statut de vedette ce soir, autant le faire maintenant.

Elle courut en bas ; alors qu'elle atteignait l'entrée, on sonna à la porte. Elle ouvrit ; c'était Henry Warwick, un carton de disques dans les bras. Il siffla bruyamment à sa vue.

— Génial, Izzie. Tu es superbe, félicitations. Tiens, Rou, entre et admire l'héroïne du jour. Magnifique. Je peux avoir un baiser d'anniversaire ?

Elle leva la tête pour qu'il lui embrasse la joue, et Rou en voulut un à son tour. C'étaient des baisers de garçonnets, ce n'étaient pas ceux de Kit ; mais elle apprécia néanmoins cet hommage enfantin.

— C'est une robe superbe, commenta Rou. Une robe superbe pour... une fille superbe.

Puis il rougit violemment.

— Merci.

Elle se sentait excitée, excitée et grandie.

— Où devons-nous déposer ça ?

— Dans la salle à manger. C'est là qu'on dansera...

Elle s'interrompit ; c'est là qu'on aurait dû danser, si elle ne s'était pas apprêtée à tout gâcher.

Celia approuva la robe, lui indiqua qu'elle était un peu trop longue pour elle et que ses cheveux seraient mieux si elle les détachait.

— Une fille ne devrait jamais remonter ses cheveux avant d'avoir dix-sept ans. Les perles sont ravissantes, n'est-ce pas ? J'espère que tu es contente.

— Oui. Très.

— Bon, eh bien, tu ferais mieux d'aller te changer maintenant, sinon tu risques de salir ta robe. Oh, voici Kit. Kit, Izzie est merveilleuse.

Il lui sourit, de son sourire doux, affectueux, charmeur.

— Izzie, ma chérie, reprit Celia, quand tu te seras changée, pourras-tu aller chercher les vases dans ma voiture ? Elle est juste en bas de la rue, c'est la vieille Austin de Venetia. Je n'ai pas trouvé de place plus près de la maison.

Ça tombait bien : Izzie pourrait mettre sa valise dans la voiture de Venetia. Celia ne verrouillait jamais les portières, elle jugeait cela commun.

Plus que deux heures, deux heures avant le départ. La tente était remplie de fleurs, de verres, d'argenterie, de bouteilles de champagne.

Izzie sentit qu'on lui étreignait le bras.

— Bonjour, Mrs Lytton, dit la voix de Kit, très doucement à son oreille.

Mrs Lytton ! Dans quelques jours elle serait Mrs Lytton. Dès demain peut-être.

— Bonjour...

— Isabella, je dois sortir aller chercher un peu plus de vin, prévint Sebastian. Ces idiots n'ont pas envoyé assez de bouteilles et ils disent qu'il est trop tard pour nous en livrer.

— Vraiment, dit Celia, je ne sais pas où va le monde. Plus aucune notion du service. Prends ma voiture, Sebastian.

— Vous savez bien que je ne sais pas conduire. Ou plutôt que je n'ose pas. Je vais prendre un taxi. Où est le numéro ? Allô ? Oui, ici Mr Brooke, Elsworthy Crescent. Pourrais-je avoir un taxi tout de suite, s'il vous plaît ? Oui... Quoi ? Quel autre taxi ? Je n'en ai pas commandé, vous devez vous tromper. Attendez, juste une minute...

Il se tourna vers Celia et Izzie.

— Ils prétendent qu'un taxi a été commandé pour six heures. Ça dit quelque chose à l'une de vous ?

Izzie se figea.

— Non, bien sûr que non...

— Ça m'étonnait aussi. Allô ? Oui, c'est bien ce que je pensais, vous vous êtes trompé. Non, annulez-le. Quoi ? Oh, attendez, ne quittez pas...

— Père, ce doit être Mrs Conley qui l'a commandé.

— Mrs Conley ? Et pourquoi diable ?

— Elle sort pour la soirée.

— Oui, mais je croyais que son fils la prenait à sept heures...

— Il... il ne peut sans doute pas. Il doit avoir autre chose de prévu, donc elle a besoin d'un taxi.

— Ah bon. De toute façon, nous pourrons toujours le renvoyer au cas où. Allô... oui, nous maintenons cette réservation, merci. Mon Dieu, je ne veux plus jamais donner de fête jusqu'à la fin de mes jours.

Watkins déposerait Oliver de bonne heure puis il se rendrait chez les Warwick pour prendre Adele et ses enfants. Adele était le photographe officiel de la fête : elle avait reçu pour instruction de Sebastian de ne pas en manquer un seul instant.

Izzie accueillit Oliver, l'embrassa, puis aida Watkins à le conduire sur la terrasse à l'arrière de la maison.

— Joyeux anniversaire, ma chérie. Pas encore prête ?

— Non, pas eu le temps. Je vais monter dans une minute. Je peux vous apporter quelque chose à boire ?

— Une tasse de thé serait idéale. Ça pose un problème ?

— Bien sûr que non.

Pourquoi n'avait-il pu demander quelque chose de facile à préparer, comme de l'eau ou du vin... ?

Six heures moins le quart, mon Dieu. Tout était prêt. Kit était assis dans la salle à manger, près de la porte. La valise se trouvait dans la voiture de Venetia, le sac à main caché dans la haie près de la porte. Ça y était, ou presque. Plus que cinq minutes.

— Izzie, tu peux m'aider à porter ces vases à l'intérieur ? Non, un seul à la fois. Inutile de risquer de les briser. Je veux voir où les mettre exactement, tu pourras m'aider.

— Mère ?

— Oui, Kit.

— J'ai un affreux mal de tête.

— Oh... mon chéri, va t'asseoir dans le jardin...

— Mère, il y a un tel vacarme là-bas. J'aimerais mieux aller me promener.

— Kit, nous sommes tous très occupés...

— Eh bien... désolé. Désolé de gêner, une fois de plus.

— Kit...

— Kit, je vais t'emmener faire une petite promenade. Si... si Celia trouve quelqu'un d'autre pour l'aider avec les bouquets.

— Entendu. Une des serveuses, peut-être. Mais ne soyez pas trop longs.

— J'ai songé à une chose, Oliver.

Celia l'avait rejoint sur la terrasse.

— Oui ?

— Je ne sais pas pourquoi nous n'y avons pas pensé plus tôt.

— Quoi donc, ma chérie ?

— New York. Le bureau de New York. Leurs affaires marchent

extrêmement bien. Nous pourrions leur demander de nous avancer de l'argent. Nous en possédons la moitié, après tout, et...

— En effet. Mais c'est une société complètement séparée de la nôtre.

— Tant mieux. Il y a plus de chances qu'ils acceptent de nous aider.

— Ça changerait tout, Celia. S'ils sont d'accord, ce qui est loin d'être acquis, ça leur donnerait le contrôle sur nous. Plutôt que l'inverse, comme c'est le cas aujourd'hui, au moins en théorie.

— C'est toujours mieux que ne plus avoir le contrôle de rien du tout – ce qui nous pend au nez. Tu devrais téléphoner à Stuart Bailey lundi et voir ce qu'il en dit. Je serais prête à aller là-bas pour lui parler, ou peut-être que Barty pourrait nous aider. Elle a l'air de penser qu'elle a une position forte là-bas. Je me demande si elle ne prend pas un peu ses rêves pour des réalités. Elle n'y a travaillé que peu de temps, sur ta recommandation, et elle trouvera peut-être une situation assez différente en y retournant.

— Peut-être.

— En tout cas, tu ne crois pas que ça vaut la peine d'essayer ?

— Si, chérie.

— Bien. C'est réglé. Maintenant, je vais monter me changer

Voilà. Ça y était.

— Viens, Kit. Prends ma main.

Sortir de la pièce. Passer la porte. Descendre l'allée. Ne pas se presser, ne pas se presser. Parler, avoir l'air naturel. Attraper le sac à main. Franchir la barrière, parcourir lentement la rue. Le taxi. Ne pas se précipiter.

— Tout va bien, Kit ?

— Oui, Izzie.

Sans même le regarder, elle pouvait le voir sourire.

La voiture de Venetia, maintenant. L'ouvrir, sortir la valise. Un peu dangereux, ça. Si quelqu'un les aperçoit...

— Kit, j'ai pris la valise.

Sa voix semblait bizarre, tremblante, proche de la panique.

— Bien. Ne te presse pas, Izzie. Marche lentement, reste calme. Je t'aime. Respire à fond.

Parfait. Ils y étaient. La porte du taxi.

— Miss Brooke ?

— Oui, c'est moi. King's Cross, s'il vous plaît.

— D'accord. Laissez-moi vous aider avec cette valise.

— Non, non, c'est parfait...

Déjà, il était sorti, faisait le tour du taxi très lentement...

— Je ne peux pas laisser une jeune femme soulever ça...

— C'est assez léger, voyez...

Mon Dieu, quel supplice ! Il lui sourit, souleva la valise, la mit dans le taxi.

— Il vaut mieux la sangler.

— Non, ça ira...

— Vous ne voulez pas la perdre, n'est-ce pas ? On dirait qu'il y a beaucoup de choses dedans. Voilà. Allez-y, montez... King's Cross, c'est ça ?

— Oui. Nous devons attraper le train de sept heures pour l'Écosse, alors...

— Où allez-vous tous les deux, à Gretna Green ?

Il rit de sa propre plaisanterie, retourna s'asseoir à sa place, démarra.

— Bien sûr que non, rétorqua Izzie d'une voix affectée.

Trop affectée, même ; il se retourna vers elle avec un regard en coin.

— C'était pour rire... Bon, on y va.

Ils avaient réussi ; ils partaient. Plus rien ne pourrait les arrêter maintenant...

— Où sont Izzie et Kit ? s'étonna Celia. Ils sont sortis depuis un bon bout de temps.

— Vraiment ? dit Sebastian, distrait.

— Il est six heures un quart. C'est un peu irresponsable d'aller flâner dehors comme ça, surtout quand c'est votre fête et que tout le monde travaille si dur.

— Oh, elle se sentait un peu nerveuse, anxieuse. Je suis sûr qu'ils ne seront plus très longs.

Cinq minutes plus tard, Adele arriva.

— Bonjour, cher Sebastian. Vous êtes superbe. Comment vous sentez-vous ?

— À dire la vérité, j'aurais peut-être besoin d'un verre.

— Moi aussi. Prenons-en un. Où est l'héroïne de la journée ?

— Partie faire un tour.

— Un tour ! Mais il est... six heures vingt...

— Je sais. Kit voulait sortir, il avait la migraine.

— Elle s'est changée ?

— Non. Mais je suis sûr qu'elle ne va pas tarder.

— Prenons un verre, vous pourrez tout me montrer.

— Celia, où est Kit ?

— Je te l'ai dit, Oliver. Il est allé se promener avec Izzie il y a quelques minutes.

— Oh, oui... Ça me semblait plus long. Je voulais lui demander quelque chose.

— Dès qu'il reviendra, je lui dirai de venir te voir. D'ailleurs, je voudrais qu'il se dépêche, je dois lui nouer sa cravate.

— Maman, je ne voudrais inquiéter personne, mais je ne trouve Izzie et Kit nulle part. Il se fait tard, ça me paraît un peu... bizarre.

— Pas bizarre, rectifia Celia d'un ton cassant, mais irresponsable. Je leur dirai ce que j'en pense quand ils reviendront.

— Je vais voir si je peux les trouver et les ramener au plus vite. Ils sont sans doute plongés dans une de leurs conversations.

— Sans doute.

— Celia, il n'y a aucune trace d'eux. Qu'est-ce qu'ils fabriquent ?

— Je l'ignore, Sebastian. Adele est partie à leur recherche.

— Ils ne seraient pas revenus discrètement, sans que nous nous en soyons aperçus ?

— C'est peu probable, mais je vais monter vérifier.

La chambre d'Izzie avait l'air trop net d'une pièce qu'on a désertée, sans les amas d'affaires d'une fille qui se prépare pour une fête. Celia examina la coiffeuse : ni brosse à cheveux ni poudrier. Ne sois pas stupide, Celia, reste calme. C'est une enfant à l'ancienne mode, pas une bohémienne comme tes filles.

Elle ouvrit le placard ; la robe rose était accrochée sous sa housse. Sûrement... sûrement...

— Sebastian ?

— Vous l'avez trouvée ?

— Non, Sebastian, je...

— Bonjour, Sebastian. Nous sommes là.

C'étaient Henry et Rou, l'air étonnamment plus mûr dans leurs smokings.

— Où est-elle ? Nous sommes impatients de lui offrir notre cadeau.

— Elle... n'est pas ici pour le moment, s'empressa de répondre Celia. Elle a emmené Kit faire un tour.

— Quoi, juste avant la fête ? Bon. Tant pis. Les filles arrivent et les parents suivent dans leur voiture avec Fergal.

— Parfait. Allez tous boire un peu de punch aux fruits. Sebastian et moi avons des choses à régler.

491

— Vous voulez qu'on aille les chercher ? On court très vite.

— Inutile, Adele s'en occupe. Et il est seulement...

Sept heures moins vingt-cinq. Trois quarts d'heure qu'ils étaient partis.

— Oh, Sebastian... ! murmura-t-elle.

— Je ne les trouve nulle part, annonça Adele en revenant. Maman, tu as une mine affreuse...

— Je vais bien, dit-elle rapidement. Euh... chérie, entre et prépare ton appareil photo...

— Maman, qu'est-ce qui se passe ? Pourquoi sembles-tu si inquiète ?

— Je pense qu'ils... se sont peut-être enfuis.

— Voilà, nous y sommes, déclara Izzie.

— Oui, j'entends. Tous ces sons merveilleux, la vapeur, les trains qui sifflent. J'aime les gares.

— Moi aussi. Voyons si je trouve un porteur... Ah, voilà. Oui, s'il vous plaît... Le train de sept heures pour l'Écosse, quel quai ?

— Quai six, mademoiselle. Je vous escorte. Tenez, mettez votre valise sur ce chariot.

— Bonsoir Helena.

— Bonsoir, Celia. Vous... allez bien ?

— Mais oui, pourquoi ? riposta Celia d'un ton glacial.

Même dans les pires moments, elle n'allait pas laisser Helena prendre un ton condescendant avec elle...

— Vous avez un air épouvantable.

— Je vous remercie !

— Non, je veux dire : un peu pâle.

— J'ai travaillé tout l'après-midi à composer les bouquets. Bonsoir, George, bonsoir, Mary. Giles, veux-tu les accompagner au buffet et leur offrir à boire ?

— Où est Izzie ?

— Pas ici.

— Celia, restez calme, restez calme.

Sebastian lui tenait les deux mains et la regardait dans les yeux.

— Sebastian, j'en suis sûre. Ils se sont... enfuis. Et s'ils ont...

Il la scruta, les traits tirés, le visage presque gris.

— Oui, s'ils ont...

— Parfait, voilà nos places. Assieds-toi ici, Kit, dans le coin, et je m'installerai à côté de toi. Tu veux que je prenne ta veste ?

— Non. J'ai un peu froid pour le moment.

Blême, il tremblait légèrement.

— Je me sens fiévreuse, moi aussi. Je suppose que nous avons un peu… peur.

— Oui. Une fois que le train sera parti…

— Ils n'ont aucune idée de l'endroit où nous sommes, donc…

— Donne-moi ta main. Voilà. Ça va mieux ?

— Beaucoup mieux.

— Izzie, ma chérie…

— Kit chéri…

— Ils peuvent être n'importe où, n'importe où ! Par où allons-nous commencer ? Nous devrions prévenir la police…

— Maman, ils sont partis depuis moins d'une heure, la police te rirait au nez.

— Venetia, laisse-moi m'en occuper à ma façon.

— Boy peut t'aider ?

— Voilà, nous sommes là !

— Quoi… Oh ! Jay, Tory, bonjour.

— Bonjour, Celia. Gordon est en train de se garer. Sebastian, laissez-moi vous embrasser. Vous êtes très séduisant, je suis impatiente de danser avec vous.

— Oui, ce sera très agréable. Allez vous chercher un verre, si vous voulez, j'en aurai fini dans une minute.

— Eh bien, confia Victoria à Jay tandis qu'ils traversaient la maison, ça ne tourne pas rond. Je n'ai jamais vu Celia si angoissée. Qu'est-ce qui se passe, à ton avis ?

— Sans doute un serveur dont la tenue n'est pas absolument parfaite. Une coupe de champagne ?

— Oui, s'il te plaît.

La fête ne démarrait pas, on sentait que quelque chose n'allait pas, sans oser demander quoi. Même Henry et Rou paraissaient déconcertés. Les serveuses attendaient avec leurs plateaux de boissons, mal à l'aise, sans se décider à s'aventurer dans cette assistance contrainte et tendue. Les plus jeunes jouaient et criaient dans le jardin, offrant par contraste l'arrière-plan sonore habituel de ce genre d'événement.

— Je n'aime pas ça, opina Adele.

— Ça y est, j'y suis, s'écria tout à coup Sebastian, la compagnie de taxis !

Ils lui avaient parlé d'une réservation pour six heures, et Izzie avait dit…

Il courut à la chambre de Mrs Conley ; elle était assise, déjà vêtue de son manteau et de son chapeau.

— Mrs Conley, avez-vous commandé un taxi pour six heures ?

— Un taxi, Mr Brooke ? Non. Mon fils vient me chercher, il est ici ?

— Pas encore.

Il se précipita à son bureau, redemanda le numéro de la compagnie.

— Occupé, monsieur, désolé.

— Insistez !

Barty arriva à ce moment-là avec Jenna.

— Bonjour... Désolée, je suis en retard, je... Celia, qu'est-ce qui se passe ?

— On a perdu Izzie et Kit, avoua Celia.

— La compagnie de taxis, j'écoute...

— Oui, ici Mr Brooke. Nous avions commandé un taxi pour six heures aujourd'hui...

— Oui...

— Est-il déjà revenu ?

— Pas que je sache, Mr Brooke.

— Savez-vous pour quel endroit était la réservation ?

— Pour... laissez-moi trouver. Oui, pour la gare de King's Cross.

— King's Cross ? Merci, au revoir... Pourquoi King's Cross, bon sang ?

— Maman, Sebastian...

— Oui ?

Adele n'avait jamais vu sa mère dans cet état, son sang-froid habituel semblait l'avoir abandonnée, elle fumait cigarette sur cigarette, arpentait la pièce de long en large.

— C'est juste une idée, mais...

— Oui, à quoi penses-tu ?

— Je pense que vous devriez... Vous avez pensé à... Gretna Green ?

— Le train aurait déjà dû partir, non ?

Izzie consulta sa montre et fronça les sourcils.

— Oui. Je me demande...

Un porteur arrivait le long du quai ; elle baissa la vitre en tirant sur la lanière de cuir, se pencha dehors.

— Excusez-moi, il y a eu un retard ?

— Ça va s'arranger, mademoiselle. Un problème avec le chef de train. Apparemment, il a eu un petit malaise.

— Oh, non... Et combien de temps ça devrait durer ?

— Pas plus de quelques minutes.

Elle se rassit, prit la main de Kit.

— Tu as entendu ? C'est bien notre chance...

— C'est juste un petit retard.

— Je sais, mais ça pourrait faire échouer notre projet.

— Comment ?

— Suppose qu'ils aient deviné, ils pourraient partir à notre recherche... Et si le train est toujours là...

— Comment pourraient-ils deviner où nous allons ? Et même, ils ne seront jamais ici à temps. Arrête de t'inquiéter et lis-moi un peu le journal du soir.

— D'accord...

— Je vais conduire.

Boy sauta dans sa voiture, mit le moteur en route ; Adele s'assit à côté de lui, Celia et Sebastian à l'arrière.

— À quelle heure est le train ?

— Sept heures.

— Nous n'y arriverons pas, c'est impossible. Il faut au minimum dix minutes, même avec moi au volant. Et il est déjà sept heures moins cinq.

— Ça vaut la peine d'essayer. Tout vaut mieux que d'attendre.

— D'accord, essayons.

— Je peux me tromper, intervint Adele.

— En matière d'intuition, dit Boy, et d'après mon expérience, toi et ta sœur vous trompez rarement.

— Et je suis plutôt douée pour élaborer des plans de fuite, ajouta Adele à mi-voix.

George Riley, le chef de train de l'express de nuit pour l'Écosse, avala sa troisième pastille Rennie et se leva, puis gémit et se rassit.

— Et merde.

— Ça va pas, George ?

— Horrible. Ma femme m'avait dit de pas en prendre, de cette tarte. Ça me réussit jamais, rapport à mon ulcère. Mais j'avais faim et ça avait l'air si bon... Oh, bon Dieu, excusez-moi.

Il se précipita vers les toilettes ; le chef de gare et son assistant échangèrent un regard.

— Elle n'a pas l'air décidé à rester en place, sa fameuse tarte, remarqua le premier. En tout cas, il va falloir trouver quelqu'un d'autre. Il ne pourra jamais aller jusqu'en Écosse dans l'état où il est.

— Excusez-moi... On a d'autres nouvelles du chef de train ?

— Oui, mademoiselle. Nous avons dû aller chercher un remplaçant. Le chef de train, Mr Riley, est tombé malade.

— Mais... quand pensez-vous que nous partirons ?

— Dans environ dix minutes.

— Vous m'avez déjà dit cela il y a dix minutes !

— Je suis désolé, mademoiselle. On n'y peut rien.

— Merci...

Izzie se rassit. Soudain, ce n'était plus une aventure ; c'était inquiétant, ça tournait mal et elle avait du mal à maîtriser ses nerfs.

— Ne t'inquiète pas, insista Kit, je te l'ai dit, ils ne devineront jamais. C'est impossible.

— C'est très excitant, commenta Henry Warwick, bien plus qu'une fête toute bête. Rou, si on demandait à cette serveuse un peu plus de champagne ?

— Bonne idée. Où est mère ?

— Elle parle avec Barty. Sans doute de bébés. Toutes les femmes dans cette famille ont l'air de ne penser qu'à ça.

— Barty est plutôt vieille elle aussi, non ? Je ne comprends pas ce qui leur prend.

— Quai six, monsieur. Vous avez de la chance, il a été retardé.

— Tant mieux parce que nous sommes venus dire au revoir à quelqu'un.

— Il vous faut des tickets de quai, alors.

Boy fouilla dans sa poche, trouva un billet de cinq livres.

— Ça ira ?

Le contrôleur le regarda, avec toute la dignité liée à sa fonction.

— J'ai peur que non, monsieur. Un penny chacun, dans cette machine là-bas. Mettez votre penny dedans et prenez le ticket dans la fente.

— Seigneur... fit Boy. Sebastian, avez-vous des pièces d'un penny ?

— Voilà le conducteur, avec son assistant. Ça doit vouloir dire... Oh, voilà encore notre porteur. Est-ce qu'ils ont trouvé un chef de train ?

— Oui, mademoiselle. Quelques minutes encore et vous serez partie.

— Bon. Kit, je sors dans le couloir, détendre mes jambes...

— Bonjour Kit, bonjour Izzie.

C'était Boy.

— Bonjour, répondit Izzie.

Sa voix était très calme.

— Sebastian ! Ils sont ici. Venez, vous deux, je pense que vous devriez descendre...

— Nous ne descendrons pas. N'est-ce pas, Kit ?

— Bien sûr que non. Et vous ne pouvez pas nous y forcer.

— Kit...

— Ça ne sert à rien, Sebastian. Izzie et moi sommes amoureux et nous allons nous marier en Écosse. Et si vous nous en empêchez cette fois-ci, nous recommencerons. Alors, vous feriez mieux de...

— Kit, mon vieux, écoute-moi.

Sebastian s'était assis à côté de lui et passa son bras autour de ses épaules, mais Kit se débattit.

— Non. Pas de condescendance avec moi.

— Kit, descends de ce train. Et toi aussi, Izzie, je t'en prie. Et sans faire d'histoires. Sans quoi, il y aura une affreuse dispute. Nous avons informé le chef de gare de vos intentions, et ils vous expulseront du train.

— Pourquoi ? s'écria Kit. Nous ne faisons rien d'illégal !

— Kit, s'il te plaît, descends.

— Non.

Un long silence, puis Sebastian reprit :

— Je dois te dire quelque chose. Quelque chose qui va... qui vous fera changer d'avis. Quelque chose que nous aurions peut-être dû vous révéler il y a longtemps.

— Qui ça, « nous » ?

— Ta mère et moi.

Kit garda le silence, comme si une lumière blanche avait jailli dans sa tête. Les souvenirs, les souvenirs bizarres qui se reliaient les uns aux autres, qui prenaient soudain un sens : PM observant : « Ton père doit être ravi... et Oliver aussi » ; la petite Noni regardant les photographies de Sebastian et s'exclamant : « Il ressemble à Kit » ; le jeu à Noël et Gordon Robinson s'étonnant : « Trois cerveaux absolument identiques »... Et l'insistance de Sebastian pour convaincre Izzie de l'accompagner en Amérique : tout prenait sens. Un sens parfaitement évident, parfaitement laid et répugnant.

Il se leva :

— Descendons de ce train. Viens, Izzie. On dirait que nous ne pouvons pas partir, finalement.

50

Kit n'en parla jamais à Izzie. Ce fut la décision la plus courageuse et la plus difficile qu'il eût jamais prise dans son existence ; il savait qu'il ne devait pas lui dire. C'était trop laid pour qu'elle puisse le supporter. Un jour, peut-être, mais pas maintenant ; pas tant qu'elle était encore une enfant innocente. C'était la mesure de l'amour qu'il avait pour elle.

Il lui aurait été plus facile de rejeter la responsabilité sur les parents, plutôt que de prétendre qu'il valait mieux attendre, puis ne pas envisager de se marier avant longtemps. Au-delà de la blessure qu'il lui infligeait, il préservait son innocence et sa foi dans les valeurs humaines.

Celia et Sebastian – ses parents... – lui avaient conseillé d'agir comme il l'entendait. Ils ne lui demandaient rien, hormis de cesser sa relation avec Izzie.

Au début, trop en colère, trop choqué pour en discuter avec eux, il avait souhaité aller à Ashingham et passer un peu de temps à la ferme, avec sa grand-mère.

Ce fut horrible. Être là-bas sans Izzie, sans son attention et sa gentillesse, sa voix douce, sa façon de lui faire voir le monde à travers ses yeux ; sans sa main qui prenait la sienne, son rire, ses plaisanteries.

Il devait réapprendre la solitude et l'isolement. Il s'asseyait sur la terrasse, renfrogné, se montrait morose avec Billy Miller, maussade avec son oncle James – était-ce bien son oncle ? Tout cela était si déroutant... Il ne pouvait pas travailler, il ne pouvait rien faire. Il ne voulait rien faire.

Comment avaient-ils pu, comment ? Comment sa mère, cette femme brillante et magnifique, avait-elle pu tromper son père, ou plutôt Oliver, à ce point-là ? Le tromper pendant toutes ces années ? Comment avait-elle pu vivre avec ce mensonge ? Affirmant à tout le monde, par son seul silence, qu'il était le fils d'Oliver ? Comment avait-elle pu trahir ses propres enfants, le présenter au reste de la famille comme leur frère, au monde comme le plus jeune des Lytton ? Et comment Sebastian – son père – avait-il pu permettre cela ? Ne jamais revendiquer sa paternité, ne jamais l'appeler « mon fils »...

Tout ça pour quoi ? Sauver les apparences ? Se protéger eux-mêmes ? Préserver le statu quo, la famille, le nom ? Il n'était pas un Lytton, mais un Brooke. Pas même un Brooke : un bâtard. Toutes ces choses répugnantes, ces mots répugnants : bâtard, enfant illégitime, né hors mariage, enfant de la honte.

Il ne pouvait pas le supporter.

Le premier soir avait été abominable ; le retour dans la voiture, Izzie cramponnée à lui en pleurant, Sebastian et Boy silencieux.

Celia et Adele prirent un taxi pour retourner à Cheyne Walk. La fête fut annulée ; les plus jeunes enfants se plaignaient, suppliaient qu'on leur permette de rester ; les plus âgés comprenaient qu'il était arrivé quelque chose de sérieux.

Rou et Henry Warwick surprirent une conversation en collant leurs oreilles contre la porte de la chambre de leurs parents ; une conversation déconcertante, incomplète...

— Tout prend un sens tout à coup, avait dit leur mère. En tout cas beaucoup de choses. Pauvre Kit.

— Et pauvre Izzie.

— Et pauvre papa. C'est à lui que je pense le plus. Si c'est vrai. Pauvre papa chéri.

Et leur père avait répondu, très doucement :

— Ma chérie, Oliver a les épaules beaucoup plus solides que tu ne le crois.

Ils ne purent en entendre plus.

Le lendemain, Adele rendit visite à sa sœur, mais la conversation fut encore plus déroutante, dans leur stupide langage de jumelles.

— Alors tu penses...

— Je suppose, oui...

— Mais si...

— Oui, mais alors...

— Pauvre Izzie.

— Pauvre Kit.

— Pauvre papa.

— Est-ce que maman va...

— Je ne pense pas que...

— Moi non plus.

— C'est...

— Je sais. Mais on ne devrait pas...

— Bien sûr que non.

Ensuite, leur mère avait énoncé d'une voix ferme :

— Ce n'est pas à nous de juger, quand même.

Et Adele de répondre :

— Absolument.

Toutes deux semblaient encore bouleversées pendant le déjeuner ; elles allèrent ensuite faire une promenade dans la rue, bras dessus bras dessous, comme des collégiennes. Quand elles revinrent, elles riaient bêtement et suggérèrent une partie de Monopoly.

— Si on demandait à Izzie de venir ? Ça pourrait lui remonter le moral, elle aime jouer au Monopoly.

— Je ne crois pas, dit Venetia prudemment, pas aujourd'hui. Peut-être dans une semaine ou deux.

Quand ils regagnèrent enfin la maison, Izzie sauta de la voiture, sans un regard pour Kit, et monta aussitôt dans sa chambre, après avoir lancé d'une voix grinçante à son père :

— Ne t'approche pas de moi, ne t'approche surtout pas de moi ! Et n'envoie personne non plus…

Elle resta enfermée toute la journée du lendemain ; le soir, elle réapparut dans le salon, blanche, les yeux enfoncés dans leurs orbites.

— Je suis désolée, père.

— Oh, ma chérie… désolée de quoi ? Ce n'est pas ta faute.

Elle ne comprenait pas pourquoi ce n'était pas sa faute.

— Je suis désolée pour la fête. Tu l'avais préparée pour moi.

— Oh, ça n'a pas d'importance. Rien ne pourrait avoir moins d'importance.

— Je pense que ça en avait. En tout cas, je voulais te le dire.

Il garda un moment le silence, puis :

— Tu voudrais manger quelque chose ?

— Non. Non, merci.

— Un peu de cacao ?

Elle hésita.

— Oui, très bien.

— Tu portes toujours tes perles ?

— Je ne les enlèverai jamais.

Les choses paraissaient s'arranger un peu. Avec Izzie en tout cas.

Mais pas avec Kit. Il restait loin de Sebastian, dans un isolement distant et glacé, refusant d'écouter ses maladroites tentatives d'excuses. Sebastian lui écrivit, la lettre revint sans avoir été ouverte. Une ou deux fois, il appela Cheyne Walk, mais Kit refusait de le rencontrer.

C'était une double ironie du sort, ou une double tragédie : avoir reconnu un fils, fût-ce dans de pénibles circonstances, et l'avoir perdu, tout cela dans le même temps ou presque.

— Il s'en remettra, je le sais, lui assura Celia. Il ne veut pas me parler non plus. Il est scandalisé, choqué, blessé, tout cela à la fois. Et il est très jeune.

— Vingt-six ans !

— Il est très jeune pour ses vingt-six ans. Comme Adele l'a dit une fois.

— Et maintenant... Celia, combien de gens savent, d'après vous ?

— Presque personne, encore maintenant. C'est ce que veut Kit, visiblement.

— Je devrais me sentir soulagé. Mais je suis triste, d'une certaine manière. J'aimerais pouvoir vous revendiquer enfin. Vous et lui, comme...

— Vous ne pouvez pas, coupa-t-elle, et elle lui raconta ce qui était arrivé ce soir-là, quand elle avait retrouvé Oliver.

Elle était entrée dans la pièce ; il était assis, regardant par la fenêtre, et elle avait commencé :

— Oliver, je dois te dire quelque chose.

Il s'était tourné vers elle et il avait répondu, avec sur le visage une expression qui ressemblait à de l'amusement :

— Celia, tu t'imagines que je ne le savais pas ?

Sebastian téléphona à Barty le lendemain et lui demanda de passer chez lui.

— Isabella est très triste que tu partes, elle veut te dire au revoir. Et je pense qu'elle acceptera de te parler.

— Bien sûr.

Elle trouva Izzie le visage mouillé de larmes, épuisée, mais calme.

— Je me sens... stupide, lui avoua-t-elle. Je croyais qu'il m'aimait et... au premier petit obstacle, il s'effondre. Tombé à la première barrière, comme dirait lady Beckenham.

— Tu n'as pas pensé qu'il a pu renoncer à toi parce qu'il t'aime ? Qu'il s'est soudain rendu compte, après y avoir réfléchi, de ce qu'il faisait ? Tu es très adulte, Izzie, mais... tu penses réellement que tu es prête à te marier ?

— Oui... Et c'était entièrement mon idée. J'y ai pensé, je l'ai persuadé...

— Il serait pour toi une charge énorme. Pas seulement parce qu'il est aveugle, mais parce qu'il est égocentrique.

Lourde erreur.

— Tu te trompes ! Il n'est pas du tout égocentrique, il est très désintéressé...

— Izzie, ce n'était pas une critique. Ça fait partie de sa cécité, de sa fragilité. Il pensait que peut-être tu finirais par t'en apercevoir, qu'avec lui tu ne pourrais pas mener à bien tous tes projets...

— J'y serais arrivée, nous avions tout prévu !...

— Bien sûr. Et je sais qu'il aurait été aussi accommodant que possible. Pourtant, à de nombreux égards, tu aurais dû veiller sur lui toute ta vie.

— C'est ce que je voulais, c'est ce que nous voulions tous les deux ! Enfin... je croyais que c'était ce que nous voulions. Tu ne comprends pas.

— Peut-être pas, non. Mais il a dû se rendre compte de la difficulté que ça aurait représenté pour toi, combien ça t'aurait lassée.

— Ça ne m'aurait pas lassée.

— Izzie, tu veux aller à l'université, n'est-ce pas ? J'ai entendu dire que tu voulais faire un doctorat. Comment aurais-tu pu ?

— J'y serais arrivée. Il m'aurait aidée.

— Je pense qu'il t'aime tellement qu'il n'a pas pu supporter cette idée. Tu ne crois pas qu'au fond il le savait déjà ? Et qu'une fois au pied du mur, il a agi comme sa conscience le lui dictait ?

— Je ne sais pas, reconnut Izzie, mais elle parvint à adresser un faible sourire à Barty. Merci d'être venue. J'aimerais que tu restes...

— Viens me voir là-bas !

— C'est ce qu'a dit père. Il veut toujours partir. Plus pour toute une année, mais pour les vacances.

— J'habite dans une maison agréable. Pas en plein New York, dans un endroit bien plus tranquille. Venez habiter chez moi, toi et Sebastian, je serais ravie. Et Jenna aussi.

— Très bien. Je vais en parler à papa. Ce sera mieux qu'être ici sans Kit.

— Un peu mieux.

Sebastian la remercia en la raccompagnant à sa voiture.

— Elle t'aime beaucoup.

— Je l'aime beaucoup moi aussi, comme vous le savez.

— En revanche, je doute que tu ressentes beaucoup d'affection pour moi. Pour le moment en tout cas.

— Sebastian, soupira Barty en l'embrassant, s'il y a une chose que j'ai apprise au cours de ces dernières années, c'est que ce que les gens ont fait n'a guère d'influence sur ce qu'on ressent pour eux. À propos, comme je l'ai signalé à Izzie, il faut que vous veniez séjourner chez moi à New York.

— Tu as de la place pour nous ?

— Oh oui.

Ce fut sa grand-mère qui redonna un peu le goût de vivre à Kit. Elle l'entendit un matin se montrer grossier envers Billy.

— Kit, lui dit-elle, je sais que tu es très malheureux et que tu as de bonnes raisons pour cela. Mais ce n'est pas une excuse pour rudoyer Billy. Si tu ne peux pas te conduire mieux, il faudra que tu rentres chez toi.

— Où est-ce, chez moi ?

— Ne sois pas stupide. Tiens, prends ma main, allons nous promener. Tu as perdu ton amie et c'est très dur.

— Tout est très dur, répondit-il, et il entendit sa voix trembler.

— Tout ce que je peux te garantir, c'est que tu te sentiras mieux avec le temps.

— Je ne vois pas comment tu peux le savoir.

— J'ai presque quatre-vingt-dix ans et j'ai été mariée pendant près de soixante-dix ans. J'en sais beaucoup sur la vie et sur les incidents de parcours qui la jalonnent.

— Grand-mère, avec tout le respect que j'ai pour toi, je ne crois pas que tu aies eu à affronter ce genre de situation. J'ai si... honte d'eux. De tous les deux.

— Oui. C'est un choc terrible.

— J'admirais Sebastian. Je le trouvais merveilleux, nous étions très proches. Je... je n'oublierai jamais le jour de l'enterrement de Pandora. Je crois que je l'ai vraiment aidé, ce jour-là.

Il rit d'un rire lourd, dur.

— Au moins, je sais pourquoi maintenant.

— Oh, Kit. Est-ce que ça a de l'importance ?

— Pardon ?

— Est-ce que ça a de l'importance, la manière dont tu as pu l'aider et dont tu étais si proche de lui ? Tu étais là, tu l'aidais, tu l'aimais. Très bien, et maintenant voilà qu'il est ton père. Ça n'annule rien. Beaucoup de gens n'arrivent jamais à être proches de leur père. Ça ne signifie rien. Sauf que tu l'as aidé, beaucoup, et que c'est ça qui compte.

— Je ne peux pas lui pardonner, jamais je ne le pourrai. Ni à ma mère.

— Si, je pense que tu pourras.

— Non, grand-mère. Ils ont vécu dans un affreux mensonge pendant toutes ces années. C'était ignoble.

— Pourquoi ?

— Hein ?

— Tu pourrais te demander pourquoi ils ont vécu dans ce mensonge. Ce n'était peut-être pas cela qu'ils voulaient. Mais ils l'ont fait pour de très bonnes raisons. Pour préserver un mariage, conserver l'unité d'une famille.

— C'est hypocrite...

— Et qu'est-ce qu'il y a de si terrible là-dedans ? Qu'est-ce que tu aurais voulu ? Que ta mère quitte Oliver qui l'aimait tant, qu'elle abandonne ses trois autres enfants, qu'elle bouleverse tout, y compris Lytton ? Cette hypocrisie que tu désapprouves les a contraints à de grands sacrifices.

— Ils auraient dû se conduire correctement depuis le début, et tu parles comme s'ils n'avaient rien fait de mal...

— Oui, nous devrions tous nous conduire correctement, Kit. Toute notre vie durant, ne jamais commettre d'erreurs. Peut-être que tu y arriveras. Je ne suis pourtant pas sûre que tu aies réfléchi au malheur que tu aurais causé si tu avais réussi. Sans parler d'Izzie, que tu aurais privée de sa jeunesse.

— C'est injuste...

— Ce n'est pas injuste. C'est une enfant, elle n'est pas prête pour le mariage.

— C'était ce qu'elle voulait !

— Elle n'a aucune idée de ce qu'elle veut. Elle est pure, ingénue. Bien plus que les jumelles à son âge, sans doute plus que ta mère aussi.

— Je me sens déçu par ma mère, trahi...

— C'est naturel. Mais tu lui pardonneras. Elle t'aime beaucoup. Et c'est une femme remarquable... Mon Dieu, Beckenham m'a joué des tours pendables. Comme je lui en ai joué, j'imagine. Tu n'as jamais entendu parler de ça ?

— Un peu, admit-il en souriant à contrecœur.

— Évidemment ; la légende de la famille, les femmes de chambre, c'est assez amusant. Mais à l'époque, quand j'étais une jeune mariée amoureuse de son mari, c'était écœurant. Il a couché avec une autre femme un mois après notre lune de miel. J'étais enceinte de James et il avait une liaison. Et toutes ces femmes de chambre sous mon toit, sous les yeux du personnel, que ça amusait beaucoup... Deux enfants illégitimes, à expédier avec leurs mères dans des pavillons que je devais trouver pour elles, avec des indemnités financières que je devais verser discrètement. Pas facile, Kit, je t'assure. Mais je lui ai pardonné. La souffrance s'est atténuée et j'en suis venue à apprécier le reste, ce qu'il était, ce qu'il faisait pour moi. Nous avons eu un mariage très heureux. Les mariages ne restent pas dans les formes nettes et bien ordonnées que tu crois. Ils se déforment, parfois n'importe comment. Ce qui compte, c'est de ne pas perdre le contrôle. C'est ce qu'a fait ta mère.

— Oh...

Il ne se sentait pas mieux, mais sa douleur se trouvait quelque peu allégée.

— Et mon père... ou plutôt Oliver, comment a-t-il pu vivre tout ça ?

— Ne te tourmente pas trop pour lui. Il a une carapace très résistante, il est plus capable de se défendre que son allure fragile ne le laisse croire. Et il a sa manière à lui de contrôler la situation. Je ne dis pas qu'il en est ravi, mais... il n'est pas resté à pleurer dans son oreiller pendant toutes ces années. Pourquoi ne lui en parles-tu pas ?

— Je vois. Eh bien... pourquoi pas, un jour.

— J'aimerais te dire encore deux choses, ensuite nous rentrerons et nous prendrons un verre, bien fort. Je t'admire de n'avoir rien dit à Izzie. C'était très courageux de ta part. Et si j'ai bien compris, c'est toi et toi seul qui l'as voulu ainsi. Un jour, peut-être sera-t-elle capable d'entendre la vérité. Et l'autre chose, c'est que je ne veux plus jamais t'entendre dire que tu n'as pas de maison. On pourrait même estimer que tu en as deux. Trois, si tu as envie d'accepter mon invitation permanente à séjourner ici autant de fois et pour aussi longtemps que tu voudras.

— Merci, répondit-il simplement.

Et il se rendit compte que oui, il en avait envie.

51

— Ils sont d'accord sur le principe, annonça Oliver.

— Je m'en doutais. Après tout, si tu n'avais pas été là, il n'y aurait pas de bureau à New York. Et tu détiens la moitié de la société.

— Je sais, ma chérie. Tu l'as souvent répété. Quand même, ce n'était pas gagné d'avance. Ils envoient quelqu'un pour établir l'accord. Éplucher nos comptes, ce genre de chose.

— Qui ?

— Stuart ne l'a pas précisé. Il a juste dit que quelqu'un viendrait accompagné d'un avocat.

— Ça semble un peu... cavalier de sa part, non ?

— Je ne pouvais guère protester. Et ils auraient pu faire envoyer l'un de nous là-bas.

— Cela aurait dû être toi, et ils ne pouvaient guère te demander ça.

— Barty vient aussi.

— Barty !

— Oui.

— Je n'aurais pas cru qu'elle occupait un poste assez élevé pour assister à une telle réunion.

— J'imagine qu'elle facilitera les choses. Elle nous connaît bien, elle connaît la société et son histoire, et ses projets. En tout cas, quelle qu'en soit la raison, elle vient. Je serai content de la voir. Elle me manque.

— Oliver, elle est partie voilà à peine plus d'un mois...

— J'ai le droit de dire qu'elle me manque, non ? Kit me manque aussi. Beaucoup.

— À moi aussi, Oliver...

— Je vais me reposer maintenant. Ensuite je téléphonerai à nos avocats, je les informerai des détails et je leur demanderai de préparer les dossiers dont nous pourrions avoir besoin. Je regrette que nous n'ayons plus Peter Briscoe avec nous. Je n'aime pas ce nouveau type qu'ils ont embauché à sa place. Je suppose que c'est un symptôme de notre âge, de préférer les vieux aux jeunes.

— C'est peut-être vrai pour toi, Oliver, mais j'apprécie le jeune type, comme tu l'appelles. Très rapide, très intelligent. J'ai toujours trouvé Peter Briscoe un peu... lent. Tu as la date exacte de cette réunion ?

— La semaine prochaine. Mercredi prochain, le 19. Tout sera arrangé pour le jour du terme.

— Oliver...

— Oui, Celia ?

— Tu ne devrais pas t'inquiéter pour tout ça. Lytton traverse peut-être une période difficile, mais ça reste une des grandes maisons d'édition anglaises. Et c'est nous qui l'avons faite, qui l'avons construite. Nous ne devons pas l'oublier, ni laisser un parvenu de New York l'oublier. Ils ne vont pas tirer d'affaire une petite société bancaire, ils vont saisir une chance d'être plus étroitement associés avec une maison d'édition qui a un passé glorieux et un brillant avenir. Rappelle-toi bien ça !

Il lui sourit.

— Tu as toujours été très douée pour me redonner le moral. En tout cas, tu seras là ?

— Bien sûr.

Celia se sentait inexplicablement nerveuse à mesure que le jour de la réunion approchait. Elle avait télégraphié pour suggérer que Barty et les deux autres représentants du bureau de New York s'installent à Cheyne Walk ; mais Barty avait poliment répondu qu'ils seraient fatigués en arrivant, qu'elle préférait descendre dans un hôtel pour se remettre du voyage.

« Peut-être dîner mercredi soir, indiquait le télégramme, baisers, Barty. »

Elle n'avait rien à craindre d'un quelconque directeur, pas plus que d'un avocat. Leur propre avocat – qu'elle avait feint d'apprécier mais qu'elle détestait cordialement, un jeune loup qui s'appelait Michael Talbot – se rendait chez Lytton à deux heures ; les Américains et Barty devaient arriver à deux heures et demie.

Celia s'habilla avec beaucoup de soin, apprêtée d'une robe qu'elle avait commandée chez Hartnell, d'un fourreau de jersey doux, près du corps, avec un de ces nouveaux bouquets de fleurs de feutre qu'on se piquait sur l'épaule. Ses cheveux étaient balayés en arrière et remontés en chignon ; elle passa deux fois plus de temps que d'habitude à son maquillage. Quand la situation l'exigeait, Celia aimait engager le combat élégamment vêtue.

Seule Venetia savait que les Américains venaient et pourquoi ; Celia lui avait demandé de garder l'information pour elle.

— Giles commencerait à s'affairer dans tous les sens et Jay voudrait savoir quoi, quand et pourquoi. Viens le soir à la maison avec Boy, tu veux bien ? Nous les avons invités à dîner.

— Oui, ce sera amusant. Mais quelqu'un pourrait reconnaître Barty...

— On pensera qu'elle nous rend une visite amicale. De toute façon, le temps que ça se sache, la réunion sera plus ou moins finie.

— Eh bien, bonne chance.

— Je ne pense pas que nous en ayons besoin, rétorqua Celia froidement.

Michael Talbot était assis dans le bureau d'Oliver quand on annonça les visiteurs.

— Nous irons dans la salle de conférences, dit Oliver à la réceptionniste. S'il vous plaît, accompagnez-les là-bas.

— Miss Miller aimerait vous voir, d'abord. Dans votre bureau, si ça vous convient.

— Oh... Faites-la monter, s'il vous plaît. M. Talbot, voudriez-vous être assez gentil pour attendre dans la salle de conférence ? Nous ne serons pas longs.

— Bien sûr, Mr Lytton. Mais rappelez-vous, nous ne voulons pas trop dévoiler. Vous pouvez toujours négocier vers l'avant, mais jamais vers l'arrière.

— Je ne crois pas qu'il y ait de danger que nous dévoilions trop. Barty, ma chérie... Quel plaisir de te voir !

Elle entra en souriant, les embrassa tous les deux, Celia et lui. Elle était extrêmement chic : elle avait dû investir une bonne part

507

de son salaire dans son tailleur, un tweed clair, pensa Celia. Si elle n'avait pas su que c'était impossible, elle aurait dit qu'il venait de chez Adele Simpson. En tout cas, c'était une très bonne copie.

— C'est un plaisir pour moi aussi.

— Comment s'est passé ton voyage ?

— Oh, incroyable. Ça n'a pris qu'environ douze heures. Nous nous sommes arrêtés à Reykjavik, pour le ravitaillement en carburant. Ce n'est pas aussi amusant que le bateau, mais c'est plus rapide pour traiter les affaires. Et nous avons mangé des choses succulentes, et bu du très bon vin. J'ai dormi comme un bébé la nuit dernière et j'ai parfaitement récupéré.

— Où êtes-vous descendus ?

— Au *Claridge*.

— Très bon choix.

Ils devaient faire grand cas d'elle, pour la traiter aussi bien.

— Nous sommes impatients de dîner avec toi ce soir. Venetia sera là, et aussi Boy, j'espère que ça te convient.

— Bien sûr.

— Nous pourrons rattraper notre retard au niveau des potins. Jenna va bien ?

— Très bien.

— Alors tes collègues sont dans la salle de conférence, c'est cela ?

— Mon collègue, oui.

Celia fronça les sourcils.

— Je pensais que tu amenais deux personnes. Un avocat et quelqu'un de chez Lytton.

— Il n'y a que moi de chez Lytton. Et notre avocat, Marcus P. Wainwright. C'est un nom qui en impose, vous ne trouvez pas ?

Celia ignora le trait d'humour et répondit :

— J'espère que nous n'allons pas perdre notre temps... Nous attendions quelqu'un mandaté pour négocier.

— Nous ne perdrons pas notre temps. Je peux assurer toutes les négociations nécessaires.

— Tu es sûre ? lui demanda Oliver. C'est assez... c'est très important, tu sais. Stuart nous a laissés penser que...

— Wol, ne vous inquiétez pas. J'ai les pleins pouvoirs. Maintenant, dites-moi vite, avant que nous allions là-bas, ce dont vous avez besoin exactement.

— Une somme... assez importante.

— Importante comment ?

— Est-ce vraiment nécessaire ? Voyons, sans...

— J'ai besoin de savoir.

— Barty, je suis désolée, mais...

Celia s'impatientait, mais Oliver l'interrompit :

— Nous pouvons faire confiance à Barty.

— Je suis sûre que nous pouvons lui accorder notre confiance, mais...

— J'estime que nous avons besoin d'un quart de million de livres. Pour surmonter cette période délicate.

— Un quart de million ? Ça ne me semble pas suffisant. D'après ce que j'ai vu des comptes, il vous faudrait deux fois cette somme. Si vous voulez éviter la faillite, donnez-vous une marge de manœuvre, ça prend du temps. Vous avez besoin...

— Barty, nous devrions entrer dans la salle de conférence maintenant, lança Celia d'une voix froide. Ce n'est pas une discussion que nous devrions avoir ici, sur cette base informelle.

— Écoutez.

Barty se leva tout à coup, alla à la fenêtre, puis se retourna. Elle leur sourit et telle qu'elle se découpait, à contre-jour, elle avait quelque chose de légèrement menaçant.

— J'ai mes propres idées sur le sujet. Et elles sont très claires.

— Barty...

— Celia, je vous en prie, écoutez-moi. J'ai une proposition à vous soumettre. Je veux que vous me vendiez vos parts du capital de Lytton New York. Pour un prix que nous pouvons négocier, mais que j'estime approximativement à deux millions de dollars. Ça vous donnerait largement assez de fonds de roulement. Oh, et Marcus pense que Lytton New York devrait entrer dans le capital de Lytton Londres. Mais nous pouvons discuter de ça là-bas.

— Barty...

Oliver se passa la main dans les cheveux, très perplexe.

— Barty, pardonne-moi, mais je ne saisis pas tout à fait... Tu nous conseilles de te vendre nos parts du capital de Lytton New York ?

— Oui.

— Mais... les quarante-neuf pour cent restants n'appartiennent-ils pas à Lytton ?

— Je n'ai pas dit ça.

— J'avais cru comprendre qu'ils avaient été laissés à... l'épouse de Laurence Elliott ?

Il y eut un très long silence, puis :

— Oliver, reprit Barty, il y a une chose que je ne vous ai pas dite. J'aurais sans doute dû. Je suis, ou plutôt j'étais, l'épouse en question.

Épilogue

Automne 1946

Les directeurs de Lytton Londres seraient heureux de vous recevoir le mercredi 11 septembre 1946 à Lytton House, Grosvenor Square, pour fêter le lancement de L'Opium *de l'élite,* par Geordie MacColl.
Champagne.
18-20 heures.

C'était la première fête qu'ils organisaient dans leurs nouveaux locaux, et cela paraissait fort approprié ; puisque c'était de l'argent américain qui avait redonné vie à Lytton, il semblait normal que le héros de la fête fût un auteur américain.

— Grâce à Dieu, dit Venetia, nous ne sommes plus dans cet horrible immeuble de Clarice Street. Imagine une fête là-bas. Si seulement je n'étais pas aussi énorme... Je n'ai même pas pu entrer dans ma petite voiture aujourd'hui.

— Il est temps que tu en changes.

— Je ne peux pas. Je l'aime trop. Nous l'avons eue pour notre anniversaire, quand... quand...

— Oui, je me rappelle, répondit Boy. Et tu étais presque aussi belle que maintenant.

— Tu dis des bêtises. Mon Dieu, j'ai entendu dire que Geordie MacColl était terriblement sexy. Il ne fera pas attention à moi, j'en suis sûre. Une grosse dame fonçant sur lui toutes voiles dehors, je n'ai aucune chance.

— À mon avis, Venetia, une femme enceinte de huit mois ne s'inquiète pas de savoir si un homme sexy va lui prêter attention.

— Tu viendras ?

— Bien sûr. Essaie seulement de m'en empêcher. Et je trouve que c'est très gentil à eux d'avoir invité les garçons.

— Ils sont très excités tous les deux. Mais tu devras mettre les choses au point sur la boisson. Rou a été malade toute la nuit après la... la soirée d'Izzie.

— D'accord. Et j'ai entendu dire qu'Izzie venait ? ajouta-t-il.

— Oui, avec Sebastian. Elle m'a téléphoné hier soir, ravie par son voyage, la maison de Barty près de la mer, le merveilleux bureau de Barty, l'autre maison de Barty...

— L'autre maison ?

— Oui. Celle de Long Island, qui est extraordinaire d'après ce que tout le monde en dit, et aussi une sorte de palais sur Park Avenue. Sauf qu'elle le vend, pour acheter quelque chose de plus petit en ville.

— J'adore cette histoire de Cendrillon. Voilà où elle en est, la petite Barty, sauvée des taudis par ta mère, et aujourd'hui la reine de Lytton New York.

— Eh bien... oui, acquiesça Venetia – qui avait un peu plus de mal que Boy à apprécier ladite histoire.

Surtout le fait qu'on pût dire de Barty qu'elle possédait une part de Lytton Londres.

— Tu devrais te réjouir pour elle... reprit-il. Elle a souffert pour ça, elle a payé de sa personne. Je trouve que c'est une belle histoire Quand arrive-t-elle ? Lundi, je suppose, et la petite princesse avec elle ?

— Je ne sais pas. J'espère que notre bébé sera une princesse, à propos. Je ne crois pas que je supporterais un autre garçon.

— J'espère aussi. Et je veux une réplique exacte de sa mère.

— Jay, comment je suis ? Je te plais ?

— Génial, Tory. Absolument superbe. Tu es merveilleuse dans n'importe quelle couleur...

— À condition que ce soit du noir.

— Quoi ?

— C'était juste une blague. Je pastichais les mots de Henry Ford. En tout cas, le noir est bien, n'est-ce pas ?

— Parfait. J'aime bien cette sorte de queue, qui tombe de la jupe.

— De traîne, Jay, de traîne... J'ai entendu dire que ce type était terriblement charmant et séduisant.

— Je le suis aussi.

— Je sais, mais je suis mariée avec toi. Une fille aime bien se changer les idées de temps en temps.

— Tory ! Ce n'est pas très gentil...

— Désolée, chéri. Je viens juste de parler à Venetia, elle a beaucoup grossi. Elle dit qu'elle se sent comme une baleine échouée sur une plage. Et elle m'a suggéré de ne jamais me retrouver enceinte, mais je lui ai répondu que son conseil arrivait un peu trop tard.

— Vraiment, chérie ? C'est très... Tory, qu'est-ce que tu viens de dire ?

— Je lui ai répondu que c'était trop tard.

— Oh, Tory, ma chérie... Oh, mon Dieu, comment est-ce que tu te sens ? Écoute, tu crois que tu dois aller là-bas ? En tout cas, tu ne dois rien boire... Et quand, je veux dire depuis quand est-ce que, je veux dire... Oh, mon Dieu...

— Jay, lâcha Tory d'un ton froid, c'est la femme qui est censée devenir stupide quand elle est enceinte, pas l'homme. Calme-toi. En avril, je pense. Je me sens bien. J'ai prévu de boire, avec modération. Et j'ai aussi prévu de flirter monstrueusement avec Geordie MacColl. Ça sera peut-être ma dernière occasion avant longtemps.

— Maud ! Oh, Maud, quel plaisir de te voir, tu es merveilleuse...

— Adele ! Tu es merveilleuse aussi, si élégante ! Est-ce que lady Beckenham est ici ? J'aimerais tant la revoir...

— Non, elle est restée à la maison avec Kit. Il... il n'aime pas beaucoup les fêtes... Est-ce que ce bel homme là-bas, avec des cheveux gris, est ton mari ?

— Oui, c'est Nathaniel. Je suis contente que tu le trouves beau.

Elle sourit, le doux et prudent sourire qu'Adele se rappelait depuis son enfance. Maud était très belle et très élégante comme toujours, drapée dans du jersey noir, ses cheveux roux tirés en arrière et relevés en chignon.

— Je suis contente que Barty et toi vous soyez réconciliées, reprit Adele sur une impulsion. C'était triste quand vous... eh bien, quand...

— Je sais. Et je pense que j'ai trop tardé à reconnaître mes torts. C'est difficile de voir les choses de façon objective. En tout cas, nous sommes à nouveau bonnes amies.

— Nous en sommes tous ravis.

— Quand Barty m'a parlé de l'invitation, j'ai songé que c'était une parfaite occasion pour Nathaniel de faire la connaissance de ma famille anglaise.

— C'est une idée merveilleuse. Il faut que tu m'excuses, je suis censée prendre des photos. Je te verrai plus tard.

— Oui, au dîner de ta mère...

— Giles, bonjour. Je suis contente de te voir.
— Moi aussi, Barty.

513

Visiblement, il ne le pensait pas tout à fait ; sa jalousie envers elle était pénible, sa jalousie et sa colère.

— Comment a-t-elle pu ? avait-il dit à Helena. Ne pas nous avouer qu'elle était mariée à cet homme, qu'elle avait ces parts... C'était si sournois...

Helena, pour une fois, avait pris le parti de Barty.

— Personnellement, Giles, si j'avais eu la possibilité de vous mentir à tous comme ça, je ne m'en serais pas privée. Ça a dû être très amusant.

Giles ne lui avait pas adressé la parole pendant plusieurs jours après cette réplique.

Il a l'air fatigué, pensa Barty ; fatigué et déprimé. Pauvre Giles. Sa vie n'est pas très épanouissante.

— Tu as déjà rencontré Geordie ?

— Non, pas encore.

— Viens faire sa connaissance. Il est très gentil.

Il la suivit ; il n'avait guère le choix.

— Geordie, voici Giles Lytton, le fils aîné d'Oliver. Lui et moi avons grandi ensemble, je vous l'ai raconté.

— Oui, vous m'en avez parlé. Veinard... Personnellement, j'aurais apprécié avoir votre chance. Est-ce qu'elle était déjà aussi intelligente à l'époque ?

— Oui, répliqua Giles un peu brusquement.

— Je vous en prie, excusez-moi, coupa Barty, je dois aller parler à ce monsieur de la Bibliothèque de Londres.

Geordie MacColl la regarda s'éloigner et sourit.

— Elle m'a raconté que, souvent, c'était vous et elle contre le reste du monde. Et que vous jouiez à des jeux merveilleux ensemble. Et qu'elle avait l'habitude de vous attendre impatiemment quand vous reveniez à la maison pour les vacances. Elle comptait les jours.

— Vraiment ? s'étonna Giles.

Il se sentait mieux tout à coup. Que Barty ait de tels souvenirs de lui, qu'elle ait pu les partager avec cet homme...

— Oui. Elle m'a également parlé de vos états de service pendant la guerre. La Military Cross, mon Dieu...

— Oh, vous savez...

Giles haussa modestement les épaules.

— Ça ne sert pas à grand-chose en temps de paix.

— Il y a une adaptation difficile, je sais. D'ailleurs, c'est un problème auquel *Opium* s'intéresse. Vous écrivez là-dessus ?

— Écrire ? Non, je ne suis pas écrivain, je suis éditeur.

— Vous pourriez être les deux, comme le frère de mon père. Il

514

avait une passion pour les voyages. Pendant ses vacances, il voya·
geait, et le reste de l'année, après ses journées de travail, il écrivait
des récits de voyages.

— Très intéressant...

Il disait souvent cela, mais, cette fois, il le pensait. Il avait beaucoup repensé à la guerre, aux exploits extraordinaires des hommes
et des femmes les plus ordinaires, ce que le patriotisme et le sens
du devoir pouvaient susciter d'efforts et de courage... Il avait songé
à écrire là-dessus, une histoire de la Seconde Guerre mondiale du
point de vue du soldat ordinaire, nourrie d'entretiens ; Celia n'avait
fait qu'en sourire, sans conviction. Il pourrait peut-être passer outre
et aller au bout de son projet.

— Je devrais y penser, oui, dit-il à Geordie MacColl.

— Faites-le. Oh, on m'a fait savoir qu'il serait opportun que je
parle à cette dame qui travaille à l'*Observer*. Excusez-moi. Si j'ai
bien compris, nous nous retrouverons au dîner ce soir, dans la
maison de votre mère ?

— Charmant garçon, dit Giles à Barty quelques minutes plus
tard.

— N'est-ce pas ?

— Il m'a suggéré d'écrire un livre sur la guerre. J'y avais déjà
réfléchi de mon côté. Quelque chose du point de vue du soldat
ordinaire, un livre d'entretiens.

— Excellente idée... Je pourrais te faire rencontrer des gens
merveilleux, des ATS, par exemple.

Il se sentait beaucoup mieux tout à coup.

— Je peux prendre une photo de vous ensemble ? Non, restez
comme vous êtes, continuez à parler... Merci.

— Eh, lança Geordie MacColl, tandis que le critique du *Sunday
Times* s'éloignait, c'est vous la jolie jumelle photographe ?

Adele rit.

— Disons que je suis jumelle et photographe. Pour jolie, je ne
sais pas...

— Moi, je sais. Barty m'a tout raconté sur vous. Elle m'a dit
que vous aviez énormément de talent. Et est-ce qu'elle n'a pas dit
quelque chose à propos de *Life* ?

— Je leur ai vendu des photos. Une série. Une journée dans la
vie d'un village anglais. Ils ont eu l'air d'aimer ça.

— Mon Dieu, dit Geordie MacColl, c'est vous qui avez réalisé
ce reportage ? Oui, c'est quelque chose qui restera. Vous devez
avoir l'impression que vous... que vous pourriez mourir heureuse,
après ça.

Adele le scruta pensivement ; peu de gens trouvaient des mots aussi justes pour ce qui avait été l'événement le plus important de sa vie depuis longtemps.

— Exactement. En tout cas, c'est ce que j'ai ressenti à ce moment-là.

— Vous en ferez d'autres pour eux ?

— Je l'espère. Je pourrais vous prendre là-bas, venez... une photo pour le *Tatler* ?

— Je ne savais pas qu'ils avaient des pages littéraires.

— Ils n'en ont pas. C'est pour leurs pages mondaines. Ça vous ennuie ?

— Au contraire, c'est un honneur d'être photographié par vous.

— Un gros succès, Oliver.

— Oui, on dirait. Comme c'est bon d'organiser une fête pour Lytton à nouveau ! Je pensais que ce genre de plaisir était révolu. Mais peut-être que je ne devrais pas être ici...

— Tu es à ta place, ici, au contraire ! Sans toi, aucun de ces gens ne serait là. Même pas moi.

— C'est ridicule, Celia.

— Non. Je le pense.

— Moi, je pense que tu te serais fait un nom de toute façon. À propos, je n'ai pas eu l'occasion de te le dire, mais j'ai reçu une lettre de Jack aujourd'hui. Toute l'histoire l'a beaucoup amusé. Il m'annonce également que Lily et lui reviennent enfin à la maison. Ils n'en peuvent plus d'Hollywood, apparemment.

— J'en suis ravie.

— Moi aussi. Gentil garçon, ce MacColl, non ?

— Très gentil. Une assez vieille famille, semble-t-il.

— C'est vrai. N'aie pas l'air si surpris, Celia. Tu sais très bien qu'elles existent aussi aux États-Unis. Regarde Felicity, elle...

— Je n'ai jamais cru à l'ancienneté de sa famille, dit-elle d'un ton froid... Tiens, on dirait qu'Adele lui plaît beaucoup.

— À qui ?

— À Geordie MacColl. Chaque fois que je la regarde, elle est en train de lui parler. Ce serait amusant si...

— Celia, ne joue pas les entremetteuses.

— Bon, écoute, je dois faire mon discours, je te verrai plus tard. Ne bois pas trop, ce n'est pas bon pour toi.

— C'est elle, votre célèbre mère, n'est-ce pas ? murmura Geordie à Adele. Elle est très belle...

— N'est-ce pas ?

— Vous lui ressemblez beaucoup.

— Merci. Mais vous feriez mieux de vous taire, ça l'agace quand les gens parlent pendant ses discours.

— En plus, je vais devoir lui répondre, alors je ferais mieux d'écouter. À tout à l'heure.

— Barty, c'est une si belle fête...

C'était Izzie, dans sa robe de crêpe rose, ses cheveux mordorés tirés vers l'arrière.

— Je suis contente que ça te plaise.

— Oui. Mr MacColl est si charmant, je l'aime bien.

— Bon... Et il m'a dit que tu étais une jeune dame fort intéressante.

— Vraiment ? dit-elle en rougissant. Ça alors...

— Bonjour, Izzie.

— Bonjour, Henry.

— Tu t'amuses ?

— Oui, beaucoup.

— Rou et moi allons à un concert de jazz samedi. Tu aimerais venir ?

— Oh, mon Dieu... Il faudra que je demande à père

— Je peux t'apporter un verre ?

— Oh... oui. Merci. Il est très beau, déclara-t-elle à Barty en suivant des yeux la tête brune d'Henry alors qu'il se frayait un chemin dans la foule.

— Très. Comme son père.

— Bonjour, Adele, ma chérie. Tu te donnes beaucoup de mal on dirait.

— Je sais. Mais c'est mon travail.

— Jolie fête.

— Très jolie. Vous vous amusez, Sebastian ?

— J'en ai un peu jusque-là de ce genre de soirée. Pour être honnête, je n'ai jamais aimé que les miennes. À propos, que penses-tu de notre auteur vedette ? Il a vraiment le béguin pour toi.

— Il est très gentil, dit Adele d'une voix neutre.

— Adele...

— Oui ?

— Nous n'avons jamais parlé de...

— Kit ? Non. Et je ne crois pas que nous devrions. Comme dirait grand-mère, c'est une affaire de grandes personnes.

Il sourit.

— Sage vieil oiseau, ta grand-mère.

— Très. Et elle fait beaucoup pour Kit.

— Comment va-t-il ?

— Il se remet. Il travaille dur, lui aussi.

— Bien.

— Il m'a dit de vous dire bonjour, si je vous voyais.

— Adele, murmura Sebastian en lui donnant un baiser, c'est la chose la plus agréable que j'aie entendue de toute la soirée.

— Rebonjour…

— Oh, bonjour…

— Écoutez… Je me demandais si vous aimeriez déjeuner avec moi demain. Je ne rencontre pas souvent des photographes de *Life*.

— Oh, dit Adele, c'est très gentil, mais je dois emmener deux mannequins à la ferme de ma grand-mère et les photographier avec un mouton d'une espèce rare qu'elle vient d'acheter. Ça vous paraîtrait ennuyeux…

— Ennuyeux ! Pas du tout, je trouve ça merveilleux, au contraire. Et j'adorerais rencontrer votre légendaire grand-mère. Mon grand-père possédait une ferme dans le Kentucky, il élevait des chevaux de course.

— Dans ce cas, ma grand-mère adorerait faire votre connaissance. Vous pouvez venir. Si vous avez le temps.

— Je le prendrai, assura Geordie MacColl.

— Eh bien, s'exclama Celia, quelle belle fête !

— Beau discours, Celia, approuva Sebastian en lui souriant.

— Merci.

— Barty est charmante.

— Oui, admit Celia d'un ton un peu froid.

— Ne l'enviez pas, Celia. Surtout pas vous.

— Je ne l'envie pas. Pas vraiment.

— Bon.

Il regarda Barty.

— Elle doit être terriblement riche.

— Non, en fait, pas tant que ça, semble-t-il. Il lui a seulement laissé les parts de Lytton et un petit portefeuille, comme elle dit. Et ses maisons. Mais visiblement, elles valent très cher.

— Oui, surtout celle de Park Avenue. Un vrai château, à ce qu'on m'a dit.

— Les Américains appelleraient château n'importe quelle masure. Ils sont facilement impressionnés.

— Celia, vous êtes allée au musée Frick ?

— Oui, bien sûr.

— Elliott House est un peu plus grand, paraît-il. Et cela y ressemble beaucoup.

— En effet, c'est impressionnant... En tout cas, ajouta-t-elle, Luc avait placé le reste de l'argent en legs, pour ses enfants. Tous ces millions.

— Il savait pour Jenna ?

— Non. Mais apparemment, il y a de solides arguments pour qu'elle puisse prétendre à une part de ce legs. Étant donné que son père avait épousé Barty.

— Mon Dieu ! s'écria Sebastian. Toute cette histoire est loin d'être finie...

Composition et mise en pages : FACOMPO, Lisieux

Achevé d'imprimer sur les presses de

BUSSIÈRE
GROUPE CPI

à Saint-Amand-Montrond (Cher)
en juillet 2006

N° d'édition : 4088. — N° d'impression : 062607/1.
Dépôt légal : août 2006.

Imprimé en France